江苏凤凰文艺出版社
JIANGSU PHOENIX LITERATURE AND
ART PUBLISHING

图书在版编目（CIP）数据

夜来南风起 / 棉花花著 . — 南京：江苏凤凰文艺出版社，2021. 2
ISBN 978-7-5594-5400-3

Ⅰ . ①夜… Ⅱ . ①棉… Ⅲ . ①长篇小说 – 中国 – 当代
Ⅳ . ① I247.5

中国版本图书馆 CIP 数据核字 (2020) 第 228016 号

夜来南风起

棉花花 著

责任编辑	王昕宁
特约编辑	朱六鹏
装帧设计	马顾本
责任印制	刘 巍
出版发行	江苏凤凰文艺出版社
	南京市中央路 165 号，邮编：210009
网 址	http://www.jswenyi.com
印 刷	三河市中晟雅豪印务有限公司
开 本	700 毫米 × 970 毫米 1/16
印 张	25
字 数	470 千字
版 次	2021 年 2 月第 1 版
印 次	2021 年 2 月第 1 次印刷
书 号	ISBN 978-7-5594-5400-3
定 价	45.00 元

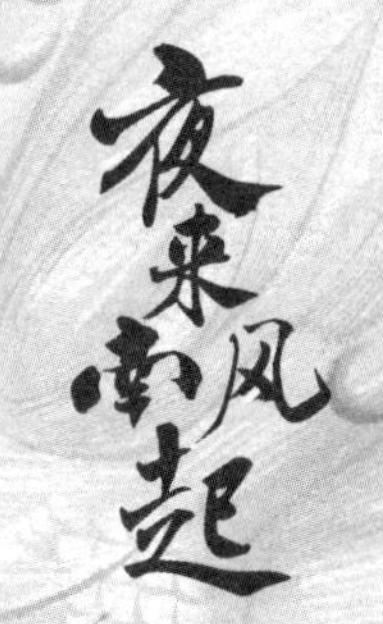

目录

目录

夜来南风起

目

录

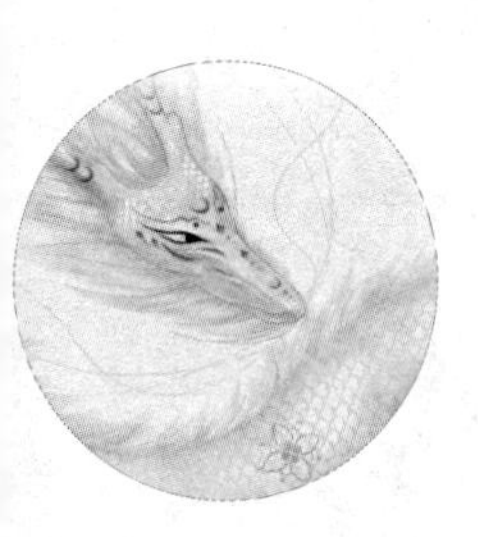

第一章　算计

邹阿南怀胎到四个月的时候，特别害怕自己怀的是个皇子。

她知道，若是皇子，这一胎绝对生不下来。她的夫君成灏绝不允许她将皇子生下来。

因为，不管是按照祖宗礼法，还是按照世俗舆论，嫡长子没有理由不继承大统。他纵是对她有再多的防备、猜忌，她都是中宫皇后、他的原配发妻，这是不可改变的事实。

邹阿南左手抚摸着自己的肚子，右手抚摸着一根卦签，倚在窗边沉思着。掌事宫女小嫄递上来一杯温白水，禀告着："皇后娘娘，圣上为您请的川陕名医到了。"邹阿南握紧了手中那枚卦签，淡淡道："传他进来吧。"

宫中有医官署。从她怀孕伊始，便是医官署的华医官为她请平安脉。可昨日，圣上邀她去乾坤殿用早膳的时候，突然提出，换个人来负责她的胎。他笑着说，那人是川陕名医，专擅妇人生产之事。

历来宫闱之中，妇人生产，哪里有从民间请医官的规矩呢？更别提皇后所怀之嫡脉了。

圣上此举，邹阿南一霎时便明白了其中的意味。若是她腹中所怀是公主，尚可。若是皇子，恐怕，难以出生得见朝阳。这川陕名医必然早已得到圣上的密令了。

不一会儿，一个三十岁上下的男子走了进来。他穿着青色的衣衫，背着一个药箱，走路的步子缓而稳。气息吐纳之间，可见内力颇佳。他跪在地上请安，言谈举止，若竹林之风。"草民酆陌，恭请皇后娘娘万安。"

"起来吧。"邹阿南抬抬手。

小嫄掏出丝线，轻轻缠在她手腕上，另一头，递到酆陌手中。那位名叫酆陌的神医请了脉，向小嫄点点头，小嫄收了线，问道："敢问酆大夫，我们娘娘的胎如何？"

酆陌点点头："娘娘胎心强健有力，甚好。"说完，便从药箱里取出药来，"此安胎药乃草民家十七代祖传之方，皇后娘娘每日服用一剂便可。"

“强健有力？”邹阿南沉吟着，心内一紧，“莫非先生之意，是本宫腹中所怀，乃是男胎？”

酆陌笑笑，没有说是，也没有说不是。他俯下身来：“娘娘只管服用草民之药，一定心想事成。”

川陕名医走后，邹阿南打开那药。一股异香扑鼻而来。

邹阿南握着那药约莫半炷香的工夫，觉得嗓子有些干渴。她端起方才小娘倒的那杯白水，喝了一口。水已经凉了，一路从口入到肺腑，如同冷溪。

从小到大，她只喝白水，无色无味。那川陕名医留下的药散发的异香让她不安。

她越来越紧地握住自己手中的那根卦签。这卦签是她祖父传给她父亲，她父亲又传给她的。

邹家祖传相面卜卦之事，因为算得太准，泄露天机，几代人都不得长寿。父亲在她三岁的时候便病逝了。他的病来势汹汹。阿南记得，到最后，他躺在床榻上，用瘦如枯枝的手指摸着幼女：“阿南，你的命贵而苦，全靠你自己走下去了。”

贵而苦。看似冲突，如今，阿南算是领会了。

她住在这凤鸾殿。凤鸾殿便是中宫。何谓中宫？帝宫之心，皇后所居也。她，邹阿南，是圣朝当今的皇后。

没有人知道，她为了坐到这个位置，付出过什么。

一个孤女，一个布衣之后，她的每一步，只有自己最清楚。

原本，成灏心中有喜欢的人。那人是太后宠臣之女。是她，屡屡利用天相之说，营造舆论。加之，那时候正是太后还政、朝中政权交接之际。她利用成灏作为君王的疑心，两厢挑拨，让成灏对所有与太后有关联的人起了戒备之心。

当成灏牵着她的手，走上城楼时，漫天的烟花绽放出“龙凤呈祥”的字样。

顺康十三年十月廿八，皇家的花轿将她从正宫门抬入乾坤殿。圣朝自开国以来，她是第一个从正宫门抬入的皇后。

太祖皇帝成郢、太宗皇帝成铎，皆是在登基之前已经娶妻成亲。而仁宗皇帝成筠河，也就是成灏的父亲，他终生没有立后。邹阿南的婆母，当今的太后，是以贵妃之身，生子登基，做的太后。

所有人都觉得邹阿南费尽心机当皇后，是为了那高高在上的权势，为了母仪天下的荣宠。可只有她自己知道真实的原因。

许是孕中神思困倦，邹阿南握着那异香之药，迷迷糊糊睡去了。

睡梦中，总有一种剜心之痛伴随着她。她看着她的亲人们一个个在她面前咽气。她看到母亲头也不回地改嫁。她怕极了失去。

她爱成灏，这个她从三岁就认识了的男人。只因她的祖父曾经无意中救过进宫之前、地位微末的太后一命，太后在南巡之时，偶然得知昔日的救命恩人还留有一个后人，便将她接进宫抚养。

她在宫中一住就是十三年。她跟成灏同岁，她是与他一起长大的。她懂他的宏图大略，也懂他的喜怒无常。

突然，阿南的梦境中出现成灏的脸。他英俊的面庞上带着轻蔑："皇后，你真的以为你算计了孤吗？孤告诉你，你所有的把戏，孤都明白。孤不过是利用你打压母后罢了。孤娶了你，但孤永远不会信你。你是孤的同谋，不是孤的爱人。像你这么心机深沉的女人，孤怎会允许你诞下皇子。"

"不！"邹阿南绝望地摇着头，伸出手，想抓住成灏，却怎么都抓不住。

白色的花瓣纷纷扬扬，一个白衣女子出现在邹阿南面前。邹阿南闻着她身上的味道，好熟悉，跟川陕名医所开之药一样的味道。

那女子伸出手，抚摸着阿南满是泪痕的脸："想不想保住你腹中的胎儿？"邹阿南猛地点点头。

"那就吃下这药。"

"你是谁？"邹阿南问道。白衣女子笑了："我是助你的人。"

"为什么助我？"邹阿南从小尝遍人间冷暖，她绝不相信没有缘故的好心。

"你自己会算卦，焉能不知自己一辈子是无儿无女的命？"

邹阿南沉默了。白衣女子说得对。她算到了，但她不肯认命。

道是无极生太极，胜天半子破天局。道胜天下。

白衣女子继续道："你腹中这一胎本没有福气降生。可我算到，圣朝四世之后，有昏君，天命不佑。我乃护帝星之人，但难挡昏君降生。故而，往你腹中，送入辅星一颗，即嫡公主成铣。她借你之腹，来人间一趟。力挽狂澜，杀伐果敢，乃镇国公主是也。"

邹阿南正咀嚼着白衣女子的话，白色花瓣已慢慢消失。睁开眼，她仍在凤鸾殿的床榻上，手握着那药。

四世之后，当今圣上成灏便是圣朝第四世君王，岂不是说下一代的君主便是昏君？

吃吧。邹阿南心一横，将那药吞入腹中。

一种说不上来的舒畅包裹着她的全身。之前那种仓皇、不安、担忧，仿佛都离她而去了。

她起身，踱步至窗外。天已经黑了，殿内灯火通明，殿外夜色茫然。只见一颗黑色星星悬于天际。她揉揉眼睛，想看得仔细些，那景象却稍纵即逝了。

黑，为煞。许就是白衣女子口中的昏君。邹阿南赶紧在心内卜了一卦。这一卦卜得极其艰难。似乎有一股冥冥之中的力量，挡在真相的前面，阻止她靠近。她用尽全身气力，只卜到“昏君之母，属相为鼠，仓鼠之子，吞食国度”。

别的，再也卜不到了。

第二日，医官署传来消息，宫中新进的两名妃嫔同时有了身孕。宛欣院的胡婕妤和雁鸣馆的孔贵仪。

邹阿南警觉起来。

这两名妃嫔，谁是仓鼠?

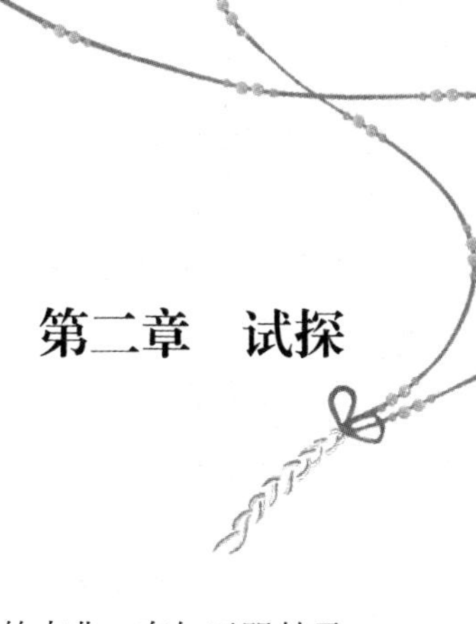

第二章　试探

圣上亲政不久，宫中后、妃陆续有孕，圣上觉得是上上的吉兆，有如天赐甘霖于皇家，国祚万年。

顺康十四年二月底，百花日过去不多时，他便带领后宫所有人等去奉先殿祭祖。皇后与圣上同列，持香叩拜，余者站在后头，随帝后同拜。

阿南的孕期已逾四月，身子稍有些沉，但仍是坚持着跟圣上一起行完礼。婢女小嫄欲去扶她，她摆了摆手。不管人前还是人后，她素来不是个骄矜的女子。

祭完祖，有小内侍过来回禀，前朝两位大臣求见陛下于尚书房。圣上听此，连忙去了。自去岁十月他亲政以来，一向十分勤勉。千情万绪，以国事为上。

圣上走后，小嫄笑向胡婕妤、孔贵仪二人道："晨起，皇后娘娘命奴婢炖了几碗甜品，到这个时辰约莫已炖得软烂可口，请两位娘娘一道去凤鸾殿小坐吧？"

胡婕妤忙满面春风道："皇后娘娘有心了，臣妾等焉有不去的道理。"

她轻轻抚了抚自己的小腹："近来啊，臣妾总是觉得饿，从前一日食三餐，现在一日要食五六餐才好，原以为是宫中的水养人，昨儿华医官请出喜脉来，臣妾方知，现在臣妾不是一个人在吃，是两个人在吃了。"

孔贵仪话不多，听见胡婕妤如此说，便也向小嫄点头道："主子娘娘有心、姑娘有劳了。"

阿南朝她们两人淡淡地笑了笑。一行人浩浩荡荡地往中宫走去。

半路上，碰着正在带兵巡逻的孔良。孔良依次向阿南、胡婕妤、孔贵仪行了礼，目光最终落在孔贵仪身上。

孔良是宫中的御林军统领，孔贵仪的亲哥哥。在当今圣上还未亲政之前，他便是圣上的心腹，羽林郎的头目，陪着圣上骑马射猎，为圣上办一些体己的私事。圣上亲政后，第一个从太后手中夺来的，便是宫中禁卫大权。此等要职，必交予心腹之人才放心。所以，孔良毫无悬念地成了御林军统领。

圣上不仅给了他高官厚禄，还纳了他的亲妹孔灵雁，也就是如今的孔贵仪。孔家算得上是圣上的“自己人”。

眼下，孔良笑着对孔贵仪说：“昨日母亲听说了娘娘的好消息，欢喜得不得了，往城东道观求了一道平安符，缝在香包里，嘱微臣一定要送到娘娘手中。”

那香包很精致，上头绣着一头憨态可掬的小牛。孔贵仪接过香包，向孔良道：“多谢兄长，多谢母亲大人。”

轿辇继续前行。小嫄看似不经意地叹道：“孔夫人为孔贵仪缝的香包真好看，奴婢瞧着，绣工一流。”

孔贵仪羞涩道：“姑娘过奖了，因本宫属牛，故而母亲大人每年都为本宫缝一个带生肖的香包。”

小嫄颔首道：“此乃孔夫人一片慈母之心。”她与皇后对视了一眼。昨晚，皇后查过内廷监的记录，胡婕妤与孔贵仪都非属鼠之人，胡婕妤属狗，孔贵仪属牛。但皇后娘娘不放心，仍想确认一下。

上京之中的官宦人家，涉及姻缘八字相配，谎报女儿的生辰年庚也是常有的事。眼前孔夫人为女儿做的香包，显然并非有意安排。故而，孔贵仪的确可以排除了。阿南在心内思忖着。

到了凤鸾殿。皇后坐在正中的软榻上，胡婕妤坐在右边，孔贵仪坐在左边。

小嫄端上甜品来，胡、孔二人欠了欠身，谢了皇后恩赏，便接过。

少顷，阿南看向胡婕妤道：“人皆道西南之地，湿瘴气重，不喜食甜。胡婕妤到上京可吃得惯？”胡婕妤出身镇南将军府。她的爹爹镇南将军胡谟，驻守西南十余载。故而，胡婕妤是在西南长大的。

胡婕妤是个鲜辣活泼之人，谁若与她说上一句话，她恨不得回上十句。宫中规矩多，她常常觉得憋闷。眼下见皇后主动问她，便如打开了话匣子一般：“皇后娘娘您有所不知，虽然臣妾在西南长大，但口味与旁人不同，偏是爱吃甜，一日也离不得。臣妾的母亲从前爱说笑，说臣妾是远嫁的命。如今，果然是应验了。”

小嫄自然接口道：“奴婢听传言说，西南夷人养鼠而食，不知真假。胡婕妤见多识广，定是知道的。”

孔贵仪用帕子轻轻掩了口。食鼠之事，听起来便觉腌臜。

胡婕妤却道：“那些食鼠的，都是不开化的粗鄙之人。鼠是何其灵巧之物，怎能食之？臣妾在娘家的时候，便警告过府里的人，不许食鼠。”

阿南笑笑，缓缓道：“小嫄，去将本宫珍藏的那几幅骏马图拿来，送与二位妹妹。”

小嫄道了声“是”。片刻，她抱着字画出来，向胡、孔二人道：“太祖爷是马背上得的江山，咱们的圣上最是爱马之人。二位娘娘将骏马图悬于室内，圣上看了，必甚为欢喜。”

孔贵仪欣然谢了恩，接过。胡婕妤却迟疑起来。

小嫄道：“怎么？胡婕妤不喜这骏马图吗？”

胡婕妤吞吞吐吐道：“不……臣妾怎敢不喜皇后娘娘赏赐之物……实乃……实乃……臣妾的室中悬不得骏马图……”

“悬不得？为何？”

“这……臣妾也不知为何……反正，是出阁前，母亲叮嘱的。说……说不能……”

阿南开口道：“罢，各人有各人的喜好。本宫不勉强胡婕妤。”她心内的疑影已经十分深了。

子鼠为水，午马为火，水火不容，故而属鼠之人不仅屋内不能悬骏马图，亦不能身佩所有与马有关的饰物，否则，按照五行相克之理，必会带来灾厄。

胡婕妤俯身道：“谢皇后娘娘。”

两人告退之后，阿南以手扶额，倚在榻上。她昨日卜的卦，字字都在心中。

仓鼠之子，吞食国度。若这胡婕妤腹中果然是个祸害，她又怎能允其出生？

她该怎么跟圣上说，圣上才会相信？会不会适得其反，让圣上以为是她歹毒善妒，没有中宫之量，容不得他的孩子？

阿南突然想起稚时，父亲跟她说：“世间难得，是糊涂二字。”她不解，问父亲是何意。父亲长叹道：“最无奈的是，什么都能算到，却什么都改变不了。”

能卜会算之人，如同眼前有一条清澈见底的河，什么都看得见。河边却没有船，无法渡人，亦无法自渡。

天色又暗了下来。凤鸾殿的宫人们早早地准备好足量的灯油，殿内灯火通明。

皇后娘娘怕黑。凤鸾殿里，夜不熄灯，这是不成文的规矩，从掌事宫女小嫄到庭院扫地的小内侍，人人皆知，亦人人遵守。

阿南的梦魇中，总会出现一把剑，那把剑刺穿她的喉咙，血啊，就像夏日里磅礴的雨，洒得漫天都是。吃惊的是，那持剑之人，竟是自己。

这个梦境无限地轮回，一遍遍反复地在她脑海中出现，到最后，阿南连呼喊声都无法发出了。

为什么？为什么她会有这样自刎的梦。

后来，她竭力地看清那把剑，只见剑柄上刻着一朵莲花。

只有圣上到凤鸾殿安歇的时候，阿南的梦魇才会停止。那样，她便能得一夜安眠。然而，圣上到中宫来的日子屈指可数。

今晚，阿南梳洗完，准备安歇的时候，却突听内侍报：“圣上到——”阿南欲起身相迎，成灏已大踏步地走进来。

阿南为他宽衣，小嫄用铜盆端来温水。成灏用热帕子敷了脸，似松缓了一口气，道：“悬在孤心头很久的一件难事终于解决了。”

他笑了笑：“从前舅父手中的兵权被瓦解成三份，全部换上了孤自己的人。呵。此事，镇南将军府功不可没。兵权确实宜分散，认符不认将，往后，圣朝再也不会有武将擅权之事了。”

阿南轻轻道了声：“圣上英明。”

两人和衣躺下。似累了很久，成灏沾床没多久，便睡着了。

五更天，丧钟之声忽然响彻宫廷。

二十七声。

国丧。

第三章　遗命

钟声敲得阿南心里慌极了。成灏猛地从床上坐起来。他的手蜷缩着，在发抖。

阿南也坐了起来。他们俩对视着，就像漆黑的水潭边，两株相连相望的草。

“二十七声，对吗？”

“嗯。”

“是……母后？”成灏艰难地说出后面的两个字，每个字都似乎涩而苦，从肺腑里挤出来，如黄连覆上唇齿。

“是母后。”阿南注视着丈夫的眼，在昏黄的灯光下，泛出一缕一缕的柔波。

二十七声，国丧，天下只有三人当此规格，太后、圣上、皇后。如今，他们俩好好地坐在这儿，不是太后，又会是谁呢？只是成灏不肯面对罢了。

从半年前开始，他便处心积虑地从母后手中夺权。父皇故去得早，十四年前，母后抱着两岁的他一步步走上金銮殿。母后在朝中执政多年，军政、六部、九州各总督府，朝中无人不听母后之命。就连外史请安的折子，也先呼太后万安。

母后身边有许多死忠的臣子，舅父便是她最得力的帮手。舅父定国公掌天下兵马，所有的武将都唯他马首是瞻。

母后的权力太大了，大到让他不安。他从小就被大臣们当作金銮殿上的黄口小儿，光芒完全被母后覆盖。

曾有人告诉他：“牝鸡司晨，天下乱矣。陛下纵观史书，举凡妇人掌权，焉有轻易还政者？”

成灏一遍遍读着那句“种瓜黄台下，瓜熟子离离”，看着干练智慧的母后，戒备之心日益浓烈。

他喜爱的那个女孩，与他和阿南一起长大的那个女孩，沈清欢，她的父亲沈昼是太后一手提拔的旧臣，满心满眼只认“太后之命”。

当母后有明显的赐婚之意时，成灏胆怯了。他唯恐其中有阴谋。难道母后想换一种方式，永永远远地控制他吗？

就是在那个时候，他开始与阿南越走越近。阿南无父无母，身份低微，这让他莫名安心。更让他欢喜的是，在母后与他之间，阿南总是毫不犹豫地选择他，站在他的角度上考虑问题。阿南懂他每一寸的小心思。她为他出谋划策，她为他卜尽周全，让他一步步顺利地完成朝堂上的大换血。

他和阿南一起，算计了朝堂风云，算计了所有人。

母后移宫、还政。

宰辅易位。

军政分散。

一切都按照他与她预想的那样进展着。

金碧华灯处，唯余同谋人。当天象屡屡指向中宫之时，成灏毫不犹豫地牵着阿南的手走向最高处。

他对她，三分佩服，三分忌惮，三分猜疑，剩下的一分是什么？成灏想过很多次。到最后，他想明白了，剩下的那一分，或许是真真切切的相知。他们是同类，骨子里有一样的东西。

如今，母后死了，竟然死了。

成灏忽然觉得心痛难当。成灏抱住头："南姐，我只想让母后交权，可我从来没想让母后死……"

他没说"孤"，他说"我"。仿佛此刻的他，只是世间一个寻常的失去母亲的孩子。他这一霎的软弱，只肯给她看见。

阿南一愣，她抱住他。他们一起长大，他们同岁，阿南只比他大了一个月。他只叫过她一次"南姐"，是她斗蟋蟀赢了他，他不经意喊出口的。当时他喊了一句，便敛了口。阿南以为自己听错了，但没有追问。这一次，他喊得这么清晰。

"南姐。"

阿南静静地抱着他。成灏喃喃道："母后没了……我知道父皇走后，她很不容易。可我怎能不猜疑她。前朝因何而亡？不就是因为后宫干政、外戚专权吗？天下大乱，太祖方起义兵。前人无暇自哀，而后人哀之。后人哀之而不鉴之，亦使后人复哀后人也……"

阿南一个字都没说。但她每一下轻缓地抚摸都是懂得。她就那么沉默地抚摸着他的后背。

良久。成灏叹道："生老病死终有命。将来，我也会有母后这一日。"

"那我便与你一起死。"阿南浅浅地说着，像是说一件再自然不过的事。

帘外，掌事内监来唤。

宗亲皆赶往宫廷了。

成瀚站起身来。小舟端上洗漱的水来。阿南伺候他更衣。

穿上龙袍，他所有的软弱荡然无存。他又成了一个冷漠、理智的君王，看向所有人的眼神里，带着疏离。

“太后是如何没的？”

萱瑞殿来传话的宫人恭敬道：“回圣上，心悸。”

把持朝政多年的太后，心悸而亡，崩于寝殿之中。

国丧持续了整整二十七日。

不少人私底下议论纷纷，为何太后自交权之后便有了心症？是她心气儿太要强，还是天家母子权力交接中有不为人知的内幕？当然，这些话，没有人敢在朝堂上说半句。

龙椅上的少年天子，不怒自威。如今的朝堂，已非昨日的朝堂。

闲言碎语对成瀚来说，并不重要。重要的是，如何让这个帝国更加繁盛昌明。他的眉宇之间，满是坚毅之气。

待国丧快完的时候，阿南的胎近五个月了，越发显怀起来。素衣之下，肚子如一座圆圆的小丘。

但她仍然惦记着仓鼠之事，一刻也不曾忘怀。

三月下旬的时候，她接到云贵发来的密函。她前些日子安插在镇南将军府的人有信儿了。

胡婕妤的属相的确是鼠。这是从胡夫人身边的老嬷嬷口中套出的消息，千真万确。

阿南握紧那密函，心中思忖了半日，有了主意。她无论如何不能让胡婕妤这一胎生下来。这个歹人，做便做了。

恰逢太后停了多日的棺要送往皇陵下葬。按规矩，灵前伺香之婢，要随主殉葬。

伺香之婢，是内廷监指派的。内廷监管事说是谁，便是谁。服从是个死，不服从，便是忤逆，也是个死。且服从安排，说出去名头好听，还可全家得享殊荣，领取皇家厚赏。故而，伺香之婢，多半是一边哀哀戚戚，一边谢皇家恩典。

下葬前一日深夜，阿南命小嫄传来那伺香婢。那女子跪在地上：“皇后娘娘传奴婢这将死之人做甚？”距离下葬只有几个时辰，她的命亦只有几个时辰了。

阿南端起铜杯里的白水，饮了一口。她的神情与铜杯中的水一样寡淡：“姑娘可以不死。”

那女子猛地抬头，仿佛自己听错了一般：“不死？”

“只要你按照本宫说的做。下葬后半个时辰，皇陵处自有救你的人。本宫保你不死。家人的荣华，照享。”

那女子咬了咬唇：“娘娘您说，奴婢要如何做？”

凤鸾殿的烛光摇曳着。那女子将皇后的每一个字都记在了心中。

次日。

众人白衣素裹，跪在萱瑞殿。

圣上在前，皇后次之，妃嫔们再次之。往后，便是宗室皇亲、众臣命妇们。

掌事内监高喊一声：“起灵——”话音一落，跪于灵前的伺香婢突然站立起来，双目直瞪，仿佛魔怔了一般，冲到跪在人群中的胡婕妤面前，从口中吐出一粒药丸塞于她的口中。

胡婕妤被这意想不到的突发事件震蒙了，手足拼命地弹着，口中想喊什么，嘴巴却被伺香婢紧紧捂住了。

伺香婢大喝一声：“不祥之子，断不能留。”

侍卫们清醒过来，赶紧去拉扯她。她却猛地倒在地上，昏迷过去，人事不省了。

这时，人群中不知是谁喊了一声：“方才那声音像是太后，太后上身了！显灵了！”

众人又都跪在地上。伺香婢昏迷之前说的话，仿佛真的成了“太后遗命”。

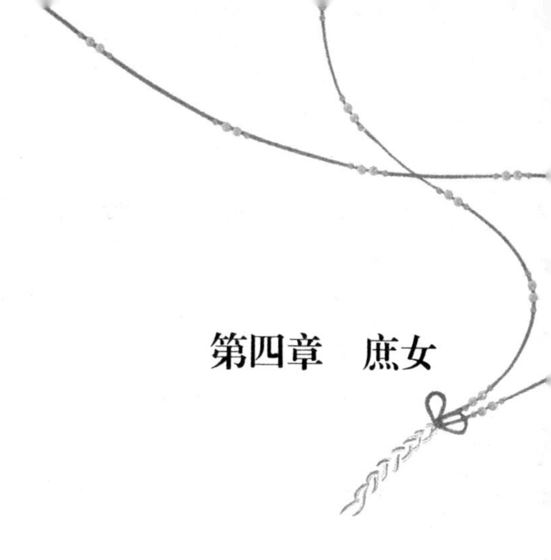

第四章　庶女

圣上扫了一眼人群，又看了看倒在地上的伺香婢。

胡婕妤面色乌青地躺在地上，口中连声呼痛。

医官们仓皇地赶来。

圣上把目光落到阿南的身上："母后入土的时辰改不得，该起灵还是要起灵。皇后，眼下你便留在宫中照料胡婕妤的胎吧。"

阿南点头道："是。这是臣妾的本分。"

掌事内监问道："圣上，这伺香婢……"

圣上淡淡道："既是母后借她显灵，想必是她与母后缘分匪浅。不管是昏迷着，还是醒着，该如何殉葬，便如何殉葬吧。"

"是。"掌事内监挥挥手，两名小内侍过来架起她拖着走。

在场的人都缓缓从方才那场闹剧里反应过来。

经幡打起，丧乐起奏。众人复又哀哀戚戚起来。

白色的送葬队伍有如暮冬之雪，一点点消逝在眼前。

阿南吩咐道："将胡婕妤抬回宛欣院吧。"

胡婕妤一直在哭着。她的贴身宫女小妙握着她的手，急切道："二小姐，撑下去啊，撑下去啊，您想想三姨娘……"说着，忙又掩了口。躺在地上的胡婕妤虽然已经痛到说不出话来，但仍然用凌厉的眼神瞪了小妙一眼，那眼神中满是责备。显然，小妙情急之中说错了话。

谁是二小姐？谁又是三姨娘？胡宛迟明明是镇南将军府的嫡长女啊。

三月间的上京并不热，风吹着花香，还有些凉。但阿南头上却出了一层薄薄的汗，身畔的小嫄拿锦帕轻轻地擦着。身上雪白的孝衣衬着她雪白的面庞。

宛欣院。庭院中大片大片的杜鹃，热热闹闹，如燎天火色。

胡婕妤在云贵长大，云贵之地多杜鹃，花繁而艳。她曾跟内廷监掌事提了一句，说宫中什么样名贵的花都有，却没有山野最寻常的杜鹃。因她盛宠在身，又怀有龙裔，内廷监掌事便很懂得讨好。不过是几日的工夫，便命人从云贵移植了许多到她的寝殿。

内廷监掌事说，胡婕妤您惦记这花，是这花的福气，能沾一沾龙裔的贵气，这花奔波数千里便是不枉了。

如今，胡婕妤躺在床榻上，血涓涓流着。庭院中的杜鹃花也越发如血，起起伏伏，流成一片了。

阿南坐在檐下。华医官从内间走出来，跪在地上禀道："皇后娘娘，胡娘娘的胎……保不住了。"

阿南闭上眼，没有出声。华医官又道："那婢女喂到胡娘娘口中的药，药性甚烈，不仅打掉了胎儿，还伤着了宫体，流血甚多。恐胡娘娘此后难以有孕了。臣等已竭尽全力，却无力回天。眼下只得多用些温润滋补之药……"

"一定要保着她的性命。"阿南语气甚轻，这几个字却说得很坚定。

"是。"

傍晚的时候，胡婕妤苏醒过来。阿南走到她的床榻边。她鲜辣活泼的神色没了，也不再叽叽喳喳地说上一箩筐的话，她双目失神，口中喃喃念道："应是蜀冤啼不尽，更凭颜色诉西风……"

这是唐人吟杜鹃的词。此时，那个"冤"字却如一根针，刺着阿南的心口。

阿南定了定神，替胡婕妤掖了掖被角，温和道："妹妹这是想家了吧？切莫悲痛过度。身体要紧。其他的，该来总会来的。"

胡婕妤用那双空洞的大眼盯着阿南："皇后娘娘，您说，这是谁做的？"

阿南道："那贱婢发了魔怔，着实该死。这个时辰，恐怕早已随太后入土了。妹妹你这口气，算是出了。"

"出气？"胡婕妤哭出声来，激动地坐起来。小妙赶紧往她身下垫了个枕头。"出什么气？她本来就是要死的人。臣妾腹中的龙脉何辜？白白地填送了。臣妾不信，不信这是太后显灵。臣妾在娘家的时候，便听爹爹讲过，所谓附身显灵之事，不过是别有用心之人的装神弄鬼。一定是有人处心积虑想害臣妾！那贱婢是同谋！"

"妹妹慎言！"阿南打断她。中宫威仪，让胡婕妤有所怵。她委委屈屈地敛了口。

"妹妹，太后盛年崩逝，圣上乍然失母，肠断心摧。太后显灵，莫说十分真切，便是有一分疑影，圣上也必会谨慎待之。今日之事，众目睽睽，想必圣上心中早有决断。岂是你口中一句装神弄鬼可以定论的？"阿南说完，站起身来。

"妹妹，你好好将养着。为了自己，也为了镇南将军府的荣辱。"她往门外走去。身后传来胡婕妤的哀啼："我的孩儿，怎么会是不祥之子？怎么会？"

“阿娘！”她唤了一声。人哪，痛到极处，便会本能地呼唤自己的亲生母亲。

胡婕妤的亲生母亲到底是谁？她从前提起胡夫人时，都是庄重地称之曰“母亲”，从没有用这样亲昵倚赖的口气叫过“阿娘”。阿南边走边沉思着。

阿南回到凤鸾殿。

小嫄道：“娘娘今儿累了，歇息吧。”

阿南摇摇头，在檐下拿着剪刀修剪松柏。

这是她的习惯，但凡有心事，便会修剪松柏。松柏一年四季常青，她手边总有可伴之物。

阿南修得很快。剪刀的唰唰声在暮色中清晰、刺耳。

片刻，小嫄拿了封信函进来：“娘娘，云贵那边有密函过来。”

阿南放下剪刀，擦了擦手，打开密函。是她安插在镇南将军府的人写来的。

原来，镇南将军府隐藏着一个秘密。人人对此守口如瓶，故而，她安插的人入府许多日子都不知道。只因这两日，有陌生女子归宁，府中人皆说是大夫人的义女。可偶然却听大夫人唤了她一句“宛迟”，方揣测出几分。

阿南看到这里已经明白了。宫里的胡婕妤并不是真的胡宛迟。她的生身母亲想必就是小妙口中的三姨娘，在胡府地位卑微。胡婕妤不是大小姐，她是二小姐。她只是一个替嫁的庶女。

镇南将军府好大的胆子。这究竟是大夫人的先斩后奏，让胡谟不得不配合她圆谎，还是胡家夫妇合起心来，有意欺君？难道就真的以为此事做得天衣无缝、永远不会被察觉？这些武人哪，往往容易把事情想得太简单。

怪不得胡婕妤提起生肖之事，遮遮掩掩，言辞闪烁。

阿南放下信，扶额坐下。小嫄忙递上一杯温水。

阿南转动着手中的杯。

黑夜将最后一点晚霞吞尽。鸡人报：戌时了。

为什么只要涉及“仓鼠之事”，只要与之有关联，就仿佛掉入漆黑泥潭，什么也看不清呢？

这样的情况属实少有。阿南有深深的无力感。马踏星辰，江山轮转。难道，那冥冥之中的天意竟如此强大？

她想起梦中白衣女子的话。就连仙家亦不可逆此事，何况凡人乎？难道自己真的做错了吗？

阿南摇摇头。

杯中的水凉了的时节，外头内侍报：“圣上到——”她起身，成灏走了进来。

“圣上，胡婕妤的胎没了。但好在人没事。医官们已经尽力了……”

成灏坐下来：“孤是从宛欣院过来的，已经知道胡婕妤的状况了。”

阿南绞了热帕子递给他。她总是喜欢亲自为他做这些事，就好像他是她自己的一部分。

成灏接了她的热帕子，缓缓道：“皇后，你相信母后显灵吗？”

“圣上信，臣妾便信。圣上不信，臣妾便不信。臣妾的心，同圣上一样。”

“呵。”成灏将毛巾覆在脸上。

“那伺香婢已经殉葬了。皇后，你该放心了。”

阿南想说什么，成灏却已经擦完脸，起身了：“皇后，胡婕妤那边，孤会安抚，将她晋到妃位，也算是对镇南将军府有个交代。母后显灵之事，到此为止。”

他走到她身边，轻轻说了句：“皇后当有容人之量。莫要耗完孤对你的情分。”

第五章　权衡

成灏说到“情分”二字的时候。阿南的眼前突然闪现顺康元年的初秋。宫中的银杏转黄，梧桐的叶子缱绻又疲倦地从树上跌落。每一片都像是在风里奔波了许久，辨认着坠落的路途。那些落叶铺了满庭院的柔软。三岁的她被带到乾坤殿，她穿着暗色的衣衫，头上戴着那根父亲留给她的卦签。她看着一个与她同龄的小男孩在斗蛐蛐。

那小男孩眉头紧锁，全神贯注，眼里透着必胜的决心和王者的肃杀之气。她看到他的衣服上用金丝线绣着龙的图案，她知道他就是当今幼帝。天底下除了君王没有人配穿龙纹。为天之子，真龙之嗣。

那龙纹，如寒夜之火，让阿南想要靠近、想要取暖。仿佛自己便是那随秋风舞倦了的落叶，有了心安的归处。

自父亲去世、母亲改嫁之后，她辗转寄人篱下，早已学会了“不干己事不开口，一问摇头三不知”。她不是多语、爱出风头的人，可她忍不住跟他说话了。

她告诉他，他手中那只勇猛的蛐蛐必败。果然引起了他的注意。他恼怒地问他为什么，明明这只蛐蛐是占尽了优势的。

她通过那只前时取胜、洋洋得意的蛐蛐，告诉他一个道理：恃国家之大，矜民人之众，欲见威于敌者，谓之骄兵，兵骄者灭。

后来的事实证明，她说的果然是对的。他手中的蛐蛐真的败了。

他从此喜欢跟她一起玩蛐蛐，也喜欢从她口中听到一些关于他拿捏不准的事情的意见。

她原本以为，这样就是极好的。直到她看到他与沈清欢在一起嬉闹，他脸上的笑容，她从来没见过。

那一刻，阿南懂得了，跟她在一起的成灏，是老成持重的。但他从来没有在她面前心无旁骛地笑过。她渴望见到那张她从未拥有过的笑脸。然而，直到她入主中宫，做了他的妻，仍然未能拥有。

情分。他与她的情分是什么？是她在凤鸾殿一日一日的守望。是她每一分、每一毫的谨小慎微。

大婚那晚，龙凤烛彻夜不熄。她夜半醒来，看到他出神地凝望着殿外的红梅。她假装睡着了。但红梅却成了她的心梗。

红梅，是他为沈清欢种的。她终是没能赢了沈清欢啊。纵便是沈清欢没有进宫，纵便是他在沈清欢与她之间选择了她。

此时，阿南看着成灏的眼睛。

"圣上，臣妾并非没有容人之量。臣妾与您相伴十余载，您应该明白，臣妾不管做什么，都是一心为了您着想。"她缓缓地讲出她梦里的征兆、她卜的卦象。

昏君之母，属相为鼠。仓鼠之子，吞食国度。

成灏原本迈开的步子收了回来，复又坐在了椅子上。

他沉默了良久，方开了口："你的意思是，胡婕妤的真实属相为鼠，可能是仓鼠之母？"

"是。臣妾虽然卜不到确切的消息。但就算是有这个可能，圣上，您觉得能留吗？"

成灏疑心非常大，阿南一直都明白。纵便胡婕妤不是真正的仓鼠之母，但只要她是"鼠"，那么成灏就不会冒那份险。他不会允许他最在意的东西有一丝被毁掉的可能。

"皇后。"成灏的目光略略柔和下来。他似乎想明白了。

"今天母后灵前那出戏，是做给别人看的？"

"嗯。"

众目睽睽之下，伺香婢借着太后之口，说出"不祥之子"这四个字，镇南将军府怎敢再追问此事？

胡婕妤就算失了龙裔、损了胎体，但既是太后显灵，武将们也没有理由对当今圣上有何怨怼。

于大局无碍。

"你知道母后其实并没有崩逝，是吗？"这件事成灏也是通过母后的贴身近臣留下的一封信函才确定的。母后将朝堂留给了他，将后半生留给了自己。她交权之后，不愿也不必再待在宫廷。闲云野鹤，江湖去也。她不过是用死亡的方式，得到自由。

阿南点了点头。是的，她知道。

"圣上，母后到底是不是真的崩逝，知道的人越少越好。重要的是满朝的文武、天下的子民都相信母后崩逝了。他们都知道母后崩逝后，您伤心欲绝。这对您、对母后，都是好事。"

太后掌权半生，雷霆手段，政敌无数，如今隐姓埋名出宫，知情的人每多一个，她的危险便多一分。

成灏看着阿南，眉宇间云深不知处。她又一次地想在了他的前头。她做事总是这样周全。

她就像深不可测的渊。他越发像在深渊边行走的人。

阿南知道，她若不告诉成灏这一切，成灏会以为中宫善妒，以为她心如蛇蝎。她若告诉他这一切，就像现在这般，他对她心底的忌惮必又会更多一分。

总有取舍，总得取舍。

他与她的情分就是这么小心翼翼又稀薄。

橘色的烛光，如同多情的佳人，与夜风摇摆着旖旎。

“告诉内廷监的人，从此，生肖为鼠的女子不必再进宫。”成灏道。

“是。”

索性从源头上杜绝了。

“为了避免再度发生冒名进宫之事，皇后，此后，你便与内廷监一同把关。”

“是。”

选妃嫔的权力交到了阿南手中。

“胡家换人的事，皇后继续佯作不知便可。镇南将军府，孤还用得着。”

“是。”

朝政的权衡永远是摆在首位。

“卦象之事，切莫传出去，恐为别有用心之人或番邦所利用。”

“是。”

这个是自然的。四世之后有昏君，岂不是说明圣朝气数将尽？怎能为外人所知呢。

交代完，阿南以为他要离去了。他却留了下来。

和衣而眠。阿南躺在他身边，他用手轻轻抚摸着她如小丘一样的腹。

阿南突然感受到了胎动，腹中的孩儿在踢她的肚皮。成灏也感受到了。

他们对望着，笑了笑。所有的算计与权衡仿佛在这一刻都暂时隐匿了。

这对少年夫妻共同面对的，不仅是孩子，还有风、有雨、有圣朝将要面临的未知。

阿南想，这一夜终于无须做那个梦了，那个自刎的梦。

只要成灏睡在她身边，她便不会做这个梦。她就不用一遍遍地面对惨烈的死亡，一遍遍地面对那种深深的无奈与悲苦，一遍遍地面对漫天的鲜血。

那无尽的涅槃与轮回。

春日过了，夏日来了。宛欣院的杜鹃谢了。

胡婕妤晋了宛妃，从三品升为一品，伺候的宫人比从前多了三倍，月银也比从前多了三倍。从娘家镇南将军府陪嫁进宫的小妙做了宛欣院的掌事宫女。一切都尽量遂着她的心。

宛妃在床榻上将养了四个月。到七月底的时候，才出门走动。

病好以后，她像变了个人似的，与中宫走动亲昵起来。她跟阿南说，知道自己这一生没了指望，不过求着依靠皇后娘娘这棵大树，得一晌荫蔽罢了。皇后娘娘若有使得着她的地方，尽管吩咐。她愿为皇后娘娘赴汤蹈火。

阿南听了这话，只淡淡笑笑，劝慰她几句。但宛妃仍是每日都来，一派热络。

自上次宛妃出事，孔贵仪越发小心。她的月份渐渐地大了，阿南免了她的请安礼。她索性从早到晚，闷在雁鸣馆，足不出户。

为中宫保胎的川陕名医说了，皇后的临盆之日仅剩半月有余。

眼下阿南最在意的，就是腹中孩儿的平安。

有一晚，阿南独自安歇。凤鸾殿的宫人们照旧例，添上足足的灯油。然而到了半夜，阿南从睡梦中惊醒的时候，见寝殿是黑的，一阵老鼠叽叽喳喳的叫声传来。原来是老鼠偷吃了灯油，所以灯灭了。

黑暗如浪，让阿南有一种溺毙的绝望。她尖叫起来："来人！快来人！"

乾坤殿怎么会进老鼠？她一阵腹痛。仿佛有什么东西从她的身体里下坠。

宫人们急促奔跑而来。

第六章　产子

黑暗中，阿南摸到了婢女小嫄的手。

“皇后娘娘，皇后娘娘。”小嫄在焦急地唤她。

凤鸾殿的灯被点亮。满宫里不见老鼠的影子。方才那些叽叽喳喳的声音，好似幻听一般。

阿南像一个从深深的水底被打捞上的人，艰难地喘着气。她口中迷迷糊糊说了句什么。小嫄没听清，将耳朵凑上去，方听到她在喃喃叫着：“圣上……”

几个宫人将皇后扶回了榻上。奉圣旨为皇后保胎的川陕名医酆陌急匆匆赶来，宫中医官署的几名医官也来了。嬷嬷宫女们时而端着水盆进来，时而又端着水盆出去。凤鸾殿里人影憧憧。

阿南流了好多的血，但是她一声也没叫唤。

众人纷纷纳罕，历来见宫闱或民间产子者多矣，中宫邹皇后是他们这辈子见过的唯一在生产时不呼痛的女子。异常的沉默，让凤鸾殿的产房是那么与众不同。

阿南睁大双眼看着帐顶的金丝凤凰，耳畔是人们在床前走来走去的脚步声，腹中一阵阵剧烈的抽痛让她恨不得将身体蜷缩到一处。

她紧抿着嘴唇，意识一点点涣散，烛影晃着，她昏了过去。

几个经年的喜嬷对视了一眼，皇后昏迷，使不上劲儿，孩子卡在产道，眼下只能冒冒险，将手伸进产道，把孩子拉扯出来。

小嫄问凤鸾殿的掌事内监春海：“今晚圣上歇在哪儿了？”春海答道：“当下正是夏秋时节，黄河又闹了水患，圣上跟一帮大人在尚书房议事呢，吩咐任何人不得前去打扰。”

小嫄看了看床上的阿南，咬咬牙：“我去喊圣上来。”春海道：“姑娘，只怕你去了尚书房，也见不到圣上。”

小嫄听了这话，仍执拗地走了出去。

尚书房里。工部侍郎刘存向圣上道：“太宗大章年间，吕德大人以拓宽河道为法，舒缓水流，几番控制了灾情，深受太宗皇帝赏识。但，此法终治标难治本，河道越宽，流速越小，泥沙沉淀便会越高。长年累月，河床便会抬高。是而，水患屡屡不绝。”

河道总督李呈说道：“今年夏季，豫州一带，雨水甚多。故而灾情比往常要严重。水淹良田，臣已全力救灾，不敢懈怠分毫。”

成灏皱着眉头：“最要紧的，是疏散黄河两岸的百姓，百姓的性命是最要紧的。没有百姓，要粮食何用？”

“是。”河道总督赶紧俯身道。

“吕德如今在何处？孤记得，他是三皇伯的外祖。”

“回圣上，您记得没错。吕德乃太宗妃嫔吕娘娘之亲父。他年事已高，早在长乐年间就亡故了。”

“如今，举目望去，朝野之中，倒无有擅水利之人了。”成灏叹道。

内侍小舟递来一盏菊花茶。圣上这几日上火，口内都生出疮来了。

“河道越宽，流速越小，泥沙沉积……”成灏站起身来，反复念叨着这几句话。忽然，他灵光一现，急急向几位大臣道：“孤想到一个法子，或可一试！”

“孤幼年时，曾随母后南巡。皇家船只，行水路数日。孤发现一个问题，水流越急的地方，水越清澈。倒是水缓之处，水里沉积之物甚多，水愈浑浊。从前，吕德大人数次拓宽黄河之河道，虽将水患暂时控制住了，但却遗留下许多问题。从长远来看，反倒不利于治灾。”

成灏说着，站起身来，将袖口挽于身后，在书房中来回踱步。

“孤认为，不若将河道收紧，同时引其他水源入黄河，增加流速，从而冲走水底沉积的泥沙。如此，无须经常梳理河道，河道自己就能进行清理。”

这个说法较之以往属实新奇，大臣们面面相觑，无人敢接下音。

按照常规的想法，本来黄河已经在闹水患了，还要往里加水，岂非让它愈发溢出来？这个思路太逆向了。

眼前这位少年天子实在是……

“圣上，此法前人未曾用过，如若适得其反，其后果属实严重，恐惹民怨。圣上请三思。”工部侍郎刘存谨慎道。

“刘卿，孤自是知道此事非同小可。太师朱先生曾对孤讲过，天子当知民难，知民之苦，存爱民之心。孤怎会随意拿此等国家大事、老百姓的身家性命开玩笑？卿等想想——”

成灏看着眼前几位重臣：“同样是黄河之水，为何上游从不闹灾呢？”

刘存哑口无言。细思，确实是这个道理。

“上流河道窄，流速快。故而从不闹灾。”

成灏复又坐到龙椅上，眼中的神色愈发坚定。

“孤已有决断，收河道，引清水入黄河。”

几位大臣思虑一番，跪在地上：“谨遵圣命。”

“跪安吧。”

“是。”

大臣们跪安后，成灏沉郁了数日的心情轻快了不少，脑海中紧绷的弦略略松弛。

先祖们栉风沐雨地创下基业，他不愿只做个守成之君。他想让圣朝在他的手中更加强大，国库充盈，大实仓廪，道不拾遗，夜不闭户，开创一个前所未有的大治之世。这是他的雄心，亦是他从稚时便发的宏愿。

手边的菊花茶已经凉透了。成灏端起，一饮而尽。

这时，突听门外一个女子的声音焦急地喊着：“圣上！圣上！”侍卫们拦阻着：“圣上有令，任何人不许前去打扰。”

“奴婢是凤鸾殿的人，有急事求见圣上。”

侍卫道：“不管你是哪宫的，皇命就是皇命，必须遵守。”

那女子高声道：“中宫生产，兹事体大，尔等就不能通融吗？”

侍卫们迟疑着，一面不敢得罪凤鸾殿，一面又不敢贸然进殿打扰圣上。那女子趁他们恍神的当口儿，直接冲了进来。

她扑通一声跪在地上：“圣上，求您移驾凤鸾殿。皇后娘娘昏过去了。”

成灏刚喝完菊花茶，看着那女子。他对各宫的宫人们不甚留心，但他知道，眼前这个婢女是中宫的掌事宫女，皇后在这宫中最信赖的人。他从没留心看过她。今夜，见此情形，倒觉得她颇为忠勇。

侍卫们已跟了进来，忙向圣上告罪。成灏摆摆手，他们退了出去。

“孤记得，皇后娘娘还有半月才到生产之期啊。”

“是。但今晚皇后娘娘不知怎的，惊动了胎气，早产了。”小嫄答道。成灏沉吟道：“自古妇人生产，如过鬼门关。皇后既然早产，想必侍产大夫和宫中的医官们、专事妇人生产的喜嬷们都到了。孤去了，也进不得产房。去了也无甚作用，不如在此静候佳音。”

“圣上，皇后娘娘昏迷前一直在叫您。您如果能守在凤鸾殿，皇后娘娘一定能感受到。她要是睁开眼，第一眼看到的是您，会有多高兴啊。”小嫄恳求道，眼泪在眼眶里打转，在烛光下，晶莹如玉。

成灏的心，和软了许多。

川陕名医早早便告诉过他，皇后这一胎是公主。这是他的第一个孩子，圣朝的长公主。

他起身："好，孤随你去。"小嫄的脸上绽开一个笑容："谢圣上。"

七月到了尾声。宫中的兰花开得到处都是，空气里飘浮着馨香。怪不得人们通常把七月，叫作兰月。

民间又把七月叫鬼月。传说这个月鬼门打开，到七月底的时候又重新关上。

今日，正好儿是七月的最后一天。

成灏刚走到凤鸾殿的那一刻，就听到喜嬷的声音："生了！皇后娘娘生了！是个漂亮的公主！"

喜嬷把孩子抱到外间，成灏接过。那孩子与寻常新生的孩子不同，声音嘹亮，不啼反喜。

"公主是哪个时辰生的？"

喜嬷道："刚好子时。"

"那便是新的一日了。公主的生辰是八月的起始。"

众人皆跪在地上："恭喜圣上，恭喜皇后娘娘。"

成灏看着怀里的婴孩。那孩子有一双清澈无比的眼睛。

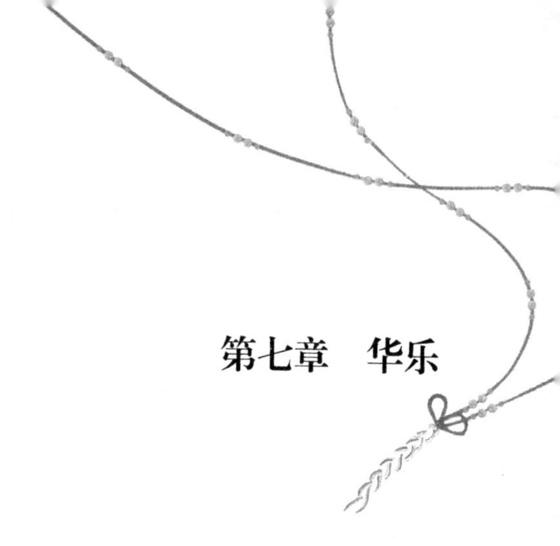

第七章　华乐

那清澈竟让成灏想到了冬雨里开到极致的梅花。

侍产大夫、医官还有喜嬷，以及凤鸾殿所有的宫人黑压压地跪了一屋子。

成灏抬头，说了句：“赏——”

众人慌忙谢恩。殿内一片喜气洋洋。

阿南在昏迷的时候，又看到了那个白衣女子。她时而是风中摇曳的一株梅，时而化作花雨从天而落。她微笑着看着阿南，割破自己的手指。她的血流出来，化作药引，流到阿南的腹中。

“你为什么要这么做？”阿南问她。

她一挥手，眼前出现一面镜湖，镜湖里投映着许多画面，那么清晰。

四海八荒，祁连山。一条真龙从云雾中飞来，与祁连山顶一株白梅两两相望。真龙绕着白梅，为她下了一场雨，一场只与她有关的雨。那白梅受了真龙的雨泽，愈发仙气缥缈。

后来，白梅化作一位美貌的女子，真龙化作一位英武的男人，两人或是腾云驾雾，或是戏于山涧。祁连山顶常常落雪，他们在嬉闹中白了头。人们把祁连山叫作白山。白雪皑皑，白头千年。

真龙与花仙相恋，触犯天条。真龙下凡，为人间天子。白梅在轮回台送他，看着他的魂魄入了六道。她的眼泪落在他的手心，和所有的记忆一起被封存。白梅被贬为妖，一世一世地保他一家一姓的江山。

阿南不觉看怔了。

她问道：“如今，真龙何在？”白衣女子笑道：“了却人间千年债，得见心头万世人。”

她与他被天帝所罚，千年不能相见。一千年后，她与他就整整相识一万年了。她相信他一定还记得她，就跟她一直记得他一样。他的江山，是她在这一千年飘荡里的念想。

他为她下了一场雨。一切的起始，便是那一场雨。

“你用一千年时间，去等一个人？”

“是。”

“原来我总以为世人痴惘，原来仙家亦不可免。”

白衣女子的裙角飞扬着。她笑而不语，若非因为痴惘，她早已位列上仙，若非因为痴惘，她不必流落人间。可她从未后悔过她的痴惘。

阿南看着她越飘越远，问道：“一千年很漫长，你要去哪儿？”

白衣女子的声音带着梅花的香气在天地间飘荡着：“邹阿南，你的女儿非等闲之人。将来，你若听她的话，可保性命周全。你若不肯听她的话，你的梦魇，就是你的结局。”

你的梦魇就是你的结局，你的梦魇就是你的结局，你的梦魇就是你的结局……这句话像针一样，刺入阿南的脑海。

她猛地睁开眼。成灏抱着孩子坐在她的床头。

“皇后娘娘醒了！”小嫄用袖口擦了把眼泪，忙命小宫人递上一碗早已煮好的枣粥。那枣粥软而糯，温度恰好。

阿南看着成灏，苍白的嘴角抿出一个笑容：“圣上来了。”

成灏将孩子抱得近了些：“皇后你看，公主甚美。从落地便不哭，一直是欢喜的。”

阿南点点头：“圣上喜欢，便是极好的。”

公主睁着湿漉漉的眼，一会儿看看成灏，一会儿看看阿南。

成灏道：“孤想为公主取名铣字，封号华乐，皇后意下如何？”

阿南颔首：“谢圣上。”

宫人们再度跪在地上：“恭祝华乐公主千岁安康。”

成灏将公主递给守在一旁的奶娘。他握住阿南的手：“此番皇后受苦了，多加休养。”

阿南摇摇头。她张口欲说老鼠的事，想了想，又咽下。

小嫄扶阿南半倚在床榻上，轻轻将枣粥送入她口中。

这一晚，成灏躺在榻上，闭上眼，舒了口气。他在心底给自己过的刑终于结束了。他一直隐隐地害怕皇后生产的这一刻。尽管川陕名医告诉他，绝不会误判。但他仍是思虑到了这一层可能。事无万全，成灏做了两手准备。喜嬷们已接到密旨，若皇后诞下皇子，便让其生来窒息。

是而，小嫄唤他的时候，他犹豫。他不忍面对那样的可能。

好在，川陕名医并没有误判。铣儿，真的是皆大欢喜。

成灏隔着帘栊看着窗外的月亮。看着奏折忧心了许久，水患终于有了解决的新思路。皇后诞下公主，免去他们之间残害骨肉的尴尬与难堪。

成灏觉得，一切都是如愿的。

翌日，他在金銮殿上下达了“收紧河道，引清入黄”的政令，不出所料的，群臣一片哗然。昨夜在尚书房参与议事的工部侍郎刘存第一个站了出来，立场鲜明地表态，支持圣上。

风向一刮，众人便领会了。

最终，圣上的政令得以顺利下达。成灏对刘存亦高看了一眼。

九月伊始，阿南满了月子的时候，便恢复了产前的灵动。她原本想留着酆陌在宫中做医官，却发现他已经不辞而别了。宫中的安平观空空如也，没有一丝他存在过的痕迹。萍踪仙影，无处可寻。

阿南坐在凤鸾殿的大椅上，想着生产那夜听到的鼠声。那绝不会是幻听。

她细细查问了那日守夜的宫人与内侍，灯油备得很足，是实情。若非老鼠偷吃灯油，咬断灯芯，怎么可能突然灯灭呢？

那些老鼠是从哪里来的？为何眨眼间便消失得无影无踪，找遍整个宫殿，都找不到了呢？是谁有意在做此事？意欲何为？

小嫄递上一杯白水，阿南一边喝着，一边思量着后宫中的人。

雁鸣馆的孔贵仪，肚里怀着孩子，且有了月份，整日闷在雁鸣馆中不出来。她胆子小，话又少，不太像是做这等事的人。

宛妃……

阿南转动着手中的杯子。宛妃常来凤鸾殿，有下手的时机。不拘跟哪个小宫人串通，偷偷放一窝耗子进来，倒是很有可能。且她说过，鼠是灵动之物。她是喜鼠之人，又肖鼠，难免让人把她和鼠联系到一处。

难道她知道自己腹中胎儿不存的真相，趁此报复？阿南看了看站在自己身边的小嫄，不经意地问道：“这件事，你怎么看？”

小嫄想了想，缓缓道：“鼠来，灯灭，皇后娘娘您梦魇惊叫。如若您有所不测，便遂了她的心吧，也不枉她一趟趟往凤鸾殿跑。可娘娘与公主吉人天相，天神庇佑，岂是小人能祸害得了的？”

阿南将手中的杯子握得紧了些。

“你也觉得是宛妃吗？”

“是。”

阿南端起杯中的白水，饮尽，不动声色道：“圣上说了，镇南将军府，还有用处。既如此，宛妃现时在宫中就得好好的。”

小嫄低头。

“让内廷监换两个小内侍去宛欣院。内廷监的掌事一定懂本宫的意思。”

“是。”

“她的错处，本宫记着。此时不追究，不代表永远不追究。”

阿南用眼角处看了看小嫄。小嫄俯身道了声“是”，便出去了。

一个月后，凤鸾殿的几位宫人或因身子不适，或因偷盗，被驱逐出中宫。那几位宫人有一个共同点：都是皇后娘娘生产那日值夜的人。

十一月十八日，孔贵仪临盆。

是夜，皇长子诞于雁鸣馆。

圣上为其赐名曰：诜。

瞻彼中林，诜诜其鹿。圣上借皇长子的名字，向上苍祈求子嗣众多。

孔家一时间在朝堂出尽了风头。一向不大起眼的孔贵仪成了众人瞩目的皇长子之母。

次年二月底，太后的丧期一过，刘家的七小姐、工部侍郎刘存独女刘清漪便进了宫，成了圣上守丧之后纳的第一个妃嫔。

圣上赐刘清漪五品芳仪的位分，居于文茵阁。

彼时，华乐公主已然半岁，皇长子三月有余了。

第八章　挠脸

文茵阁在御湖的东侧，离雁鸣馆不远。

孔灵雁自生了皇长子成诜后，晋到了妃位。圣上另赐其封号“祥”。雁鸣馆今非昔比，许多命妇上赶着前去巴结，门前来客络绎不绝。皇长子每到夜间，啼哭不止，祥妃甚觉劳神，无暇应对来客们。好在她从娘家孔府带进宫的陪嫁丫头小婵甚是能干，待人接物，周全妥帖。她助祥妃料理着雁鸣馆的事宜，在后宫诸人及朝廷命妇之间，八面玲珑。

医官署为孔灵雁侍胎的医官跟圣上说，祥妃身量矮小，但皇长子生来块头颇大，故而，祥妃因生育皇长子，身体损耗甚巨，气血大亏。

圣上看顾孔家一直以来鞍前马后的付出，亦体恤祥妃为生育皇长子遭的罪，故下旨，封孔灵雁的母亲为一品诰命夫人。

春浓烈地来了，宫中百花盛开。各宫各院飘荡着花香。风都是绵软的，带着丝丝的甜味儿。

凤鸾殿的早晨，阿南刚起身，宛妃就来了。她每日都是第一个来请安的。她很喜欢华乐公主。巧的是，华乐公主也似乎很喜欢看到她，时常对着她咯咯地笑。

宛妃虽然是未曾抚育过孩子的人，但往往抱着华乐公主，就舍不得撒手了。有一回，华乐公主尿在了她的云缎衣裳上头，她也不生气，点着公主的鼻子，叫小淘气。

今日，宛妃向阿南行过礼，便又习惯性地从奶娘手中接过公主。

小嫄笑道：“宛妃娘娘当心些，公主现在顶爱揪人耳饰、簪环。”

宛妃笑笑：“不打紧。揪便让她揪去。又不疼。怕甚。”

她自小跟家中的老仆学过一点子口技，会模仿鸟儿的叫声。华乐公主睁着大眼睛看着她，一大一小，笑作一团，倒像是娘俩似的。

阿南梳洗完，端庄地坐到正厅当中的椅子上。刘清漪来了，恭恭敬敬地跪在地上行礼。

工部侍郎刘存娶了三房妻妾，生了六个儿子。大夫人快四十岁，才生得一个嫡女。刘清漪在府中甚是受宠，是一家子的掌上明珠。她乍进宫，位分是最末的，一时间，似乎难以接受这种见人便跪的落差，眉眼间流露着遮不住的争强好胜。

她向阿南行罢礼，遂又向抱着孩子的宛妃行了个礼。

阿南唤小嫄赐茶。她接过茶，坐下，向阿南笑道："皇后娘娘听说了吗？"

阿南浅浅笑笑，并不接她的下音。

她自顾道："宫中的人都议论呢，原该是皇后您的母家承恩，怎么轮到别人了呢？圣上虽是体恤臣下之意，但她自个儿也该知道些分寸。不能踩着梯子就敢上坡。雁鸣馆的掌事宫女小婵，甚是拿腔，动辄就说自己从前是一品诰命夫人调教出来的。呵，若无皇长子，哪里就有一品诰命夫人了？"

阿南仍是笑笑，不说话。皇后娘娘的母家的确该承恩，可邹家现已无人，谁来承恩？

想必这一点，刘芳仪也知道，不过是想撺掇着皇后治一治祥妃，出一出气罢了。至于为什么有气。呵。文茵阁跟雁鸣馆相邻，日日看着他人鲜花着锦，生了嫉妒之心。

宛妃心直口快，道："妹妹，昨儿晚上圣上是不是去了雁鸣馆，圣驾路过你门前了吧？"

刘芳仪嗤道："总拿皇长子说事儿，有的没的，就喊圣上去一遭儿。依臣妾看，不过是由头罢了。什么不适？什么夜啼？又不是耗子。耗子到了晚上才闹腾呢！"

宛妃看着公主，眼尾却扫向刘芳仪，笑道："好大的酸味儿！今儿晌午吃饺子，连醋都不用搁了。"

在场的宫人皆捂着嘴偷笑。

刘芳仪懊恼地嘟着嘴。后宫诸人之中，她年纪最小，说话常常不防头。

圣上夸过她娇俏。阿南对她很是宽容，从不训斥，不拘她说什么，就当耳畔一阵风，过了，便过了。

眼下，她这句话，却让阿南心内略略一动。

这时，外头的内侍报："祥妃娘娘到——"

孔灵雁款款地走进来。她身后跟着小婵及一众宫人们，还有抱着皇长子的奶娘。

奶娘按规矩在祥妃磕头请安后，抱着皇长子跪在地上："诜皇子恭请母后金安。"

阿南道了免礼，赐了座。那皇长子抬眼见到宛妃怀里的华乐公主就"哇"地哭出声来。奶娘忙抱着哄，却无论如何都哄不好。

孔灵雁尴尬地告罪。

阿南摇头："不妨。"转而又道，"诜皇子的夜啼症还是不见好吗？"

孔灵雁道："回皇后娘娘，不仅不见好，似乎还加重了。医官署的华医官上次开了一个方子，说是取牵牛子七粒，捣碎，用温水调成糊状，临睡前外敷于肚脐上。臣妾试了。仍无甚作用。"

奶娘抱着诜皇子晃晃悠悠地哄着。离了殿内，走到檐下，似乎好些了，哭声渐止。

阿南道："诜皇子似乎不大喜欢来这里。妹妹，你带着孩子回去吧。日后不必天天携子来请安了。心意到了，本宫便领了。"孔灵雁忙跪在地上："臣妾惶恐。皇后娘娘是他的嫡母，他怎会不喜来这里。原该日日来请安的。"

这时，刘芳仪道："对中宫的恭敬在心里，不在嘴上，祥妃姐姐若真的心里惶恐，就不该误了请安的时辰，来得这样晚。知道的呢，说你是来请安。不知道的，还以为你是来炫耀。""你！"孔灵雁一向话少，她纵是气到极处，憋红了面孔，也没有刘芳仪的伶牙俐齿。

"刘家的女儿，便是这样不知尊卑的吗？"孔灵雁的婢女小婵道。刘芳仪道："尊卑设次序，事物齐纪纲。不知尊卑的，是你，还是本宫？主子们说话，轮得到你插嘴吗？还是说，雁鸣馆现在自以为有了身份，便是下人，也知欺人三分了？"

小嫄轻咳了一声。众人看了看阿南的脸色，止了口。

孔灵雁低头道："误了请安的时辰，着实是臣妾不该。但昨儿夜里因着诜儿啼哭，闹到半夜不曾睡，所以……终是臣妾的不是，向皇后娘娘请罪。"

阿南浅笑道："妹妹言重了。妹妹的苦衷，本宫怎能不知？刘芳仪初进宫，年纪又小，口没遮掩，大家同侍圣上，都是姐妹，你莫要与她计较。想来，圣上也是希望咱们后宫一团和气的。"

"是。"孔灵雁招手，唤奶娘将诜皇子抱进来，欲跪安告退。

谁知，奶娘抱着他经过宛妃抱着的华乐公主身边，华乐公主一伸手，便在诜皇子脸上抓了一道——

小孩儿家，手且嫩着，抓得并不重，诜皇子却拼了命地号啕大哭起来。

这厢，宛妃怀里的华乐公主睁大眼睛，无辜地吃着手，仿佛不觉得自己做错了事。

孔灵雁心疼得要命。

抱着公主的宛妃探头一看，见诜皇子的脸上并没有留下什么痕迹，便松了口气："还好不重。"

孔灵雁一听这话，一早上积压的火气"噌"一下燃了起来："宛姐姐这话是何意啊？敢情您没做过娘，不知道娘的心疼。纵是抓得不重，诜儿也惊着了，非同小可，岂是能大意的？您抱着孩子怎么就这么不留神？"

那句“没做过娘”刺到了宛妃。她当初可是跟孔灵雁同时怀的孕。她的位分还比孔灵雁高。结果，她流产了，孔灵雁倒是顺顺当当生下皇长子。虽然同在妃位，可因为孔灵雁有御赐的封号，硬生生比她尊贵了一截。凭什么？她现在当着这么多人的面儿训斥自己，莫非以为生了个儿子，真的要上天了？

“哟，祥妃娘娘这是说谁啊？小孩儿家，抓一下，并不是故意的，下手又不重，祥妃娘娘何必这么大反应？是针对臣妾呢，还是针对公主呢？更或是，针对皇后娘娘？”

“胡宛迟，你——”

孔灵雁站起身来，指着她：“你少在这里挑拨离间——”她哽咽着，似乎有一肚子的话要说，奈何不善言辞，只能沤在肺腑里，沤成一腔愤懑。

她哭出声来。

“你们——你们都容不得诜儿，本宫要去找圣上，让他评评理——”

她抱着孩子，走出凤鸾殿。

第九章　故旧

阿南轻轻地摇了摇头。

小嫄道："奴婢担心今日祥妃在凤鸾殿受了气，会在圣上面前提及。纵便是祥妃不提及，难保她身边的宫人们不提及。虽然华乐公主抓诜皇子脸上那一把并不重，但由旁人之口说出来，恐变了味道。若圣上以为咱们凤鸾殿自持中宫，欺侮祥妃母子，那可就……"顿了顿，她又道，"倒不如皇后娘娘您自己先表态，显得您磊落无愧。"

小嫄用担忧、关切的眼神看着阿南。阿南沉吟道："祥妃素来性格娴静，又是世家小姐出身，想来不会去告那等刁状。但是她身边那个小婵，倒是不好说。"

小婵那会子呵斥刘芳仪的姿态，就可以看出她不是个好相与的。

"而且，皇后娘娘您想想——"小嫄的声音沉下来，"那诜皇子本来就夜夜睡不好，是个极爱哭的，若日后再闹起来，说是今日在凤鸾殿被华乐公主惊着了，吓到了，愈发严重，这说得清吗？"

阿南低头，吹着杯中的水。那水荡起一圈一圈的涟漪。

"那便照你说的办吧。"

小嫄应了声儿，便从宛妃手中接过华乐公主，走了出去。

一旁坐着的刘芳仪听见方才小嫄口中的"告状"之语，不免有些慌神。她今日屡屡讽刺祥妃，若是小婵去告状，恐怕她也脱不了干系。

她起身，向阿南跪安告退。

只余宛妃，犹大咧咧地坐在椅子上，喝着宫人们递的茶。

阿南瞧着她，笑道："妹妹不担心圣上责怪吗？"

"圣上喜欢懂事的，不喜欢生事的。皇后娘娘您肯定最明白。"

成灏自亲政以来，竭力想证明自己的能力。日日在勤政殿的时间，比在后宫多得多。纳的几个妃嫔，也都是跟前朝政事权衡后的结果。他未对哪个妇人格外上心，也未在哪宫盘桓太久。

宛妃说完，意味深长地说了句："皇后娘娘身边的小嫄姑娘，是个周到的人……”话到末梢，拐了个弯儿，“只怕有些太周到了。”

阿南打量着宛妃，这个替嫁进宫的胡二小姐，她的孩子是如何没的，她到底知还是不知？她这数月以来，对中宫的热络，真的只是想着为自己找个依靠吗。看她对公主的细心与喜爱，倒像是发自肺腑的。她难道是真心想成为自己的臂膀？

“本宫自小便在宫闱长大，与小娘相识多年了。她是从前乾坤殿中缝补嬷嬷的女儿，也是本宫在宫闱中仅有的知心人。是而，本宫入主凤鸾之时，便向内廷监要了她过来做掌事宫女。十数年的情分在，她难免替本宫多想着些。”阿南说着，眼前似乎浮现小时候的情景。

她喜穿素衣，头戴卦签，读着晦涩的古书，跟同龄的小孩子格格不入。且，她虽养在乾坤殿，但没有名头，非主非仆，许多宫人并不把她当回事。小嫄却一直对她关心爱护有加。

小嫄与她同岁。有一年元宵，阿南睡下了，却听到有人叩窗。原来是小嫄。主子赏的半只什锦鸭，她舍不得吃，拿来跟阿南小姐共享。

小嫄从前一直叫她“阿南小姐”。小嫄是唯一不觉得阿南寡淡的外表有距离感的人。

阿南的心，与外头的人就像隔着一条长而深的回廊。而小嫄是每日往来这回廊的人，她替阿南说那些说不出的话、替阿南做那些做不出的事。

凤座上的阿南永远都是不动声色的。

宛妃叹了句：“有道是疏不间亲。臣妾原不该说娘娘身边的人。但，当局称迷，傍观见审。臣妾想着，娘娘虽是至为聪慧的人，但有时候被云彩暂时遮住了眼眸也未可知，故而，多了句嘴。”说完，她喝尽盏中的茶，离座跪安了。

阿南看着她的背影，想着，下回镇南将军回京述职，得找个由头，让他带上三姨娘上京，好让宛妃能在胡家京中的府邸见到亲娘。

至于小嫄……阿南转动杯子的手缓下来。她想往下再看看。

这厢，小嫄抱着华乐公主走到尚书房。恰成灏批完江右的折子，伏于案牍之上，抬头之际，听见一阵婴孩的笑声。

他起身，舒了舒筋骨，看到小嫄怀里笑容灿烂的女儿。小女婴的眼中仿佛有大片的星光，泼洒的满室明亮而闪烁。他情不自禁地伸出手，接过她，唤了声：“铫儿。”在政务中积压的乌云一霎时被吹散。

华乐公主看着他，白而软的小手捉住他头上的金冠。

他捏了捏她的小脸：“铫儿喜欢皇冠吗？”华乐公主趴在他的肩上，煞有介事地点点头。

成灏仰头哈哈大笑起来。须臾，他问小嫄道：“今日怎么想着把铫儿抱来尚书房？是皇后有何事唤孤吗？”

小嫄面露惶恐，跪在地上。

“今儿宛妃娘娘抱着公主，公主在宛妃娘娘怀里不慎抓了诜皇子一把，虽然不重，但诜皇子大哭起来，祥妃娘娘心疼得不得了，跟宛妃娘娘吵了起来，刘芳仪也参与其中。祥妃娘娘离开中宫的时候，闷闷不乐的。皇后娘娘自知公主做错了事，便命奴婢抱公主来向圣上请罪。奴婢觉得，公主没有错，皇后娘娘更没有错，错的是奴婢，身为中宫的掌事宫女，没有看护好公主。”她磕了个头，“奴婢罪该万死。”

她这一段话，把后宫中所有的人都带上了，但却不乱，条理清晰。

成灏听了，摇摇头：“孤当是什么事呢。听来也没什么要紧，不必动辄死罪。”

他看着怀中的华乐公主，道：“诜儿是个男孩子，却忒娇气了些，孤每次去雁鸣馆都听见他在哭，哭得无休无止。倒是铣儿，虽是个公主，但总是笑容满面，有皇家的大气风范。”

小嫄仍是跪在地上不敢起来。

成灏道：“灵雁生孩子吃了苦头，所以便格外在意了些。孤原也理解。但她是饱读诗书的世家女子，焉能不知过犹不及的道理？皇家的男儿，岂可过分宠溺。”

“至于宛妃和刘芳仪——”他微微皱了皱眉，“在中宫吵吵嚷嚷，成个什么体统？你告诉皇后，该斥责，便斥责。后宫当有后宫的规矩。如今，孤的后宫才几个人，便这样乱糟糟。昔年，太祖爷后宫之中有百人之多，高太后是如何辖制的？皇后该思量思量。”

小嫄低头：“皇后娘娘有国母之风，御下宽和。”

成灏笑了笑：“你是个忠心的丫头，处处护主。”

他抱着华乐往凤鸾殿走：“今儿是整日子，孤便歇半天，去中宫陪陪皇后。”

圣驾到了中宫。阿南迎了出来，眉眼间漾着柔和的欢喜。她每回看成灏抱着铣儿，就觉得内心深处那些残缺的不安，得到九曲回肠的圆满。

“铣儿这般爱笑，倒让孤想起一个人……”成灏有一刹那的恍神，从一个纯净的梦中苏醒，意识到皇后在眼前，也意识到自己似乎不该说这样的话。

幽水相照清梦醒，故人词寡。阿南看出了他的尴尬，便佯作没有听见。

她没有追问到底像谁。她知道他想说的是沈清欢。那是一个她永远也填不平的疮口，索性就迈过去。

晚间，阿南和成灏刚入榻安歇，便听见一阵吵吵嚷嚷的声音。

成灏问道：“什么动静？”小舟隔帘答道：“圣上，似乎是文茵阁那边闹腾起来了。”

“文茵阁？”

不一会子，便听到刘芳仪的哭泣声：“陛下，臣妾冤枉，臣妾冤枉啊……”

阿南道：“圣上安歇着吧，后宫的事，便让臣妾去处理就好了。您无须劳神。”

成灏起身，穿上龙靴：“孤倒要看看，大半夜的，后宫在闹什么？小舟，你去把她们带到中宫来，孤要亲自审一审。”

“是。”

帝后相继来到庭院中。

半盏茶的工夫，满院子的火把。

御林军统领孔良跪在地上，回禀着来龙去脉：“圣上，今晚臣在宫中当值，巡逻的兄弟们在文茵阁外发现一名鬼鬼祟祟的陌生男子，起初以为是哪个侍卫做了贼，待到拿下他，方知并不是宫中之人，而是宫外的人——”

“宫外的人？”

“是。乃刘芳仪娘娘进宫前的故旧。”

深更半夜，宫外男子徘徊于宫闱，其中意味，众人心知肚明。

火把之下，那个被藤条捆住的男人一身白衣、眉清目秀。

第十章　方士

成灏听完孔良的话，面色沉郁。地上捆着的那白衣男子似乎是想说什么，但因嘴巴被堵上，只能含糊不清地呜呜叫着。

内侍搬来软椅，成灏坐了下来。一旁的刘芳仪一边拿着帕子拭泪，一边跪行到成灏的脚边喊着冤枉。

成灏伸手，抬起刘芳仪的下巴，冷冷问道："他是谁？"这个进宫还不到一个月的女人，成灏自认待她不薄。

阿南面色无波地站在成灏的身侧。她注意到，刘芳仪不管将"冤枉"二字喊得有多委屈，却始终不敢与地上捆着的那男子对视。

起初听到动静，阿南以为不过是孔良在替自己的亲妹子孔灵雁出气，利用御林军统领职务之便，来这么一出栽赃嫁祸。但如今看来，倒没这么简单。

想来也是。孔良是何等样的人？曾经的羽林卫头目，从小跟成灏一起摔摔打打长起来的，岂能不了解成灏？他又怎会做如此明显又愚蠢的小把戏来欺上？

阿南扫了一眼地上的男人，意外看到他腰间悬着一面小小的镜子，又看到他袖口下端，画着八卦图。

她盯着他的眼睛。这人不是道士，是个方士。

琅琊方士者，以阴阳五行为宗，而多巫觋杂语，妖妄不经。这些人无心修道，以谶纬而牟利。然而，在上京的贵族圈中，却悄然风行。

阿南心里清晰明朗起来。

怪道孔良如此理直气壮，又如此幸灾乐祸。

刘芳仪并不冤枉。就算不是风月案，在宫中乱行方术，也非同小可。此乃君王忌讳之事。

刘芳仪呜咽着，重复地答着："圣上，臣妾是清白的，您不要听信奸佞之言，臣妾没有做半分对不住您的事情……您想想，臣妾就算再糊涂，不顾着自个儿的性命，也该顾着母家刘府诸人的性命，顾着父亲大人的前程，怎会丧风败德……"

"原来你还知道顾念母家。孤再问一遍，他是谁？"成灏的手重了一分。

“他……臣妾病了，他是母亲为臣妾送进宫的大夫。谁知还未踏入文茵阁的门，便被孔大人当贼捉起来了。臣妾知道，孔大人定是因为臣妾顶撞了祥妃姐姐，想借题发挥，报复臣妾呢。可怜臣妾没有孔大人这等好哥哥在宫中……”

“住口！”成灏大喝一声。吓得刘芳仪硬生生地将奔流到嗓子眼儿的呜咽收了回去。她惊惶地看着成灏。

“你纵是病了，宫中医官署那么多医官，瞧不得你了？退一步说，宫中医官署的医官都不如你的意，你想从宫外请大夫进来，也该在向中宫请旨过后，通过内廷监，明公正道地请。你深更半夜召陌生男子进宫，违反宫规，有污宫闱，这身家性命，你要是不要？”成灏厉声说道。

刘芳仪见天子这一怒，非同小可，忙连连磕头：“求圣上息怒，臣妾知错了，臣妾知错了……”

“你唤他进宫，到底意欲何为？你若磨完了孤的耐心，孤便不审了，把你送到三司衙门。到那时，境况可跟现在不一样了。”

刘芳仪被逼到极处，只得结结巴巴地说出实情。她自小被众星捧月惯了，在进宫之前，颇为自信，总觉得自己一进宫，便能获盛宠。然而在进宫之后，发现不过尔尔。圣上待皇后、待祥妃，甚至待宛妃，都比待她好。她心中郁闷，想起母亲刘夫人平素有个信赖的方士，颇有几分本事，便想着唤他进宫，做一做法，留住圣上的心……

“荒唐！”成灏骂了一句，沉默了下来。

刘家的女儿刚进宫，便出了这样的事，说来总归是不好听，此等宫闱之事，传出去徒增笑料。加之，刘存在朝堂之上的确是个有眼色的得力之人，黄河水患刚刚止息，他立了大功，现在贸然处置他的女儿，难免让众人揣测。

成灏想了想，站起身来。眼前的情景让他烦躁，他想一个人去乾坤殿清静清静。

他跟阿南说：“皇后，这事情便交给你了，你看着处置吧。孤相信，你与孤心意相通，一定知道该怎么做。”

阿南想了想，俯身道了句：“是。”

成灏又看向孔良，道：“这件事，起于宫闱，便止于宫闱吧。”孔良立刻领会了圣上的意思，忙拱手道：“是。”

成灏吩咐完，看也不看刘芳仪，更没再看地上捆着的男子，大踏步地走出凤鸾殿。小舟忙尾随其后。

孔良遂向阿南行礼告退。阿南笑了笑，道：“阿良，你这个御林军统领眼力挺好，捉人的时候看得清，圣上的脸色也看得清。”

阿南很久没这样叫他了。成灏、阿南、孔良、沈清欢，他们这些人年纪皆相仿，从小在宫中便认识。在阿南没有入主中宫之前，孔良还时常与她开几句玩笑。他不管说什么，阿南都淡淡笑着，不回应。自从大婚的消息被拟定后，他再也没跟阿南开过玩笑。彼此之间，再也没有这样随意的唤过名字。

今晚，阿南随口叫的一句“阿良”，让孔良胸中感慨颇多。他叹了口气，道：“皇后娘娘准备如何处置这二人？”

阿南正色道：“刘芳仪——”

“臣妾……臣妾在。”

“你有违宫规，罚半年禁足，不许踏出文茵阁半步。另罚一年的月俸。你可有异议？”

“臣妾……无异议。”刘芳仪战战兢兢地答道。

“你下去吧。以后再莫犯糊涂。你要时刻记得，你如今是圣上的妃嫔，不是刘家未出阁的小姐，可以随着自己性子胡来。这是皇宫，不是你刘府的后花园。”

“臣妾谨遵皇后娘娘教诲。”

禁足，对于今夜之事来说，已经算是恩赦了。刘芳仪磕了个头，匆匆退下。

阿南坐在方才成灏坐的那张软椅上，看着地上的男子。

她一挥手，小内侍扯掉塞在男子口中的布。男子一边大口大口地喘着气，一边道：“谢皇后娘娘。”

这人皮相颇佳，丰神俊朗，面如冠玉。若不细细观察，还以为他是进京赶考的士子。也难怪一开始大伙儿都把今晚的事想成了风化事件。

“你叫什么名字？”阿南问道。

“草名余苳，拜见凤驾千岁。”男子喘匀了气，跪在地上，向阿南行了个大礼。

“余苳……”

一旁站着的孔良似想起了什么：“这名字甚是耳熟，似乎是专擅迷惑京中贵妇的人。据说，不少人请他画符挽回夫君心意，亦有不少人请他炼丹驻颜。”

阿南淡淡道：“那必是有些效力，才会让人迷惑吧。”

余苳道：“草民这浅薄本事，跟娘娘比起来，不值一提。行走江湖，却是够了。”

“你算算，本宫今晚会如何处置你？”

余苳低头道：“草民算到，娘娘一定不会为难草民。”

阿南冷笑道：“本宫生平最讨厌自作聪明的人，更讨厌有人想谋算圣上的心。”

他居然不知天高地厚，答应为刘芳仪作法，获取圣心。圣心岂是琅琊方士能谋算的？

“杖打一百，丢出宫去。”阿南口中缓缓吐出这八个字。以眼前余苳这身板儿，打一百棍，不死也得去半条命。

侍卫们应了一声，上前便架住余苳。

这时，余苳突然喊道：“南妹头——”妹头，是百越方言。阿南的母亲，当年是百越嫁到禹杭的。这偌大的人世间，阿南只听过母亲叫她“南妹头”。

第十一章　兄长

阿南怔了怔，看着眼前这个白衣方士。

侍卫们架着他，他忽地看着阿南笑了笑。方才那些恭敬和拘谨从他的脸上消失了。仿佛坐在他面前的，并不是高高在上的皇后，而是与他十分相熟的一个寻常女子。

“南妹头。”他又叫了她一声。“你是谁？”阿南冷冷道。

“南妹头，我是你的兄长。”

阿南脸上有微愠的神色：“胡说八道。本宫从不知有兄长。”

余苓挣扎着，似乎是想从身上掏出什么。阿南吩咐了一声“放开他”。侍卫松开架着余苓的手，余苓从怀里摸出一枚发簪来。那发簪形状很特别，是汉白玉做的，上面刻着阴阳八卦图，还有一枝绽放的桃花。

阿南记事特别早。她认得，这是母亲的发簪。上面的阴阳八卦图和桃花，乃父亲邹钦亲手所刻，这是他送给母亲的生辰礼物。

看到这发簪，阿南的记忆一下子被拖到三岁的时候。父亲病逝，整个邹家笼罩着阴云，众人都说这个家族似乎有难以摆脱的短寿的厄运。天机算不得，人心算不尽。古来算卦者，几人得善终？

父亲的丧期还未过，母亲的娘家便来了轿子，接她改嫁。

百越在东南，靠海，略有夷人之风，那里的女子没有守丧的规矩。

玉簪上的“桃”字，藏着母亲的名字。

母亲叫作范红雨。因李贺有诗云：况是青春日将暮，桃花乱落如红雨。故而，后人把红雨用作桃花的别称。

母亲刚生下阿南的那一年，她生辰之日，思念家乡，倚窗落泪。父亲做了这根玉簪送给她，对她说：“阿桃，等孩子大了，我陪你一起回百越探亲。”

可还没等到那一日，父亲便离世了。性命就如同挂在枝头的花朵，不知何时开，亦不知何时落。

母亲是外祖的第四女。范氏医馆在百越颇有名气。昔年，祖父与外祖有些交情，定了儿女亲事。哪知母亲嫁入邹家不到五年，父亲便病逝了。

母亲在阿南的目光中走出邹家的大门，一步也没有回头。阿南随母亲奔跑到门外。她天生倔强，一句挽留的话都没说，却紧紧抓着轿帘的一角。

母亲俯下身来："南妹头，你舍不得娘吗？"

阿南不作声。

"南妹头——"母亲的声音里带着蛮音，仿佛海水被日头晒久了的腥咸。

"青春日将暮，你爹没了，娘在这邹家门里没有念想了，你懂吗？"

阿南依旧不作声。

"一辈子很长，长到数不清，娘才廿二，要过自己的日子去了……"她轻轻抚了抚阿南额前的发。"南妹头，你愿意跟着娘一起走吗？"

阿南摇摇头。她轻轻地说了声："爹说，离开邹家门，就不是邹家的人了。"

母亲不再与她说什么，咬咬牙，上了轿。

阿南闷声追赶着轿子，直到再也跑不动，满头大汗，无力地躺在地上。她想，母亲一定听到她的脚步声了，可母亲仍然执意往前。

母亲为什么不能守着父亲生前曾经给过的念想，守着灵位，过完这一生呢。人这辈子真的可以爱上两个人吗？阿南想，若是自己，一定不会这么做。

不管是因为什么，不管发生了什么。如果爱的人死去，阿南觉得自己一定会同他一起死。合昏尚知时，鸳鸯不独宿。

人这一辈子只能爱一个人。天上地下，碧落黄泉。

她对母亲的改嫁一直无法释怀。在她心里，母亲背叛了父亲，也背叛了原配夫妻的恩爱与欢好。离开邹家的门，便不是邹家的人。是而，在她初登后位，内廷监曾问皇后母家是否还有亲人在世之时，她只淡淡说了两个字：无人。

眼下，她接过余苳手里的玉簪，厉声道："你手中为何有我母亲的物件？"

余苳道："八月初八，丹桂开花。卯时三刻，骤雨忽落。邹家有喜，生女阿南。南妹头，我知道你的生辰八字。你的母亲，亦是我的母亲。"

阿南沉默片刻。她想明白了。

母亲想来是改嫁去了余家。

眼前这位所谓的"兄长"，定是余家的孩子，母亲给他做了填房继母。这七拐八绕的兄长，是与她无甚血缘关系的。

夜已经很深了。小小的飞虫在灯罩下起舞，凉风一阵一阵地吹在阿南的脸上。她问了句："母亲现在何处，她还好吗？"

余苳低头："她去年秋天病逝了。临终前，将这枚玉簪交给我，让我来找你。她不知道你的去向，以为你还在禹杭。所以，我一开始是按照她留给我的地址，去了禹杭的邹府。几经辗转，才知原来你已经进京，还做了皇后。我……我一介平民，没有办法进宫……想了很多主意，都不行……”

阿南思量起今晚的刘芳仪事件，耐人寻味。难道他处心积虑在京中扬名、处心积虑接近后妃的娘家人，就是为了有朝一日能有进宫的机会吗？他见到她就是为了向她报丧的吗？

“去年秋天病逝了”，这句话如同一块大石砸入阿南的心里。虽然她恨母亲的离去，也怨母亲的薄情，但母亲离世又是另一回事。自此，在这天地间，再也没了来处，只余荒凉未知的归途。

“我刚出世，生母就难产故去了。对我而言，生母是没有印象的。我四岁那年，母亲嫁进余家，待我视如己出，我一直把她当作我的亲娘。”他说到这里，眼眶泛红：“母亲是惦记你的。她希望你莫要怪她。”

一旁的孔良悄声与阿南说：“皇后娘娘不可贸然认亲——此人进京以来，以巫术而成名，不是个简单的角色。待微臣为您查探一番，您再做定夺。”

阿南点点头，道：“阿良，你把他带去安平观吧。那里自酆大夫离开后，便空置着。今晚本宫乏了，脑子有些乱，明日再审他。”

孔良担忧道：“皇后娘娘您留他在宫中，陛下若知道了，会不会……”

阿南道：“莫担心，本宫心里有分寸，会给陛下一个合适的交代。”她扶额：“今日本宫乏了，都下去吧。”

孔良拱手道：“是。”

余苳张了张嘴，似乎好想跟阿南说什么。阿南摆摆手，示意他退下。

“南妹头——”

阿南打断他：“叫本宫皇后。”余苳低头，道了声：“是。”

人都散尽了。凤鸾殿仍然灯火通明。

阿南回到床榻躺下来。她看着床头的烛火闪啊闪，她自己都不知道，为何会命孔良留下余苳。也许，潜意识里，她对亲情仍是渴望的。

她又仿佛回到了三岁，她是跟着母亲轿子奔跑的小女孩。

她跑啊跑。她在追赶什么呢？

余苳说，母亲临终前是惦记着自己的。这句话让阿南有一种心痛的满足。

她握紧那支玉簪，那是母族的消息。

“草民算到，娘娘一定不会为难草民。”

呵，这一卦，竟让他算对了。

第十二章　请罪

这一夜，阿南辗转反侧，没有睡。她脑海中全是从前禹杭城外邹家的那座老宅，和记忆里为数不多的与父亲母亲相伴的辰光。母亲名带“红雨”，邹宅里便有许许多多的桃花树。一到春日，落雨的时节，烟水茫茫，江南的白雾给桃林镀上一层如梦似幻的光。

“父亲，母亲。”阿南在心里喊着。他们却前后消失在她的视线中，在空气中化作一缕尘烟。

五更天的时候，阿南从榻上起身。她没有带宫人内侍，自己一个人走出凤鸾殿的大门，不知不觉竟往安平观的方向走去。

这些年，阿南从来没有打探过母亲的消息，没有问她再嫁的那户人家如何、夫君如何，没有问母亲过得怎么样。她怕母亲在那个家庭过得好，她会难过；过得不好，她也会难过。

而此时，她竟特别想从余苓的口中，得知关于母亲的只言片语。

母亲患了什么病，她生命的末尾是否快乐，她廿二便嫁入余家，偌多年来，可有生养？

此时亦是上京的春日。可上京的春与禹杭的春很是不同。上京的春，是富丽堂皇的。禹杭的春，是水墨诗意的。

天还蒙蒙亮。鼻尖漾着花朵混着露珠绽放的清香，阿南踱到了安平观门口。还未进去，却忽然见一个黑影从里面闪出来，一眨眼就看不见了。

阿南霎时警觉起来。方才见那黑影身量纤纤，是女子，绝非男子。

宫中有谁会在天亮前进入安平观？

绝不可能是刘芳仪或是她宫里的人。昨夜，阿南以中宫凤印下了懿旨，关刘芳仪半年禁足。文茵阁外，现在守卫森森，别说是人，连只蚊蝇，都难飞出。难道余苓表面上虽是刘芳仪召进宫的，但他其实还跟宫中其他的人暗通款曲？会是谁呢？

阿南皱眉。这个自称是自己兄长的琅琊方士，如此不简单。

阿南方才烟水茫茫的心一下子被疑惑的风吹干了，她冷静下，镇定地分析着。

黑影似乎是往御湖的方向闪去。御湖的东侧是雁鸣馆、文茵阁；西侧是花房，花房里培植着天下珍稀的花卉，花房的偏殿住着侍弄花卉的匠人们。

此时先可以排查的，便是花房里的人。阿南快步往回走，刚走到凤鸾殿门口，见小嫄端着一个装着温水的铜盆问庭院里扫地的小内侍，可有见到皇后娘娘出门。

小嫄听到脚步声，一抬头："娘娘今日起来的这样早，怎不唤奴婢近身伺候？"

阿南笑了笑："今日醒得早，便在御湖边走走。见你未醒，便没唤。"她转脸，吩咐宫门口的侍卫："唤孔良大人来。"

"是。"

小嫄将铜盆置于檐下，伺候着阿南净脸。

孔良昨夜在宫中当值，很快就赶来了。阿南用帕子在手上擦了擦，吩咐道："以搜查宫中失窃之物为名，拿着中宫的令牌，去搜一下花房里所有人以及她们的床褥，看看有没有人是昨夜未歇，或是晚歇的。"

从那会子到现在，才过去不到半刻钟，连带脱去夜行衣、处理夜行衣的时间，被子现在绝对还没焐热。

孔良答应着，快步出去了。他不知发生了何事，但阿南甚少吩咐他做什么，一旦阿南开了口，他第一反应便是照做。

一炷香的工夫，孔良回来复命，他带人搜遍了花房的每一个角落，以及里头所有的在册宫人，没有一个人有异样。

阿南低头，喝了口杯中的清水。排除了文茵阁，亦排除了花房里的宫人们，现在看来，只有一个可能：那黑衣人出自雁鸣馆。

孔良见阿南不作声，便屈身告退，走了两步，又回头道："娘娘要好好歇息。莫要太忧思，莫要太操劳。"

他定是看到了阿南面上的疲态。

阿南颔首。孔良又道："昨日那方士，娘娘当真要留他在宫中吗？"

阿南沉吟道："昨晚是本宫一时迷惑，想来不该沾此麻烦，让此等妖妄不经之人久留宫中并非益事，今日便驱他出宫吧。告诉他，不管是什么原因，若再敢闯入宫闱，定不轻饶。"

"是。"孔良应了一声，似替她松了口气。

"娘娘，您如今身居高位，有许多双眼睛盯着您，您自个儿愈发要小心。您素来是个聪敏的人，一定明白其中的道理。"

阿南再度点点头。是啊，自古以来，后宫的水便深不可测。女人们暗藏着汹涌的欲望，八仙过海，各显神通。怎保不是有人故意用这个"兄长"来对付中宫？

“八月初八，丹桂开花。卯时三刻，骤雨忽落。邹家有喜，生女阿南。”这番话并不能说明什么。

查到皇后的生辰八字并不难。不该被他那句“南妹头”所打动。

幼时之不可得，终已逝去，何必耿耿于怀？

人间昏晓，浮生扰扰。得失过眼只须臾，如风扫。那些童年缺失的，便让它缺失吧。隔着岁月的纱幔，纵便拼命去捕捉，也难以捕捉到了。

孔良退下后，阿南定了定神。

乳娘抱着铣儿走来。铣儿手中摇着小拨浪鼓，咯咯地笑着。她看见阿南，睁大眼睛，将拨浪鼓递给阿南。

阿南看着铣儿，心内轻柔一动，从乳娘那儿将孩子抱过来。

此时，小舟提着一个食盒从殿外走进，传圣上的口谕。原来是圣上早膳吃菜粥清甜可口，便命小舟送一些来凤鸾殿给公主。医官们说过，公主现时七月有余，除了乳汁，该添些流食了。

小舟向阿南笑道：“圣上时时惦记咱们华乐公主呢。”

阿南道：“多谢圣上关怀，有劳舟公公了。”

乳娘盛了粥，喂到铣儿口中。铣儿似乎胃口很好，小嘴一开一合，吃得下巴上都是。阿南看着铣儿，脸上露出久违的笑意。

妃嫔们请安的时辰到了。今日，除了禁足的刘芳仪，雁鸣馆的祥妃也没来。独宛妃依旧热络地前来请安，行罢礼后，便逗着公主玩儿。

“昨夜的事，臣妾都听说了，刘清漪胆子倒是真大。呔，在娘家被惯坏了。”

阿南沉默。

宛妃话锋一转：“方才，臣妾在来凤鸾殿的路上，见孔灵雁身边的掌事宫女小婵带着一个白衣男子往雁鸣馆去了。那白衣男子眼生得很，是不是……”

阿南握紧了杯子，冷冷道：“本宫不是已经吩咐将那方术赶出宫去吗。”

她叫来门口的小内侍：“去雁鸣馆问问，是怎么回事。”

小内侍答应着，疾步走了出去。

宛妃见皇后面色有异，联想到昨夜听说的事件，用帕子掩住口：“那白衣男子不会就是昨夜刘芳仪召进宫的人吧，这祥妃有些太大胆了。”

阿南面色沉郁。

过会子，小内侍回来禀道：“回皇后娘娘的话，今日俩侍卫正押着那方士往门外走，恰好碰到抱着诜皇子的祥妃娘娘和小婵姑娘。那方士只看了诜皇子一眼，便说此子有夜啼之症。祥妃娘娘便问是怎么回事。那方士说，夜啼不止，乃被邪祟所迷，若长此以往，必魂魄消减，身体孱弱，直至命归。祥妃娘娘听了便唬得慌，说诜皇子如她的性命一般，问方士可有办法。那方士说，只需他去雁鸣馆驱一驱邪祟，保诜皇子从今往后再不夜啼。于是……于是祥妃娘娘执意唤他去试试……就连孔大人都拦不住。”

“圣上可知道此事了？”

小内侍答道：“祥妃娘娘说，这两日皇长子夜啼比从前更加严重，嗓子都坏了，小脸蔫蔫的，医官们束手无策，如今这个方士既说有办法，无论如何得让他试试，一切以诜皇子的康健为上，圣上那儿，无论有什么指责，她自个儿担着。现时，那方士正在雁鸣馆驱邪，祥妃娘娘赤足前去尚书房请罪了。”

第十三章 鼠精

自小在江南长大、身材娇小的孔灵雁脱了簪环，一身素衣跪在尚书房门口。自进宫那日起便戴着的莲花耳饰亦去掉了。

《列女传》中有脱簪请罪之载。历来后妃们，皆将脱簪作为犯下重大过错请罪时的礼节。但，最严重的，还是赤足。这是一种自侮，比男子的“负荆请罪”更甚。

孔灵雁虽赤足跪地、楚楚可怜，但眼神中甚是坚定。她叩头道：“求圣上可怜臣妾为母的心，求圣上垂怜。只要诜儿能康健，臣妾做什么都甘愿。”

良久，门打开，成灏走了出来。他轻皱着眉：“祥妃，你是世家小姐，腹内有诗书，孤本以为你是个清明的人。怎么一到诜儿的事上，便这般糊涂？医官署的医官都治不好的病，你缘何相信一个江湖方士就能治好？另则，皇后已下旨驱那方士出宫，你如今非要留他在宫中做法，岂不是违逆中宫懿旨？”

孔灵雁道：“臣妾顾不得许多，只要是为诜儿好，什么都愿意试……”正说着，雁鸣馆的掌事内监小禾赶来了，跪在地上，大喘气道：“禀圣上，禀娘娘，鼠精，鼠精啊……捉住了，捉住了！诜皇子不哭了！”

孔灵雁听了这话，长长地舒了口气，便挣扎着要起身，回雁鸣馆瞧瞧。

“鼠精”两个字，让成灏心内一动。阿南曾经讲给他听的卦语，他至今记得，正因为那卦语，后宫杜绝肖鼠之人。

他吩咐小舟，速速摆驾雁鸣馆。

孔灵雁与成灏先后赶到雁鸣馆。

阿南也来了。她从外头走进来，便看见一身白衣的余苓手中拿着一张大大的黄纸，他一伸手，地上起了一处火光，他不慌不忙地拿着那黄纸在火上炙烤，一只肥硕的老鼠很快在纸上显现出来。那鼠活灵活现，张着嘴巴，似乎要吞噬着什么。

余苓取腰下的镜子往老鼠身上照着，鼠慢慢地从黄纸上消散。待完全散尽之后，余苓再次将黄纸放到火上烘烤，鼠复又显现。

如此，重复几次，余苓跪在地上道：“鼠精已被草民所擒，从此雁鸣馆再无邪祟。”

阿南心内冷笑着。不过是雕虫小技，骗局罢了。

她稚时便听父亲讲过，许多方士行走江湖，并无真才实学，全靠一些障眼法蒙人。以磷火来伪造鬼魂显灵；以桃木剑来与臆想中的鬼怪打斗；提前用干净的毛笔蘸着火硝，在黄纸上画图案，放于火上炙烤，便能显出鬼怪的“原形”。

成灏虽然未曾听闻过这些江湖把戏，但亦狐疑地看着眼前这个方士。他没有开口让余苳平身，余苳便一直跪着。

孔灵雁看着黄纸上那鼠，神情大骇，抱着自己的儿子，脸上带着劫后余生的庆幸。

阿南刚欲张口拆穿余苳的骗术，意外却发生了——

不知从何处蹿出来一只棕毛大鼠，那鼠身形巨大，如小兽一般，且牙齿锋利，神态凶猛。它径自扑向成灏。

阿南吃了一惊，她本能地想去护着成灏，却见一个人冲在了她的前面。

是小婵，孔灵雁的陪嫁丫环，现今雁鸣馆的掌事宫女。她离成灏的距离，比阿南近。鼠来之际，她不顾一切地扑过去，挡在成灏的面前。

那鼠的速度快得不可思议，它一口咬在小婵的胳膊上，撕下一大片肉，鲜血淋漓。

门外的侍卫闻声而动，拔剑跑入内殿，那棕鼠却飞快地跑出人群。

“擒住它！”成灏怒道。“是！”侍卫们齐声应着，纷纷去逐鼠。可那鼠跑得实在是太快，眨眼便无影无踪了。

地上的余苳道：“圣上莫慌，那鼠须臾便会七窍流血死在御湖东边第三棵松柏之下。”

成灏冷冷地看着他：“鼠是怎么回事？”余苳道：“回禀圣上，雁鸣馆被鼠精所困已久，是而诜皇子夜啼虚弱。今日草民困住了鼠的魂魄。但这鼠精道行颇深，心有怨气，临死前，仍回光返照，意图害人。草民已念下咒语。此次必永绝后患。”

“永绝后患？”成灏的脑子里盘旋着“仓鼠之子，吞食国度”这八个字。难道今日方士之举，真的能绝了这个后患？

他摇摇头，不信事情会如此简单。

可方才冒出那只棕鼠与黄纸上那只形态一模一样。且诜儿，真的是不再啼哭，睁着双眼，安安静静地看着众人，面色都红润了许多。他从未如此乖巧。

若说这方士是欺世之徒，眼前的一切又如何解释呢？

他命小舟去唤医官。医官们快快地跑过来，小婵的胳膊上伤口颇重，流血过多，导致昏厥。

成灏看着地上斑驳的血迹，叹道：“此婢不凡，敏于常人，忠心护主。”

孔灵雁听了这话，从自顾自地欣喜中回过神来，一时不知圣上如此夸赞自己的婢女，是好事还是坏事。

成灏扫了一眼余苓："诜儿的状况，再观察几日，若果真从此好了，孤便信你口中的话是真的。"余苓忙磕头："是。"

成灏话音一转："纵你驱鼠是真，技艺终究是不大高明，孤方才险些被棕鼠所害，若无此婢，当如何？是而，你依然有罪。"

余苓道："回圣上，草民甘愿领罪。但草民想说，若无小婵姑娘，草民必会行小婵姑娘所行之事，天子之身，关乎社稷，万不能损。"

成灏吩咐侍卫道："将此人送入天牢关起来。若诜皇子此后再有夜啼，便杀了他。孤眼前容不得骗术，更容不得有人装神弄鬼。"

余苓好似并不意外，一脸平静地跟着侍卫走出去。

不一会子，方才去逐鼠的侍卫果然在御湖东边第三棵松柏之下发现了死去的棕鼠，七窍流血。

侍卫请旨问圣上当如何。

成灏道："烧了吧。"

阿南直觉不相信余苓有此异能。她觉得今日之事颇为蹊跷。如此大的一只棕鼠为何突然会在内殿出现？怎么从前未被雁鸣馆的宫人发觉？诜皇子止哭究竟是怎么一回事？

雁鸣馆必有内鬼，此内鬼与这个叫余苓的方士有勾连。再联想到今日五更天，安平观门口的黑影，看着眼前被医官们救治的小婵，她模模糊糊有了答案。

事发之时，为何小婵竟站得离圣上如此之近？好个有手段的丫鬟。为了救圣上，胳膊生生被棕鼠撕得血肉模糊，这一下势必让圣上印象深刻了。

鼠患起宫闱，昭然婢子心。这雁鸣馆的宫墙，关不住她想出头的心。只是不知这小婵是如何跟余苓勾连的？他们之间是什么关系？

阿南行至成灏身侧，轻声道："圣上，依臣妾之见，该好好儿拷打雁鸣馆的宫人，包括小婵。"

成灏淡淡笑笑："孤的意见倒与皇后相反，孤认为此婢当赏。"阿南还想说什么，成灏打断道："孤并非昏庸之人，心底有决断，皇后不必急着替孤做主。"

转瞬，成灏靠近阿南，悄声道："皇后，如果孤没有记错的话，仓鼠的卦，是你卜的，如今若鼠精被除，当真永绝后患，难道不好吗？"

阿南道："臣妾以为，这其中必有猫腻。雁鸣馆诸人需好好儿审查。"她说得非常笃定。

成灏眯起眼："自皇后跟孤说了仓鼠之事，孤便将妃嫔核选之事全权交给了皇后。是否皇后并不愿意鼠患被除，想持此自重？"

阿南跪地道："臣妾没有这个意思。臣妾一心为了圣上，希望圣上莫要被奸人蒙蔽……"

她越说，成灏越感到烦躁。他不愿受母后的束缚，亦不愿受阿南的束缚。

阿南看了看他的神色，掩了口。成灏负手而立，忽然说了句："小舟，去告知内廷监，封宫人小婵为七品才人，以忠字做封号，赐居烟云馆。将忠才人救驾之事，告知宫中所有人等，以彰其护主心。"

在场的所有人都怔住了。

第十四章　亲弟

孔灵雁张了张口，似乎是想说什么。但又觉得，此等情形下，无论自个儿说什么，都不大妥当。

小婵是她宫里的掌事宫女，又是她从娘家孔府带来的老人，她若此时有一丝丝的惊诧，倒让圣上以为她“善妒”，且在下人们跟前儿落下个“不贤良”的名头。

她抱着诜儿，默不作声。成灏的视线在殿内环顾一周，落在了她的身上。

“祥妃，此次你强留方士驱邪之事，孤念你爱子心切，便不责罚你了。你好生照看诜儿，有何事由，着人去叫孤便好。”说着，他命小宫人给祥妃穿好鞋，又嘱几名医官留在雁鸣馆继续观察诜皇子的状况，随时等待召唤。

孔灵雁心里涌上些许安慰。圣上是爱诜儿的，到底是他的儿子。

成灏转身走了出去，满屋子的人皆跪在地上，道：“恭送圣上。”

过了好一会子，成灏的身影走远，阿南方回过神来。成灏说出的话像是一个巴掌打在她的脸上，热辣辣的。

阿南觉得自己错了。她以为夫妻同心，她与他本是一体，没有什么是说不得的。可在成灏眼里，她是妻，也是臣。妻以夫为纲，臣以君为纲，最要紧的，便是顺从与忠心。

《周易》有言：君子以莅众，用晦而明。有些事，就算明明很清楚，也急不得。

顺从与忠心是有尺度的，拿捏不好，便成了僭越。是她，一时忘了收敛自己。

小嫄扶阿南坐下，一旁的小宫人连忙倒上水来。阿南接过杯子，喝了一口。

雁鸣馆的空气中弥漫着鲜血的气味，挥之不去。

“祥妃，你身边的丫头倒是好大的能耐。”阿南缓缓地说了一句。孔灵雁面有尴尬之色，俯身道：“回皇后娘娘，此……此乃意外……臣妾也没……没想到。”

“本宫自然知道你没想到。”

阿南笑了笑：“但这件事是不是意外，就不好说了。”这话大有深意，孔灵雁蒙了蒙，没有回过味儿来。

孔家乃世代簪缨之家。她的哥哥孔良，自小入宫，伴驾读书习武，是圣上的心腹羽林郎。孔家内宅简单，父亲孔晋只娶了一房老婆。孔灵雁在娘家从未见到妇人宅斗。她从母亲那里遗传到娴静少言的性子。她没有九曲回肠的心思。

小婵此次出头，她固然意外，但她丝毫未往阴谋处联想。她甚至在某一霎觉得，小婵的勇敢和无畏，确实是她不具备的。她虽然是圣上的妃子，是皇长子的生母，但若让她冲上去为圣上受此血肉苦楚，她是会犹豫的。至少，会前思后想许久。

正在这时，华医官禀道："皇后娘娘，祥妃娘娘，忠才人醒了——"

床榻上的小婵缓缓睁开眼。"忠才人"这三个字，让她在醒来的第一瞬，便知晓了自己的新身份。

她先面带惶恐地问华医官："圣上可有受伤？是否无碍？"在听到"无碍"二字后，又面带关怀地问孔灵雁。

"娘娘，咱们诜皇子是不是已经大好了？"

孔灵雁轻声道："现在看着是好多了……"

小婵脸上绽出一个苍白的笑容，似发自肺腑地为主子感到开心。"娘娘，奴婢早就说了，咱们诜皇子是有福气的命，贵人天佑，一定会平安康健的。"

孔灵雁轻咳了一声："小婵，方才你昏迷之时，圣上已经金口玉言封了你为七品才人，赐居烟云馆，你无须再对本宫自称奴婢。"

小婵挣扎着欲从床榻上起身："娘娘哪里的话，奴婢永远都是您的奴婢，不拘住在哪儿，不拘是什么身份，都是您的奴婢，孔家的奴婢，诜皇子的奴婢……"

一席话让孔灵雁心里舒服了三分。这丫头，虽今日出了头，但倒是没忘本。

小婵对祥妃表完忠心，便怯怯地看着阿南，跪在地上。她一只胳膊包扎了，无法动弹，便用另一只胳膊撑在地上，向阿南"咚咚咚"地磕头："皇后娘娘，奴婢今日唐突了……"

阿南冷冷地笑了笑。她看了看身侧的小嫄，小嫄领会了。

小嫄笑道："忠才人快些起来吧，叫外人瞧见，还以为咱们皇后娘娘不慈悲，让您这受了伤的人磕头请罪。况且，您今日舍命救驾，圣上晓谕六宫，夸您忠勇，皇后娘娘又怎会觉得您唐突呢？"

小婵低着头，不吭声了。小嫄前去，扶着她起来："忠才人，圣上既夸了你忠心，往后在宫中，得长长久久地让圣上看到你的忠心才好。"

阿南喝尽杯中的水，起了身。她走到小婵身边，微微倾身靠近她，淡淡道："一块肉，换一个位分，忠才人真是个伶俐的人儿。"

阿南回到凤鸾殿。

她立于檐下，手上拿着把剪刀，剪着院中的松柏。

今日剪得有些迅猛，不多时，那地上便铺了一层枝叶。用脚踩上去，发出断裂的声音。

她的这个方士兄长，看样子不是个简单的人物。跟这后宫中的女子牵牵绊绊，频出奸计，没那么容易被驱逐出宫。

他做了充足的准备，从刘芳仪，到阿南，到小婵，他步步看似漫不经心，又步步留有余地，招招有退路。似随着形势走，却在把控着形势。

他是怀着想搅弄风云的心进宫的。留着，必是祸害。

阿南正思量着，孔良从外头走进来。他今日休沐，穿着便服，一身浅绿色的锦袍像这个季节御湖中的水，和着暖风，微微漾着。

他行罢礼，开口道："臣今日亲自查过了那方士的底细。娘娘您的母亲的确改嫁到了余府。余苳是余府的长子。他说的那些话，倒不是假的。但有一点，他故意说漏了——"

阿南抬头。

孔良继续道："您母亲改嫁到余府后，在余家还生下了一个男孩。顺康三年产子，算来如今十一岁了。臣从户部调了百越的民籍查看，那男孩，也就是娘娘您的亲弟，名叫余慕。余苳这回是带着他一起到上京来的。"

阿南心中一时说不上什么感觉。

孔良肃然道："臣担心余苳会利用余慕对您做出不利的事，必会全力以赴，抓紧找到他，将他带到您身边。"

第十五章　指引

孔良身上带着初夏气息的浅绿，让阿南仿佛置身于御湖当中的一叶轻舟上。

风吹动着轻舟，轻舟却是稳的。

“阿良。”阿南唤了他一声，迟疑了一霎，还是说道，“方才你说的事，先别告诉圣上。等日后时机成熟，本宫再说与圣上知道。”

孔良点了点头，他懂她的意思。从他五岁入宫给成灏做陪读起，他便认识了这个从不言笑、面色无波的女子。她喜穿素净颜色的衣裳，头戴一根卦签。一双眼疏离地打量着眼前的所有。她从来没有活得像个孩子，她好似从来就没有童稚的时候，就连生活中一些琐碎的小事，她都思虑周全。

孔良与她相识十几年，总是觉得她的眼底藏着无尽的黑夜，让他想去追寻、想去探究。他总是没话找话地同她玩笑。她冷冷的，从不回应。实在被聒噪得烦了，便轻轻地说一声：“阿良，你将来是要为官做宰的，要慎而少言。”孔良便止了口。

他愿意听她的话。当年，太后笑说将来会给阿南找一户好人家的时候，孔良记在了心里。他想，等阿南过了及笄之年，他就去跟母亲说，让母亲求太后赐婚。虽然他与姑表姊妹早有婚约，但，婚约是死的，人是活的，只要他好生跟父亲母亲解释，他们一定会理解他的。他们一定会希望看到他快乐。

孔良把一切都想得很顺遂。可是，他万万没想到，有一天，阿南会身着凤袍，入主中宫。

孔良知道，圣上并不喜欢阿南，他心里眼里分明都是沈清欢啊。为什么阿南要嫁给圣上？从小他们这群人一起长大，她那么清醒冷静的一个人，看不透这一点吗？

他不信。

帝后大婚那晚，酒意微醺的阿南行至檐下吹风。

巡逻到此的孔良终于忍不住问出了口：“他不爱你，难道你不知道吗？”

头戴凤冠的阿南扶着栏杆，望着天上的月亮，道：“他会爱我的。”

“你在哄骗自己。”孔良听着自己的声音，都觉得很幼稚。他就像一个赌气的孩子一般。

“不，阿良。”她转过头来，笃定道，“他会爱上我的。早晚的事。我确定。”

孔良道了声：“那微臣便祝皇后娘娘早日得偿所愿。”转身便走了。

阿南在身后道：“阿良，你窦家的表妹很好，娶了吧。”

孔良没有吭声，亦没有回头。

那晚，乾坤殿的龙凤烛燃了一夜。孔良那一夜都没有好生睡。窦家的表妹窦华章的确很好。没过多久，孔良便奉父母之命，娶了她。

好男儿成家立业。他已做了御林军统领，官高位显，不成家，总不像个样子。重要的是，他想让圣上放心。

圣上曾有意无意地问过他的婚事。他想用成亲向圣上表明，他从未有过不该有的心思。

婉兮娈兮；总角丱兮。所谓总角之交，眨眼似黄粱一梦。

人前人后，他跟她说话都用敬语，恭恭敬敬地叫她“皇后娘娘”。只有他自己知道，他仍然是希望阿南过得好的。他知道，她孤零零一个人在后宫，没有能倚仗的人。若她有事，他会毫不犹豫地帮她。纵使她眼底那无尽的黑夜，他这一生也无法探寻了。

“阿良，有劳你了。”阿南放下剪刀。

“臣惶恐。皇后娘娘莫要如此说。”孔良说着，便要跪安告退。

阿南叮嘱了一句：“寻人要小心些，越少人知道越好。”

“是。”

孔良走后，阿南回到内殿。她盘腿坐在软榻上，让小嫄端来棋盘。她在心中有事悬而未决的时候，极喜自己与自己下棋，分别站在对立的角度上，把一切可能都考虑到。在这个过程中，她往往能揣测出对手的想法。

当初，她就是这么想出计策，让成灏治住那帮老臣，不受拿捏的。也是这么想出对策，兵不血刃地移了兵权的。

眼下，她想的是如何制住余苳和小婵。

阿南知道，之前做那些事情，为何会成，是因为成灏是与她一心的。现在也得想个办法让成灏在这件事上与她一心。只要两人一心，就好了。

棋下到一半，乳娘抱着华乐公主来了。

四月初了，铣儿八个月了。八个月的孩子，正是学爬的时候。铣儿爬到阿南身边，一把推翻了棋盘。

黑子白子全部混淆在了一起。

乳娘看着阿南的脸色，恐她生气。可阿南并没有，她盯着混乱的棋盘，似乎突然明白了什么。

她将铣儿抱到膝上。铣儿大大的眼睛黑白分明，澄澈无比，此时，她看着阿南，嘴巴里发出“娘——娘——”的声音。

铣儿这么小，便知道谁是亲娘吗。她的女儿啊，当真是不凡之女，总是有意无意地，给她指引。

“形人而我无形，则我专而敌分”，要想方设法让敌人充分暴露而自己却深藏不露。

鹰立如睡，虎行似病。阿南接下来要做的，便是让黑子白子都乱起来。待棋盘乱了，自然该收拾棋子了。

夜幕落下来。阿南躺在床榻上，看着凤鸾殿明亮的灯火，又想起孔良口中那个叫“余慕”的弟弟来。他虽是余家的孩子，但与她同母，亦属血亲。

母亲范红雨的面庞似乎从影影绰绰的光影里闪现出来，她没有老，还是阿南三岁时看到的样子。她看着阿南笑：“南妹头，母亲纵有千般的不是，他到底是你弟弟。母亲不在了，长姐如娘，你要爱护幼弟，莫让他被旁人欺负了去。”

阿南从床榻上坐起来，一眨眼，却发现原来是自己的幻觉。她问值夜的小宫人：“圣上今晚在何处？”

“回皇后娘娘，圣上今晚在祥妃处。”

这一夜，成灏宿在了雁鸣馆。皇长子成诜果然没有再夜啼，一夜安然睡到天亮。

连续七日过去了。从前他久治不愈的夜啼症当真就这么没了。一日比一日活泼，一日比一日康健。

医官们都深以为奇。

皇长子啼哭来得莫名，止得亦莫名。就连行医近三十年的华医官，都说不出个所以然来。这让成灏不免又多思量了一下那方士的话。

第八日，成灏命人将余苳从牢里带出来。

乾坤殿内，余苳匍匐在地，向成灏行了个大礼。

屋内龙涎香燃着。成灏发现，此人在牢里待了七日，身上竟然一尘不染。那一袭白衣干净极了，似皎洁月光罩于身上。

成灏问道：“你从何处到上京？”

“草民是百越人氏，术，乃游方的琅琊方士所传。”

“琅琊？”成灏冷笑道：“秦皇因琅琊方士所惑，气运衰颓。”余苳并不慌张，坦然答道：“《后汉书》有载，苟非其人，道不虚行。如果是一个真正的方士，那一定是有真本领的。圣上是真龙天子，必然知晓，对方士的评价不可一概而论。方士之中，如扁鹊、葛洪、管辂、萧吉、僧一行者，皆是名垂青史之辈。”

成灏用手摩挲着桌案上的一方印，淡淡道：“哦？那你跟孤说说，你都会些什么？”

“天文、历法、地理、风角、星算，推而远之，以至窈冥不可考之事。”

成灏沉默了会子，问道：“那孤便问你一句，后宫之中，缘何有鼠精？”

余苳磕了个头：“圣上恕草民无罪，草民方敢说。”

“说。”

“昏君之母，属相为鼠。仓鼠之子，吞食国度。”

成灏心里头震了震。余苳所说，跟阿南告诉他的，竟一字不差。

余苳继续道：“譬如粮仓之鼠，有鼠精于后宫作祟，迷惑后妃与皇子。现已被草民连魄带身，除去了。故而，此卦便作废了。圣上放心便是。”

成灏脸上犹有怀疑。对于他而言，有害于江山之事，哪怕是万一的可能，也当杜绝。

余苳道：“您看如今诜皇子啼哭止住，与从前大不相同，雁鸣馆一派喜气洋洋，便知道了。”

成灏沉默良久，问了句：“你说说，若得明君，孤当幸何人？”

余苳诚惶诚恐地连磕几个头：“此等大事，草民不敢测。”

成灏微微笑了笑：“你说了，孤也未必信，不过是如耳畔风声，听听罢了。”

余苳闭上眼，低头道：“若得明君，当幸东南。东南有女，命中带煞，鼠生生世世不敢近焉。”

第十六章　喜脉

成灏咂摸着“东南”两字，以食指和中指轻轻叩着桌案。

东南有女，命中带煞。明君之母，可挡大劫。那女子究竟是何人？

他思索片刻后，向跪在地上的余苳说道：“宫中安平观，乃皇祖时所建。皇祖有慕道之心，怜恤苍生。你既治好了诜儿的夜啼症，算是与皇家有缘。便留在安平观，为皇家祈福吧。”

余苳叩头道：“多谢圣上隆恩。”

汉自武帝颇好方术，天下怀协道艺之士，莫不负策抵掌，顺风而届焉。故而，成灏虽觉得余苳似有几分本事，想留他在宫中，但又不愿让臣下认为他如今生出了依赖方士之心。于是，便以“为皇家祈福”之名，留下他。

安平观。

天下安平多草草，何当化局为明镜。余苳这回，顺理成章地留在了安平观。

送他去安平观的路上，小舟意味深长道：“余法师您才从天牢里出来，便被圣上留在安平观了。为皇家祈福是天大的体面。余法师好大的能耐。”

余苳颔首。

小舟又道：“奴才听说，从前太宗皇帝在的时候，住在安平观的是国师方常。风光得了不得，就连朝中好些手持玉笏的大臣都上赶着巴结他呢。后来不知怎的，便逃之夭夭了。啧啧啧。世事无常啊。”

余苳淡淡笑笑，并不言语。

小舟敛了口。他在圣上身边十余年，直觉不喜这方士，总觉得他的眉眼之间有谄媚之气。

这厢，成灏坐在乾坤殿内，唤来内廷监掌事。

“后宫诸人，有谁是东南籍贯？”

内廷监掌事娴熟答道：“皇后娘娘，祖籍禹杭，偏属吴越东南。还有——”

“还有谁？”

“还有圣上您新封的忠才人，祖籍闽越，亦属东南。”

宫中后妃的年庚、生辰、籍贯，皆在内廷监备案之中。

“忠才人……”成灏兀地想起什么，问道：“忠才人年庚几何？”

“回圣上，忠才人虚岁十五，肖虎。”

虎在民间亦被称作大猫，鼠畏猫。成灏脸上的笑意微微停住了一霎，他朝内廷监掌事挥挥手：“下去吧。”

“是。”

他起身，推开窗，晚间薄雾清凉。

四月南风大麦黄，枣花未落桐叶长。方士的话，不可尽信，但成灏还是想试试。

仿佛冥冥之中，给未知的去路镀上一层玄学的光，多了一重稳妥。

当晚，成灏便去了烟云馆。在宫中医官的精心护理下，小婵的伤已然好了许多。她穿着才人规制的宫装出来接驾，满脸的欣喜与忐忑。

成灏走入殿内，见桌上有一个正在缝制的肚兜。肚兜上绣着花开富贵，针脚细腻，绣工甚好。小婵见圣上看肚兜，便道：“这是臣妾给诜皇子缝的肚兜，从诜皇子落地，便是臣妾给他缝制贴身衣物，交予旁人，臣妾不放心。”

成灏淡淡地笑了笑：“你倒时时不忘旧主，果然是个忠义女子。”

小婵俯身道：“圣上谬赞，臣妾能为诜皇子做些事情，是臣妾的福气。”

成灏坐下，小婵伺候他梳洗。她知好歹，懂分寸，处处熨帖。伺候圣驾这一晚，她极尽周到之能事。

但成灏半梦半醒之间，隐隐约约听到几声耗子的吱吱叫，断断续续的。待他定神想细听时，却又什么都听不见了。

或是幻觉吧。成灏倦极，便睡去了。

翌日，小婵早早地起身，去小厨房做了花羹。

成灏睁开眼不一会儿，热毛巾、漱口的清水便都已准备好了。成灏梳洗妥当，花羹已晾温。

小婵殷勤地端上递给他。他喝了一口，抬头看了一眼昨日临幸的这个女子。

今日的小婵穿着一件桃红色的衣裳。成灏不觉皱了皱眉，他莫名不喜欢女子穿桃红，总觉得有轻浮之气。

“该上早朝了。”他放下花羹，去往金銮殿。

自这天以后，他再也没来过烟云馆。原本后宫诸人见圣上乍封小婵，都有些戒备，但见圣上临幸一夜后，很快就把她丢到脑后，便都松了口气。

心血来潮是一码事，喜爱又是另一码事。看样子，圣上对这丫头不过是一时的心血来潮。烟云馆成不了什么气候。

小婵在人前人后，谦和温柔，低眉顺目，比在雁鸣馆做掌事宫女的时候更加谨小慎微。

然而，一个多月后，宫中五月槐花将角角落落镀上一层流云之际，医官署的医官给忠才人请平安脉时，诊出了喜脉。

不过是一夜而已，便有了身孕。

宫人们议论纷纷，忠才人当真是福泽深厚啊。

凤鸾殿中，阿南听到这个消息，手中的棋子微微落下。

她没有猜错。这个忠才人和余苳联手，背后藏着惊天的阴谋。所谓的方士作法，所谓的明君之母，所谓的当幸东南。

身孕，子嗣。从余苳进宫那一刻起，已经布好了这个大局。

阿南想，这一对男女焉敢狗胆包天至此，是否身后还有隐藏的盾牌？

没过几天，她去尚书房给成灏送汤，无意中看到百越王的上表，便明白了七八分。

百越靠海，半夷之地。麾垣年间，太祖率军所征。从前百越的大半土地，归了两广管辖，只余少部分百越异族人，自成一个小国，仍由百越王辖制。百越王虽为番王，但跟一州长官无异，向圣朝称臣，年年纳贡，上缴赋税。

百越王姓为奴。现任的百越王名奴康，上位刚满五年。

百越弹丸之地，又因靠海，盐碱地颇多，粮食收成不佳，国力微弱。且被圣朝征服已久，故而素来恭敬，从不起风浪。

百越与中原，通婚、融合、同化。也正因为如此，在朝堂或是百姓心中，渐渐遗忘百越是番邦，仿佛是圣朝寻常的一个地州。

阿南琢磨着，百越王有自知之明，深知无论各方面都难以与圣朝抗衡，有安南、西境、漠北的先例在前，他万万不敢生出武战之意，便生出此等龌龊的念头。从皇室内部混淆血脉，以野种夺嫡，搅乱浑水，来日，使朝纲紊乱，使社稷无序。

泱泱大国，从外而杀，难以杀死。内斗腐烂，虫便有可乘之机。

阿南思及此处，不禁一阵战栗，扶住桌角。

成灏见此，问道："皇后怎么了，身子不舒服吗？"

阿南定了定神："谢圣上关怀，臣妾甚好，只产后一直有些畏寒。"

成灏起身，从一旁的红木椅上取了他的披风，披在阿南的身上："上京在北，纵是四月，夜间仍然有些寒凉。这件披风，是小舟备在这里的，就是担心孤忙政务到深夜，吹了风。你生铣儿遭了罪，难免比旁人畏寒。夜里就该多穿些。"

他说完，脸上漾起笑意："铣儿真是可爱至极，昨儿孤陪她在御花园玩了会子，她抱着孤不肯撒手。"

阿南看着他。他脸上的神色那么自然，自然地给她裹披风，自然地与她闲话日常。

阿南的眼角抑制不住地有些湿润。她与他大婚近两年了，铣儿快一岁了。她哪怕头戴凤冠、身披凤袍，与他站在高处接受群臣跪拜，都没有今晚他这么一个细微的小动作让她觉得，她是他的妻。

阿南低下头："谢圣上。"成灏倒没有觉察出她的伤感，喝了口汤，自然而然地问道："忠才人有了身孕，胎象不太稳，她在烟云馆居住，甚觉孤单，向孤请旨说，想搬回雁鸣馆与祥妃同住。皇后觉得如何？"

阿南道："烟云馆的位置是偏了些，忠才人妹妹有了身孕，臣妾早些天便想着，要不要给她挪一挪寝宫。但又恐她移宫劳顿，便作罢。今日，既圣上说起，便挪吧。只是，臣妾想着，祥妃那里有诜皇子需要照料，恐精力有限，难以分身。不如，让忠才人搬去宛欣院。宛妃妹妹一个人住着，甚是寂寞，正好儿可以陪伴忠才人，照料忠才人。"

成灏点点头："便按皇后所说吧。"

第十七章　迁宫

成灏喝完汤，放下碗。

小舟剪了灯芯，殿内亮了些。成灏伏于案头，继续翻看着桌案上的奏章。

阿南轻声问道："圣上，近来朝中可还一切顺遂吗？"成灏道："前几日孤接到密报，两广之地，盐政有缺，疑盐商与地方官勾结，昧下巨额税款，孤钦点了驸马张浔为钦差，前去查访。此事若为真，两广总督的脑袋砍下来都不解恨。母后执政廿载，前后发动过三场战争，对漠北，对幽州，对南境。战事虽扬了国威，但耗资甚巨，是而国库一直不大充裕。孤亲政以来，鼓励垦荒，兴修水利，市易蓬勃，国库逐渐丰盈。孤决不允许有心怀不轨之蛀虫，藐视朝廷，中饱私囊。"

阿南点头道："圣上所虑甚是。盐乃国之大宝，天下之赋，盐利居半，宫闱服御、军饷、百官俸禄，皆仰给焉。盐政乱，则天下乱。"

成灏道："孤这个大姐夫，是中过状元的人，有真才实学。且自从他父亲张邑从宰辅的位置上下来，张家冷清了两年，他尝了人情冷暖，比先前越发世故老成了。这样很好。"

阿南浅浅笑笑："自然很好。驸马是皇家的人，圣上的体己人。"

成灏说着，看向阿南道："驸马这一去，最少数月。大皇姐一人在府中想来孤寂。皇后可唤她进宫来热闹热闹。孤那外甥女张泱儿，自从她周岁上见过一回，好久没瞧见了。"

"是。"

长公主成烯，祁安太后所生，是成灏的同母姐姐，也是他所有的兄弟姐妹中唯一留在上京的。未出阁之前，娇纵任性，跟成灏的姐弟情并不深厚。可如今大了，各自成家了，倒是亲近起来。

到底血浓于水。

成灏跟阿南说了几句话，继续忙碌着。

阿南跪了安，回凤鸾殿。走到御湖边的时候，阿南突然叫了声"不好"。

一旁的小娽赶紧问道："皇后娘娘，怎么了？"阿南道："本宫揣在怀里的那支桃花白玉簪，丢了。”

小嫄忙吩咐身后跟着的小宫人：“快去，提着灯笼一路仔细找，务必要找到那根白玉簪。那可是咱们娘娘心头极重要的物件儿。”

那日，阿南在凤鸾殿夜审余苳时，小嫄就站在身边。余苳说的话，她亦听到了。桃花白玉簪，是阿南生母的遗物。

阿南以手扶额：“小嫄，还是你去找吧。你贴身伺候本宫，对那簪子的模样熟悉些。且你素来机敏，比她们强。本宫事事需你做才放心。”

“娘娘谬赞了。奴婢这就去。”小嫄笑着俯身道。

阿南见她提着灯笼走远了，方对着花影招了招手。

一个小宫人从花影中走了出来。那小宫人看上去颇伶俐，眼观六路，耳听八方，脚步声轻不可闻。她站在一棵松柏后头，从远处看，压根儿看不到皇后娘娘身旁竟站了个人。

“聆儿参见皇后娘娘。”

阿南点了个头。那个叫“聆儿”的小宫人继续道：“奴婢观察了甚久，发现忠才人很不对劲。她表面上非常讨好圣上，小心翼翼，极尽周到，但似乎背地里，她并不希望圣上到烟云馆。”

“哦？”

这满后宫的女人，谁不想借几分恩宠往上爬，居然有不希望圣上临幸的。这个忠才人越来越靠近阿南心中的答案。

“忠才人从前是雁鸣馆的掌事宫女，圣上因着诜皇子，常常往雁鸣馆跑，忠才人隔三岔五便能见到圣上，怎会不知道圣上的喜好？她明明知道圣上最厌恶的颜色是桃红色，偏偏在侍寝第二天，穿了一身桃红色的衣裳。圣上只看了一眼，便皱眉了。”

聆儿接着道：“奴婢思忖着，她或许只需一夜的临幸，但她并不需要长久的临幸。”

阿南冷笑。需要一夜的临幸，是为了腹中孩儿名正言顺。不需要长久的临幸，是因她心中有别的男人。

这七拐八绕的阴诡，就像一块块尖锐的石头，在阿南脑海中摆出乱石阵。聆儿压低声音道：“奴婢日夜双眼不错地盯着忠才人，她这一个多月，除了待在烟云馆和上中宫请安，便是去雁鸣馆给诜皇子送衣物，无甚异动。直到昨日，奴婢看着她三更天悄悄走出烟云馆，绕了好长一段路，往安平观去了。五更天方归。”

阿南嘱咐道：“你要留神些，莫要被忠才人发现了。”

聆儿道：“娘娘放心，奴婢做得十分隐蔽。”

阿南从袖口摸出一沓厚厚的银票："去吧。"

聆儿摆摆手，向阿南磕了个头："奴婢为娘娘所用，并非为了钱财。奴婢最大的念想，便是来日能做娘娘身边儿的掌事大宫女，让奴婢的老子娘瞧瞧，奴婢是多么得脸，比那不成器的酒鬼哥哥强远了。"

阿南笑笑。这个争强好胜的丫头，欲望不遮不掩，很有几分可爱。对她的脾气。

"本宫知道了，去吧。"

"是。"

聆儿的身影不知不觉地没入花影中。

须臾，两排灯笼离她越来越近，小嫄带着宫人们回来了。"娘娘，找到了，找到了！"小嫄朝阿南笑着。阿南欣喜道："是吗？在何处寻到的？"

小嫄道："在尚书房门外的花坛子里。定是娘娘那会子路过，不小心掉在那里的。"

阿南接过那枚桃花玉簪，向小嫄道："本宫该好好儿赏你才是，赶明儿给你找个好婆家。让孔大人在御林军里找。"

宫中的御林军皆世家子弟出身，非等闲门户。小嫄忙道："娘娘说笑了。奴婢不想嫁。奴婢从小陪着娘娘一起长大，往后，还想陪娘娘一辈子。"

阿南看了她一眼。

"小嫄，你与本宫情义不同。"

是，情义不同。阿南嘴角若有似无的笑容融进黑夜中。

翌日，迁宫的旨意到了烟云馆，忠才人愣了愣。

她问宣旨的小舟："舟公公，你是不是念错了？不是雁鸣馆吗，怎么成了宛欣院？"

小舟道："哟，忠才人您这是哪儿的话，白纸黑字，奴才怎会念错？圣上下的旨，要不，您去问问圣上？"

忠才人咬了咬唇："宛妃她……"宛妃出身镇南将军府，据说从小儿便是练武场长大的，素有泼辣之名，岂是好相与的？

小舟笑道："宛妃没有生养，一个人甚是寂寞，正好儿与您做伴，照顾您，两下子都好。圣上考虑得很周到，您说呢？"

"是，周到……"忠才人无奈道。

宛欣院的杜鹃开到了尾声，稀稀落落的。

谁收春色将归去，慢绿妖红半不存。宛妃一手扶着腰，一手嗑着瓜子站在檐下，看着忠才人搬了进来。

忠才人屈身向她行礼。

宛妃笑笑，过了好一会子，才抬抬手，示意忠才人平身。

“本宫从前在娘家的时候，不拘走哪儿，都热热闹闹的。进了宫，才知道寂寞的滋味儿。现在好了，忠才人你来了，本宫不寂寞了。”

“寂寞”二字，在宛妃口中被碾碎、被扬起，如尘埃飘在空中，让忠才人无故瘆得慌。

宛妃位居一品为尊，住在东偏殿。忠才人位居七品为卑，住在西偏殿。

床榻收拾好了，忠才人坐在西偏殿，愣愣地出神。她身旁的嬷嬷以为她如此神态是因为今日受了宛妃的气，便轻声开导她：“才人勿要不悦，尊卑不在眼前，在长远。那宛妃虽然现在位分比您高，可您腹中有龙裔，往后才是长长远远的福气呢。”

忠才人忙道：“嬷嬷慎言。”

这厢，凤鸾殿。阿南准备了一场晚宴，招待进宫的长公主成烯和她的女儿张泱儿。

第十八章　推恩

长公主成烯，乃祈安太后于长乐三年所生之皇长女，当年深得先帝喜爱，视为掌上明珠，以九州之首冀州的“冀”为其封号，直至其六岁之时，尚骑在父皇头上。众臣见之，不敢深劝。

祈安太后还政成灏之际，因政权交接，成灏换血震朝堂。长公主的公公张邑因是旧臣之首，被成灏首先拿来开刀，从宰辅的位置上落马。长公主直接坐着太后赐的“金步辇”冲到中宫，指着阿南大骂一顿。

阿南到现在还记得这位大姑姐的神情。她杏眼圆睁，一把推开阿南递上去的茶，冷冷道：“邹阿南，不要以为我不知道，你怂恿我弟弟干那些事，意欲何为！不要以为你住进这凤鸾殿，就可以对朝堂之事指手画脚！灏儿不是父皇，你永远也做不了我母后那样的人！”

阿南赔笑道：“皇姐哪里的话。圣上已不再是昔年黄口小儿，而是坐在金銮殿的君王。他是何等英明的人，怎会听人怂恿？”

“你——”成烯一把夺过那盏茶，泼到阿南的脸上，随之，拂袖而去。

宫人们七手八脚地替阿南擦着。阿南将脸浸在冷水中想，人与人真是不同。有些人颐指气使，有些人如履薄冰。纵便是她如今身处中宫，而成烯的夫家落了难，那又怎样？成烯依然可以理直气壮地泼她一脸茶水。

这一切，不过是因为她与生俱来的尊贵。

有些人的尊贵生来就有，有些人的尊贵需要从刀山上取、从火海里蹚。

从那件事之后，成烯很少进宫。

今日，见到阿南，她脸上仍带着尴尬。母后的丧事办了快两年了，成烯无奈地意识到，如今朝堂的主人，是她的弟弟成灏。后宫的主人，是她的弟妹邹阿南。

邹阿南已经不再是那个半主半仆、名不正言不顺养在宫中的孤女了。她是成灏的正妻，皇家从正宫门抬进来的皇后。

她屈身，行了个礼：“皇后娘娘金安。”她身旁抱着张泱儿的乳娘亦跪下行礼。

阿南慢吞吞地走上前，扶起成烯：“皇姐快快免礼。”遂后，从乳娘手中抱过张泱儿：“许久不见，泱儿长大不少。来，让舅母抱抱。”

后宫的妃嫔们，祥妃、宛妃、忠才人等，走上前，向成烯见了个礼：“长公主安好。”

成烯客客气气地回了礼。阿南从眼角的余光看着成烯的神情，想着，这位千娇万宠的大姑姐这两年真的变了不少，再无倨傲之色，有礼有节有度。

中宫的乳娘将华乐公主抱了出来，雁鸣馆的乳娘亦将诜皇子抱了出来，加上张泱儿，三个孩子，皆是差不多大。孩子们凑在一起，热热闹闹。

众人落了座。歌舞响起，宫中司乐楼的伶人新排了一曲舞，叫作《梨落》。白衣飘飘的女子们曳着一地长裙，跳跃，摆动，匍匐。如一树又一树的梨花，在枝头绽放到极致，然后，花期过了，从枝头坠下。

这支舞华美到极致，如梦似幻。

曲毕，门外的内侍通传：“圣上驾到——”

成灏今日召了峪亲王进宫，在乾坤殿刚与他议完皇族“推恩”一事，心情颇佳。

推恩，说白了，就是一种贵族的溶解制度。从前，藩王的封地只能传给长子，一代又一代传下去，藩国还是那么大。但推恩令，就是藩王的长子、次子、三子等所有儿子都可以分到土地。表面上看，是对藩王儿子们的眷顾，实则，藩国越来越小，越分越少，地尽为止。到最后，王族与寻常人无异。

太祖从前打江山时，曾说过，子子孙孙，共享基业。是而，一代一代地分封承袭下来，不少藩王实力颇厚。这总归是不安全的隐患。

峪亲王成炽是成灏的堂兄，太宗一脉中这一辈年纪最长的王爷。从前太后在时，就命他料理皇室宗族事宜。他在皇族中颇有威望，有他支持，推恩一事，事半功倍。

成灏笑容满面地走入殿内，众人连忙跪地请安。

他道完“平身后”，先唤了声“皇姐”。成烯笑道：“圣上日日都忙政务到这般晚吗？真是与母后一样勤政。”

成灏道：“皇姐猜孤今日见谁了？峪亲王成炽。”成烯的脸上有一闪而过的伤感：“母后从前最是喜欢他了，待他犹如亲子一般。”

成烯说完又叹道：“算来，母后不在，已然近两年了。”提起母后，姐弟俩似乎回到了当年父皇早早离世，母后拉扯着他们，孤儿寡母，相依在乾坤殿的日子。

不见人间旧故人，半成风烟半成尘。成灏怅然道：“皇姐，母后赐你的金步辇依然有效，以后你不拘什么时候想进宫，都可以。”

“好。”说完这个字，成烯眼眶有些泛红。

成灏落了座，坐在当中，阿南坐在他的右席，成烯坐在他的左席。

这时，听见一阵咯咯地笑声。不是华乐公主，是张泱儿。

成灏目光看过去，只见诜皇子的小手抓着张泱儿的衣角不放，一边抓，一边笑。张泱儿也笑着。她比诜皇子年纪大了一岁有余，很有姐姐的风范，给诜皇子擦去嘴角的口水。

“诜儿很少有这么活泼的时刻。”

长公主笑了笑：“泱儿也很少笑得这么开心。张府里人人都疼她，但没有小孩子同她玩。”

成灏叹道：“孤瞧着，诜儿与泱儿这两个孩子倒是颇为投缘。”阿南道：“皇姐以后多多进宫才好。”

成烯颔首。宛妃听了这话，悄悄捅了一下坐在她身旁的祥妃：“啧啧，有戏，你呀，赶紧攀了长公主这根高枝儿吧，那可是圣上的嫡亲姐姐，一个娘肚子里出来的，打断骨头连着筋哪。她在圣上跟前儿的一句话，抵你我说上十句百句。到时候，诜皇子可就前途无量喽。”

一向老实的孔灵雁乍一开始没听明白这番话是何意，待到品过味儿来，很是慌张，她忙压低声音道：“胡宛迟，你快别胡说，妄测圣意是大罪。”

宛妃笑了笑，仰头喝了盅酒：“瞧你那没出息的样儿，白瞎了皇长子之母的身份。这宫里头，怕是连只耗子都比你胆子大。”

说到耗子，她瞟了瞟忠才人。忠才人低头，心不在焉地拨弄着眼前的一碟珍馐。她总是这么容易走神儿，脸上没有将为人母的喜悦，反倒有许多的担忧。

一阵急促的脚步声传来，打断了夜宴的欢喜。

是孔良。他急急走进来。

成灏知道，孔良素来有分寸，没有特别大的事，他不会贸然如此。果然，孔良跪地禀道：“圣上，两广来了飞鸽传书。”

小舟从孔良手中接过信函，递与成灏。一旁的成烯听到“两广”二字，眉心跳了跳：“是不是驸马的消息？他奉了圣上之命，前去两广彻查盐政，难道是出了什么事？”

成灏看完信函，一拍桌子：“好大的狗胆！”

乐声停顿，舞步止住。天子一怒，在场的众人忙低下头来。

“究竟是何人，敢刺杀钦差？孔良，你明日即刻带着两队人马前往两广，务必查得水落石出。”

“是。”

成灏从怀内掏出一块金牌：“拿着它，好办事。”

金牌令箭，见之，如见圣上。孔良郑重接过。

成烯双目含泪，声音颤抖道："刺杀钦差？驸马他……"成灏这才意识到还没给皇姐一个交代，忙拍了拍成烯的手："皇姐放心，驸马无恙，虚惊一场。孤会增派防御人手，确保驸马安全。这帮胆大包天之人，蹦跶不了多久了。"

成烯点点头。

夜宴散后，圣上称有积年的文案需要查，未留宿在后宫，皱着眉头去了乾坤殿。

阿南站在檐下，想着驸马被刺一事。驸马去查盐政，被刺，乍一看，像是两广的官员搞的鬼，害怕被查，先下手为强。可细细思量，却有别的深意。

两广与百越相邻。莫非是姒康在混淆视线？百越小动作频出，当真是耐人寻味。

"皇后娘娘。"

她听到一声唤。转头，是孔良。他拱手轻声道："微臣想告诉娘娘，余慕已经找到了，本想这两日便带他进宫来。可圣上任务派得急，即刻便要出发前往两广。这件事，交予旁人做，微臣万万不能放心。所以，请娘娘等微臣回来。"

"好。"月色在阿南的脸上倾泻出山水迢迢的迷途。

第十九章　联手

慕，思也。

苍梧来怨慕，白芷动芳馨。不得相见，才需思慕。母亲改嫁之后的后半生有没有在某个晨昏日暮想起过父亲呢？那个叫她“范桃”的男人，那个在桃花树下笑得清秀而孱弱的男人，那个早早便离世的男人。阿南倚在栏杆上，看着沉沉的黑夜。

人皆道“男貌肖母”，余慕的面孔会像阿南记忆中的母亲吗？虽然这个弟弟非邹家的人，阿南从未见过，谈不上有许多深厚感情，但他既是母亲所生，便绝不能让他涉入淤泥之中，为余苳所用。

现在看来，余苳既行此等险招，前方必是死路一条。咎由自取之人，死不足惜。但绝不能让他拉自己和余慕下水。

当日，余苳在凤鸾殿的庭院与阿南认亲，句句不离母亲，句句听上去情真意切，心里必定是想好了，若有不测，拿阿南做挡箭牌。

阿南想起父亲曾告诉她的话，真正的术士，是慈悲、平和、克制的。从祖父，到父亲，莫不如是。

余苳眼里的欲望太深，他的笑太浮，就连他的眼泪，亦太用力。阿南从见到他的第一眼起，便知，他不是真正的懂术之人。

他口中的关于鼠的卦语，定是有人故意泄露。

想到这里，阿南往外看了看。

恰小嫄送罢长公主回来。

小嫄见阿南立于檐下，忙笑着走过来：“奴婢伺候娘娘安歇吧。”

阿南道：“本宫看今晚宴席之上，忠才人胃口不佳，没吃两口，便停了箸。她如今怀有龙裔，本宫身为皇后，理应关照她。你替本宫送碗鸡汤到宛欣院吧。”小嫄听了，脱口而出道：“娘娘担心她做什么。那狐媚子，她爱吃不吃！反正饿不死！”

阿南笑笑：“你怎知道她饿不死？她可是双身子。”小嫄道：“她才舍不得死！她如今要什么有什么，是天底下第一划算的人！”说完，似又觉得言辞不妥，低头道："娘娘勿怪，奴婢就是替您抱不平，言语过激了。"

小娵对忠才人透着许多掖都掖不住的嫉妒与不满。不完全是因为忠才人怀有龙裔，似乎还因为一些别的。

阿南鲜少见小娵有这样的神色。她招招手，内侍早已递上一个食盒。"去吧。你是本宫身边的掌事宫女。由你去送，郑重些。"阿南道。

小娵磨磨蹭蹭地接了食盒，往宛欣院走去。

今晚的月色真好。初夏时节，每一颗星星都那么硕大明亮，仿佛美人的明眸。

阿南刚欲转身进殿内，听见轻微而娇俏的笑声。阿南抬头，见宛妃笑意盈盈地看着她。

"娘娘。"宛妃俯身行了个礼。

"宛妃妹妹怎生没有回去安歇，是有何事由要与本宫说吗？"

"臣妾一直想谢谢娘娘，但没有合适的时机。"宛妃那张艳丽的脸上，此刻流淌着真诚。

"好端端的，谢本宫做什么。"

"上个月，家父回京奏报边关军情，突接到旨意，说是家有女子在后宫为妃的官员，可携妻妾进宫看望。臣妾……见到了家父家母，亦见到了……家中一应人等，不胜感激。"

宛妃的睫毛低垂，镀上几许月光。她吞吞吐吐的话里，想表达什么，隐藏的是什么，阿南都懂。

阿南看着她，淡淡笑道："妹妹们进宫久了，难免思念家中亲人。鸦鸠尚有骨肉亲情，何况人乎？中宫当为后宫诸人着想，不必谢。"

"不，娘娘，臣妾应当谢您。臣妾听小妙说了，旨意是中宫下的，特意提到了妻与妾。按寻常道理，官员妾室是根本没有资格进宫的。臣妾虽然不知道您是什么时候察觉真相的，但臣妾领您的情。臣妾心存感激。"宛妃说着，跪在地上，行了个大礼。"原本，臣妾以为，您知道了此事，一定会以此为筹码，向臣妾提出什么，可臣妾等了很久，您什么都没说。是臣妾小人之心了。臣妾惭愧。"

须臾，她咬咬牙，说了句："胡宛心叩谢娘娘。"她真正的名字，不叫胡宛迟，而叫胡宛心。

胡宛迟是镇南将军府的嫡女，大夫人的女儿，因有意中人，执意不肯进宫。大夫人疼爱亲生女儿，不舍得违背她的意愿，让她难过。同时，又不肯让胡家错过此等攀龙附凤的好机会，便想出"以庶女冒名替嫁"的主意。

胡宛心是镇南将军府的二小姐，生母是三姨娘。她豆蔻年华，被家人以姐姐的名义送进宫，从此背负着胡家满门的荣辱。而她的嫡姐胡宛迟，以胡宛心的名义嫁给如意郎君，夫妻恩爱欢好。

姐妹俩互相交换了人生。深宫的叵测与孤寂，留给了她。花好月圆，画眉郎，留给了大姐。

她从未抱怨过命运的不公。嫡庶有别，这一点，她从小就知道。她曾在父亲的练武场骑马，骑得飞快，耳畔风声呼啸，胯下尘土飞扬，她想，不管将来身处什么样的境地，她都要记得，无论多么绝望，永不认命。

马蹄不可能陷在淤泥里一辈子，只要挣扎出来，前方仍有锦绣千里。她从医官口中得知自己这辈子不会再有生育机会的那一霎，她便想好了，得给自己找棵大树。

当她知道是中宫下的旨意，让她有机会与生母重逢时，她知道了，邹阿南已经知道了关于她身份的秘密。但邹阿南无论是明里、暗里，都没有跟她提过。她更加笃定了与邹阿南联手的念头。不光因为邹阿南中宫的身份，还因为邹阿南沉得住气，非寻常女子可比。

想起相见那日，生母三姨娘握着她的手，跟她说："宛心，你要保重。"她笑着跟生母说："阿娘，女儿一定能过得好，您放心。"

"没有子嗣，没有圣宠，我儿如何才能过得好啊？"生母泪如雨落。她用手擦去生母眼角的泪，坚定道："女儿向您保证，有朝一日，一定会让您做诰命夫人。待您百年千年后，还有大金龟驮着您去西天。"

若干年后，她真的做到了。胡府的三姨娘石氏，受封一品诰命夫人，葬以"金龟渡水"之宝地，明堂湖水融聚，朝山远拱，气势宏大。石氏一生卑微，却因得一女，死后极尽哀荣。

此为后话了。

当下，阿南听到她的那句"胡宛心叩谢娘娘"，便明白了她的所有想法。人与人之间想要快速的亲近，最好的办法，便是分享秘密。胡宛心以坦白的方式，向阿南表明了诚意。

阿南走上前，扶起她："妹妹请起。"胡宛心站起身来，压低声音，快速说道："娘娘虽未明说，但臣妾看到忠才人那蹄子搬到宛欣院，便明白了娘娘的用意。臣妾必会做得妥妥当当。娘娘放心。"

阿南道："要沉住气。待阴谋全然暴露，才能连根拔起。这个女人不重要，那方士也不重要，他们背后的人，才至关重要。"

"是。"

"要让他们以为自己快要得手了。"

"是。"

"本宫猜测，他们那群人，将会对诜皇子不利。你密切注意，必要的时候，一定要保护诜皇子。”

“是。”

胡宛迟答应着，欲转身离去，走了几步，又回头道：“娘娘想必已经知道了，您身边的小嫄……”

阿南点头：“本宫知道。”阿南在最初起了疑心的时候，已然秘密查过小嫄的身世。

她与她的母亲，皆是从百越逃荒到上京的。虽语言等已与上京之人无异，但骨子里，终究是百越人。

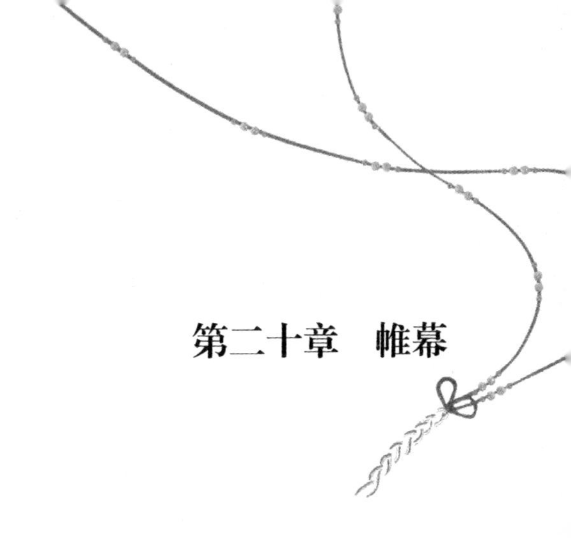

第二十章　帷幕

宛妃走到门口的时候，恰碰到送完汤归来的小嫄。小嫄行了个礼，道：“宛妃安好，怪不得奴婢方才去宛欣院，没见着您，原来，您来找皇后娘娘了。”

宛妃点了个头：“来给华乐公主送点东西。”宛妃与华乐公主甚是投缘，每回来凤鸾殿，都抱着舍不得撒手。宛妃亦常常给华乐公主做一些小玩意儿送来，譬如样式稀奇的小铁环、颜色鲜亮的小肚兜、憨态可掬的小面人等。故而，小嫄听了这话，并不感到奇怪，只赔笑说了句：“您对公主最是心疼。”

宛妃眼神看向食盒，努努嘴，话锋一转：“西偏殿的那位可真有福气，这大半夜的，皇后娘娘还派你这个大掌事去给她送汤。”

西偏殿的，自然指的就是小婵。听了这话，小嫄的面色有些像隔夜的猪肝，酱色上来了，眉梢眼角都透着不新鲜。

“不过是个才人罢了，恨不得摆出泼天的款儿了。”

宛妃压低声音，满是羡慕道：“昨儿无意间听乾坤殿的小内侍们闲话，说圣上找安平观那方士问过了，西偏殿的肚里怀的不是寻常人！说什么‘若得明君，当幸东南’之语。依本宫看啊，这忠才人福气大得很，怕是以后这宫里所有的人都要看她的脸色呢……”

猪肝的颜色越来越沉。

“哎呀，说着说着，起了乏。”宛妃打了个哈欠，走远了。

小嫄走进殿来，伺候阿南梳洗完，跪了安，睁着眼躺在榻上。她翻了几个身，越想越不忿儿。

更鼓敲到三声时，一个敏捷的身影悄无声息地从凤鸾殿出来，七拐八绕，姿态娴熟，一下子便隐没在黑夜中。

孔良抵达两广之后，日查夜访，案子终于有了眉目。刺杀驸马的凶手被追查到，是一个江湖卖艺的青年男子。升堂，明审，那人紧闭其口，死活不招。连审三日，到最后，他吐出一个名字，便咬舌自尽了。

孔良忙飞身上去，按住他的头，掰开他的口，想制止他，可已经来不及了，他满口鲜血，双目圆睁，直挺挺地死去了。

他供出的那个名字“严瑁”，是两广的巡盐御史。

严瑁自顺康元年入仕以来，一向刚正不阿。据说，他在自家府门口悬了一把剑，进出提醒自己，若生贪昧之心，这剑便会从头顶掉落。

凶手死了。他的口供，便成了死供。前方的路被堵死，孔良不知该如何做。

他写密函向圣上请旨，圣上简短地批复他一行字：将严瑁关押起来。孔良恍然大悟。在此种形势下，监牢对于严瑁来说，是最安全的地方。

盐政依然缺口甚巨。驸马张浔在两广一边清查所有与盐政有关的官员，一边根据当地情况拟了新的盐政草案上书给圣上。

圣上御览之后，龙心甚悦。

新案言简意赅，针砭时弊，条理清晰地解决了从前旧政的不足之处。

圣上点了头，由六部下达九州，新案就这么轰轰烈烈地实施了。

张浔乃顺康六年的状元，虽满腹才华，但入仕以来，无甚政绩。除了皇家驸马的身份，没有可以服众的地方。此次代天子巡盐、拟定新政，又留在两广督促新政实施，政绩斐然，一时间，朝野诸臣，皆赞叹不已。

长公主成烯亦觉脸上颇有光彩，往宫内走动愈发频繁起来。

孔良六月中旬回京复命。

严瑁被关押后，仿佛一帘帷幕被风吹开了一角，幕后的东西缓缓露了出来。

有两位疑似与百越有勾结的官员，被秘密监视起来。

两广表面上看上去风平浪静，实则，仿佛一张弓被拉扯到极处。随时便会弹起，朝向某处发起致命一击。

孔良归来那日，在乾坤殿向圣上禀完了事，便急匆匆地出了宫。他答应过阿南，待他回来，便将余慕带进宫来。为了不打草惊蛇、走漏消息，此前，他从未将余慕的下落告诉过任何人。

余苓在城中购置了一处宅院，但余慕并没有被他安置在这座“余宅”当中。他似乎料到有人会来找这个弟弟，早早另做了打算。

城西一处书院之中，一群稚子摇头晃脑地念着文章。

“鸣凤在竹，白驹食场。化被草木，赖及万方。盖此身发，四大五常。恭惟鞠养，岂敢毁伤。女慕贞洁，男效才良。知过必改，得能莫忘。罔谈彼短，靡恃己长……”

孔良远远地打量着其中一个孩子。他的眼睛忽闪忽闪的，黑白分明，透着聪颖，在一群孩子当中显得分外机灵。

余苳进宫之前，嘱一名老仆带着余慕住进这座书院。那老仆是余苳从百越带来的，在余家几十年了，格外忠心。他听从大少爷的话，谨慎而专心地在这座书院里伺候小少爷，寸步不离。

酉时三刻，散了学。孔良嘱咐一名家丁以“大少爷有信”为由，将那老仆骗到一旁。孔良抱起那孩子，纵身一跃，飞到了屋顶上。

他的脚步快而轻，踩着瓦片前行的声音，似雨点滴落。须臾，稳稳落在地上。

余慕没有惊惶，没有大喊大叫。他饶有兴趣地睁着大眼睛看着孔良，问道：“你是谁？”

孔良不语。

“你为什么会飞？”

“你想学吗？”

余慕开心地点点头：“想。”

孔良笑笑：“如果你答应乖乖跟我去见一个人，我可以教你飞。”

“什么人？”余慕的眉头轻轻皱起，像两座小小的山丘。他迟疑道：“我大哥不让我见陌生人。”

“她不是陌生人。她是你的姐姐。”

余慕想了想，问道：“是……南姐吗？”

“你知道她？”

“嗯。母亲说过，南姐在很远的地方，那里有许许多多的桃花，还有烟水茫茫的白雾。”

凤鸾殿的内室。阿南手握白玉簪，坐在软榻上。

小嫄被宛妃请到宛欣院绣鞋样，其余的宫人们被她遣出殿外，室内空荡荡的。

她抬起头，看见孔良带着一个小男孩走进来。

那小男孩双目炯炯，稚嫩的脸上带着久违而熟悉的神韵。

第二十一章　游戏

阿南从小不惯与人热络，不管内心多么山高水长，面孔上始终无风无波。

她看着那圆头圆脑的小男孩向她走来，越走越近。她仿佛看到了母亲。

阿南记事格外早。她记得母亲笑着拂了拂她额前的碎发，唤她：“南妹头。”母亲教她走路，母亲教她说话。母亲的口音带着百越的蛮腔，一个尾音拖得长长的，在唇齿间千回百转。无论是什么话，在母亲口中说出来，都很绵软，哪怕是离别。

阿南没有起身，她也没有张口。她只是平静地看着这个叫作“余慕”的弟弟。那小男孩也看着她，眼里满满都是好奇。

“你是南姐吗？”小男孩开了口。阿南点点头。

“母亲说，南姐在一个开满桃花的地方，南姐梳着辫子。可是你这里没有桃花，你也没有梳辫子。你真的是南姐吗？”小男孩认真地思索着。

母亲描述的是十五年前的情景。如今的阿南，哪里还会是三岁稚童的模样呢？母亲对她的记忆是很有限的。亦如她对母亲。

阿南轻轻地笑了笑：“因为南姐，长大了。”

小男孩儿似有所悟地点点头。“这里的屋子为什么比我在从前见到的都要高大许多，这里是哪儿啊？”

“这里，是皇宫。”阿南缓缓道。

“九天阊阖开宫殿，万国衣冠拜冕旒。皇宫，便是天子住的地方。怪不得这般大。”小男孩儿似小大人一般：“天子，天下之父也。南姐是天子的什么人呢？”

阿南笑笑：“你今年十一岁，书便念了这许多吗？”顿了顿，她道：“南姐是天子的妻子。”

“原来南姐是皇后。”小男孩像模像样地学成年男子行了个礼：“余慕拜见皇后娘娘。”

阿南起身，扶余慕起来，她伸出手来，抚摸他的眉毛、他的眼、他脸上所有母亲的印记。她的声音柔软下来：“余下的一段日子，你不要回原来住的地方，南姐另外安排你住一所有山有水有花的宅子，好吗？”

余慕抬起头："可这样大哥会不会很担心我？"

"你大哥待你好吗？"

余苳歪头想了想："父亲母亲临走时都说过一句话，长兄如父，让我好好听大哥的话。大哥待我不算是极好，但也没有什么错处。他似乎总是很神秘，动辄会消失很长时间。我问他去了哪儿，他也不肯告诉我，只说小孩子家，无须过问大人的事。可是，我不小了啊。先生说了，以我现在的知识，可以去考秀才了。"他脸上有些许的小得意，圆圆的眼睛里有渴望被夸赞的期待。

阿南轻轻拍拍他的头："很好。南姐也是很喜欢念书的。可惜是女儿身，不能考科举。"

她俯下身，像是与他说悄悄话一般："南姐与你大哥做个游戏。你有兴趣参加吗？""当然有。"余慕很享受眼前这位大姐姐用商量的口气与他说话。

"那，你就听南姐的安排。让这位大哥哥带你去一个地方躲起来。这个秘密只有我们几人知道。等南姐与你大哥的游戏结束，南姐会亲自去接你。好吗？"

"好。"余慕想了想，答道。

阿南与孔良对视了一下，孔良明白了该怎么做，向阿南拱手道："必不负娘娘所托。"

阿南点了点头。

余苳必有一败。但她绝不能让他把余慕抓在手心，作为他反击她的筹码。

《诗经》有言：迨天之未阴雨，彻彼桑土，绸缪牖户。她想好了一切将会发生的可能。

余慕跟着孔良离去，走到殿门口的时候，又跑着回来。他气喘吁吁地说："南姐，有件事情，我忘了告诉你，我大哥有喘鸣之症，盖不得鹅绒，吃不得螃蟹和虾子。你跟他做游戏的时候，要注意这些。不然他会发作的。我记得前年他发作了一次，有仆妇不小心换了他的被芯。父亲母亲唬得不得了。家里请了一屋子的大夫。"

阿南愣了愣，答应道："好，南姐知道了。"

余慕放心地随孔良去了。一路上他仰起头，兴致勃勃地问孔良，何时教他"飞"。

阿南将手中的白玉簪捏得很紧。

六月，乃伏月。在宫中，这个月有两个重要的节日：天贶节、观莲节。

天贶节，因相传高僧过海时经文被海水浸湿，于六月初六将经文取出晒干，后此日变成吉利的日子。历来，皇宫内于此日为皇帝晒龙袍。

观莲节，因六月廿四乃荷花的生日，于是，当日采下鲜嫩的荷叶当酒杯，吟诗饮酒，是为乐事。

在两个节日里，成灏都命人从安平观召出余苳，在御湖边祈福禳星。

宫人皆传，这方士或许真有些本事，圣上方命他行此事。

转眼到了秋天，因成灏生于九月初九，是而这一天为万寿节。

忠才人的胎已五月有余，腹部耸起，成了宫中最瞩目的风景。圣上亲政三载，子嗣尚且稀薄，仅得成诜这一个皇子。若忠才人这胎得男，那么忠才人在宫中的地位便水涨船高了。且如今在宫中一小撮人当中流传着“若得明君，当幸东南”之语，让众人对忠才人腹中的胎又多了几分期待。

万寿节那日，秋高气爽，落英成阵，日头饱满而明亮，圣上在御花园设宴，款待各位皇亲与政要。阿南坐在他身侧，依次是祥妃、宛妃、忠才人，还有被禁足半年、不久前刚重获自由身的刘芳仪。

圣上似乎兴致颇高，频频举杯，不多时，阿南和众妃嫔都有些微醺，脸上起了红晕。只余在云贵长大、颇为擅饮的宛妃和因怀有身孕、以水代酒的忠才人依然清醒。

阿南起身，想去用凉水擦把脸，举目，没看见小嫄的身影，遂唤了凤鸾殿的掌事内监并几个二等宫人陪同着。僻静处，听到两个小宫人在窃窃私语。

“看着没？今日好多命妇都恭维忠才人呢，想来以后是个有大福气的。咱们哪，跟风拍马就对了。”

“可忠才人是宫人出身啊，不是有句话，叫子凭母贵吗？”

其中一人掩嘴笑了起来：“这话可就偏了，祈安太后从前可是乞女出身，咱们的圣上不也一样坐龙廷吗？”

阿南正欲上前呵斥，却见长公主成烯不知何时出现了。成烯冷笑一声：“那婢子是什么东西，敢与母后相提并论？你们的马屁拍得急了些，也拍得早了些。妄议皇储，该当何罪？”遂命仆妇：“去，掌嘴！”

那仆妇是昔年祈安太后为公主亲选的陪嫁，素来是个厉害的人物，听了主子这声命令，立刻走上去，左右开弓，打了那俩宫女十来个嘴巴子。

阿南不作声，转身离去，当作什么也没看见。同样的事，长公主做得，她却做不得。她是中宫，凡是涉及后妃、皇储之事，深不得，浅不得。稍有不慎，便显得她气量小，对一个小小才人心生妒心了。

阿南往宴席走去。人还未到，便听见一声突如其来的尖叫声：“诜儿！”是孔灵雁的声音。

阿南心说不好，忙三步并作两步，小跑着奔过去。只见一只站立行走的猴子，脑袋上顶着一只彩球，抱着诜皇子，踩着高跷，兴高采烈地舞动着。

阿南一看，明白了。每年的万寿节，司乐楼的伶人们都会编排新的节目献圣。今年，别开生面地多增了一个节目：灵猴贺寿。

灵猴是巴蜀郡王上个月进贡到上京的。据他上表说，这灵猴是巴蜀之异人进深山无意中发现的。

灵猴抵京的当日，曾在金銮殿上模仿人的形态，让众臣啧啧称奇。不止如此，这灵猴还会手持毛笔，蘸了墨水，在纸上写“圣上万岁”这四个字。其笔迹飘飘乎有仙气，圣上观之大悦。

这一个月来，司乐楼的伶人们昼夜训练，使灵猴学会了踩着音乐的节奏舞蹈，不仅如此，还学会了踩高跷、头顶彩球、口中发出简短的和鸣之声。

众伶人期待着，灵猴在万寿节上大放异彩，讨圣上的欢喜，得一个大彩头。

没想到，出了这样大的事——灵猴在表演的时候，出其不意地蹦向孔灵雁，从她手中夺过诜皇子，在众人猝不及防的诧然中，踩上高跷，剧烈地手舞足蹈。

御林军持箭齐齐地奔过来。

孔灵雁连忙向她哥哥摇头：“不！”如若此时射杀这只猴，诜皇子必会从高处骤然跌落，这一摔非同小可。且若激怒了这野物，它出手伤着诜皇子，也未可知。

孔灵雁当然不舍得自己的儿子冒险，她的心随着那猴子的每一个动作揪动着，起起落落。

成灏皱着眉，环顾着在场的每一个人。这时，突然听到宛妃口中发出一阵猴子的叫声。长长短短，惟妙惟肖。阿南第一次觉得宛妃的口技竟如此高明，从她的叫声中，人们仿佛能看到眼前一片郁郁葱葱的森林，大群大群的猴儿嬉戏着、玩闹着，祥和而美好。

灵猴从极度兴奋的状态中慢慢安静下来，它从高跷上下来，将怀里的婴儿交到宛妃手中。

御林军上前，制住了灵猴，将它锁进一只铁笼中。

有惊无险。众人都松了口气。

孔灵雁扑向诜皇子，一把搂住，喜极而泣。

成灏看向宛妃，赞道：“宛迟，今日多亏你了。”宛妃跪在地上：“臣妾雕虫小技，让圣上见笑了。”

成灏走到孔灵雁身旁，轻轻地拍了拍她的背，他瞧了瞧孔灵雁怀里的诜皇子，问道：“孤记得诜儿早起穿的不是这身衣裳。”

孔灵雁道：“方才诜儿身上不小心滴了汤汁，臣妾命人给他换了身儿衣裳。”

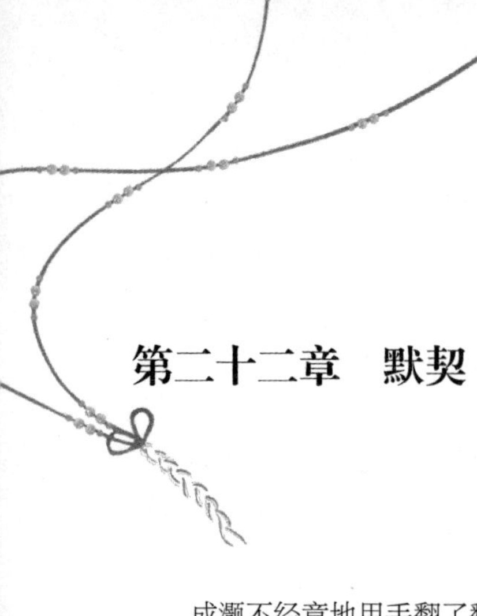

第二十二章　默契

成灏不经意地用手翻了翻诜皇子的衣裳，问道："哦？是谁给诜儿换的衣裳？"

"回圣上的话，是奴婢。"一个素装宫人站了出来，恭恭敬敬地回话。她叫芷荷，自小婵被封为才人，迁到别处后，内廷监便指派了芷荷做雁鸣馆的掌事宫女。这个丫头做事麻利，照顾诜皇子甚是妥帖。有一回诜皇子鼻孔堵塞、呼吸不畅，她毫不犹豫用口去吸吮。她的实诚深得孔灵雁的喜爱。但她从不仗着主子的喜爱拿腔作调，待下十分平和，雁鸣馆诸人都挺喜欢她，举凡大事小情，都唤"荷姐姐"。

成灏注意到她的手颇为粗糙，发髻梳得严严实实、一丝不苟。这丫头的眼神透着一股子本分、周到。

"方才是你抱着诜儿回雁鸣馆换的衣裳，还是你命人回雁鸣馆去取了衣裳来的？"

芷荷答道："这身儿衣裳是今日皇后娘娘身边的小嫄姑娘送到奴婢手中的，说是今日万寿节，喜庆的日子，皇后娘娘身为嫡母，关怀诜皇子，特送上一身儿锦服，以表心意。恰那会子，诜皇子身上溅了汤汁，奴婢便趁手给他换了这身儿衣裳。一则，是方便；二则，也是对皇后娘娘的敬意。"

成灏点点头："孤知道了，起来吧。"随之，他安抚孔灵雁道："你今儿受了惊吓，带着诜儿且回去歇着吧。"

孔灵雁点点头，带着芷荷并一众宫人婆子们离去。因闹了这么一档子事，"灵猴贺寿"变成了"灵猴搅局"，在场的气氛骤然冷了下来。司乐楼的那些伶人们更是瑟瑟发抖，唯恐大祸将至。

阿南从芷荷说出那番话开始，心便如一颗红炭掉入冷水之中，吱吱响着，冒着乱糟糟的烟。

那会子宴席上，她寻小嫄不见，便有了不好的预感。

果然。虽说她怀疑小嫄不是一日两日了，也对其有了戒备心，但这一刻，她隐隐约约的猜测被证实，还是有些悲凉。

她总能想起小时候小嫄唤她“阿南小姐”的样子。在这个满是势利眼的皇宫，小嫄曾是对她笑得最真诚的人。阿南从来没有告诉任何人，她在成灏面前、沈清欢面前、孔良面前，总是有着无法摒除的自卑的。她没有显赫的祖上，她是小门小户人家的女儿。小嫄能给她一种温暖而平等的感觉，那种感觉，让她倍加珍惜。

她初入中宫，便让内廷监派小嫄过来做她身边的掌事宫女。

从她早产那日，她就觉察了小嫄的异样。再到后来，小嫄一而再，再而三急于想在成灏面前露头的样子。还有数日前，小嫄三更前往安平观鬼鬼祟祟的身影，以及说起小婵时咬牙切齿的嫉妒。

阿南脑子里一幕一幕地跳转着。小嫄的面具也随之一张张揭开。

阿南想，原本小嫄才是他们那伙人当中首要的棋子吧，她是中宫的掌事宫女，模样亦比小婵娇俏三分。她的本钱比小婵好，可到头，竟然让备选棋子小婵抢了先，做了棋局上那至为关键的一子。

夕阳洒了下来，阿南的凤袍上镀了几层金。她看着成灏，不知道成灏在听到芷荷那番话后会做何反应。

阿南此刻的眼神，像极了秋雨拍打之下残碎的荷叶。

宴席散去。

成灏罚了司乐楼的伶人们一个月的例银。如此处罚让他们欢天喜地、如梦恩赦，千恩万谢地去了。

皇亲政要亦都散去。

孔良有序地安排众人离场。

御花园渐渐空了下来，阿南一动不动地站在原地。

成灏沉默了会子，轻声道：“皇后想来也乏了，回宫吧。”

阿南张了张口，想解释什么：“圣上，臣妾……”成灏摆摆手，似不欲多说：“去吧。”阿南行了个礼：“臣妾告退。”成灏吩咐小舟：“将中宫的小嫄，带到乾坤殿来。”

“是。”

夜幕如纱铺了下来。乾坤殿烛台里，灯芯静悄悄地燃着。

成灏坐在正当中的大椅上，小嫄跪在他面前。还未等成灏开口问话，小嫄便磕头道：“都是奴婢的错，都是奴婢的错，不干皇后娘娘的事……”

成灏笑了笑：“孤还未说是何事。”小嫄低着头：“横竖都是奴婢的错。”

“今日那衣服……”

小嫄眼角流出泪来，烛光映着泪光，分外地楚楚可怜：“都是奴婢的错，不干皇后娘娘的事，圣上您千万不要责怪皇后娘娘。奴婢宁可自己死了，也不愿您错怪皇后娘娘。”

“哦？你的错？那你说说，你做错了什么？”成灏端起桌上的杯盏，喝了口茶。

“奴婢……奴婢……奴婢罪该万死……”小嫄面色仓皇道。

“看来，你说不出自己错在哪儿。”成灏将手中的茶盏重重搁在桌上。

小嫄句句看似在维护皇后，却支支吾吾的，句句都在故意将火势往中宫引。

猴子看见红色会格外兴奋，诜皇子今日那衣服的内衬是红色，且用一种对猴类极有诱惑力的果香薰过。故而，灵猴看见这颜色、闻见这味道，便兴奋起来，做出那般的举动。

成灏今日一见，便明白了怎么回事。

他用耐人寻味的眼神看着眼前这个丫头：“孤从前便说你忠勇，果然忠勇啊。”

小嫄抬起头，看着圣上：“奴婢是皇后娘娘的奴婢，深深了解皇后娘娘。她虽常常为皇长子不是出自中宫为憾，也曾为祥妃娘娘对中宫的不恭敬而气恼，但……但她……她是无辜的。她绝没有害皇长子的心啊。”

成灏想了想，走上前，向小嫄伸出手。

小嫄一愣。成灏道：“孤最喜欢的一个字，便是忠字。前贤造字，上部为古形‘中’旁，下为‘心’旁，忠为中心不二，心无旁骛。马融曾著书曰，天下至德，莫大乎忠。”

他嘴角抿了抿：“孤喜欢忠心的人，忠才人是，你也是。”

小嫄忐忑地将手递到成灏手中，成灏扶起她。

“今日这意外，是司乐楼诸人的过失，既然诜儿有惊无险，此事便翻过不提吧。”成灏说着，话锋一转：“孤想，让你来乾坤殿伺候，做乾坤殿的掌事宫女，你意下如何？”

“这……”小嫄很是意外。她做好了被严刑拷打一番的准备，却不承想，不仅没等到狂风暴雨，倒等来隆恩浩荡。

“可……奴婢……奴婢舍不得皇后娘娘……舍不得华乐公主……”她为难道。

成灏笑笑：“皇后那里，孤会嘱内廷监派去新的人伺候。怎么，你想抗旨不遵吗？”小嫄连忙再度跪在地上：“奴婢遵命。”

成灏看着乾坤殿外，初九的月，清冷的弧度，离月圆还差着些许。

小嫄被调走后，阿南乍然觉得轻松了不少。那种暗处仿佛有一双眼睛的感觉突然没了。

一开始，阿南是很怕成灏误会的。她不怕成灏的责罚，但她惧怕成灏冷漠的眼神。

但没有。成灏只是将小嫄带到乾坤殿，随后遣小舟来传旨，说是小嫄从此留在乾坤殿了。其余，再没有别的消息。成灏没有责问阿南一句。

阿南坐在中宫的檐下，听着秋风扫落叶的声音，突然想明白了什么。

她有了久违的感觉。她与成灏彼此懂得、一起谋算、一起同行的感觉。那是一种“只可意会、不可言传”的默契。睿智如成灏，想必比她明白得更深，他们都是站在高处看戏的人。

万寿节的灵猴发狂，一石二鸟。

事成，除去皇长子，栽赃给皇后。事不成，仍可以甩锅给皇后。

进可攻，退可守。

灯火映着阿南的脸。中宫的凶险，她由来便知晓。

随着忠才人的肚子越来越大，宛欣院时时传来莫名其妙的鼠叫之声，叫得宫人们人心惶惶。联想到不久前雁鸣馆那只疯癫的大鼠，宫人们都说，鼠精阴魂不散，又来了。

成灏唤来余苳，问是何故。余苳掐算一番，叩头禀道：“恭喜圣上，鼠之克星，即将降临。”

“是吗？那的确是喜事了。”成灏喝了口茶。

雾气笼罩着他的脸。跪在地上的余苳一时看不清圣上的表情。

顺康十五年腊月初七，皇二子成诉诞于宛欣院。

第二十三章　鼠动

诉皇子出生那日，宛欣院似有百鼠齐鸣。

腊月的上京，寒风呼啸，冰冻三尺。举目望去，满园萧瑟。唯有松柏与梅花，在寂寂的冬日里，含翠，吐芳。这样的时节，因何会有鼠声呢？

诉皇子酉时出生，戌时，宛欣院的宫女聆儿在庭院里发现了数只肥耗子，四处乱窜，她尖叫一声。那声音，宫人们听得心里发怵，路过宛欣院，皆绕道而行。

侍卫们将那些耗子捉起来。成灏看了看，个个肥硕，黑漆漆的眼，叫声刺耳。上京从未见过此等鼠类，倒似番夷之物。

他默不作声，迈入殿内。嬷嬷将新生子抱了过来，一众人等跪在地上道喜。

成灏从嬷嬷怀里接过二皇子，瞧了瞧，又看向半躺在床榻上的忠才人，笑道：“你似乎与鼠甚是有缘哪。”

忠才人低头，不知如何回答。她一时弄不清这些异象究竟是不是“自己人”的有意为之。那些耗子，她识得，是百越之物无疑。她从小在百越长大，常见有烹鼠之人以此为餐。

但是她不明白为什么要这样安排？是余苓的意思，还是姒康王的意思？目的是什么呢？

从前，鼠的出现，是为了让余苓留在皇宫、让她在成灏面前出头。现在，心愿皆已达成，皇子已经生了，还弄这些鼠做什么呢？

她有些糊涂。自从她搬来宛欣院来，行动再也没有从前那般自由了。宛妃是个极精明的人，常常叉腰站在檐下，但凡她步子往外迈，宛妃便假模假样地关心道：“哟，妹妹，这是要往哪儿去啊？”

且自从万寿节上那出意外过后，宫中加紧了戍防，各宫门口守卫比从前森严数倍。

再加之她月份大了以后，身子沉了，夜间出行也不方便了。一来，恐生意外；二来，怕暴露了，被人发现。

从前，一个月至少与余苓见上两回，现在，却已有三四个月不曾碰头了。音信一断，她在这宛欣院便如剪断了翅膀的鸟，不知前方何处。

她恨恨地想起小嫄。那贱人，竟也不知主动来与她传递消息，怕是只知趁着这当口儿勾搭男人吧。

她用手重重地揉搓着被褥。“我在这儿冒险生孩子，他们背地里却不知如何快活。事若成了，大伙儿都有益。事若不成，他们把王八脖子一缩，躲得容易，死的却只有我一个！”忠才人越想越气，眼角含泪。

成灏见状，安慰道：“孤只是随口说说，你莫要吃心。孤去找那方士问问是怎么回事。”

这句话正中忠才人的下怀。她也想知道是怎么回事。

成灏起身，往安平观走去。

众人揣测着，忠才人产子，却未能得到晋封，圣上看似不大喜欢这个新降世的皇子。百官和各番邦的贺表堆积在桌案之上，圣上却迟迟没有开口提及设宴一事。

安平观内，仙人像前，燔百和香，燃九微灯，供着一瓶梅花。

余苳跪在地上，迎了驾。

成灏居高临下，开门见山，问道：“数月前，你跟孤说，若得明君，当幸东南。又说，鼠之克星，即将降临。句句意指忠才人及其腹中之胎。为何如今二皇子已然出生，宫中却有那么多不明大鼠？”

余苳心内打着鼓。目前发生这一切，跟计划中的很不一样。小婵在宛欣院，好久未曾出来。小嫄调离了中宫，再也监视不到后宫诸人的状况，她身处乾坤殿，每一步都不敢行差踏错。

这两根线皆断了。余苳再也摸不清后宫之水是浑还是浊。姒康王封封来信，皆问状况如何。他提笔容易，下笔艰涩。更要命的是，数月之前，老仆告诉他，余慕不明不白地失踪了。

他看不清到底是谁的手笔。是姒康王对他不放心，生出这样的主意，以此为要挟？还是中宫邹皇后，他那个与他毫无血亲的妹妹，暗中做了防备？

现下，他向眼前质疑的天子叩头道：“圣上，二皇子的确是鼠之克星，也许正因为如此，才会百鼠异动吧。更或许……是别有用心之人，欲加害二皇子，谋害圣上您的龙嗣。”

倏尔，他叹道：“想来，若忠才人这一胎生的是公主，而非皇子，便不会沾染这许多是非吧？”

好一个转移视线、挑拨离间。

成灏想了想，凝视他，道：“那么，你觉得是谁在背后搞鬼啊？”余苳连连磕了几个头：“草民不敢说。”

成灏坐了下来。

安平观内的百和香，是以白檀、丁子、零陵、青桂、白渐、甘松、苏合、燕香所制，香气浓郁经久。

“你只管说便是。孤既留你在宫中这许久，便是信你所言的。”成灏道。

“草民谢圣上。”余苓抬起头，良久，开口道：“圣上，您想想，谁不愿意花开一朵、一家独大呢？现宫中多了一个皇子，自是不悦的。”他在影射雁鸣馆，影射祥妃，影射孔良，影射整个孔家。

成灏笑了笑，什么都没说，起身离去。

余苓见那披着龙袍的身影消失在门口，方舒了口气，瘫坐在地。他不确定成灏到底有没有相信他的话。他越来越觉得处境堪忧。一切都不在他的掌握之中了。

窗口洒进一室惨白的月色。余苓从地上爬起来，在屋内来回踱着步。他想起姒康王曾对他说过的话，又细细地权衡了一下形势。

好在，二皇子顺利出生了，这是最大的幸事。

或许，该到了行那一步的时候了……

余苓将桃木剑丢进火堆中燃烧。他看着火光，愈发坚定。

古往今来，利从险求。若得此惊天之贵，当不惧殊死一搏。

凤鸾殿的夜。积雪把庭院中的松柏压断，时时听见“吱呀”之声。

殿内灯火通明。阿南下着棋，宛妃坐在她的对面。

“娘娘，您为何要自己与自己下棋？臣妾陪您吧。”

阿南摇头。

“自己与自己下棋，方能越下越清醒。与旁人下棋，心里眼里，只有胜负。”

宛妃幽幽道：“您已经是臣妾这半生见过最清醒的人了。”阿南笑道：“聆儿可还得力吗？”

宛妃道：“那丫头甚好。机灵着呢，一点就透。她与臣妾配合得天衣无缝。西偏殿那妖精，半点儿也没觉察。”阿南手中摩挲着一颗白子：“他们既拿鼠做文章，咱们就顺着来。以子之谋，破子之计。”

须臾，白子稳稳地落下。

宛妃道：“臣妾没想到，您真的会容那孩子生下来。”

阿南看着她：“那孩子必须生下来。”

“臣妾不明白。”

阿南拿起一枚黑子：“有了皇子在手，他们才敢拼最后一把。”

形势不好，他们才会狗急跳墙。有了孩子，他们才肯狗急跳墙。这其中的进退、松弛、尺度，阿南早已想好了。

棋盘山。黑子将白子逼到绝路。白子背水一战，吃掉一大片黑子。阿南手握黑子，以迅雷不及掩耳之势进行反扑。白子片甲不留。

一局终了，阿南放下手中的棋。“瞧着吧，这宫中很快就会有大事发生了。”

宛妃紧张道：“圣上知道吗？”

阿南点头。她虽从来没跟他谈论过此事，但她知道，他一定知道。

成灏自然是知道的。他等这一日，已等了许久。他等伐越的理由，亦等了许久。

弹丸之国，妄想不动兵戈，占据朝堂，怎么可能?

一切都在悄然进行着……

第二十四章　刺杀

腊月初十那日，皇二子成诉洗三。

阿南去了宛欣院，见成灏没来，便遣内侍去乾坤殿瞧瞧。须臾，内侍回来说，圣上在与各边关回京述职的武将议事，忙，顾不得。

阿南按旧例赐忠才人一些金银器皿、锦丝绸绢，又赏了伺候忠才人和二皇子的一众嬷嬷乳娘宫人俩月的例俸。

顺康十五年的这个腊月，反复无常。时而晴朗，时而阴郁。乌云似乎潜伏在天际的某个角落，随时会出人意料地来。

上京的官道上，日头出了，积雪还未来得及扫，雪花就纷纷扬扬地飘落了。新雪和着旧雪，裹着尘与泥，马蹄踏上去，脏兮兮的，没来由地让人瞧着压抑。

年关之时，各番邦进京送岁币、节礼。百越的使节刚到上京，便冻病了。久居百越的南人，禁不得北方天气的突转。据圣上遣去问候的医官说，那使节的手与脚皆冻得如馒头一般肿胀，既痒且痛。

圣上笑笑："那便让他在驿馆里好生歇着吧。"

一日晚间，阿南刚歇下，听到叩窗的声音。是聆儿。

"娘娘，今日奴婢按您所说，以年关各宫清秽之名，去安平观请了那方士来宛欣院了。"

阿南淡淡笑了笑："好。"聆儿道："圣上设宴款待武将们的时候，因宛妃的父亲镇南将军在军中颇有威望，便叫宛妃也去了。宛妃回来的时候说，宫里来年又要进新人了，北平侯府的小姐和襄公府的小姐。这话，忠才人和那方士都听见了……"

风声呼呼地刮着。聆儿突然压低了声音："奴婢听到那方士跟忠才人说，宫中的后妃会越来越多，圣上的子嗣也只会越来越多。眼下，二皇子并不得圣心，往后，只会越来越不起眼。现在若不采取行动，来日追悔莫及。与其在宫中碌碌苟活，前功尽弃，不如放手一搏……"

"忠才人怎么说？"

“忠才人起初并不情愿，后来，那方士便说，她不如小嫄忠心，小嫄现时被圣上调去了乾坤殿，心内时时想着百越、想着王爷，若她不肯，小嫄亦可……忠才人便肯了。”

阿南点点头。

聆儿的眼睛在雪夜里清澈又明亮：“娘娘，奴婢觉着，忠才人看那方士的眼神跟看旁人很不一样，就像……就像年节里御膳房做的枣糕，甜甜的、黏黏的。”

阿南抬头看了看外头的天儿。今晚无月，一片漆黑。

他们齐了心撞南墙。

离收网的日子越发近了。腊月底，国库清点财物，各部盘算整年账目，驸马张浔从两广回来陈述新政推行的各处细枝末节，圣上越发忙碌。

廿九，三更天，圣上在尚书房批阅奏折。

小嫄递了盏参汤过来，柔声劝道：“圣上辛劳，喝盏参汤补补身子吧。”

圣上刚接过，宛欣院的小内侍慌慌张张求见：“圣上，大事不好了，大事不好了……”

圣上放下汤盏，问道：“好生说，怎么了？”

“二皇子高热不退，恐……恐……”小内侍磕着头，满脸仓皇，泪流不止：“忠才人说，请您去瞧瞧二皇子，许是……许是最后一眼了……”

圣上起身，匆匆往外走。小舟连忙跟上。小嫄想了想，亦跟在身后。

宛欣院的东偏殿一片漆黑。镇南将军举家返京，宛妃请旨归宁，故而东偏殿今晚无人。西偏殿内，人影憧憧，灯火摇晃着，似要舔舐这天地间所有的不安。

成灏走进内殿。忠才人抱着孩子坐在床榻上，双目红肿。

风忽地把门吹得关上了。成灏开口道：“诉儿怎么了？医官来瞧过了吗？”忠才人哀哀戚戚：“瞧过了，皆说不中用了……圣上，您来瞧瞧，瞧瞧诉儿最后一眼……”

成灏一步步走近。襁褓中的婴儿睁大眼看着他，并无一丝生病的迹象。

一把匕首“嗖”地刺向成灏。床榻上坐着的女人一霎时变了张脸，她不再是后宫中低眉顺目的小妇人，而是身姿矫健的女杀手。

成灏似早有防备，一把抓住她持刀的手。成灏三岁习文，四岁习武，六岁组建羽林郎，功夫较孔良还胜三分。只是，他身为天子，甚少展露，故而许多人不知。小婵的手被成灏紧紧抓住，动弹不得。

这时，从房梁上掉落七个黑衣人，皆手持凶器，招招迅猛，一副速战速决之势。

成灏冷冷说道：“刺杀天子，九族俱灭。”

为首的那个黑衣喊了一句话，是夷语。

七个黑衣人围住成灏。他们不想盘桓久战，只想让成灏速死。

雁鸣馆内，孔灵雁躺在榻上。一群杀手悄然而至，撕碎了原本静谧的夜。门外的小内侍揉着惺忪的睡眼打哈欠，突见有人持刀闯殿，睡意全无，还未开口，便被黑衣杀手一刀砍死。热乎乎的血，溅在雪地里，触目惊心。

原本昏昏欲睡的宫人们顷刻间都醒了，尖叫起来。

黑衣杀手持刀乱砍，直直地走入殿内。他们的目标很明确：杀了诜皇子。

孔灵雁从床榻上起身，见殿内满是尸体鲜血，面色苍白，口中喊着："诜儿！诜儿！"

在这混乱的当口，雁鸣馆的掌事宫女芷荷紧瞧着诜皇子那稚嫩的小脸，想着今夜就算自己殉了主，能多护这婴孩一刻，便是一刻吧。她将诜皇子从襁褓中抱住来，塞到床底下，然后把一个枕头塞进襁褓。她抱着那襁褓躲在角落里，紧紧地将襁褓掩于身下。

杀手很快寻来了。芷荷瞧着他们越走越近，瞧着他们的刀高高举起。

她被黑衣人一把推开，刀砍在襁褓上。黑衣人意识到自己上当了，怒气冲冲地砍向芷荷。

芷荷闭上眼。刀却没有落下，她听见一阵强健有力的脚步声。再一睁眼，看见孔良的身影。

孔良不知何时带着一队御林军冲了进来，与那群黑衣人厮打着。

芷荷跌跌撞撞地走到孔灵雁身边，孔灵雁被吓得不轻，双目凝滞。芷荷唤道："娘娘，娘娘，您别怕，孔大人来了。"孔灵雁回过神来，呜咽道："芷荷，诜儿呢？"

"您放心。诜皇子无恙。"

殿内最后一个黑衣人倒下，孔良奔向妹妹。

孔灵雁扑到哥哥怀里："哥哥，你今日不是休沐吗？如何会在宫里。"

芷荷从床底将诜皇子抱出。这孩子还在睡梦中，完全不知今夜多么惊险。

孔良道："这是圣上布的局。说来话长。灵雁，你和诜儿没事就好。"

宫里飘荡着血腥气。

宛欣院内。原本漆黑的东偏殿，灯霎时亮了。宛妃带着一队兵丁，冲到西偏殿。

门打开，兵戈相见，打作一团。

忠才人颇为意外："你！你不是回娘家了吗？"宛妃冷笑："许你犯上作乱，就不许本宫略施小计吗？"

忠才人望着门口，她在等增援。按照计划，此时，余苳该带着一群百越顶尖杀手赶来了。为何现在还不到？

宛妃笑了笑："怎么？等你的相好？他怕是来不成了。"

成灏的手臂方才被黑衣人砍了一道口子，往下淌着血。他吩咐那群兵丁："留着活口，录下口供。"

"是。"

"圣上，二皇子……"

成灏冷然道："二皇子高热不退，已然殁了。"

"是。"

宛妃走上前，关切问道："圣上，您怎么了？臣妾去叫医官来给您包扎……"

成灏一挥手："不必了。"他大踏步往门外走。

宛妃喊道："圣上，您去哪儿？"成灏没有回答。他下意识地往前走，往凤鸾殿走。

中宫一片漆黑。不对，皇后怕黑。往常，他没来的时候，凤鸾殿夜夜灯火通明。今晚为什么没有灯？难道皇后已有不测？成灏的呼吸声越来越重。

他推开熟悉的门。"皇后——"他唤了一声。

无人应。

"南姐——"他的声音在这空旷的夜里，随着刺骨的寒风，打了个转儿。

这是第一次，他来中宫，她不在。往常，这里的灯火永远在等候着他。

今晚，一切都是冷冰冰的。

一阵脚步声。成灏抬起头，阿南提着灯笼从外头走进来，她手中拿着一摞信笺，身后跟着一群人。

"你去哪儿了？"成灏沉着脸。

"臣妾拿到了余苳与百越姒康王的来往信函……"

成灏打断她："你为何要擅自行动？"

"臣妾已经将铣儿安置妥当，想着……"

成灏走入殿内。他似乎倦极了，在榻上躺了下来。

霜冷露重。

烛火昏黄。

第二十五章　红梅

成灏睡醒的时候，听见外头鸡人报卯时了。

他睁开眼，阿南在给他包扎着伤口。窗外的晨光一点点地亮起，天空如沾了泥的薤白一点点被洗净。月影与梅花，忽忽不可辨识。

成灏看着阿南的侧脸。她清瘦，克制，如一潭平静的水。

“疼吗？”阿南看他睁开了眼，轻声问。

成灏摇摇头。

“今儿是年三十，今年的最后的一个早朝了，圣上去吗？”

“去。”成灏说着，已经起了身。阿南卷起珠帘，端来一盆水。水温刚好，就连帕子，也已经泡得松松软软了。

阿南将热帕子覆在成灏的脸上，温润的气息熨着他的面颊。

成灏想，她是了解他的，知道不管发生了什么事，早朝他一定不会误，这些细节，她早已准备得妥妥帖帖了。

“安平观那方士如何了？”成灏问道。阿南道：“那方士昨儿晚上在被子里窒息了。”

她着人悄悄往安平观的百和香里加了一味催眠的药，余苳昨儿过了黄昏，便起了乏，躺到榻上，想歇一会子。被芯自然是换过的。他有喘鸣之症，这一睡便再也没起来。那一波等他号令的百越杀手，苦等无讯，群龙无首，乱成一团，被御林军趁势围攻剿灭。

因着阿南这一计，事情比计划中要顺遂了许多。

成灏道：“你做事素来干脆利落。”

“那方士口中关于鼠的卦语，非他卜出，而是小嫄泄露。所以——”阿南想了想，还是说出了口：“所谓的若得明君，当幸东南之语，亦是假的。圣上不必信。”

成灏点头：“孤知道。”他擦完脸，将帕子递与阿南：“孤已知会孔良，所有关于此次百越作乱的证据，全部移交给兵部，不日，便出兵伐越。”

阿南道：“不等这个年过完吗？”

“不等了。既然敢行此狂悖之事，便休想过好这个年。”

阿南沉吟道：“小嫄和小婵这两个婢女的事，倒给臣妾提了个醒儿，圣朝现时仍有许多隐藏很深的百越细作。这些人或许从父辈母辈起，便背负着使命。留着他们终是祸害，不如趁此机会，清理一番。免生后患。”

“嗯。”

宫人们端上粥来，成灏喝了半碗，起身便往门外走。

风吹着凤鸾殿外的松柏，松柏岿然不动。成灏突然转身，看着阿南：“你弟弟余慕，接进宫来吧，让他在尚书房与那些宗室子弟们一起读书便可。毕竟，他是你唯一的亲人了。”

阿南一愣，手中的粥匙停住了。

“圣上……知道这事？”

“这天底下，没有什么是孤不知道的。”成灏说完，笑了笑，便离去了。

阿南瞧着他的背影，想着，成灏这个观棋的人，连她也看在内了。他一定知道，阿南的母亲改嫁到余家，阿南与余苓这辗转曲折的关系。余苓进宫，到底有没有中宫的相助？那卦语当中藏着的玄机，有几分真假？这些，成灏未必没有怀疑过分毫。

只是阿南的种种做法，让他放下心来。阿南一直以来都是向着他的。

干脆而果决。

忠才人、小嫄、余苓，一切与百越有关的人，一夜之间在宫廷中消失了。

宛欣院的西偏殿空了下来。

聆儿被阿南调来中宫，如愿做了凤鸾殿的掌事宫女。她是个机敏的丫头，刚上任第一天，便把凤鸾殿内所有内侍、宫人的名单记得滚瓜烂熟。恰逢着除夕，她指挥着一众人等，热火朝天地洒扫收拾着。

阿南站在檐下，看她往庭院中那一排松柏上披红挂彩，忙制止她：“聆儿，莫要如此。”

“娘娘，新年了，阖宫喜庆呢。咱们凤鸾殿是中宫，但是太素净了。这院中无甚陈设，只有松柏，所以奴婢想添些颜色。”聆儿笑着说道。

阿南摇头道：“松柏本孤直，难为桃李颜。”聆儿似懂非懂，但见阿南不允，忙将彩绸从松柏上取了下来，道了声：“是。”

这时，孔良从外头走进来，屈身行了个礼：“皇后娘娘金安。”阿南淡淡道：“阿良，你真是圣上的忠心不二之臣。”孔良愣了愣：“娘娘突然说这话是何意？”

“余慕的事情，是你告诉圣上的吧。”

孔良低下头，沉默半晌，说道：“圣上连微臣安置余慕的居所都已知晓，微臣不得不说。”

阿南抬头看了看灰白色的天，轻声道：“无碍。迟早是要让他知道的。这样也好，可以早一点光明正大地将余慕接进宫来。他年纪小，在外头，本宫终究是不放心。”

须臾，阿南笑笑：“起来吧，阿良。今晚是除夕夜，圣上要在宫中设宴，为出征的将领送行，晚宴你带着夫人一起来吧。”

孔良与夫人窦华章，算来成亲已两年有余了。

“是。”孔良答应着，去了。

司乐楼。晚宴。

阿南身着凤袍坐在成灏的身旁。孔灵雁、宛妃、刘芳仪依次坐在右侧。筵席上众人心照不宣地都没提“忠才人”“二皇子”之语。仿佛他们压根儿没有存在过。

孔灵雁昨晚受了不小的惊吓，今晚精神一直不佳，提不起劲来，人前笑得心不在焉。刘芳仪自从关了半年禁足之后，老实多了，再也不似从前那般多语。倒是宛妃，今晚精神头儿很好，春风满面。

成灏钦点镇南将军胡谟带兵出征百越，宛妃与有荣焉。

成灏举杯：“愿将军旗开得胜，早日还朝。”

众人随之举杯。胡谟叩首道：“臣必不负圣上所托。”

杯中酒尽。宛妃表演了一出战马的口技助兴，气势雄浑，听之有如万马奔腾，在座诸人，无不拊掌称赞。

晚宴散时，阿南听见有人唤她。她抬头，是一个身着墨绿衣裳、戴着珠钗的端庄小妇人。小妇人恭恭敬敬地向她行了个礼。

是窦华章。阿南在年节向中宫行跪拜礼的命妇中远远地见过她两回，但未曾离得这般近。

“孔夫人。”阿南颔首。“臣妇有份薄礼想送给皇后娘娘，还请您笑纳。”窦华章冲身旁的小丫鬟点点头，小丫鬟抱了一盆花过来。

是红梅。红色灼人眼，这是最让阿南心梗的花。

当日，成灏曾为沈清欢种满乾坤殿的花。

“娘娘您瞧，这红梅开得好吗？臣妇听说从前乾坤殿中有许多红梅，后来不知什么原因，竟都枯萎了。”

阿南不动声色地吩咐聆儿把花收起：“这花儿开得甚好。孔夫人有心了。”

窦华章道：“只要皇后娘娘喜爱，便是这花儿的福气，是臣妇的福气。”

转瞬，她说：“昨儿，臣妇看见沈家清欢了——”

第二十六章　羡慕

灯火带着惹人探寻的黄晕。

头顶上，除夕夜的烟花开得热闹，然而，四散开来的那一霎，花瓣如雨，往下坠落，又分外荒凉。

阿南看着窦华章，不作声，等着她继续说下去。

窦华章用锦帕轻掩了掩口，笑道："沈夫人给她寻了个夫家，据说是平宁伯夫人的侄孙，算起来是沈夫人的娘家表侄儿。那后生才貌双全，很是难得。可您猜怎么着？沈清欢与他一言不合，竟拔剑斩断了他的束冠。他吓得了不得，几乎是逃着离了沈家。现下，京中贵族圈都知道了呢。依臣妇说，沈家清欢也忒娇纵了些。这些年，她议过的亲事有多少了？没有一个如意的。怎么着？这天底下的好儿郎，文也不行，武也不行，她想嫁谁？上天嫁玉帝吗？"

"本宫很想念小清欢。"阿南开了口。

窦华章似有些意外。在她七拼八凑、道听途说的那些传闻中，眼前这位邹皇后该是最嫉恨沈清欢才是啊。满上京，谁不知道，当年，沈清欢才是太后和圣上属意的中宫人选？是这位心机颇深的邹皇后，利用"太后还政"、朝中新旧势力更迭的契机，利用天子由来的猜忌，朋扇朝堂，让圣上怀疑沈清欢乃太后用来控制自己的枷锁，对其心生忌惮，方成功上位。

可为什么，提起沈清欢，这位邹皇后的口气突然如此温柔呢？

"孔夫人，清欢，她还好吗？还是喜欢穿着浅黄色的衣裳，像只飞来飞去的小黄莺吗？"

"……她……她好像是穿着浅黄色的衣裳来着。"窦华章有些尴尬地答着。

阿南仰头瞧着天上的烟花："从前，圣上、阿良、清欢与本宫常常一处玩耍。少年时的情谊，真挚且美。往后这一生再不可得了。人哪，年岁越长，顾忌的便越多。"

她伸手，触摸红梅的花瓣："不管是从前，还是现在，清欢都是本宫最羡慕的人。"

“臣妇……臣妇不明白……您，您凤仪天下，为何还要羡慕她？”

阿南淡淡笑笑：“她心思简单、透明澄澈，这样才能活得快乐。你说，是不是，孔夫人？”

窦华章低了头：“是。”

“阿良年纪轻轻，便做了御林军统领，且是皇长子之舅父，这身份在朝中不知多少双眼睛盯着。你身为他的夫人，应当做好贤内助，谨言慎行，莫惹是非。话出口前，要再三掂量才是。像方才议论清欢亲事之语，往后莫要再说了。”

“是。”

“孔夫人日后得了闲，多来宫里坐坐。”

“是。”

窦华章讪讪的，跪了安，退下。

阿南转身回凤鸾殿。

聆儿问：“娘娘，这红梅……”

“送去花房吧。”

聆儿答应着，去了。

阿南一路走，一路思量着窦华章的话。清欢还未嫁。那个随心随性的女孩儿，从小被众星捧月长大的女孩儿，她眼里能入得了什么样的男儿呢？只要她一天未嫁，阿南的心便一天悬着。

成灏啊。她的枕边人，她的夫君，她用尽全力想与之站在一处的人，他心里还是惦记着清欢的吧。

阿南回宫没多久，成灏便来了。阿南有些意外，原以为今晚他会宿在宛妃处的。

成灏道：“今晚是除夕，孤当与皇后在一处。”

聆儿欢喜地端来洗漱之物。

成灏问：“铣儿呢？”乳娘抱了华乐公主出来。公主今日穿着红彤彤的袄儿，像一盏圆乎乎的红灯笼。她见了成灏，张开嘴笑，亲昵地唤着：“父皇——抱抱——”

成灏很欢喜，从乳娘手中接过她。这个女儿，异常早慧，玲珑剔透，是他的开心果。

“父皇——赏——”

成灏大笑。这个“赏”字，难为这个小人儿说得如此清晰、霸道。

“好好好。赏。华乐想让父皇赏你什么？”

“印——印——印。”

成灏笑道："印？拿印的可多了。书生有书生的印，武将有武将的印，王爷有王爷的印，父皇亦有父皇的印。铣儿要的是什么？"

阿南瞧着眼前这父女俩其乐融融的情景，笑了笑："童言无忌，圣上莫要理会铣儿浑说。她一个女孩儿家，要印做什么。"

说说笑笑，洗漱完，熄了灯。

成灏与阿南躺在榻上。黑暗中，成灏翻了个身："今儿，孤命小舟去了趟沈府……"

"沈大人身侍三朝，功在社稷，年节里，原该派人去瞧瞧的。"阿南轻声道。

只要他不点破，她便愿意这样自欺。

成灏叹了口气："她还是一身傲骨，不愿意理睬孤，连进宫一趟都不肯。"

阿南不再吭声。她呼吸均匀，像是睡熟了。

红楼隔雨相望冷，珠箔飘灯独自归。

正月还未过完，圣朝与百越的仗便结束了。

百越祸乱圣朝国政，有错在先。圣朝出兵，有理有据，道义上便先赢了。周边一众番国，皆道百越王姒康祸心当诛。

两邦兵力本就相差悬殊，再加之胡谟久经沙场，深谙兵贵神速，几场突击，打得百越措手不及。

不足一月，便班师还朝。

百越王室，签下降书，被迫漂洋过海，寻了一处荒僻海岛度日。百越原有的土地，归于两广管辖。从此，百越这个小国，便彻彻底底地不存在了。

两广之中，原先与百越勾结的两名官员，被赐死。他们昧下的盐税，在抄家时，被抄出，尽数充了国库。

起初被杀手攀咬诬陷的无辜官员严瑨，成灏下令，将他从狱中放了出来，做了新任的两广总督。同时，纳了他的女儿严钰为五品婉仪。

严婉仪自小在两广长大，皮肤微黑，但容貌颇为秀丽，脸蛋圆润，一双眼大而深，带着天然的南域风情。

严瑨是个清官，做两广巡盐史十载，两袖清风，无有家财，府邸还不如上京之中的寻常富户大。

严婉仪进宫时，她和陪嫁丫头穿着都很朴素。身为官家小姐，严婉仪却连件像样的首饰都没有。

成灏见之，叹道："孤未见清廉有如严卿者。"遂对严婉仪颇为看重，赐了不少珍稀之物与她。

阿南安排严婉仪住在阅香殿，在刘芳仪所居的文茵阁东侧。

两宫相距甚近。

百越之战，是成灏亲政以来的第一仗，漂亮的一仗。

他加封胡谟为“一等虎贲将军”，在宫廷之中举行了盛大的庆功宴。

远在陇西就藩的渭王成灼也回来了。他是成灏的同父异母的亲哥哥，曾经的废太子，祈安太后的养子，先帝宠妃凌氏所生。

长乐九年，先帝在东宫骤然崩逝，祈安太后一手捧着先帝遗诏，一手抱着成灏，走上金銮殿。遗诏上写得清清楚楚，废了太子成灼，立皇三子灏为新君。这当中的风云诡谲，被世人编排了无数个版本。但，真正的实情，无人知晓，皆化作岁月与历史的迷烟。

成灏那时候才一岁多。他对这个哥哥毫无印象。他幼年时，曾问过母后：“父皇当初为何要废了这个哥哥，改立孤这个幼子呢？”母后不欲多说，只淡淡一笑：“你父皇自有他的考量。”

成灏觉得母后的回答模糊而敷衍。虽然世人皆说母后强势，废了太子，无非因为成灼非她亲生。但成灏觉得，以他对母后的了解，并不是这样。这当中一定有什么别的原因，不可告人的原因，让母后难以向天下人启齿的原因。

故而，他对这个哥哥，从未消除过戒备与防范。

庆功宴上，他笑向成灼道：“皇兄在陇西一向可好？”成灼道：“谢圣上关怀，甚好。圣上有如此作为，想必父皇与母后在天之灵，亦深感可慰。”

成灏转动着酒杯：“听闻皇兄这两年热爱习武，去岁请了陇西剑宗入王府为座上宾，可有此事啊？”

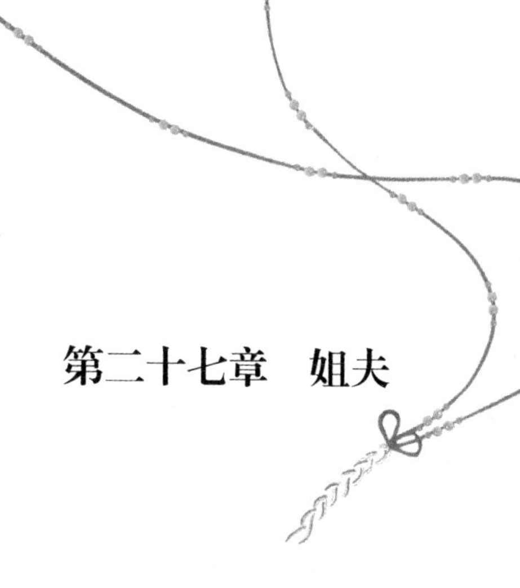

第二十七章　姐夫

成灏是笑着的。他那张年轻英俊的脸上，山峰起伏，层峦叠嶂，隐天蔽日，藏着许多成灼看不透的意味。

成灼瞧着这个年纪小自己许多的弟弟，起身赔笑道："回圣上的话，确有此事。愚兄近年来身体欠佳，每到秋冬，骨痛难抑，常伴有咳疾目眩之症。寻医问药，大夫说，可习武以强健体魄，愚兄便请了剑宗杨谒入府相授。"

"哦？"成灏道，"皇兄学得如何了？"

"愚兄不才，仅习得皮毛而已。"

成灏抬起右臂，往下摆摆，示意成灼坐下来。宫人往成灼的酒杯里添满了酒。

成灏叹息道："说起咳疾目眩，孤不由得想起父皇。前些日子，孤翻看长乐年间的起居注，发现父皇在位十年，竟是病了一多半的时日。想来，父皇早早崩逝，与他素来多病不无关系。皇兄，你要多保重啊。莫要……如父皇一般。"说到"父皇早早崩逝"，成灼的面色不自在起来。杯中的酒荡漾着，似沾染了红色，成了满杯的血，再一睁眼，原来是幻觉。

他从身旁随从手中接过冷毛巾，擦了把脸，醒了醒神，回道："是。谢圣上关怀。"

成灏点点头，笑着向在座的诸人举杯，没再同他说什么。成灼的如坐针毡，他看在眼里。

据史料记载，父皇因病崩逝，但成灏年岁越长，越觉得不对劲。父皇虽然体弱，但他所患的，并不是类似于心症这样突发致死的急病。起居注上写得明明白白，父皇崩逝的前一天，还在宫中宴饮。为何一夜之间，猝死于东宫？

成灼的反应，让成灏坚定了自己内心的想法。

太子者，国之根本。东宫，轻易不可撼动。父皇仁名远扬，宫中积年老仆皆言，蚁从先帝履边过而不忍踩，宁可停住脚步。成灼若无大过，焉肯废之？

算来，成灼在陇西就藩已然十六载。西北十六载的风沙，吹出了什么样的心肠？

不急。他愿意走进往事的迷雾，把一切是非曲直都弄清楚。桥归桥，路归路。

若这个哥哥当真心有不甘，他愿意与之过上几招。让其明白，他成灏如今能稳坐金銮殿之上，并不仅仅因为他会投胎，做了陆芯儿的儿子。

成灏一杯杯饮下花酿。众臣见圣上兴致颇高，亦都陪着频频举杯。

庆功宴毕，许多人都醉了。

顺康十六年的正月就这么在一片喜庆之声中过去了。

二月晃晃悠悠地来了。

因着镇南将军的这场胜仗，宛妃在宫中的地位水涨船高，都快赶上了生养皇长子的孔灵雁。且因为宛妃与中宫关系甚密，阿南命她协理六宫，是而，宫中许多事由，内廷监除了请示皇后，便是请示宛妃。

宛妃无有子嗣，酷喜抱着华乐公主玩儿。阳光晴好的日子，她抱着公主学走路；阴雨连绵的天儿，她用小炉子烘栗子，碾得细碎，喂公主吃；公主闹起脾气来，乳娘都束手无策，偏宛妃能将她逗笑。这些本是宫人的活儿，宛妃却做得乐滋滋的。

渐渐的，在华乐公主眼中，亦视她与旁人不同。公主睁着湿漉漉的大眼，牙牙学语，叫宛妃为："宛——娘。"她第一次这么喊的时候，一向泼辣多语的宛妃竟怔住了，半句话也说不出，流下泪来。

宛妃的贴身宫女小妙问道："娘娘，您怎么了？"宛妃道："铣儿真是个可人的孩子。本宫高兴。有她这声宛娘，本宫觉着，好像自个儿也有了个孩子似的。"

每日晨起，公主在软榻上爬来爬去，见宛妃来中宫请安了，便欢喜地喊："宛——娘——抱抱。"

阿南微笑道："妹妹，铣儿这孩子，跟你有缘着呢。"宛妃忙道："这是臣妾的福气。"

阿南喝下一口白水，道："常常有人跟本宫说，铣儿若是个男儿就好了——"宛妃快人快语道："男儿怎么了，女儿又如何？依臣妾瞧着，铣儿将来不比她雁鸣馆那个弟弟差！"

余慕进了宫，住进了凤鸾殿的抱厦。这个圆头圆脑的小男孩，见到阿南的那一刻，便欣喜地唤道："南姐，真好，又见到你了。"

阿南摸摸他的脸："南姐告诉过你，游戏结束，会接你进宫来的。"

"大哥呢？"余慕问道。阿南答："你大哥……云游四方去了。从此，你留在南姐这里，南姐陪你长大，可好？"

余慕认真地思索一番，低下头："大哥总是惦记着成仙，从前还总是跟许多奇奇怪怪的人一起鼓捣炼丹，南姐，你说，他会成仙吗？"

“也许会。”

“南姐，有一天，你会同父亲、母亲、大哥那样，突然离开我吗？”

阿南想了想，道：“南姐不会突然离开你。就算有一天，不得不离开，南姐也会把你安置妥当。你不必怕。”

阿南的话，就像是定心丸，让余慕放下心来。他莫名地喜欢眼前这个冷静的大姐姐。她的一言一行，稳如泰山一般。

余慕从此没有在阿南面前提及大哥。他愿意相信，大哥真的羽化登仙了。那对大哥而言，是最好的结局。称心如愿，好过求而不得。

命如园中叶，各自有荣枯。

成灏来凤鸾殿的时候，见到了余慕。余慕先是跪在地上，行了个大礼，呼“圣上万岁”，然后又拱手行了个礼，呼“姐夫安好”。

成灏问他行的是什么礼。余慕道：“您是天子，余慕见您，先行国礼，三拜九叩，愿天子江山万年，福寿永昌。可您亦是南姐的丈夫，余慕的姐夫，所以，余慕还要对您行家礼，愿姐夫如意顺遂，喜乐康健。”

成灏大笑，跟阿南说道：“你这个弟弟甚是知礼。小小年纪，心中有国有家、有君有民、有长有幼。”

余慕从此在尚书房与宗室子弟们一起读书。宫中人皆唤他为“慕公子”。

余慕念书颇有天分，举凡先生所授，不仅能默诵，且能变通，举一反三，众人皆道其聪慧。

人前，他安静少言，识眼色，深记不给姐姐惹麻烦。宫中后妃都挺喜欢这个孩子。

二月为如，又称花朝。满园春色悄悄酝酿着，仿佛下一刻便要绽开。

后宫添了两桩喜事，孔灵雁与新进宫的严婉仪，皆有了身孕。

清早儿，凤鸾殿后妃请安的时节，宛妃叹道：“子嗣虽说是自个儿的缘法，但也是老天爷给的福气，祥妃娘娘真真儿是命好，二度有喜。”

孔灵雁低头笑了笑。成灏去她的寝宫次数并不多，她自个儿都没想到，会如此幸运。她身旁的掌事宫女芷荷道：“后宫妃嫔之喜，皆是皇后娘娘之喜。”

阿南颔首。

严婉仪进宫不足一月，尚有许多拘谨。后妃们聚在一起的时候，她甚少插话。她对阿南、孔灵雁、宛妃，以及与她位分平级的刘芳仪，都很恭敬。

刘芳仪肤色白皙，模样可人。她瞧着严婉仪的肚子，又瞧了瞧严婉仪的面孔，她不知道自己输在了哪里。

她跟严婉仪一样，都是因父亲在朝中得力，被圣上纳进宫的。为何严婉仪这个黑美人乍一进宫就能得如此大喜，而她进宫一年，还没有消息呢？

刘芳仪闷闷不乐。偏偏当晚，内廷监送补汤，还送错了地方，越发怄她的眼。

文茵阁与阅香殿挨得太近了。宫人走错了门，刘芳仪没好气地说了句："拜神拜错了庙！擦亮狗眼！"宫人们不敢言语，端着汤，复又去了文茵阁。

严婉仪戌时喝下汤，亥时，便腹痛起来。

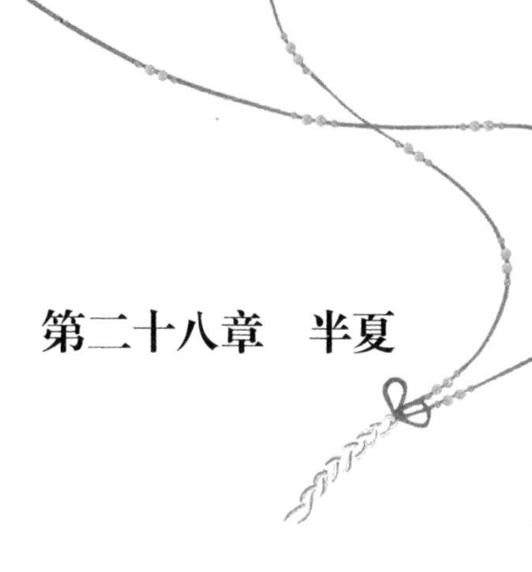

第二十八章　半夏

彼时，凤鸾殿里，阿南刚躺下。听到这个消息，忙起身，急匆匆地赶往阅香殿。

一路上，闻见早春清甜的香味儿，身旁的聆儿小声道："这个刘芳仪，总是这么不省心。才解了禁足没多久，又惹祸。害得您深更半夜的不消停。"

阿南停住脚步："刘芳仪？谁告诉你这件事与刘芳仪有关？"聆儿道："方才来凤鸾殿禀事的小内侍说的。他说今儿晚上内廷监送汤送错了地方，端到了刘芳仪寝宫里，被刘芳仪狠狠骂了一通。刘芳仪说，这宫里的人通通瞎了狗眼，乱献殷勤，往后的路且长着，再过些日子，还不知道谁站河东、谁站河西呢。汤从文茵阁过了一遭儿，又端去阅香殿，严婉仪吃了就开始腹痛……"

漆黑的夜里，阿南凝神思索着。

"那小内侍长什么样子？是内廷监的人，还是阅香殿的人？"

"这……"聆儿努力回想了一番，"他急匆匆地来，没掌灯，奴婢实难看清他的脸。"

聪敏的聆儿说到这里，似悟出了什么，她看着阿南："娘娘，不对劲！"阿南淡淡笑了笑："当然不对劲。小内侍既是来禀告严婉仪腹痛，可为什么长篇大论地提及刘芳仪？刘芳仪说的话，一字不漏地来学舌。反倒是严婉仪的状况，模模糊糊，一语带过。他表达的重点究竟是什么？恐怕不是来向中宫禀事的，是来中宫放烟幕弹的。"

聆儿点了点头："他说的话，一听，便会让人自然而然地联想，严婉仪的腹痛是刘芳仪搞的鬼。汤从刘芳仪宫里过，刘芳仪对严婉仪腹中的胎有嫉恨，口出恶语。他是来误导奴婢、误导娘娘您的。"

阿南的步子缓了下来。她吩咐聆儿道："待会儿进了阅香殿，一个字也别言语。莫用口，多用眼。多瞧瞧四下里细枝末节处。"

聆儿道："是。"

阅香殿内，灯都燃着，门口站了不少的侍卫。冰冷的铠甲，让这个夜晚的气氛莫名紧张起来。

阿南迈进殿内时，见医官们都已赶到，黑压压地站了一屋子。

严婉仪嘴唇苍白，躺在榻上。成灏坐在床边，面有愠色。

阿南走上前，向成灏行完礼，道："后宫之事，劳圣上亲临，是臣妾的过失。"成灏道："孤听见动静，便赶来了。孤的后宫里，容不得这样乌烟瘴气之事。此次查出是谁所为，必不轻饶。"

躺在床榻上的严婉仪挣扎着起身，欲向阿南行礼，却浑身乏力，剧烈地咳嗽起来，脸霎时咳出病恹恹的潮红。

成灏忙道："你身子不适，不必行礼了。"

阿南关切问道："婉仪妹妹现下情况如何了？"

一旁的华医官道："严婉仪娘娘今日喝下的补汤中含有半夏，所幸娘娘喝下去的不多，微臣及时催吐，龙脉保住了。严婉仪娘娘此番受了惊吓，催吐又伤着了肠胃，需好好调理一番。"

阿南道："半夏是何物？"

"半夏是味药，有燥湿化痰、消疖肿的功效，但若有孕妇人误食，有堕胎之险。"

阿南叹口气："还好龙脉无虞。余下的日子，有劳华医官多多照料严婉仪，务必母子皆平安。"

华医官忙道："微臣必竭尽全力。"

严婉仪含泪看着成灏，道："圣上，臣妾奉圣旨，千里迢迢，从南到北，入宫做了您的妃嫔。臣妾临行前，家父嘱托，既做皇家妇，勿以双亲残年为念，务必兢兢业业侍上，方不负圣上眷爱隆恩。臣妾在宫中时日短，素来小心，莫说是各位姐姐，便是连宫人们都不曾得罪。何故有人容不得臣妾的孩儿？"

成灏听了这话，想起她父亲严瑁"府门悬剑"的忠心肝胆，又想起她自进宫以来的婉顺体贴、温柔解语，心生不忍。他轻轻拍了拍她的手："你放心，孤不会再让这样的事发生。"

他的面色有如乌云堆积的天空，风雨欲来。

"皇后对这件事，有何看法？"

阿南想，如果那时她没想明白小内侍的计谋，此时脱口而出的，便是对刘芳仪的怀疑了。

今晚这个暗处的举动，要么将火点到刘芳仪的身上，打压刘芳仪。要么，真相大白，非刘芳仪所为，中宫此时有失偏颇，亦会惹来不满。阿南上回便罚了刘芳仪半年禁足，若这回冤枉了刘芳仪，新旧怨气交织，刘家便会趁势做筏，岂能善罢甘休？圣上少不得治中宫一个失职之罪。

拉好了弓，推阿南做弓上的箭，横竖都有人倒霉。好细腻的心思。

阿南思忖一番，道："圣上不如将此事交予内廷监彻查。"

成灏道："皇后素来聪慧，对于此事，就没有自己的看法吗？"他站起身来："严婉仪方才说今日的补汤入口有些凉，孤询问了送汤的内侍，才知，补汤从文茵阁过了一遍，才送到阅香殿来。那半夏是何时、由何人下到补汤里的？"

阿南道："兹事体大，臣妾不敢妄猜。"乱石嶙峋，她一次次绕过，明哲保身。

成灏吩咐小舟："去，传刘芳仪到此处来。"

小舟答应着，便去了。

半盏茶的工夫，刘芳仪面色仓皇地进来了。她约莫已经听说了严婉仪今夜发生了何事，一进门便跪在成灏面前："圣上，您勿要听信奸人之言，冤枉臣妾啊。臣妾什么也没做，不知怎的就惹上这无妄之灾……臣妾实在是……"她说着说着，哭起来。丝毫不似圣上妃嫔，俨然一个娇滴滴的官家小姐。

阿南心内叹道，刘芳仪的心智，丝毫没见长。

果然，成灏的面色愈发难看："谁是奸人？谁冤枉了你？孤不过是传你来问问，罪名还没定，你倒是先说上这许多没油盐的话来。成何体统！"

刘芳仪止了哭，抽抽噎噎的，瞧着成灏："圣上，臣妾满腹委屈……"成灏打断她："孤问你，今晚那补汤是不是误送到了你的宫里？"

"是。"

"你骂了送汤的小内侍一通，是不是？"

"是。"

"自严婉仪有孕，你很是不满，私底下颇多怨怼，甚至说出上苍不公之语，是不是？"

"臣妾的意思不是……"刘芳仪见此苗头对自己不利，急忙解释道。

成灏厉声呵斥："你只需回答孤，是，还是不是？！"

"是，但是臣妾没有坏心……"她仍在继续说着。

成灏却已经不想继续听下去了："上回，你深夜请方士到宫中，欲行巫蛊之术，孤念及你父亲刘存劳苦功高，没有深究你的过错。皇后亦轻恕了你，只罚了你半年禁足。可你不仅不知悔改，反倒变本加厉，在后宫兴风作浪。刘爱卿如此勤谨恭肃之人，有你这样的女儿，真是家门不幸！"

他一挥手："将文茵阁内上下所有宫人内侍，皆带到内廷监审讯，孤倒要看看，有没有招出实话。"

刘芳仪道："没有做过，就是没有做过。审臣妾的奴才，臣妾也不怕。是非曲直，自有公道。臣妾相信，圣上您迟早会明白臣妾的清白。"

不觉已是子时。成灏扶额，道：“都退下吧。孤累了，今晚就留在阅香殿安歇了。”

阿南和刘芳仪跪了安，走出殿外。刘芳仪犹絮絮叨叨地聒噪着。

阿南抬头，见今晚月色明朗，照着院中的杏花。

早春杏花如繁星，洒一庭风月。

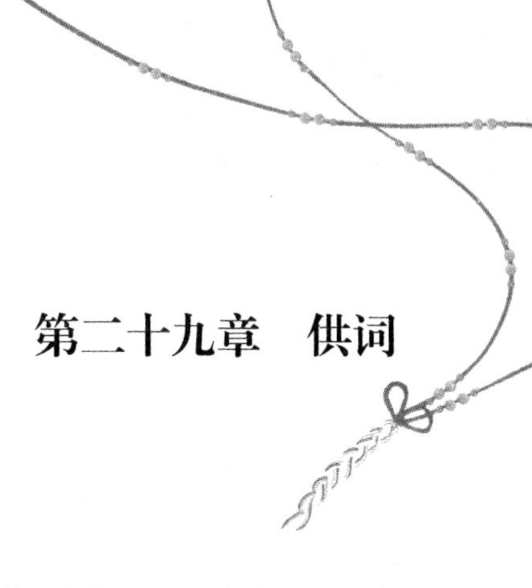

第二十九章　供词

三月初一，兴蚕事。一大早，阿南带着后宫诸人祭了嫘祖。回到宫内，还没坐稳，便遣聆儿去内廷监打听，刘芳仪的那些宫人审得如何了。

聆儿回来说："内廷监的人嘴巴紧得很，什么也问不出。奴婢老远听见惨叫，似乎是动了重刑了。"

阿南想了想："内廷监的掌事林观，最是个谨慎的人，若无旨意，他是不敢乱动刑的。看来，是圣上有话交代给他了。"聆儿道："圣上这回是铁了心要审出个清白了。"

阿南握着一杯白水坐在檐下。宛妃款款地走进来，她用细碎的花骨朵给华乐公主编了个花环。华乐公主戴在头上，嘻嘻哈哈地笑着。

阿南道："花儿还在打苞，你就将它们采了下来。过些时日，等它们全然盛开了，才好看呢。"

"臣妾跟娘娘想的不一样。花开到极处，反倒战战兢兢的，担心它几时凋谢。这样将开未开的时候，才最愉悦，最轻松，最美。"宛妃说着，坐在阿南身旁的藤椅上。

阿南愣了愣，叹道："你说的倒也对。花开花落不长久，落红满地归寂中。无论多美的花儿，到最后，都是会落红归寂。"

宛妃低声说："昨儿晚上阅香殿的事儿，臣妾都听说了。臣妾觉得，这是一个套儿，不是主要针对刘芳仪的。刘芳仪无宠无子，位分也不高，哪儿值得费这么大劲呢。"

"那，宛心你觉得，这个套儿，最想套住的，是谁？"

宛妃伸出一根手指。阿南瞧着，不置可否。

宛妃急道："您不信吗？且等着吧。"

阿南抿了一口杯中已凉的水。宛妃似知道阿南在想什么，道："信不信的，有什么要紧？圣上心里对她存个疑影儿，有个忌惮，就够了。如今皇嗣稀薄，难免有人想打压异己，挣出头儿来。您细细想想，有句话怎么说来着？会咬人的狗不叫。

这汪水呀，且浑着呢。”

阿南不吭声。

不一会子，小舟从外头走进来，向阿南恭恭敬敬道：“皇后娘娘，圣上请您过去一趟。”

阿南起身。宛妃说了句：“这么快就审出来了。看来内廷监真是用了拿手绝活儿。”

乾坤殿内，龙涎香燃着。成灏看着一卷供词，见阿南进来了，说了声：“坐。”

阿南行过礼，告了座。成灏将供词递与她。阿南认认真真地看完，问道：“圣上信这供词吗？”

成灏握着手中的白玉盏，沉声道：“孤不愿信，也不愿不信。”他喝下盏中的花酿，道：“现时，诜儿是孤唯一的儿子，又是皇长子。孔良吗，是与孤从小一起长大的，孤一直很器重他，他现在身居要职，管着宫廷禁卫。就算灵雁和孔良不往这方面想，难保孔家阖府不想。就算孔家阖府不想，也难保没有体己的人替他们想。但——”

他将白玉盏在手中转动着：“但亦不排除是有旁人在搞鬼。所以，孤说，不愿信，也不愿不信。孤小的时候，曾听母后说过一句话，凡事留一线。”

没错。那供词上牵涉到了孔灵雁和孔良。那会子宛妃伸出一根手指，就是指皇长子。宛妃猜的是对的。

供词上写，刘芳仪曾经在中宫开口“犯上”，与孔灵雁有争执，孔灵雁一直没有释怀。此次，进宫不久的严婉仪有孕，孔灵雁担心她来日生个皇子，威胁到自己的地位，便想出一箭双雕的计策。汤从文茵阁过，刘芳仪脱不了干系。这招既除去了严婉仪的胎，又除去了刘芳仪。

这供词倒是滴水不漏，据说是刘芳仪的梳头宫女所招。她自言，刘芳仪脾气不好，待下苛刻，而祥妃娘娘出手大方，脾气温和，所以，她名为文茵阁的宫女，实则为祥妃娘娘做事。这回，被打得受不了，十根手指头近乎残了，才不得已，供出祥妃娘娘。

阿南道：“圣上您何不让这梳头宫女与祥妃对质？”

成灏轻轻叩着窗棂，上京三月的微风吹进来，裹挟着草青气。

“她在内廷监掌事刘观带她去往雁鸣馆对质的路上，自尽了。且是用袖口藏好的毒自尽的。她说她为仆不忠，无颜面对祥妃。临死的时候，还挣扎着，往雁鸣馆的方向磕了个头。”

人不自害，受害必真；假真真假，间以得行。阿南冷笑，这番苦肉计真是做绝了。

"孤记得，去年，在凤鸾殿，刘芳仪确实与祥妃有过口角之争，是不是？"

"是。"

这件事闹得动静不小，当时小嫄还抱着华乐去尚书房请罪。成灏记得挺清楚。

不得不说，此番计谋，处处熨帖，每一处都算得精妙。这支箭何止双雕？如果阿南稍稍不稳成，被裹挟其中，那便是四雕。

会咬人的狗，果然是不叫唤的。

当下，阿南轻声问道："圣上打算如何？"成灏在屋内来回踱了几步，复又坐下来："孤不会因为这张供词就治罪于孔家兄妹。但，孤亦会对严婉仪腹中的胎儿更谨慎。今日，孤唤你来，便是想与你说，让严婉仪孕期搬去凤鸾殿的侧殿居住吧。你素来是个稳妥的人，孤放心。想来，有你照料，龙胎定能无虞。不管是谁，都迫害不得。"

这是个烫手山芋，但阿南却不得不接。阿南俯身："是。臣妾遵旨。"

成灏将那张供词轻轻地藏到书案之中，冷笑了一声："孤已下令给内廷监的掌事林观，让他不得开口对任何人言及此事。若这件事果然是孔家做的，这供词来日就是他们的催命符。若这件事不是孔家做的，这供词便是做局之人的催命符。"

阿南脑海中闪过黑美人那张南域风情的脸。从此，竟要与她一殿同住了。

"明面儿上，内廷监掌事林观会告诉宫里的人，是刘芳仪苛待宫女，宫女往严婉仪的汤里投了半夏，想害主子。被查出后，赐死了。此事，就先这样吧。"

就像碎了的瓷片，被扫帚暂时扫到角落里。但这些瓷片并没有消失，随时都会割伤路过的人。但目前来说，已经是最妥当的法子了。

成灏皱眉道："水至清则无鱼，人至察则无徒。孤不要求这宫中的水完全清澈，但孤希望，孤所信任的人，是干净的。"

严婉仪搬到了凤鸾殿的西偏殿。

成灏为了安抚她此番受的惊吓，也为了彰显龙胎之喜，将她的位分升至三品婕妤。严婕妤自言隆恩浩荡，受之有愧，故而，一应婕妤的袍服皆束之高阁，仍旧穿着婉仪的五品服制。一应宫人、物品的规制，还按照从前的来。

她把姿态放得很低，不骄矜，不恃宠。宫中上下都对她颇有好感。

刘芳仪经过此劫，满心满眼认为子嗣最重要。她求子之心日盛，成日往医官署跑，各种补药，轮番儿吃，企盼能早日有孕。

刘存听闻了女儿在宫中的事，于淮河水岸，上表一封，字字泣血，言辞恳切，慈父之心，跃然纸上。

"老臣身负百姓之命，风烛残年，昼夜不敢安歇，身多病痛，死不足惜，唯念清漪。老臣年高方得此女，教养有缺，万死难赎……”

成灏读来，颇为不忍。想起昔年刘存治理水患之时，曾不惜身浸水中，乃至落下了风湿寒痛，一双腿在朝堂之上站也站不直。

刘芳仪虽是娇纵了些，倒无大过。成灏遂往文茵阁多去了两趟。

最平静的，是雁鸣馆。孔灵雁对宫中的事一概不知，也一概不关心。她无微不至地照顾诜皇子，养着腹中胎，每日除了去中宫请安，哪儿都不去。成灏来，她欢喜。不来，她也不埋怨。

雁鸣馆的掌事宫女芷荷，忠心而体贴，像只母鹰一样，护着自己的主子。自从严婉仪腹痛一事传开后，芷荷对雁鸣馆一应入口之物查得更精细、更严格了。生恐有人动手脚。

转眼，十月了。严钰和孔灵雁都将生产。医官为她们算的产日相距甚近，只差着三天。

阿南嘱咐聆儿：“好生瞧着西偏殿，本宫这桩任务快要完成了，莫要末尾出什么岔子。”

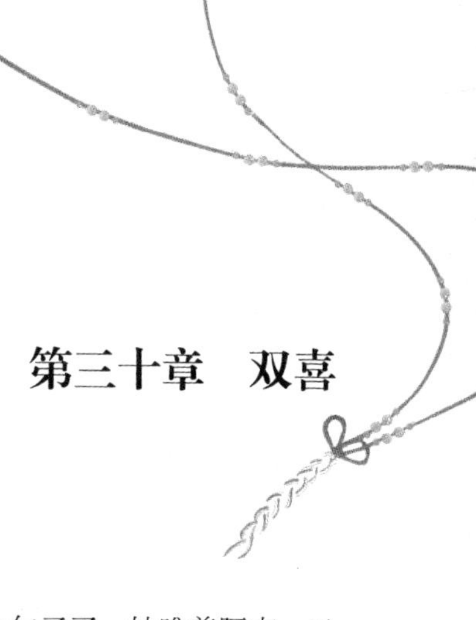

第三十章　双喜

华乐公主两岁有余了，如今步履渐稳，能说出清晰的句子了。她瞧着阿南，又瞧着聆儿，道："母后，哪条河快要蹚完了？铣儿怎么没看到母后蹚河啊？是宫里的御湖吗？聆儿姑姑带铣儿去好不好？"

阿南抱女儿在怀，轻声道："侧殿的严娘娘和雁鸣馆的孔娘娘都快要临盆了，铣儿快要有弟弟妹妹了，开心吗？"

华乐公主将稚嫩的脸贴在母亲的脸上，说："儿臣开不开心的，有什么紧要。横竖不是中宫的孩子，不是母后您的孩子。"

阿南的心颤了颤。华乐这般小，竟能看得这样的明白。

女儿的早慧让她有些不安。她想，以后无论跟聆儿商量什么，都要避开华乐才好。她希望女儿这一生能做个心思简单、快乐的人，走的路都是坦途。就如同她记忆里的小黄莺一般。

"铣儿，母后同你父皇是夫妻，你父皇所有的孩子，也都是母后的孩子，亦都是你的亲人。你身为长姐，应爱护每一个弟弟妹妹。"阿南伸出手，摸了摸华乐的头。

"嗯。"华乐点了点头。

"母后，催产是什么意思？"华乐忽然问着，漆黑而明亮的眼里带着好奇。

"催产？"阿南看向聆儿，聆儿连忙掩了门。

阿南问道："铣儿，你是从哪里听到这两个字的？"华乐歪头道："儿臣上回在庭院里捉蝴蝶，经过侧殿，听到严娘娘身边的珊瑚姑姑说的。"

珊瑚是严钰从南方娘家带来的陪嫁丫头，亦是她身边的掌事宫女。阿南思忖一番，笑向华乐道："想来是珊瑚姑姑说的玩笑话，当不得真。铣儿，御膳房的人晌午送来了甜糕，让乳娘带你去吧。"

华乐欢喜地随乳娘去了。

孩子的身影走远，阿南的眉头蹙了起来。聆儿道："奴婢问过华医官，严婕好的产期比祥妃娘娘的晚三天。她为什么想要催产？难道仅仅是想让自己的孩子齿序上长于祥妃娘娘的孩子吗？可就算再长，也长不过祥妃娘娘的皇长子去，有什么意义呢，值得催产？”

阿南摇头：“恐怕没那么简单。这一向里伺候严婕妤腹中之胎的是医官署的贾医官，晚间唤他来正殿给本宫请脉吧。”

“是。”

严钰自搬来凤鸾殿，这一向里倒还风平浪静，对阿南亦毕恭毕敬，看不出任何的异样来。此番生产，定要平顺渡过。

凤鸾殿里，绝不允许出任何意外。

阿南走到檐下，站立着。

深秋的黄昏，夕辉尽染，云彩在天际变幻着，时厚时薄。庭院里，叶枯枝瘦。松柏依然苍翠，在昏黄的天色下，迎着飒飒秋风。

阿南看了一眼偏殿，安安静静的，瞧不出任何端倪。可阿南莫名觉得，这平静底下，酝酿着什么，筹谋着什么。

她闻到了不安分的气息。

晚间，贾医官来了。阿南扶额坐在殿中。

贾医官跪在地上，行了礼，请过脉后，小心翼翼问道：“娘娘您觉得何处不适？”

“头疼。”

“微臣才疏学浅，从脉象上看，未诊出娘娘有何不妥。为保万一，还是请华医官来瞧瞧吧。他比微臣见识广，医术高。”

阿南依旧扶着额，没有抬头。

“贾卿，你是顺康十年经司药监选拔，考进医官署的，到现在，有六年了。”

贾医官听了这话，不明皇后娘娘是何意，战战兢兢地答了声：“是。”

“你入医官署的时候，已经四十五了，跟同僚比，算是比较晚。因为你连考了二十年，才通过选拔，对吧？”

“是。”贾医官擦着汗，他不明白，为什么皇后娘娘将他的底细查得这样清楚。他只是医官署一名普通的医官，素来没有拔尖出众、惹人注目。今晚，还是他第一次来给皇后娘娘请脉。

“本宫觉得，连考二十年都没有放弃的人，一定是颇有毅力的人。”

“娘娘过奖了……并非微臣有毅力，只是……只是天资愚钝……同样出身杏林，华医官年纪轻轻的时候，就已经颇有建树了……”明明是深秋，贾医官头上的汗却越来越多了。

阿南抬起头，淡淡笑道："贾卿休要妄自菲薄，华医官有华医官的好，你也有你的好。你年纪长些，行医用药更保守、稳成。这大约是严婕妤为何选你伺胎的原因吧。"

"娘娘……娘娘过奖了，微臣……微臣惶恐。"

阿南道："本宫曾听人讲过一言，易得之事，易失去。难得之事，难失去。贾卿，你如此艰难得来的差事，想来，不会轻易失去。"说完，阿南摆摆手："本宫说了这会子的话，起了乏，你下去吧。"

贾医官连忙磕头跪安。

灯影憧憧。聆儿道："娘娘，您觉得这位贾医官有鬼吗？"

阿南凝神道："本宫觉得，他并没有得到严钰的重用。好些事，他是不知情的。他不是严钰的同谋。严钰之所以指明让他伺胎，并非因为他医术高超，只因他胆小，怯懦，好糊弄。能在他眼皮子底下浑水摸鱼……"

说到"浑水摸鱼"这四个字，阿南猛地一凛。

难道……她似乎明白了什么。严钰城府颇深，并非争无谓高低之人。她想催产的原因，绝不是因为她想与孔灵雁抢个齿序先后，而是因为，她想跟孔灵雁同时生孩子！

浑水摸鱼，此其时也。

"告诉孔良，这几日盯紧雁鸣馆和凤鸾殿，一旦发现可疑之人，立即拿下。"

"是。"聆儿答道。

思患而预防之。阿南决定，余下的每一日，都时时盯紧侧殿，盯紧严钰。

十一月，又叫霜降月。北方的天儿，愈发冷了起来。

初五日，上京下了第一场雪。起初，是飘洒着细碎的雪粒，到晌午，雪花飞扬起来，如柳絮一般，很快铺满了宫廷的角角落落。举目望去，白茫茫的。

成灏命小舟往中宫送了一篓荷香炭，此炭乃云梦国所贡，以荷花与百年老树所制，燃之，荷香清幽，在此严寒之际，有如身置荷花丛中。竹叶一尊酒，荷香四座风。

阿南笑向小舟道："跟圣上说，本宫谢他惦记，有心了。"

酉时，天色暗了下来。突见有内侍来报："皇后娘娘，雁鸣馆的祥妃娘娘腹痛发作，约莫是要生了。"

阿南起身，想了想，复又坐下。她跟聆儿说："你去。守着雁鸣馆。"

"是。"

不出所料，半个时辰后，侧殿也有了动静。珊瑚来报："皇后娘娘，严婕妤娘娘方才见了红，约莫是要生了！”

“哦？比医官们算的产日早了几天呢。”

“是，妇人生产之事，原是说不得的，没有准数儿。”珊瑚急急道。

阿南道：“去，唤医官、喜婆过来。”

珊瑚答应了，匆匆去了。

凤鸾殿忙乱起来。宫人们进进出出的，端着铜盆的、添炭火的、从御膳房传汤汤水水的……

阿南站在侧殿门口。突听不远处，一个小内侍仓皇喊了一声：“华乐公主！”

阿南本能地向前疾步跑去，铣儿怎么了？缘何这个小内侍叫得这么慌张？又听御湖边隐约有落水声。

不好！这天寒地冻的，万一铣儿掉入御湖中可如何是好？

电石火光间，几名宫人提着御赐的食盒走入侧殿。待阿南赶至御湖边，确见有孩童落水，但并非华乐公主，而是一个瘦弱的小宫人。她奔回凤鸾殿，见一名小内侍抱着华乐公主道：“公主，您吓死奴才了，您爬那么高干什么呀……”

“怎么回事？”阿南沉声问道。

小内侍跪在地上，自己打着自己嘴巴子。

“回皇后娘娘，方才，奴才带着公主堆雪人玩儿，公主竟悄悄地爬到树杈上，奴才该死，是奴才没有好生看着，奴才有罪……”

阿南蹲下来，柔声问道：“铣儿，是这样吗？”

“是，母后，儿臣刚刚好像在树上看到了小鸟。”

“现在是冬天，怎么可能有鸟呢？”

正在这时，侧殿传来一声高叫：“严婕好生了！是个皇子！”

须臾，聆儿从雁鸣馆小跑着回来：“娘娘，娘娘，祥妃娘娘生了，是个公主！”

顺康十六年冬月初五。

上京。初雪。

宫中双喜降临。

皇三子成询与二公主成锦，同日同时而生。

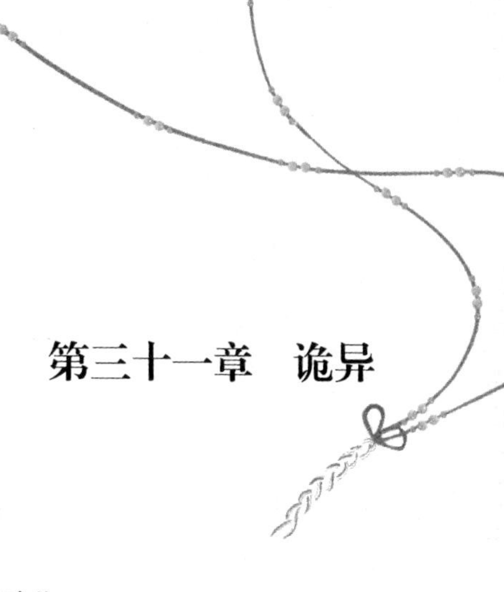

第三十一章　诡异

阿南走进侧殿的时候，闻到一股产妇特有的腥甜味儿。

帘子掀开，冷风钻进来，躺在床上的严钰下意识地掖了掖被角。

阿南面色清冷地看着她。乳娘笑着将孩子抱到阿南的跟前儿来：“皇后娘娘您瞧瞧，三皇子长得俊着呢，瞧这额头，多饱满。小脸儿方方正正的，像圣上！”

阿南瞧着那婴孩儿，初生儿的皮肤尚还皱皱巴巴的，脸的确很方正。成灏便是自小长着这么一张方正的脸。

阿南一步步走向床榻，严钰迎上她的目光，眼神坦坦荡荡，无一丝畏惧。

阿南坐在床榻边，轻轻说了声：“恭喜妹妹了。”严钰颔首：“皆仰皇后娘娘庇佑。”

早在几日前，成灏便在礼部送上来的几个字里选了四个字。询、谅、锦、钥，按齿序，三皇子，应得“询”字。

阿南笑了笑：“妹妹，询，在《说文》里作谋，在《尔雅》里作信，是个藏着机巧的字。”

严钰道：“只要圣上所选，便是极好的字。行三或是行四、皇子或是公主，臣妾都心存感激。菩萨给的福气。”

这时，听得内侍通传：“圣上驾到——”

成灏快步走进来，阿南起身，弹落他身上的雪：“内侍们打伞没有好生打，圣上肩头落了雪。”成灏笑道：“并非没有好生打，今儿晚上风吹得大。孤在乾坤殿中，听到窗户呼啦呼啦地响。”一旁的小舟道：“老天爷也知圣上您今日大喜呢。”

乳娘将三皇子抱到成灏身边，成灏接过。乳娘跪在地上：“恭喜圣上。”满屋子都随她跪在地上，一片齐齐的庆贺之声。

成灏道：“伺候严婕妤的上下所有人等，赏。”宫人们欢天喜地道：“谢圣上恩典。”

成灏瞧着严钰，叹道：“你倒是个有福气的。离医官所说的产日还有几天，便临盆了。询儿生得如此顺利。孤记得灵雁生诜儿的时候，生了一天一夜，吃了不少的苦头。调理了数月才缓过来。想来，是灵雁身量娇小的缘故。”这一点倒是实情。孔灵雁身量娇小，严钰则体型修长。

严钰抿了抿苍白的嘴角，道：“臣妾昨晚儿上做了个梦。”“哦？”成灏饶有兴趣地问道：“什么梦？”

“臣妾梦见一个园子，院子里有鹿，还有鸟。小鹿蹦蹦跳跳，鸟的羽毛白白的，就像……就像雪花一样。”

成灏仰头笑起来。“好，好，好。”他连道了三声“好”。

王在灵囿，麀鹿攸伏。麀鹿濯濯，白鸟翯翯。此句出自《大雅·灵台》。君爱民来民拥君，全诗一派周文王时期仁人治世的安乐祥和。成灏听之，自是喜悦。少顷，他起身：“孤去雁鸣馆瞧瞧灵雁，皇后与孤同去吧。”

乾坤殿与中宫相距甚近，想来，他是就近先来的此处。

阿南起身，同成灏一起往外走去。严钰连同侧殿一众人等道：“恭送圣上，恭送皇后娘娘。”

雪停了。雪光映着月光，白皑皑地照着宫廷。夜来的朔风，似乎把这满地的积雪吹冻了，踏上去，簌簌作响。

半轮月在几片稀松的云中浮动，像是宫廷中的女人们满腹心事掖在眼里、似笑非笑的脸。几点疏星远远地躲在天角，窥着人间。

阿南的木屐在雪地里晃了晃，成灏猛地回头，一把拉住她的手：“小心！”阿南冰冷的手触摸到成灏的温度，她笑了笑：“谢圣上。”

“路不好走，传轿辇吧。”成灏道。“别。”阿南连忙阻止他。她不想坐轿辇，她贪恋他掌心的温度。

“许久没跟圣上一起走走路了。今晚的月色，这样好。”

“嗯。”成灏点点头，牵着她，继续往前走。

今晚，宫里两个女人生孩子。与她有关，又与她无关。她是一个应该欢喜却又无法欢喜的人。

他与她闲话着家常：“阿钰那个人，聪明，但没有宛妃的泼辣，她进退有度，火候刚好。”

“圣上觉得好，就好。”

“官场上的事，最是复杂，守住初心的人太少太少。许多人，怀着济世的心入仕，可到最后，仍难抵富贵，裹挟于淤泥之中。孤多方查访过，阿钰的父亲是难得的清官。严家是官场最清贫的人家儿。阿钰出身如此家庭，德行定不会差。”成灏的话语间，似在告诉阿南，与胡宛迟、孔灵雁比，他觉得严钰更让人放心。

阿南想把内心中的疑惑告诉成灏，可她发觉，竟一丝证据也无。若无凭无据，捕风捉影，倒显得她搬弄是非，胡言乱语了。

阿南沉默着。她内心一遍遍地回想着严钰生产前的情景，那转瞬即逝的诡异，究竟是不是自己的幻觉呢？

不一会儿，到了雁鸣馆。孔灵雁安安静静地躺在榻上，掌事宫女芷荷忙前忙后地张罗着。

成灏与阿南走入殿内，众人行了礼。

华医官禀道："祥妃娘娘生产之时，用力过度，体力不支，昏过去了，但身体无碍。圣上与皇后娘娘请放心。"

乳娘将公主抱了过来。成灏抱了抱那粉雕玉琢的小公主，按规矩赏了诸人。

片刻，见孔灵雁一直未醒，成灏便起身。他跟阿南说："那会子与兵部尚书商议陇西屯兵之事，尚书房还有许多奏本没有阅完，孤先去了。现时不早了，你也早些回宫陪铣儿歇息吧。等明儿，灵雁醒了，孤与你再来瞧她。"

阿南道了声"是"，起身，与众人一起恭送成灏离去。

成灏走后，阿南行到外殿，问孔良："阿良，今晚你是否一直守在这里。"孔良点头："是。"

"可有异样？"

孔良摇头："无有异样。"

阿南怅然若失地回到凤鸾殿。她觉得脑子里的疑惑明明快要溢出来了，可偏偏眼前的一切告诉她，什么都没有发生。

华乐坐在榻上玩一个小小的木球。她口中念着："好吃的。西边。"阿南问道："铣儿，你说什么？"

"内侍拎着好吃的给严娘娘。他们从西门来。"

御膳房明明在东侧。

第三十二章　新鞋

阿南缓缓地坐到华乐身旁，轻声问道："铣儿，你今日爬到树杈上，看到了鸟，是吗？"华乐抬起头，认真地答："是。"

"那铣儿告诉母后，你今日看到树上的鸟，是什么样的？"

"嗯，它小小的，白白的，一下子就不见了……"

在这样寒冷的天儿，飞在宫廷中的鸟，想来是信鸽了。阿南记得小时候曾听老祖父说过，冬日里的信鸽个子会小一些，但耐力好。今日，落了雪，天地白茫茫的一片，鸽子也是白的，在雪中飞，很难被发现。且今日宫中两名妃嫔生产，宫人们来来往往，乱糟糟的，谁又会注意到雪地里的一只小小信鸽呢？

但孩童的眼睛是干净的、纯粹的。华乐今日跟小内侍在庭院中堆雪人，看到小信鸽，便追上去了。那小信鸽稍作停顿，便飞走了。

"信鸽飞往什么方向呢？"

"往西。"

严钰生产之时，往来于侧殿的内侍非常杂。有内廷监的、有御膳房的、亦有圣上从乾坤殿遣来的，面孔多而乱。

那几个拎着食盒的小内侍，阿南眼角的余光略打量过，是穿着御膳房的服制。阿南思忖了一番，问道："铣儿，那几个从西边来给严娘娘送吃食的小内侍，你还记得他们的模样吗？"

"记得。"华乐很笃定地答。阿南吩咐聆儿："去，把内廷监掌事林观叫过来。"

翌日，以找寻公主遗失之金弹弓为由头，阿南抱着华乐看遍了宫中所有的内侍。

然后，每一个，华乐都摇头，说不是。那几个小内侍是何处凭空出来的呢？

西。阿南从凤鸾殿一步步往西走，西边是御湖、花房，再往西走，便是一些旧时前朝妃嫔们住过的闲置庭院，以及内廷监。末了，是西宫门。西宫门戍守森严，一日三班，十二个时辰，皆有侍卫把守。

阿南查看了当天的记录，无人从西宫门进，亦无人从西门出。

怪了。那几名内侍，既不是宫中的，那他们是从哪里来，又去了哪里呢？为何能在宫中如此妥当地隐蔽着呢？

风吹在阿南的脸上。上京冬日的风仿佛一只沧桑的手，粗糙，刮得脸疼。

寒风淅沥，遥天万里，黯淡同云幂幂。严钰借着腹痛之事，搬来凤鸾殿。无形中，她在利用凤鸾殿、利用阿南做她的帷幔，仿佛为她的生产加了一层保障。孩子是在中宫生的，若来日发现有何异样，中宫焉能免责？

这个女人，竟从二月间，便想好了这一切。

阿南踱步回到凤鸾殿。侧殿沉浸在三皇子降生的喜气中，宫人们眉梢眼角都流淌着欢欣。

阿南迈入正殿，聆儿迎上来，递上手炉与热水："这么冷的天儿，娘娘去哪儿了？竟没有唤奴婢一声。"阿南笑笑："本宫在宫里随意走走。"

聆儿道："方才，孔大人来了，见您不在，便走了。"

"哦？他有没有留下什么话。"

"他说，雁鸣馆的荷香炭被盗，芷荷恼得哭了一场，甚是自责。祥妃娘娘昨日昏迷到后半夜才醒，一直是芷荷贴身伺候着，照料祥妃娘娘、照料公主、照料诜皇子，无有不尽心的。祥妃娘娘说，炭是小事，再金贵的炭也没有人金贵，这事儿，便揭过不提了。圣上若追问起来，还请皇后娘娘您美言几句，多担待些。"聆儿说着，往铜盆里又添了块儿荷香炭。

荷香炭是云梦国所贡，不易得，拢共才三篓。圣上那日令人将一篓送到了阿南这儿，另外两篓送给了生产的孔灵雁和严钰。

这荷香炭是极金贵的。想来，心宽仁厚的孔灵雁害怕自己的婢女因弄丢了此炭而受责罚，便特意命兄长来告知阿南。

"嗯，本宫知道了。"阿南闭上眼，歪在软榻上。

聆儿拨弄着炭盆里的火，道："寻常一块儿炭，烧一会子就没了。荷香炭一块儿能烧许久，真真儿是好东西。"

阿南眼睛忽地睁开："聆儿，你昨儿在雁鸣馆，闻见荷香炭的气味了吗？"

"您昨日让我盯着雁鸣馆进出的人，奴婢眼睛一霎都没错开，就……就没注意里间是否燃了荷香炭。"聆儿努力回想着，"不过，奴婢是觉着里头的香气挺特别的。有荷香，还掺着一股子奴婢说不出来的味道……"

阿南摸出卦签来。虽说父亲临终前再三叮嘱过她"无事莫测，不可妄测"，但她这一次实在按捺不住自己的费解和那如同置身于一片大雾中的迷茫。

卦象乱极了，时凶时险。就像在山林中行走，每回阿南以为即将看到了什么，往前走，却又是一片更深的丛林。

她耳畔似乎响起了梦中白衣女子的话：“该来的，总会来。天意，便是连仙家都不可违，凡人又能奈何？”

阿南瞧着窗外的萧瑟，恍了恍神，她还是想弄清楚这一切。

借一缕清风，吹散这迷雾。

冬月初八。

三皇子与二公主洗三的日子。

成灏嘱内廷监大办，宫里头热热闹闹的。

孔灵雁的精神头儿似恢复过来了，她怀抱着锦公主，芷荷站在她身边，抱着诜皇子。儿女双全，喜之不尽。

孔灵雁心思素来不在争宠上头，一心扑在孩子身上。诜皇子几乎是她亲力亲为养大的，故而，跟母妃很亲，一刻也离不得。

诜皇子刚学会走路，蹒跚着，成灏唤他到身边，他瞧着母妃，迟疑不敢上前。

成灏见状，难免皱眉，他抿了口酒，开口道：“灵雁，该放手的时候，就放手。男孩子家，多摔几跤，怕甚。越摔打越好。养成娘怀里的娇娃，将来怎么打弓上马？”

孔灵雁脸红了。她俯身道：“是。”

成灏又偏头，向严钰道：“将来，询儿的教养也要注意。皇子不比公主，公主千般娇纵都应当，皇子若教坏了，误邦误国。”严钰忙道：“谨遵圣上教诲，臣妾铭记心中。虽居绮罗丛，却不可娇养询儿。适当饥寒，亦不为过。无论何时，都不能忘了祖宗们栉风沐雨打江山的难处，也不能忘了皇家男儿的本分。”

成灏点头。

孔灵雁越发窘了。她说不出讨巧的话来，只知身为母亲的本能，便是疼爱孩子。

阿南瞧着孔灵雁身旁的芷荷。自上次拼死护皇子，她深得孔家兄妹的信任，在雁鸣馆说话很是有分量。她却依然穿着朴素，纵是主子赏了金银，她亦是戴着木钗环。

阿南突然想，这样一个谨慎的人，怎么偏就弄丢了荷香炭？

阿南仰头，饮下杯中的温水，命聆儿将芷荷唤到身边。芷荷行了礼，恭恭敬敬问道：“皇后娘娘您唤奴婢何事？”

阿南笑道：“祥妃此番生产，里里外外，辛苦你了。”芷荷道：“皇后娘娘过奖了。这是奴婢应尽的本分，不值一提。”

“得此忠心耿耿之人，真是祥妃的福气。”阿南叹了一声，又道：“祥妃生产吃了苦头，想来畏寒。本宫的身体倒素来好得很。便将凤鸾殿的大半篓荷香炭拿到雁鸣馆去吧。”

“荷香炭”这三个字，令芷荷的面色有过一霎的凝滞。她想了想，跪地道：“奴婢代主子谢皇后娘娘恩典。”

雁鸣馆原来的那篓荷香炭丢了，是真的丢了呢，还是在掩盖什么？那一晚的荷香炭，究竟怎么了？阿南被自己的念头震了震。在戒备如此森严的雁鸣馆，的确只有这么一个突破口。

芷荷，这个阖宫皆知的忠婢，究竟是一个什么样的人。

阿南不动声色地唤来孔良。她意外地发现，孔良的脚上，竟穿着一双绣着祥云的官靴。针脚细密，做工精致，每一片云朵，形状都不同，费极了心思。

这官靴绝不是内廷监所发放的。

阿南淡淡道：“阿良，新鞋子甚好。”孔良似没想到阿南注意到了他的鞋，讪讪地笑笑：“闲置家中数月了。昨儿官靴被雪水打湿，便顺手换了这双。”

阿南道：“孔夫人做的吗？针脚真好，宫中一等的绣娘都比不上。”

孔良挠挠头：“不是。是芷荷做的。”

第三十三章　拿下

阿南浅笑道："这鞋上的图案是费了功夫的，瞧，这一朵朵的云，好像被风吹着，飘啊飘，飘向四方。虽说，雨没有绣在上头，但却能让人感受到雨随时会来。"

孔良低头看着脚上的鞋。他是听了阿南说的这番话，才瞧出那些云朵的精巧来。此时，竟觉得自己踩在云雨之上了。

"风流云散，一别如雨。人生实难，愿其弗与。"阿南的声音很轻，又带着几许无奈。孔良不知道她的无奈是因何而起。现时的宫中，在大多数人眼里，是风平浪静的。

"阿良——"阿南的话音一转，"初五那晚，芷荷一定跟你说了会子话，是不是？"

"是，黄昏那会子，风大，娘娘您叮嘱过，祥妃娘娘生产之时，要守着雁鸣馆，离不得。芷荷递给微臣一条护膝，说天亮了，戴上那个，以免得老寒腿。"

阿南抬头："又是做鞋，又是做护膝，阿良，你就没往别处想吗？"孔良愣了愣，道："芷荷是雁鸣馆的掌事宫女，素来忠心、得力。不管是对诜皇子，还是对灵雁，都一片赤诚。微臣与灵雁一母同胞。想来，芷荷也把微臣当作了自己人。"

"这么简单吗？"阿南笑笑。孔良道："娘娘您怎么与华章说一样的话？微臣本以为，您与寻常妇人不同，不会动辄往此处想。芷荷是个甚好的人，朴素、稳成，做事持重可靠。她不是你们想的那样的人。"

听到这里，阿南已经猜到了窦华章的话了。孔良那个心胸甚窄的夫人，定是一早儿见孔良穿着这双宫中婢女所赠的鞋子出门，尖酸几句，什么宫中的女人不简单，想给自己觅个高枝之类的话。她越是这么说，孔良必越觉得芷荷无辜了。

阿南肃然道："阿良，本宫与孔夫人所想的，不是一个意思。本宫说芷荷不简单，是疑心她在初五那日，动了手脚。"孔良疑惑道："动手脚？灵雁与公主母女平安，能有什么手脚呢？娘娘您是否多虑了。"

百越宫变那日，芷荷的"舍命救主"给他留下的印象太深刻了。他至今记得，他冲进雁鸣馆的那一刻，芷荷那张迎着杀手刀刃无畏的脸。所以，他脑海中的芷荷，是个绝对正义的姑娘。一个人若连生命都可以为主子付出，还有什么理由背叛主子呢？

阿南沉吟道："你不觉得初五那晚的雁鸣馆，有异样吗？"孔良努力回想了很久，摇了摇头："微臣确实没有发现什么异样。"

阿南叹口气。她仅凭一腔猜测，让孔良改变想法，确实很难。孔良那晚一直守在雁鸣馆门口。也只有芷荷，会让他放下心来，说几句话的间隙，便可以做一些小手脚。一切都在不知不觉间。

阿南摆摆手："阿良，你去吧。"

孔良跪了安。转身之际，似想到什么，又回头，俯身向阿南道："娘娘，微臣知您身处中宫，必是比旁人多百倍的谨慎小心。但许多时候，亦莫要太紧张，做那担心天塌地陷的杞国之人。"

阿南无奈地笑笑。孔良在劝她不要杞人忧天。岂知，并非是她多思多虑，而是他们皆被表象蒙蔽。

孔良走后，阿南唤来了华医官。阿南想，就算是严钰指名唤去的贾医官是个庸碌之人，未能察觉，让她能浑水摸鱼，那么，给孔灵雁伺胎的华医官，定能发现一些不妥的端倪吧。

不一会子，华医官来了。据说，他是华佗一脉的后人，在身侍三朝的张医官告老还乡后，顺康十二年，开始掌管医官署，至今已有四载。他素来医术高明，阖宫尽晓。

孔灵雁生的两个孩子，都是从诊出喜脉开始，便由他伺胎的。

眼下，华医官跪在地上："皇后娘娘金安。"阿南想了想，云淡风轻问道："祥妃现在身子调理好了吧？"

"回娘娘，祥妃娘娘此番身体恢复得甚好。"

"那便好。"

阿南不动声色地问道："此番祥妃儿女双全，当真是花好月圆。不知祥妃怀胎之时，可有向华卿你问过腹中胎儿是男是女？"

华医官听了这话，恭敬答道："回皇后娘娘的话，祥妃娘娘未曾问过。"阿南浅浅笑了笑："就算祥妃娘娘未曾问过，可华卿请脉之时，也早已断出男女了吧？"华医官垂首道："是。"

"祥妃的脉象，是男还是女？"

"娘娘这话问的微臣甚是不解。祥妃娘娘诞下的是公主，当日的脉象，自然是公主。"

阿南的手缓缓垂下。

“跪安吧。”

“是。”

阿南盯着他的手指，微微蜷着，从阿南向他问话起，就不规则动弹着。他——心内不安。

“华卿且慢——”在他走到门口处，阿南喊住他。

华医官复又折返。他的面色已不如方才自然。

“华卿，你常常来给本宫和华乐公主请脉，本宫想起，竟还不知你是哪里人氏？”

“回皇后娘娘，微臣荆楚人氏。”

阿南点头。

“本宫跟你讲一个故事。”

“娘娘您说。”

“从前，有一群耗子，想盗粮仓里的粮。可粮仓的门口，有只忠犬戍守。耗子们便想贿赂忠犬，睁一只眼，闭一只眼。可忠犬不肯。耗子们威逼利诱，也并无作用。可有一天，耗子们巧用计谋，不知不觉从粮仓中成功地偷走了粮。这时，主人问那只忠犬，粮仓可有异样？你猜，忠犬会如何回答？”

“微臣……微臣不知。”

阿南挥挥手，聆儿递上来一盏温水。阿南喝了一口杯中水，继续道：“忠犬心想，当然不能说有恙。戍守粮仓是自己的指责，若粮仓出了事，主人岂不怪罪自己？失职大罪，担待不起。横竖主人也不知道少了粮，不如就说，粮仓无恙。如此，不仅自己无过，反倒主人还会夸奖自己戍守有功。华卿，你觉得本宫分析得如何啊？”

“娘……娘……聪慧，微臣自叹弗如。”

阿南仰面道：“忠犬只想到了眼前，却没想到长远。隐瞒了此事，难道以为能就此揭过吗？”

“呵。”阿南笑着摇摇头：“殊不知此后，不管是不是甘心情愿，忠犬便跟耗子们归为一类了，耗子们起初会对忠犬非常客气，但日子长了以后，便会以此事为要挟，让忠犬帮它们做更多的事。如若忠犬不愿意，你猜有什么结果？”

阿南盯着华医官的眼睛，吐出两个字：“灭口。”

华医官猛地打了个哆嗦。

阿南笑道：“本宫的故事讲完了，华卿跪安吧。”

华医官失魂落魄地离开凤鸾殿。

过了会子，宛妃来了。她嘻嘻哈哈地进来，向阿南请过安后，便从乳娘手中接过华乐，亲吻着她的额头：“铳儿，宛娘方才路过御湖，你猜，瞧见什么了？”华乐睁着大眼，好奇地问：“宛娘瞧见什么了？”

“花房里的小宫女搬着许多白茶梅路过，好生美的白茶梅，翩跹而放，淡雅粉糯，比佳人还要俏三分。难为她们是怎么养出来的。不是这个季节的花儿，却这个季节开，才稀罕呢。怪不得人们都说，天下奇珍，皆在宫中。铣儿，宛娘带你一起去花房瞧瞧吧。”

华乐欣然点头，又唤阿南道：“母后与儿臣同去吧。”阿南锁眉半日，见华乐兴致如此好，便点了点头。

须臾，一行人到了花房。今冬花房诸人培育的白茶梅果然极好，清新娇嫩，见之心喜。

突然，华乐指着花房的一名小宫女道：“她就是小内侍——”阿南猛地一惊：“铣儿，你说什么？”华乐认真道：“母后，儿臣记得她的脸，那天给严娘娘送吃食的小内侍里面，就有她。”

怪不得找遍了满宫的小内侍都没找到，怪不得消失得如此巧妙。原来是小宫女扮作了小内侍。

阿南伸手一指：“御林军，将她拿下！”

第三十四章　乐久

那小宫女本是心虚，躲躲闪闪，但她没想到华乐如此笃定地认出了她，她心口高喊着："奴婢冤枉，皇后娘娘饶命……"

御林军将她缚住后，阿南命内廷监掌事林观唤来了宫中所有的宫女，挨个儿让华乐排查。一炷香的功夫儿，排查出四名宫人来。

天色慢慢暗下来。前几日的积雪融化了些许，纷杂的脚印踩在上头，白中掺着黑，湿湿的，脏脏的。

阿南冷冷地瞧着那四个人："将她们分开来审，不管用什么办法，要撬开她们的嘴。"

侧殿的烛火晃动着，不停歇，将严钰的身影拉得很长。她听见阿南的脚步声路过侧殿停了停，她心里的帷幔摆动着，似乎被呼啸的北风，吹得猎猎作响。

珊瑚的脸色有些苍白，她慌张地问严钰："娘娘，怎么办？"严钰虽眼底波涛汹涌，但依然坐得稳如泰山，她瞥了一眼自己身旁的丫鬟："慌什么。"珊瑚声音里已然带了哭腔："皇后娘娘命人将小念她们绑起来了，那些蹄子们稍微嘴不紧，就大祸临头了……"

严钰厉声呵斥道："刀还没架到脖子上，就吓成了这样！胆小如鼠！你哪怕有芷荷一半的胆魄，本宫就省了许多心力！"

珊瑚闭上了嘴，但眼睛一刻也不停地盯着外头的动静，仿佛下一秒，御林军就破门而入了。

这个当口儿，严钰却从怀里摸出从一枚玉佩，反复摩挲着。这枚玉佩上一个醒目的"灼"字。

云母屏风烛影深，长河渐落晓星沉。她眼前闪现那张温和的脸，生动得有如沾染桃花上头露珠的笑容。

陇西的春天是极短的。来得忽然，去得也忽然。风扬黄土，柳树发出淡淡的嫩叶，暖阳包裹着些许不肯褪去的寒意。开得艰难的几棵花树，像一帘难于清醒的春梦。

她的师父是剑宗杨鹤。她随师父入渭王府的时候，一身蓝色锦服的渭王成灼站在院落里。院里的桃花开着，他在桃花树下饮酒，白色的雕花酒盏映着他的脸。她觉得，他的脸就跟桃花一样寂寞。

她听说，他曾是东宫太子。东宫啊，是离皇位咫尺之距的地方。可先皇暴毙之后，祈安太后执政，幼帝成灏登基，他一夜之间被驱逐出东宫。一道圣旨，他来到陇西就藩。陇西，黄土粗粝，是一个连大雁飞过都不肯停的地方啊。

她听说，他的母亲叫作凌桃蹊，入宫即得盛宠，受封昭仪，先皇曾在宫中建“桃蹊院”，命人栽种了十里桃花。可凌昭仪终不得长寿，死在长乐二年，桃花烂漫的三月。

他来陇西后，第一件事，便是命人在王府种上桃花。可惜，陇西的水是苦的，桃花总不如别处的旺盛。

成灼抬起三分蒙眬的醉眼，站起身来，向师父问好。尔后，看着她：“久姑娘好。”

她没想到，他是一个王爷，却如此谦和。而且，他怎知道她的名字？她仰面道：“王爷知道我？”成灼笑了笑：“杨师父与本王通过信函，说会带一名女弟子一起入王府。那女弟子是他座下武艺最精湛的，名叫杨乐久。”

人生乐长久，百年自言辽。这是魏晋阮籍的句子。没错，她叫杨乐久。她早逝的父母给她取的名字。她从五岁起，便到剑宗杨鹤身边，拜他为师，修习武艺。

成灼的笑，让一向英气的她莫名羞涩起来。

她与师父在渭王府住了一年多。春花，秋月，夏雨，冬雪。成灼那若有似无的温存，离她那么近。

他在她生辰之时，送她一把剑、一盒脂粉，笑言：“宝剑赠英雄，红粉送佳人。久姑娘是英雄，也是佳人。”

宝剑，乃祁连山下古稀巧匠所铸；脂粉，乃快马千里迢迢从岭南驮来。他对她用了天南海北的心。

乐久知道成灼想回上京。这个想法就像一棵被拦腰砍断的树木，在祈安太后崩逝的消息传到陇西后，就抽出新的枝条。且，这枝条越发旺盛地疯长着。

这也是师父为什么被请入王府的原因吧。师父与成灼暗中做的那些事、布的那些局，她都知道。

她懂他，她想助他。所以，当她知道自己真的能帮他做一些事的时候，是欢喜的。

圣上纳新任两广总督严瑨的女儿严钰为妃。巧的是，她自小肤色略暗，与那严钰容貌有几分相像。

从两广到上京，路途遥远，下手的机会多。杀了严钰，代她进宫，做渭王在宫中的眼线，秘密刺杀成灏。

然，成灏已有皇子。皇子成诜的背后是树大根深的权贵孔家。若贸然杀了成灏，不仅会暴露，且成诜顺理成章继位。等于费尽心机，为孔家做了嫁衣裳。成灼作为一个远在陇西就藩的皇伯，什么也得不到。

所以，成灏死，要死得恰到好处。要一步步，慢慢地筹谋。

成灏得死，成诜也得死。得有一个万全之策，让成灼名正言顺、顺理成章地继位。好在他的母亲凌昭仪当年在宫中御下宽和，成灼从前在东宫好几年，宫中有些老仆的心，是向着他的。他的外公，国子监祭酒凌邺，有许多门生故旧。上京，是有一撮人秘密配合他的。

杨乐久从陇西出发前的那一晚，她与成灼在月下饮酒。

陇西的酒，烈而深情。成灼问她："这一路势必凶险万分，你怕不怕？"杨乐久笑笑："不怕。"

杨乐久从未想过，成灼曾对她那许多天南地北的好，藏着几分想要利用她的心。

纵便是利用，又怎样？她愿意。她只想让他的脸，莫要在如桃花盛开时那样的寂寞。

她手持宝剑，跪在地上："乐久去替渭王殿下拿回本该属于您的东西。"成灼郑重地扶起她，解下腰间的玉："久姑娘重情重义，本王感佩。若有来日，必许你喜乐长久。"

月光下，她笑了笑，便上了马。风将她的声音吹给他："殿下，乐久若成了，上京的宫中还会栽上十里桃花。乐久若不成，绝不连累您，您就当乐久死了。您一定要平平安安的。"

成灼长身而立，二月的陇西，夜色清寒。他口中念着"喜乐长久"，目送着杨乐久远去。

事情还算顺利。剑宗弟子一行人跟踪严家的车马许久，终在淮水畔得手。从此，她不是杨乐久，她是严钰。她的师妹，成了掌事宫女珊瑚。宫中有个叫"芷荷"的女子，与她接应。

芷荷的母亲，从前是凌昭仪的陪嫁。凌昭仪死后，她虽调到了别的宫苑，但心中一直念着主仆情意，暗中对成灼颇为眷顾。芷荷很小的时候，便随母亲，入了宫闱。母亲告诉她，渭王是主，要记得，永永远远地听命于他……

杨乐久攥紧那块玉。

正殿一片嘈杂之声。一阵风从窗口吹入，险些将烛火吹灭。

她站起身来，唤乳娘："将三皇子抱过来！"

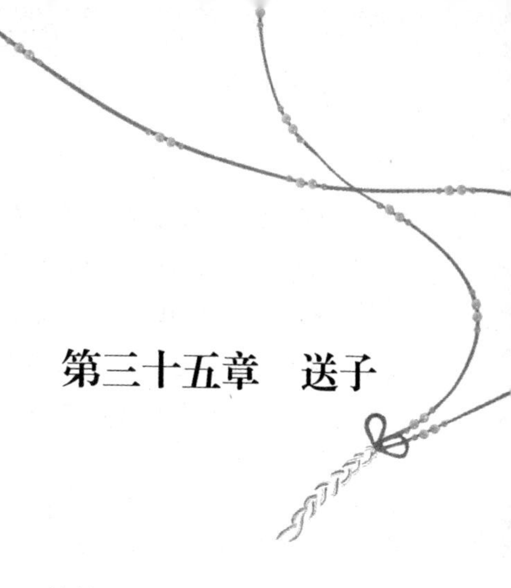

第三十五章　送子

乳娘连忙将三皇子成询递到杨乐久怀里，道："娘娘，三皇子刚吃完奶，睡着了。"

杨乐久看着怀里的婴儿，睡得那么沉静。她将玉佩塞到贴着胸口的地方，心一横，抱起孩子，便走了出去。

"娘娘，您去哪儿啊？"

"娘娘，您还没出月子呢，这大晚上的出去，当心惊着风……"

门打开，一股寒凉扑面而来。杨乐久直直地往正殿走去。

正殿里，阿南倚在榻上，看一本页面已经发黄的古籍。阿南听到声音，没抬头。正殿里的宫人们看到严婕好气势汹汹的样子，有些不明所以。

杨乐久道："本宫有话要跟皇后娘娘说，你们都下去吧。"宫人们看着阿南的面色，阿南点了点头，她们便都退下了。聆儿似乎不太放心，走到门口处，犹回头看了看。见阿南神情非常笃定，才迈出脚，随众人走到门外。

屋内，燃着崖柏香。道家天律禁檀，阿南虽非道家之人，但自小受祖父与父亲的影响，不喜檀香。阿南夜里睡得不安，崖柏之香，可平心静气。

阿南所倚的软榻边上，挂着一幅崖柏图。风骨挺立，忧心守崖，似跌落深渊，又绝处逢生。

杨乐久开口了："愿与娘娘做笔交易——"

阿南双目仍然没有离开手中的古籍，淡淡道："易者，换也。交易，本是交换。妹妹觉得，到了这个时候了，还有可以与本宫交换的筹码吗？"

杨乐久缓缓坐了下来。她看着阿南，幽幽叹了口气："娘娘以为，捉住几个丫头，就能把控全局了吗？娘娘当真那么肯定，她们会招出实话？纵便是她们不中用，几番拷打，竹筒倒豆子，把知道的都供了出来，可娘娘想想，她们不过是小丫头，只是听命做事，知道的又有多少呢？只怕是雾里看花、隔靴搔痒吧。"

阿南笑了笑："就凭你这番话，本宫就能治你的罪。"杨乐久笑起来："娘娘您不会的。您最是谨慎，在没有凭据之前，您不会治臣妾的罪。"

阿南放下书，意味深长地看着她："妹妹，若真如你所说，审不出什么，你何苦抱着三皇子来找本宫？这个时辰了，安安生生在侧殿安歇，不好吗？"

杨乐久的面色闪过一丝阴霾。

阿南站起身，一步步走到她身边："本宫虽然觉得不对劲，但想了很久，都没想明白。你自入宫以来，颇得圣上眷顾，从婉仪到婕妤，顺风顺水。你为什么要兵行险着，走这一步？就算你此胎生下的是个公主，来日方长，你有大把的机会，再度亲近圣上，不愁生不下皇子，何苦费尽心机，换祥妃的孩子？"

阿南"啧啧"一声，伸出手，摸了摸她怀里三皇子的小脸儿。

"今儿个，本宫突然就想明白了。"

杨乐久的脸渐渐苍白："娘娘明白了什么？"

"你要的，不是上位。你要的，也不仅仅是一个皇子。"阿南离她那么近，"你要的是用这个孩子做盾牌，击倒孔家，对付圣上，你要的是天下。你根本不是严钰——"

抱着襁褓的手抖了抖。她脸上的神色变了，好似揭下一层面具一般。

阿南附在她耳边道："妹妹，就算这几个宫女审不出来，你以为本宫就没有别的办法了吗？两广总督严瑨，虽远在天边，但他若知道自己的女儿遇害，会怎样？如果圣上知道睡在自己枕边的女人有外心会怎样？"

软榻边的小炉子里，水沸了。阿南倒了杯水，放置在一边。她不经意道："妹妹以为，自己披肝沥胆，便能感天动地吗？呵。有个消息，想来想去，还是要告诉你。渭王府的王妃柯氏，再度有喜，诞下一对龙凤胎。渭王欢喜得不得了，在府里大摆宴席呢。"

杨乐久轻蔑道："不会的。王爷对那个女人没有感情。他从前娶她，只是让太后放心的无奈之举。他从不到她房里去。"

阿南摇头笑道："这真是本宫今朝听到最好笑的笑话。渭王对王妃没感情？没感情让她安然在府里享福、生儿育女？对你有感情，让你来上京涉险、送死？"

"你——"杨乐久咬咬牙，旋即平息了怒气。她反问了阿南一句："现下，在圣上面前，戳穿了臣妾，孩子换过来，对娘娘有什么好处？"

阿南瞧着她。事实已经很明显，初五那日，芷荷与她里应外合，蒙蔽了孔良，将孩子对调了。荷香炭并不是丢了，只是里头掺杂了迷魂药。一名小内侍以丢炭灰为由，将孔灵雁刚生下的婴儿抱了出去，再由花房的小宫女扮成的御膳房小内侍以食盒送入凤鸾殿的侧殿。事后，华医官恐担失职之罪，闭口不谈此事。成灏大赏了孔灵雁与严钰两宫的人。事情就此翻篇。

神不知，鬼不觉。只有阿南，闻出了阴谋的气息。其实，三皇子，本是孔灵雁的儿子。成锦，才是杨乐久所生。换孩子，只是第一步。往下，该是挑唆成灏对付孔家，让诜皇子失去继位的可能。上次的严婉仪妊娠腹痛之事，小宫女的巧妙栽赃，临死前对着雁鸣馆的方向磕的那个头，已经在为后事做铺垫了。

在得到成灏的信任后，出其不意，毒害他。三皇子成询成了唯一的江山承继之人。可他握在杨乐久手中。彼时，便如刀俎之上的鱼肉。想何时宰杀，便何时宰杀。

到最后，仁宗一脉，只余成灼。成灼继位，合乎宗法，合乎人情，合乎天下民心。

如此一张处心积虑的大网，偏偏被阿南撕开了一道口子。

真相公诸天下，是迟早的事。眼前这个女人，还有什么可诡辩？

杨乐久低声道："臣妾在宫中的日子久了，什么都知道。娘娘您与圣上有少年的相伴，也有相互扶持的情意，可是，您有皇子吗？没有。圣上不放心让您有。您的中宫之位来得不易，圣上对您有戒备。您现下若拨开云雾，询儿定会被送还到雁鸣馆。孔灵雁一个人有两个皇子，来日，您拿什么跟她争？"

她突然跪在地上："臣妾愚驽，此番行事不成，被皇后娘娘识破，自个儿也认了。臣妾贱命一条，死不足惜，求娘娘您放过王爷。再给他一个机会。臣妾的死讯传到陇西，王爷知道事破，定会收敛此心，安分做人。臣妾给娘娘留下证据，若王爷再有异动，您随时可以要他的命。臣妾……臣妾一死，所有的事都会掩埋。宫里头所有人都会以为臣妾得了产褥热。妇人生子，本就九死一生。臣妾问过贾医官，月子里得了产褥热，会致死，没有人会起疑心……"

她抬起头，双目灼灼地看着阿南："三皇子，三皇子便留给您。臣妾死前，会跟圣上说，此番在凤鸾殿生产，幸得皇后娘娘照顾有加。皇后娘娘是臣妾心中最妥当的人。死后，唯有将孩子交予皇后娘娘抚养才放心……"

她将襁褓放置一旁，头"咚咚"地磕在地上："皇后娘娘，臣妾送您一个儿子，可好？"

阿南端起杯盏。方才沸腾的水，已经凉了下来。她轻轻喝了一口，俯身，怜悯地看着跪在地上的女人："你低估了本宫，更低估了圣上。"

第三十六章　假的

杨乐久抬头。她以为她的筹码足够丰盛，她以为中宫邹皇后真的如传闻所料的那么善妒自私、为己筹谋。乾坤殿庭院里的红梅是如何枯死的，当今圣上与沈家清欢青梅竹马的好姻缘是如何没了的，宫中诸人传得有鼻子有眼。邹皇后出身不高，却身披凤袍，当中的秘密，耐人寻味。

情意？与圣上的情意？杨乐久似乎一个溺水的人，原以为抓住了一根救命稻草，却不想是一把更尖锐的刀。她将尖刀握在手心，似乎看到了水一点点变红。

她的呼吸越来越艰难，神情有些恍惚，似乎在思索着下一步该怎么办。酷刑一动，换婴事发，该如何尽可能地保住渭王殿下？

阿南在她恍神的当口儿，从地上抱起成询的襁褓。这时，聆儿走进来，看着阿南："皇后娘娘，内廷监来人传话了，说是上了竹刑，花房的小宫女现时已经招供了——"

跪在地上的杨乐久，听了这话，有如被兜头泼了一盆凉水。

阿南招手唤来聆儿："去，把三皇子抱过去。"

聆儿快步走过来，将婴儿抱走。

杨乐久仓皇地喊着："你要把我的孩子抱去哪里？来人哪！皇后娘娘抢皇子了！"

阿南重重地一个巴掌打在她的脸上："闭上你的嘴！是不是你的孩子，用不了多久，就会明明白白。如你所说，你死不足惜，咎由自取。远在陇西的渭王更是活该。真的以为这风云是那么容易搅弄的吗！"

眼泪顺着杨乐久的眼角流出："风云有没有那么容易搅弄，无非看事情做成了没有。渭王殿下并不是活该，明明是太后抢了他的东西。若非太后搅弄风云，今日金銮殿之上坐着的，便是渭王殿下，不是成灏！"

外头的风真大，如呜咽一般。阿南笑了笑："是吗？你以为是这样的吗？"

"难道不是吗？"杨乐久的眼神里充满了执拗，"渭王殿下本就是太子，若非那时先帝病体孱弱，若非那时太后手握大权，若非……"

“本宫告诉你，渭王生性阴毒，自幼行事狠辣。先帝死因成谜。当年太后之所以向天下公示先帝是因病离世，无非是想遮皇家的丑。你知道先帝死在何处吗？东宫。你知道先帝死前身边的人是谁吗？”阿南平静地注视着她，“成灼。”

一阵脚步声，由远到近。门口的小内侍通禀着：“圣上到——”

成灏的步子很沉重。想必，今日花房里的动静，他已经听说了。他迈进来的那一霎，杨乐久的面具好像重新扣在了脸上。她又成了那个婉转、温柔的严婕妤。她跪行着，到成灏的脚边：“圣上，皇后娘娘命聆姑娘抱走了询儿，臣妾心中悲痛不已。臣妾想求圣上做主，臣妾怀胎十月，为何就不能抚养自己的孩子？皇后娘娘为什么要这样欺负臣妾。是臣妾哪一处不周到，还是圣上您给皇后娘娘下了旨意……”

她委委屈屈，似海棠醉日，梨花带雨。

成灏缓缓坐了下来。阿南见他面有倦态，熟稔地给他递了一块热帕子，又从内殿端来他素昔爱喝的花酿。御膳房做的花酿酒性烈，阿南怕伤着成灏的身子。但成灏政务冗杂，案牍劳形之中又喜以酒解乏。阿南便自己动手，亲自为成灏调制一种花酿，加了枳椇子，加了高良姜，加了露珠，口感清芬，却不易醉。民间有种说法，千杯不醉枳椇子，枳椇子有解酒的功效。至于高良姜，暖胃散寒，冬日里，最是相宜的。

成灏接过热帕子擦了把脸，又饮了杯花酿，方看向地上的女子，道：“爱妃的意思是，皇后要抢询儿？”

“是。”杨乐久轻轻用帕子拭泪道，“不仅如此，皇后娘娘还逼着臣妾承认，询儿不是臣妾所生，皇后娘娘不知道从何处，弄来几个小宫女，炮制了一个荒谬的故事，构陷臣妾……”

“哦？”成灏道，“孤听说，那些小宫女是华乐在花房认出来的，现时，她们都供出些什么啦？”

聆儿适时地走了过来，递上两张纸笺：“回圣上，内廷监将供状送来了，小宫女们将知道的，都吐得清清楚楚，招了供，画了押。”

成灏接过，杨乐久开始不安。成灏眉头每皱一分，她的不安就多一分。

“圣上，不是，您不要相信她们的话，她们是被皇后娘娘指使的，臣妾……臣妾没有，没有换祥妃的孩子，没有，没有跟芷荷……没有……统统没有……您千万不要信……”

成灏盯着她，笑了笑。他将那两张纸摊开，反过来，正对着杨乐久：“爱妃，这供状上头，什么都没有，你刚刚说的，是什么？”

杨乐久意识到自己上了当。

聆儿这个贼丫头。

事实上，花房里的那些小宫人皆以钗环自尽了，什么都没招。成灼在选棋子的时候，早已把控好了她们家人的性命。都是贫苦人家的好姑娘，害怕累及爹娘兄弟，索性自己一死了之。

聆儿、阿南、成灏的戏做得太真。杨乐久乱了阵脚，她以为那些小婢女，靠不住。她从骨子里压根儿没有相信过她们。

成灏放下供状，挽了挽袖口："孤昨日接到严爱卿的请安折子，严夫人感染风寒，病得厉害。爱妃，为人之女，你可有什么物件想送回去？也好让严夫人病中得些宽慰。"

杨乐久眼神闪烁："臣妾……臣妾明儿让医官开些药……"

成灏仰头笑了两声，用手指抬起杨乐久的下巴："严夫人三年前就病逝了，你作为严府的嫡出小姐，竟不知此事吗？"

假的，都是假的。他用一个又一个的试探、一个又一个的谎言扒开了她的画皮。

严瑁是个最为古板守制的官员。他的请安折子上，从不会提及妻女，甚至，他在任何人跟前都是刻意回避提及在宫中为妃的女儿，生恐被人误会靠裙带上位，有污士大夫的名节。也正是因为如此，成灏此前竟一直没发现"假严钰"的异样。

地上跪着的女子意识到了圣上的洞察，意识到了事态的无可逆转。她突然从袖口摸出一柄短剑。剑道之要，其一击之下，萃其毕生之力，以取一决之效。必使如雷霆电光，霹雳万钧之间，百邪顿毙，断无逃匿。惊风瀑布卒然大至，洗浊世之尘表。或高蹈彼岸，俯察人间。

成灏本能地伸手与她过招。"嗖"一声，成灏反手擒住她，她手中的剑插住自己的心口。

外头的御林军闻声而动，冲了进来。杨乐久已经倒在了地上。成灏看着她："力量一道，则天法地，贯通人事，而磅礴万物，其道乃成。你根本没有悟出剑宗的真谛。"

地上的女子奄奄一息，口中念着什么。随即，闭上眼，咽了气。

阿南听到了她的喃喃自语。她说的是："我有所念人，隔在远远乡。我有所感事，结在深深肠。乡远去不得，无日不瞻望。肠深解不得，无夕不思量……"

肠深解不得。阿南叹息一声。

御林军抬杨乐久的尸体，她怀里掉出一块玉佩。阿南眼疾手快地捡了，递到成灏手中，上面一个醒目的"灼"字。

成灏攥紧那块玉佩，眉头紧锁。

晚间，成灏跟阿南躺在榻上，他翻过身来，抱紧她："孤一直隐约觉得，父皇的死，与渭王兄有关系。可孤不明白的是，若果真那样，母后如此霹雳手段的人，为何放过他……”

阿南轻声道：“渭王曾是太后的养子，太后有她的仁慈。若圣上果真想弄明白此事，不妨问一个人。”

“谁？”

“您的堂兄，峪王成炽。长乐九年，他尚是少年，未开府立院，居于宫中。他与太后关系亲厚。应知一二。”

成灏“嗯”了一声。他将脸贴在她消瘦的骨骼上：“渭王兄存谋逆之心，断不可留。但孤有预感，母后若知此番之事，必有信来。”

果不其然。

翌日。成灏坐在乾坤殿中，见大鸟飞来，盘旋与头顶，须臾，落下一封信函。

熟悉的字迹。

是母后。

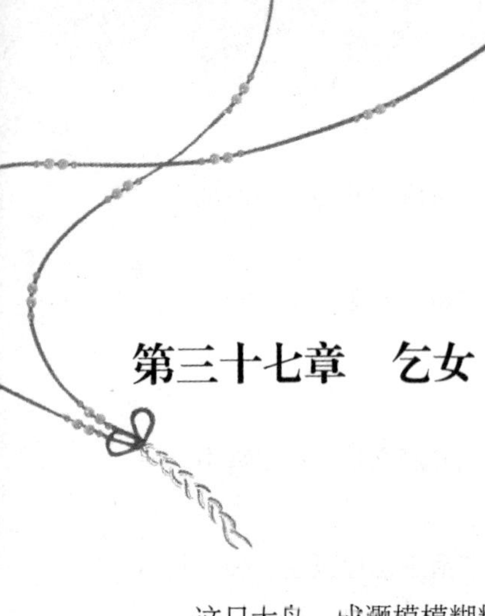

第三十七章　乞女

这只大鸟，成灏模模糊糊地有印象。

他曾经见母后用手轻缓地抚摸着大鸟的羽毛。大鸟仿佛有灵性一般，对旁的人很凶，对母后却很亲昵。它的主人与母后瓜葛很深，似乎是从前水家的旧仆。

成灏摊开信。他并不奇怪为什么昨夜发生的事，今日母后便有信来。母后掌政数十年之久，她在朝堂、在宫廷腥风血雨了半生，这乾坤殿的每一个角落都有她的气息。对母后誓死效忠的玄离阁，更是一个“来无影，去无踪”的神秘所在。母后虽然将这一切交给了他，但是，如遇大事，她定然是要开口的。

成灏昨晚的梦中甚至都出现了母后的样子。她穿着黑色的金丝凤袍，坐在金銮殿的龙椅上，坐在他身边。从二十多岁，到不惑之年。

他对母后，依然又敬又怕。

那信函上带着些许的咸味儿。不知是红衣岛的海风腥咸，还是母后因此事落了泪。

成灏一字一句读完，心情沉重极了。他多年的疑惑终于有了答案。长乐九年，父皇的确并非病逝，而是死于东宫成灼之手，这也是父皇死前下定决心废太子的因由。父皇一生性情懦弱，且多疾，政务上依赖母后，他没有安全感，临死的时候，面对成灼的背叛，才不得不将这万里江山易了储。

成灏将脸埋在桌案上，他从不知母后竟然承受了这么多。父皇死后，那种种的动荡，幽州骑血洗乾坤殿，面对天下人的揣测，母后从未开口为自己辩解过分毫。

他以为，那易储的圣旨，多多少少有几分阴谋的影子。虽然受益者，终是他自己，但那手腕让他胆寒。

当真相在他眼前铺开，他深深觉得愧对母后。他竟同世人一样，误会过母后贪恋权势。他竟不解，母后那双雪鸮一样的眼下，有过多少酸涩与慈悲。

信中，母后劝他，莫要撕开当年成灼弑父弑君的真相。一则，这是先皇的遗愿，若不遵从，恐他泉下难安；二则，顾及皇家的体面，此等不伦之事不宜外道；三则，事情已经过去了近二十年，此时掀起，容易让朝臣们误以为是圣上欲残害手足的“莫须有”。

“孟子曰，孩提之童，无不知爱其亲也，及其长也，无不知敬其兄也。皇家兄弟不睦，终非美事。我儿亲政未久，宜维稳为上，莫要落下屠戮兄长的名声。来日青史之中，千秋后世，恐为人诟病。当下成灼已存谋逆之心，证据确凿，却也留不得。我儿可秘密除之，秘而不宣。”

成灏思量再三，“秘密除之”那四个字，藏着水秀山明的指引。成灼必须得死，可却不能让他死于自己的手中。

天色一点点暗了下去，成灏心中有了主意。

他喝了口花酿，从乾坤殿走出来。冬日的宫殿笼罩在一片苍白的雾霭中，寒气四处弥漫，每一条缝隙、每一个角落都是。成灏打量着苍凉的暮色，抬腿，往凤鸾殿走去。

阿南站在檐下，淘澄着白茶梅的花瓣。她准备用花房的花茶梅给成灏酿新酒。

内侍通传毕，阿南起身，欲行礼，成灏扶起她：“你只管做你的事便好。孤就坐在你身旁，跟你说说话。”

小舟适时地搬来一把藤椅，成灏仰身靠在上面。

“昨日之事，孤有了决断。”

阿南静静地聆听着。

“严婕妤，产后中邪，不慎触剑而亡，念其诞育三皇子有功，追封她一个昭仪的位分。”

阿南手中的动作停了一霎，又继续下去。成灏此举，意味着他并不打算将“换婴”的事公开。虽假严钰孕中腹痛是栽赃给孔灵雁的，但那些话倒是给成灏敲了个警钟。前朝、后宫，都有杆秤。无论何时，一头过于偏重，总不是好事。

彼此牵绊，有所制衡，方是君王之道。花房的小宫女并未招供，这件事宫中知之者甚少。就此掩埋，还免了此番宫闱奇事沸腾流传。

“锦儿便还是留在灵雁那里。至于询儿……询儿……”成灏的手指轻轻叩着膝盖，他看了一眼阿南。阿南双眼始终看着面前的陶钵，手中的白茶梅花瓣被揉干了最后一丝水分，如同迟暮的美人，无力地卧在陶钵之上。

成灏没有接着往下说，阿南却开口了：“依臣妾看，询儿交予宛妃抚养，正是合适。”

手中的事做完，坛口封上。阿南起身，轻声道：“宛妹已不能生育，不可能是那卦中的仓鼠了。交予她，放心。另则，上回，生生刮了她腹中的胎，虽是为了圣朝国运，但臣妾心中总有愧疚。深宫漫漫，有个孩子陪伴她，好过许多。”

成灏眼前似乎浮现了宛妃上回泼辣救驾的样子，他笑了笑，点头道："好。便按皇后所说的来。"

他本以为阿南会提出，将成询留在中宫抚养。可没想到，阿南竟没有一丝一毫的私心。他从藤椅上起身，拉着她的手，往殿内走去。

阿南看了看成灏的脸，她知道他在想什么。她无比贪恋她与他之间这样平静温存的时刻，她不愿失去。有了皇子夹在中间，徒生揣测。阿南不愿那样。

与成灏在她心中的分量相比，有没有儿子，真的是轻如尘埃的事。

两人正说着，宛妃抱着华乐从外头进来。见成灏在，她连忙行了个大礼。

阿南浅笑道："妹妹大喜。"宛妃怔了怔："臣妾何喜之有？"

"从今儿个起，三皇子便是妹妹的儿子了。"

宛妃不敢相信地愣住了，她又看了看成灏，见成灏向她点了个头，方确信此事。阿南拍拍手，乳娘将三皇子抱了出来，郑重地递给宛妃。乳娘屈身笑道："恭贺宛妃娘娘得子之喜。"屋内所有的宫人内侍皆齐声道："恭贺宛妃娘娘得子之喜。"

宛妃的眼角终是无法抑制地流出泪来，她抱着孩子跪在地上："谢圣上恩典，谢皇后娘娘恩典，臣妾必尽心尽力抚养询儿，不负隆恩浩荡。"

从宛妃深夜来找阿南，将自己替长姐出嫁的秘密和盘托出那一刻起，阿南便在想，如何去平衡自己与宛妃的关系。

从两人携手面对方士余苳作乱起，便有了一种难以言说的默契。

昨日假严钰死在凤鸾殿后，阿南心中这个想法便升起了，这或许是补偿宛妃的一个绝好机会。

看着眼前宛妃喜极而泣的样子，阿南深深地舒了口气。这场"换子"闹剧在宫中静悄悄地止息了。孔灵雁完全没有察觉，依然陶醉在儿女双全的花好月圆中，不觉得有甚不妥。

雁鸣馆的掌事宫女芷荷，在冬月初十的夜里，平静地死在二公主的摇篮边。经华医官诊断，乃心疾而死。

孔灵雁悲伤不已："芷荷素来得力，本宫将她当作亲人一般，竟不想她年纪轻轻便有此恶疾。"华医官恭敬道："禀祥妃娘娘，心疾多半是遗传所致，跟年纪并无关系。此病一旦发作，心脏骤然停跳，便是大罗神仙转世，也无回天之力啊。"

孔灵雁命人将芷荷厚葬。孔良虽觉有些突然，但他在成灏身边做事多年，深知宫中水深，不宜多问。该自己知道的，定会知道。不该自己知道的，问也无用。

冬月末的时候，陇西发来紧急奏报。

渭王薨了。

渭王请剑宗杨鹤入府的事，众人皆知。不承想，那杨鹤在江湖之中，广有仇家。仇家上门寻仇，渭王不慎被误杀。

朝中诸人皆言，实乃可惜、可悲、可叹。

成灏坐在龙椅上，手握奏报，低头哀道："几许平生欢，无限骨肉恩。结为肠间痛，聚作鼻头辛。孤与渭王兄乃骨肉至亲，不承想，他竟遭此不幸。孤心痛难当，竟不成言……"遂下令："诛杀剑宗门下弟子及在渭王府中作乱的一众江湖人士。"

顺康十六年腊月。

风雪几度。宠辱不惊。

阿南在凤鸾殿燃起崖柏之时，突见一小内侍急匆匆地进来，上气不接下气道："皇后娘娘！皇后娘娘！"

"何事惊慌至此？"

"严……严娘娘……"

阿南起身："你说什么？"

"西宫门突至一乞女，疯疯癫癫，驱而不去，说……说自己是严娘娘……"

第三十八章　两难

阿南颦眉。眼前的小内侍满脸惧色，口中语无伦次地："都说……都说严娘娘是中邪，自个儿拿剑自刎的，不会……不会是她阴魂不散，惦记着皇宫，附了那乞女的身，寻来了……"

"住口！"阿南怒喝一声。一旁的聆儿道："皇后娘娘面前，你胡说什么！"小内侍敛了口，哆哆嗦嗦的。

阿南起身，兀自往西宫门走去。聆儿连忙撑着伞跟上。

雪下了半日，仍未停，如春末一片片的柳絮，飘飘悠悠，像烟一样轻，像银一样白，像玉一样润。一朵朵，一簇簇，忽而向左飘游，忽而向右摇摆，忽而冉冉飘落。

须臾，阿南走到西宫门处，见一个衣衫褴褛的女子坐在地上，拼命地跟守门的侍卫们解释着什么，侍卫们个个儿满面冰霜，想撵她，却又好像竭力避着她，生怕与她沾染上似的。待阿南走近，侍卫们忙跪在地上："皇后娘娘金安。"

听到眼前这个女子是皇后，那乞女双眼亮了起来。

阿南冷眼瞧着她，人的衣着打扮可以随意更换，但气质与神韵不能。眼前这个女子虽穿着寒酸，那双眼却明明是被书墨浸染过的。宫廷戍卫森严，相较来说，后宫西宫门这个侧角门是兵丁守卫最少的地方。她一个弱女子，是如何知道这一点的？能摸得这般准？且，就算戍守再薄弱，撵走一个小女子是极容易的事，为何她还能留在这里与侍卫们僵持这么久？

不简单，不简单。

阿南开了口，她的声音就如同雪花一般清凉："章侍卫，这里是怎么回事？"

章侍卫是那一队侍卫的头目，他恭敬答道："回皇后娘娘，方才不知从何处来了这么一个疯乞丐，赶她，她却不走。她说她是严娘娘，从淮南逃荒到上京，想要见圣上，一派胡言乱语。微臣本想将她叉走，可她说……她说她身染恶疾，能传人，沾染上便四肢溃烂。微臣害怕将这样的恶疾传入宫廷，那样的话，微臣万死难赎啊。于是，便……便没敢碰她……微臣正打算去回禀孔大人……"

呵。传染病。这倒是个好借口。怪不得侍卫们虽驱逐她，但总好像躲着不敢跟她接触到似的。

阿南看着那女子，她的手上、脚上确实有许多疮口。看来，这一路，她没少受罪。

“你叫什么名字？”

她从地上爬起来，跪在地上，匍匐行了个大礼：“回皇后娘娘，小女子名严钰。”

“何方人士？”

“岭南人士。”

“汝父何人？”

“家父严瑁，长乐九年进士，顺康元年入仕，任两广巡盐史十五载，顺康十五年正月，圣上钦点为两广总督。”

身旁的一众人，皆道眼前这女子疯了。就在不久前，诞下三皇子的严昭仪才刚刚出殡。

阿南平静地问道：“你可有凭证？”

“有。”那乞女艰难地从怀里摸出一枚玉环。那玉环被皱巴巴的绢子包裹着。

阿南还未等她在人前开口，便吩咐聆儿道：“将她带去洗一洗，上些药，吃饱喝足，送到凤鸾殿来。”聆儿道：“是。”

阿南转身往凤鸾殿走去。逆着风，雪花吹在她的脸上。她突然觉得棘手起来。杨乐久等剑宗弟子在淮水畔得手，原本所有人都以为严钰死了。没想到，她居然活下来了。辗转一年后，寻到了京城，寻到了宫廷，且有本事不被驱逐，还成功引来了阿南的注意。这就是本事。

凤鸾殿。

阿南坐在软榻上。她深深地吸了一口崖柏香，心如沙砾，慢慢沉了下来。

一个时辰后，聆儿带着洗干净了的严钰走进来。她穿着一身儿杏色的衣裳，素净清丽，疮口处包扎好，散发着一股淡淡的草药味儿。她的脸果真是与杨乐久有几分相像的。难怪圣上纳严钰为妃的消息传开，成灼得到严钰的画像后，起了铤而走险的心，想了这出计，以杨乐久鱼目混珠，冒充严钰进宫。

阿南看了聆儿一眼，聆儿领会了，带着殿内的小宫人出去，并关上了内殿的门。

严钰跪在地上。阿南握着一个粗陶的杯盏，缓缓道：“说吧。”

“去岁年初，小女子在淮水畔遇见了贼人，那伙人来势汹汹，武功高强，他们杀死了与小女子同行的丫鬟婆子家丁们，抢走了马车里的圣旨等物。原本，小女子也该命葬河水中，天可怜见，小女子竟没有死，过了两日，被河畔的渔民所救。”

严钰磕了个头：“小女子想着，既奉圣旨入宫，便是皇命在身，无论如何，也得进宫面圣，不能贸然回府，连累一家老小。于是，小女子一路乞讨进京，吃尽了苦头……好在，圣旨等物虽被贼人抢去，但有临行前母亲大人所赠的陪嫁玉环一枚，可证身份。”

阿南接过那玉环。质地虽不名贵，但看起来温润通透，上面赫然一个“严”字。

不对！母亲？阿南突然想起那日成灏诈杨乐久的话，问道：“严夫人不是三年前就病逝了吗？又如何赠你嫁妆？”

严钰的脸上露出些许的惊诧：“皇后娘娘竟知此事？除了严府里头，外间鲜少有人知晓。且容小女子回禀——”

“家父当年，屡屡科举不第，微末之时，娶妻魏氏。魏氏过门不到两年，尚未生儿育女，便中风瘫痪在床。不久后，家父居然中了榜，做了官，府中没有女主人操持，终究不成体统，于是，便娶了小女子的母亲过门。小女子的母亲是官家女，自是不能为妾。于是，便算作平妻进的门。家父念与魏氏的结发之恩，始终将其妥善赡养在府。但里里外外操持严府的，俱是小女子的母亲。她前后为父亲生了四个孩子。人人皆知她是严夫人，几乎无人知晓府中还有一个常年卧床的魏氏夫人。就连父亲的同僚，也不知的。”

原来是这样。

粗陶盏被阿南焐出一丝温热。

“你是如何寻来西宫门的？你从未进宫，在上京中亦无有故旧。你何来这样的本事？”

严钰迟疑起来。她似乎不知道自己该不该说。

阿南饮了口水，淡淡道：“你也可以不说，本宫稍后便会命人将你赶出去。侍卫们会被你的小把戏蒙蔽，但本宫不会。”旋即，阿南笑了笑：“你应该听说了吧？有人拿着圣旨入宫，扮作你，做了妃嫔，还给圣上生了个孩子，前些日子，刚死。消息早已走官道，传递给了你父亲。估摸着现在严府诸人都以为你死在宫里头了。你说，这个时候，你发生一些意外，谁会知道呢。”

严钰连忙叩首道：“皇后娘娘饶命，小女子说，说……”

“是谁？”

“是……是刘芳仪娘娘。小女子在上京仨月，摸不着门路。后……后来，无意中碰到回刘府省亲的刘芳仪娘娘的车马……小女子当街拦马……”

阿南猜到宫中有人给她指引。却没想到，是刘芳仪。她难道是嫌这宫中的水还不够浑吗？

阿南扶额，瞧着眼前这个女子。旧去音尘来，郁郁两难全。该如何处置她呢？

她想了想，唤聆儿进来：“去乾坤殿，请圣上来。”

第三十九章　歌声

聆儿面有犹豫之色。

严钰本应入宫为妃的，却因一个与己无干的阴谋，遭受了无妄之灾。好不容易死里逃生后，辗转飘零一年多，吃尽了苦头。又用尽千方百计，摸到了宫门口。她显然是个坚韧、聪慧的女子。若圣上见到她，将她留在宫中为妃，日后，恐不是个好辖制的角色。

换婴事件了结后，这阵子，圣上与皇后娘娘的关系融洽许多。一个月里头，圣驾竟来了凤鸾殿七次。再这样承恩下去，不愁皇后娘娘不能再度怀上龙胎。这个时候，宫里骤然添新人分一枝春色，甚至，有可能无端再掀起些风浪来……实非益事。

阿南似乎看出聆儿在想什么。她声音轻缓却坚定地重复了一遍：“去，请圣上来。”既已经有人知道了真严钰的存在，那纸里便包不住火。不如，大大方方地告诉成灏，让他来决断。

聆儿俯身，道了声“是”，便走入风雪中。

须臾，聆儿回来禀道：“圣上与几名大臣在乾坤殿议事，忙得很，他说，晚间再来咱们凤鸾殿。”

阿南点头。她听闻漠北出了些乱子，漠北王塔娜不久前过世了，大漠三十六帐顷刻乱了起来。漠北王子天启来函，请求圣朝援助，出兵平乱，匡扶正嫡。

这件事，是番邦内部事宜，圣朝本可袖手旁观。可那漠北与圣朝有姻亲关系。顺康十三年，圣上的二皇姐，安公主成炘，远嫁漠北和亲，做了天启的王妃。到如今，已有三载。

安公主虽非成灏的同母姐姐，却与成灏关系甚为亲厚，甚至超过了同母的大皇姐成烯。据宫中许多积年的老内侍讲，成灏幼年时，安公主将其抱在怀里，数个时辰不舍得撒手。成灏稍大一些，安公主与他一起读书识字玩弹弓。成灏有什么心事，不愿跟母亲大姐讲的，会乐意同这个二姐说说。

安公主远嫁的时候，成灏甚为伤感，骑马送到了京郊。一曲《贺兰山阙》，肠断心摧。如今二姐的夫家有难，想来成灏绝不会坐视不管。但朝中诸位大臣角度不同，难免更看中的是利弊。

阿南想着，现时成灏肯定疲于政务，焦头烂额。她起身，把花酿温好，又惦记去小厨房揉些枣糕。成灏心情烦闷时，爱吃些软烂甜腻之食。宫人们做，阿南不放心，决定还是自个儿动手。

离晚间还有两个时辰。阿南瞧着严钰坐在殿内局促不安的模样，挥手道："让聆儿带你去侧殿小憩吧。"

"是。"严钰跪谢道。她虽然眉眼与杨乐久有些相像，但身形却是不同。杨乐久身材修长，严钰短小轻盈。阿南瞧着她踩在地上的步履，若有似无，轻步悠悠，如燕子伏巢，又似鹊鸟夜惊。这步履倒让阿南想起古籍中的足尖羽舞。

腊月里，天暗得越发早。阿南在小厨房将枣肉碾碎的时候，忽听一阵美妙的歌声。那声音如山中冷泉一般，清冽，悦耳，灵气逼人，不似樊笼之物。

"中庭多杂树，偏为梅咨嗟。问君何独然？念其霜中能作花，露中能作实。摇荡春风媚春日，念尔零落逐风飚，徒有霜华无霜质……"

手中的红枣每一颗都硕大、饱满。阿南握着红枣，思绪竟随着那歌声穿透宫墙的岁月，回到许多年前。

乾坤殿大排的红梅树下，少男少女相对而立。风啊，带着一丝丝的雨，清凉而温柔，一阵又一阵地拂过面庞。阿南站在角落里，看着成灏与沈清欢说笑。成灏的脸庞是那样的轻柔，好像一尊易碎的瓷器。他知她懵懂，知她天真，所以，他的所有筹谋与忧虑从不在她面前展现。在沈清欢面前的成灏，明朗纯粹，什么杂质都没有。

阿南想着想着，心痛起来。中庭多杂树，偏为梅咨嗟。难道，无论如何，她只是庭中的杂树，成灏只会为沈清欢那棵红梅叹息吗？

正当她的思绪飘摇之时，突听内侍报："圣上到——"

阿南放下红枣，走出庭院。老远，便见成灏怅然若失的面孔。他自亲政以来，已经疏于将情绪写在脸上了。他愣愣地高声道："何人在此放歌？"一身杏色衣裳的严钰战战兢兢地跪在地上："求圣上宽恕小女子无状。"

成灏似从一个青涩的梦中醒来，看了一眼严钰："皇后那会子差人来乾坤殿唤孤，说是请孤见一个人，想必就是你吧？"

严钰还没吭声，阿南应了声："是。"

成灏大踏步地往殿内走，路过严钰的身边，说了句："唱得很好。不似宫廷伶人那般匠气。独具一格，空谷幽兰。"

严钰面颊微红。聆儿瞪了她一眼，气鼓鼓的。阿南面容恬淡地随成灏走入殿内。

凤鸾殿的崖柏有轻微的果香。严钰跪在地上，将如何在淮水边被害、如何艰南到上京的来龙去脉跟成灏讲了一遍。言毕，她哀泣道：“小女子身为官家女，奉圣旨入宫，身负皇命，故而，无论如何，都要进宫向陛下您复命。哪怕小女子拼着这性命不要了，有了那道圣旨，小女子也时刻记得自己皇家的人……”

成灏道：“起来吧。孤知道了。严卿高洁正直，想来他的女儿亦是如此。”严钰忙道：“谢圣上。”

阿南道：“圣上瞧着，严家小姐该如何安置？”成灏沉吟道：“你诸多磨难，方至宫廷，可见心志坚定。既严昭仪已逝，严钰这名字便不可再用了。便改名为严湄，封为五品芳仪，居于蒹葭院吧。”

湄，与梅同音，阿南心头泛起一阵涟漪。

严芳仪连忙磕头谢恩。

阿南问道：“内廷监那里，如何记录严妹妹的出身呢？”成灏道：“严瑁的结发妻子魏氏，早年中风瘫痪，一生无所出，便算作是魏氏的女儿吧。”

“是。”

不多时，宫人们上了菜肴。阿南取出花酿，给成灏斟了一杯。成灏仰头饮尽，道：“漠北王塔娜去了，漠北那帮蛮子们闹腾开了。孤不管，无论如何，都得帮二姐。可宰辅说，漠北三帐中的吉日格勒气概非凡，可扶持做新一任的漠北王。吉日格勒承诺，若扶持他为王，愿献上漠北一半的土地给圣朝……”酒杯在他手中紧攥着，忽又松开，叹口气：“罢了，不提前朝的事了。”

他瞧着严芳仪，吩咐道：“再唱支曲吧。”严芳仪俯身道：“是。”

“春山茂，春日明。园中鸟，多嘉声。梅始发，柳始青。泛舟舻，齐棹惊。奏《采菱》，歌《鹿鸣》。风微起，波微生。弦亦发，酒亦倾。入莲池，折桂枝。芳袖动，芬叶披。两相思，两不知……”

殿内殿外，萦绕着歌声。似乎就连腊月的风雪，也被词曲打动，迟缓起来。这青砖黛瓦，这宫苑森森，似乎霎时都被灵动的山泉冲刷了一遍。

成灏闭上眼：“你似乎很喜欢鲍明远的诗词。”严芳仪恭敬答道：“明远公英才异士，让人敬佩。”

成灏念叨着：“念尔零落逐风飚，徒有霜华无霜质……”

阿南知道，他想起沈清欢了。那零落的红梅，他心中永远无法释怀的少年情窦，他永永远远的遗憾。

内侍们提着灯，他们一行人去了蒹葭院。

待他们走远后，聆儿愤然道：“果然不是个省事的东西！”

阿南并不搭腔。她拿热帕子擦了擦脸，坐在灯下翻阅着古籍。字，依旧是熟悉的字，却无法入眼。阿南想起成灏今日那面带忧伤的脸。原来，他从不曾放下，从不曾。

第四十章　怠战

严芳仪就像宫廷年节里的烟花，平地而起，骤然升空，在天上绽成绚烂的花，开在后宫诸人的眼前。

一夜一夕。夺目耀眼。

她除了擅歌，且擅舞。那日阿南的直觉是对的，她的确会那古籍上久已失传的足尖羽舞。

蒹葭院里，她轻盈婀娜地舞动着，忽如间水袖甩将开来，衣袖翻飞，似有无数花瓣飘飘荡荡的凌空而下。飘摇曳曳，每一瓣，都牵着缕缕的暗香。

侍奉在侧的宫人们皆目不转睛。

成灏赞曰："卿为官家女，竟习得如此绝佳的歌舞。"严芳仪笑答："母亲说，浮生长恨欢娱少。身为女子，不似男儿天高地阔。习得歌舞，深闺自娱，总不致寂寞。"

宫中人习惯了称呼从前的严昭仪为严娘娘，为示区分，便称呼严芳仪为小严娘娘。宫廷起居注中，以"大严妃""小严妃"载之。

腊月到了末尾，新年在上京的风声中刮过。

除夕那晚，司乐楼中，阖宫欢宴。严芳仪一身绯色舞衣，头插雀翎，罩着长长的面纱，赤足上套着一串金色的铃铛，站在一个汉白玉做的花台上婆娑起舞。她的舞姿如梦。她只用足尖触地，足上的铃铛随着她每一次跃起，发出清脆悦耳的声响。她柔媚，却不轻浮；秀气，却带着几分持重。让人观之心喜，却不生亵渎之心。

仿佛那花台上舞动的，并非凡间的人，而是蓬莱的观音。铃铛响着，观音俯瞰着众生，悲悯着众生。

舞到尽头，她从花台上轻盈飘下，跪在地上："愿吾皇福泽延绵，愿四海安乐清平，愿圣朝顺康万年。"

成灏欢喜，赐了座。

底下的宛妃撇了撇嘴，说了声："狐媚。"孔灵雁听见了宛妃的话，却不言语。她心里只惦记自己宫里头的事儿。诜儿早起进食比昨儿略少，晚宴上御膳房的厨子做的蛋羹色泽明艳，看起来很有食欲。她轻轻舀了一勺，递到诜儿口中。自打芷荷离世，孔灵雁总觉得身边儿没个衬手的宫人，其余的丫头总不能恰当地领会她的意思。她现时要比从前付出更多的心力了。

锦儿那孩子倒是乖，很少哭，不似诜儿小时候频频夜啼。可乳娘奶水明明足得很，她却总也喂不胖。她跟三皇子同日出生，比三皇子轻上许多。孔灵雁琢磨着，是否该换个乳娘？

孔灵雁不搭下茬，倒是刘芳仪接了口。她嗤笑着问身旁的宫女："这殿内可是进了风？"

宫女不明所以道："禀娘娘，没进风啊。"刘芳仪将手中的帕子往宛妃的方向一甩："没进风，怎么宛妃姐姐说起了风凉话？"

宛妃仰头喝了杯酒，不堪示弱道："哟呵，本宫当是谁呢，原来是刘芳仪啊。啧啧啧，你与那跳舞的严芳仪同在芳仪位分，怎么就一个天、一个地呢。人家若非狐媚，怎就有本事得了圣心？而你，圣上有日子没进你的宫门了吧。莫非，文茵阁的路比旁的宫苑难走，圣上不知路？"

宛妃说话一向泼辣，这把辣子将刘芳仪噎得够呛。一旁的几个小宫女捂着嘴巴笑。刘芳仪咬牙道："宫里头日子且长着呢，得不得宠的，且走着瞧。别以为自个儿养了个皇子，就了不得。隔着肚皮不识货，跟亲娘差着十丈远！"

宛妃狡黠道："管它亲娘养娘，本宫有个孩子傍身，宛欣院里孩子哭哭笑笑、热热闹闹，你呢？你有什么？漫漫长夜，你怎么打发？去数御湖里有几条鱼吗？"

刘芳仪啐了一口，旋即又阴阳怪气地笑了起来："胡宛迟，你别以为你抱紧了邹阿南这棵大树，就好乘凉。本宫给你提个醒儿，你当初怀得好好儿的孩子是怎么没的……呵，本宫可是听说了……"

她还未说下去，新年的钟声响了。顺康十七年在一片宴饮的欢乐中，来了。

成灏握着阿南的手，站起身来。帝、后向众人举杯，众人皆恭恭敬敬地起身举杯。刘芳仪没有说完的话，随着杯中的酒，咽了下去。

宛妃的眼神飘忽而不可测。三皇子在乳娘怀里睡得酣甜，宛妃伸出手，摸了摸他的小脸儿，口中喃喃道："我的儿，你可要争气，给母妃争口气……"小小的婴儿仿佛能听懂她的话似的，在睡梦中笑了笑。

筵席毕，成灏与阿南一起回了凤鸾殿。除夕，是大日子。每年的这个时候，成灏都是陪阿南守岁的。

华乐三岁多了，越发机灵懂事。回宫的路途中，不愿坐轿辇，非要坐在父皇的肩头。

阿南皱眉，欲呵斥她几句。成灏却宠溺地将华乐扛到肩头："孤不由得想起父皇从前对大皇姐也是这般。”转而，他又说：“说起大皇姐，倒是有个笑话——”

阿南侧耳，静静地聆听。

“你知道大皇姐今儿跟孤说什么吗？她提出，要泱儿和诜儿定一门娃娃亲。难为她想得出！孩子们还这么小。”成灏说着，仰面道：“孤却也知道大皇姐为甚如此说，诜儿是长子，在宗族礼法上，注定比旁的皇子要尊贵些。她想给泱儿觅一生的荣华。大皇姐这个人……”

成灏摇了摇头，继续说：“她被父皇和母后宠坏了，从小到大，就只知道为自己想，甚是器小。不似二皇姐，身为皇家公主，事事为大局思量……”

阿南担忧道：“二皇姐夫家的事，圣上有决断了吗？”

成灏锁眉，看着夜空，长叹一声：“如今朝中分两派，一派是支持出兵助二皇姐的丈夫天启，一派是支持扶吉日格勒。他们吵得不可开交。恰逢年节，休朝七日。孤想着，将这件事冷一冷，也观望一下漠北那边的局势。”

“圣上您一定派体己人去漠北接二皇姐了吧？”阿南轻声问。成灏有些意外：“你……猜到了？”

阿南道：“臣妾这几日在宫中没看到孔良的身影，就猜出了大概。您肯定不放心二皇姐。您跟二皇姐素来手足情深。”

“可惜啊。”成灏摇头，“二皇姐执拗得很，她不肯来。她说，她是皇家嫁出去的女儿。生与死，她都要与她的丈夫天启在一起。”

阿南柔声道：“臣妾理解二皇姐。若臣妾是二皇姐，也会如此做。出嫁从夫。”

成灏道：“给孤的求助信，是天启写的。二皇姐本意，是不想叫孤知道的。无论何时，她都不舍得叫孤这个做弟弟的为难。”

到了凤鸾殿，华乐已经在成灏肩头睡着了，成灏低声唤嬷嬷过来接过。

阿南伺候成灏梳洗毕。

外头的更漏响着。二人躺在榻上，成灏呓语一般道：“孤不放心二皇姐……”阿南握紧他的手，放在心口：“那圣上就出兵吧。”

“邦交大事，不可儿戏。”

阿南道：“正因为不可儿戏，才不能只看眼前的利益。隔岸观火，弱化漠北，得其大片土地，只是短视的好。真正的大国胸怀，是善待友邦。何况，您想想，纵得了土地，那荒漠之处，民风彪悍，水土贫瘠，风俗不同，又该如何治理呢？届时，得不偿失啊。”

成灏点头，思忖道：“皇后所言极是。名君者，当不拘方寸之利。皇后，你是知孤懂孤的人哪。”

正月间，群臣还未从团圆喜庆中醒来之时，圣上已派宛妃的父亲镇南将军胡谟悄然出兵漠北。

吉日格勒攀附不成，恼羞成怒，集中兵力，与圣朝的兵马做对。

那吉日格勒恰是从前漠北与圣朝对战时的主力将领，应对中原兵马，甚有经验。胡谟从正月出发，到六月，还未见回还。朝中许多人对此颇有微词。

成灏埋头于政务之间，甚为疲惫。只有宿在蒹葭院的时候，能让他短暂地忘掉烦恼。听着严芳仪的歌，观着严芳仪的舞，成灏觉得自己仿若少年人一般。

浮生会当几，欢酌每盈衷。

一日，阿南突然收到一封信函。她打开，看了里面的内容，甚是吃惊。上头写，镇南将军胡谟，收了吉日格勒大量的钱财，故意消极对战，欲养寇自重。

阿南手持信函，欲往乾坤殿去告知成灏，走到檐下，却停住了脚步。这封信，为什么发给她，而不直接发给圣上呢?

当中大有文章。以她之口，去告发胡谟，岂不是有意离间她与宛妃?

第四十一章　昏倒

信笺正面写的是中原文字，背面有曲曲折折的纹路，阿南顶着光仔细瞧了瞧。她闲来无事时，翻阅过御书房的典籍，对周边几个番国的文字皆略知一二。

这信函，是从漠北发来的。背面那奇形怪状的纹路，是漠北的文字。

她唤来聆儿，问道："这信函是怎么到凤鸾殿的？"聆儿答："回娘娘，是信鸽，早起奴婢端着水盆路过庭院，见一只信鸽在头顶转圈儿，转着转着，落下一封信，不偏不倚，正好儿落在奴婢面前。"

难道是漠北的信鸽不知宫廷路径，误把凤鸾殿当作乾坤殿吗？阿南很快摇头否定了这个猜测。既是对方处心积虑想实施"离间计"，必是筹谋许久了的。战用信鸽何其严谨，不会在这种细枝末节上出岔子。

间者，使敌自相疑忌也。将这封信函发给阿南，更巧妙。一则，圣上素来信任阿南，由阿南的口说出此等大事，圣上会多信一分；二则，纵便是圣上不信，以阿南之口去告发胡谟，也会引来阿南与宛妃的决裂，后宫不宁；三则，如若圣上查明胡谟是明白的，阿南便有助敌之嫌，恐因此获罪。

总之，进一步除去胡谟，退一步除去阿南，都是圣上身边极要紧的人。

胡谟若倒，军中乱。阿南若倒，后宫乱。

阿南吸了口凉气。想来，这是吉日格勒的手笔了，好生狡猾。漠北王死了，漠北王室之中能镇住他的人没了。他为了能做漠北的王，简直无所不用其极。

阿南收好那封信函，夹在素日常看的古籍中。她不动声色，仿佛什么都没有看到过。阿南想，所谓离间计，必得有"间"可离。若自己意志坚定，置之不理，那么，再巧妙的离间计，也是无用的。

六月间，内廷监往各宫苑都供上了冰。当然，凤鸾殿和蒹葭院这两处的冰是供得最足的。凤鸾殿是中宫，蒹葭院是现时最得宠的、圣上最常去的。

苦夏。宫廷的知了不知疲倦地叫着，小内侍们拿着竹竿去捉，却仿佛怎么也捉不完。没有一丝风，天地之间，仿佛一个大大的蒸笼。

透蓝的天空，火一般的日头。云彩似乎被日头烤化了，消失得无影无踪。宫廷中的花草树木，被晒得蔫蔫的，耷拉着脑袋，低着头，仿佛有了满腹的心事一般。

御湖边的芦苇丛里，小虫子们掩于其中，发出微弱而嘈杂的鸣声。

宛妃在这样的天气里，携着三皇子去中宫请安。途经御湖，听见两个小内侍窃窃私语。

“听说胡将军此一去漠北，半年了，还不回，当中大有猫腻！”一个小内侍说着。“哦？”另一个小内侍饶有兴趣地问。

“漠北一日不剿，胡将军便可拥寇自重，将在外，君命有所不受。他这回啊，是想打出在军中的地位呢。”

“你这么一说，我倒想起了从前太后的弟弟陆明宇将军。听宫中的老人儿讲，长乐年间，漠北一场仗，回来，他就成了玉面飞将。先帝一死，他带兵血洗乾坤殿。若不是他，太后如何就能抱着圣上坐稳金銮殿？”

“莫非——”小内侍的口气神秘起来，“莫非胡将军也想效仿昔年的玉面飞将吗？想想也是。陆将军可以为了姐姐，胡将军可以为了女儿啊。咱们的宛妃娘娘，不就是镇南将军府出来的千金吗？”

“就是。她现在养着三皇子。啧啧。兴许，三皇子就是将来的太子！”

“嘘——”他的同伴制止着他。

宛妃大喊了一声：“何人在胡言乱语？”

芦苇晃动了几下，转瞬就没了动静。小内侍们早已经跑得无影无踪了。

宛妃气得要命，也怕得要命。俗话说，无风不起浪，宫中何时竟有了这番流言？圣上是否也这么怀疑？

上回，打百越只用了一个月。这回，打吉日格勒，半年了却还未还朝。爹爹难道真的成了众矢之的吗？

武将难。太得力，有功高盖主之嫌。不得力，有私通敌国之疑。何况自己抚养成询未久，此番战事牵连着后宫，一向多疑的圣上究竟会怎么想？

如此炎热的天儿，宛妃却觉得身上发凉。

过了御湖，她的步子迅疾起来。到了凤鸾殿，见阿南平平稳稳坐在榻上看书，见她来了，抬头浅浅一笑，问了声：“宛心，你来啦？”一切都和寻常一样。

宛妃的心方慢悠悠地落了地。她行过礼，阿南赐了座，聆儿给她递上一盏冰凉的青梅汤。宛妃咕咚咕咚地喝了一大口，神色回转过来。乱糟糟的脑子，也渐渐有了思绪。

阿南问道：“宛心，发生什么事了？方才见你面色慌张得很。”宛妃定了定神，笑道：“无甚。那会子询儿小脸蔫蔫的，臣妾怕他中了暑热，这会子进了凤鸾殿，这么一凉快，瞧着他好多了，臣妾的心也可略略放下。到底是臣妾不稳重，让娘娘见笑了。”

阿南道：“哪里的话。孩子芝麻大的事，在做娘的眼里，都是天大的事。你如此紧张询皇子，说明你是个非常合格的母亲。”她转头吩咐聆儿：“你去内廷监传本宫懿旨，询皇子和锦公主还小，今后把供给凤鸾殿的冰拨一半给宛欣院和雁鸣馆。”

聆儿答应着，去了。

宛妃连忙跪在地上谢了恩。待到坐起身来，她哀怨道：“同是妃嫔，在圣上眼里，臣妾比蒹葭院那狐狸精可是差多了。这冰块得仰仗娘娘您赏。”

阿南抚慰地劝道：“宛心，你莫要如此想。后宫的女人，万事两个字，看开。得失随缘，心无增减。”

宛妃道：“有几人能如娘娘这般睿智呢？”

“有求皆苦，无求乃乐。看开，不为别人，为的是自己啊。”阿南本是劝宛妃，说着说着，自己却触动了。一时，竟不知是劝宛妃，还是在劝自己。她记得自己在梦中遇见白衣女子时的情景。她对白衣女子说：“你何苦如此痴惘？”白衣女子笑得纯粹而爽朗：“我偏要痴惘！”

自己又何尝不是呢？咬着一口气，一定执着地想要胜天半子破天局，改变若干年后的国运。那天道轮回，凡人想要胜之，何其难？自己打起万分的小心，时刻枕戈待旦，能避免吗？

阿南正在恍神之际，宛妃又不忿地说道：“蒹葭院那狐狸精得宠，圣上对她另眼相看，也就罢了。怎生这个月往文茵阁刘芳仪那儿也去了两趟？刘清漪那狗尾花，真是东风不开，西风开！”

阿南笑笑。这其实在她的预料之中。真严钰之所以能进宫，是受了刘芳仪的指点。她如今出头了，自然是要投桃报李，回报刘芳仪的。两人宛若结成了小同盟一般。

想来真严钰没少在圣上面前替刘芳仪美言。否则，圣上一开始就对刘芳仪淡淡的，怎么忽然就有了一点子兴趣？

两人正说着，有宫人来报：“皇后娘娘，不好了！圣上在蒹葭院昏过去了！”

阿南猛地站了起来。不过是一霎而已，她的手竟哆嗦了起来。

成灏自幼习武，体格颇佳，如何会昏倒呢？

阿南面色清冷地冲了出去。她此刻无比想看到成灏，想握一握他的手。聆儿跟在身后，喊道：“娘娘，娘娘，等等奴婢……”

阿南走后，宛妃在屋子里踱着步。她看见软榻上有一本古籍，这是皇后娘娘常看的，她有印象。

这古籍有什么好？还画着许多八卦图，晦涩极了，且又无趣。

宛妃百无聊赖地翻了翻。突然，一张信函落在了地上。宛妃捡起的当口儿，看到信函上似有“胡”字。她按捺不住好奇心，看了看。这一看，七魂去了六魄……

她下意识地将信函与古籍恢复了原样，带着三皇子和一众乳娘宫人们回了宛欣院。

第四十二章　失智

宛欣院的杜鹃，到了六月间，只剩三三两两在宫墙底下挺立着。挺得娇艳，却透着一股子战战兢兢，美而荒凉。

这些年，宛妃的恩宠稀薄，但成灏总算还记得她，偶尔会过来瞧瞧。内廷监掌事对她不再殷勤。倒是这庭院里曾经千里迢迢从云贵运来的杜鹃，还带着故土的生机勃勃，年年如常开放。

这些杜鹃是宛妃的出身，又是宛妃的寄托。它有西南连绵起伏的山脉裹挟而来的荒蛮气息，也有曾经镇南将军府马场里的尘土飞扬。

宛妃坐在檐下，唤婢女送来一壶酒，她自斟自饮，喝了一大盅。方才信函上的字在她脑海中转了一圈又一圈。

原来，御湖边的小内侍说的话真的不是空穴来风，有人在故意造父亲的谣。

父亲胡谟，一介武人，心思简单，大字都不认识几个，满心满眼想着战场杀敌，报效朝廷，哪里会生出那样的不轨念头呢？

宛妃记得幼年时，自己与阿娘不为大夫人所喜，居于简陋的偏房，吃着下人的吃食。只有父亲在府中时，她们母女才能走出偏院，到前厅的桌上吃一口热腾腾的饭菜。她悄悄练习弓箭，为的是有一天吸引父亲的注意。十三岁那年，父亲在府中举办寿宴，她一箭射下天空中飞过的雄鹰为父亲祝寿。

父亲眯着眼，仿佛意想不到自己居然有个庶女如此英武，他仰头大笑，喊了声：“好丫头！”

从此，父亲便很愿意带她去骑马、射箭。连带着，对她那可怜的阿娘也多看了几眼。

少女时代的胡宛心多么要强啊。她天生聪慧，学得惟妙惟肖的口技，逗得父亲哈哈大笑。她习得绝佳的骑术与箭术，没有人知道她因此付出了多少努力，两股鲜血淋漓，手心满是伤口。

突然有一天，一道圣旨到了镇南将军府，大姐却已有意中人，不愿入宫，哭红双眼。大夫人心疼自己的女儿，提出让胡宛心替嫁。大夫人撺掇着父亲同意此事，说宛心比宛迟的性子要适合进宫。父亲本有些犹豫，见宛心没有不情愿的样子，前思后想，便允了此事。

姊妹俩相差两岁，命运从此交换。

其实，胡宛心不算是被迫的，她是半推半就地做了这场交换。她内心中隐约觉得这是个机会。皇宫啊，那是比胡府尊贵千万分的地方。若她一朝飞上枝头，阿娘便再也不用受大夫人的气了。

她觉得她孤身一人置身于一条小船上，她永远握着船舵，把握着自己的人生。她在失去腹中胎儿后，没有消沉，而是凭着自己的机警、好强和一股子不服输的劲儿，得到皇后的庇护，在后宫拥有一席之地，并顺利成了三皇子的养母。她绝不容许自己、父亲，以及胡家陷入泥潭之中。

宛妃喝到微醺，走到花坛边，摘下一朵红如血的杜鹃放到酒杯之中。她决定跟皇后说清此事，在恰当的时候，用恰当的方式。

那封信函被皇后藏于书籍中，说明她是有心隐瞒此事的。否则，恐怕早已到了圣上的面前。但她又为何没有销毁呢？是觉得信中内容的真假有待探寻，还是想留着日后制衡自己？恐怕兼而有之。

宛妃素来知道邹皇后不是个简单的人物，她的心思比御湖的水还要深。但她的船永不能翻。不管是在什么样的水域，不管那水是清还是浊。只有不翻船，才有继续往前的可能。

身旁的婢女说道：“娘娘，那会子在凤鸾殿，内侍报圣上昏倒了，您不想去看看吗？”

宛妃坐了下来，瞥了婢女一眼：“你没听见内侍说吗，圣上是在蒹葭院昏倒的。本宫才不想去蹚浑水。圣上是个什么样的人？从亲政起，就咬着一口气，较着一股劲，不想让满朝的文武看轻，不想让天下人说他不如祈安太后。他素日在前朝的工夫比在后宫多了一多半。如今，在狐狸精那里出了这档事，圣上约莫不想让任何人知道。依本宫看，皇后娘娘去得急了些。此事，遣医官署几个得力的医官悄然过去瞧瞧，探明情况后，待圣上挪至乾坤殿，再去瞧，最为合适。旁人问起，就说圣上忙于政务，累倒了。”

婢女点点头：“还是娘娘见事明白。”

成灏是何其爱惜名声之人。粉饰太平，是成灏最乐于见到的处理方式。关心则乱，皇后在意圣上多过于自己，才会在这样的时刻乱了分寸。听到圣上昏倒，脸上顷刻煞白，半丝血色也无。

而对于宛妃来说，首先为自己思量，然后才是圣上。圣上对于她来说，是高高在上的君王，多过于是她的夫君。

“可是……”婢女似又想到了什么，迟疑道，“可是，若圣上此次……”

宛妃摇摇头：“不可能。方才那报信的小内侍眼神闪烁，本宫虽然一时说不上是哪里不对劲，但肯定别有用心。恐报信是假，挑唆着皇后去蒹葭院闹一场才是真。”

杜鹃在酒杯中变了颜色，愈发殷红。宛妃唏嘘道：“本宫或许该拦住皇后娘娘的——”倏尔，饮尽杯中酒，又长叹一声：“拦，却也拦不住的。”

蒹葭院。

阿南大步流星地走了进去。宫人内侍们慌忙行礼，阿南不理会，直往内殿冲。内殿门口，站着两个小宫人。小宫人俯身道：“皇后娘娘，您不能进去，圣上吩咐过，任何人都不能进去……”

阿南冷冷地看着她：“让开。”小宫人认死理儿道：“皇后娘娘，您真的不能进去……”

阿南一个巴掌抽了过去。“啪”的一声，挨打的小宫人面皮登时肿胀起来。另一个小宫人打了个哆嗦，再也不敢拦。阿南步入内殿。

内殿暗暗的，熏着香。一层又一层的珠帘掀开，阿南看着殿中一个身着轻纱的女子，抱着琵琶，奏着轻柔的曲子。

“烟轻雨小，一夜红梅老。几番花信来时，佳期未到。问风月，离愁别恨几许？苦多乐少。”

这是《红梅倚月》。成灏亲政前最后一个生辰，沈清欢填词谱曲的一首小调。

成灏躺在榻上，闭着双眼，双手交叠，置于胸口上。阿南跌跌撞撞地扑了过去，泪如雨下。

“灏儿——”她不知道，她为什么要这么喊。好像他还是小时候那个幼主，有几分调皮，有几分逞强，小小年纪，便皱着眉头，故作威严。虽然他眼里没有她，但她一直沉默地站在他身边。不论何时，只要他唤一声，她马上应答。

阿南握紧成灏的手，放在自己的心口。“灏儿——”她又喊了一声，那疼痛山一样压到她心口。

琵琶声止住。严芳仪走了过来，跪在地上：“皇后娘娘，您莫要打扰圣上安歇——”

“贱人！”阿南大吼一声。那声音仿佛从她的胸腔中迸发出来，如母兽一般悲鸣。

烛台处有一把剪灯芯的剪刀。阿南失去理智，抓起剪刀，刺向严芳仪。

“本宫要杀了你。”

这时，成灏的声音响起。

“皇后要做什么——”

第四十三章　夫君

阿南手中的剪刀停住。她才发现自己握得那么紧，紧到将她的手掌勒得生疼。

她转头，成灏已经睁开了眼，起身坐了起来。他虽然面色犹然有些苍白，但看起来并不像生病的样子。

成灏扶着额："漠北的事情烦心，前朝那些先时支持扶植吉日格勒的大臣们又跟孤闹着，战事胶着，二皇姐不肯归宁，孤时刻挂念着她的安稳……孤已经三天没能合上眼了，精神甚为疲乏，好不容易眯了一会儿，皇后，你来闹什么？"

阿南恍恍惚惚地走到床边，看着成灏，怔怔地问："你……你没事？太……太好了。"

她笑中带泪。旋即，意识到剪刀仍然握在手中，她还在保持着行凶的姿势。手一松，剪刀掉到地上。

成灏皱眉："孤能有什么事？"阿南道："那会子，有个小内侍来凤鸾殿，说……说圣上您昏倒了……"

成灏招招手，严芳仪连忙递上一块热帕子，他擦了擦脸道："那会子是踉跄了几步，还好阿湄这里有让人安神的曲子，还有她调制的熏香，孤紧绷了几日的神经松缓了不少，得以安睡。怎么？皇后的耳报神那么灵吗？孤这里稍微有些风吹草动，皇后便知道了？"

他显然误会了阿南的意思。他以为她着人时刻在监视着他。

阿南怔了怔："臣妾只是听说圣上昏倒在蒹葭院，心急如焚，顾不上许多，便想来瞧瞧……"

这时，站在一旁的严芳仪轻声说道："难道皇后娘娘通杏林之术吗？"

成灏听了这句，眉头皱得越发深了。"皇后你又不是医官，纵便是孤真的抱恙在蒹葭院，你这样气势汹汹地来瞧什么？一来就手持凶器，你这是来瞧孤呢，还是特意来问责？"

严芳仪拿帕子掩了掩嘴，仿佛受了惊吓一般，柔柔弱弱地蜷缩着，不再言语。

阿南道："臣妾没有多想，臣妾心念圣上。刚刚看到您躺在榻上，脑子……脑子便乱了……”

她伸手指了指严芳仪：“古来皆说，红颜祸水。臣妾担心她……”成灏打断她：“皇后慎言。内行不修之主，方有祸水的红颜。难道孤在你眼里，内行不修吗？”

他的话语里已有许多的不悦。他那种对严芳仪迫不及待地维护，让阿南觉得讽刺。一根针刺着她，她便想用力将它拔出来，可是，一不留神，用力便用过了头。

阿南站在榻边，看着成灏，烛光照着她清瘦的身影，她突然笑了笑：“刚刚臣妾进来的时候，听见严妹妹唱着《红梅倚月》。曲子倒是从前的曲子，人却不是从前的人了。或许圣上朦胧之间，会把今夕当昨夕。您如今对蒹葭院如此另眼相看，臣妾却也知道为何。可到底，东施不是西施。圣上您亦不是当初在红梅树下神魂颠倒的少年。您到底是自欺欺人，还是执梦不醒？”

她的话如一盆冷水，兜头浇在成灏身上。他猛地起身，“啪”的一巴掌打在阿南的脸上：“放肆！”那声音在内殿颤了颤。

石火风烛，消散殆尽。

他叫过她“南姐”。小时候斗蟋蟀赢过他的南姐。在他迷茫的时候，为他出谋划策的南姐。那个用尽一切办法和他站在一起，肯与所有人为敌的南姐。那个他只需挑挑眉，便知他要做什么的南姐。那个世上最懂他，懂得他的明朗、亦懂得他的阴郁的南姐。

他第一次打了她。

阿南俯身，淡淡说了声：“臣妾失言，罪该万死。”仿佛刚才那一巴掌是天经地义，她理应承受，没什么可怨。

她看着成灏的眼睛，眉眼里涌动着风起云飞的悲伤。她素来知好歹，她是中宫啊。

严芳仪温柔地上前抚了抚成灏的胸口：“圣上您别气着了身子，皇后娘娘定然是无心之失，臣妾续上香，您再睡会儿。您的身子，不是自个儿的，是天下臣民的，亦是皇后娘娘和后宫众姊妹的。您一定要保重。”

成灏沉默，看了看阿南。他想说什么，可似乎寻不到合适的词汇。越斟酌，越觉得烦躁。他是君王，他所有的暴躁似乎都有一个明明白白的归处。他低下头，摆摆手：“皇后既是来看孤的，现在人已看了，孤无恙，你下去吧。”

阿南跪安道：“臣妾告退。”她一步一步稳稳地走出蒹葭院。门口方才挨打的那小宫人瞧着她。不过是一盏茶的工夫，打人的变成了被打的。

聆儿用袖口抹了把眼泪，她听见了方才殿内的声音。她扶着阿南：“娘娘，咱们回宫吧。”

殿内。成灏再度躺下来的时候，却怎么也睡不着了。

熏香、曲声依旧。他却翻来覆去，心内涌上一股连他自己都说不出来的歉疚。不过是打了皇后一巴掌，为什么自己会不敢直视她的眼神。

哎，他与她是一起历经风雨与华灯的人啊。他想着，要不要去与她说几句话呢？不拘说什么都好，起码让她知道，他悔了。

严芳仪走到他身边，轻轻地为他按着颞颥，道："圣上，您是不是恼了？"成灏脱口而出道："恼什么，不许胡说。"

严芳仪笑："臣妾跟您说笑呢。臣妾知道，您不会恼。臣妾从前在娘家的时候，没少见父亲母亲吵吵闹闹，特别是年节里府中事务繁杂的时候。可父亲母亲还是恩爱了一辈子。母亲曾跟臣妾说，真心相爱的夫妻，不论发生什么龃龉，都是能理解对方的。"

成灏道："哦？严卿如此刚正不阿之人，在府中也会同夫人发生龃龉吗？"

严芳仪笑："当然。舌头与牙齿那么亲，还会碰着呢。有一回啊，母亲回了娘家，请了舅舅做主。您猜舅舅怎么说？"

"怎么说？"

"舅舅让母亲赶紧回去，出嫁从夫，以夫为天，丈夫做什么都是对的。"

这句话让成灏想去凤鸾殿和软一番的念头慢慢地淡了。

是啊，以夫为天。他不仅是她的夫，还是她的君。她该想明白自己的说话态度。那样刚硬讽刺的口气，如何能容。再者说，他如此勤政，唯有一点点角落去做一个关于红梅的梦，她还要残忍地扎破这个梦吗？

他吩咐严芳仪道："继续唱吧。"

严芳仪换了首曲子。

"千万恨，恨极在天涯。山月不知心里事，水风空落眼前花，摇曳碧云斜……"

她曾看过上京市井上流传的一本风物志《清梦成欢》，作者便是那传言中当今圣上的心爱之人沈清欢。《清梦成欢》里，有一页，描述的是江南的美景，角落里附着一句：水风空落眼前花。

她想，这一定是沈清欢喜爱的诗词。

果然。成灏听着听着，又睡着了。

内殿的香袅袅燃着。严芳仪左手轻轻地摸了摸平坦的小腹，什么时候，能等来一个皇子呢？虽圣上如今时时流连蒹葭院，但到底，皇子才是真正通往荣宠的锦绣之途。

舅舅托和尚算过，自个儿有凤命。不做个皇后，简直对不住这一路的九死一生……

凤鸾殿。阿南一脚迈进去，便好似支撑了许久的一口气坍塌了。她终于不用笑得那么淡然。她疾步行至软榻边，歪了下去。

余慕牵着华乐从尚书房下学回来。自华乐去年满了三岁，成灏便让她与余慕一起去尚书房读书。他们俩很少见阿南有这样颓丧的时刻，连忙走到软榻边。

“南姐——”

“母后——”

阿南摸了摸余慕的脸，又摸了摸华乐的脸：“铣儿，今日跟小舅舅在尚书房学了什么？”

华乐歪头道：“母后，尚书房先生讲的东西枯燥无趣，不过是碌鬼之流喜爱的东西。小舅舅私下里给儿臣讲的书才有趣呢。”

“什么书？”

“沈先生的《枕中记》。里面有一句特别有趣。夫宠辱之道，穷达之运，得丧之理，死生之情，尽知之矣。此先生所以窒吾欲也。敢不受教！”

第四十四章　抉择

阿南听了女儿的话，抑在心头的酸涩像是被针扎了一下，淌了出来。她纵是挨了一巴掌，仍端庄得体地从蒹葭院里走了出来。从蒹葭院到凤鸾殿的这段路，烈日照着她凤袍上的金丝线，她一刻也不曾失去中宫的威严。

为何女儿的一番话竟让她泪湿衣襟、坚硬全无？她将华乐粉嫩的小手贴在面颊上：“铣儿比母后聪慧。世间痴求，童颜皓首，不过无何有……”越说越悲从中来，那被戳破的酸涩淌得到处都是。

华乐用另一只手从怀里摸出一方小帕子，细细地给阿南擦着脸上的泪。这是她第一次看见母后哭，她小小的脸上满是严肃：“母后因何流泪？”

阿南沉默。

华乐又道：“母后有父皇，虽然父皇是很多人的。母后还有儿臣，儿臣只属于母后一个人。”

她又指了指余慕，像模像样地说道：“母后还有小舅舅。小舅舅说，母后是他在这个世上唯一剩下的亲人了。母后是儿臣与小舅舅的依靠。儿臣和小舅舅也是母亲的依靠。”

余慕在一旁认真地点了点头。阿南看着他们，失神地笑了笑。她蓦然回想，她这过去的人生里，从来没有依靠过任何人，也没有可以让她依靠的人。早逝的父亲，改嫁的母亲，枕边至亲至疏的丈夫。

外头鸡人报了时。聆儿张罗宫人们摆上晚膳。

晚膳毕，阿南照旧坐在檐下的一把藤椅上剪松柏。余慕不知何时站在了她的身后。地上一大片剪掉的松柏枝蔓，阿南猛一转身，余慕圆圆的脸正看着她：“南姐——”

这孩子自顺康十六年二月跟方士余苳有关的那场乱子平息后便进了宫。到现在，在凤鸾殿住了近一年半了。他待人谦逊和气，但从不跟宫中的任何人过于热络，时刻记得不给阿南惹麻烦。凤鸾殿中的大小事宜，他亦不张口。日常饮食起居，他没提过任何要求，都是聆儿安排什么，他都颔首接受。聆儿曾跟阿南笑言：“小公子太省心了，他常常坐在那儿看书，奴婢都不觉得旁边儿有人。”

阿南这个同母异父的弟弟，是极为懂事的。除了早晚向阿南请安，以及去尚书房听先生授课，其余时间，便是安安静静坐在偏殿念书。悄若无人。

今晚，他像是有重要的话要与阿南说。“南姐今天一定是受了极大的委屈。”他关切道。

阿南轻声道：“你还小，不必担心大人的事情。”“南姐，臣弟……”他似乎很纠结，且已经纠结许久了。

“有件事，臣弟一直犹豫要不要告诉你。臣弟……不想多嘴多舌，说人是非。也怕自己一叶障目，误导了南姐。但，又恐南姐你被人蒙蔽……今日看到南姐这般伤心，想着，定然跟后宫的人有关，所以，想来想去，还是决定告诉南姐……”

阿南将他带入内殿，只余他们姐弟二人，方道：“你不必有顾虑，尽管说。”

“几个月前，臣弟下学的路上，看到宛妃去了一趟文茵阁，还有一个妇人，年节里命妇来凤鸾殿跟南姐您请安时，臣弟见过她一回。”

“是谁？”

“孔良大人的夫人窦氏。”

窦华章？阿南的眉深深地皱了起来。

“慕儿，你可有看清？”

“臣弟看得很清楚。她穿着一身墨绿色的袍子，满头的珠翠。笑起来，眼睛弯弯的。”

余慕描述的外貌，俨然窦华章就在眼前。窦华章素来跟文茵阁无丝毫瓜葛，宛妃更是与刘芳仪打了数次嘴仗，她们俩去文茵阁做什么？

余慕道：“还有……关于小严娘娘……”阿南眉心又是一跳：“蒹葭院那位也与她们一起？”

余慕摇头道：“不是。数日前的晚上，臣弟在榻上难以成眠，便起身到御湖旁走了走。那晚月色好极了，御湖边还有许多的萤火虫。臣弟看见小严娘娘跪在芦苇丛深处，双目紧闭，念着求子经。过了会子，她起身，似拿铲子在土里挖着什么，口中喃喃说着什么，那些话乡音甚重，唯有两个字，臣弟听得清，药引。”

阿南低头思忖片刻，看向余慕道：“南姐知道了。你去歇息。南姐还是那句话，大人的事，你不必操心。快快乐乐的，就好。”

余慕走到阿南身边，蹲下身来，将脸靠在阿南的膝上，来回蹭了好一阵子，才恋恋不舍地去了。

阿南起身，打开内殿的窗户。

夜来南风起。她忽然觉得，中宫四面楚歌啊。

那个梦魇清晰地在她眼前。剑刺穿她的喉咙，血啊，如雨磅礴。

聆儿走了进来。她知道阿南怕黑，见她一个人在内殿默默待了这许久，便多提了几盏灯进来。聆儿这位掌事宫女对阿南的体贴，是时时刻刻的。

“娘娘，今日，宛妃果真翻了您放在软榻上的古籍。小良子说的。小良子那会儿爬到树上，拿竹竿捕蝉，从高处恰好瞧见了。宛妃当时还环顾了一下四周，屋里没人。”

“想来，她已经看到那封信了。”

聆儿点头：“是。小良子说，她走的时候，失魂落魄的。娘娘——”聆儿想了想，还是开了口：“宛妃到底是会因此感激您，还是会因此误会您呢？”

若阿南方才没有听到弟弟余慕说的那番话，她会坚定地认为是前者。但阿南一想到宛妃私下里去找刘芳仪，对宛妃便没了底。

她是否知道了当初自己流产的真相？她是否以为阿南留着这封漠北揭发她父亲的信函是想拿捏她？她是否误会阿南有歹意？她是否早已倒戈？严湄口中的药引是什么？阿南有一堆的疑问。

突听外头内侍报着：“宛妃娘娘到——”阿南和聆儿彼此对视了一眼，心领神会。不过是一霎，阿南收拾了神色，如常走了出去。

宛妃请了安，面带关切问：“娘娘您今日去了蒹葭院，圣上无事吧？”阿南掸了掸凤袍上的灰，缓缓坐下，说道：“无事。是那小内侍小题大做了。”

宛妃道：“那狐狸精天天儿地把着圣上，不知道自个儿几斤几两。娘娘您说，他爹不是官场上有名的大清官吗，怎么会有这样的狐媚女儿？难道是他娘品行不端吗？臣妾可是听说了，他爹那人，头巾气重得很，迂腐腾腾的。府中事务尽交予夫人。”

聆儿递了杯水给阿南。阿南不言语，轻轻地吹着杯中水。

宛妃压低了声音：“臣妾打听了，她才不是魏氏的女儿呢。她的亲生母亲柳氏，是平妻过的门。严瑨的原配夫人魏氏，是严瑨微末之时娶的，早年便中风瘫痪在床，无儿无女的。好些年，人们都不知晓，只知柳氏这么一个严夫人呢。娘娘您说，什么叫平妻？礼法上，平妻说到底，在原配面前，就是个妾罢了！只是灯笼壳子，外头好看。她怎么就能那么厉害了？把原配的风头盖得死死的。依臣妾说，这狐媚子就肖她娘！心大！手狠！”说到那句“盖住原配的风头”时，宛妃看了看阿南。

阿南轻轻咳了一声：“她现今在圣上跟前儿没有错处。”

是啊。无论多少人讨厌严湄都没有用，最要紧的，是圣上对她的态度。阿南的话，简短，却直击要害。

宛妃意味深长地笑了笑：“臣妾就不信她没错处。”阿南喝了口杯中的清水，平静地看着她："妹妹今夜来，是特意来说严芳仪之事的吗？"

"不。"宛妃忽然跪在了阿南的面前，"娘娘恕罪。"

阿南淡淡地笑了笑："妹妹何罪之有？"

这一刻，宛妃离她很近，她闻见宛妃身上淡淡的酒味儿。她是在自个儿宫中喝了不少酒过来的。

"今日，您去了蒹葭院，臣妾私自看了您古籍中的信函。臣妾不是有意的，就是看到关于父亲的内容，好奇，没忍住。臣妾起誓，臣妾的父亲真的不是那样的人。父亲出身草莽，死人堆儿里打出来的荣耀，心里想的总是报效朝廷，怎么会通敌呢？臣妾想，娘娘您肯定也是不信的。圣朝与漠北战事胶着，有人不过是想离间父亲与圣上罢了。娘娘您肯定明白，才没有把此信交予圣上。臣妾给您磕头，领您的这份情，也向您坦白臣妾偷看信函的罪过。"

阿南唤聆儿将那封信函拿过来。

"本宫当然相信胡将军的忠心耿耿。之所以没有销毁这封信，是想着，日后或可做个线索，查出别有居心的挑拨之人。本宫也没有刻意瞒你。你性子暴躁，且现今养着询儿操劳得很，本宫不愿你因为娘家之事过分忧心。既你知道了，本宫便将这信函交予你。不论你想如何处理，都行。"

宛妃接过信函，感激地看着阿南。两个女人对视一眼，那是极为复杂的一眼。她们都是聪明的女人，她们在一瞬间领悟了，对方什么都知道了。知道了所有的一切，好与歹。

她们用眼神无声地做了抉择。

阿南知道，从今晚开始，宛妃才彻底地与她站在一起，毫无芥蒂地与她站在一起。

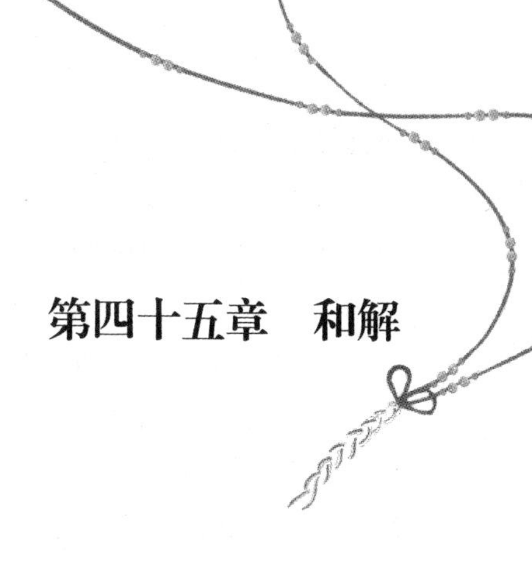

第四十五章　和解

宛妃杜鹃色的衣裙在夜色中走远的时候，聆儿长长地舒了口气。

“娘娘，奴婢吊着的一口心哪，总算是落了地。”

阿南将水饮尽。

夏夜，点点生辉的星星耀眼极了。那光芒如同一块纱，从天上罩下来，铺到人间。南风徐徐吹来，凤鸾殿庭院那一排松柏上，飞来许许多多的萤火虫。猛的一看，似乎就连世上最孤直的松柏，也开了花。

阿南瞧着那松柏之上难得一见的依偎，缓缓道：“宛心是个至为明白的人。她跟祥妃、刘芳仪她们不同。她与本宫都没有一个富贵温柔的童年，都未曾被捧在手心。”

聆儿若有所思地点点头，旋即笑道：“娘娘的用意真妙。您怎么知道那信函，宛妃就一定能看到，又怎么知道宛妃一定来找您坦白呢？”

阿南摇摇头，看着窗外：“那信函若是放得太明显，一看便是有意为之，她肯定能看透。本宫将她放在自个儿素日看的古籍中，半遮半掩，本想经华乐的手，无意中巧妙泄露给她。可是，连本宫都没想到，蒹葭院来了这么一出，本宫脑子一片空白，突然就离了这里。情真意切，反倒更真实。”

“您为何不一开始直接递给宛妃呢？”聆儿问道。阿南轻声道：“那样就纯粹是利益交换了。本宫坚信，两个人要想携手同行，除了利益，一定是有一些别的东西。温情的东西。你看——”

她伸手指了指庭院：“就像松柏与萤火虫。”萤火虫围绕松柏，松柏让萤火虫落脚。它们在这个夏夜，彼此照亮，彼此温柔。

除此，还有一个原因。是来自阿南与生俱来的缜密，她若直接当面将信函交予宛妃，宛妃的反应未见得是发自内心的，可能是虚与委蛇，可能是就势为之。

她与宛妃之间有一个难迈的沟壑，便是她曾下手除去宛妃腹中的胎儿。有此冤劫，她不能完全确定宛妃的投诚是否真心。

而让宛妃以为自己是无意中看到的信函，宛妃便有了一个抉择的机会。这个抉择是背着阿南的，发自肺腑的。

聆儿道：“娘娘，若宛妃未对您坦白，反而暗地里对您心生戒备呢？”

“那，本宫心里也确定了，日后在这宫里，多了一个敌人。”

这个沟壑，总是要迈的。阿南心里再清楚不过了。

虽然宛妃早早地表明了立场，要与中宫站在一起。不论是忠才人事件、还是假严妃的换婴事件，后宫的风霜雨雪，她都与阿南齐心渡过。但是，午夜梦回，阿南担心过好多次，宛妃若是知道自己是害她孩子的凶手，会怎样？她还会如杜鹃一般，红红火火地在凤鸾殿常开吗？她还会是华乐最喜欢的宛娘吗？

遥记正月里一个午后，宛妃在庭院教华乐拉小弓，一个小宫人拍马道：“宛妃娘娘真英勇。三皇子日后肯定像您！”旁边一个嬷嬷立刻对那小宫人使眼色，将她拉开了。小宫人显然是新入宫的，不知三皇子并非宛妃的亲生儿子，而是养子。

宛妃有一霎的失神。若她有个亲生孩儿，会是什么样子呢？

阿南看到了宛妃的失落，虽然宛妃很快用爽朗的笑盖住了失落。

宛妃当然是在意的。今日余慕跟阿南说的那番话，不过是证实了阿南的猜想。那刘芳仪，素来脑子简单，且看热闹不嫌事大。她若知道点什么，焉能有不吐露的道理？

宛妃去过刘芳仪处，知晓了自己的失子秘密。她曾经摇摆过，但她几番思量，还是选择了与阿南继续相伴。

她愿意相信阿南对她用了真心，愿意相信阿南肯为她担当，愿意相信阿南曾经做过的那件事有某种隐秘的、不得已的苦衷。

宫苑森森，长日寂寂，比起与刘芳仪那样的人为伍，宛妃更愿意站在这个冷静的皇后身边。

她见过皇后那看似面无表情的面孔下倾泻的善意与关怀。那份善意与关怀让替嫁进宫的庶女胡宛心本能地依恋、倚赖。

还有华乐。华乐是多么可爱的孩子啊，孩童的感情真挚且热烈，那一声声的“宛娘”喊到了胡宛心的心里去。

她就喜欢给华乐做小衣裳、做弹弓、捏面人儿。有时候，甚至比对三皇子都上心。

胡宛心坐在宛欣院，喝了一下午的烈酒。她看着从家乡山高水长运到上京的杜鹃，痛哭一场。许多个日月累积下来，连她自己都没想到，原来，这几年，她一直在内心中把那个不苟言笑的邹阿南当成了姐姐，把华乐当成了自己的孩儿。她连设想一下与她们为敌，都疼痛难当。

伤害是真实的，可温暖也是真实的啊。

终于，胡宛心在眼泪中与自己和解了，亦与阿南做过的是非和解了。

这个沟壑迈过了。

六月的末尾，孔灵雁偶染风寒。窦华章身为亲嫂，进宫探望小姑子。

窦华章从雁鸣馆出来，便被一个嬷嬷拦住。嬷嬷不卑不亢地行了礼，道：“孔夫人，皇后娘娘有请。”

窦华章眼神里闪过一丝心虚，但仍强撑着笑道：“您老可知，皇后娘娘唤臣妇做什么？”

嬷嬷的一张脸看不出一丁点儿端倪：“您去了就知道了。”

凤鸾殿。阿南在檐下喂鸟。窦华章忐忑地行过礼，站在一边。阿南好一会子不吭声，气氛尴尬得很。

窦华章笑了笑，无话寻话道：“皇后娘娘养的这是什么鸟？怪好看的。”那鸟身上的羽毛好看极了，色彩华丽，且动作活泼、姿态优美。

阿南笑了笑，唤道：“聆儿，将这笼子鸟拎走吧。跟内廷监说，以后此鸟不必送来了。”

窦华章听了这话，就像吞了一大口辛辣之物，脸上火烧火燎起来。

阿南笑向窦华章道：“孔夫人有所不知，此鸟名唤相思。虽羽衣艳丽，但鸣啭单调，不好听，虚而不实，徒有其表。比起画眉，差远了。”

聆儿拎着那鸟笼，边走边骂鸟：“呸！同样是长着一张嘴，怎么你就不讨皇后主子喜欢？怎么你就不识眼色？早知闭嘴倒是好多了！”

小宫人端了盆热水来。阿南洗了洗手，淡淡道：“孔夫人，你可知现今宫中炙手可热的严娘娘因何得宠？”

窦华章一点点悟出了阿南话里的意思。她忙低头道：“宫……宫闱之事……臣妇如何能知晓呢……”

阿南笑：“本宫常常觉得好奇，严芳仪乃外官之女，久居两广，如何能知上京中的许多事呢？沈清欢的歌，沈清欢的曲，她皆了然于胸。孔夫人——”

阿南看着窦华章：“你觉得这是怎么回事呢？”

第四十六章　硬茬

窦华章眼神飘忽道：“京中人多口杂，想打听些事，还是容易的呢……皇后娘娘您有所不知，由于沈家清欢一直待字闺中的缘故，这几年，议亲议了好些回，上京中的公子哥儿有不少登门的，没有一个得了好脸儿。难免……难免对她有些微词，故而，故而传出些谣言来……想来，也是情理之中……”她越说越混乱，离题远矣。

阿南在檐下一张竹椅上坐下，笑了笑：“谣言？几时谣言也能传得这么细、这么真了？那严氏竟像是对圣上与沈家小清欢的那段往事了如指掌一般。本宫这几日竟茫然有种幻觉，那小黄莺又飞回了宫，飞回了蒹葭院。可惜啊，可惜。”

阿南摇摇头：“可惜，此小黄莺非彼小黄莺，霎时，在本宫的眼前，变成一只吃人肉的秃鹫。那秃鹫满嘴的血，孔夫人，你说，是谁的血？”

窦华章六神无主，她恐惧又茫然，似乎现下在这里站着的每一霎都是煎熬。

“臣妇不知娘娘说的是什么……”她只是不想让皇后好过。她曾经从孔良素日最爱看的兵书里翻到一张字帖，那字帖有些泛黄了，显然是有年头了。字帖上是一首诗：北山有芳杜，靡靡花正发。未及得采之，秋风忽吹杀。君不见拂云百丈青松柯，纵使秋风无奈何。

那字体清雅中带着苍劲，落款是皇后的闺名：邹阿南。

一张旧字帖，孔良像宝物一样珍藏若许年。窦华章心中长久的猜测在这张字帖上得到了某种酸涩的证实。

拂云百丈青松柯，纵使秋风无奈何。邹阿南以诗明志，做人莫如花一样脆弱，易摧毁。而要像青松一样坚韧挺拔，傲立风中。

难道她这棵松柏就是这样给人添堵的吗？

凭什么呢？凭什么邹阿南什么都有。中宫的凤位、母仪天下的尊荣，还有别人丈夫一颗暗慕的心。

窦华章为自己不值。她与孔良是表兄妹，自小订亲。可到成亲的时候，他百般推诿，伤透闺阁女儿家的颜面。后来终于娶她过门，却像是交差一般。当值的时候，在宫中忙碌便罢了。她窦华章是世家小姐，不是不明事理的人。可是，不当值得时候，他也常常去往宫中忙碌。

他给圣上办差，给皇后办差，似乎有办不完的差。

那年，她往中宫送一盆红梅的事，府中丫鬟不留神说出，被他知道了，发了好大一通脾气，他说她给他添乱。她委屈极了。那时，他口中的言辞十分冠冕堂皇，她便不好说什么。

而今想起，或许他在乎皇后的感受甚于在乎她的感受吧。可她才是他的妻啊。

纵便他与邹阿南曾经相熟，又一起在尚书房念过书，那又怎样呢？

使君有妇，罗敷有夫，便不该再有任何念想啊。窦华章任性地将那张字帖点火烧了。

孔良发现后，面色如同数九的隆冬。他质问她："你翻我的东西了？"窦华章心慌却嘴硬道："是的，翻了。我是你的夫人，你的东西，便是我的。我翻我自己的东西，如何？"

孔良紧抿着嘴唇，盯着她看着好一会子，终究什么话都没说，转身离去。

他的沉默伤着了她。越是这样，越说明他心虚，不是吗？

在他走到门口的时候，窦华章冷笑道："表哥，你也不用甩脸色给我看，你心里想什么，我知道。呵，你从前一番苦恋，被人家踩在脚底下。现在又何苦去捧臭脚？什么松柏？说得倒好听。依我看，就是红杏！这颗红杏长到了咱们孔府墙里头了！"

孔良的脸色苍白中带着青紫，他猛地捶了一把门框，血流了下来。窦华章吓了一大跳，连忙唤丫头请大夫，她哭道："表哥——"

孔良一个字一个字地说："华章，你刚才那番话会害死我，害死整个孔府，甚至连累宫里的祥妃娘娘和诜皇子，你知道吗！我对你只有一个要求，莫要添乱！"

他拂袖而去，手上的血滴下，顺着他的脚步，在地上画出一条断断续续的线来。

窦华章隔着泪眼看着那条线，心头越发难受。为什么她不管离他有多近，都感觉他离自己那么远？为什么她婚后的生活，与她设想的全然不同？

当幼年倾慕的表哥变成她的丈夫，她没有得到缱绻，没有得到柔情，得到的只有"孔夫人"这个干瘪无力的称谓和一个四季忙碌的身影。

这不是她想要的啊。她把这笔账全部算到了邹阿南的头上。那个头戴凤冠、身披凤袍的邹阿南，在窦华章的咬牙切齿中变得越发面目可憎。

眼下，阿南瞧着失措的窦华章，用手指轻轻敲打着竹椅，语气和软下来："孔夫人，有些话，本宫当对你说——"

“圣上、本宫，还有清欢，与孔大人皆是从前学堂里的旧识，总角之年，颇有交情。至今，本宫与圣上，不仅视孔大人为臣，也视他为友为朋。自然，也视孔夫人你与旁人不同。你是孔家的命妇，成亲四年，无有子嗣。你最应该想的，是如何夫妻和睦，绵延子嗣，而非被别有居心的秃鹫蛊惑。届时，得不偿失啊。”

阿南站起身来，从一旁的矮桌上拿起一本书，递给窦华章：“孔大人喜欢岑嘉州的诗，喜其风格奇峭，词采瑰丽。孔大人亦喜对弈，至对方无子可落，方喜上眉梢。孔夫人，本宫相信你，你有与孔大人表兄妹的情分在，只需稍加用心，便能走到他心里去。”

阿南遂又坚定地说了四个字：“事在人为。”

窦华章抬头看了看阿南，接过那本书。

阿南将她的手握了一握：“本宫愿孔夫人早日心想事成。”

窦华章怔怔地行礼跪谢，退去了。临走前，跟阿南说：“皇后娘娘既喜画眉，臣妇改日往中宫送一笼上好的画眉吧，臣妇听说，天下画眉，以云贵为最佳。”

阿南颔首：“不必了。孔夫人的美意，本宫心领。能得到孔夫人的好消息，便是本宫最喜悦的。”

窦华章从宫中回府的马车上，恍了一路的神。她不知道自己心头的乌云是否能拨得开。

窦华章做了刘芳仪的棋。刘芳仪却是做了严芳仪的棋。两人忙忙活活的筹谋，都是为蒹葭院做了嫁衣裳。

这一点，阿南看得透。可怜之人，必有可恨之处。刘芳仪进宫几年，频频惹祸，不得圣心。若非成灏看顾着她父亲刘存的脸面，说不定从她半夜请方士进宫作法那回，就将她贬斥到冷宫去了。尔后，她又卷入假严妃腹痛的事件中。虽那事查清了，与她无关。但她吵吵嚷嚷的那一出，令成灏大为不喜。

刘芳仪不经意碰到真严钰，起了搅浑水的心，细细指点她入宫。可她哪里知道，她以为自己握住了严这一张牌，可在严眼里，她上了钩，成了铺路的石子，还是开开心心、自愿铺路的石子。

刘芳仪以“扳倒皇后”为诱饵，从窦华章处得到许多宝贵的信息。

窦华章吗，深恨阿南，小姑子孔灵雁虽也在宫里为妃，可古板得要命，别说帮她出气，一听她开口讲皇后的坏话，连忙制止她，劝了声“嫂嫂慎言”，便敛了口。小姑子根本指望不上，刘芳仪却主动帮忙，一番话说到窦华章心里去。窦华章便将一肚子的苦水倒给了刘芳仪。几年来积攒的苦闷，沤得馊了，文茵阁全接了。

窦华章深深以为刘芳仪是知己，问什么，便说什么。

严芳仪得宠后，表面上看，投桃报李，在成灏面前拉扯了刘芳仪，成灏往文茵阁多走了两趟。但实际上，严芳仪只是想长长久久地利用刘。并且刘与窦的私下来往，严从不参与，把自己摘得干干净净。

阿南知道，这回碰上的，是硬茬。

顺康十七年八月底，上京初入秋之时，镇南将军胡谟终于传来一个好消息。他与二公主的丈夫天启联手，生擒了吉日格勒。

成灏接到来函，仰头灌下一壶的花酿，说了声：“好。”

顺康十七年九月初，局势暂稳之际，二公主成炘携子归宁。

第四十七章　归宁

一场雨罢，上京凉了起来。宫苑中落英的脉络里浸染着山山水水、更深露重。

九月初九，是成灏的生辰。万寿之节，阖宫喜庆。内廷监掌事林观提前三日便指挥着宫人内侍们将各处都挂上红绸，回廊里、宫道上、御湖边，皆摆上一盆盆的花开富贵菊。

司乐楼中，传来动人的曲子。宫人们皆知，严芳仪为圣上精心筹备了舞曲做万寿节的礼物，已经在司乐楼紧锣密鼓地练了好些天了。

九月初八那日下午，成灏坐在乾坤殿批阅奏章，突见小舟满脸喜气地跑了进来。

“圣上，宫门口儿的侍卫接到头马快报，二公主的车马已至京郊，用不了一个时辰，便要进宫了！”

“是吗？”成灏放下手中的笔，站了起来，眉开眼笑。御笔朱批的奏折因为他的突然起身，最后那一撇划得格外长。

二公主成炘远嫁漠北数载，成灏许多次在宫廷佳节欢庆之日想象过与二皇姐重逢的情景，想起小时候二姐哄着他、纵着他的那一幕幕。柳絮飞入他眼中，母后、嬷嬷，谁来都不行，一定要二皇姐给他吹，他才肯。

小舟是从小儿服侍成灏的小内侍，他对圣上与二公主的姐弟情格外清楚。此刻，他咂摸着嘴说道：“圣上，您要不要出宫迎一迎二公主去？还有您那未曾谋面的外甥孟和小王子？”

“当然！二皇姐归宁，岂有不迎之理啊！”成灏大踏步地往门外走。

走到檐下，他似想起什么，忽然停住脚步：“小舟，你吩咐鼓乐吹笙的仪仗先行去宫门口，孤去凤鸾殿，唤皇后同去——”

中宫是离乾坤殿最近的地方，不多时，成灏便到了。走到庭院里，忽然从天而降一个硬物，好在成灏习过武，身手敏捷，飞身一跃，手握住那硬物。原来是一颗鸟蛋。

一阵童稚的笑声。成灏抬头，见华乐坐在树杈掏鸟窝呢。

成灏宠溺地摇摇头。这个大女儿越大越调皮，比男孩子还要淘气。弟弟成诜在她面前素来唯唯诺诺的。

“铣儿，树上危险，下来吧——”成灏唤了一声。华乐笑嘻嘻地，敏捷地从树上下来，扑到成灏怀里：“父皇，好些日子没见你了！你不想儿臣、不想母后吗？”

成灏略失了失神，便笑着摸了摸华乐的脸，道：“漠北战事胶着，前朝许多烦心事，父皇太忙了。现在事情逐渐明朗，父皇的心放下些，会常来看你的。”

华乐用手扳着成灏的脸：“母后很想你。她亲手做了很多花酿，可她没有往乾坤殿送。”

女儿话如同沾了糖水的荆棘，从成灏的心口划过，一时之间，又甜又疼。

皇后是个寡言的人。“想”这个字，她是绝不会从口中说出来的。她永远都是清癯、孤直的模样，一如她种的那些松柏。

自从六月间，在蒹葭院，成灏打了她一巴掌，两人之间仿佛隔了一堵冰墙，一旦走近，那冰墙便森森地冒着寒气。

七月间，三皇子闹了场小病，成灏去宛欣院看望，恰阿南也在。两人打了照面，客客气气的，似乎谁都不知道往前的那一步该怎么走。

成灏想，只要她说一句和软的话，他一定顺着梯子便下来了。可是，她没有。她得体地跪安告退。成灏看着她瘦削的背影，默默无言。

成灏知道，他当着妃妾的面打她，伤着她的心了。她也在等他的一句话。

可，他……哎，他亦说不出。

两个多月了，阿南就像从他生活中骤然抽离的某种习惯。纵有蒹葭院的莺歌燕舞在侧，亦似觉得，少了些什么。

成灏抱着华乐往内殿走。秋日的风啊，几分清凉，几分萧瑟。

成灏闻见熟悉的崖柏香。

内殿，一张大大的画布摊开在墙上，阿南执笔，正在作图。那图颇为宏大，已完成十之七八，上头有州郡、有河流、有山脉、有藩国。成灏对此再熟悉不过了，这是圣朝的舆图啊。

他注意到，她正在画西北角的漠北，一笔一笔，那么认真。旁边有几行小字：顺康山河锦绣，四海升平君贤。丹青照汗明月，落笔风雷苍然。

听见脚步声，她回头，似乎看见成灏让她很意外，怔怔的，竟忘了行礼请安。

成灏喉头有千句的话，脱口而出的，却是一句淡淡的话：“皇后画得不错。”华乐笑嘻嘻地唤：“母后，父皇来看咱们了。”阿南手中的画笔无处安放，她跪在地上，说了声：“圣上万安。”

成灏走近那图，念着那图上的小字。眼前那壮阔的场景，似乎每一笔都在告诉成灏：她心里有他，有他的山河。

“你画了多久了？”

阿南轻声道：“数月了。”这数月的孤寂里，她伴着墨香，画着一寸寸的江山。

他看着她，说了声：“孤想喝你做的花酿了。”这句话里隐藏的意味，她听懂了。“臣妾去拿。”她起身，面色无波。仿佛，昨日他刚刚来过。

成灏拉住她：“先同孤一起去宫门迎二姐，她快要到了。”

“嗯。”

成灏抱着华乐，阿南跟在身后。

九月的日头落在他们的身后，柔和而瑰丽。

宫门口。

漠北的马车由远及近，最终停下。

乐声响起，整齐划一的侍卫们高喊着：“恭迎安公主归宁。”

成炘身着漠北王妃的袍服，牵着她的儿子下了马车。由于还在婆母丧期，她袖口处仍别着一朵白花。

她看着上京秋日的天高云淡，看着熟悉而久违的宫廷，看着越来越成熟的弟弟，看着弟弟怀中的小女孩，眼泪淌了下来。

“灏儿——”她唤了一声。转而，又觉得不合规制，行过礼，以“圣上”呼之。

成灏忙搀起她。

阿南道：“二皇姐好。”

华乐乖巧地随母问好。成炘摸了摸华乐的小脸，含泪带笑：“邹家的小阿南，长大了。穿着这凤袍，皇姐险些没认出。孩儿如此可爱，酷肖圣上。时日过得可真快啊。”

她用手比画着，遂吩咐儿子道：“给舅父、舅母磕头。”那小王子孟和，忙从母命，礼数一丝不差地跪在地上向成灏、阿南请安。

成灏挽着成炘的手：“二皇姐一路辛苦，回宫安歇吧。”成炘笑道：“紧赶慢赶，就是想赶着圣上的万寿节，可算是赶着了。从前，圣上每次过生辰，都要吃一口皇姐煮的面。今年，皇姐再给圣上煮一碗。”她哄着弟弟的口气，犹如稚时。

一行人往宫内走着。成炘边走边叹，行至乾坤殿，她忽然停住，瞧着里头，眼泪汹涌起来：“此处依稀母后在时。”

这殿宇，这宫墙，这浮在鼻端，隐隐的桂花香。她想起她远嫁前，母后就是坐在乾坤殿中处理政务，数十年如一日。

那许许多多母后庇护的岁月，在成炘心口漾着。别时闺阁女，归来他人妇。她伏在弟弟肩头，哭了一场。

孟和睁大眼，好奇地看着母亲，似乎不明白，为什么到了中原的宫廷，母亲的眼泪这般多。

成灏道："给二皇姐安置的居所，便是二皇姐未出阁之前的闺房。"

成炘点头："甚好。"

晚宴。

司乐楼。

成灏右手坐的是成炘母子，左手依次是：阿南、祥妃、宛妃、刘芳仪、严芳仪。另有嬷嬷们携着皇子公主们在侧。后宫诸人皆在。

成炘一一命身旁的仆妇送上从漠北带来的礼物。给阿南的，是一颗硕大的珍珠，尽显中宫华贵。给孔灵雁的，是一幅金丝百子图，恭贺她儿女双全。给宛妃的，是一张大漠最上等的狼弓，配她的英武。给刘芳仪的，是一盒雪莲制成的膏，于驻颜有益。

到了严芳仪，成炘笑着看着她。众人猜测着会是什么礼物。只见仆妇拎上来一只小笼子，笼子上盖着绒布，一时竟不知里头是何物。

第四十八章　鹦鹉

严芳仪看了看那笼子，甜甜地笑笑，俯身道了谢，命身旁的侍女将笼子收下。

宛妃本是在一旁把玩着她新得的那把狼弓，口中啧啧称赞。见此情景，她凑趣道："怎么？小严妹妹不打算瞧瞧安长公主送了什么宝贝给你吗？"

严芳仪笑得柔顺轻缓："瞧宛姐姐说的，安长公主的心意，不拘是什么，都好。难道咱们还有挑剔的理儿不成？"

宛妃似乎是习惯了严芳仪话里的软刺儿，她并不在意，直剌剌地走过来，一副玩闹的口吻道："话虽如此，但后宫诸姐妹的礼物都是打开的，唯独小严妹妹你的礼物是遮上的，姐姐好奇，偏想看看——"

她出其不意，伸手一把扯掉那绒布。只见小笼子里装着的，是一只小小的鹦鹉和一支精美的珠钗。那鹦鹉似乎是很擅于叼着珠钗戏耍，璀璨的珠钗衬着鹦鹉的毛色，相得益彰，煞是鲜丽。

阿南看到那鹦鹉，乍一想到的是清欢。难道二皇姐借着鹦鹉暗讽严芳仪处处模仿清欢、鹦鹉学舌？

很快，她便否定了这个念头。一则，二皇姐素来不是这等刻薄之人；二则，现今严芳仪圣眷在身，二皇姐不会无故伤着她的体面。

阿南看了看二皇姐。成炘只是瞧着严芳仪，浅浅地笑着。

阿南明白了，这鹦鹉，这珠钗，一定有更深一层的含义。

刘芳仪不知看出了什么，欲解围，话说出口来，却词不达意。"安长公主送此礼真是妙极，严妹妹正是如鹦鹉一般巧语玲珑。"

成灏瞧了刘芳仪一眼，说了声："清漪，今夜杏酒清冽，你可多饮几杯。"

他在告诉她要少说话。刘芳仪连忙敛了口，不再言语。

那鹦鹉环顾了一周，突然将视线落在严芳仪的脸上。鹦鹉唤了声："美人——"开口说话，嘴巴张开，珠钗落下。

成灏伸手将珠钗拿起，递与严芳仪手中："这珠钗甚美。明日你歌舞之时，戴上它，正好儿。"

严芳仪谢恩，轻声道："是。"尽管严芳仪的仪态一直得体，阿南还是闻出了些不寻常的气息。自那鹦鹉出现在众人视线中之始，严芳仪便一直低着头。

她的神情无从探寻。没有人知道，她眼波中涌动着什么。

成炘笑着，开了口："严芳仪姿容娇艳，便是连鹦鹉也以美人呼之。"

严芳仪忙又俯身道："安长公主过奖了，臣妾惭愧。"成炘伸手扶她，边扶，边说了句："严芳仪看这鹦鹉可觉得似曾……"

话还没说完，只听"唉哟"一声。原来，严芳仪起身时突然晃了晃，步子没站稳，摔了一跤，脚崴了。

严芳仪急得眼泪都淌下来："圣上，臣妾筹备了好久的舞曲，准备明日万寿节上献给圣上的……这可如何是好……"

成灏命小舟道："传华医官来——"

须臾，华医官来了。为严芳仪诊治后，道是轻伤，无碍。见严芳仪面有不适之状，遂又按旧例，请了请脉。

这一请脉，可了不得。华医官顿时跪在地上："恭喜圣上，贺喜圣上，严芳仪娘娘有龙脉之喜啊！""哦？当真？"成灏眉梢浮上笑意。

当日，他给皇长子取"诜"字为名，便是希望子嗣众多，香火昌盛。这几年，宫中降世的皇嗣并不是很多。成灏一心想有太祖时期龙脉繁荣的盛况。

华医官道："千真万确。龙胎初初上身，脉象隐约乍显，严芳仪娘娘暂还未有妊娠反应。还需些时日，脉象才会清晰稳固。"

成灏看向严芳仪，叹道："现在看来，今晚发生的一点小意外是幸事。不然，你竟还没察觉腹中有孕呢。蹦蹦跳跳，甚是危险。明日之舞，免了吧。你的心意，孤领了便是。你好好养胎，来日顺利生产，便是对孤最好的庆贺了。"严芳仪面带羞涩道："臣妾都听圣上的。"

在场的人们各怀心事，但面儿一片喜庆，皆俯身道贺："恭喜圣上，恭喜严芳仪。"

乐声起。伶人奏的是《嫦娥调》，衬着宫廷的秋月，格外应景。

成炘从听到严芳仪有孕的消息后，面色变得复杂起来。她伸箸，夹了一块醉鹅到儿子孟和的碗中。

成灏似想起什么，问道："方才，二皇姐想说什么来着？"严芳仪低着头，轻轻抚摸着小腹，用锦帕擦着嘴。成炘放下箸，想了想，笑笑："无甚。不过是想起香山居士的一句诗，安南远进红鹦鹉，色似桃花语似人。"

成灏点头笑道："二皇姐还如从前一般喜诗好赋。"

姐弟俩随即聊起从前看的一些书籍。回想起成灏会的第一个字，乃成炘所教。

忆起往昔，两人各自叹了一回。成灏握着成炘的手，道："前阵子，孤几次三番遣孔良去漠北接二皇姐，二皇姐一直推辞，孤这几个月为二皇姐的安危日夜悬心。"

成炘正色道："自婆母漠北王逝世，漠北一直乱糟糟的。狼子野心之人，蠢蠢欲动。夫君日夜枕戈待旦。皇姐当日出关远嫁，既是圣朝公主，亦是漠北王妃，当心系两邦。危难之时，不离夫君。安然渡险，不忘母朝。方不负当日母后送嫁之苦心，亦不负联姻公主肩头之责。此次皇姐归宁，一则为解思亲之苦；二则，也是让朝野、让天下人瞧瞧，漠北正嫡王帐一脉，对圣朝忠心依旧。待夫君天启平定内乱，两邦和睦依旧。"

成灏点头道："二皇姐深明大义。"

晚宴毕，成灏亲自送成炘至下榻处，又命老仆妇们送上许多保存完好的旧时之物。

这厢，阿南牵着华乐回凤鸾殿不久，宛妃便来了。

九月肃霜，上京的夜晚凉飕飕的，宛妃穿着杜鹃色的披风，走入殿来，便裹挟着一丝黄叶凝露的气息。

"皇后娘娘，您有没有觉得，安长公主送给那狐狸精的鹦鹉大有文章？"宛妃说道。

阿南点了点头。宛妃压低声音："臣妾留了个心眼儿，那会子宴席散了的时候，命小宫女翠喜偷偷跟着蒹葭院那拎着鹦鹉的小内侍一路，翠喜说，那鹦鹉嘴里在念诗。您想想，鹦鹉哪里会念诗？不过是学舌呢。"

"什么诗？"

宛妃道："翠喜那丫头甚是得力，一个字一个字地给记下来了。臣妾念给您听——"

"沉舟意不佳，北望是天涯。可怜淮河畔，朝暮歌阑罢。"

阿南沉默。她眼前闪现出成炘那欲言又止的脸。

严芳仪的这一胎来得真是时候。成炘一向是个大局为重的人，便是有话想说，念及稚子无辜，龙胎的来日，亦会将话沉到肚里，不与人言。

宛妃道："臣妾猜啊，那鹦鹉不出三日，便会因一处意外死在蒹葭院。祸从口出，不仅是人，禽畜也如此。"

当初，杨乐久言称，剑宗一行人在淮河畔得手。也就是说，严芳仪奉旨进宫，在淮河遇难。而鹦鹉念得那首诗中，赫然带着"淮河"二字。

巧的是，阿南记得，刘芳仪的父亲刘存因有治理黄河水患的经验，顺康十六年，淮北河沟淤阻，宣泄不畅，两岸百姓深受其苦，年事已高的刘存，义不容辞，领圣命前往淮河治患，外放为官近两年。

淮河。为何如此之巧。

严钰搭上刘芳仪到底是不是偶然？果真如她所说，乃辗转至上京，拦轿偶识吗？

严钰进宫那日，阿南曾命内廷监的宫事嬷嬷给她验过身，她的守宫砂仍在。那句“可怜淮河畔，朝暮歌阑罢”，究竟是何意味？

阿南沉思着。宛妃道：“狐狸精现今有了孕，娘娘您可跟圣上提议，许她的家人进京探望。臣妾想瞧瞧，那狐狸精的家人是个什么样的光景？那声名在外的清官严大人，那平妻治家的柳氏夫人……啧啧，臣妾好奇得很。”

第四十九章　宴饮

阿南用银针将灯芯拨了拨，殿内愈发亮堂起来。

宫中有孕的妃嫔许母家进宫，原是常事。但外官，还是罕有得很。且两广至上京路途甚远。

宛妃悄声道："皇后娘娘，您说，这个严芳仪会不会不是真的严钰？臣妾心里模模糊糊地似有这个疑影儿。"

阿南放下银针，瞧着宛妃，道："她是真的严钰。这一点没有差错。"

宛妃听了，琢磨了一会儿，点了个头。

秋风从窗户吹进来，宛欣院的嬷嬷来唤，说三皇子今晚似乎是受凉，稍稍有些发热。宛妃听了，忙裹了裹披风，跪安离去。

宛妃走了之后，阿南手握书卷半倚在软榻上。

夜，寂静得很。兴许是见到成炘的缘故，阿南今夜想起了许多从前的事。婆母祈安太后仿佛就站在她的身边，笑着问她："小阿南，你现在知道后宫的难处了吗？哀家深得先帝的心，尚步步维艰。而你，注定是比哀家还要难上许多。前方无论是河是坡，都需你好生去过。"

太后的身影与风声、烛影一起消弭。阿南在榻上辗转翻了几个身，至三更，方睡下。

顺康十七年的万寿节，因为成炘归宁、严钰怀胎这两件喜事而格外隆重，甚于以往。

九月初九，上京的天，蓝得端庄，云朵淡而高，透着几许含蓄。

御花园宴饮。重臣、皇族、命妇们都到了。贺礼堆得满满的，内廷监掌事林观命小内侍们一波一波地将那些物件往仓库里搬。

冀长公主成烯、峪亲王成炽都到了。成炽摸着孟和的头，笑道："小子，你可知，当日你母妃是本王送嫁去漠北的。"

成炘笑："孟和，快叫堂舅。"

孟和行礼。成炽道："像他父亲！来日一定是草原上英武的王爷！"

成烯瞧着阔别多年的二妹，打量着她一身的漠北服饰，她被关外的日头晒得有些发红的面庞和她坦然伸出来的左手。

二妹左手生来有残，没有手指，只有光秃秃的巴掌，成烯记得，未出阁时，她在人前总是有意无意地藏掖着自己的左手，现在却不了，大大方方，不遮不掩。

想来，二妹在漠北一定过得很安心。一个人有足够的安全感，才会坦然面对自身的缺陷。

成烯唤了声："二妹。"成炘看着这个昔日娇纵的大姐，颔首道："长姐安好。"

成烯身旁站着的驸马张浔似乎想开口打声招呼，想了想，又作罢。只因少年时曾与成炘一起看过一次鸢尾，成烯一直耿耿于怀。二人成亲后，偶尔提及此事，成烯便要生上几日的闷气。一直到成炘远嫁，成烯才松了口气。如今重逢，还是避嫌的好。

成烯的女儿张泱儿和成炘的儿子孟和似乎很投缘。她看着他宽大的袍服、他腰间的短刀、他腕上的狼皮，样样都觉得好奇，便伸手去摸。孟和看着花朵一般的表姐张泱儿，亦颇有好感。

两个孩子玩在了一处。

宴席之上，严芳仪虽怀着身孕，不宜再舞，但仍抱着琵琶，唱了支《玉树微凉》。

"嘉庆日、多少世人良愿。楚竹惊鸾，秦筝起雁。萦舞袖、急翻罗荐。云回一曲，更轻栊檀板。香炷远、同祝寿期无限。"

她腹中的孩儿，刚好衬着曲里的"香火长远"。

曲子吉利，成灏含笑。前朝的几个重臣们轮番起身说着恭贺的辞藻。宴席上一派喜气洋洋。

成灏举杯之际，忽见华乐手里小心翼翼地捧着一只小龟来到他身边。成灏问道："铣儿，这小龟是哪里来的？"华乐仰面看着成灏，笑道："父皇，儿臣给您说件奇事儿——"

"哦？"成灏兴趣盎然地问道："铣儿说说看，是何奇事？"华乐认真道："方才，儿臣在御湖边玩儿，一只小龟不知从何处爬来，径自爬到儿臣手边，再也不肯离去。儿臣想，莫非小龟也知今日是万寿节，要亲自来恭贺父皇顺康万年。"说着，她抬手将小龟举起。那小龟仿佛有灵性一般，冲着成灏点头。

成灏仰头哈哈大笑。龟与龙、凤、麒麟并称为四灵，古往今来，谓可以知吉凶，视之为祥瑞。

成灏道："此为灵龟，不是寻常之物。铣儿是父皇的福星！"遂将华乐抱至膝头。

坐在阿南身侧的宛妃欣慰道："华乐真是聪明伶俐，在圣上的孩子当中，最为出众。您瞧，跟她差不多大的诜皇子，还偎在祥妃身边寸步不离呢，人前从不敢大声说话。难怪圣上喜欢华乐。"

突然，听到椅子摔倒在地的声音。阿南转头，原来是孟和与张泱儿同时跌倒在地。孩子们的座位挨在一起，两个孩子戏耍打闹，一不留神，椅子一晃，就摔在了一起，就跟叠罗汉似的。

这原本是件小事。可偏一个命妇说错了话。"两位长公主的孩子真真儿是金童玉女啊。"这是句恭维的话，可不少人会错了意，成烯便是其中一个。她带着几分愠色，走上前去，将张泱儿拉了起来，带到桌边，悄声呵斥道："纵是亲戚，也到底男女有别，众目睽睽之下，你与他那么亲近做什么！怎生不见你跟诜皇子玩耍呢！"

张泱儿不明母亲之意，执拗道："跟诜皇子不好玩，跟孟和表弟才好玩儿，他会耍弯刀呢。"

"你——"成烯还想说什么，见二妹看着自己，便敛了口，尴尬地笑笑。

成炘自小了解大姐，她明白大姐在想什么。于是，微笑道："长姐，泱儿模样好，又有这等出身，将来一定能有个好人家儿。"

成烯悠悠道："二妹，难道皇家不是最好的人家儿吗？"成炘笑了笑，不再说什么。长姐是个固执的人。她一直将皇家女的身份看得极重。故而，她一定是铁了心将自己的女儿嫁入皇家的。

成炘这回归宁，在宫中住了一月有余，又乘船往南走了一遭儿。

"圣上，听闻南方海岛甚美，皇姐想带孟和去看看。"

成灏听了，沉吟半晌，什么话也没说，派了最好的船只、最精锐的侍卫护送。

"不拘在何处，二皇姐玩得开心就好。"

一直到十一月，成炘才返回漠北。与此同时，漠北之中，吉日格勒所有的残余势力皆被清除殆尽。

成灏接到胡谟的归朝信函。然而左等右等，却不见其返。纳罕之际，兵部侍郎魏雍与成灏在尚书房议事之时，说道："自圣上亲政以来，胡将军屡立战功，今迟迟不返，或有居功自傲之意……"

成灏想起这几个月耳边听到的关于胡谟的那些流言蜚语。他什么话都没说，眉头紧锁。

过了半月，胡谟才率兵归来。他自言半路遇见了劫匪，与劫匪周旋几番，耽搁了还朝的日期。

成灏笑着，说了句："将军一路辛苦。"心里到底是留下了几分疑惑。

腊月间，严芳仪怀胎四个月了。成灏允了阿南的提议，许严芳仪的母家进宫探望。

那严瑨做外官数载，只进京寥寥几次。此次，恰好到了回京述职的时间，又得圣上亲召，这般隆恩浩荡，他战战兢兢。

腊八节那日，严家人进了宫。不少人瞧着，一行人进了蒹葭院。严瑨、柳氏夫人，还有一个高挑的男子，据说是严芳仪的母舅。

第五十章　风命

各宫苑飘散着腊八粥的味道。红枣的软糯甜香给凛冽的冬日带来一丝暖意。

从严家人进宫起始，不少人的眼睛都瞧着蒹葭院。大严妃死得离奇，小严妃坎坷入宫，人们好奇严家究竟是什么的人家。

蒹葭院内。严瑁、柳氏夫人还有那柳氏夫人的娘家弟弟柳元，一同向严芳仪行了大礼。严芳仪连忙前去，将三位长辈一一搀起。

柳氏夫人道："这内殿里头真暖，腊月的天儿，竟像春日似的。"严芳仪的贴身宫女芩儿笑道："老妇人，咱们娘娘现今可是后宫之中最得圣心的人，加之又有龙脉在身，内廷监往蒹葭院里送的是一等一的金丝炭。分量比中宫还足呢。"

柳氏夫人眉开眼笑，连连点头："好，好，好，我儿争气。"她环顾着蒹葭院四处的华丽陈设，只觉眼花缭乱，称赞不及。

严瑁却厉声向女儿道："圣上眷顾，乃是圣上的隆恩，你却不可恃宠而娇！方才这宫人说的是什么话！竟拿你与中宫比较！让旁人听见，成何体统！为父在官场，一生谨慎小心，你难道心中就没有分寸？"

柳氏夫人听了，连忙推了严瑁一把："老爷，你以为钰儿还是闺阁女吗？她现是皇妃，你怎可如此说她？"严瑁梗着脖子道："夫人此言差矣！不拘她如今是什么身份，都是我严家的女儿，该记得我严家的家风。"

严瑁性子素来如此。酸腐，头巾气重，有满肚子的规矩与不合时宜。

严钰听了父亲的训斥，忽然哭了起来。她月白色袄儿，领口处有大片的白绒毛，眼泪落在上头，白色绒毛便黏成一团团，湿嗒嗒的，衬着她的脸格外楚楚可怜。

"父亲只知教训女儿，可知女儿受了什么样的苦楚？当日，一道圣旨到了严家，女儿奉命进宫，半路在淮河畔被奸人所害，连同马车、婆子、丫头们都落了难。女儿千辛万难，保住性命，九死一生，方才进宫，得今日之平安……"

她抽抽噎噎地哭着。檐下，笼子里，安长公主成炘送的那只七彩鹦鹉睁着眼睛，瞧着严芳仪，似乎觉得这个女子哭泣的场景很熟悉。鹦鹉想开口说话，口中却什么声音也发不出来。

是的，鹦鹉哑了。到蒹葭院的第三日，便因一个小宫人笼子没关紧，它飞了出来，误吃了文茵阁刘芳仪给猫准备的哑药。被文茵阁的小内侍捉住时，已然坏了嗓子。

刘芳仪那几日刚好养了两只波斯猫，颜色甚美，只因叫声烦人，才让内侍去医官署讨了哑药。谁知，竟被严芳仪的鹦鹉吃掉了。

刘芳仪去蒹葭院请罪，严芳仪自责道："都怨妹妹没有将鹦鹉关好，哪里能怪得了姐姐？"

两人唏嘘一阵，罚了忘关鸟笼的小宫人三个月的俸银，此事便不了了之。

但，严芳仪为表对安长公主心意的尊重，仍将鹦鹉恭恭敬敬地挂在蒹葭院的檐下，早晚命人喂水添食，一日不曾落下。有时，她还会看着那只哑了的鹦鹉，发一阵呆。

柳氏抱着哭泣的女儿，叹道："去年冬日，宫里头传来严妃薨逝的消息，为娘伤心得不得了，眼睛都要哭瞎……为娘自小栽培你，琴棋书画，歌舞女红，一样不曾落下。听说你诞下皇儿，娘喜得朝天磕头。娘跟你爹提了好多回，问问圣上你的近况，看能不能得一些你的音讯。可你爹啊，固执死板，非不肯，生怕圣上误以为他仗着女儿入宫而失了本分……后来，得知你没死，死的是旁人，娘才算回过一口气来……"

说着，她哽咽起来。她捶了一把身旁站着的严瑨："你只知在衙门里做那份死差，女儿的死活，你放在心上吗！"

严瑨摇头道："《论语》当中，子夏曰，'商闻之矣，生死有命，富贵在天'。女儿既得圣旨入宫为妃，生与死都是皇家的人。"

"你呀！读书读疯了心！子曰子曰，孔子教了你世道人情不曾？"

见夫妇二人吵了起来，一旁的柳元连忙过来相劝："姐姐与姐夫莫要争执，圣上许小钰的母家进宫，是喜事。如今小钰得宠，腹中又怀了龙胎，若此胎得皇子，来日不可估量。您二位的福气在后头。一家人和和气气的，才好。"

严瑨一向不喜这个小舅子，现又听了"来日不可估量"这等歪话，冷哼一声。

偏夫人与娘家走得极近，特别是这个小舅子，她很信他的话，这次非要拉着他一起进宫，还口口声声说什么"娘亲舅大"，说舅舅是对小钰极为重要的人。

严瑨无奈，只得允了。

圣人言，大丈夫不可家宅不宁。他不愿与柳氏认真计较，他宁愿用更多的时间，埋头于案牍之中，他一向如此。

严芳仪命芩儿端上几盏燕窝粥来，奉与父亲、母亲与舅父。她细细地讲了自己如何遇难，如何被冒名顶替，又如何得刘芳仪之力曲折进得宫来，如何得圣上眷顾……当然，该讲的讲，该略的地方，便略掉了。

严瑨食罢粥，听外头鸡人报了时，起身，理了理官服，道："时候不早了，我要去六部述职了。"走了几步，又折返，叮嘱女儿道："安分守己，莫负皇恩。"

严芳仪低头道："是。女儿谨遵父亲大人教诲。"严瑨又瞪了一眼夫人与柳元："少挑唆些阿钰，教她些好的。莫要害了她，还不自知。"

柳氏不吭声。柳元笑道："姐夫放心，这是自然。"

严瑨走后，三人都似去了枷锁，松快起来。

柳氏夫人摸着女儿的肚子，道："瞧着娘娘这怀相，八成是个男孩。"转而又忧虑起来："你舅舅打听过了，现时，除去落地早殇的二皇子，圣上有两个皇子。大皇子的母亲是祥妃，祥妃身后是孔家，御林军统领孔大人便是祥妃的亲兄。三皇子的养母是宛妃，宛妃的父亲是镇南将军胡谟，前不久才立的战功。这两家都不可小觑。我儿，你纵是得了皇子，前路也难得很哪。"

柳元听了这话，摇头道："姐姐莫要太悲观。您还记得几年前，那和尚给阿钰算的命吗？"

柳氏想起来了，面色稍霁："那和尚确有几分本事，那时候，咱们谁能想到圣上会下圣旨命阿钰进宫为妃呢？偏被他说中了。那凤命的事，定也八九不离十……"

严芳仪连忙看了一下左右，拦阻道："母亲慎言。这是在宫里。"柳氏忙道："是是是。"

柳元道："方才，阿钰讲的那一番遭遇，惊心动魄。若是旁人，定死于淮水之中了。阿钰却能虎口脱险。可见阿钰的命有多么好、多么硬。有句话叫大难不死，必有后福！"

柳氏看着兄弟，道："你说的话啊，得我的心。"

严芳仪却有些恍神。那段略掉的遭遇，如同冬日里，刺骨的淮河水……

突然，外头的内侍报："刘芳仪到——"

柳氏与柳元连忙起身行礼。满头珠翠的刘芳仪款款走了进来，笑着向他们打招呼。

严芳仪与刘芳仪位分相当，彼此见了个平礼。

"阿钰，昨日父亲来信了。"刘芳仪接过苓儿递的茶，边吹，边说。严芳仪神色莫名紧张起来："是吗，姐姐。刘大人说了什么？"

刘芳仪笑笑："父亲大人说，你龙胎在身，圣眷日浓，不知是否还瞧得上文茵阁，瞧得上刘家？记不记得帮衬姐姐……"

严芳仪忙道："妹妹当然记得。刘大人之恩，妹妹一日不敢忘。有妹妹一丝恩眷，必不叫姐姐冷落。只是现今腊月里，圣上忙，便是连蒹葭院，也来得少多了。

姐姐放心，过了年节，必然是好了。”

刘芳仪放下茶盏，颔首：“那姐姐这厢先谢过妹妹了。”说完，便要起身。

严芳仪恳切道：“姐姐不喝完茶再走吗？”刘芳仪笑笑：“不了。文茵阁里有父亲托人捎来的淮河茶，甚好。”“淮河”二字，咬得颇重。

待刘芳仪走远，严钰才发现自己面孔强撑着笑得有些麻。极有眼力见儿的柳元瞧着眼前的情景，已猜出个大概。他低声与严芳仪说：“娘娘，这个女的，得想个办法……”严芳仪摆摆手，冷然道：“不，还未到时候。没了刘家，本宫拿什么与那两家争？本宫指望刘家的地方，还有许多。”

柳元思忖一番：“还是娘娘足智多谋，眼光长远。”

严芳仪笑笑：“得让他们父女俩继续以为，拿捏住了本宫，才好。”

第五十一章　搜宫

柳元听着严芳仪说完这句话，心底深深为这个外甥女的转变纳罕。他记得从前未入京时，她虽比寻常闺阁女机灵些，但远没有现时多智，多智地让柳元觉得有些阴沉。看来，她话语里故意遮掩的那一段淮河落难的经历，的确不同寻常。

柳氏将自己从宫外带来的物品摆到桌上，笑向严芳仪道："小钰，你离家这么久，好久没吃过家乡风味了吧？母亲临行前特意命家中老仆给你准备的。来，快尝尝。"

严芳仪瞧着那些东西，零零碎碎的，皆是吃食。她走上前，笑道："其实，圣上专门让御膳房找了两广的御厨，为蒹葭院奉膳。女儿不拘想吃什么，都能吃得到。东西尚是其次，珍贵的是母亲千里迢迢惦记女儿的心。"

柳氏打开一包晒干的桂圆，拿出一颗，递与严芳仪口中。严芳仪嚼着那桂圆，柳氏伸手摩挲着她的发。母女俩一番亲密形态，好似严芳仪尚在闺阁之时。

"母亲，不如你们就都留在上京吧。女儿一个人在此处，时时觉得少些牵绊。"

柳氏道："母亲也想留在上京，可你父亲那个人，你是知道的，他总惦记着衙门，惦记着衙门里的事务。"

母家得力，亦是后妃在宫里的腰板与底气。严芳仪道："女儿想想，这两天找个由头，不着痕迹地在圣上跟前儿提一提，看能否将父亲调职。父亲在上京一样可以为圣上办差。"

"娘娘千万莫要如此。"柳元道："姐夫最不愿旁人说他沾皇亲之光。娘娘若求圣上调他的职，他若知道了，非得大怒不可，说不定还会跟娘娘闹一场。届时，传到圣上耳里，还以为娘娘怀着龙胎，失了分寸，对尊亲不敬不孝。娘娘跟别的妃嫔比，最要紧的便是得圣心，千万莫失了圣心啊。"

还有一点柳元没说出口但他们都心知肚明的一点就是，严瑨那个人心中的规矩太多、准则太多，离得近了，倒是束缚了。

严芳仪想了想，道："舅舅说的是。"柳氏笑道："我儿，巧得很，你舅舅月初倒是接到衙门里的调令，要到上京任中牧监。以后，你舅舅在上京，还能帮着你见见事、出出主意什么的，娘也放心。”

中牧监，乃下六品，掌群牧孳课之事，属太仆寺。说白了，就是养马的。不过舅舅从前是个七品地方官，如今调到上京做下六品，已然算是升迁了。

正说着，门外的内侍通传：“宛妃娘娘到——”宛妃一身杜鹃色的棉服，风风火火地走进来，笑声老远就传了进来。

“今儿是妹妹的好日子。母家人进了宫。皇后娘娘惦记着妹妹呢，命本宫送给些东西来给严老夫人。”

严芳仪与柳氏姐弟皆起身行礼。

宛妃身后的宫人们端进来不少珠宝翡翠等物。其中一尊玉白菜，晶莹剔透，色泽碧绿，一看就价值不菲。严芳仪忙谢恩道：“谢皇后娘娘赏赐，谢宛妃姐姐辛苦跑一趟。”

宛妃笑着打量柳氏夫人，道：“本宫常想着，世上怎么有妹妹这般标致玲珑的人儿，今日见了老夫人，便明白了，原来妹妹有个如此美貌的母亲。正所谓，什么样的藤，开什么样的花儿。”

一番话说得柳氏眉开眼笑。她从桌上拿了几包吃食，双手奉上：“娘娘谬赞，折煞臣妇了。臣妇从家乡带来的一些特产吃食，娘娘若不嫌弃，臣妇便送予一些给娘娘吃，尝尝南人的风味。”

宛妃命身旁的宫人翠喜接过，颔首：“本宫这厢谢过严老夫人的心意。”

宛妃走后，柳氏夫人摸着那玉白菜，笑向严芳仪道：“你有了身孕，宫里头的人对你都客气得很，连带着母亲也沾光了。”

严芳仪瞧着宛妃的背影，想着，皇后与宛妃还未曾对她如此示好。特别是皇后，她犹记得六月间在蒹葭院，她与皇后的那次冲突。皇后如今命人送了这么多东西过来，当真是中宫大度，与她冰释前嫌了吗？还是，以送礼为由头，想来探探她母家的人？

母亲与舅舅走后，严芳仪躺在软榻上，芩儿递上手炉。她小憩了一会儿，稀薄地做了个梦。

她落入淮水之中，冬日的淮河水凉得刺骨。她在水里屏住呼吸，不敢吭声，唯恐岸上的凶手没走。最终，体力不支，昏倒了。她以为自己芳魂一缕，命丧此地。可竟不曾想，她被人救下了……

画面一转。富丽堂皇的花船，精美的雕饰，鲜花的味道萦绕在鼻端，一个擦着胭脂的圆脸妇人笑意盈盈地瞧着她。

她问：“这是什么地方？”妇人说：“银勒牵骄马，花船载丽人。你说，这是个什么样的地方？”

“我……我要去上京……”

妇人笑了：“我救了你，你得报恩，什么时候在这花船里为我赚够了银两，我自然会放你走。”

她挣扎起身，往外走。几个彪形大汉如山一般，拦住她的去路。

淮河的水，浅吟低唱。晨曦微风拂面之时，晌午霞光映水之时，黑夜繁星闪烁之时，她或是抱着琵琶弹唱着，或是穿着彩衣舞动着。

丝竹悦耳，莺歌燕舞。她心里无一日不孤独，无一日不想逃离。只有花船里那只会说人话的鹦鹉，能给她带来一丝慰藉。它学会了她常常念的那首诗。沉舟落难，天涯北望，淮河花船，朝暮歌阑……

更漏声响，手炉“砰”地掉在地上，严芳仪起了身。

她不觉走到檐下，瞧着那鹦鹉。鹦鹉也在看着她。不知是不是她的错觉，竟看到鹦鹉的眼里有泪光。

忽听内侍报：“圣上到——”成灏头戴龙冠，一身宝蓝色的披风，从外头大踏步地走进来：“风口儿冷，你在这里站着做什么？”严芳仪行过礼，笑笑：“臣妾瞧鹦鹉呢。”

成灏走到殿内，半躺下，似乎倦极了：“阿湄，唱首曲给孤听吧。唱那首《西江月》。”

蒹葭院似乎是他理想中的水中央，藏着他心底的隐秘角落，在极困极乏的时候想来寻觅的一晌欢愉。

严芳仪俯身，唱着：“东阁诗情易动，高楼玉管休吹。北人浑作可花疑。惟有青枝不似……”

他不愿意她是她，而愿意她是另一个人。

她知道。

用过晚膳，成灏闲道：“今儿回京述职的封疆大吏带了几个良家子到上京，说是充斥后宫。”

严芳仪柔声道：“多一些姐妹伺候圣上，这是好事。”成灏想了想，起身：“孤一时还没想好，去中宫与皇后说一说。”还未走到门口，见皇后宫里的聆儿慌慌张张地来了。

“圣上，圣上，不好了——”

成灏道：“何事？”

“皇后娘娘吃坏了东西，中了毒，嘴唇青紫青紫的，医官们过去，开了不少催吐的药，方略略好些，您快去瞧瞧吧。”

成灏连忙往凤鸾殿去。果然，阿南虚弱地躺在榻上，一旁的宛妃面有愧色。

成灏问道："怎么回事？"宛妃跪在地上："臣妾有罪，臣妾真的不知从蒹葭院拿回来的东西竟然有毒，还拿来送予皇后娘娘。皇后娘娘随手拿了，吃了几口，不想，竟……"

"蒹葭院？"

宛妃点头："今日严妹妹的母家进宫，皇后娘娘命臣妾送些礼物过去以表心意。严老夫人拿了些吃食给臣妾……"

阿南道："罢了吧。无大碍。本宫性命无碍。莫要计较了。"宛妃向成灏磕头道："东西是臣妾拿给皇后娘娘的，臣妾有罪，但臣妾一定要将事情弄明白……不能稀里糊涂地……"

成灏眉头紧皱，沉吟片刻，点了点头。

当宛妃带着一众侍卫到蒹葭院时，严芳仪诧异道："深更半夜，姐姐有何指教？"宛妃道："今日本宫从蒹葭院里拿走的食物有毒，特向圣上请了旨，来蒹葭院搜宫。"

严芳仪冷笑道："姐姐，欲加之罪，何患无辞？那吃食怎么可能有毒？母亲从家乡带来，妹妹自己也吃了几口。若果真有毒，妹妹怎么安然无恙呢？姐姐如此拙劣的栽赃伎俩，就不怕圣上知道了怪罪吗？冤枉妹妹是小，吓到了龙胎，姐姐担待得起吗？"

宛妃笑笑："妹妹，既然无事，姐姐搜宫，又怎么了？妹妹你怕什么？证明你的清白，不好吗？"她凑近严芳仪："否则，谋害中宫的罪名，本宫担不起，妹妹你，也担不起。"

转而，她向侍卫们一挥手。侍卫们冲进了蒹葭院，每一个角落，仔仔细细地翻查。

严芳仪面色煞白，她明白了，醉翁之意不在酒。宛妃查检母亲从家乡带来的吃食是假，中毒不过是苦肉计而已，她想趁机细细搜蒹葭院才是真。

半炷香的工夫。宛妃身边的翠喜便从蒹葭院掌事宫女芩儿的床底下，翻到几个小木匣。

第五十二章　猫腻

翠喜将那小木匣拿了过来，严芳仪欲伸手去夺：“宛妃娘娘既然说臣妾母亲从家乡带来的吃食有毒，害了皇后娘娘，那为何今日进蒹葭院来，看都不看那些吃食？宛妃娘娘到底安的是什么心？”

宛妃一个转身，从翠喜手中接过那木匣，笑道：“既是搜宫，那当然处处都搜得。严妹妹你那么紧张干什么？当心龙胎有失——”

片刻，严芳仪冷静下来，她的手下意识地抚摸着腹中的胎儿。是啊，龙胎万不能有失，只要龙胎在，不管遇见什么事情，她都有翻盘的机会。

芩儿扶着严芳仪坐到榻上。她低头摩挲着手炉，思忖着应对之策。

宛妃打开那小匣子，里面是一些粉末状的物品。宛妃冲身旁的翠喜笑了笑：“本宫不懂这些腌臜之物。看来，得奏明了圣上，找个医官署的医官好好儿地瞧瞧。”说完，带着宫人们和一帮子侍卫离去。

今日，宛妃从蒹葭院拿了吃食回去，阿南便想到了这个主意。她记得弟弟余慕告诉她的话，严芳仪所谓的“药引子”，她笃定蒹葭院里肯定有猫腻。但严芳仪如今正得圣宠，搜宫必须得有个由头。假装说食物有毒，是个好办法。

如此，会让严芳仪放松警惕。严芳仪笃定母亲的食物是无毒的，正因为如此，她认为皇后与宛妃一定不会用如此拙劣的方法栽赃嫁祸给她。就算皇后与宛妃真的如此做，她也完全可以倒打一耙，在圣上面前告个刁状。

可是，严芳仪没有想到，皇后与宛妃并不是想栽赃嫁祸她，她们只是以此为契机罢了。

看山非山，看水非水。自始至终，食物都只是浮在表面的一块布幔。根本没有人想拿严夫人的两广特产做文章。

宛妃早就想好了，若什么也搜不出，最多被成灏呵斥几句“冒失”也就罢了。若能搜出什么，可就抓住了严芳仪的狐狸尾巴了。

值。

这一搜，还真的搜到了。

腊月，高空上挂着星斗，上京干冷干冷的寒气，冻得星星似乎也僵住了，不再闪烁，清冷地悬于天际。

凤鸾殿里，成灏坐在阿南的榻边。

华乐早已随嬷嬷去睡熟了。守夜的小内侍打着盹儿。宫人们睁着惺忪的睡眼。灯光暗了，小宫人连忙去剪灯芯，剪完，殿内复又明亮起来。

这夜晚是如此安静。

成灏看着阿南苍白的脸，轻声道："你何时竟喜吃南人的甜食了？"阿南笑笑："圣上忘了吗，臣妾当年是从禹杭来，母亲更是出身百越。臣妾也是南人。今日见宛妃妹妹巴巴儿地送过来，是她的一份心，臣妾便吃了两口。"

"那吃食是严老夫人送予宛妃的。会不会是……意在询儿？"成灏皱着眉。他想事情的时候，总喜欢皱着眉。三皇子成询一岁有余了，寻常糕饼是能吃得了。严家人真的有毒害皇嗣的心吗，看着倒是不像……

阿南道："今晚医官给臣妾催吐，吐出的东西杂得很。也未见得就是严家人吃食之祸。事情还未查明，圣上莫要急着定论。宛妃妹妹一心向我，难免急躁些。"

成灏叹道："皇后这个时候了，还为严家人辩着。"阿南笑笑："都是后宫中伺候圣上的姐妹，原该同心同德。"

成灏似想起什么，道："腊月里，封疆大吏回京述职，带回几个良家子，说要进献给孤充斥后宫。直接推拒，显得孤戒备他们似的，寒了他们的心，终不好。收了吧，孤一想到身边要多几双封疆外臣的眼睛，就很头疼。依皇后看，当如何？"

阿南思索一阵，道："圣上可命她们进宫，给御女、采女、更衣等末等的位分，命她们同住鸣翠馆，日日在一处。那几个封疆大吏，东南西北的都有，想必进献来的女子也是东南西北都有。不同的习俗，不同的性子，在一个屋檐下，为着争宠，难免不生事。届时，待她们出些小乱子，有了由头，冷着就是了。她们出了乱子，那些封疆大吏也不好再送人进来了。"

成灏点头道："果然皇后想得周到。"

阿南道："圣上心里装着的，都是山河大事。后宫这些脂粉小事，臣妾来想就好了。圣上只管安安心心地坐在朝堂。"

成灏淡淡笑笑，他兀地想起她画山河图的模样，下意识地伸出手，抚了抚她的发丝。她的发浓密又厚重，就像御湖春日里的水荇。她的脸依旧那么瘦削。太瘦了，便是连生育都没能让她略略丰腴。从前听宫里的老嬷嬷说，女子太瘦了，便带着苦相。是的，她便是那么一副苦相。

大婚几年了？成灏想，得有四五年了吧，她依然跟从前无甚区别，寡言地、沉默地、安安静静地在某处等他，一张脸，连笑起来都似乎带着冰凌。

清欢不是这样的。清欢珠圆玉润，脸上有酒窝，永远活泼可爱，笑起来咯咯咯的，能感染身旁所有的人。清欢的心事写在脸上，一声声地唤他“灏哥哥，灏哥哥——”

从前，他与阿南、清欢、孔良四人一起放风筝。清欢的风筝被天上飞过的老鹰叼走，孔良的风筝被疾风吹落池塘，唯有他与阿南的风筝，死死地缠在一起，怎么解都解不开。

难解心头百般意，却被风吹别调中。这或许真的是宿命吧。

一阵杂乱的脚步声将成灏飘散的思绪拉回。宛妃搜宫回来了，身影裹挟进一阵风，将殿内的烛光晃了几晃。

“臣妾今日去蒹葭院搜宫，搜到这个小匣子，里头是粉末，臣妾不知是何物，恐是毒药，带来，交予圣上裁夺。”宛妃跪在成灏面前，将匣子呈上。

成灏闻了闻粉末的味道，命小舟将华医官唤来。华医官看了看那粉末，又闻了闻，面色大骇，扑通一声跪在地上。

成灏见此情景，铁青着脸，问道：“华卿，此是何物？”

华医官道：“回圣上，这……这是迷情药……药引十分奇特，乃情动之昆虫晒干磨粉，佐以雄蕊花粉制成，似……似是民间偏方……”

宛妃惊诧地用帕子捂住嘴：“圣上，原来严妹妹如此大胆……”

成灏突然明白了。为什么他在蒹葭院总是那么容易起心，那么容易缠绵。除了几分对往事的追忆，几分清欢歌调的催发，亦还有这迷情药的作用吧。只是他从来不肯细究，他固执地以为自己真的回到了过去，弥补了少年时与小黄莺的遗憾，弥补了午夜梦回时的意难平。

他的蒹葭水中央，他的婉转俏佳人，他的旧日红梅调。真相被撕开，却是如此不堪。

成灏已无心去想严老夫人的食物是否有毒一事了，他满眼都是那龌龊的迷情药。

阿南道：“后宫女子争宠是寻常事，可用旁门左道的东西损伤圣体就是大罪了。”

“去，把严芳仪带过来！”成灏道。半炷香的工夫，严芳仪款款走来。她面色很平静，一丝慌乱也无，与方才与宛妃对峙时的模样判若两人。

成灏指着那小匣子，问道：“此是何物？”严芳仪道：“迷情药。”

成灏冷哼一声：“你倒是坦白！如此龌龊之物，出现在你的寝宫，你还有何话可说！”严芳仪磕了个头：“臣妾有罪。请圣上宽恕臣妾御下不严之罪。”

“御下不严？你只是御下不严？！”

严芳仪平心静气地问宛妃道：“敢问宛妃姐姐，你在何处搜得此物？”“你的掌事宫女芩儿处。”宛妃道。众目睽睽之下，她只得实话实说。

严芳仪道："是了。臣妾实在羞于启齿，臣妾也是今日方才知道，臣妾身边的芩儿竟狗胆包天，暗中与文茵阁的内侍小攀结成对食。两人欢好之时，以此药催情。今日宛妃姐姐搜到药物，臣妾一番追问，她才如实招来……"

她伸手一挥，宫人芩儿与内侍小攀走入殿内，跪在地上，神色仓皇地叩头。

"奴婢该死，奴婢该死……"

"奴才该死，奴才该死……"

成灏冷冷地看着眼前跪着的两人。

第五十三章　礼单

殿内诸人也都看着他们。内帷之中多有寂寞的宫人与内侍结成对食，虽然宫规不允，但内廷监屡禁不止。说到底，都是可怜人，在这森森的宫廷里，身体与心灵皆需要一点寄托。

成灏曾听人讲过，宫人内侍对食之时，由于内侍身体有缺，无法真正行房，故而有更多寻常人意想不到的工具与花活儿。

蒹葭院的主位严芳仪与文茵阁的主位刘芳仪素来走得近，这两处的下人暗通款曲也并非不可能。

严芳仪的说法也不算站不住脚。

内侍通传："刘芳仪到——"刘清漪三跌两撞地走入殿来，衣袖处尚有褶皱，显然是大半夜地被吵醒。她已经知道发生了何事，冲上去就狠狠踹了小攀与芩儿几脚，骂道："败坏宫规的东西！出了这等祸端，现眼现到了陛下跟前儿。真给本宫丢人！"

打骂完奴才，她跪在成灏跟前："圣上，臣妾不才，宫中出此祸事，请圣上严惩。"

成灏瞧着她："清漪，大半夜的，皇后身子有恙，你这番闹腾做什么？"刘芳仪低头泣道："臣妾惭愧，恐圣上生气，不知所措……"她的态度愈发佐证了严芳仪方才所说的话是事实。

刘芳仪性子出了名的直愣，若跟她宫里的人无关，她凭什么要半夜赶来承认呢？这时，严芳仪跪在地上，突然捂着小腹，面部痉挛。

成灏命华医官道："看看怎么回事。"华医官诊过后，道："启禀圣上，严芳仪娘娘孕中受了惊，无大碍，调理调理便可。"

严芳仪虚弱之际，仍不忘命宫人将白日里母亲带的吃食端上来："有劳……有劳华医官瞧瞧……有没有毒……"

那吃食自然是无毒的。严芳仪从华医官口中听到"无毒"二字，满脸是泪，却犹带几分楚楚可怜的微笑，看着成灏道："圣上，臣妾此身明了……"说完，便晕了过去。

成灏道：“来人，将严芳仪抬回蒹葭院。”又指了指芩儿和小攀道：“不知检点，有污宫闱。便将这二人打发去倒夜香吧，从此不许进内帷。”

此话一出，宛妃知道，成灏已经不打算深究严芳仪之过了，她急道：“圣上，臣妾觉得此事没那么简单……”成灏拦住她：“宛迟，此事到这里为止。你回宫去吧，好好照顾询儿要紧，别的事就莫要操心了。”

宛妃又道：“圣上，您为何不拷打……”成灏的语气已然有了几分烦躁：“你是对孤的决断有何不满吗？”

宛妃听了这里，连忙跪在地上道：“求圣上恕臣妾无状，臣妾告退。”

华医官问道：“圣上，这药粉如何处置？”成灏看也不看，摆手道：“丢了吧。”仿佛那匣子装的不只是秽物，还有许多他不情愿去面对的东西。

众人一一散去，宫里仍是只余成灏和阿南。

成灏脱了靴，躺在阿南身边。阿南一字未提严芳仪，他也没提。

良久。阿南以为他睡了。可他没有，他长长地叹了口气，说了句模棱两可的话。但阿南懂得那句话的意思。

“她，终不是她。”

黑暗中，阿南苦涩地笑笑。

翌日，内廷监查出阿南昨日吃食有恙的源头，乃是御膳房一名御厨送来的汤里用了隔了夜的银耳。

如此失职，自然是被撵出宫去。那名被逐出宫的御厨叫作刘大路，乃是刘芳仪府中管家的一名远亲。

阿南在得知这个消息后，便留了个心。宫中人杂，筵席又极多，入口的东西上有很多门道，也有很多岔子可寻，一不留神便会被装进套里。有这么一个人在御膳房，就像在身边埋了颗不知何时会爆炸的炸弹一般。不如防患于未然，先除之。

此次，恰有蒹葭院这档子事，阿南便在谋事时，将这一桩一起算在其内，一举多得了。

成灏虽没有明面儿上指责严芳仪，但去蒹葭院的次数比之前明显少了些。

宫中经年的老嬷嬷说，“圣宠”这东西，就跟云彩一样，没准儿的，风一吹，就飘了，时而在东，时而在西。

几名封疆大吏送来的女子进了宫，住进了鸣翠馆。分别是幽州节度使送来的张采女，黔中节度使送来的饶更衣，以及琼州节度使送来的钱御女。

三人齐齐来凤鸾殿向阿南请安，皆是花容月貌之姿。阿南照旧例赏了首饰，嘱了几句“安分守己”之语。

当中，饶更衣似乎格外机灵，跪安之时，磨磨蹭蹭不走。阿南问道：“饶更衣可是有话要与本宫讲？”饶更衣点头，又看了看四周。

阿南领会其意，屏退左右。

待人都散尽后，饶更衣道：“娘娘，臣妾有份礼，想送给您。”

阿南不吭声，待她的下文。只见她从袖中摸出一份礼单，鬼鬼祟祟道：“我们大人说，他愿意帮娘娘您扳倒祥妃娘娘和孔家。”

“哦？”阿南接过那礼单，原来上头是各边疆官吏往孔府送礼的记录。礼单之上，数目不菲。阿南皱眉，以她对孔良的了解，这上头的礼绝不是孔良收的。只有一个可能，是窦华章收的。

自上次阿南借画眉与百灵劝解她一番后，据说她与孔良的关系比从前缓和了许多。没想到，又出了这样的事端。定是窦华章脑子简单，禁不住外官们几句阿谀之词。她竟完全没有想到，人家送礼的背后是什么。她是祥妃之嫂、皇长子的外家啊。

成灏是多么厌恶此等结党攀权之事。若这份礼单被他瞧见了，难免连累孔良。

阿南不动声色地收下那礼单，同时记住了黔中节度使这个人。外官心思太多，原是不该有的。此人太过于自作聪明，送良家子入宫便罢了，凳子还没坐热乎，便想来挑拨离间了。

阿南看向饶更衣道：“你们大人的心思，本宫明白了。下去吧。告诉他，欲速则不达，见小利则大事不成。”

饶更衣似懂非懂地点了点头。

顺康十八年在一片杂乱的事务当中不疾不徐地来了。

新年夜，阿南多饮了几杯酒，站在司乐楼的栏杆边。宫廷里的除夕亮极了，四处都燃着灯，那明亮起起伏伏，时不时地有内侍奔走在园中，将金箔包裹在树叶凋落的枝头。天上的一轮月柔和而安静地俯视着人间的欢乐。

阿南听到孔良在唤她。她转头，见孔良一身盔甲地站在她身后。

越是年节，宫廷防御越是森严。

“娘娘，您让聆儿唤微臣说有事？”

阿南点点头，将礼单递到他手上。这么重要的东西，不亲自交给他，不放心。

孔良看了，顿时就懂了。他将那礼单用力地捏在手心，刚毅的脸上有愧、有悔，更多的，是难以名状的痛苦。须臾，他自嘲地笑了笑：“华章嫁了我，她痛苦，微臣亦痛苦。”

他俯身朝阿南拜了拜："此番谢皇后娘娘。"说完就离去了。

阿南看着天上的圆月，发了会子怔。

顺康十八年五月底，严芳仪生下一个男孩。

方额广颌，模样甚是英俊。

成灏赐名：成谅。是为皇四子。

皇四子出生之时，御花园中有异象。原是五月开罢了的花，齐齐地开了，满宫苑萦绕着芬芳。太常言之为吉兆。

第五十四章　夺子

吉兆传遍朝野，官员中一片颂圣之声。

“圣上执政五载之时，天降圣朝以吉兆，乃天子之德也。”

“天子得民心、顺民意，国泰安康，牡丹恋此清平盛世，不肯离去。”

“牡丹乃富贵之花，四皇子乃富贵之子。”

成灏耳里听了这许多的吉言，自然是欢喜的。加之四皇子着实长得大气，样貌上胜大皇子与三皇子良多，宫中诸人见过皆称赞不已。故而，成灏往蒹葭院的次数又多了起来。

严芳仪是个乖觉之人，见此情状，忙抓紧机会收拢圣心。几分温柔，几分愧悔，掺着几分对圣上真真假假的痴慕。

她抱着四皇子小鸟依人地靠在成灏肩头：“臣妾知道，圣上生臣妾的气了，臣妾一直小心翼翼地在蒹葭院反思自个儿。您不来，臣妾站在檐下眼巴巴地等着。臣妾心里满满装的都是您。从早到晚，臣妾都在想着圣上进食不曾，睡得好不好，政务忧心时可有个能让您安眠的去处……”

成灏不作声。她抱着孩子跪在地上：“圣上你厌弃臣妾，臣妾待在这宫里实在是了无生趣。撑着一口气，就是因为肚里的龙脉。如今，皇子已诞下，臣妾便不在圣上跟前儿招圣上心烦了。皇儿交给您，您废了臣妾，让臣妾离宫去道观吧。臣妾在道馆里会日日给圣上祈福……”

说着说着，她哭了起来，眼泪似决了堤一般，淌在四皇子的襁褓上，淌在地上。

成灏捏了捏四皇子的小脸儿，转而，长叹一口气，扶起严芳仪道：“你是刚生完孩子的人，地上凉，快起来吧。”严芳仪呜咽道：“圣上还肯关心臣妾，臣妾实在是欢欣极了……”

“你做的那些事，虽然……”成灏似不打算说透，故而将剩下的半截话咽下，继续道：“但料想也是过于急切争宠之故，罢了吧，翻篇吧。不管是谁，都再也别提了。你生了谅儿，从此身份就不同了，是皇子之母了。皇子之母，便要有皇子之母的气度，身正不怕影子歪。往后，那些腌臜之事，就不要做了。”

襁褓中的成谅睁着湿漉漉的眼看着皇父。成灏加重了语气：“你要给自己修德，也要给谅儿修德。”严芳仪郑重地再度跪在地上：“臣妾记下了。”

旧年腊月的那档子事，至此，才算是真正揿过了。

因为谅儿，她得到了成灏的谅解。

因为谅儿，她成了阖宫钦羡之人。

朝堂上的吉兆等语，诸位大人自是带回了府中。于是，蒹葭院成了朝廷命妇们至为热闹的所在。

鸣翠宫新进来的那三人当中的张采女起了巴结严芳仪的心，日日往蒹葭院跑，口中说了好几回愿意为严芳仪娘娘效劳。

张采女在三人中并不是容姿最出众的，但却是看起来最机灵的，懂得看脸色，也肯做小伏低，将严芳仪捧得高高的。

起初，严芳仪还拿腔作调：“你我都是后宫姐妹，说什么效不效劳的话，你初进宫，姐姐原该照拂你，妹妹客气了。”

后来见张采女实在诚心，大日头底下晾着她半日，仍乖巧地站在檐下等着。人么，还算机灵，便起了与她结盟的心。当然，最重要的一点是，刘芳仪的步步紧逼。

刘芳仪虽然帮过她几次，但是要求也越来越多了。总是拿着“淮河旧事”要挟，提出许多过分而无理的要求。严芳仪表面上依然应承着，心里却早已烦透了。

张采女背后是封疆大吏幽州节度使，与她结盟，便意味着有了新的靠山。

严芳仪的算盘一点点地打着。刘芳仪却茫然不知，眼见严钰生完皇子后越来越风光，心里头很不是味儿，起了“夺子”的心。

六月里，刘存休沐之时，从淮河边回京探亲。刘芳仪与父亲商议，此事该如何做。

刘存捋须，有些犹疑道：“漪儿，爹爹本一直寄希望你能得宠生子，亲生的到底是好些。没想着要严钰的孩子。养别人的孩子，隔着血脉，将来会不会跟咱们起外心？”

刘芳仪道：“爹爹，女儿何尝不想生自个儿的孩子，奈何医官署的医官们皆说女儿体寒，是难以有孕的体质。女儿没办法啊。去年，那狐媚子得宠后，倒是在圣上面前替女儿邀了些宠。圣上每月也能来文茵阁两三回，但奈何女儿的肚子一直没有好消息。现在狐媚子生了孩子，您没瞧见那些命妇们，拼了命捧臭脚。还有宫里头那些短见的奴才们——”

她说着，皓齿咬了咬薄薄的嘴唇：“女儿就想把她的孩子抢过来！她一个做过歌姬的下贱胚子，凭什么抚养皇子？凭什么在宫里头得势？”刘存忙道：“难道严钰欺负了我儿不成？”

刘芳仪轻蔑道："那她倒不敢！毕竟爹爹您捏着她的把柄呢。这把柄要是抖搂出来，狐媚子就完了！"

顺康十六年的初秋，一个偶然的机会，刘存被当地的同僚拉去淮河边听曲，这样的场合，刘存本不欲来，奈何同僚盛情难却。

便是那一次，遇见了落难花船的严钰。因为女儿在宫中为皇妃的缘故，刘存对许多事比较敏感。后宫中，文茵阁与阅香殿紧紧挨着，女儿被人做局冤枉，差点成了"严妃"孕中腹痛的罪魁祸首，险之又险。这件事刘存清楚得很，对这个"严妃"甚是关注。她的年庚、籍贯、出身，都打听得清清楚楚。

刘存见歌姬口音中有南人语调，便随意与她攀谈几句。这一谈，便谈出了许多意外。

身陷困境的严钰隐约觉得眼前的刘存或许是第二根救命稻草。至于第一根救命稻草……严钰皱了皱眉。她权衡了一下，在两根救命稻草中选择了后者。

她必须去上京。她接了圣旨，便是皇妃，无论如何也要进宫。一定要让真相抵达天听，一定不能稀里糊涂将自己原有的身份拱手让人。更重要的是，她明白，第二根稻草带给她的前路更光明。

从此，严钰便与刘家有了无法挣脱的联系。刘家助她，却也似乎往她的脖子上套着一根绳子，那绳子随时都有可能收紧，让她窒息。

眼下，刘存跟女儿说道："漪儿，你执意如此吗？"刘芳仪摇晃着父亲的胳膊道："是，是，是，爹爹帮一帮女儿嘛。"

刘存有七个儿子，却只有刘清漪这么一个女儿，且是老来得女，自小宠惯，爱若珍宝。便是刘清漪要天上的星星，刘存都想寻人去摘一摘试试。

他来回踱了几步："办法倒是有一个。"刘芳仪喜道："爹爹快说，什么办法？"

刘存道："太常寺里，爹爹有个交好的旧识。若有人说出严钰命中克子，与四皇子八字相冲，母子不能一处，圣上为了四皇子的安危为计，必会为他另择养母。"

"可是，就算另择养母，不一定轮得到女儿啊。"

刘存道："这就需要严钰的配合了。若她主动跟圣上说，与你关系甚密，愿将孩子交予你抚养，事情就好办了。只怕她……"

刘芳仪冷哼一声道："儿子固然重要。但她应该明白，自己的命、自己的名声更重要。"

第五十五章　相克

刘存还想说什么，但见女儿如此决绝，便叹口气道："漪儿啊，你这几年在宫中过得着实不易。爹爹常想，当初是不是不该送你进宫？宫里的水浊，风大浪大，爹总怕你受伤。罢，此番，你既心意已决，那爹爹便助你吧。"

刘芳仪靠在父亲肩头："爹爹，此番夺了那狐媚子的孩儿，女儿便有了倚仗。风再大，浪再大，女儿有了船舱，得以立身，便不怕。"

刘存点点头。

是夜，他悄悄联络了太常寺的苗伆。苗伆与他从前是学里的旧识，同年考的科举，交情匪浅。苗伆去年升了太常寺丞，上四品。太常寺现在主事的是太常寺卿陶濬。苗伆是他的下属，配合他做一些陵庙群祀事宜。

昔日同窗推杯换盏，几杯酒下肚，刘存说出了所托之事。苗伆本有几分薄醉，听了那番话，全醒了。他捋须道："刘兄，此事涉及后妃、皇子，非同小可啊。"

刘存道："正因非同小可，才托亲近之人哪。愚兄听闻，陶濬做事甚是古板，为人又极自负，目中无人，苗老弟在他手下做事想必很难伸头吧。若此番事成，小女清漪必不亏待你。苗弟可想想，陶濬科举的名次并不如你，为何官职在你之上？不就是因为他在后宫有靠山吗？"

这话半真半假。不过，陶濬确实跟孔府有些沾亲带故。苗伆心思活络起来。

刘存又道："眼下便有一个很好的时机，苗老弟不着痕迹地提一句便可……就算不成，亦绝不连累你。"

七月底，是本朝太宗皇帝与圣母姜后的祭日。照旧例，圣上要带着宗室子弟、后宫诸人去宗圣殿磕头祭祀。

那日，成灏从苗伆手中接过香，恭恭敬敬地奉上。

内侍喊："跪——"成灏先跪下，身旁的阿南亦紧跟着跪下，后头的人乌央乌央地跪在帝、后的身后。

然而，就在众人起来的时候，突听一声嘹亮的啼哭。那哭声在这安安静静的祭祀时刻，听起来分外尖锐而刺耳，像是受了什么惊吓。循声望去，原来是乳娘怀里的四皇子。

成灏皱眉："谅儿身体不是一直很好吗，这是怎么了？"严芳仪见势不对，连忙走近。谁知，她越靠近，四皇子哭得越厉害，整个宗圣殿萦绕着婴儿的哭声。

成灏忙命小舟传华医官过来，经一番查看，说是受了惊吓。怎么可能受了惊吓呢？宗圣殿里除了跪拜的皇帝和后宫诸人以及宗室子弟，便是墙上的列祖列宗了。总不可能是被列祖列宗吓着了吧？成灏面色愈发不好看。

他吩咐乳娘："将四皇子抱回宫去吧。好生照看。"乳娘忙道："是。"严芳仪连忙跟在后头。

直到她们走远了，成灏仍能听见若有若无的啼哭声。他放心不下，又命华医官跟着去了蒹葭院。

四皇子除了生来带着牡丹吉兆外，模样好，身子壮，多笑少啼，成灏素来是极喜爱的，曾当着众人的面夸过："此子有骁勇之相。"

怎么今日如此异常呢？

成灏沉着一颗心将祭祀之礼做完。待走出宗圣殿，突然觉得有些眩晕。阿南连忙扶住他："圣上，您是否身体不适？"

成灏摆摆手："不，就是昨夜在尚书房熬得有些晚了，现时觉得头有些昏沉，约莫歇一会子就好了。"

墙上的祖先们穿着龙袍肃然地伫立着。宗圣殿里，香烟袅袅。成灏沉声问道："太常寺卿陶濬安在？"苗仞上前道："回禀圣上，陶大人今日休沐。"成灏看了看苗仞，问道："你是太常寺丞苗仞吧？"

"圣上记性甚佳，微臣正是苗仞。"

"依你看，今日怪象是何因？"

苗仞跪在地上磕头道："臣不敢言。臣才疏学浅，圣上还是等到陶大人归来再询问吧。"

越是如此，成灏越是好奇。他命宗室子弟、后宫妃诸人都散去，尔后沉声问道："说吧。孤恕你失言之罪。你但说无妨。"苗仞道："不知圣上是否听过'母子相克'一说？"

成灏脑子里闪现方才那一幕，严芳仪越靠近，四皇子越哭得大声。他喃喃道："难道是阿湄克了谅儿？"苗仞道："《五行大义》中有言，克者，制罚为义。力弱者，便会被力强者所伤。四皇子乃襁褓婴儿，自然是力弱的一方，故而，受母命之冲。"

成灏徐徐问道："可有破解之法？"苗仞道："母子不相见便可。"

古来帝王，莫不将子嗣视为第一要紧之事。如今成灏膝下皇嗣稀薄，皇长子成诜性情懦弱胆小，每立于人前，不发一言，不为皇父所喜。在皇三子成询与皇四子成谅之间，成灏更偏于后者。一则认为他的长相气派，身体健壮；二则认为他生带祥瑞，乃不凡之子。

成灏将这个儿子看得非常珍贵，既然母子相克，那么……

成灏心情复杂地走出宗圣殿。

蒹葭院内。严芳仪一步步逼近那乳娘，眼里似乎要长出钩子来，将眼前这个看起来老实本分的妇人钩得稀碎。

四皇子回到蒹葭院便安静了。那么，方才在宗圣殿的异动便是人为的了。做给圣上看的。

严芳仪厉声道："说！文茵阁的贱人到底动了什么手脚！"乳娘战战兢兢地摇头道："娘娘，奴婢不知道您在说什么，奴婢什么也不知道……"

严芳仪从头上拔下金簪，那金簪极细。严芳仪一把抓过那乳娘的手，将金簪一点点刺入她的手指头。乳娘欲张嘴告饶，嘴巴立即被堵上。

严芳仪冷笑道："本宫不必惊动内廷监，亦有上百种法子折磨你。"

忽然，内侍报："刘芳仪到——"刘清漪从外头进来，镇定自若地坐在榻上。

事情到了这一步，两个人仍是皮笑肉不笑地敷衍着彼此。

"姐姐这个时候来，想必有什么重要的事情要说吧？"

刘清漪拿帕子扇着风，道："妹妹，圣上冷了你好些日子，近来才对你热乎些。姐姐觉得，你应趁势而上。你是才华横溢的人儿，又能唱，又能跳，姐姐十辈子也不及你。往后啊，你可把心思多多放在博取圣心之上。谅儿，就交给姐姐帮你养着吧。你放心，姐姐一定把他养得白白胖胖、聪明伶俐……"

她还想说下去，却被严芳仪打断了："姐姐！谅儿是妹妹十月怀胎所得，断不会给别人！姐姐这个要求妹妹实不能答应！"

这是严芳仪第一次如此刚硬地拒绝刘清漪的要求。以往，她总是唯唯诺诺的。

刘清漪突然觉得眼前这个人很陌生，跟一年半以前在父亲的安排下，初抵上京时的那个歌姬判若两人。那时候，她曾跪在地上向刘清漪起誓，只要刘清漪能帮她，她必知恩图报，唯刘家之命是从。

刘清漪手中的帕子停了下来："妹妹，不知你还记不记得桃花径的王妈妈。她倒是记得你呢。昨日，姐姐还见到了她。她说，她挺想你，若有机会，她想见你一面。"

说完，她哼了一支曲子："秀香家住桃花径。算神仙，才堪并。层波细翦明眸，腻玉圆搓素颈。爱把歌喉当筵逞。遏天边，乱云愁凝。言语似娇莺，一声声堪听。"

严芳仪的血一寸寸冷了下去。桃花径就是她曾经待过的那条花船的名字。刘清漪哼的，就是她曾经在花船之上唱过的淫词艳曲。这是在明晃晃地威胁她。

其实，半个月前，刘家就已经命人悄悄地将王妈妈接来了上京。

严芳仪道："姐姐，刘家如此做，就算能扳倒我，就能确保自己不受牵连吗？圣上能容你们在他眼皮子底下做这样的手脚吗？只怕到时候，鱼死网破，你我都不好过。"

刘清漪凑近她，意味深长道："妹妹低估了爹爹，也低估了本宫。既然我们敢将王妈妈弄来上京，你觉得我们没本事把着她的嘴吗？届时，她该说的说，不该说的，一个字都不会说。此事，跟刘家，一点关系都没有——"

正说着，一阵纷杂的脚步声临近。两人一看，原来是圣上的贴身内侍小舟公公来了，他身后还跟着一位嬷嬷和几名宫人。

严芳仪忙赔笑道："小舟公公来，所为何事？"小舟颔首，挥了挥拂尘道："圣上有旨，严芳仪接旨——"

严芳仪跪在地上，心内惴惴。

"即日起，皇四子成谅交予中宫邹皇后抚养。钦此。"

严芳仪只觉眼前一黑。还未待她反应过来，小舟身后的嬷嬷和宫人们抱起四皇子就往外走。

第五十六章　礼物

严芳仪连忙跑过去，拉住嬷嬷的衣角，欲将孩子抢过来。她跑得太急了，头上的金步摇跌落在地，发出清脆的声响。

小舟慢悠悠道："难道严娘娘想抗旨不遵吗？"严芳仪听了这话，手艰难地松开。

嬷嬷们抱着四皇子消失在她的视线中。她怀中的小人儿，她引以为傲的小人儿，她盼了许久的小人儿，她以为能给她带来福星高照的小人儿，就这么消失在她的视线中。仿佛抽空了她的念想，抽空了她的一切。

她怔怔地想往外走："本宫要见圣上，问问是怎么回事……"

小舟忙向殿外的侍卫使了个眼色，侍卫拦住严芳仪。小舟道："圣上说了，他晚间忙完了，会来蒹葭院。到时候，娘娘自然就什么都知道了。现时，圣上在乾坤殿处理政务，吩咐过，不许人前去打扰。"说完，便离去了。他手中的拂尘晃啊晃，严芳仪的心也跟着晃啊晃。

屋内安静下来。一旁的刘清漪道："妹妹，你脑子放清楚些。皇后是何等角色？孩子若给了她，还能让你沾边儿吗？怕是日后，你连见他一面都难。依姐姐看，晚间圣上来的时候，你求求圣上，把谅儿送来文茵阁抚养吧。姐姐保证，你还能时常看看孩子，跟放在你宫里养无甚区别。这样，姐姐好，你也好，大家都好……"

突然，严芳仪像疯了一般冲上去，掐住刘清漪的脖子。她的眼睛红红的、直直的，让刘清漪打了个哆嗦。

"你，你，你，你要做甚？"

严芳仪的手如铁箍一样箍住她的脖子，刘清漪大声呼救，宫人连忙过来拉扯。

蒹葭院一片混乱。

檐下的鹦鹉静静地看着这一切。

中宫。

阿南与宛妃面对面地坐在榻上。阿南手握着一卷书，默默地看着。窗棂的罅隙透进来的几许细碎的阳光落在她的脸上。她未施粉黛，一张脸素净极了。头上挽着一个家常的髻，衣裳是白色的棉布衫。仿佛外头的日头、蝉鸣、暑热、聒噪，统统和她没有关系。

宛妃正在描着鞋样。她描的鞋样颜色很鲜丽，上头有荷花、有蜻蜓，还有蜜蜂，热热闹闹的，五彩斑斓。

一旁的华乐托腮笑道：“宛娘的手最是巧。拉得了弓，做得了女红，样样都行。”宛妃扑哧一笑：“就你嘴甜，哄着宛娘乐呢。”

宛妃将那鞋样往华乐脚上比了比。这些年，华乐的一应贴身衣物、鞋袜，都是宛妃做的。她乐在其中。

门外有声响，小舟走近来，笑着向皇后、宛妃、华乐公主请了安。

阿南抬头道：“小舟，可是圣上唤本宫有何事？”小舟转身，往后一招手，嬷嬷抱着四皇子走进来。

小舟道：“圣上说了，四皇子就暂且放在皇后娘娘这儿养着，一应的乳娘、婆子都换了，人都是圣上亲选的，宫中经年的嬷嬷，最是老道的。”

阿南不觉和宛妃对视了一眼。从今日宗圣殿的意外起，阿南已经约莫猜到发生了何事。但她没想到，成灏会做这样的决定，将孩子交给她抚养。

当日，她怀胎之时，成灏请了川陕名医进宫为她保胎，她便懂得是什么意思。宫中那么多高明的医官，他偏偏要请一个不相干的宫外之人来给她保胎。

阿南从酆陌手中接过那丸药。她知道，成灏不放心让她有皇子。她听了梦中白衣女子的话，吃了那丸药，转胎。

她的后位是怎么来的，她与成灏一起密谋过什么，顺康十三年城门楼的烟花是怎么回事，太后执政时的那些旧臣是如何悄无声息地被架空、被除去，宫中甚嚣尘上的关于中宫人选的流言是如何散播的……这些，终究都无法抹去。

成灏与她站在一处，却也戒备她。正是因为阿南懂得成灏的这份戒备，在杨乐久死后如何处置三皇子的问题上，阿南鲜明地表了态，将三皇子交予宛妃抚养，以示中宫对皇子绝无觊觎之心。成灏对此亦是赞许的。

可这次，这次是为什么呢？

阿南将手中的书卷放置在桌上，笑问道：“小舟，你可有听错？”小舟俯身道：“回皇后娘娘，奴才从小就在圣上跟前儿当差，怎么会听错圣上的吩咐呢？”

华乐走到四皇子身边，眨巴着眼睛看着这个突如其来的弟弟，用手捏他的小脸儿。四皇子犹在酣睡，闭着眼。华乐稚气地问道：“父皇把四弟当作礼物送给母后了吗？”

小舟笑笑，不置可否，跪了安便离去了。

小舟走后，阿南命聆儿将抱着四皇子的嬷嬷和跟随的那几个宫人安置在东殿，华乐好奇地跟着一起去了。

待屋内安静下来，宛妃道："娘娘，您说，这是怎么回事？"阿南缓缓地坐了下来，叹道："是文茵阁出手了。"

宛妃道："臣妾想着也是她。之前，臣妾跟文茵阁的打过几次交道——"说到这里，她看了看阿南的面色，又继续道："刘清漪那个人，总觉得自己聪明得不得了，自以为能把控住局面。实则，她跟窦华章不相上下，脑子钝得很。从前，她还鼓动臣妾跟您作对……有一点，臣妾是知道的，她跟严钰沆瀣一气，彼此拉扯。"

阿南道："那乳娘，那苗仞，必都是刘清漪的人。煞费苦心，来一场母子相冲的戏码，想抢严钰的孩子。她们俩之间的纠葛，迟早要掰扯。本宫不愿惹这个是非。"

宛妃若有所思地点点头。"娘娘，您说，四皇子生带吉兆，圣上会不会起了立嗣的心……"她小心翼翼地问。

阿南想了想，伸出手去，轻轻地覆在宛妃的手背上："来日方长。"

天色渐渐暗下来。宛妃走后，阿南行至檐下，手中握着的，是父亲留给她的那枚卦签。凡是涉及立嗣之事，凡是涉及煞星之事，她什么都卜不出。好像有一条路，一旦走到某处，就立刻漆黑一片，怎么都寻不到光亮。

这种感觉让阿南很沮丧，如临深渊。

成灏来凤鸾殿的时候，闻见一股花酿的甜香。

阿南起身迎他，他笑道："皇后怎知孤今晚要过来？"阿南道："臣妾想，您一定会来跟臣妾说四皇子的事。"

成灏点头，走入殿内坐下。桌上酒杯里的花酿放在他习惯的位置上，他端起喝了一口，似乎觉得浑身都松快了。

暮色苍茫，温好的酒，他的妻子，他的女儿。成灏心头忽然涌起一股说不上来的感觉。他脱口而出，吟道："从从容容杯中酒，真真切切眼前人。"

阿南坐在他身旁，笑笑，默不作声，将他空了的酒杯斟满。

成灏叹道："如今后宫之中，祥妃已有两个孩子，忙不过来。宛妃么，询儿的身体不大好，总是容易害些小病，她亦操心得很。刘芳仪么……"

成灏摇摇头："她性情毛躁，且娇纵得很，孤担心她带不好谅儿。余者，便是一些低阶妃嫔，自不必说。孤思来想去，四皇子交给皇后，孤最放心。"

阿南迎上他的眼。他的眼里有被岁月洗刷的几许温和。

阿南的心抖了抖。她忽然感觉，成灏跟她比从前近了一些。

近了多少，她不知道。但，一分，一寸，一尺，都是好的。

第五十七章　悬梁

也许他对自己没有从前那么戒备了吧？阿南觉得眼角有些湿，恐成灏看见，忙低下头，用筷子夹了些笋到成灏碗里。

这笋跟别处的不一样，不仅带着笋的鲜美，还带着荷花的清香。成灏喜食笋，又觉入口有些微苦。阿南便将荷花晒干了，与笋腌在一处，时不时地揉一揉、拌一拌，足足四五个时辰，荷花的味道才渐渐地渗进笋里，又佐以老火汤烹好。

成灏吃了一口，赞了句："今儿的笋好。清雅而不寡淡。"聆儿道："圣上，这是皇后娘娘自个儿做的，今儿一早，辰时就开始做了，且不肯让奴婢们帮手呢。"

成灏瞧着阿南，道："往后莫要做这些事了。你是皇后，吩咐她们去做就好。"阿南忙道："臣妾不辛苦。做这些事，反倒觉得愉悦。圣上还记得顺康八年的烤鹧鸪吗？"

说起这个，成灏停箸，笑起来。顺康八年，他们都还是一群小孩子。成灏吃厌了御膳房里的食物，跟孔良一道用弹弓打了鹧鸪，唤来阿南和清欢，四人在御花园的山石处躲起，烤着吃。孔良负责砍下树枝将鹧鸪串起。阿南心细，负责烤，她随身的荷包里装着一些从小厨房的嬷嬷处讨来的盐巴和辣子。成灏与清欢坐在一旁，鼓着腮帮子吹火，吹得眼睛里都是泪，但都笑得很开心。

那天的鹧鸪仿佛格外好吃。

良宵只恐鹧鸪啼，晴波但见鸳鸯浴。成灏笑着笑着，不知想起什么，又轻轻地恍了恍神。转而，又低头大口大口地吃着笋。

其实关于那次烤鹧鸪事件，有件事成灏并不知道。事后，被内廷监的掌事发现了。他不敢说成灏和清欢，孔良是贵家子，他亦不敢轻易得罪。他只训斥了阿南，告诉这个后宫中非主非仆的姑娘，什么叫宫规，什么叫胡闹。

但那并不妨碍阿南记忆里的欢喜。她那克制到极致的童年时光中，唯一放纵的时刻。

晚膳毕，成灏唤乳娘将四皇子抱到跟前儿来。他跟阿南坐在一处，从乳娘手中接过四皇子，抱在怀里。

四皇子出生以来，阿南这是第一次隔着这么近的距离看这个婴孩。他皮肤很白，眉眼之间有成灏的影子，也有严钰的影子。他长得巧，专取二人的优点长。宫中出生的婴孩不少，似这般俊美的，还真是罕见。

成灏轻声跟阿南说："今儿，孤听了太常寺丞的话，坐在乾坤殿里，思量着该将谅儿交给谁抚养，脑子里不知怎的，总是闪现皇后的身影。希望谅儿养在皇后膝下，能如皇后一般，处事不惊、谋事有度。"

这段话，成灏说的七分真，还有三分，便是苗仞最后给他讲的话。

他问苗仞，当今后宫，谁抚养四皇子最合适。苗仞说，后宫所有主位中，唯有皇后娘娘的八字跟四皇子最合。不仅不相冲，还相旺。四皇子若得皇后娘娘抚养，必顺风顺水，灾厄化解。

是夜，成灏宿在了阿南处。

小舟提醒他："圣上，今儿您说过迟些去蒹葭院，估摸着严芳仪还在等您……"

成灏摆摆手道："明儿再去吧。让她一个待着，多冷静些时辰。"

小舟道了声："是。"

吹了灯。黑漆漆的夜。成灏与阿南躺在榻上，两人今晚的兴致似乎特别高，说着从前的一些旧事，又说起华乐是如何出色，尚书房的张先生总是夸，说她比宗室里同龄的孩子们都要聪慧机敏。

"华乐不逊男儿。以后可以管教弟弟们。"成灏说着。

外头的更鼓声响，成灏抱着阿南睡去。听着他的呼吸声，阿南也渐渐睡去了。成灏躺在她身边，她总是安心的。

她以为成灏对她放下戒备，她以为成灏对她越来越温和，这是她祈盼了好久好久的事，所以她有一种美好到不真实的感动。

她好像被轻柔的云朵遮住双眼，没有意识到，暗中已经有人布好了网，想将她缚住。

翌日，成灏去上早朝，见严芳仪站在回廊里等他，一双眼就像桃儿似的红肿。

成灏皱眉："你站在这里做甚？"严芳仪跪在地上，道："臣妾昨晚等了圣上很久，圣上一直没来。臣妾一夜未曾睡……臣妾没办法，守在这儿，等着圣上。臣妾想问问圣上，究竟是怎么回事……臣妾想谅儿，总好像听到了他的哭声。"

成灏道："那是你的幻觉。他并没有哭。离了你，谅儿只会更好。""臣妾不明白……"严芳仪的委屈仿佛从肺腑里溢了出来，洒得满地都是。

成灏道："你与谅儿母子相克，不宜再在一处，只会伤到谅儿，明白吗？"

严芳仪又一次哭出声来，拉着成灏龙袍的边角。成灏向一旁的侍卫挥了挥手，侍卫忙将严芳仪拉开。成灏大踏步走向金銮殿。

今日的朝堂上，说的是战马的问题。去年，宛妃的父亲镇南将军胡谟率军去漠北打了近一年的仗，战马损耗甚巨，归来时的数量还不足去时的一半。这个缺得补上。

所谓的“甲骑具装”，便是指人甲与马家。在战时，兵丁与战马，一样重要。

有个叫作柳元的中牧监，上书提的建议新奇有趣。成灏看着这个名字颇为熟悉，想起，是严芳仪的嫡亲娘舅。此番让她与谅儿母子分离，确实狠绝了些，那便小小地补偿她一下吧。

这样想着，成灏将柳元升做了五品上牧监。

柳元忙喜不自胜地谢恩。

晌午，成灏在御马监看马，忽然见蒹葭院的小宫人满头大汗地跑过来：“圣上，圣上，出事了，出事了……”

成灏呵斥道：“什么事如此慌张！没见孤在巡视战马吗！”

“严芳仪娘娘悬梁了！她说……她说，她发现了一个真相，不敢告知与您，心中忐忑……思来想去，唯有一死……”

成灏口中骂着：“混账，妃嫔自戕伤宫中祥和之气，增君王之过，是大罪！她岂能不知！”

蒹葭院。成灏赶到的时候，严芳仪已被众人救了下来，面色苍白，虚弱地喘着气。她看见成灏来了，涕泪交加，挣扎着叩首道：“圣上，臣妾好害怕，这宫中人心叵测，臣妾不敢直面……”

成灏厉声道：“究竟怎么回事！说！”严芳仪用颤抖的手，指着跪在一旁的一个妇人道：“圣上，谅儿是臣妾的骨肉，臣妾心中坚决不信与他母子相克，定是有人有意为之。果然，臣妾命人拷打谅儿的乳娘，果然……”

成灏看到跪在一旁那妇人，十根手指已被竹篾伤得不成形，左右面颊皆被打得肿胀。那妇人跪在地上扑通扑通地磕着头：“求严娘娘饶了奴婢，求圣上饶了奴婢，奴婢也只是听命行事啊……”

成灏的脸就像雷雨乍来前，天上堆积的厚重乌云。

“奉谁的命？”

“奉皇后娘娘的命。”

接着，那乳娘招出，皇后是如何艳羡严娘娘的祥瑞之子，如何安排她到蒹葭院，又是如何唆使她在宗圣殿祭奠之时，悄悄拿细细的针扎入怀中四皇子的屁股，造成四皇子惊慌大哭的假象……

说得有鼻子有眼、清清楚楚。就连走到檐下，便停住脚步的刘芳仪都惊呆了。这乳娘，明明是自己的人啊，怎么此时在成灏面前说的话跟在文茵阁所说的全然不同呢？隔着珠帘，她看着跪在成灏面前的严芳仪，七月的天儿，竟无端打了个冷战。

成灏坐在榻上，想起太常寺丞苗仞的话：后宫所有主位中，唯有皇后娘娘的八字跟四皇子最合。

雷雨滚滚而来。

第五十八章　明镜

“去，把皇后叫过来。”成灏吩咐小舟。

乳娘大气都不敢喘。严芳仪仍是低着头啜泣着，用帕子掩住了口，时不时地看一眼面色沉郁的成灏。

小舟心情复杂地走向凤鸾殿。他记得昨日将四皇子送到中宫时，皇后娘娘的惊诧。如果她真的是幕后指使，她又何必表现得那么意外？不过，那乳娘言之凿凿，时间地点，何时吩咐，如何吩咐，都说得清清楚楚，倒也像是真的。

小舟到凤鸾殿的时候，阿南正抱着四皇子在逗他。四皇子看着阿南笑，婴孩的笑容纯净而可爱。阿南似乎在努力适应着“四皇子养母”这一角色。

华乐公主踮着脚尖，想用手去摘四皇子的帽子。阿南道：“铣儿不许胡闹，你四弟小，得戴帽子，不然会吹着风。”华乐不听，口中道：“不，母后，儿臣就要摘掉四弟的帽子。”忽的一下，四皇子的帽子当真被华乐公主揪掉，“哇”地哭出声来。

阿南呵斥了华乐公主几句。华乐公主嘟嘴道：“揪帽子怎么了？又不是来日，儿臣揪掉他的皇冠。”

阿南的面色越发严厉，她不愿让女儿口没遮掩。虽然是稚子口角，但若被圣上听见，难免会多想。对于“储君”“皇冠”之类的字眼，历朝历代的君王都是忌讳的。

一抬眼，阿南看见小舟进来了。她笑道：“内廷监的人刚走。圣上隆恩浩荡，赏的东西属实有些多，一晌午都来了好几拨了。就算本宫现养着四皇子，也用不上这么些东西的。舟公公，你这时候过来，是圣上有何旨意吗？”

小舟请了安，跪在地上，小心翼翼道：“圣上请您……去一趟蒹葭院……”

蒹葭院？阿南觉得事情有些不好，又看了看小舟的面色，心中明白了几分。她将四皇子交予聆儿手中，理了理鬓角，便随小舟往蒹葭院走去。

一路上，她没有吭声，也没有问小舟究竟发生了何事。她只是低着头，疾步沉默地走着。雨下得越来越大，噼里啪啦的，被风吹着，从伞下钻进来，打到阿南的脸上，衣裳上。七月的夏雨，那么突然，那么激烈，就好像要把天地间所有的块垒一扫而尽。

阿南迈入蒹葭院的时候，屋内的气氛怪异极了。

此时，刘芳仪已经从檐下走入了殿内，站在成灏的身边，她脸上的大雾依然没有散去，三分茫然七分懵懂。严芳仪看见阿南走进来，好像极为害怕，朝阿南磕着头，凄然道："皇后娘娘，求皇后娘娘您高抬贵手，放过臣妾，放过臣妾的孩子。"那乳娘看着阿南，被打肿的面颊微微地抽搐着。

成灏的眼神在所有人的脸上转了一圈，最终落在阿南的脸上。

阿南的面色如常。她跪在地上向成灏请了安后，轻轻地问了声："圣上唤臣妾何事？"

成灏指着那乳娘，问道："皇后，你可识得她？"阿南看了看，道："仿佛是谅儿从前的乳娘。"

"她是否是你的人？"成灏直截了当地问道。

阿南摇摇头。她脸上滴下的雨水，一滴一滴落在地上，汇成小小的一摊。

成灏向乳娘厉声道："把你方才讲的话，当着皇后的面，再说一遍。"

乳娘哆哆嗦嗦地，又重复了一遍。阿南听了，看着她："哦？照这么说，你竟是一直为中宫做事了？""是，求皇后娘娘庇佑……"乳娘虽瑟瑟缩缩的，但该说的话并不含糊。

阿南走到乳娘的跟前儿，越走越近，笑了笑："你方才说，三日前亥时，本宫唤你来凤鸾殿，吩咐你在宗圣殿祭拜时对四皇子下手，是吗？"

"是。"

"圣上可以问问凤鸾殿的守夜奴才，当晚有没有见过这个妇人。"阿南抬头向成灏道。

"皇后娘娘宫里的奴才，自然是皇后娘娘想让他说什么，便说什么……"严芳仪抽抽噎噎道。

成灏不吭声。阿南道："圣上，纵便是凤鸾殿里人人听命于臣妾，说的证词作不得数，但，臣妾总不能买通这宫中所有人吧？中宫到蒹葭院，颇有些距离，需绕过御湖，绕过数条回廊。会碰到的人很多，譬如当值巡逻的侍卫，宫中打更报时的鸡人，还有深夜收各宫泔水的嬷嬷们……圣上只需内廷监细细地查，一定能查出些蛛丝马迹。"

成灏向小舟道："去内廷监传旨，彻查此事。"小舟答应着，便去了。

在场的所有人中，唯刘芳仪的面色焦虑起来。当值巡逻的侍卫、打更报时的鸡人、深夜收泔水的嬷嬷们……万一真的有人看见这个乳娘往文茵阁去，可如何是好？

她的手不自然地在襦裙上来回摩擦着。爹爹曾说过，她是一个掖不住事的人，城府不深，恐被人诈出破绽。难道爹爹和严钰临时密谋了什么她不知道的事吗？抑或是严芳仪打着交换的名头跟爹爹做了什么交易？爹爹会不会被这个狐媚子给诓骗了？刘芳仪心里七上八下的。

当然，最重要的一个人，便是太常寺丞苗仞。他究竟是谁的人？

成灏起了身，眼里满是倦意："将这个乳娘带去内廷监的暗室关押起来。皇后，你回宫吧。莫要吃心。孤今日唤你来，不过是例行问话。既然涉及你，宫规当前，孤便不能视若不见。清者自清，浊者自浊。是非曲直，未有所定，孤相信早晚能弄明白。"

阿南跪安，道："是。明镜落尘土，只需心如故。"她转身，清癯的背影从进来的那一刻到现在，没有丝毫的慌乱。她亦没有看成灏的眼睛。

那句话在成灏的心头刮起一阵风。她自比明镜，她说她心如故。

夏季的雨，来得快，去得也快。成灏走出蒹葭院的时候，雨已经停了。大雨初过，鼻端萦绕着草青气。往东看，一个弧形的、半透明的虹浮现在暗云中间，浅褐色、黄色、微红，若隐若现。

成灏在尚书房里坐着，看了许久的奏章。

傍晚，从书案中抬起头来，饮了几杯花酿。孔良走了进来，禀道："圣上，那晚，没有人看见乳娘去了凤鸾殿，倒是看见她去了另一位娘娘的寝宫。"

"谁？"花酿在成灏的肺腑中翻腾出几许微醺来。

"文茵阁的刘芳仪娘娘。"

成灏沉吟道："可是，孤今日瞧见她，倒像是稀里糊涂的，不是知情的样子。"

成灏想起顺康十六年，杨乐久孕中喝下腹疼的那碗汤。汤从文茵阁过，却与刘清漪无关，她只是因为愚蠢和娇纵，被别有用心的人设计。这次会不会也是那样呢？

孔良道："这或许正是刘存刘大人的高明之处。看起来好像与刘芳仪娘娘无关，才能保全刘芳仪娘娘。"

成灏见孔良这话大有深意，便道："你是说……"孔良答："臣特意去翻了翰林院的备案。圣上，刘存大人与苗仞大人当年是同时科考的士子。刘存大人疼爱幼女，上京众人皆知。圣上，这件事，定与皇后娘娘无关。"孔良说得很笃定。

成灏想了想，道："将苗仞悄悄送去大理寺的监牢密审。"

"是。"

大理寺卿赵惟是个狠人。当夜，便从苗仞的口中撬出了刘存。

第五十九章　补偿

如此一来，似乎所有的证据都指向了刘家父女。但成灏心底如同开了一道罅隙的门，往里呼呼地吹进多疑的风。他觉得事情似乎没有这么简单。有一些他暂时没有看透的东西，隐藏在所谓“真相”的表面。

那晚，他去了蒹葭院。受了一场无妄殃祸的严芳仪仿佛依然惊魂未定，她靠在成灏的怀里，脸儿苍白，眼中含泪。

无论从各方面来看，在这整个事件中，严芳仪都是一个无辜的受害人。成灏看着她，问道：“阿湄，太常寺丞苗仞口中的母子相克之说，是受人指使的。看来，这件事，让你受委屈了。”

这句话，带着几许遮掩、几许试探。

严芳仪跪了下来，声音凄楚，眉目含情地看着成灏：“圣上，只要有您在，只要您还疼惜臣妾，臣妾便是在这后宫中受了再多的委屈，都没什么……臣妾心中坚信，圣上您是何等清明的人，一定查明真相……”

她没有问究竟是受何人指使，也没有提，而且轻轻地绕开了。她没有想借这件事，置对手于死地。

成灏想了想，扶起她，命小宫人端上花酿来。他喝了一杯，问道：“阿湄，你不想知道是谁做的吗？”

严芳仪低着头，似乎吞下一碗黄连水一般：“圣上，您心里知道就行了，就算您不告诉臣妾，臣妾也无怨言。您有您的权衡，您有您的顾忌，臣妾明白。”

成灏听了这话，叹了口气，不禁伸手抚了抚她的发：“你是个懂事的。”转而，他叹道：“告诉你也无碍。事实跟你从乳娘口中审出来的不同。太常寺丞苗仞实则是被刘存买通的。刘存是个官场上混迹了一辈子的人，才华了得，想必也有城府。孤猜测，此次，他不仅是想夺子，还想拉皇后下水，惹你恨极了皇后，去跟皇后相斗。好让他的女儿坐收渔翁之利。”

严芳仪不吭声，轻轻地用帕子擦了擦眼泪。

成灏道：“孤已命人将刘存带去大理寺了。”严芳仪握着帕子的手轻轻有些抖，很快就平复如初。她亲自给成灏斟了杯酒，道："圣上，臣妾以为，您不能在明面儿上，为着此事，认真与刘存大人计较。"

成灏将酒杯握得很近："阿湄，你甚是聪慧，这也是孤现在正在思虑的问题。刘存这些年为朝廷治患立下汗马功劳。从前在黄河束水治沙，百姓感其恩德，为他修祠。后到了淮河，以年迈之躯六下淮水，两条腿得了寒病，冬日里站也站不直。顺康十七年，淮河两岸的百姓为他上了万民伞。他在民间口碑如此之好，甚至茶肆酒馆有不少伶人将他治水的故事说成书，广为流传。如若朝廷贸然因此治他的罪，一则寒了百姓的心；二则，官员因宫闱之事获罪，倒叫天下人议论孤的后宫多是非；三则……"

刘存的得力与对朝廷的忠心，也是多年以来，不管刘芳仪在宫中做下怎样的蠢事，成灏都始终优待她的最大原因。

成灏缓了口气，加重语气道："三则，孤还年轻，后宫之人如此处心积虑夺嗣，实在是不吉啊。"严芳仪起身，一边为成灏按着头，一边柔声道："圣上既想得极明白，想必心中已有决断。"

成灏点头："是。"他已让兰台史拟诏，命刘存去琼州修渠。表面上看，刘存是满朝廷最通水利之人，担此大任，顺理成章。实则，琼州在海角天涯，琼州之渠没有十年八年修不完，成灏是想让他彻彻底底远离上京、远离朝堂、远离宫闱是非。

"依臣妾看，文茵阁的刘姐姐对父亲做的事并不知情。圣上您素来是知道刘姐姐的，她单纯，心思简单。谅儿被夺走后，她还屡次来蒹葭院安慰臣妾。圣上，父罪不及出阁女，您宽恕刘姐姐吧。臣妾给您磕头。"严芳仪恳切地说着。

成灏想起白日里在蒹葭院刘芳仪一脸迷茫的样子，点了点头："清漪的心事写在脸上，瞒不住。今儿看她总是稀里糊涂的样子，孤也瞧着似与她无关。都道是墙倒众人推，你却肯为她求情，真是极难得的。罢，便让她在文茵阁里禁足反思一阵子吧。"

严芳仪看着成灏，露出一张真诚而喜极的笑脸："谢圣上。"

宫人打上热水来，伺候成灏洗漱。成灏向严芳仪道："阿湄，这两日乱七八糟的事情太多，你给孤弹首曲子来听吧。"

"是。"严芳仪抱起琵琶，弹了一首《夕阳箫鼓》。这首曲子讲的是江南春晚江边月色及思念亲人之情。

成灏听着曲儿，明白了曲中意。曲毕，他道："明儿让人把谅儿抱回来吧。"严芳仪突然摇摇头，坚定道："不。圣上。谅儿还是留在中宫吧。"

"哦？你不想要回孩子？"成灏颇为意外。

严芳仪挽着成灏到榻边，柔声说："臣妾正准备跟您说此事，又恐自己拙嘴笨舌，说不清楚。这件事一开始发生的时候，臣妾身为人母，焦头烂额，慌慌张张的，只知啼哭，甚至还打了谅儿从前那乳娘……现在，臣妾的心反倒平和了。特别是瞧着今日皇后娘娘的表现，何等淡然，何等大度，臣妾自愧弗如。臣妾站在檐下想了一晚上。众人皆言谅儿是吉祥之子，此番生祸事，约莫是臣妾福薄，受不住吉祥之子的福气。或许，只有中宫皇后娘娘，才配抚养吉祥之子啊。另则——”

严芳仪替成灏解着腋下的扣子，道：“另则，皇后娘娘被冤枉，受了好大的委屈，圣上，您总要补偿她的。后宫其余人再好，终究是妃妾。只有皇后娘娘，才是您的结发妻子啊。您万莫要与皇后娘娘生了嫌隙。”

成灏看了严芳仪好一阵子。灯光下，她的面庞暖而温柔。她将自己看得如此低微，连亲生的孩儿，都自言自己“不配抚养”。她给了成灏一把体面的梯子，让成灏下了台阶。成灏心中一阵感动。再思及她去年的春药之事，终究也只是为了争宠的一时糊涂，妇人见识，没有歹心。这么久了，对她的惩罚也够了。

他伸手捧着她的脸，道：“爱妃婉顺通达。”

红灯帐底，满室春色。

八月伊始，成灏往后宫下了三道旨。两道明旨，一道暗旨。

两道明旨分别是：正式将四皇子成谅的抚养权交给了中宫；晋了严芳仪的位分，如今，她已是严贵嫔了。

暗旨，是下到文茵阁的。不知那旨意上说了什么，总之，自小舟去了一趟文茵阁，便再也没在宫中宴饮上看到刘芳仪。医官署的华医官说，刘芳仪身子抱恙，需调养一段时日。

朝堂上，刘存依旧得力，成灏将琼州修渠的重任交给他，临行那日，圣驾亲自送到了城外官道上，以示看重。

“刘卿此番前往琼州，务必将朝堂的爱民之心，带到天涯海角，九州同在，共此青天。”

“老臣必不负圣上所托。”

众人看来，好一派君明臣贤的盛世景况。

后宫诸人言，中宫邹皇后如今是最大赢家。阿南坐在凤鸾殿的檐下，闷不作声地修剪着松柏。宛妃抱着四皇子，向阿南道：“圣上明白了姐姐的清白，还将谅儿交给姐姐抚养。姐姐怎么不开心呢？”

阿南抬头道：“亭亭山上松，瑟瑟谷中风。本宫似乎听到了山谷间瑟瑟呼啸的狂风。”宛妃笑着：“姐姐多虑了。事情跟咱们预想的差不多。刘家出的手，刘家也倒了霉。唯独不顺意的，便是狐狸精晋了位分。不过，她此番孩子都失去了，归了姐姐，晋了位分也没什么可得意的。”

阿南沉吟说：“可妹妹有没有想过，刘家这次为什么没有咬出严钰的把柄？严钰在其中使了什么手段？妹妹当真觉得四皇子是严钰不得已失去的吗？虽然圣上没有明说，但本宫瞧着，她倒像是甘愿将四皇子送到中宫的。”

“那，她闹这么一出做什么……臣妾想不明白……”宛妃道：“也许，姐姐，你是在后宫见到了太多叵测的人心，过度紧张了。”

阿南瞧着成谅的小脸儿道：“但愿吧。但愿本宫的直觉是错的。”

晚间，阿南带着弟弟余慕和华乐在御湖边看着内侍们挖藕。

都道是六月莲花八月藕。这个季节，藕正当时。华乐叽叽喳喳地说着话，逗得众人一片欢乐。

远远地见孔良走过来，请安毕，他道：“此番皇后娘娘无事，微臣便安心了。”

“阿良，本宫有事托你。”

“娘娘言重了，您只管吩咐就好。您待孔府、待微臣恩重如山。”他指的是上次礼单的事。

阿南道：“从上京到琼州，路途甚远，你派几个得力的人手暗中盯着刘存，万不能出什么意外。”

孔良一脸错愕：“娘娘的意思是……怕刘存想玩什么花样？”

阿南摇头：“不，阿良，本宫怕有人要在路途中暗杀他。”

第六十章　棉花

孔良点了点头，不再多问，转身离去。

风从湖面徐徐吹到阿南的脸上。余慕不知何时踱到她的身边，手中拿着的是一截白胖的藕："南姐，您在想什么？"

阿南转头，看着弟弟那张圆圆的脸上带着关切的笑。弟弟十四了，个子快要与她持平了。他身上有一股子和阿南一样的内敛以及寻常人不易察觉的热烈。

"姐姐在想，明日给你和华乐做藕丸。"阿南道。余慕道："南姐，明年是大比之年，臣弟想试试。"

阿南笑笑："你年纪还小，是不是早了些，再随张先生多念几年吧。"余慕低头，想了想，道了声："是。"

华乐倦了，趴在嬷嬷肩头睡着了。内侍们将藕送往御膳房及各宫苑。阿南一行人往凤鸾殿走着。路上，余慕轻声说："南姐，臣弟总觉得您抚养四皇子，并非益事。"

阿南仰头，看了看天，繁星忽明忽灭。

"姐姐知道，但姐姐别无他法。是福不是祸，是祸躲不过。很多事情，不是姐姐能决定的。"

中宫该不该有皇子，是成灏的旨意。成灏若不想让她有，便没有。成灏若觉得她合适，她也必须有。

雷霆雨露，俱是天恩。还有一点，是阿南不愿意去直面的，她原本以为四皇子送到中宫是成灏对她越来越亲近的预兆，真相被揭开，却不过是她的自以为。

她害怕这种突兀的失望。就像一个人被困迷雾森林的人，在湿漉漉的地面生火，好不容易有了一点零星的小火苗，一场冰雨下来，彻底地碾灭了。

只有阿南心里明白，自己有多狼狈。

远远的，看见几个人从蒹葭院里出来。聆儿眼尖，忙道："娘娘您看，那不是鸣翠馆的张采女和饶更衣吗？"

阿南一瞧，还真的是。阿南依稀记得饶更衣初进宫之时对中宫的讨好。她送给阿南一张孔府收礼的名单，她说她想帮中宫扳倒祥妃与孔家。那时候，严贵嫔的孩子还没生，她以为皇后理所应当最该忌惮的是皇长子之母。

阿南内心是信任孔良的，加之厌倦此等刚进宫就想投机取巧、挑起纷争的行为，故而，对饶更衣虽然赏赐了一些物件儿，但到底是淡淡的。

如今，严贵嫔恩宠日盛，自不乏见风使舵之人。看来，她是迫不及待地抱琵琶另上别船了。

“奴婢只道张采女想投靠蒹葭院，竟然饶更衣也起了这样的心！”聆儿愤愤道：“机灵得过头了，不是好事！还真以为严妖精会拉扯她们吗？只怕被算计的骨头都不剩！现放着文茵阁的那位，就是前例！”

阿南摇摇头，示意聆儿莫要作声。

“要不要奴婢把那姓饶的唤来中宫，敲打她一下？”

“不，你去把钱御女唤来。莫要招摇，悄悄的。”

钱御女，是同这两位一同入宫的鸣翠馆另一位妃嫔。样貌清秀，但在三人之中相比其他两人，略逊一筹，下颌有些宽，眉眼素净，书卷气甚浓。

阿南注意到，她每日本本分分来请安，从不说讨巧的话，也不与哪宫的娘娘走得近。逢着节庆，也不知送礼打点。好似后宫的一切繁华、热闹、纷争，都与她无关一般。

凤鸾殿的崖柏香静静地燃着。阿南坐在软榻上，钱御女行了礼，坐在一旁的椅子上。聆儿端来一碟糖藕，摆在她旁边的桌上。

钱御女道：“娘娘唤臣妾来，有何事吩咐？”阿南指着那碟藕，道：“内侍们捞的鲜藕，请钱妹妹来尝尝。”

“谢皇后娘娘。”钱御女再次欠了欠身致谢。阿南指着那道糖藕，道：“听内廷监的嬷嬷们说，钱妹妹是才女，常常在宫中读书。本宫想着钱妹妹必定是腹有诗书的风雅之人。这道菜，依钱妹妹看，该取个什么样的名字？”

黄澄澄的蜂蜜滴在白白的藕片上，色泽明丽鲜妍。钱御女低头道：“叫我心匪鉴，娘娘您觉得何如？”

我心匪鉴，不可以茹。阿南蓦然发现，在三人当中，不起眼的钱御女才是最聪慧的。闻弦歌而知雅意，阿南今夜唤她来，她便已经猜到了大概。她却说，她并非青铜镜。

她不想投靠任何人，也不想掺和任何是非。

阿南笑笑：“你看那黄澄澄的蜂蜜覆在那满碟的藕片之上，本宫觉得，不若叫皇恩浩荡吧。”

钱御女颔首：“娘娘说得是。”

“你进宫半年多了，似乎还没得圣上召见吧？本宫身为后宫之主，当为你思量。”

钱御女跪地道：“谢娘娘美意，臣妾恐承受不起。临行前家父交代，平安便好，不求恩宠。圣上愿意召幸臣妾，是臣妾的福气，圣上若想不起臣妾，亦是臣妾的命。臣妾在这宫中锦衣玉食，甚是满足，不作奢想。”

这是个针插不入、水泼不进的人，谨慎到极处。她一定明白，这世上没有无缘无故的好处。拿人手短，必得替人做事。

阿南摆摆手，示意她退下。原想拿她当把剑，可她竟是朵棉花。重拳打在棉花上，再用力都是徒劳。

罢，让她在这宫中做清净人吧。

四皇子在中宫慢慢地适应了。不哭不闹，睡得香甜。醒了的时候，眼睛东看看、西看看。

他似乎很喜欢阿南，每回阿南抱他，都甜甜地笑着。但华乐总喜欢逗他，有时扯一扯他的帽子衣物等，有时用毛笔在他脸上点一点。阿南呵斥过几回，但想着都是无伤大雅的孩童之举，便也没有过分苛责华乐。

有一次，在后宫诸人来中宫请安之时，华乐逗四皇子，被严贵嫔瞧见了，她低着头，什么话都没说。走的时候，阿南似乎看见她眼角有些湿。

严贵嫔是个心重的人。凡事入到她的眼中，总是带着刺。

晚间成灏去蒹葭院，见她面有哀色，便问是怎么回事。她摇头否认，强撑着欢笑以对。成灏便问宫人是怎么回事，严贵嫔亦不许宫人说一个字。

成灏想着，她定是在某处受了气，不仅自己不说，也不许宫人说，这息事宁人的性子倒是大度得很。

中秋的前一晚，阿南去了趟文茵阁。禁足的刘芳仪听到响动，打着赤脚从榻上起身往外跑，口中还喊着：“阿钰，阿钰——”

她以为是严贵嫔，一瞧是阿南，眼中露出许多失望来：“皇……皇后娘娘……来做甚……”

阿南笑笑：“怎么，你是在等严贵嫔吗？”

刘芳仪不作声。

“你与你父亲皆落此结局，难道你心中还没想明白吗？”

刘芳仪还是不作声。约莫，在她的眼中，她犯下此番过错，之所以仅仅是被禁足而未有别的重罚，父亲刘存之所以仍得朝廷重用，都是严钰在成灏面前求情的结果吧。

她以为她仍然像从前那样，靠那个秘密拿捏着严钰。她以为严钰仍在帮她。她还没有放弃严钰拉她一把的可能。

阿南叹口气。“如果你实话实说，本宫愿意帮你。”阿南坐在她面前，斩钉截铁地说。

“娘娘想听什么实话？”刘芳仪眼里那片大雾一样的迷惘又来了。“母子相克”的主意是她想的，但是她的确不知道为什么苗仞会说出皇后来。

阿南道：“自从禁足，文茵阁封锁了，你与你父亲很长时间没通音信了吧？”

刘芳仪低头。

阿南突然想到了。刘家父女俩之间一定出了什么岔子，那岔子必是严钰搞的鬼。或许，宗圣殿事发的前一晚，刘存突然得到了什么消息。他以为是女儿传出的消息，故而深信不疑。但事实上，刘芳仪本人是不知道的。

所以，她以为只是诬陷严钰，根本没想到会牵扯中宫。刘芳仪根本没那么大的筹谋，也没那么大的胆子。

“七月三十前一晚，你宫中可有人出去？”

刘芳仪点了个头：“文茵阁的内侍小从，母亲过世了，那一晚离宫守孝去了。”

原来如此。刘家父女被摆一道，关键点就在于这个小从！刘存进过宫，一定知道小从就是女儿宫中的人，所以信了他的话。

阿南问：“小从现在人呢？”

“这几日臣妾禁足，顾不上下人的事。”说着，她便命人去找小从。不一会儿，内廷监掌事林观命人来回话，小从两日前因偷盗被逐出宫了……

这一环环，如此缜密。怪不得，怪不得赵惟动了狠刑审苗仞，却只从他口中撬出刘存。他确实只是受刘存所托。

严钰，自始至终，都摘得干干净净。

阿南冷冷地看着刘芳仪：“你现在只有一个选择——”话还没说完，门被推开。严钰走了进来，似笑非笑地看着阿南：“皇后娘娘说的选择是什么？”

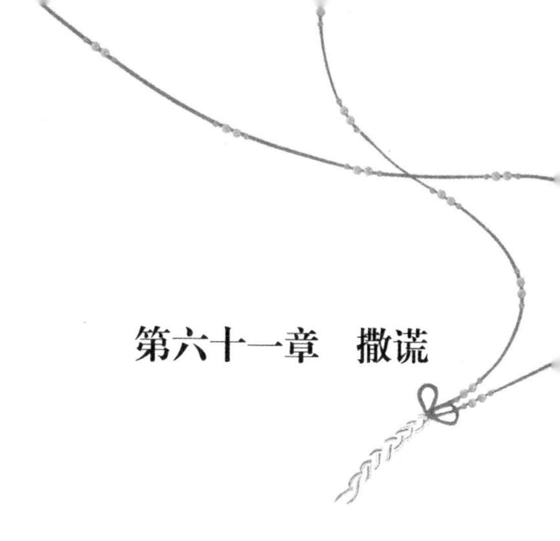

第六十一章　撒谎

阿南猛地抬头，迎上严钰的目光。严钰似乎丝毫不畏惧阿南眼里的寒意。她的眼神中，带着几分难以捉摸的得意与笃定。

阿南一时不明，她此时的得意与笃定是从何而来。

聆儿随着赶了进来，跪在地上，向阿南请罪：“奴婢该死，没拦住严贵嫔。”

事关许多宫闱秘密，阿南让聆儿在外头守着，内殿的门是掩着的，屋内只有阿南与刘芳仪两人。由于刘芳仪在禁足中，内廷监将文茵阁奴仆人数裁撤了一多半。现时的文茵阁冷冷清清，比冷宫好不了多少。几个小宫人半倚在回廊里倦怠地打着哈欠，就连庭院中的虫鸣都听得清清楚楚。

然而，这样的夜晚，严钰却这么“巧合”地闯了进来。

显然，她听到了阿南与刘芳仪的谈话。

“进来怎么不让人通传？”阿南冷冷道。严钰懒散地屈身向阿南行了礼，慢吞吞道：“若让人通传，岂不错过了好戏？”

“你来这里做什么？”

“皇后娘娘您又来这里做什么？”

她理直气壮地反问，嘴里火药味十足。

两个女人面对面站着。阿南慢慢地走过去，一个巴掌重重地打在严钰的脸上：“这就是你跟本宫说话的口气吗？如今圣上晋了你的位分，晋得你连尊卑之礼都忘了？”

清脆的巴掌扇在安静的深夜，格外刺耳。刘芳仪张大嘴巴，木然地看着眼前的一切。严钰虽然狐媚且心机，但素来在阿南面前都是恭顺的。

今晚甚是反常。

挨了打，严钰轻轻地用手摸了摸脸。

临近月圆之夜，月将圆未圆，明亮极了。月色从门外洒进来，照在她微微肿起的面颊上。她笑了笑：“利用太常寺丞的谎言夺嗣，刘存刘大人已经认了下来。纵臣妾百般求情，圣上还是将刘姐姐禁了足。皇后娘娘您顺利脱罪，且抚养了谅儿。

怎么？您还不知足，漏夜前来，是还有什么话要交代给刘姐姐吗？”

聆儿已经听出了她话里的不对劲，怒道：“贵嫔娘娘这是何意？怎么反咬人一口？什么叫不知足？皇后娘娘是来查明真相的！谁在背地里有猫腻，谁心里明白！”

严钰招招手，身后的宫人拎上来一个盒子，打开，那盒子里装着上好的南珠。

严钰向刘芳仪道：“姐姐，这是圣上赏的南珠。妹妹记得你喜欢，今夜便送了来。你我姐妹相互扶持到如今，虽然你曾起过夺走谅儿的心，但妹妹并不怪你。妹妹知道你是一时糊涂罢了。妹妹感念你当初助妹妹进宫的情意。但凡妹妹有的，早早晚晚也会叫姐姐有。”

刘芳仪接过盒子，那珍珠的光泽让她木然的脸上有了生气。看来，严钰这蹄子，还是想着她的。她又回想起自她进宫以来，皇后待她的种种。她的第一次禁足，是皇后下的懿旨。她的第二次禁足，又是与皇后有关。

她心中有了主意，遂跪在阿南面前，道：“皇后娘娘，您刚才说的选择是什么？”

“揭发她。这是你最后的机会了。”阿南指着严钰。

刘芳仪磕头道：“臣妾不知您是何意。只求您放过臣妾父女。”

阿南叹息一声。她知道这种情形下，跟刘芳仪说什么都是徒劳。刘芳仪宁肯愿意相信严钰而不相信她。严钰将人心的方寸拿捏的极准，她给了刘芳仪肥美的鱼饵，让刘芳仪看到了希望。

阿南摇摇头，转身离去。她听到身后，严钰轻声跟刘芳仪说：“妹妹一定争取让圣上早日解了姐姐的禁足。”

到了第二日晚，阿南终于明白了严钰那复杂的神情里隐藏着什么。

中秋夜。满月犹如明晃晃的镜子，镶嵌在深灰色的天幕，照着宫廷的殿宇花树。浸染了欢腾，浸染了秋思，月镜里收着人间数不尽的悲喜。

成灏在司乐楼设宴。阖宫欢庆，阿南与他一同坐在高处。华乐爬到成灏的膝头，成灏拿着一个硕大的佛手逗着她开心。聆儿抱着四皇子站在阿南的身后。

右侧为尊，坐着祥妃、宛妃、严贵嫔等人。左侧坐着宗室几位亲王、郡王。

舞姬们穿着银白色的衣衫，翩然舞动着、交叠着，就如同一片片的月光，游移着、融合着。伶人吹奏着一首华丽的宫廷乐章。

今日筵席上的菜式，御膳房亦煞费苦心。每一道都带着“月”字为名。花炊鹌子叫作闭月羞花；时令青蔬炒虾仁叫作花容月貌；鸳鸯炸肚叫作风花雪月；荔枝白腰子叫作月明风清……

突然，一个侍卫疾步走入殿内，跪在成灏面前，举着一封奏章道：“圣上，江州知府的加急快报，八百里快马赶官道送往宫中，请圣上御览——”

地方官的奏章抵达上京后，一般都是交予兰台史，整理完毕后方呈成灏批阅，鲜少有如此加急的时刻。除了天灾，便是人祸。

成灏忙命人呈上来，越看越怒。末了，“啪”地拍了把桌案。酒杯震了震，摔下了桌，琼浆般的美酒洒在地上，涓涓地流着，就像打开了豁口的小溪。

良久，成灏似乎冷静下来。他口中吐出三个字：“孔良呢——”

小舟看成灏面色不对劲，听了这话，连忙去侍卫当值处将孔良唤来。

孔良出现在成灏面前时，成灏压制的怒火似乎又升腾了，他挥挥手，示意舞姬伶人们停下来。殿内顿时安静下来。

孔良跪在地上，不明所以。

阿南心中那种不好的预感似要溢出来，惴惴不安。她看了一眼严贵嫔，虽低着头，但那稍稍弯着的嘴角透着一股难抑的喜悦。

“孔大人，孤问你，李虎和周标现在何处？”

他们二人皆是从前羽林郎的人，孔良的旧人。

阿南一霎便明白了。她猛然想起那天晚上，在御湖边，她吩咐孔良的话：“找几个人，盯着刘存，本宫怕他路上出什么意外……”

阿南口中的闭月羞花此刻已味同嚼蜡。

孔良想了想，道：“回禀圣上，他二人告假回乡探亲了……”

成灏怒到极处，反笑了笑。他与孔良多年来好的如同异姓兄弟一般，他第一次用这种眼神看孔良。

“很好——”他猛地掀翻眼前的那张桌子。“砰”的一声，在场的所有人吓得跪在地上。

成灏一挥手：“都退下！”众人慌不迭地离了司乐楼。

阿南抱着华乐欲退下，成灏道：“嬷嬷带着孩子们回宫，皇后你留下。”

阿南沉默地回到成灏身边坐下。严贵嫔走到门口，似乎还回头看了看殿内，昨晚在文茵阁时那种神色又一次浮到她的脸上。

待人散尽。殿内只余三人时，成灏开口了：“阿良，你撒谎，孤从来没想到，有一天，你会骗孤——”

他站起身来，看了看阿南，看了看跪在地上的孔良。

“江州知府的快报中写，刘存死了，死在了江州官道便的驿站里。江州知府带人搜查了案发现场，发现了羽林郎的腰牌，李虎和周标的。”

孔良以额触地，道：“圣上，事情不是您想的那样。微臣起誓，绝没有杀刘大人的心啊。刘大人跟臣无冤无仇……”

“你说呢，皇后？”成灏转过头来，看着阿南。他想起乳娘口中供出皇后那日，孔良满脸的焦灼，他笃定地告诉成灏：“微臣坚信皇后娘娘是无辜的。”

他想起乳娘和严贵嫔看皇后的眼神，是多么畏惧。

他想起今日，他看到严贵嫔脸上的伤，问她是谁打的，她摇着头，不吭声。可任凭是谁，稍想想，便知道，如今，后宫中，除了皇后，谁敢动手打她?

他想起，所有人都说，夺嗣事件中，中宫邹皇后是最大的赢家。

……

这一切都在他的脑海闪现着，交织着。

阿南跪在他身旁："圣上，臣妾的确吩咐孔大人派人盯着刘存，臣妾是怕，有人对他动手？"

"哦？是吗？"成灏没再说下去，踱步到窗边。

阿南忽然觉得这满室的月色如此悲怆。谁会对刘存杀人灭口？说出来，倒好像自己贼喊捉贼。

孔良为甚要听中宫的吩咐，他是他孩提时的羽林郎啊。

难以琢磨昔年月，旧事新酒有谁知。

第六十二章　情分

孔良想向成灏解释什么，抬起头，却看到阿南轻轻地摇头示意。

孔良兀地意识到，这个时候，他越为阿南说话，就越不利。他与阿南诚然是亲近的少年之交，但那身着龙袍的，才是阿南的夫。不仅是阿南的夫，还是他们的君上。

成灏抬头看了很久的天，那月明明是圆满的，他却越看越觉得残缺。好像一个圆圆的饼，不知什么时候，被人偷偷地撕去了一角。

良久，他又回到桌案边坐下。他看了看身旁跪着的阿南和不远处跪着的孔良，缓缓道："起来吧。"

两人艰难地起身。

打翻的桌子、泼洒在地上的花好月圆的菜肴、裹着尘埃的花酿、殿外的更鼓、不远处的宫门外烟花在天上绽放的声音，交织出三人之间难堪的沉默。

成灏突然说起了与眼下无关的事，小时候的事。

"还记得顺康八年，孤与你们在御花园烤鹧鸪吗？那时候，阿良用树枝把鹧鸪串起来，皇后你一遍遍地往鹧鸪上洒盐巴和辣子，你们配合得那么默契，烤出来的鹧鸪好吃极了。现在，你们便是配合得这么默契来骗孤吗？"

在阿南回忆里无比温馨的"鹧鸪事件"，此时在成灏眼里却是另一种味道。

他说着说着，年轻刚毅的脸上忽然有了憋闷的委屈。他甚至都不知道这委屈从何而来。

"孤将所有的人都赶走了，才问你们。为什么？因为孤从来都把你们当成了自己人。"

成灏默默地把刚刚推翻的桌子扶了起来。酒壶仍是那酒壶，酒杯仍是那酒杯，重新斟一杯花酿入口，却带了一丝苦涩。

"阿良，你是孤最信赖的臣子，从小一处摔摔打打，一起受伤，一起流血，一块儿组建了羽林郎，那个时候，咱们常常笑言，说不定，有朝一日，羽林郎能打败母后的玄离阁。孤将最要紧的宫廷防卫交给你……孤与你，不仅是有君臣之义，还有兄弟之情。”

他叹了口气，直视着孔良：“如若是旁人，孤或许能怀疑是御林军里有人被收买，起了外心。可李虎周标二人，跟了你十几年，有多听你的话，孤明白。”

“圣上……”孔良艰涩地开了口，“李虎和周标的确是臣派去的。”

“此举是听从皇后的差遣，是吗？”

“因为夺嗣事件，刘存父女反应不一，皇后娘娘唯恐内里有隐情，便……”

“你只需告诉孤，是，还是不是？”

“是。”

成灏点点头，苦笑。仿佛刘存、刘芳仪、苗仞、夺嗣这些事，通通没有眼下这件事重要。那就是：孔良听从皇后的差遣。

“阿良，你下去吧。”

“圣上，微臣想问，江州知府是否只在驿站发现了李虎和周标二人的腰牌？他二人现在何处，是生是死？微臣有许多不解的地方。还有——”

“圣上您何等英明，焉能不知，李虎和周标素来谨慎，办事的时候，怎么会遗落腰牌？纵便是遗落了腰牌，又怎会两人一起遗落？一定是有人故意为之。微臣以为，当下，应速速找到此二人，或能寻出线索。”

孔良素来不是善口角的人。他与孔灵雁兄妹俩都是那种安静的性子。家教本如此，忽然一下子说了这许多的话，头上脸上都是汗。

成灏摆摆手：“阿良，你退下吧。孤今天很累了。这些事，明日再说。”

“是。”孔良恭敬地退下。

成灏起身，走了几步，对仍站在原地的阿南说：“走吧，同孤一起。”

“圣上要去哪儿？”

“凤鸾殿。”

阿南有些意外。这个夜晚，如此多的暗箭都在离间她与他，他竟要宿在她的寝宫。

中秋的月啊，是一年里头最好的月。成灏与阿南一前一后地走着。知道成灏今晚发了怒，小舟和一众宫人们不敢接近圣驾，只拎着灯笼，隔着一段距离，跟在身后。

秋风一至，白露团团。明月生波，萤火迎寒。今晚这般好的月色，比司乐楼的灯火还要明亮。一路走过御花园，听见青草上的秋虫鸣叫。

成灏的步子走得很沉、很重。阿南忽然觉得，那会子，收到江州知府的快报，他不一定是没有怀疑个中首尾的。只是，他满脑子想的都是孔良与中宫的联合。最好的兄弟与他的妻子，瞒着他做事。这对于他而言，何尝不是一直背叛。

他口中那句“你骗我”，或许指的不是刘存的死，而是阿南与孔良的亲近。

凤鸾殿里很安静。嬷嬷们伺候华乐公主和四皇子睡下了。

聆儿站在檐下在等阿南。她猛地看到成灏与阿南前后脚走进来，心内一喜，又注意到帝后二人面色不寻常，遂命小内侍打些热水来，又嘱守夜的几个人步子轻些。

成灏大踏步走入内殿，躺在榻上。他解下头上的皇冠，闭上眼，似乎是倦极了。聆儿将水端过来，阿南用手试了，拧了帕子递给成灏。成灏却伸手一用力，将她拉到了床榻上。

下人们都知趣地退下。聆儿将门掩上了。

他离她很近很近，近得她能感受到他的呼吸。

“你与阿良从什么时候开始亲近的？”

阿南摇摇头。

“你说啊！”他压在她心口，压得她有些喘不过气。

阿南轻声道：“圣上，臣妾与孔大人，不过是昔年一同在学里长大的情分。臣妾想弄清这件事。臣妾有不好的预感，可臣妾孤立无援，没有可托的人。于是，便找了孔大人……”

“昔年的情分？孤怎么不知道你与他有过什么情分？”他忽然涌上来许多的怒气，咬在阿南的颈上。

大婚五年了。他们做了五年的夫妻，夫妻帐中事一直寡淡而克制。每月的整日，他来中宫，像是完成某种约定俗成的契诺，亦像是在安抚她。

这是他第一次，在床榻之上，对她如此不冷静。

他咬得疼，阿南吸了口气。成灏再看向她时，她眼中已有了泪光。

“圣上难道还不知道吗？从很早的时候开始，臣妾所有，唯有圣上而已。”

是啊。她一个孤女，为了与他站在一处，她已然用尽了所有的力气。除了他，她还有什么呢？

不知是不是聆儿忘了关窗，风从窗户进来，吹熄了烛火。

殿内黑了。阿南看不见成灏的面孔，她有了熟悉的恐惧，血雨磅礴的恐惧。她将他搂得很紧。

在成灏看来，这恰是他从未在阿南身上看到的一种热烈，迎合他的热烈。原来，她瘦到极处的身躯，可以搂得这么用力。

这一夜，对于阿南和成灏来说，是陌生的。他们从未有过这样不冷静的床笫之事。他的质问、他的指责，她的委屈、她的无助，似乎都融进了汗水里，融进了那世上男女之间最直白、最粗暴，对于他们而言，却又最名正言顺、应当应分的交欢里。

迷迷糊糊间，阿南仿佛听见成灏唤她："南姐。"阿南应了一声。当一切平静下来，成灏似梦呓一般说了句："你一定不会同清欢一样放手。不管孤怎样对你，你都不可以。你可以怨孤，可以恨孤，但你不能放手。"

阿南心中有痛，那痛却是绵柔的，让她左右不得，只是轻轻地"嗯"了一声。

翌日，成灏醒来，阿南照旧给他端来了温水。

他洗漱毕，穿好了袍，戴好了冠。小舟道："圣上，孔大人一大早便来等您了。他说，他昨儿三更收到一封要紧的飞鸽传书，想向您禀告。"

成灏走出殿外。孔良一身铠甲伫立着，见成灏出来，忙道："圣上，微臣收到了李虎的信。他跟周标在江州遭遇袭击，对方身手了得，似是行伍中人。周标被杀，他侥幸逃脱，但身负重伤。"

第六十三章　疯了

行伍中人……

成灏皱眉思忖着一番。李虎和周标怎么会得罪行伍中人？且两人的腰牌都“遗落”得恰好，看起来像是两人杀了刘存、畏罪逃跑了一般。

李虎和周标是孔良的人。对方如此来势汹汹，无非是想让朝廷顺藤摸瓜，追责孔良。

追责孔良，势必影响到祥妃，也会究查出吩咐孔良派人一路跟踪刘存的皇后。

究竟对方有什么目的？这件事和夺嗣案之间有何关联？刘存被杀，仅仅是为了栽赃、造成灭口的假象吗，还是有什么更隐晦的原因？

“李虎现时人在哪儿？何时返回上京？”成灏问道。孔良答：“他受的伤很重，昏迷了好几天。昨日才醒，醒来就赶紧给微臣飞鸽传书了。微臣命他伤势稍好一些就启程。”

成灏点头：“让他好好回忆一下，伤他的人是什么来路，有没有什么蛛丝马迹。”

“是。”

说完，成灏大踏步地上朝去了。孔良紧随其后。

阿南倚在门边，看着他们的背影。她忽然想起幼年时，孔良那只被疾风吹落池塘的风筝，心头升起许多不祥来。

其实，这件事成灏若彻查下去，对孔良亦是不利的。那张礼单毕竟是真实存在的，窦华章犯的错也是真实存在的。朝中重臣与封疆节度使勾结，是大过。到最后，成灏会顾念昔日的情分恕了他吗？

起风了，聆儿往她身上披了件衣裳。

阿南没忍住，回到内室，给孔良卜了一卦。看到卦语的那一刻，阿南颇为伤怀，手握卦签，一个人发了很久的呆。

她甚少为身边亲近的人卜卦，便是这个原因。知道他人的命运，有时候是一件非常残酷的事。

华乐跟着小舅舅余慕一起去尚书房念书了。四皇子在哭，嬷嬷抱着他在内殿走来走去、晃晃悠悠地哄着。

阿南正在伤神之际，宛妃走进来。行罢礼，两人坐在一处。宛妃关切问道："圣上可有为难姐姐？"阿南轻轻地摇了摇头。

"那江州知府的快报上写着什么？"

阿南道："刘存在前往琼州的路途中，被人杀了。江州知府搜到了孔大人手下两个御林军的腰牌……"

正说着，有小内侍急急地跑过来："皇后娘娘，文茵阁出事了！"

"什么事？"

"刘芳仪兴许是听到了刘存大人被杀的消息，一时受不了刺激，发了狂，在文茵阁里砸了许多东西，还……还把庭院里花盆里的泥挖了出来，涂在脸上。像……像是……疯了……文茵阁里的宫人们唬得不得了，皇后娘娘您是后宫之主，快去瞧瞧吧……"小内侍结结巴巴地说着。

阿南连忙起身。

宛妃道："手真快，前脚解决了父亲，便轮到女儿了。"

两人一同往文茵阁赶去。

刘清漪真的疯了。她坐在庭院，目光呆滞。她的脸本是极美的，而此刻，脸上的泥让她看起来滑稽又可悲。

她身上穿的是一件碧绿如水波的衣裳，是她顺康十四年初进宫的时候，圣上赏赐的，扣着她的名字：清漪。

前日晚上，严贵嫔送给她的珍珠，已被她串成链子，戴在了脖子上。她素来是个爱美爱俏的女子。

阿南唤了一声："刘芳仪——"她痴痴地笑起来，站起身，拍着巴掌，朝阿南喊着："刘芳仪是谁？我是刘清漪，我是爹爹最爱的女儿，六个哥哥加起来都不及我，不及我……"

宛妃道："刘妹妹，怎么忽然就变成了这样了？可是发生了什么事？有什么难言之隐，皆可告知皇后娘娘，皇后娘娘会为你做主的。"

"呸！"刘芳仪往地上吐了口吐沫，"皇后是坏人！关我禁足的就是她！呸呸呸！"

说完，她又往回廊里跑，抱着一根柱子，喊着："圣上，圣上，您为什么总是不来，清漪到底哪里比那些狐媚子差了？圣上，这件衣裳，臣妾好长时间没穿了，还是进宫的时候您赏给臣妾的……臣妾要打扮成最好看的样子，去侍寝……"

阿南与宛妃对视了一眼。刘芳仪真的是疯了，她脑子里所有的过往都错乱了。

阿南吩咐宫人们道："勿要任由刘芳仪胡闹，去，将她的脸擦干净，带她回内殿，然后请医官过来。"宫人们为难道："奴婢们拉不住刘芳仪娘娘，又恐伤着她，左右为难。她的力气大极了……"

阿南便命侍卫："去，将她捆起来。"

"是。"侍卫们一靠近，刘芳仪便像疯了似的，又跳又闹："别抓我！别抓我！你们凭什么抓我！我是圣上的妃嫔！我是朝廷重臣刘大人的女儿……"

折腾了差不多半炷香的时间，总算是安静下来。

宛妃道："皇后娘娘，您发现没有，刘芳仪煞费苦心地打扮了自己，穿了四年前进宫时圣上赏赐的衣裳，还带了珍珠，嘴上抹的是幽州的胭脂，今年幽州贡的胭脂不多，每位妃嫔的宫里只分到一小盒。平日里是舍不得用的。"

阿南点头："对。她似乎以为圣上要临幸自己了，方才精心梳妆。准确地说，她是被骗了。她却抱了很大的期待。"

刘存已经死了，若刘芳仪疯癫，严钰的秘密便彻底地守住了，她再也不用受人拿捏了。

内廷监掌事林观急匆匆地赶来了。文茵阁出此大事，没多久，便传遍了宫闱。

阿南沉声对林观说道："林掌事，你带人细细地搜查文茵阁，每一个角落都不要放过，本宫怀疑，刘芳仪是被人毒害了。"

林观面有惧色，并不多言，道了声："是。"

约莫是下朝时分，成灏听了这个消息，也来了文茵阁。他今日颇为头痛，在朝堂上，他刚说了刘存被人杀害的消息，便听见工部几位老臣的呜咽之声。

都水监王横凄然道："刘大人年事已高，为了朝廷尽忠了一生，不曾想竟是横尸异地这般凄惨的结局……"

大司空邬逍道："刘大人素来在朝中没有得罪什么人，如何会被杀害？请圣上明察，勿要寒了朝中众人的心啊……"

一群人跪在地上，渐至朝堂上所有人都跪在地上。官员们时不时地看看站在成灏不远处戍卫的孔良。为官多年，大家各自有各自的门道，从江州那边探得消息，刘存的死似乎与御林军中的人有关。莫非，因为孔良是近臣且是皇长子之舅父，圣上便打算包庇吗？他们似乎不是哭刘存，而是哭外臣的冤屈，哭仕途的不公。

成灏道："卿等安心，孤必命人彻查此事，给天下人一个交代。"

这个节骨眼上，偏偏刘芳仪疯了，人们一定会不约而同将她的疯与刘存的死联系起来。刘存有多么宠爱幼女，上京之中，人人皆知。刘芳仪一定是无法接受父亲的死，心神崩溃，以致疯癫。

不谓衔冤处，而能窥大悲。眼下这种形势，很容易群情沸腾。那么，迫于舆论压力……

成灏叹了口气，没有再继续想下去，他皱眉道：“好好的，人在宫中，虽说是禁足，但一应供给照旧，并没有亏待她，如何会突然疯了呢。”

阿南站在他身旁，劝慰道：“圣上勿要着急上火。臣妾备了些苦瓜凤梨汤，一会儿去凤鸾殿喝吧。”

这时，内廷监掌事林观走过来，跪在地上道：“奴才带人文茵阁搜查了数个时辰，搜到了这个——”他用油纸细细托着一小撮粉末状的物品呈了上来。

“这是何物？”

华医官从里间出来，辨认一番，回道：“启禀圣上，这里头有野荔枝的果仁，还有几种菌子磨成的粉。臣粗略判断，皆是致幻之物。”

仅仅是受了刺激，是不足以使一个正常人疯癫至此的。若佐以大量的致幻药物，便保不齐了。

被绑在床上的刘芳仪这会子不闹、不喊叫，但是双眼如木偶，凝滞着，呈“木僵”之态。

成灏铁青着脸。

内侍通传：“严贵嫔到——”严钰款款走了进来，向成灏、阿南行过礼后，便走到刘芳仪的床榻边，伏在她身上，哀哀戚戚地哭了起来：“姐姐，究竟是何方贼人要害你。妹妹与你好了一场，如今你成了这副模样，妹妹怎不伤心……”

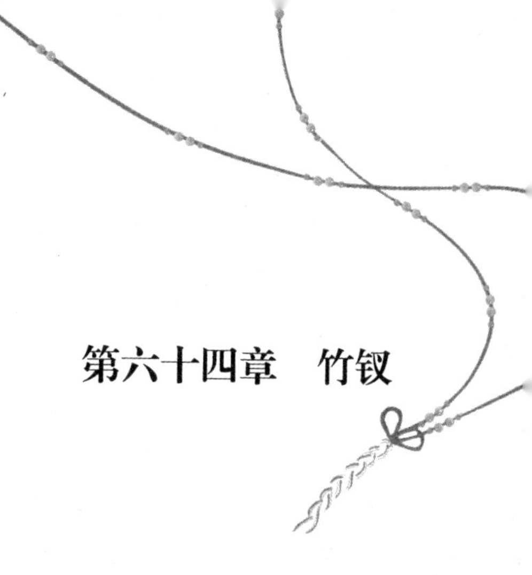

第六十四章　竹钗

严钰的眼泪滴落在刘芳仪的身上。刘芳仪那碧如水波的衣裳沾了眼泪，就像是寂静的湖面上落了一场骤雨。

然而，这场骤雨并没有在一个木僵之人身上溅起丝毫的涟漪。她直愣愣地盯着帐顶，昔日的盈盈大眼只剩眼白在翻着。

成灏听了严芳仪的哭声，往前走了几步，走到她身边，若有所思道："阿湄，你是几时过来的？"严钰道："回圣上，那会子臣妾在司乐楼翻乐谱，一时入了迷，没听见外头的动静。待到走出来，听见内侍们说，才知道刘姐姐出了这等事。便连忙过来了。"

"也就是说，你是刚刚过来的，是吗？"

"是。"

成灏嘴角不经意地牵动了一下："满宫里都传刘芳仪是因父丧大恸而疯，怎么阿湄你就那么笃定她是被人所害呢？"

严钰低下头，用手绞了绞帕子，轻声道："臣妾是想着，宫里头夺嗣的事儿刚了结，刘姐姐被圣上您治罪不久，怎生就这么巧，出了这等事……莫不是，那里头还有什么隐情……"

她虽没有提皇后，但每一句都在引导着成灏往皇后身上想。刘被治罪，有隐情，不就是说皇后担心日后翻案，杀了刘，好坐实刘的罪名吗？人死了，翻案就难了，认下的罪名就确凿了。

严钰说着，有些哽咽："圣上，刘姐姐好苦……"成灏看了看严钰，又看了看床榻上的刘芳仪，他忽然觉得数日前脑子里刮进的那股多疑的风有了隐隐约约的方向。

他点头，微微笑道："孤也觉得有隐情。否则，刘家父女也不会因此事遭殃了。"不过是一眨眼，他便加重了语气："刘大人是孤的臣子，刘芳仪是孤的妃嫔，不管他们有没有做错事，只有孤能惩罚他们，外人谋害，断不能容。"

严钰听着成灏的这些话，不自觉地后脊梁有些凉。虽然成灏说的话是顺着她的意思，但她心头涌起几许不安。她伸出手来，挽了挽成灏的胳膊，口气中带着几分柔媚几分黏腻，如同御膳房做的甜羹一般。

“圣上，您也累了一天了，去蒹葭院歇息歇息吧。臣妾的那首《飞雪红梅》练得差不多了，您去听听有没有错的地方？”

《飞雪红梅》是一首民间几近失传的古曲，讲的是“男子失去爱侣后伤心欲绝，在大雪天，站在红梅树下咯血而亡，血映衬着红梅，他的精魄融入红梅树中，永世孤独”的故事。由于整首曲子充满了悲调，故为世人所不喜。但亦有人赞叹曲中男子一生只爱一人的决绝与痴情。没想到严钰竟连这样的曲子都找到了。

成灏摇头道：“今日，曲子便不听了。孤没这个心思。有许多的朝廷要事，要思量。”

这是严钰这段日子以来第一次在成灏这儿吃了瘪，她张了张嘴，想了想，道：“圣上您操劳国事，也要时时记得身子要紧。臣妾告退。”

说完，她便跪安离去了。走到门口时，似还依依不舍地回头看了看床榻上的刘芳仪，擦了擦眼角。

阿南见严钰走了，正待跪安离去，成灏说了句：“皇后方才说凤鸾殿有苦瓜凤梨汤，孤去尝尝。”

凤鸾殿。余慕在窗边念着书。

“若趋诺诏书，诬陷良善，平原之人皆为党乎……”

成灏听在耳朵里，是袁宏的《后汉纪》。他冲阿南笑道：“你弟弟性子像你，在宫里头这些年，不多言多语，也不喜四处走动，爱读书。是个省事的。”

阿南笑了笑。聆儿端着苦瓜凤梨汤过来，阿南盛了汤，递与成灏手中。

成灏接汤的时候，触摸到她的手指是冰凉的，他看着她耳后一小绺毛茸茸的碎发，细细的，软软的。他想起两人昨晚的热烈，伸出手，来回抚了抚那一缕碎发。

阿南有些错愕，脖子一僵，颈上他咬的伤口如蜜蜂蜇过般灼热。

成灏连忙低头喝汤，苦涩的味道入了肺腑，他脑子里浮现起余慕念的文章来。他把《后汉纪·桓帝纪》里的这段在心里头默诵了一遍。

诬陷，假冒，伪托。这些词藻像是从幼年时玩过的弹弓里弹出来，直直地砸到成灏面前。

自吉祥之子诞生后，宫中发生的所有事，无比诡异，桩桩件件都与蒹葭院有关。她却在每一件事中都是清白的。这值得回味。

暗箭一步步指向中宫，这似乎是一个完美的陷阱。

当中宫、孔良、祥妃这些人全部有了污点，谁是最大的受益人呢？

成灏的眸子暗了暗。

苦汤喝到一半，乾坤殿的内侍便通传，刑部与礼部的官员到了，等着与圣上商议刘存大人的身后事。

成濒起身，向阿南道："孤去了。"

"嗯。"

阿南起身，送他到门口。他忽然又一次伸手抚了抚她耳后的碎发："皇后是不是该添新钗环了？"

阿南一时不知他是何意。成濒却已大踏步地走远了。

阿南笑了笑，回到殿内，对着镜子，细细将那碎发抿上。

不到一盏茶的工夫，门外小舟举着一个妆盒进来："禀皇后娘娘，这是圣上命奴才送来的钗环。"

阿南看过去，见里头有一枚竹子做的钗，精致极了。

成濒与她一起长大，许是知道的，她素来寡淡，不喜金银，就连皇后的凤冠，亦要等到节庆大筵时不得已才戴。是而，他送了她一枚竹钗。

那盒子里还写了一张小小的字条。阿南取过那字条，上头是：秋浦田舍翁，采鱼水中宿。妻子张白鹇，结罝映深竹。

阿南又笑笑。这是一首太白诗，讲的是丈夫在外夜以继日地打鱼，妻子在竹林中张网捕鸟，渔夫夫妻俩共同为家中忙碌的情景。

这是在安抚她吗？还是昨晚那场热烈的余温？

这是成濒除了明公正道的赏赐以外，第一次送她礼物。她小心翼翼地戴在头上，经过上次的失望，阿南不敢让自己多想。她忐忑，生怕得到的这一点子温存弥散了。

成濒在乾坤殿忙到戌时方罢。

官员们争执不休，他身处其中，脑瓜子"嗡嗡嗡"地疼。他决定让刑部派人去江州，与江州那边的官员对接，共同查访此事。至于刘存的尸体，为了京中仵作重新验尸，便不入土。好在现时入了秋，江州并不太热。尸体便命人冰封在江州衙门。

走出乾坤殿，他伸了伸腰。

小舟问："圣上今晚打算歇在哪儿？"成濒道："去凤鸾殿吧，看看四皇子，看看华乐。"转念一想，这个时辰，四皇子和华乐公主早就随嬷嬷睡下了。成濒尴尬地笑笑，又说道："孤去看看那竹钗是否妥当。"

走了几步，突然听见一阵乐曲声。成濒听了听，这首曲子陌生得很，弹奏者虽不娴熟，但自有一番动人情致。

"是严贵嫔吗？"成濒问。像，又不像，严贵嫔的手法比这个娴熟，此人少了严贵嫔的哀婉，多了几分清丽。

小舟跑了几步，看了看，回来禀报道：“回圣上，并非严贵嫔，似乎是鸣翠馆的张采女。”

“张采女……”成灏想起来了。他走了几步，见一身梅红衣裳的张采女坐在一盆墨菊边轻轻弹唱着。墨菊花色如墨，佳人明眸皓齿。

见成灏来了，张采女连忙跪下行礼。

成灏道：“这是什么曲子？”

“禀圣上，这是《飞雪红梅》。”

“孤听闻这是一首悲调，为何你却弹奏出几许欢喜来？”

张采女咬咬唇，鼓起勇气道：“圣上，臣妾不觉得这是一曲悲调。”

“哦？说来听听。”

“男子虽然最终死去，精魄融进红梅树，但他心中有爱，有怀念。他拥有过，便是一种幸福。”

成灏瞧着她，好一朵伶俐的解语花。而他脑子里，无端想起今日余慕念的那句：平原之人皆为党乎。联想到晨起，孔良说的那句“似是行伍之人”，成灏觉得，迷雾之下的方向越来越清晰。

他笑了笑，对张采女说：“你这番见解新奇有趣。孤觉得，鸣翠馆诸人之中，属你最为聪慧。这月底，便让内廷监安排你侍寝吧。”

张采女连忙跪在地上：“谢圣上。”

成灏继续往前走。走到凤鸾殿的庭院，夜色中，忽见一只鹦鹉向他飞来。那鹦鹉色彩鲜丽，却没有一丝声响。

它绕着成灏飞。这便是二公主成炘送给严贵嫔的那只鹦鹉，它此刻想做什么呢？

第六十五章　补偿

小舟一边伸手用拂尘驱逐那鹦鹉，一边道："圣上，这鹦鹉为何总是绕着您飞？"

阿南听见庭院里的动静，从里间走了出来。她瞧着鹦鹉的动静，道："圣上，这鹦鹉是蒹葭院的，它像是有话要说，或许是想带您去什么地方。"

成灏伸手制止了小舟的驱逐，沉声道："难道，是它的主人在故弄玄虚，想引孤去蒹葭院就寝吗？"

历来后宫之中，为了争宠，手段千奇百怪。从顺康十四年，刘芳仪不惜夜半请方士入宫做法，成灏便清楚了这一点。近来，他对严贵嫔一直恩眷颇多，只不过今儿拒了她一回而已。若这鹦鹉果真是来邀宠的，那严贵嫔实在是贪得无厌。难道日日去蒹葭院才可？

成灏的眉头皱得很深。阿南道："圣上，臣妾觉得，它不是引您去蒹葭院的，您不妨跟着它去瞧瞧。人皆道，万物有灵，说不定这鹦鹉知道些常人不知道的秘密。"

成灏点点头。

待到安静下来，鹦鹉开始往前飞，它飞得很低，每往前一段路，便扭回头看看，仿佛在看成灏有没有跟上来。阿南同成灏一起，往前走着，不多时，来到了御湖旁。

御湖边的芦苇丛，在深夜秋风的吹拂下摇摆着。

鹦鹉停在了某处。成灏走上前去，俯身看，那一处湿润的泥土中有些许粉末状的东西。

"小舟，去看看医官署今夜是哪个医官当值，悄悄地唤过来瞧瞧。"

小舟点头去了。

不多时，医官署的秦医官来了。秦医官在宫里的医官署做了近三十年的医官，擅治头痛头风等疾，素来行医谨慎。他将那粉末小心翼翼地在手中揉搓了几下，示意小舟举灯走近，在灯下细细地瞧了，又放置在鼻端闻了闻，跪在成灏面前道："禀圣上，这里头有野荔枝的果仁、苦艾草和几种毒菌磨成的粉，皆是致幻之物。"

这番话跟白日里华医官说的相类。成灏心里有了底。刘清漪的确是被这些粉末所害，至于蒹葭院的鹦鹉为何今夜引他来此地，想来，这件事跟严贵嫔脱不了干系。

“孤忽然想起，这鹦鹉是为何哑了。”成灏与阿南对视一眼。

鹦鹉是二皇姐归宁之时在送后宫诸人礼物时拿出来的，当时二皇姐笑言此鹦鹉“色似桃花语似人”。后来，鹦鹉入蒹葭院没多久，便因小宫人不留神，偷偷飞出了笼，误食了文茵阁刘芳仪用来喂波斯猫的哑药，从此再不能开口。当时，有刘芳仪的证词在，处罚了小宫人，此事便罢了。成灏没有留神。

可今日将这一切串起来，竟大有深意。

文茵阁与蒹葭院素来走动亲密。不管是鹦鹉毒哑了的事，还是那回宛妃从蒹葭院搜出春药，都是刘芳仪出头遮过去的。

刘芳仪为甚要如此做？文茵阁与蒹葭院真的只是姊妹情深那么简单吗？这当中有什么利益纠葛？刘家父女先后出事，究竟是谁在掩盖罪孽？

夜色中，鹦鹉徐徐地飞回蒹葭院。它的眼神里似乎藏着某种快意。

这一夜，成灏与阿南躺在榻上，东偏殿里时不时传来嬷嬷起身喂四皇子的声音。

成灏叹口气道：“孤原本以为，受过一番苦楚的人，会更懂得珍惜。孤原本以为，蒹葭院是一处桃花源。她有很多习惯，同清欢很像。清欢的词曲，她竟也都会。孤原本以为，这是一种冥冥之中的补偿……孤原本以为……”

他有太多的“原本以为”。似乎不知道该怎么表达，话到嘴边，咽了下去。

阿南侧过身，抱着成灏。她似乎无声地告诉他，他的感受，她都明白。

成灏又道：“是孤太过于执念了。父皇早逝，孤幼年继位，乾坤殿里发生了太多事，风云诡谲。母后执政廿载，朝堂之上皆是看她的脸色。孤慢慢地长大，坐在金銮殿之上，可没有一个大臣把孤当回事。所有人看孤的眼神都像在看一个顽童。孤想证明自己，证明自己并非除了祖荫一无是处，并非离开母后就坐不稳朝堂。”

是的。少年成灏内心是压抑的，可没有人能懂他的压抑，只有阿南看出他的想法。

朝堂上的文武群臣啊，或是饱读诗书，或是沐血奋战，哪一个不是在仕途打滚了数年的人？哪一个不是老奸巨猾？哪一个人正视过这个小皇帝？

太后下的政令，御史台下达三省六部，往往以雷霆之势下达九州。可成灏下的政令，没有人敢下达，必须问过太后，有太后的凤印才可。虽然这不是母后吩咐的，只是众人的见风使舵，可成灏实在是厌倦透了！

他绝不愿做父皇那样的人！他绝不愿将天子的威仪让于妇人！他绝不愿做空壳皇帝！他明白，就算母后肯还政，母后一手提拔上来的那些臣子依然藐视君上，依然习惯事事向太后禀告。

朝堂必须换血！那些树大根深的旧臣必须撼动！

那个时刻，阿南坚定地与他站在一起，对付所有人，完成他的理想。

这在当时的成灏看来，是一种交换条件。

“孤对母后从无恶意，对清欢也没有……”成灏说起来，嗓子眼儿里似乎被大片的盐给渍住，那一股股咸咸的液体冲上脑门儿，最终从眼眶里落了下来。

“可孤的确对母后有愧，对清欢有愧。孤从来没想过伤她们的心，可最后，她们都因孤而伤心了。”

他满心的愧疚，于是当他发现严钰身上有清欢的影子时，便对严钰格外好，某种意义上，这似乎是一种刻意的补偿。隔着无尽的岁月，隔着难平的山海，一种自欺欺人的补偿。

“圣上，太后并没有怪您。她是何等大气的女子，连仇敌的孩子都能善待，何况，您是她亲生的儿子。太后累了半生，离开朝堂，未尝不是一种福气。至于清欢，臣妾相信，她也没有怪您。臣妾听闻，上京之中，皆传看一本册子，叫作《清梦成欢》，她这些年走了许多地方，洒下很多笔墨，她是真正自在的小黄莺。未能进这宫墙，对于小黄莺来说，并非遗憾。”

阿南轻声道：“所有的一切都是最好的安排。”她的话让成灏稍稍安心下来。

阿南又道：“至于严钰像清欢的地方，您真的觉得是无意凑巧吗？怕是有人知晓其中往事，蓄谋已久，揣测上意，投您所好。”

更鼓一声声地响着。成灏在更鼓声中，想明白了好多事。

“山河图，臣妾画好了。”

“明日，孤命人挂到乾坤殿去。可日日让孤眼里有山河，心中有苍生。”

他握紧阿南的手。中宫虽是他与她的交换条件，但夫妻多年，她的确能当得起“贤妻”二字。

翌日，一大早，成灏刚离开乾坤殿，宫门口的小内侍便递上了孔府的拜帖。

不多时，窦华章便慌慌张张地来了中宫。一见到阿南，便跪了下来。

阿南说了声：“免礼。”窦华章却跪地不肯起。

阿南看了一眼聆儿，聆儿忙扶起窦华章道：“孔夫人这是做什么？快快平身吧。”

好些日子不见，窦华章似乎丰腴了。

“皇后娘娘，您上次送臣妇岑参诗，还教了臣妾许多方法，慢慢的，夫君真的对臣妇比从前好了些。臣妇对您心怀感激。可您……可您不能把夫君往火坑里推啊……求求您，看在从前你们一同长大的情分上，救救夫君……您不能用完了人，就撒手不管了啊……”

孔良此番置于风口浪尖之上，看来，她坚定地以为，孔良是为阿南办事，才招来祸患的。

阿南用粗陶杯喝着清水，缓缓道：“孔夫人，刘存大人之死，圣上已经派刑部的人去江州了，一切还没查明，事实并不像表面那样，你过于着急了。越是事情关乎孔大人，孔夫人你便要越沉得住气。相信孔大人的清白，相信圣上的英明。”

窦华章用帕子拍了拍心口，道：“夫君回到府中，什么也不肯说，刘存大人的死，真的不是您让他去做的吗？”

聆儿忙道：“孔夫人说话要小心！”

阿南道：“本宫不会置孔大人于不义，倒是孔夫人你——”

“本宫提醒你一句，年节时，你是否收过封疆节度使们的礼？”

窦华章一愣。旋即，哭了起来：“是有这么回事，可……可那些人说，是想与夫君交个朋友。官场之上的应酬，难道不是常事吗？”

阿南猛地一拍桌子：“糊涂！圣上平时有多忌讳身边的人与武将勾结，你不知吗！官场上的应酬？怕是孔大人要因为你那些无谓的应酬而遭殃！”

窦华章脸吓得苍白，她用手捂着腹：“臣妇……臣妇不知啊……臣妇怎么会害夫君呢！臣妇想好好儿跟夫君过日子的，臣妇已怀有三个月的身孕了……”

阿南叹口气，扶起她。怪不得孔良最近的神色有些复杂，他知道窦华章有错，可他是不忍责怪她的。这一切，只能自己担着。

阿南劝诫了窦华章几句，又嘱她莫要多思，安分在府中待着。窦华章谢恩离去。

傍晚。成灏在乾坤殿处理政务，孔良来了，他不是一个人来的，他身后还跟着李虎。

没错，李虎从江州回来了。他浑身是伤，身中数刀。李虎在御林军中算是高手，是何人，能将他伤到这般田地？

“圣上，您知道黔中蛊兵吗？”李虎的面部痉挛起来。

第六十六章　蛊兵

黔中蛊兵，成灏是有印象的。

顺康十一年，黔地深山之处，匪患频频。异匪藏于深山之中，神出鬼没，擅使蛇毒。朝廷命地方官料理匪患，然而，不少官兵被贼寇所伤，身中蛇毒。

当时，封疆节度使韦承主动请命，协助地方政府镇压异匪。他想出一条“以匪治匪”之法，以苗民中擅蛊者，将百余条毒蛇埋于地下，取其菌而下蛊。不出一月，匪患退。韦承便将“蛊兵”作为新的兵种，编入行伍，是为“黔中蛊兵”。

顺康十二年，圣朝与南境交战，南境蛇虫鼠蚁甚多，战事尚不明朗之际，曾调蛊兵用之。

上京中的许多人对黔中蛊兵都很耳熟，但未曾见过，包括成灏。

不过是眨眼间，李虎便抽搐着，伸手向孔良开打。孔良忙将一掌用力打在他的后背，李虎吐出一口污血，神智总算清醒了些。细看他吐出的污血之中，还有细小的虫子在蠕动。

李虎虚弱道：“圣……圣上，当时伤微臣的人虽自言是劫财的盗匪，但臣断定，他们并非普通的盗匪，而是军中的人……微臣身受重伤，恐命不久矣，拼着这条命，回京，自证清白……请您相信微臣，相信孔大人……”七尺男儿，流下热泪。

“圣上，通过李虎的伤势和他身中的蛊毒，微臣判断是黔中蛊兵所为。”孔良道。

成灏从成堆的折子中翻出韦承的折子，细细地瞧着。他问李虎：“你与那群人打斗之时，可有留下什么证据？”

李虎摇头，羞惭道：“他们……他们人数多，出现得太突然，微臣……无一丝防备，很快便落了下风，未能留下证据。微臣无能。”

成灏对李虎道：“你回府安心养伤，这阵子不要露头。孤会命华医官带上宫中最好的药去李府中为你医治。”李虎叩头道：“谢圣上。”

李虎退下后，内室之中，惟余成灏与孔良。

“京中的仵作验过刘存的伤，对方很小心，用的是刀。从伤口的切面来看，仵作推断凶手用的刀与御林军的刀宽度、长度皆无异。”孔良禀道。

成灏叹了口气：“对方煞费苦心啊。”在官场浸淫多年，韦承办事素来小心得很。单凭表面上的查案，是绝不会查出什么的。

“让李虎留下一份口供。”

“是。”

成灏翻着奏章，看了看孔良：“现在，前朝的那些人，都说孤在有意偏袒你。”“圣上，臣是清白的……臣……”孔良有些犹豫，他在想着要不要主动说出节度使的礼单一事，那些话几乎从嗓子里眼儿里蹦出来了。

这时，成灏面露狠色道：“舅父初离开之时，孤担心军中不稳，有意对边疆驻守的几个节度使宽纵些，只恐万一起了事，朝中无娴熟猛将。现时不同了，无论是谁，做了不该做的事，孤都绝不留情。”

少年天子的狠绝令孔良心头颤了颤。他想起窦华章腹中的孩儿，那些打好的腹稿似被一把火焚尽。他只盼灾厄能晚一些来到。

月底，成灏召幸了那日在御湖边邂逅的张采女。张采女与严钰性情不同，她伶牙俐齿，常常说一些令成灏捧腹的话。她来自幽州，身上带着北方女子的爽朗。她跟成灏讲她在幽州时的趣事，还将从幽州带进宫的小虎头腰包赠予成灏。那虎头包上缝着她的闺名：葵。

成灏看着那小虎头包，随口道：“乐只君子，天子葵之。”

连着三日，圣驾都去了鸣翠馆的西殿。

九月伊始，小舟便手捧圣旨去鸣翠馆宣旨，圣上封张采女为“乐芳仪”。这个位分给的属实不低。从前刘清漪、严钰作为功臣之女，初入宫，不过也才是“芳仪”的位分。而张采女，仅仅是幽州节度使送来的良家子而已。当初雁鸣馆的小婵，舍了命救驾，被大鼠撕得血肉模糊，也不过才封了个“忠才人”的位分。张采女承欢三日，便封了“芳仪”，且御赐了封号“乐”字，算起来，比从前的刘清漪和严钰还要尊贵。

接过旨后，乐芳仪问道：“舟公公，圣上有没有说移宫的事啊？”升了位分，自然是不该再住在这鸣翠馆的西殿了。

小舟俯身笑道：“张娘娘问得好，圣上说了，似您这般妙人儿，一般的宫苑恐委屈了您。内廷监瞧了一大圈儿，选了个极好的所在，便是福宁殿。但那里久没住人，得修缮一番。另外，圣上说了，得布置得华丽些才可。劳您等些时日。”

乐芳仪听了，喜之不尽，送小舟到门外。

那日，去鸣翠馆道喜的宫人们络绎不绝。宫人们都道是乐芳仪命好，乍一得宠，便有这样的荣耀，乃众人所不及。

隔着庭院，东殿的热闹落在西殿饶更衣处，格外刺耳。她的贴身宫人蝶儿兴冲冲道：“主子，咱们也去东殿贺一贺吧。张娘娘如今恩眷正浓，沾沾喜气，或能让她指点指点您。说不定下一个得宠的就是您呢。”

饶更衣骂道：“眼皮子浅的蹄子！你急着去拍马屁呢！呸！什么好东西！”蝶儿忙住了嘴，又恐自家主子的话被外人听见，掩了门。

饶更衣道：“倒杯茶来。”

“主子喝什么茶？”

“自然是毛峰茶。”

毛峰茶产自黔地，前些日子，黔中节度使韦大人特意托人送进宫她的。饶更衣懂得韦大人的意思，喝着故乡的茶，她只觉愧疚，又有些羞惭。

三人一同进宫，她的姿色、资源是最好的。她记得临行北上时，韦大人将孔府的收礼单交给她，嘱咐着，可以此为阶，往上走。可她竟不争气，被张氏那个蹄子甩在身后。

她究竟差在哪儿？

张氏得宠的第二天，她明里暗里给她递话儿，如今大家都是一条船上的蚂蚱，应当拉扯拉扯她。可圣上之后又来了好几回西殿，连向东殿看一眼都不曾。可见，张氏一定是把自己的话当成了耳旁风！只顾着自己了！

贱人！明明是自己出力最多！若不是黔中蛊兵出力，刘存怎么会死得那么巧妙？若不是她身为苗女，懂得致幻之药，刘芳仪怎么疯得不着痕迹？她步步都听严贵嫔的，到头来，好处都让张氏得了。而她什么都没有！

苦恨年年压金线，为他人作嫁衣裳！

饶更衣越想越不是味儿。她哭了一场，先是恨自己无用，然后便恨张氏抓乖，恨着恨着，恨到了严贵嫔身上。为何当夜安排去御湖边的人是张氏，而不是她？

黄昏时分，她喝了几盏酒，更觉凄凄。踱步到檐下，见对面的张氏笑着刚送一拨人离去。

饶更衣行了个礼：“给乐芳仪道喜。乐芳仪娘娘金安。”隔着一个庭院遥遥行礼，乐芳仪觉得脸上扑面一阵秋风。她听出了饶更衣的意思，笑着走上前，扶了她一把：“你我姐妹，宛如至亲，姐姐休要如此。”饶更衣淡淡道：“妹妹的封号真好。乐，自得其乐，乐不可支。”

乐芳仪将她牵进殿内，将圣上赏她的一支金步摇给饶更衣戴上，柔声道：“妹妹知道姐姐心中所想，妹妹在圣上面前提过，可圣上不甚经心。妹妹又不好说得太明显。届时，若惹圣上反感，妹妹反倒对不住姐姐了。姐姐勿急，来日方长。不管是妹妹，还是贵嫔娘娘，都一定不会忘了姐姐。”

饶更衣面色稍稍缓和了些，道：“那，臣妾就先谢过乐芳仪娘娘和严贵嫔娘娘了。”韦大人曾经跟她讲过，边关武将，若朝中无人，便等同于眼盲耳盲。看不到圣意，将头悬在裤腰上打再多场仗，心里都不踏实。若她能得圣宠，便自然可做韦大人的眼、耳。若韦大人来日出什么事端，也好有人给圣上吹吹枕边风，照应照应。

谁不想内闱之中有自己人呢?

送饶更衣出门后，乐芳仪对着铜镜梳妆。她身旁的宫人蜜儿道：“娘娘，您现在晋了位分，满宫里谁对您不是一张笑脸儿?偏偏她一个小小更衣，还敢给您脸色瞧！好大的胆子！也就是您，不计较。”

乐芳仪一边描眉，一边瞥了蜜儿一眼道：“你懂什么。”蜜儿又道：“内廷监的掌事说，那枚金步摇是至为珍贵的东西，南洋岛国的夷人进贡的，圣上赏给您，是心里有您。您怎么舍得给她呢？”乐芳仪还是那句话：“你懂什么。”

描完了眉，乐芳仪对着铜镜笑了笑。

当夜，她袅袅婷婷地往蒹葭院去，却没有唤饶更衣。

蒹葭院，严贵嫔扶额歪在榻上，小宫人在给她按着头。乐芳仪行过礼后，关切道：“娘娘头疼吗？”

严贵嫔慢吞吞道：“好好儿的鹦鹉，竟丢了，叫本宫怎不头疼?偏偏守夜的内侍们还都说不知道，没见笼子打开过，见了鬼了。”乐芳仪赔笑道：“娘娘宽心，不过是一只鸟儿，能翻腾起什么来。”

严贵嫔道：“圣上在文茵阁拒了本宫，本宫心里总不踏实。莫非圣上发现了什么……”乐芳仪突然凑近，压低了声音，神神秘秘道：“横竖，娘娘的手是干净的，有何担忧的呢？”

严贵嫔与她对视。片刻，两人心领神会地笑了笑。她们的手是干净的，那么，谁的手是不干净的?

“娘娘，当断不断，反受其乱啊。祸是她的，她伏了法，这件事自然就掀过去了……”乐芳仪道。

第六十七章　人情

严贵嫔想了想，舒了口气，重新闭上眼，说了句："你去办吧。"乐芳仪低头道："是。"

"圣上待你倒是极好，给的封号也好。乐，知足常乐。本宫曾在书卷之中看到这么一句话：贪之与足，皆出于心。心足则物常有余，心贪则物不足。本宫愚钝，乐妹妹可懂得其中的意思？"严贵嫔的这番话说得慢悠悠的，每个字都极清晰。落到乐芳仪耳朵里，句句都是提醒。

乐芳仪的脸上忙笑出一朵秋菊来："娘娘若不知的书，妾身越发不知了。娘娘是大家闺秀，何等聪慧的人，妾身不及娘娘万一。多亏娘娘提携指点，方得圣上青眼，妾身心里不知如何感激才好。妾身得了恩宠，萤火之光，便已知足。娘娘您才配皎洁如月啊。"一番话说得极妥帖，既向严贵嫔表了忠心，又表明自己无有敢与她争锋之意，让她放心。

"本宫素日知你懂事伶俐，果然没看错。"

"娘娘谬赞了。"

"办事的时候，多加小心，宫里头处处都是眼睛，处处都是口舌。沾上了是非，便麻烦了。"

"是。妾身不会举着网去捕鸟，而是结好了网，等鸟撞上来。"

严贵嫔嘴角勾了勾。乐芳仪小心翼翼地跪了安，今夜，得了严贵嫔那句"你去办吧"，便称了乐芳仪的心。

做过的事，总要有人认。活人不认，那便死人认。只有这些事在宫里彻底地翻过去了，她这番晋封才算是真的安乐。

宫里头原本是栽了很多木芙蓉的，据说是当今圣上之母祈安太后曾经最喜欢的花，一到天气转凉，凌秋霜之姿。祈安太后崩逝后，木芙蓉渐渐地少了。一到九月，宫中开得最热闹的花，便是菊。

宫中的树叶缓缓地凋落着。上京的秋，多雨而少风，天色总是淡淡的。那丛丛簇簇的菊花，色彩斑斓地绽放着。

内廷监掌事林观带人搬了几盆绿牡丹到了鸣翠馆的西殿。林观笑着向乐芳仪请安，道："今年绿牡丹少，圣上说，好歹得往您这儿送几盆。"绿牡丹是极名贵的菊花品种，花色碧绿如玉，晶莹欲滴。

乐芳仪忙笑道："此花儿甚美。有劳林掌事了。"小丫头蜜儿嘴甜得很，俯身道："林掌事是大忙人，平日里难得见您一回。我们主子说，辛苦您跑一趟，备了些茶果，您好歹赏光，进来坐坐，吃两口儿。也不枉主子的心意。"

林掌事作揖道："姑娘客气了。"林掌事随蜜儿进了门，约莫半盏茶的工夫才出来。出门时，恰东殿的饶更衣在庭院里采菊。她身旁的蝶儿道："主子，这徽菊用来做菊花茶是最好的……"

饶更衣不吭声，待到林掌事越走越远，她凝神道："蝶儿，瞧见没，昔日林掌事待我与张氏是一样的，如今却是天悬地隔了。世事便是这样的残酷，人情比秋风还凉。"

话音刚落，见乐芳仪笑盈盈地走向她："姐姐此言差矣，人情怎能比秋风？秋风只一季，人情却是久长的。"

饶更衣起身，瞧着她，并不开口。乐芳仪却热络地挽着她的手，走入西殿。饶更衣道："乐芳仪也想请妾身喝茶吃果子的吗？可惜，妾身从小儿就吃不惯剩茶剩果。"乐芳仪用帕子擦了擦嘴："姐姐，妹妹给你的，可不是剩茶剩果，是黄金也换不来的东西。"

饶更衣看着她。乐芳仪压低了声音道："过两日便是圣上的万寿节，宫中必然会摆筵席，不光后宫诸人、宗室子弟，还有不少重臣在。年年万寿节，圣上都会吃多几杯酒。未时三刻，午宴散。皇后带着后宫诸人和命妇们去司乐楼听曲。圣上会独自一人去宗圣殿上香。上完香，他会绕一圈，从御湖返至乾坤殿，与王爷们下棋。至酉时，晚宴方开。姐姐是聪慧的人，可听出什么门道儿了？"

饶更衣想起方才林掌事被请进殿内的样子，似想起什么，道："这些消息，可是从林掌事那里打听来的？"乐芳仪笑着点点头："妹妹跟他说，自打进宫，头一回经历万寿节这样的大日子，想向他请教请教，以免出什么差错。这些话，都是拐弯抹角从他口中打听出来的。"

乐芳仪说着，亲密地倚在饶更衣身上，道："妹妹打听这些，可不是为着自个儿，而是为了姐姐您。妹妹一心想在圣上面前荐一荐姐姐，可没能如愿。妹妹想着，不如，趁着这个机会，让圣上自然而然地接近姐姐。以姐姐的美貌与才情，只要装作不经意地出现，那时，圣上带着三分醉意……"

乐芳仪挥了挥手，蜜儿捧来一身儿衣裳。那衣裳翠绿如竹，上头用金丝线绣着几朵云，甚是精巧。

“林掌事说，竹色是圣上最喜爱的颜色，当年选后的时候，邹皇后便是穿了一件竹色的衣裳，拔得头筹。姐姐，江南的绣娘要忙活一个月，才能绣出这么一件儿碧云裳。妹妹得来不易，今赠予姐姐。愿助姐姐一臂之力。”乐芳仪郑重道，“妹妹未时三刻，穿着这身儿衣裳，在御湖旁的亭台绣花，等着圣上路过便可。”

饶更衣尚是未侍过寝的低阶妃嫔，当日安排的定是不起眼的位置，离席一会子，是没有人会注意的。

一番话说得饶更衣心动起来。她怔怔地从蜜儿手中接过碧云裳。

乐芳仪又道：“另则，严娘娘教了一句诗，说是姐姐念了，一定能让圣上心生好感：少年明主震远夷，顺康恩灵润沧海。四世天子文武德，陇西基业泰山稳。”

虽然饶更衣没念过多少书，但她亦听出来，这是颂圣的诗。少年明主、四世天子，不都指的是成灏吗。圣朝传到这一辈，刚好是第四世。顺康，便是成灏的年号。陇西基业，是因昔年太祖皇帝起兵于陇西，方有今日一家一姓的江山。陇西是龙兴之地，皇家的故土。

饶更衣屈身行了个礼：“多谢妹妹和严娘娘。之前是姐姐错想了，言语有冲撞妹妹的地方，给妹妹赔个不是。”

乐芳仪道：“姐姐，知道你急，可妹妹和严娘娘也替你急啊。咱们都是自己人。妹妹盼着姐姐好，飞上枝头，飞得越高越好。”

两人拥在一起，冰释前嫌。

万寿节。

未时三刻，午宴散。文茵阁的小内侍抱怨着：“阖宫欢庆的日子，偏偏咱们这么倒霉，守着个疯子。”

因刘芳仪疯癫，故而，这样的日子，她是不能出席的。她被关在内殿里，时而安静，时而吵嚷，神智总是稀里糊涂的。

文茵阁除了两个守门的小内侍，已经空空如也。人手都被调去御花园、司乐楼、御膳房等处帮手了。

一个失了宠且疯癫了的妃嫔寝宫，比冷宫还不如。在一片喜庆中，萧条地荒芜着。

忽然，一股异香飘过，两个小内侍迷糊起来，东倒西歪，片刻，便倒在了地上，宛如酣睡。

一个小宫人打开殿门，向刘芳仪行了个礼。刘芳仪好些天不见人近身，喜得手舞足蹈，转而，抓着小宫人不放。小宫人道：“刘娘娘，刘大人进宫了，奴婢带您去找他。”“父……父亲不是死了吗……”刘芳仪白眼珠子如死鱼之目。

“旁人骗您的，您跟奴婢走就是。”说完，小宫人就把刘芳仪往御湖引。远远的，刘芳仪看见了饶更衣。小宫人悄声道：“刘娘娘，您看，她就是害您和刘大人的人……她抢了您的恩宠，您看看她，想起来没……”

刘芳仪发狂一样地奔向饶更衣。小宫人趁势离去。

饶更衣还在亭中低头绣花，她万万没想到，皇帝没等来，等来一个疯子。她忙喊：“来人哪！来人哪！”

疯了的刘芳仪力大如牛，区区几个回合的撕扯，便将饶更衣推入水中。

刘芳仪哈哈大笑起来。她搬起御湖边的石头，朝落水的饶更衣砸去。

“让你害我！让你害我！谁都别想害我！爹爹，爹爹——”

侍卫们闻声而来，缚住了刘芳仪，跳入水中救人。

饶更衣被捞上来时，已经奄奄一息，昏过去了。

这时，成灏从宗圣殿烧完香出来，路过此地，一见乱糟糟的，便大踏步走上前去。见此情景，心中便明白了几分。

第六十八章　陪葬

刘芳仪看见了穿着龙纹衣裳的成灏，伸着手想去够他，然而，被侍卫缚得紧紧的，手伸着、伸着，怎么也够不着，口中发出“呜呜”的声音。

进宫好些年了，君心似乎是她无论怎么使劲儿都够不着的东西。她怔怔地说着：“我是刘家的嫡出小姐，我是爹娘的掌上明珠，我是上京最好看的世家闺秀，我应该得到圣宠，圣宠啊……”

她的指甲里还夹杂了些许方才跟饶更衣打斗时撕扯的肉屑，血糊糊的，脏兮兮的。她的衣襟上有药、有口水，囫囵着看不清花纹。显然，在她疯癫之后，已经很久没有人好好地照料她了。

成灏厉声道：“把林观叫来。”

不一会儿，内廷监掌事林观小跑着过来了，战战兢兢地跪在地上。御湖边出了这么大的事，他已将前因后果都打听地明明白白。

“圣上，奴才方才去文茵阁查过了，是守门的那两个小内侍睡着了，这才让刘芳仪娘娘偷偷跑出来……至于饶更衣，奴才问过酒宴上与她坐在一起的钱御女，她说，一个时辰前，饶更衣说吃坏了东西，肚子疼，便匆匆离席了。实不知为何会出现在御湖边……”

成灏道：“两个小内侍都睡着了？”

“……是，奴才闻到他们的衣服上有酒味儿，约莫是趁着万寿节大庆，偷偷吃多了酒……”

成灏指着饶更衣道：“她身上这件衣裳，看着眼熟，你查一查，是从何处得的？”更衣乃九品，内廷监绝不可能往一个小小更衣处送如此贵重的华裳。

林观道：“回禀圣上，这是碧云裳，乃顺康十四年腊月，江南贡上的。一共两件儿，您将一件儿赏给了中宫皇后，另一件儿赏给了雁鸣馆的祥妃娘娘，当时，祥妃娘娘初初诞下皇长子。”

成灏点点头。他记起来了，是有这么回事。

“好生安排人救治饶更衣，一旦醒转，听她说了什么话，便来回禀给孤知道。”

“是。”

他往前走几步，扭头道：“林掌事，文茵阁换几个伺候的人，瞧瞧刘芳仪现时是什么样子，成何体统。将从前惫懒的宫人送去倒夜香。”

“是。”

不论如何，成灏记得刘存曾为圣朝、为百姓出的力。纵便他因女儿之故，有过一些私心。但说到底，他是功臣，瑕不掩瑜。成灏不忍见功臣之女此番景况。

他清楚地知道，刘清漪不过是做了他人的靶子，回回如此。阖宫之中，谁是最无辜的人，谁便最蹊跷。

为什么对饶更衣下手？成灏亦明白。李虎的归来，带来关于黔中蛊兵的线索。饶更衣是黔中节度使送进宫的人。她若死了，这条线索便断了。纵便是江州那边查出一些异样，也只能是死了的人背锅。

自刘存死后，这一手接着一手，巧妙而狠辣。他耳畔无端想起严钰唱的那首清欢填词作曲的红梅调：叹风月，离愁别恨几许，苦多乐少。

成灏一路走，一路思量。

少顷，回到乾坤殿，他若无其事地与宗亲中几个远支的王爷下了会子棋。

这厢，司乐楼中。翩翩舞广袖，似鸟海东来。曲声婉转，伶人们衣袂飘飘，一片热闹。

阿南坐在高处看着，身旁的宛妃时不时笑着同她讲些什么。

聆儿从外头走近来，小声地同阿南说了些什么。阿南想了想，吩咐聆儿陪她回宫一趟。她虽知道，成灏心中已明白了八九分，不会往她身上疑惑，但她还是想自证清白，不教宫中的闲言碎语漫到她身上。

酉时，晚宴开。阿南穿着碧云裳，落落大方地坐在成灏身旁。

成灏道：“皇后好些日子没穿碧色的衣裳了。”顺康十三年，宫中选后之时，她便是穿着碧色的衣裳的。只是那时，是他与她串通好的。百官面前，他宣布以百灵鸟选后。阿南穿着碧色的衣裳，如竹一般，百灵鸟停在她的肩头。司礼官当即宣布中宫人选为：邹阿南。

成婚以后，她便从未穿过碧色了，倒是喜欢穿鹅黄与明黄。都是从前清欢爱的颜色。

阿南浅笑道：“方才在司乐楼，衣裳上不留神溅了茶汤，便换了身儿。”成灏不吭声，良久，道了句：“你穿碧色好。”

阿南低头，似是专心地看眼前的一碟菜。她不知他的言外之意是否说她不适穿黄，邯郸学步。

成灏忽而笑了笑："燕草如碧丝。好看。"

燕草如碧丝，秦桑低绿枝。当君怀归日，是妾断肠时。

华乐带着成诜、成锦、成询以及尚在嬷嬷怀里的成谅一起跪在成灏跟前儿祝寿："儿臣等恭祝父皇万岁春秋。"

成灏笑着饮下杯中酒，看了看华乐旁边的成诜。这孩子总像是很胆怯的样子，他身为皇长子，见到父皇，却不敢抬头。

成灏唤道："诜儿，最近都念了些什么书？"成诜道："回父皇，念……念了《三字经》。"

"可有背熟？"

"快……快了。"

成灏道："你皇姐只比你大了几个月，似你这般大的时候，《四书》中的句子都能背下许多了。"

成诜听了这话，越发惶恐："儿臣无用……"成灏叹了口气，声音柔和下来："孤会同先生说，多给你增些课业。你自己也要努力，将来好给皇弟们做榜样。"

"是。"

成灏一一赏赐了孩子们，尔后，似不经意地向坐得离他不远的祥妃问道："灵雁，孤记得你也有一件同皇后这一样的碧云裳，怎么总也没见穿？"

祥妃笑道："回圣上，那件衣裳臣妾穿着不大合身，恰嫂嫂喜欢，便送予她了。"

"哦？原来是送给了孔夫人。"

一旁的孔良眉心跳了跳。窦华章与那黔中节度使韦承有些来往，莫不是饶更衣身上那件碧云裳真的是窦华章送出去的？

成灏瞧了瞧他，又瞧了瞧祥妃。祥妃是个憨厚的人，守着一双儿女，本本分分，从不与宫中的是非相连。至于孔良，李虎的回归也证实了他的清白。可为甚事情兜了这么多圈子，总能跟孔府沾上点边？

所谓春花秋月，秋天的月最是好。一阵空灵的乐声响起，内廷监推出莲台，严钰又跳起了那支观音舞。这是她第二次跳这支舞，成灏并没有第一次看的时候那样欣喜、赞叹。

他看着那莲台，似乎舞姿飞跃旋转间起了一阵白雾，白雾包裹了美人。

舞毕，成灏照旧唤了声："赏！"

严贵嫔从莲台上一步步走下来，婉转谢恩。

晚宴散去后，成灏回了乾坤殿。

不一会儿，小舟把乐芳仪带进内殿。龙涎香的味道浓郁极了。乐芳仪行罢礼，笑问道："圣上，您怎么没去鸣翠馆，反把臣妾叫来了此处？"

"孤有话问你。"

乐芳仪的笑容渐渐地脸上散去。

"半个时辰前，内廷监来给孤回话，说饶更衣醒了，说了一些事，让孤很意外。"

乐芳仪低头，拭泪道："姐姐说什么了？臣妾那会子听到姐姐出事的消息，心里挺难过的。臣妾与姐姐同时进宫，相交甚好，万万没想到姐姐在这喜庆的日子受此无妄之灾……"

"万万没想到？"成灏笑了笑，"孤倒觉得，你想得到。"

乐芳仪连忙跪在地上："圣上是何意？臣妾不明白。臣妾今儿一整天都未曾见过饶姐姐啊……"

成灏起身，一步步走近她。低着头的乐芳仪看见成灏的龙靴上有些许的尘埃，她心内忐忑。她不知道饶更衣到底说了些什么？那苗女竟如此命大，竟然没死，还能说话。明明提前做了许多手脚啊，碧云裳的内衬里，还缝进了不易察觉的毒药，无色无味。按预计，她绝无生还的可能啊……

成灏居高临下道："那首《红梅飞雪》是谁教给你的？"

"司乐楼的莫伶所教。"

"乐卿是孤心喜之人，亦是这后宫之中晋封最快之人，来日前途，不可限量。许多事，孤知道，寻本溯源，你是无辜的，一定是有人在背后指使你。说出来，便与你无关。"

成灏伸手，将她拉起来："难道，你想自己咬紧牙关，给他人陪葬吗？"

好不容易得来的荣华、盛宠，以及素日对严贵嫔的忌惮，在这一刻通通萦绕在乐芳仪的心头。

月色从窗口洒进来，阴森森的，成灏凑到她耳边说："刘芳仪疯了，饶更衣死了，那么，你觉得你的结局会是什么呢？"

第六十九章　招供

虽然四周一片静谧，但乐芳仪却觉得心里起了鼓点之声，如夏日的骤雨，又如一群鸣叫的乱蛙，一时一刻也不消停。

她几次张了张嘴，却又被绳子拉了缰，一个字也吐不出来。成灏那张脸依旧是英俊的，只是这英俊中带着很多她看不懂的东西。她不知道他知道了多少。她不知道怎样开口才可以把自己摘干净。她不知道今夜对着莲台上舞动的严贵嫔叫了一声“赏”的圣上会选择相信严贵嫔还是选择相信她。

成灏似乎懂得她的内心所想，他走几步，坐回软榻上：“饶更衣说，她是被你所害。如果你不开口的话，那便是默认了。你认了罪，没关系，可你难道不想想你的家人吗？”

乐芳仪心中的鼓点更急促了。她大口大口地喘气，似乎无形之中，有人扼住了她的喉咙。

幽州节度使廖大人送她进宫前，已经明里暗里对她讲过，她应该做什么。如若她要是肯听话，可保一家子的荣华。如若她要是不听话，漫说荣华，便是性命，也难保。此次，若因饶更衣的事被治罪，自己便成了一颗废子，远在幽州的父母兄弟该如何啊？

她磕头道：“圣上，臣妾是冤枉的，冤枉的啊，您不能听信饶更衣的一面之词啊……您想想，纵是臣妾有这个心，也没有这个力量。臣妾初初得蒙圣上恩宠，怎么能凭一已之力做得这般周全……”

她抬起头来，泪流满面：“圣上，臣妾不过是听命行事啊。”

“听谁的命？”

话到这里，乐芳仪又开始犹疑起来，她想起严贵嫔曾经教她的话：一切苗头，皆指向中宫或是雁鸣馆。这两棵树，枝繁叶茂，纵是自己倒了，也要折下她们的枝叶来，或能自保。今日，皇后穿了碧云裳，那便……乐芳仪心一横：“是……是祥妃娘娘。”

“哦？”成灏笑了笑：“祥妃跟饶更衣无冤无仇，为何要如此做呢？杀了饶更衣，对祥妃有何好处？”

“为了祥妃娘娘的亲兄，孔大人。孔大人深陷刘存大人之死的风波。刘存大人的死与幽州节度使韦承有关。而饶更衣是韦大人送进宫的人。祥妃娘娘她……”

成灏打断她：“你过来——”乐芳仪不明所以。成灏又重重重复了一遍：“孤让你过来。”

乐芳仪跪行到成灏身边，她抬起头，看着这个阴晴难测的君王。成灏伸出手指，抹着乐芳仪脸上的泪痕：“看来，孤得把你送去内廷监了。林大人那里有不少好东西。比如，绝子锤，专用来惩治后宫女子的，敲击胸腹，至宫体脱垂掉出，血衰命绝。比如，霹雳车，乃周宣帝所创，受此刑之妇人，通身溃烂，生不如死……”

他每多说一个字，乐芳仪便抖一下。她仅有的坚持随着恐惧一点点抽空。

“孤冲龄继位，在金銮殿坐了近廿载，你觉得会相信你这番鬼话吗？”成灏说着，向门外唤了一声：“来人哪——”

乐芳仪瘫倒在地：“圣上，臣妾说，臣妾什么都说……臣妾是听了严贵嫔的命啊。臣妾进宫的日子不短了，久久未蒙圣恩，臣妾着急。当时，严贵嫔诞下四皇子，阖宫瞩目，圣眷在身，臣妾，臣妾便去讨好她。她答应臣妾，指点臣妾，臣妾便糊涂油蒙了心……杀饶更衣不是臣妾的主意啊，臣妾一切都听严贵嫔的……求您，求您饶了臣妾……”

成灏笑了笑：“你的蝇头小楷似乎写得不错。便把你知道的，都写下来吧。”

须臾，小舟端进来笔墨纸砚。

孟秋之月寒蝉鸣，仲秋之月鸿雁来。内殿的烛火在九月的夜晚显得诡异而孤清。

乐芳仪爬行到成灏的腿边：“圣上，臣妾真的是无辜的，臣妾只是帮人办事。臣妾蒙恩未久，臣妾……臣妾仰慕您，臣妾想长长久久地跟圣上谈词听曲……”成灏的声音仿佛在烛火上绕了几圈，带了些温度：“孤知道。孤曾对你说过，乐只君子，天子葵之。孤心里有数。你写吧，好好儿地写。”

乐芳仪仓皇地点点头，在纸上斟字酌句地写着。当然，在她的描述中，什么事情都是严贵嫔指挥的，她只不过是严贵嫔手中的弓而已。弓往哪儿拉，统统与她无关。

半盏茶的工夫，乐芳仪写完了，哆哆嗦嗦地递给成灏。成灏接过，细细地看完，笑了笑，说了句：“好大的心胸。”

忽听门外脚步声临近，小舟报：“皇后娘娘到——”

阿南从外头进来，她身后跟着聆儿，聆儿手上拎着一个食盒。阿南看见乐芳仪跪在地上，仿佛并没有太多惊讶。她向成灏行完礼，道：“臣妾见圣上今日筵席之上吃多了几杯酒，筵席罢，又赶往乾坤殿，担心圣上胃寒，积了乏，便煮了些花粥送了来。”

成灏点点头。

阿南盛了粥，递给他一碗。成灏接过，闻了闻：“是菊花粥。”

“嗯。今年宫里头的秋菊好。”

“是徽菊？”

“不，是杭菊。”

成灏舀了一口送入口中：“确是杭菊。”阿南笑笑：“去年臣妾便嘱了花房的人，今年多种些杭菊。或是熬粥，或是烹茶，都是极好的。”

瘫坐在地上的乐芳仪看着帝后说话的情景，蒙蒙的。圣上跟皇后说话的神情与跟旁人不同，带着她从没见过的随意与习惯。而皇后，好像没有后宫中人对圣上该有的敬畏。尊卑的界限在两人的琐事问答中模糊了。皇后仿佛仅仅把自己当成了他的妻子，两人只是世间一对寻常的夫妇，思量着一餐一食。

她一直以为“中宫无宠，严贵嫔后来居上”，可这一刻，她却觉得并不是这样。

成灏吃完了粥，将乐芳仪的供词递与皇后：“你看看。”阿南看了，轻声道：“后宫中的事，本是臣妾的职责所在。却让圣上操心处理了，是臣妾失职。”

成灏轻描淡写地说了句：“这件事你曾牵涉之中，若你审了，恐旁人说你报私仇。本来清清楚楚的事，倒不清楚了。”他是为她着想。

阿南俯身，道了声：“是。”

乐芳仪凄然道：“圣上，那臣妾，臣妾……”成灏道：“你去内廷监待一阵子。等事情都水落石出，自有你该得的去处。”

乐芳仪还想开口求什么，成灏看了她一眼。那眼神让她害怕，忙噤了声。

门口两个侍卫进来，乐芳仪跟在侍卫身后，往内廷监走去，走到门口，仍向成灏拜了一拜：“圣上，臣妾是无辜的……您记得要为臣妾做主……”

成灏摆了摆手。侍卫拉着她去了。

待到人走后，阿南道：“这供词上，全是严贵嫔与饶更衣的过错，倒全与她不相干了。圣上以为呢？”成灏道：“若没有私心，她怎会贸然出手替严贵嫔杀了饶更衣？左右，都不可能是清白的。”

“杀了饶更衣？您是说……”阿南看着成灏。成灏点了点头：“是。一个时辰前，医官署的人来报，饶更衣没了。”

死人是说不出话来的，但活人可以。饶更衣说不出来，便让乐芳仪说。从他那日在御湖边听到曲声，选择将计就计时，就已经想好了。哪来的什么移宫，不过是让她继续留在鸣翠馆而已。

不患寡而患不均。得而不均，必有内讧。

阿南低头。

两人沉默了一会儿。

“臣妾觉得，很多事情，乐芳仪并不是全然知情。这份供词里有不少含糊之处。”

成灏道：“孤已有了决断。”

烛光照在成灏的脸上，阿南明白了他的意思。

“臣妾觉得，以她的心智，没那么容易招供。”

深夜。

蒹葭院。

林观带人疾步走了进去。

严贵嫔坐在软榻上，喝着一盏淮南茶，听见脚步声，并没抬头。她吹着盏中茶道：“林掌事这么晚来蒹葭院，有何贵干啊？”

林观拱了拱手：“圣上有令，请您去内廷监走一趟。”严贵嫔喝了口茶，慢悠悠地放下茶盏，笑了笑：“那便走一趟吧。”

第七十章　负气

见她如此淡然，林观心里头倒暗暗纳罕。她越是如此，林观越不敢怠慢。这女子不像是久陷囹圄之人。

想着想着，林观的背往下弯了弯：“严娘娘，您慢着走，天黑，当心路上有石子儿。”说着，林观又呵斥着两个提着灯笼的内侍：“还不给严娘娘照着路呢！”在宫里办事几十年了，林观那双眼里攒满了世故与油滑。他知道，起落并非定数。无论什么时候，无论什么形势，他都明白，给自己留条后路。

严贵嫔看了一眼林观，将头上的簪花紧了紧，道：“林掌事多虑了。宫里的路，本宫走熟了，看得清。纵有石子，也能绕过去。不会绊倒的。”“那就好，那就好。”林观低着头，笑了笑。

严贵嫔走到门口，又回头看了看桌案上那盏没有喝完的淮南茶。这茶还是当日刘清漪送给她的，是刘存从任上送来的。那时的刘清漪总是拿捏着她，时时不忘高高在上地俯视着她，提醒她的过去。

如果不是刘家父女一步步逼近，逼得她退无可退，她会选择如此做吗？原本，她还想日后指望刘家，在谅儿夺嫡的路上出出力。可是他们居然想夺走谅儿，还从淮河边接来了王妈妈作为威胁她的手段，她不得不兵行险着，先发制人。每一步都像是在钢丝上行走，残酷而小心。

内廷监的牢房，黑乎乎的。严贵嫔从从容容地走进去，坐了下来。

“娘娘！娘娘！”

她听到有人在焦灼地唤她，是乐芳仪。

严贵嫔瞧了她一眼。她哭哭啼啼地扒着铁槛：“娘娘，怎么您也来了此处？妾身不知是怎么回事？白日里一切都还好好的……”

严贵嫔并不吭声。乐芳仪继续道：“您那日跟妾身说，让妾身去办。妾身就去办了。妾身都是听您的命啊，不知哪里出了差错。那苗女居然没死！您说，她是不是早有防备！她是不是等着坑咱们呢……”

“乐芳仪在说什么？”严贵嫔打断她，满眼的茫然。

“娘娘，您吩咐臣妾的事，您都忘了吗？”

“乐芳仪此话好生奇怪。本宫何曾吩咐你做了什么事？”

乐芳仪突然明白了，这个姓严的，是打算将一切都赖得干干净净了。

“娘娘，您不能过河拆桥。”

乐芳仪把事情的前因后果想了想，悲哀地发现，刘存父女，是饶更衣害的。而饶更衣，是她自己害的。姓严的确实自始至终身处事外，两手干净，没有留下任何把柄。

乐芳仪第一次觉得，眼前这个女人是多么可怕，心机如此深沉，把她们几个耍得团团转。

乐芳仪曾觉得自己因姓严的得了利。现在，她懂了，她不过是姓严的手中一枚陀螺。什么时候开始转，怎么转，往哪儿转，都是姓严的把控好的。可笑的是，她还自以为自己很机灵，除去饶更衣就万事大吉，从此恩宠无忧。

严贵嫔转过头，如打坐一般，在黑夜里静默。她的沉默仿佛是无声的挑衅，乐芳仪越发觉得自己遭到了戏弄，哭喊起来：“我要去圣上跟前儿揭发你！我要去皇后那里说清楚！你！你！你这个蛇蝎妇人！”

严贵嫔冷冷地笑笑：“你不是已经揭发了吗？若你什么都没说，本宫怎么会被林观请到此处？本宫堂堂贵嫔，一宫主位。父亲乃两广总督，朝廷二品大员。且，本宫为圣上诞下四皇子，绵延皇家子嗣，功在社稷。岂是你三言两语就能泼下脏水的？本宫不怕查。朗朗乾坤，本宫相信圣上会给本宫一个清白。”

严贵嫔闭上眼：“届时，所有人都会明白，没有证据，你的揭发并不是揭发，而是诬告。”

乐芳仪瘫坐下来。是啊，她有什么证据呢？什么证据都没有。孽是她与饶更衣的。

“本宫劝你老老实实认下你的罪名，莫如疯狗一般，做无谓的攀咬。”

乐芳仪的手拼命地往前伸，若不是有铁槛拦着，她恨不得将这个贱人撕得粉碎。

这一夜，乐芳仪一夜未眠，严贵嫔倒睡得安稳。

饶更衣死的第三日，江州传来快报，刑部的人在河堤处发现了御林军侍卫周标的尸首。这引起了江州府衙的轰动。

早先，刘存死亡的驿站里，发现李虎和周标的腰牌，导致他们怀疑刘存是御林军的人杀的。可现在凶手也死了，事情就值得玩味了。

周标死状可怖，仵作断定是中了毒。至于是什么毒，他一时拿捏不好。

江州府有一名医，名唤李幕，自言能知天下毒。仵作亲自登门请教，将李幕请去江州府衙大堂。李幕细细检验了尸体，一时三刻，断定其中的毒为：蛊毒。

有周标的尸首以及李虎的证词为据，箭头直指黔中节度使韦承。

封疆大吏往宫中送人，历朝历代皆有，并非罕事。但似韦承这般胆大包天，敢杀朝廷命官、栽赃皇亲国戚的，倒是少有。难道是久居黔地，真的自以为可以戏弄法度吗？

但，黔地荒蛮，山多路陡，民风彪悍，兵痞匪多，贸然换个节度使，恐一时难以压制。

成灏琢磨着该如何办。就在这时，他收到一份密折，上面赫然写着一份详细的礼单，孔府与武将往来的礼单。

匿名检举，乃顺康十八年正月，成灏公布的政令。旨在让官员们互相监督，肃清吏治。为避免低位官员对高位官员的忌惮，匿名直达天听。此令施行后，官场确实清明了许多。

成灏没有想到，有一天，会收到弹劾孔良的密折。他跟孔良从小一起长大，他知道，孔良并非贪权之人。孔良素来深厌结党营私之事，对钱财，他更无什么贪念。这份礼单，虽与孔府有关，但一定不是孔良所为。

成灏不怀疑孔良。但让他惊心的是，武将们对孔府巴结的态度。这份巴结从何而来？成灏想起自己的大皇姐冀长公主曾经的提议：给张泱儿与成诜定一门娃娃亲。是否人人都觉得皇长子是一个极大的赌注？

密折上还有一言：饶更衣初进宫时，曾将这礼单做礼物献给皇后。写这密折的人，显然是狗急跳墙。知道事态蔓延开来，便能多攀扯一个是一个。意图让局势越混乱越好。

皇后并没有将礼单呈上御览，而是另做处理，压下了这件事……成灏想着，命小舟将皇后唤来乾坤殿。

阿南的步履声，成灏是熟悉的。他听到她进来了，抬头，说了句：“孤打算将韦承调来上京，做武都校检。”

武都校检，是武官中的虚职。黔中是韦承的老窝，死党甚多，在黔中杀他，不是明智之举。把他弄到眼皮子底下，夺其利刃，慢慢宰杀，倒是良策。

阿南静静地听着。成灏继续道：“黔中节度使一职，皇后觉得谁合适？”

“臣妾后宫妇人，不敢置喙。”

“孤觉得，孔良合适。”成灏说道。阿南抬起头来：“您知道了？”

“嗯。”

“臣妾该早一些告诉您的。”

“那为何皇后早先没有说呢？皇后是不相信孤与孔良的情分？还是觉得，孤生性残忍，会祸及无辜？”成灏说着说着，带了些负气的味道。

他不愿她有什么事情是瞒着他的。早先，在他亲政前，所有的秘密难道不是他们俩一起背负的吗？为何现在她不再事事与他商量了呢？

阿南叹口气："圣上，臣妾是担心这件事被有心之人利用，破坏你与孔大人从小到大的情意。这礼单的往来与孔大人无关，是孔夫人做的。妇人短见，被蒙蔽了。她还以为这样做对孔大人的仕途有好处。"

说出这些话，她好像轻松了许多。但她也知道，她卦中的结局很快要应验了。

成灏喝了几口花酿。午后的日头柔和地洒进殿内，成灏沉默良久，说了句："往后有什么事，不必瞒着孤。"

"是。"

孔府。孔良接到朝廷的调令。彼时，窦华章在庭院中剪着石榴枝。花匠们说，深秋剪枝好，来年花开早。她想象着来年榴花照眼明的景象，抿着嘴笑。她的小腹已经微微凸起，腹中的生命一日一日地成长着。

孔良说了句："我要去黔中了。"窦华章手中的剪刀"砰"地掉在地上。她扑到孔良怀里哭了起来："都是我害了夫君，是我害了你……"

孔良拍了拍她的背，长叹道："圣上要处置韦承，黔中需要可靠的人去接管，这真是朝廷用得上我的地方，于公于私，我都该去。"

窦华章哭得越发伤心。黔中路远山高，孔良这一去，不知归期何期啊。

孔良道："我从前对你疏忽良多，是而，你做了傻事，我也有责任。好在圣上与我一同长大，有心淡化此事。我更应该将功赎罪，报效朝廷。往后，你在府中，要安分守己，除了亲友，勿要同旁的人往来。有急事便去找皇后娘娘。祥妃虽是我亲妹，但她过于老实，自顾不暇。"

他一一嘱咐着，窦华章含泪答应着。

内廷监的牢房，严贵嫔气定神闲地坐着。

门打开，有内侍唤提审。

严贵嫔起身，往外走。到了一处密室，她抬头，看到审她的人，意外极了。

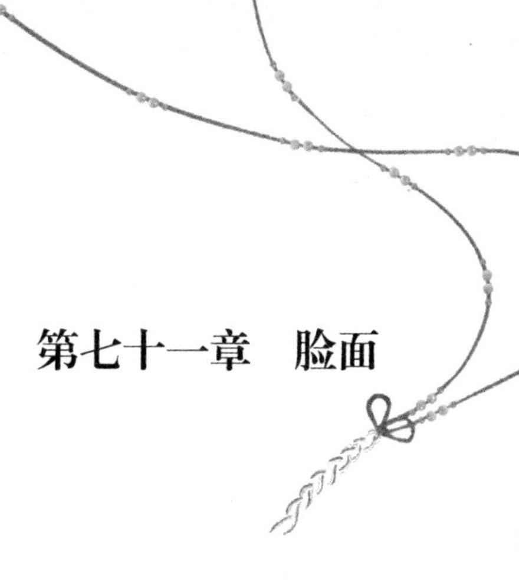

第七十一章　脸面

自进了这黑漆漆的牢房，严钰想过很多次，成灏会派什么人审她。内廷监掌事林观？大理寺那出了名的狠人赵惟？中宫邹皇后？甚至连成灏自己，她都想过了。每一位，她都细细琢磨了对策，斟酌了每一句、每一词。

她内心更希望是成灏来审她。她侍上的日子不短了，她曾与他有过夜夜欢歌，她从他眼中看到过朦胧的怜惜，她为他生下一个模样如此俊朗的皇子。她相信，多多少少，他对她是有一些情意的。只要有情意在，就好办。她就有扭转局面的把握。

攻心为上。她会不经意地提及谅儿，提及自己甘愿把谅儿送到中宫抚养的大度与恭谨。再套取圣上对曾经失去的恋人的愧悔与缅怀，一定能博得一些怜悯。何况，那些事，本就不是她亲手做的。无凭无据，圣上怎好治她的罪呢？如何宣之于口？如何向众人交代？

国有国法，宫有宫规，她严钰身为皇子生母，一没犯国法，二没犯宫规，凭什么治她的罪呢？

可她没有想到，今日来审她的，却是她的父亲——严瑨。

她所有的谋算在那一霎晃了晃。她本能地低下头，唤了声："爹。"

严瑨仍旧是一脸的严肃，一身的官服整洁而干净，没有一丝褶皱，也没有一丝灰尘。他端坐在案前，看着自己的女儿，手中的醒木重重举起，还没拍下，却忽地疲软了。他伏在案上，颓唐地流下几行老泪。

严钰见严瑨如此，连忙疾步走到他身边，跪了下来："爹，您这是做甚？"虽自小因父亲的严厉与苛责，她跟父亲不大亲近。但到底，那是她亲父啊。她记得幼年时，她是有些看不起他的。父亲没日没夜地忙于公务，在府中的时光屈指可数。同僚不愿干的活儿总是推给他，他却总也不见升迁，长年累月地做个末流小官。他从来不懂得变通，仕途坎坷，迂腐得要命，总是满口的之乎者也，满肚子不合时宜的书墨文章。

直到顺康十五年，百越事破，查出两广有个别官员牵涉其中。驸马做钦差，亲往两广查案，父亲方在一众官员中脱颖而出。他以他官场之中难得的倔强与清高博得了圣上的关注，御笔钦点其为两广总督。

积攒数十年突然来的升迁，让他深觉皇恩浩荡，越发鞠躬尽瘁了，恨不得整个人都长在无止无尽的案牍上。

一日，他在府中看到严钰，竟惊道：“吾家小女已这般大了！”

严钰从心底是轻视父亲的处事风格的，她深信“钝不如巧”。在府中的时候，她只不过是穿了那一年时兴名贵的纱料衣裳，父亲便斥责她，他初初升迁，家人不该如此张扬，该谨言慎行，以免落人口舌。他摇头晃脑地给她讲着《礼记》中的句子：君子道人以言而禁人以行，故言必虑其所终，而行必稽其所敝，则民谨于言而慎于行。

她虽表面上听从了父亲的话，再也没穿过那件纱衣，但她骨子里是期望得到父亲的认可的。她想，终有一日，她要用自己的方式证明，她与他有着截然不同的想法，但她一定比他活得好。不似他，一生畏畏缩缩，连让妻女穿得体面尊贵些的胆量都没有。不似他，一生无谓忙碌，连自己的孩儿年庚几何都模糊了。

后来，一张圣旨到了严府，圣上竟要纳她为皇妃。她深觉，改变命运的机会来了。

可是，老天竟跟她开了个大大的玩笑。淮河遇难，竟有人劫了她的龙书圣旨，顶替她入了宫。而她，一个官家小姐竟沦落为歌姬，在花船之上，每日以歌舞娱人。

她知道，以父亲的性子，定忌讳同僚说他依附裙带，是断然不会主动在上圣的折子上提及女儿的。她要想脱离困境，北上入宫，只能靠她自己。

天可怜见，她做到了。其中付出了多少，只有她自己最清楚。

“您不必如此。女儿纵在此处，也只是暂时的。很快，很快圣上就会放女儿出去的。”严钰对流泪的老父说。

严瑨沉默。

严钰又道：“您何时到上京的？”严瑨用袖口擦了擦眼泪，又重新将官帽戴正，叹道：“七日前，圣上下密旨，特命为父进京的。”

七日前？严钰的脑子里“嗖嗖”地转着。

严瑨一挥手，旁边的小内侍驱进来一个人。严钰看见那个人，心头又是一惊，竟是王妈妈。她肩头站着的，是不久前在蒹葭院走丢的那只鹦鹉。

王妈妈瑟瑟缩缩的样子，跪在地上，胡乱喊着：“饶命哪，饶命哪！”她抬头，瞥见严钰，忙爬到她身边：“采薇，采薇，你怎么也在这儿，救救我，救救我啊……”

采薇是她当口的花名。严钰猛地使劲儿，一把将她推得老远：“大胆妇人，你喊什么！本官何曾见过你！”王妈妈哭道：“采薇，你在桃花径待了那么久，我又怎么会将你认错……这日子究竟是怎么了？先是刘大人二话不说，派人将我带到上京，往客栈里一丢，说有用得着我的地方。我一头雾水，不知道怎么回事。还没搞明白呢，就听人说刘大人死了……”

她又指着那鹦鹉道：“这鹦鹉不知怎么的，飞来客栈寻我。从前伶牙俐齿的，会说人话。现在倒哑了！你当初走了之后啊，吉公子还花高价将它买走了呢……鹦鹉来寻我，便也罢了，还来了几个不男不女的人来找我……现又将我带来这牢房……我倒想问问，我究竟是犯了什么法度？”

她虽然说得很凌乱，但严钰还是很快就捋清楚了。不男不女的人，肯定是宫中的内侍了。

是谁派去的呢？不是圣上，便是皇后。她处心积虑隐藏的秘密，还是没瞒住。

严瑨又一挥手，小内侍便将妇人拖走了。那妇人鬼哭狼嚎地喊着，很快，口中便被塞上一块布团堵住了。她肩头的鹦鹉，自始至终，岿然不动，只用眼神盯着严钰。

“沉舟意不佳，北望是天涯。可怜淮河畔，朝暮歌阑罢。”

它背下了她常念的诗，却也因此遭殃。它曾日日陪伴她，再度相见时，欢喜地如见故友。

可这相见，竟是不该有的。

“畜生不是人。可畜生心里什么都明白。”这是从前吉公子对她讲的话，现在想来，多么讽刺。

“本宫不该将你毒哑，而是将你毒死！”严钰咬着牙，这话语仿佛不是从她的口中说出的，而是从她的肺腑中升腾而上的。

“小钰，你的事，圣上已经知道了。”严瑨道。他的脸上带着凄凉。

到这个时候了，他仍然没有将“歌姬”二字说出口。他是多么头巾气的人哪。一生“脸面”二字最为可贵。

严钰的脸上仍有几分执拗：“爹，圣上既唤您来审我，便是不想将这件事张扬出去。我还有翻身的机会。我还有谅儿。”严瑨道：“正是因为四皇子，圣上才留着你的体面啊。小钰，你为何仍是执迷不悟。”

“女儿做错了什么？”严钰抬起头来，“女儿刚进宫的时候，皇后便命嬷嬷给女儿验过身，女儿是清白的！女儿一路辗转，为了维护这清白，殚精竭虑！女儿奉旨入宫，半路遇害，难道是女儿能左右的吗？女儿不是久陷淤泥之人！为何不能好好的重新开始？几年前，舅舅就说女儿有凤命，女儿为什么不能争一争？邹阿南配，女儿就不配吗？”

严瑨摇摇头：“小钰，爹跟你说过，言必虑其所终，行必稽其所敝，你没有将爹的话听进去。你有今日，皆是自己造成的。你想想，你手上有多少人命。到如今，覆水难收啊。”

第七十二章 把柄

"爹！"严钰喊了一声。这一声里带着几许怨怼、几许不满。

"女儿不指望您向着女儿，但您也不能把女儿往火坑里推。您别管这件事了！"

"为父审理此案，是皇命。岂是你说不管就不管的？"

严瑨拱手向上，道："为人臣子，该奉命行事。为人之父，更当行管教之责。圣上命为父来审理此案，这当中的苦心，小钰，难道你不能体会吗？"

眼看父亲铁了心，严钰的面色冷了下来。她倏尔换了张面孔，就像她无数次在人前披上的外衣一般。

"那便审吧，严大人。"

牢里昏昏暗暗，唯有两旁燃着烛火。那烛火在黑而湿的昏暗中舔舐着。

严瑨的手中握着几张供状。有刘芳仪的，有韦承的，还有文茵阁那被逐出宫的小内侍小从的。桩桩件件，拼凑起来，便清晰明白。

"刘存大人是黔中蛊兵所害，而刘芳仪是鸣翠馆的饶更衣所害。他们之所以这么做，是因为你告诉饶更衣，这样做不仅可以击倒刘芳仪，还可以祸及祥妃娘娘，并且令圣上与皇后娘娘离心。后宫波及一片，主位空悬，新人就有了上位的机会。你承诺饶更衣，会指点、提携她，获得圣宠。她曾经在凤鸾殿吃了瘪，故而，转投去了蒹葭院。她把得宠的希望都放在了你身上。"

严钰沉默。

"饶更衣看似是被疯癫了的刘芳仪所伤，实则是死于乐芳仪之手。而乐芳仪，同样是受了你的怂恿与蛊惑。"

严钰似乎被父亲话语中尖锐的指责所刺，扬声道："心意迷乱者，方能被蛊惑。错事是她们自己做的，难道严大人想把一切都怪罪到本宫头上吗？"

严瑨不理会她的辩解，继续道："文茵阁的内侍小从，有一七旬老母，突染重疾，急需钱财，却求告无门。你以重金为诱，让他做了你在文茵阁的眼线。刘家父女本商议好，勾结苗仞，说出你与四皇子母子八字不合。你得知后，在当中添了把火，命小从在事发前夜赶往宫外刘府，假传刘芳仪的旨意，让苗仞咬出中宫。小从做完这件事不久，便因偷盗被内廷监逐出宫去。实则，你是想永远地让这个秘密掩盖。”

严钰听到这里，答非所问道：“本宫待下宽和。而刘清漪生性娇纵，待下严苛。小从选择背叛她，忠于本宫，是再正常不过的事。”

“是吗？小从这份忠心恐是你使计所致吧？他的母亲为何突染重疾，是你那好舅舅做的事吧？”严瑁猛地拍了一把桌案，“连七旬老人都能下得去手。行如犬彘！你的所作所为，枉为我严家的女儿！”

严钰冷笑一声：“严大人以为本宫想做严家的女儿吗？做严家的女儿，除了桎梏，还有什么？在本宫心里，您比舅舅差多了。舅舅起码是实心实意为本宫好。本宫倒愿意舅舅是本宫的父亲！”

严瑁摇了摇头：“你以为你始终处于事外，便真的没有证据吗？羽毛量多，其重可使舟沉。众口一词，虽顽石亦可熔化。如此多的证词全都指向你，你当真以为你能独善其身吗？”

父女俩都安静下来。

凤鸾殿。

四皇子在摇篮里睡着，阿南和宛妃坐在一旁轻声说着话。

阿南时不时地往摇篮里看一眼。睡梦中的四皇子嘴角时不时地翘一翘，好像在梦中想起了什么，稚嫩的脸上漾满了笑容。见他笑，阿南的嘴角亦不知不觉地抿了抿。

“娘娘，您说，这回，严瑁亲审，那妖精招不招？”

阿南想了想，道：“其实，证据一点点累积下来，她招不招，圣上心里都有决断了。只是她自以为自己做得很高明，不露马脚罢了。”

宛妃笑了笑：“娘娘的刀，是温和的刀。出得浑然不觉，但都发力的恰到好处。比如，找到小从。比如，让小申循着鹦鹉找到客栈里的王妈妈。没有这些，圣上也不会下决心将严瑁召来上京审案。”

阿南沉默着，端起桌边的粗陶，喝了口清水。有一片枯叶从窗口被风吹进来，颤颤巍巍的，如同一只舞倦了的蝶。

宛妃似看出了阿南的想法：“娘娘，您舍不得四皇子吧？”阿南又瞧了一眼那婴孩，道：“明知道谅儿被送到凤鸾殿，是一场阴谋。但这孩子在本宫身边儿数月，看着他哭，看着他笑，看着他一点点长大，竟觉着像是自己的孩子似的。华乐虽然总是喜欢跟他闹，但其实，她也习惯了有这个弟弟在。每天从学里回来，总是奔过来瞧瞧他、摸摸他。”

四皇子醒了。阿南熟稔地抱起他。他没有像寻常婴孩那样，睡醒哇娃地哭，而是睁着黑漆漆的眼瞧着阿南，甜甜地笑。

华乐回来了，倚在阿南的膝边，絮絮叨叨地跟母后和宛娘说着学里的趣事，张先生的胡子、小舅舅的文章以及宗室小王爷们的调皮。华乐一边说，一边捏着四皇子的屁股蛋儿。阿南忽然生出儿女承欢、岁月静好的暖意来。

正在这时，内廷监掌事林观求见。阿南唤他进来。他弓着腰，请过安后，小心翼翼道："皇后娘娘，严娘娘说……"话到嘴边，改了口："严氏说，她想见您一面。"

一旁的宛妃冷哼一声："什么时候轮到一个罪人提这提那的了？都成了阶下囚了，有甚资格见皇后娘娘？她怎么不上天见王母娘娘去？"

阿南问道："林掌事，严大人案子审得怎么样？"林观道："禀皇后娘娘，审得差不多了。严氏说，只要您能让她见您一面，她就认罪画押。她还说……她说她有件非常重要的事儿，要面见您才能说。"

宛妃道："娘娘，您别见她，万一那妖精心存歹心想害您，使幺蛾子呢。"

阿南瞧着她，轻轻摇摇头："严钰是个聪明人。本宫觉得，到这个时候，她应该懂得怎么做。本宫想听听，她有什么要紧的事说。"

阿南将脸颊轻轻地在四皇子的脸上蹭了蹭，便转身，走出门外。

内廷监的密室。烛光照着阿南凤袍上的金丝线，有片刻的晃眼。

严钰看见阿南，并没行礼下跪，而是淡淡地说了一声："你来了。"内侍搬来一张椅子，阿南徐徐坐下："说吧。"

"我想让你答应我一件事。"

"何事？"

"继续抚养谅儿。"

"这件事本宫自有决断，与你无关。你还是操心眼前自己的事吧。早一些认罪，或许圣上还能宽容些。越拖，圣上越反感。届时，对你和你的母家，都无益处。"

严钰忽然瞧着阿南笑，笑得很诡异："听闻皇后娘娘会算卦，那你能不能算出来，我手上有您一个把柄。"

阿南冷笑："本宫做的事，圣上尽皆知晓，有何把柄？"

"是吗？"

严钰起身，一步一步地走近阿南："那圣上知不知道，你从来没想过让沈家姑娘进宫？你做过的事，你自己最清楚。你坐在凤位上，你不屑与和任何人斗，是因为，那个你最恐惧的人，已经被你永久地拦截在宫门之外了。"

阿南依旧坐得纹丝不动。

“你以为你道听途说几句传言，就能算是把柄？笑话。”

“你还记得你与圣上大婚之后，圣上召沈家姑娘入宫，你命一个小宫人在御湖边对沈家姑娘说了许多挑拨离间的话吗？那个小宫人，便是小从的姐姐。”

严钰笑了起来：“邹阿南，我不想揭发你，我若想揭发你，早就这么干了。我想让你好好儿的，在凤位上长长久久的。我想让你好好儿地将谅儿抚养成人。你能答应我吗？”

阿南双眼冷冷地看着她，不置可否。

“若你能，我便立刻画押认罪，自请前去圣奕庄园幽禁，远远地离了这里。”

圣奕庄园，乃太祖时所建的一处皇家园林，距上京百余里，因年久荒置，现在只用来关押一些犯了错的后宫女子。

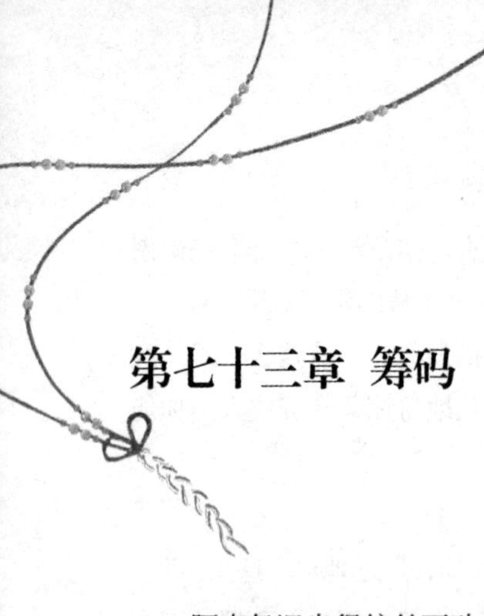

第七十三章 筹码

阿南仍旧坐得纹丝不动，烛火印着眸色，似零碎的星光落入。

两人对视了一会儿。严钰试图从她的脸上窥出什么情绪来。

然而，没有。阿南的脸上什么都没有。

严钰以为自己拿捏住了最要紧的东西，可她没有看到她所预料的恐惧与担忧。甚至，那双眼中，连波澜都未起。严钰心头忽地起了一阵无名火，好像自己被戏弄了一般。她咬牙问道："这样的结局，你该满意吧？"

"你说完了？"阿南冷冷道。严钰挑眉，笑道："怎么？这还不够吗？圣上对沈家姑娘有多在意，你便对她有多忌讳。中庭多杂树，偏为梅咨嗟，哈哈哈哈哈。真是可笑。堂堂的中宫，只是中庭的杂树。圣上为之咨嗟的，是那永永远远消失在乾坤殿的红梅。邹阿南，你不要以为我是无凭无据，所以你不当回事，其实我……"

阿南打断她："本宫知道，你找到了当年那个传话的宫人。你费尽心机，也只能做到这里了。"那个小宫人，阿南记得，她叫云香，从前是凤鸾殿的伺花婢，口角伶俐。当年，阿南让她说的那些话，无非是在即将燃烧的火堆上添了把柴。

后来，云香年岁渐长，嫁给了宫门口一个三等侍卫为妻，便没有到凤鸾殿当值了。阿南没有为难她，还赏了她一对金钗。

严钰道："你想不到吧？云香便是墨儿的表嫂。"

自严钰身边的掌事宫女芩儿为她顶了春药的罪过，被圣上撵去倒夜香，从此不许进内帷。内廷监便调了墨儿到严钰身边贴身伺候。

墨儿是蒹葭院新的掌事宫女。

起初，严钰是不知有这么一段往事的。一个月前的午后，她无意中听到纱窗下姑嫂的对话，得知墨儿的表嫂曾在凤鸾殿做过宫人，便留了心。几番套下来，得知了这段隐情的七七八八。

严钰将其当作压轴的筹码，准备关键的时刻，为自己扳回一局。若在从前，她一定会选择用这个消息来离间帝后的感情，为自己来日博凤座多增一份可能。可时过境迁，发生了如此多的事，几条人命算下来，不管她认不认罪，圣上在心里始终对她有了隔阂，她不可能再复宠了。

到如今这个局面，保住四皇子养在中宫的膝下，是对她最有利的。

她想得很长远，也想得很圆满。她坚信，在这世上，母子血亲是挡不住的。养娘再好，能比得上她这个亲娘吗？留得青山在，不怕没柴烧。

幽禁又如何？一时忍辱，方能负重。

阿南轻轻说了一句："那又怎样？"严钰挑衅道："你不怕我去圣上面前揭发你吗？"阿南平静道："那你便去揭发吧。"

"你——"严钰用手指着她，"邹阿南，你想清楚了，难道你想鱼死网破吗？"

阿南笑了笑："鱼死网破？这个词，妹妹你用得不恰当。鱼死，乃咎由自取。网，却破不得。"

"什么意思？"严钰警觉起来。

"想必本宫与圣上大婚前的许多事，都是你之前千方百计从孔夫人口中听得的吧。"说到这里，阿南摇摇头。

"你以为孔夫人知道的就一定是实情吗？她虽然那几年也在上京，但不过是'事外人'罢了。你以为的实情，不过只是事外人辗转听来的。个中因由，到底怎样，只有当事人自己最清楚。包括云香传话这件事。你怎么就一定认为是本宫的主意呢？你怎么就一定认为圣上现时不知此事呢？严钰，你有才华，有野心，做事也足够小心，可你知道为什么你却做不成事吗？因为你太自以为是了。你总是把你揣测的东西，当作真相。"

阿南说的每个字都很轻巧，却每个字都很沉，压得严钰喘不过气来。

"圣……圣上知道此事？不可能，不可能，你怎么敢讲？他对沈家姑娘那么放不下……他一遍一遍地听我唱红梅调……"严钰喃喃道。

"本宫知道，外间多有传言，说本宫何其阴险地夺了沈家姑娘的后位，说本宫对沈家姑娘有怎样的歹心。本宫告诉你，沈家姑娘与本宫自幼年起始，便是好友。本宫思念她，倒愿意她此刻站在本宫的面前，本宫将从前的事一一跟她讲清楚。"

阿南说到这里，苦涩地笑笑："罢。说了你也不会懂的。本宫跟你这么一个外人说这些做什么？"

严钰不甘心，她高声道："你撒谎——"

"你知道你犯的是什么过错吗？你以为只是简单的触犯宫规吗？刘存大人，纵是有过，可他是朝中不可多得的肱股良臣，圣上还指望他著书写治水之事，于后世有益。你倒好，说杀便将他杀了。还有黔中节度使，圣上曾说过，武将心思简单，恐为人所惑，偏偏就被你怂恿地去杀人。严钰，你到现在还认为，你可以拿认罪威胁本宫？你到现在还以为你只是幽禁的罪过？"

阿南瞧了严钰一眼，眼神中竟带着些许怜悯。那怜悯让严钰心头“哗”的一下洒下许多冰凌，扎得她又凉又疼。她宁愿被人恨、被人厌，也不愿被人怜悯。

阿南转身，离开了牢房。内侍走过来，将门锁上。

“邹阿南，你要对谅儿好！稚子无辜！”她喊着。

阿南却没有回头。

严钰看着凤袍在眼前一点点消失。她眼睛里忽然干涩而疼痛。淮河那条叫作“桃花径”的船，那个身着褐衣、魁梧健朗的男人，笑起来好像一匹呼啸的野狼。些许碎片浮现在她的脑海里。

“采薇，你想做王妃不想？”

“吉公子难道是天潢贵胄吗？”

“王侯将军，宁有种乎？难道一定要天潢贵胄才能称王吗？”

“那条路是很难的……”

“哈哈哈哈，难就对了。采薇，举凡世间易成之事，英雄不稀罕！”

早知今日，选那第一根稻草。为他筹谋，为他做那帐中诸葛。今日又会如何呢？

乾坤殿。

成灏握着一封信函，凝神思索着。阿南来了。

九月到了末尾。风越发凉了。

成灏今日穿的是一件青色的衣裳，似湖面一般。阿南去过牢房后，也回宫换了件衣裳，也是青碧色。她笑了笑：“臣妾同圣上今日倒穿到了一处。”

她手中拎着的是一个食盒，食盒是一碗汤。秋日干燥，莲子百合，养神益气。成灏喝了一口，道：“穿到一处倒不稀奇，孤觉得，皇后或许同孤也想到了一处。”

阿南瞧了一眼方才成灏搁置在桌上的那封信函，走到窗边，将窗半掩，淡淡道：“秋气堪悲未必然，轻寒正是可人天。圣上莫要忧心。”

成灏默默地将汤喝完，道：“孤本想，看在谅儿的份上，看在严瑨的份上，将她终身幽禁冷宫。现在看来，她的命竟是留不得了。”

他将桌上那信函，递给阿南。阿南一打开，便知道是二公主成炘的字迹。二公主因手掌有残，写字的时候分外用力，落笔总比寻常人要重。阿南自幼长在宫闱，对此是深知的。

二公主归宁之时，送那只鹦鹉的时候，阿南便觉得不对劲了。只是那时，严钰尚没有做什么错事，且初初有孕，二公主便将这事轻飘飘地遮过了。

二公主生性不是多事的人，且心地善良。然而，近来朝中发生了如此多的事，涉及重臣、涉及武将，想必二公主在漠北亦略有耳闻，便觉得不能再隐瞒皇弟。写来信函，将自己所知道的，尽数告知。

原来，那鹦鹉，是天启生擒吉日格勒后所得。

吉日格勒，在战事未起之时，曾游历中原。他在淮河边听曲，与“采薇”偶识。他欣赏她，从她的眼中看出不甘与野心。他亦钦羡她的才华，提出带她回漠北。

然而，她却选择了借助刘家的力，到了上京。

吉日格勒，便是王妈妈口中的吉公子。人去楼空，佳人不在。他高价买走了那只鹦鹉，带回了漠北。

后面的事，便很清晰了，也是成灏与阿南都知道的。

吉日格勒险些吞掉漠北三十六帐。顺康十七年秋，事败。

“朝秦暮楚之人，留不得。”成灏道。

第七十四章 赐死

阿南将信函放回原处，道："想来，二皇姐也是思虑再三，才写下这封信的。她信中劝圣上您莫要祸及子嗣，想想母后当年。"

"孤明白二皇姐的意思。"

当年，二皇姐的生母常氏犯下大过，害得祈安太后身边的人死的死、伤的伤。所有人都劝祈安太后要斩草除根。但祈安太后还是不忍伤害幼儿，动了恻隐之心，留下了仇敌女儿的性命。后来啊，这个女儿一生视祈安太后为母，依赖她，理解她，远嫁番邦，保边境百年和平。

二皇姐信末的话，似是对成灏说的，又似是对阿南说的，她希望弟妹能容下严氏的那个孩子。

成灏提起笔，似要拟旨。阿南瞧着砚台里的墨有些凝涩了，便走了过来，拿起墨锭，磨了磨。

成灏道："谅儿还小，尚在襁褓。他是孤的亲生孩儿。人皆道，虎毒不食子。纵便是二皇姐不说这话，孤也不会因为严氏的过错而苛待谅儿。再者说——"说到这里，成灏看了看阿南："再者说，如今，谅儿的母亲是你。他是中宫之子。"

阿南手中的墨锭顿了顿，她心里很矛盾。自这个孩子入了中宫，起了多少祸端。严钰在牢中的请求，阿南明白是何意。虽然阿南对四皇子发自内心的喜爱，但她不愿让严钰的算盘成真。

另则，有了皇子之后，她与成灏之间又凭空多了许多权衡，利益的揣测。

何必呢。她宁愿与他保持着一份坦诚与相知。在这样幽静的黄昏里，为他送汤，给他磨墨，两人偶尔相视一笑，便很好。

阿南拂了拂额前的碎发，浅浅道："圣上，近来发生了许多事。臣妾觉得，或许，谅儿养在臣妾这儿，并不妥。"

成灏看着她，似乎知道她在想什么，他轻轻地拍了拍她的手背："严氏的结局是赐死，而非幽禁，你不必担心这孩子日后……"

阿南摇了摇头。她想说圣上的兄长——从前的废太子成灼之事。成灼的生母何尝不是早早便死了？祈安太后抚养他，视如己出。多年的疼爱也难抵旁人的挑唆，养儿一场，终成祸。

阿南没有将这话说出口。废太子有弑父大罪，若拿谅儿与之相比，岂非诅咒圣上？

阿南思忖一番，道："华乐一日日长大，调皮得很。昨日竟偷偷跑到房顶上去了。臣妾分身乏术，恐照顾不好四皇子，有负圣上所托。"

成灏凝神道："可后宫之中，除了皇后你，有谁合适呢？"

阿南眼前浮现出一个人来，宽宽的下颌，眉眼素净，书卷气甚浓。现时这种情况，她确是最合适的。

一则，她位分低，自进宫以来无宠，无形中降低了四皇子自出生以来头上笼罩的种种光环。对于襁褓婴孩来说，这未必不是好事，平安即是福；

二则，她自始至终都在旋涡之外，对于平息事态而言，是个好的选择；

三则，严氏和张氏都倒了，刘芳仪疯了，后宫中倏尔便空置了许多，总要有人上来；

四则，以阿南对她的观察，她是一个恬淡之人，宫中的恩宠与繁华皆不放在心上。这一阵子，鸣翠馆发生了那么多事，她就像没看见、没听见似的，安安静静地居于北殿看书、下棋。

她，便是钱御女，此前婉拒阿南拉拢的人。她不愿归于任何派系，只愿远离是非。针插不入，水泼不进。

且阿南特意查过她的出身，她虽是琼州节度使送进宫的。但那琼州节度使黄禀德是个颇为规矩的武将，跟宛妃的父亲镇南将军胡谟亦薄有交情。当初送良家子入宫，纯属是被韦承和廖光拉着应景的。钱御女出身书香门第，父亲是当地的私塾先生，长乐年间的老秀才了。

这一点，想必成灏也是清楚的。

事到如今，鸣翠馆的三人中，一人死，一人获罪，手上都沾满了血，唯剩钱御女，清白平安。

阿南俯身向成灏说道："圣上，臣妾觉得，将谅儿交予鸣翠馆的钱妹妹，倒合适。"

成灏想了想："便依皇后吧。"须臾，又叹口气道："孤之前错疑了你，这次是真的想将谅儿交给你的。孤觉得，你会是一个好母亲，能带好皇子。你比灵雁多了分刚毅，比宛迟多了分稳重。谅儿是孤最喜欢的孩子，哎，可惜了。"

阿南道："皇子们还小呢，圣上也还年轻。太祖皇帝有子十二人，太宗皇帝有子七人，臣妾觉得，圣上的子嗣会越来越多。圣朝福泽绵延，代代永昌。"

她很少说吉祥话，成灏乍一听，笑了起来。

话头岔了过去。成灏看着她青色的衣裳，日复一日的素净眉眼，忽然觉得，如果阿南再有一个孩子也是极好的事。

晚间，圣旨到了鸣翠馆。钱御女听完，愣住了。小舟笑道："钱娘娘，接旨啊。"钱御女回过神来，向小舟道："这……是圣上的意思？"

"正是。"

钱御女按规制，谢了恩。少顷，一群嬷嬷乳娘宫人们抱着四皇子来到了鸣翠馆。钱御女一步步走近，瞧着那明黄色襁褓中的婴儿，白如粉团般的面孔，他睁着眼看着她。

乳娘笑道："钱娘娘，往后啊，四皇子就是您的孩子了。"钱御女心中忽然下起一阵无法言说的春雨。那春雨从婴孩的眼睛里淅淅沥沥地落下来，将她的心肠冲刷得软绵绵的。

她伸出手，抱了抱这个孩子。她不知宫里变了怎样的天，不知这浮沉中又卷走多少悲欢，但既然这个孩子归了她，那便好生养着吧。

凤鸾殿。

华乐见成谅被抱走，小人儿家，一时无法接受，闹腾了一场。阿南和聆儿到了二更才将她哄睡着。

华乐睡下后，阿南踱到庭院下剪松柏。她已经好些日子没有剪松柏了。

弟弟余慕走过来唤了声："南姐——"阿南笑笑："慕儿还没睡吗？"

"南姐，您莫要伤心，也莫要不舍，四皇子本不该养在您这儿的。从他来凤鸾殿的第一天，臣弟便知道，他会给您带来许多殃祸。"

阿南垂下眼睑，没有作声。耳朵习惯性地侧向东殿，一片静谧。这几个月，深夜里，总能时不时听见东殿婴孩的动静。

现在没了，阿南是有些不舍的。但她习惯了不将情绪展于人前，弟弟却是懂她的。

过了会子，阿南起身，揉了揉余慕的头发："南姐知道，慕儿回去睡吧。"

翌日。

内廷监中。一杯鸩酒，严钰便殒了命。死前，她瞪大双眼，看着中宫的方向。不知，她是想看那凤位，还是想看那寄托了她全部希冀的孩子。

宫廷起居注有载：贵嫔严氏，上于顺康十七年所纳，父为两广总督严瑨，母为嫡妻魏氏，昭仪严氏之妹。美姿仪，擅歌舞，上甚宠之。顺康十八年五月，诞下皇四子成谅。同年九月，薨。

寥寥几行字，概括了严氏在宫廷中的岁月。她的不甘与野心，她自以为天衣无缝的筹谋，都隐匿于一页纸中，随着旧时光，发黄，陈旧。

乐芳仪没有住上她所期待的福宁殿，而是被囚车送去了圣奕庄园的冷宫。送她入宫的幽州节度使廖光也没有幸免，被降了级，罚了俸。

至于出手伤人的原黔中节度使韦承，来京之后，在武都校检的任上不慎被战马摔下，头颅跌断，当场身亡。那一日，正好是成灏接到孔良奏折的日子。孔良在黔中新官上任，烧了几把火，情势渐渐地稳住了。

顺康十八年在几场有条不紊的杀伐中度过了。

顺康十九年的新春来了。

宫廷的新春，依旧热闹非凡。

司乐楼晚宴，欢声笑语。

散场的时候，阿南站在檐下叹道："庭树不知人去尽，春来还发旧时花。"

"皇后娘娘万安——"熟悉的声音。

阿南回头，是窦华章。她的肚子已经很大了，圆圆的。她整个人都圆润了很多，不仅是身形，还有神态。

阿南颔首："孔夫人快要临盆了吧？"

"是。医官说，或是二月底，或是三月初，便要生了。夫君忙得很，新春佳节也没有回来。他在信中说，今年是他到任的第一个新年，他想在黔中各地走一走，暗访民情。"

阿南道："孔大人尽职尽责，乃朝廷之福。"窦华章突然从怀里摸出一张折叠着的信笺来："皇后娘娘，这是沈家姑娘今儿托臣妇交给您的。"

阿南的心如更漏一般，敲了一下。

是清欢吗？她接过。打开信笺，映入眼帘的，便是一句：阿南姐姐好。

见字如见人。那俏皮的簪花小楷，一如往昔。

庭树不知人去尽啊。阿南恍惚间觉得，那个语笑嫣然的小妹子，又回来了。

第七十五章　重逢

“数年不见，阿南姐姐还如松柏一般孤直吗？去岁，妹游历西北天山，见桧柏满山坡。树冠如塔，雌雄异株。雪落在上头，蓦然间，妹忽觉似一夜白首。忆及少年事，不禁潸然。食过百般味，唯烤鹧鸪之童趣再不可得。思之，念之。妹归上京，或可一见。”

落款是毛笔画得一只小黄莺。那黄莺生动极了，仿佛下一刻便能从纸上飞出来。这就是她的手笔啊，总是这样娇俏可人。

阿南捏着那信笺，她想象清欢站在桧柏中的样子。清欢竟也记得顺康八年的烤鹧鸪。那是她们真挚的童年时光啊。

那时的清欢，那时的阿南，那时的成灏，那时的孔良。阿南的眼睫忽然被雪花打湿了。

窦华章道：“沈家姑娘在西北跑了一年，腊月底的时候回京了。回到家中，风尘仆仆的。沈夫人心疼得不得了，她自个儿倒是开心得很。前几日，臣妇在平阳公府中见到了她，她知臣妇年节里要进宫，便让臣妇把这信笺交给您。她说，您什么时候得空儿，她想见见您。”

长乐、顺康两朝，太后执政时，沈府的人是宫宴里的常客。沈大人是太后手下最得力的臣子。太后不在了，沈大人为了避嫌，便很少再入宫了。连带着自己的家人通通远离了名利场。

年年宫宴，再不见沈家人的身影。是而，清欢的信笺要由旁人转交。

窦华章未出阁前，与清欢有些交集，两人同为上京中的世家小姐。记得从前，清欢得知孔良与窦华章有婚约，还笑嘻嘻地说与阿南听，说阿良哥有个娇表妹，以后要做阿良哥的妻子。

窦华章见阿南有些出神，问道：“皇后娘娘打算什么时候召见沈家姑娘？”阿南的声音在这个喧嚣的夜晚格外的柔和：“你告诉她，什么时候想来，便什么时候来，本宫盼着。本宫与清欢相见，不叫召见，叫重逢。”

窦华章点点头。阿南道：“孔大人在外，你在府中要好生照顾自己。有甚需要的，尽管跟本宫说。本宫会命华医官每三日便去一次孔府。你安心。”随即，命聆儿带人搬了许多滋补之物送到窦华章回府的马车上。

“臣妇多谢皇后娘娘。”窦华章谢了恩，便离去了。

阿南犹然握着信笺站在原地。

后宫诸人、命妇们都散去了。

过了一会儿，阿南听见身后的步履越来越近，那步履中带着杀伐决断的果敢和几分薄醉的踉跄。

是成灏。他看见她，自然而然地唤了一声：“走吧——”每年的新春之夜，他都要按惯例宿在中宫的。今年，当然也不例外。

阿南点头，将信笺置于怀中。

他们一前一后地往凤鸾殿走去。

小舟等一众内侍提着灯。走到回廊处，起了风。凉凉的风拂到脸上，阿南瞧着走在她前面的成灏，犹豫要不要把清欢即将进宫的消息告诉他。

阿南知道，以往的每一年，他都会派小舟去沈府请清欢入宫。是请，不是宣。可清欢每次都不肯来，甚至将小舟拒之门外。她是这天下唯一敢将皇帝的贴身内侍拒之门外的人吧。可圣上从不生气，依旧是年年命小舟去吃闭门羹。

今年，他派小舟去了吗？一定也是去了的。这是他植在心头的固念。

阿南想着想着，不知不觉步子慢了下来。

成灏转头：“皇后乏了吗？传辇吧。”“臣妾不累，只是微醺。没剩几步路了，不必传辇。”她笑道。

她想告诉他清欢的信笺，又怕极了失去。清欢想念的少年情意里是不是也有成灏？她知不知道后宫中有人仅仅因为仿得她一点皮毛，便大获圣宠呢？她知不知道他从来没有忘记过她？六年过去了，她还是从前那个不肯低头的沈清欢吗？她有没有过一丝的后悔？

重要的是，现在已经时过境迁了。成灏已经不是那个初初亲政、酝酿着“朝堂换血”的小皇帝了。他执政数年，一年比一年稳成。他还需要她与他站在一起谋算吗？这个曾经以交换的形式走到他身边的皇后，是不是随时可以丢弃了？

这种时候，只要清欢肯，他一定是毫不犹豫地废后重立的吧。

阿南的心钝疼起来，如一口钟压过。

凤鸾殿。

成灏略加洗漱，便带着醉意躺在了榻上。阿南躺在他身边。

一片静谧中，她无声地挣扎了好多次，终于开了口：“清欢来信了。”

“嗯。”成灏应了一声，没说什么。

“她说，她想进宫来，见臣妾一面。”

“什么时候？”成灏这一次接话接得很快。

烛光似乎带着火星，灼得她眼里有些烫，烫得眼泪落下来。“就是年节这几日。”阿南说道。

“好。”

就这么一个字。阿南不敢去看他的表情，她背对着他，她想象着自己末路的来临。

“臣妾挺想念清欢的。若是输与旁人，臣妾不能容。可若是输与清欢，臣妾不怨。这或许，原本就是应该的。圣上，若废了后，请给臣妾一个体面的去处，莫要离乾坤殿太远。”说着说着，她又自嘲地笑笑，“历来废后焉能容于宫闱？细细思来，安平观便已是极好的去处。好歹，还在宫里……”

成灏打断她：“皇后在说些什么！”

“臣妾是想说，清欢要进宫了，她兴许是已经想开了。圣上您的心意，臣妾是知道的……”

成灏起身，吹了灯，又躺了下来：“睡吧。莫要胡思乱想。”

他与她靠得那么近，她听见他的心跳声。他明明是没有睡意的，他内心应该早已惊涛骇浪了吧。

只是他不肯说。

初六那日，宫门口的小内侍来报：“皇后娘娘，沈姑娘来了——”

阿南点头，她踱到檐下，看见一个鹅黄色的身影由远及近。她身上似乎带着天山的风霜，面孔还是那般的俏丽，笑起来清澈纯粹。那样的笑脸是阿南没有过的，也是她从小便羡慕的。

清欢笑着笑着，眼里蓄了泪。她离阿南越来越近。阿南不觉还像从前那样轻轻拂了拂她的头发：“长高了好些了。”这是长姐的口吻。

清欢那张还挂着泪的圆圆的脸上又绽开了一个大大的笑：“阿南姐姐还是这么清瘦。”

阿南是从不在人前展露情绪的人，却也随着清欢，在这场相逢里，哭了一场，笑了一场。

阿南将清欢牵进殿内，她捧了一碗酿圆子她：“你吃。不知你什么时候来，用小炉子暖着的，放了三勺糖。”

清欢爱吃甜。无论吃粥还是喝汤，都要放三勺糖。酿圆子是她最爱吃的东西，阿南用糯米粉一颗一颗揉的。

清欢吃了一口，笑道：“还是那个味道。”三勺两勺，她吃完了那碗酿圆子。

阿南道：“年岁长了，吃东西也快了。”

“这几年总在外头跑，闺阁的秀气失了些，江湖的洒脱倒增了些。”

“你的《清梦成欢》很精彩。连华乐都喜欢看。”阿南的目光很柔和。清欢眨眨眼：“华乐？是阿南姐姐的女儿吗？她在哪儿呢？”

“约莫是同小内侍们玩炮仗去了。那孩子野得很，不似女儿家。”

清欢仰头笑起来：“那样好，那样好。”她起身，看着庭院里成排的松柏道：“阿南姐姐还是像从前一样喜欢松柏，这凤鸾殿中，尽是松柏。”

“落尽最高处，始知松柏青——”她吟道。

话音未落，华乐小跑着进来：“母后，母后，你看父皇给儿臣做的炮仗……”

华乐今日穿的是一件大红色的袄儿，像团小火球。她身后跟着走进来的，是成灏。成灏与清欢就这么猝不及防地面对面站立着，中间隔着华乐。

熟悉的眉眼，被时光凝练后的轮廓。一切与想象的一样，却又不一样。

第七十六章　原谅

“你是谁？”华乐稚嫩的声音打破了殿内难以言说的沉默。自华乐出生，清欢从未入过宫，所以，华乐没有见过清欢。

华乐好奇地看着眼前这个陌生的美丽女子。为何她出现在此处，父皇和母后的表情那么古怪呢？特别是父皇。父皇在华乐的脑海中是天底下最有威严的人，他咳嗽一声，没有人不害怕。而此刻，父皇的威严好像全没了。这个女子的眼里，亦没有对皇家的畏惧。

清欢蹲下来，平视着华乐，笑意盈盈道：“我呀，我是沈清欢。你就是小华乐吧？”她伸出来手，捏了捏华乐的脸：“炮仗好玩儿吗？我与你母后稚时也在一起放过炮仗。”

华乐认真道：“见了天子，你为何不跪？”阿南忙呵斥道：“铣儿，休要如此。她是父皇和母后的亲人。你的长辈。”

“亲人？”华乐好奇道，“儿臣知道慕舅舅，也知道冀姑母和安姑母，为什么不知道她呢？”成灏似乎从恍惚中醒了过来，他将华乐抱起，道：“她是你清欢姑母。只是从前在远处。所以你没有见过她。”

阿南微怔。他说清欢是华乐的姑母，那便是把清欢摆到他姊妹的位置。

华乐听父皇如此说，便乖巧道：“清欢姑母好。”清欢颔首：“小华乐好。”接着，她从容地向成灏施了个待兄长的礼数：“灏哥哥，好久不见。”

成灏的记忆忽然被一把拽到了六年前。清欢站在乾坤殿的庭院里，对他说：“灏哥哥，红梅死了，你放过我吧。”那双流着泪的眼中，带着心碎，带着倔强，带着执拗，带着恳求。成灏觉得自己这一生从来没有似那一日般难过。且那种难过就像一锅被架在火堆上炙烤的油，熬煎了一次又一次，沸了一次又一次，偏偏无法同水一样干涸、消失。

无数个子夜，三更，他在乾坤殿忙到深夜，偶然一个抬头的瞬间，或是在床榻上忽然醒来，看着窗外洒进的一室月色，这熬煎始终没有放过他。

每一次熬煎过后，便是一阵悠长的寂寞。这或许正是他当初自欺欺人地流连兼葭院的原因吧。

多年前，尚是幼童的他，不小心撞到了大腹便便的沈夫人。沈夫人突然胎动，在乾坤殿生下小女婴。他是最早看到小女婴的人啊。她生下的时候，眼睛湿漉漉的，头发也湿漉漉的，就像从春水中打捞出来。太后为她赐名沈清欢。风落芙蓉画扇闲，浮生难得是清欢。天下人都道她与皇家有缘，他一直都以为他长大后会娶她。

她娇憨，活泼，善良，单纯，见过她的人，没有不喜欢他的。成灏当然也是喜欢她的。她喜欢红梅，他命人在乾坤殿的庭院栽满了红梅，每到冬日，如火一般。

世事如翻手。成灏以为每件事都尽数在他的掌控之中，可感情二字，最为无奈。

阿南是他在当时那种情形下最佳的中宫之选，他连环计中不可缺失的一环。等他完成自己想做的事，清欢却已不是那个如黄莺般围着他灏哥哥长、灏哥哥短的清欢了。

她要的是一生一世，一双璧人。当他打破她的梦境，那个爱慕他的小女孩便毅然地转身了。

她不愿入他的后宫，她不愿做他的宠妃。她说那御湖中的黑天鹅，那天上飞过的大雁，一生都只拥有一个爱侣，忠贞如斯，人何以连鸟都不如呢？

如今，六年过去了。她的那句“灏哥哥，好久不见”是那么亲切且平和。没有恨，没有怨，什么都没有。就好像她真的是他的一个有着某种亲缘的小妹子，从远方而来，看看兄长一家，是否平安、是否康健。

成灏抱着华乐，与阿南、清欢围炉而坐。

炉火暖暖的。清欢看了看成灏，看了看阿南：“咱们再烤一次鹧鸪吧。”

阿南点头。成灏挥挥手，小舟连忙传御膳房的人送来串好的鹧鸪、盐、辣子等物。

清欢笑道：“就缺阿良哥了。他若知道咱们吃鹧鸪不叫他，该生一场闷气呢。阿良哥生闷气的时候顶喜欢骑马，还挑烈马骑。几次马儿都快将他颠下去，倒不知是他骑马，还是马骑他。”

华乐笑起来。一旁的几个小宫人亦偷偷抿着嘴笑。

这位沈小姐，说话好生有趣。

阿南想起，从前，只要清欢进宫，乾坤殿里便暖如春风，就连执掌天下生杀的太后，都常常被她逗笑，她总能让周边的人全都喜气洋洋。

她说着她这几年游历的趣事。山川河岳，明月清风，一朵花，一粒石子，在她口中皆妙趣横生。

“原来，我总以为红梅是世上最好看的花儿，直到我游历天山的时候瞧见雪莲。那里的人们叫它雪荷花。它长在悬崖陡壁之上、冰渍岩缝之中，看着柔柔弱弱的，却能耐奇寒。它有女儿家的娇媚，也有男儿家的刚强。”

耻与众草之为伍，何亭亭而独芳。

她好像用自己的方式告诉成灏，她已经不再喜欢红梅了，不必怀念。昔日乾坤殿烧去的，并不可惜。

鹧鸪烤好了，却跟记忆里的味道不同了。三个人的心里都明白了，鹧鸪易得，童年不再。旧日，也只是旧日。

天色慢慢暗下来，清欢起身道别。阿南送她到檐下，忽然开口，说了声："清欢，我对不起你。"六年了，她终于说出了口。她饶了自己，饶了心头百般澎湃。

清欢的圆圆脸在暮色四合中楚楚动人。

"阿南姐姐，其实我一直都知道。"

"你知道？怎么可能？"阿南愣住了。她指的是那一年轰动宫闱的毒奶糕事件。漠北使者上贡了两盒奶糕。成灏将一盒给了太后，另一盒命人送去给了清欢。清欢不喜欢奶糕的味道，便搁置在一旁，没有吃，被她的父亲沈大人吃了。结果，那奶糕里有毒。

为此，太后囚禁了漠北使者。后来，几经查探，得知原来是南境搞的鬼。意在激起漠北与圣朝的矛盾，南境好坐收渔翁之利。当年，毒奶糕事件的定论便是如此。

可事实上，那奶糕里的毒，是阿南下的。她自幼长在宫闱，与小内侍们都熟悉。她能不动声色地接近奶糕，不为人察觉地投毒。虽说，是她的叔祖父授意，但她到底是做了。

"是的，阿南姐姐，我知道是你。可我也知道你终究不忍心。不是吗？"清欢笑着。

是的，阿南还是不忍心。那毒药其中一味雷公藤，阿南偷偷将其换成了火把花。这两种花非常相像，磨成粉，味道也一样，漫说寻常人，便是连医官们，将其分清也需极大的功力。

雷公藤换作火把花，毒性便弱了五分，绝不致命。否则，江南术士的"夺命散"，沈大人纵是功力再高，怎能活过来呢？

这一点，想必太后也是知道的。否则，她怎能容忍阿南顺顺当当地坐上凤位。她一生霹雳手段，眼中怎可容下这么大的沙子？

阿南落下泪来。她多年迈不过去的槛，清欢竟一直都知道。

"清欢，不管怎样，我是对不起你的，你待我如亲姐，我不该那样。"

"孑兮孑兮。再拣一枝何处起。阿南姐姐，我已经原谅你了。你也原谅自己吧。从前，我一直不知道为甚灏哥哥会选你做皇后。去年，我站在天山的桧柏中，突然想明白了——"

阿南看着清欢。清欢也回望着她。

"你们俩，是一类人。"

第七十七章　旧账

“小清欢，我心里很明白，圣上他心里一直牵挂的是你。他于我而言，是君上，是华乐的父亲，是丈夫，可唯独不是爱人。我很多时候都在想，将所有的腌臢都撇开不论，若陪伴在他身边的是你，他是不是便会开心许多。”

风吹着阿南的袖口，呼呼地响着。那广袍包裹着的手臂像牵绊的藤，竭力攀绕着，也落空着。

清欢道：“阿南姐姐，你是聪慧的人，一定知道自己想要的是什么。灏哥哥也是聪慧的人，所以，他也一定知道自己想要的是什么。”

司乐楼的方向传来缥缈的乐声。伶人在排着元宵的曲子。

“为问昔年春甚处。莺声一场空……花面不长红。待得酒醒君不见。不随流水即随风……”

清欢笑了笑：“阿南姐姐，保重。”她转身，鹅黄色的身影一点点远去。

阿南站在檐下良久，看着那身影消失在视线中，方转身踱到殿内。

成灏正在教华乐写一个生僻的字。他握着华乐的手，来回写了三次，华乐便会了。成灏颇为喜悦，道：“孤将小时候玩的弹弓刀赏给华乐——”

成灏的弹弓刀，阿南知道，那是他小时候常常喜欢玩的。那弹弓是黄金打造的，且内藏机关。

寻常的弹弓，弹出去的是珠子。成灏的弹弓，弹出去的是小刀片。成灏三岁时，还曾在宫乱中，用这把弹弓刀出其不意地杀死了言语狂悖的宗室王爷。他自小的狠绝便令人惊叹。

“圣上，这弹弓刀给华乐，会不会太危险？她调皮得很。万一不慎伤到了人……”阿南犹疑道。成灏笑起来：“孤相信，孤的女儿有分寸。若真的伤到了人，也一定有因由。”

“儿臣多谢父皇。”华乐搂着成灏的脖子，父女俩的笑容如出一辙。

“清欢走了。”阿南坐在软榻上，缓缓地开了口。“嗯。”成灏若有似无是应了一声。他似乎不愿再提这件事。

阿南知道，他内心有一个角落，需要慢慢地去消化、去接受。那个角落，只有他自己，不能被任何人打扰。方才，他没有同她一起送她。但在那个角落里，他是在目送她的。那是他一个人的风霜雨雪。

“小舟，你去户部传旨，如今国库丰盈，孤念及上京各世家之忠义，自今年起，往各府送的赡银多增两倍。”

“是。”

说是念及各世家府邸，实则是念及沈家。沈大人辞了官，自是没了俸禄。但沈府是贵族世家，可领朝廷赡银。成灏只是用这种不着痕迹的方式，想让沈府的日子好过些。不能照顾她，便照顾她的家人吧。

小舟领命走了。

成灏跟阿南道：“年节里积压了不少政务，孤去乾坤殿了。”

“臣妾恭送圣上。”阿南道。她知道，成灏需要独处。有许多滋味，需要他一个人咂摸。

她没有问成灏晚间来不来。不管他来不来，她都会亮着灯等他。

成灏走后没多会子，宛妃抱着三皇子来中宫找阿南。三皇子两岁半，会说话了，穿着蓝袍子，像模像样地跪在地上给阿南请安。这孩子，虽是孔灵雁所生，倒是长得不大像母亲。故而，当年换婴的事情，到如今仍好好儿掩藏着，不为外人所知。在所有人眼中，他是早早死去的严昭仪留下的孩子。他对宛妃很依赖，一会儿看不见便要找寻，宛妃也非常疼爱他，尽自己所能，无微不至地照顾。其亲密和亲生母子无异。

阿南见宛妃今日笑容里头带着忧愁，便道：“宛心，怎么了，有心事吗？”宛妃道：“娘娘还记得前年，臣妾的父亲从漠北打完仗回来的时候，晚了半个月还朝吗？”

阿南思忖道：“本宫听圣上讲过这件事。说是胡将军在班师回朝的路上，途经太行山，遇见了土匪，故而耽误了。”

“那时候朝中便有人在背后向圣上告刁状，说父亲根本不是遇见了什么土匪，只是居功自傲，故意拿捏。当时，圣上没有在意。今年，不知怎的，这件事又被翻腾起来了。”

宛妃今日在宛欣院见了娘家的人，听到父亲提及这件事，便忧虑起来。

“是因何被翻腾起来的？”阿南问道。

“那太行山的土匪头子年底来京中的将军府给父亲送山货，让人瞧见了，拿这事儿起筏子，说父亲通匪。又说这土匪头子当年就是跟父亲一起做戏，为的就是多向朝廷要一大笔缉寇的军费。父亲这回有麻烦了……”宛妃用手绞着帕子，帕子在手中早已成了皱巴巴的一团。

“太行山的土匪为甚要给胡将军送山货呢？”

宛妃道：“父亲那个人，武人心思，简单得很。他说，那土匪头子郭成，虽凶蛮，但讲义气，是个人物，宁可自己吃树皮，也要手底下的兄弟们吃饱。前年，太行闹了灾荒，他才带着兄弟们劫持从漠北归来的军队，想弄些马匹和银两。郭成脑子活络，懂得伏击，父亲跟他周旋了半个月。太行地势险峻，到最后，郭成原本可以跑掉的，可为了救自己的兄弟，宁愿回来投降。能屈能伸，乃一等一的绿林好汉。是而，父亲虽然跟郭成交过手，但后来，倒成了朋友。”

阿南沉吟道：“这的确是难以说清了。”

“郭成说，愿意给父亲做证。可真是胡闹！越做证，父亲越惹人怀疑了。臣妾只恨他们来上京做甚！怎不知这上京是是非之地呢！现在郭成下落不明，不知是被人悄悄扣起来了，还是……他会不会被人利用，咬父亲一口……”

“宛心，你莫急，等明儿，看看圣上对此事是什么态度，咱们慢慢想办法。”

正说着，殿外的小内侍进来回禀道：“娘娘，圣上今日歇在鸣翠馆了。”

鸣翠馆？阿南眼前晃过钱御女那张小心且畏惧的脸。

“圣上怎么忽然想起去鸣翠馆了？”

钱御女进宫近一年了，圣上连正眼看过她一次都不曾。

小内侍道：“钱娘娘晚间抱着四皇子途经御花园，刚好碰见了圣上。其余的，奴才便不知了。”

第七十八章　梦魇

“本宫知道了，你下去吧。”阿南道。本是为着父亲的事满面愁容的宛妃，听了这个消息，亦颇有些吃惊。

钱御女在宫中实在是太不起眼了。容貌、家世，什么都没有，当然，更没有严钰那样的机巧。她那宽宽的下颌展现给后宫诸人的，永远是一种后知后觉的迟钝，温吞水一般。

正是因为如此，阿南才决定将四皇子交予鸣翠馆抚养的。彼时，阿南将后宫所有人等思量一遍，权衡了各方利弊，她是最合适的选择。

待那小内侍走后，宛妃道：“臣妾记得从前严妖精在的时候，您传过这钱御女到凤鸾殿，您曾暗示过，若她知道该怎么做，您便会让司寝嬷嬷安排她侍寝。她拿话婉拒了。若她有争宠的心，那时候答应您不就成了？”

阿南沉吟道：“她将本宫赐给她的糖藕取名叫作‘我心匪鉴’。那时，她知道，本宫是想借着她居于鸣翠馆之便，让她监视饶、张二人。她借那道菜，暗喻她并非铜镜。她说她从琼州临行前，父亲曾交代过，平安便好。她在宫中锦衣玉食便已知足，不作奢想。”

“娘娘您觉得这番话是发自肺腑吗？”

宛妃忽似悟出了什么，道：“也许，她那时并非不想侍寝，而是不想沾惹是非。”

阿南摇摇头：“从前本宫也怀疑过。宫中事真真假假，轻易信不得。直到本宫去年翻到司寝局的记录——”

“八月底，圣上念及琼州事务，想过传召她侍寝，可是她却因月信突至，未能得伴圣驾。”阿南与宛妃对视一眼：“本宫查过，月信是假的，是她伪造的。她是真的不想侍寝。”

宛妃纳罕道：“这巍巍宫墙之中，竟真的有这样的人？”

“也正因为如此，本宫才把谅儿交给她。想着，清净之地，清净之人，谅儿能得平安。从前，他出生便得了祥瑞之子的名头，锋芒太过，太惹人注目了，并非好事啊。”

宛妃感叹道："臣妾知道娘娘对四皇子一片慈母之心。虽没有自己亲自抚养，但到底是为着他好的。"

说完，她怔怔道："娘娘，您说，臣妾的父亲此番受流言之祸，会不会是臣妾抚养三皇子的缘由？镇南将军府，算是询儿的外家……"

阿南拍拍她的手："宛心，事情还没探出首尾，莫要多想。"

三皇子成询迷瞪着眼，窝在宛妃的怀里，似闹了瞌睡。宛妃便向阿南跪了安，抱着他回宛欣院了。

聆儿端来温水，阿南梳洗过，在灯下看着一卷书。

月上枝头，影洒窗前。烛光在好月色下倒黯然地失了色。

阿南琢磨着胡谟的事，想着宛妃口中那个叫"郭成"的太行土匪，以及土匪在上京的失踪。又想起前年圣朝与漠北的战事刚完结之时，兵部侍郎魏雍给圣上的上谏，深觉事情很是蹊跷。

子时。

上了榻，又想起成灏今日的神情，心头泛上一片如云的寂寥。

他心头解开了旧时关于清欢的结。他的执念不再那么深。他默认了跟清欢如同有亲缘的兄妹般的存在。在这偌大的后宫，再也不会出现像严钰那样千方百计地东施效颦、仿照清欢而获得圣宠的人了。

那么，他的心里会重新住进什么人呢？

阿南消瘦的肩膀在床榻上翻了好几回，月色落在她的脸上。

会是自己吗？抑或是别的什么人？阿南觉得自己深一脚、浅一脚地行走在泥泞中，不知道这条路的前方还会遇见什么。什么时候走到尽头，能不能走到尽头。

她就像一个虔诚的香客，始终对心中所求充满信念。

这个夜晚，阿南又重复了曾经的梦魇。刻着莲花的宝剑，刺穿她的喉咙，红色的血如雨一般，洒得漫天都是。她在自刎，拿着莲花宝剑自刎。醒来，汗湿透了衣襟。不管是梦里，还是梦外，她都沉重得连呼喊声都无法发出。

她从枕头底下摸出那枚父亲留给自己的卦签，自己从前常常戴在头上的卦签。借着月色，她竟看到卦签上有了裂纹。

阿南心头闪过不祥。怎么感觉这梦魇里的情景好像离自己越来越近了呢？

翌日一早，钱御女被封为"才人"的圣旨便在后宫传开了。众人传得有鼻子有眼，说是昨晚，钱才人在御花园大放异彩。她抱着四皇子，在御花园采一盆君子兰。圣上刚好路过，看见襁褓中的四皇子，皱眉，问道："这么冷的天儿，你抱着四皇子在外头做甚？"

钱才人答道："皇子乃圣上的骨血，当为人中龙凤。漫说严寒，便是再大的苦，也该禁得住。不应成为娇室之花，否则日后何以拉弓上马。"

此话与圣上心中的观念不谋而合，他想起雁鸣馆的祥妃将大皇子娇养得动辄生病的样子，深觉眼前这个女子说话很是明事理。

他又问："夜深采君子兰做甚？"钱才人答："此花有君子之风，可用以入药，治肝病。鸣翠馆的宫人冰儿身子不适，但宫中身份卑微之人请医官看病难上加难，是以，臣妾便想自己采花制药，治好她。"

"你懂医术？"

"回禀圣上，家父是私塾先生，也是乡野郎中，臣妾对医理，略知一二。蝼蚁尚是一条性命，何况是人呢？臣妾不忍见冰儿遭病痛苦楚。"

成灏一听，颇为感慨。昔年，自己的母亲祈安太后何尝不是通些医理，且对身边的人有一颗慈悲之心呢？此女竟有祈安太后之风。

他想起，她入宫似乎很久了，但从未伴驾过。如今她养着四皇子，自个儿往鸣翠馆走走，倒也应该。

到了鸣翠馆的北殿，成灏吃了一惊，这女子的寝殿内，竟然没有金银胭脂等物，全是书籍。各种各样的书籍，有医理的，有诗词的，还有许多浩瀚的史书。桌上有一幅没写完的字，成灏瞧了瞧，吃了第二惊。他见过清欢的簪花小楷，见过皇后一波三磔的隶书，但是，他第一次见女子写"柳体"。取匀衡瘦硬，追魏碑斩钉截铁势，点画爽利挺秀，骨力遒劲。

这些话落在阿南耳朵里，阿南不言语，只是微微地笑笑。

聆儿道："娘娘，奴婢原以为那位是个闷葫芦，却不曾想是个盛水瓢。"阿南淡淡道："也许，她真的只是无意。本宫倒觉得她不是奸邪之人，跟严钰不一样。"

到了时辰，妃嫔们陆陆续续来中宫请安。钱才人也来了。按规矩，侍寝的第二天，她该向中宫敬茶。她穿着一身儿浅蓝色的衣裳，跪在地上。聆儿奚落道："圣人说，士别三日，当刮目相待。奴婢觉着，用不了三日，只需一日，钱娘娘您便让奴婢等刮目相看了。"

钱才人垂首道："聆掌事说笑了。横竖都是笼中人，无甚值得刮目相看之处。"

阿南手中的粗陶盏顿了顿。她说的话竟这般直白。

笼中人。只影随惊雁，单栖锁画笼。是啊，这宫中的每个人都是笼中人，抬头看的，永远是头顶的方寸之天。走不出这宫苑深深，走不出这天家森严。

黄昏，成灏来了凤鸾殿，他似乎有话想同她讲。

阿南命聆儿递上一壶花酿来。夫妻俩坐在纱窗下，浅酌几杯。

成灏道："有人跟孤说，胡谟通匪，证据确凿。皇后怎么看？"阿南思忖了一会儿，道："军国之事，臣妾知之甚少。但臣妾想，镇南将军是朝中老臣。当初，太后执政的时候，朝中武将都唯您的舅父定国公马首是瞻，唯有镇南将军等人，从未站队，这也是当初您亲近胡家，纳宛妃妹妹入宫的原因。朝堂换血、军队换血，镇南将军功不可没。您觉得，他会做这等有负皇恩之事吗？"

成灏道："皇后说的这些，孤都记得，这也是前年，孤压下魏雍等人上谏的原因。但皇后要知道，形势是会变的。也要知道，此一时、彼一时。人都是有私心的，他难保没有为询儿争一争来日的念头。"

阿南不再作声。这样敏感的话题，她沉默地避开。

成灏握着酒壶，道："孤打算去趟大理寺的牢房。"

阿南心想，昨夜宛妃说郭成失踪，看来，是被掳到大理寺的牢房了。怪不得胡谟找不到。

果然，成灏道："孤倒要去看看这太行土匪头子到底与胡谟有无勾连。"

他去了。

所有人都没想到，他这一去，竟带了一个女子回宫。

后来的很多年，这段故事被描绘成很多个版本，在宫闱、在民间、在茶肆、在酒楼广为流传。而后来的执政者们对这段历史讳莫如深，干脆命人抹去。可那传奇仍然一代又一代地保留下来，存在于口口相传的野史之中。

顺康十九年正月。成灏在大理寺门口，遇见一个穿着虎皮的女人。那女人被官兵驱逐，但丝毫不知畏惧。她牵着一条狗，跟官兵们周旋着。她灵活敏捷地如山中野兽。那狗亦毛色锃亮，牙齿尖利，虎虎生风。她有一双虎崽一样的眼，蒙昧天真，毫无章法。

她以迅雷不及掩耳之势扑过来，劫持了成灏。

大理寺卿当场吓尿了裤裆，若圣上在大理寺出了事，他九族俱灭难抵其祸啊。他哆哆嗦嗦地张罗着弓箭手射箭。

成灏冷冷问道："你可知道孤是谁。"那女子道："我不管你是谁。我只想救我爹。"

"你爹是谁？"

"我爹是郭成。"

大理寺卿喊道："大胆的匪女！纳命来！"

第七十九章　清野

无数把弓箭对着那女子，那女子却蔑视地看着大理寺卿一眼，邪魅一笑。

“肉肉！”她喊了一声。那狗冲过来，她一把拽住成灏骑在那狗身上，狗如箭一般，冷不丁“嗖”地从人群中冲了出去，时而上蹿，时而下跳，弓箭手们试着瞄准，心却慌了，没了主意，生恐误伤了圣上。

“保护圣上！”大理寺卿喊着。

成灏离那个女子非常近。他自幼是习武之人，可诸般招式在这个凌乱无章的山匪女子面前通通像是石子扔进了乱麻里。她手中的一把兽牙磨成的利器一刻也没有离开过成灏的脖子。她拿准了主意，他若攻击她，便同归于尽。

成灏当然不想和她同归于尽。他冷静地观察着她，想趁空偷袭。可她好像兽一样，深谙人的心思，也深谙如何防御。她没有给他机会。她同样冷静地观察着他。

成灏伸出手，示意大理寺卿莫要轻举妄动。

大理寺卿跪在地上，磕头道：“圣上，臣该死，臣有罪啊，臣万死难赎……”

弓箭手们拉着弓的样子，仿佛石雕一般，在匪女的视线中慢慢远去。

约莫一盏茶的工夫，那女子把成灏带到了东郊一片山谷之中。成灏虽自小居于上京，却从没来过这地方。鸟兽的声音充斥在山谷间，唤醒沉睡的树。

风一点点描画着泉水的颜色。这山谷的春，较之宫中的，竟早来许多。

那条叫作“肉肉”的狗跑了许久，没有丝毫疲态。匪女娴熟地从囊中摸出一块肉丢给它。

她手中的利刃仍然分毫没有挪开。

成灏沉声道：“到了无人处，你总该可以放开孤了吧。”

“那不行。”匪女说，“我看你是个狡猾的人，我信不过你。”

成灏冲龄登基，从来没有人用这种口气跟他讲过话。哪一天不是众臣山呼万岁？哪一天不是后宫诸人俯身叩拜？

“你到底知不知道孤的身份？这天下谁人敢称孤道寡！”成灏面有怒色。天子一怒，若在宫中，早就黑压压跪上一地的人了。但是眼前这个匪女毫不在乎。

“那老头子叫你圣上，或许，你就是皇帝老儿。”

“放肆！”成灏瞧着她那张蒙昧的脸，意识到，君威在这山野女子面前是毫不奏效的。他问道：“你将孤挟持到这里来做什么？”

匪女道：“我闯不进牢房，我想拿你的命去换我爹的命。”“那你将孤放开，孤告诉你该怎么做、怎么换、怎么保你爹的命。”成灏思索道。

匪女想了想：“你等着！”她向那狗吹个口哨。狗从她的袖口抽出一根细细的绳索，匪女将成灏架到一颗粗壮的古树前，狗绕了几圈。转眼，成灏竟然被绑在了这树上。那绳索虽细，却韧劲十足，越挣扎，越紧。

匪女手中的利刃终于松开。

她拍了拍手：“好了。这下子不怕你跑了。”

成灏胸中的怒气越烧越旺。他恨不得立刻诛杀这个匪女和她牢房里那个土匪头子爹。连带着，他厌憎起胡谟来。若不是他招惹上这窝土匪，焉能出这等祸端？

这帮子无法无天的土匪，就该全剿了。

那匪女跟狗依偎在一起。她从腰间摸出一个拳头大的壶来，木塞一打开，一股浓浓的酒香散发出来。她仰头喝了一大口，又歪头问那狗：“肉肉，你是不是也想喝？”那狗睁着眼睛看着她。她哈哈大笑起来，往狗嘴里倒了一口。

成灏第一次见喝酒的狗。它那么高大、那么威武，驮着两个人跑了那么远的路犹气定神闲，跟古书上成了精的野物似的。

那女子喝了酒，唱起曲来。

“三月桃花开，小哥儿捎信来，绣上一只船，送你行四海——”

“粗鄙。”成灏原想说。可他竟意外觉得好听。他自小听着宫中司乐楼伶人的曲调长大，美则美矣，却甚是空洞。若说特别的，成灏也听过。譬如，清欢的歌声是清丽的，严钰的歌声是娇媚的，张氏的歌声是温婉的。但成灏从没听过匪女这样野性的歌声。似竹上滚动着的露珠，晃啊晃，晃着心魄，最终跌落在湿润的泥土中，与那柔软的白云，与那幽禁的山谷，浑然一体。

“你要怎样才能解开绳子？”成灏瞧着她。那匪女托腮想了想：“你写张信函，让那老头儿放了我爹。等我爹离了牢房，我与我爹会合，得以自由，便会放了你。否则，如果我贸然放了你，我和我爹一定都会被乱箭射死。”

她想得倒是周全。

“信函如何交予大理寺卿手上？”成灏问道。匪女指着那狗：“肉肉去。”

“狗送信？”

“谁说肉肉是狗？！”匪女反问道。她身旁的肉肉冲成灏“汪汪”了几声，好像对成灏说它是狗很不服气。它的眼中闪烁凶光，眉目之间气宇轩昂。

成灏仔细看了看它的耳朵，才发现它的耳朵是竖立的，不是寻常狗类的耳朵是下垂的。它不是一条狗，它是一匹狼！

成灏倒吸一口凉气。在这荒郊野外，自己被绳索缚住，若是被这条野狼所伤，当真是大大不值。

成灏抬头看了看天色，估算了时间。他缓了口气，笑向匪女道："你叫什么名字？"

"郭清野。"

固壁清野，出自《北齐书》：社客宿将多谋，诸城各自保，固壁清野。成灏不由地笑了笑。那土匪竟给女儿取了个战术的名字。

"你爹读过书？"

匪女摇了摇头："我爹只认识一个字，就是我们郭家堡的郭。我们山寨里插的旗子上全是'郭'字。"

"你的名字是谁取的？"

"我娘。"

这压寨夫人倒是不简单。匪女似乎看出成灏在想什么，道："我娘是乡绅家的小姐。我爹说她是太行山最好看的女人，也是最有学问的女人。可惜，我娘死得早。我从小跟肉肉一起长大。"

她从树上揭下一块树皮，又将利刃给他，呵道："你问东问西干甚呢！是不是想探探我是否识字，好糊弄我？我告诉你！错了主意！本姑娘虽然学问不高，但字却识得！我放出你一只手，你赶紧写！"

成灏心内似有马蹄反反复复地踏过。他琢磨了片刻，用刀在那树皮上写下一行字。匪女接过，看了看，满意地交予那匹狼。狼点了点头，叼着跑远了。

山谷中，只剩下匪女与成灏两个人。匪女眯着眼，躺在草丛上，似乎睡着了。成灏低头，寻找着四周有无趁手的瓦片或石子，好割开这绳索。

须臾，成灏发现他右侧身后有一块棱角尖锐的土疙瘩。他不动声色地用手去扒拉，将它扒拉到手边，一点点地想割开这绳索。

躺在地上的匪女突然出了声儿："你叫什么名字？"

成灏皱眉。那匪女又重复了一遍："那会子你问我，现在轮到我问你了。"

"天子的名字，百姓呼不得。不仅呼不得，写的时候也要避开。"

匪女道："无趣得很，不说便不说。"好在她没有转过头来。

成灏继续割着绳子。

匪女看着天，自顾自道："我跟我爹只是上京送山货而已。我爹什么罪都没犯，朝廷为什么要抓我爹？你知道吗？"

“顺康十七年，你爹劫持了路过的朝廷军队。”

“若人间无饥馁，谁会做盗匪？那一年，太行闹灾，可正逢朝廷跟漠北打仗，赈灾的银两迟迟不到。我爹没办法，才这么做。为的是抢些粮草，赈济乡亲们。”

“这么说，你爹倒是义匪了。”

“义不义的不敢说，反正没啥坏心眼，比好些做官的强。后来，我爹跟胡将军保证，再不抢了。我爹做到了。这几年带着兄弟们在郭家堡种地、打猎……”

“你爹到底有没有勾结胡谟？”

“勾结胡将军干甚呢？”她转过头，一双眼里有着云缠雾绕的迷茫。

正在这时，几声嘶吼声由远及近。成灏抬头一看，是觅食的狼群。积攒了一个冬日的饥饿与萧索，让狼群焦急地张望着、寻觅着。

兴许是闻到了人味儿，狼群飞奔过来。匪女跳起身来，娴熟地摸出利刃。这时，成灏的绳索终于被土疙瘩割开。

第八十章　破例

郭清野小声道："你看，那狼群中有两头母狼身后都跟着小狼崽，它们一看便是刚生下崽子不久。这种时候的母狼，是最凶残的。"她在山林中长大，对野物比对人还熟悉。

"若肉肉在就好了。偏偏它刚走。"她叨咕着。

狼群越来越近，其中一头母狼竟扑向成灏。郭清野短暂的错愕之后，很快就明白了。应该是自己刚才拽着他的时候，利刃划到了他，他的身上有血腥味儿。饥饿的狼对血腥味最是渴望。

她转头，看成灏不知何时已经挣脱了绳子，站起身来了。成灏与那狼搏斗着。狼群围了上来，像一个圆圈，把他们包围其中。

两人对视一眼，本是敌对的他们，现时，在狼群的攻击下，成了生死同盟。

一会儿的工夫，两人的身上都溅了血，不知是狼血还是人血。在越来越暗的天色下，在一声又一声的狼嚎中，激烈而悲怆。

因为有同伴的倒下，狼群越发躁动。

成灏看了看郭清野，她的脸上仍然没有惧色，而是一种兽一般的决绝。她紧紧抿着唇，迎着攻击，那张白净的脸上，因沾染了血渍，看上去有一种奇异的美。

在这荒郊野外之中，在这群狼共舞之下，他的皇权，他的智谋，通通都是无用的，一切都蜕化成最原始的，关于力量的殊死搏斗。这个野性而匪气的女子，与他并肩作战。

忽然，有箭射过来！眼前的狼纷纷倒下。

成灏听见粗重的脚步声传来，伴之而来的，还有男子粗犷的笑声、狗叫声。

"是猎户。"郭清野小声地说。

三个面庞黝黑的男子走近，其中一位方脸的男子说："今日大丰收了。"旁边一位断了一只手的男子道："这下，大牛能娶上媳妇，咱们也能起新宅子了。"另一位疤脸男一边将猎物用绳子捆起，一边打量着眼前的一男一女。

郭清野行了个江湖中人的礼数："多谢三位大哥。"成灏站在一旁，不作声。

他今日出宫，没有穿龙袍，但一身儿黑色锦服，纵是染了血污，看起来亦是非常华贵。那袖口的金丝线在昏暗的天色，仍难掩光芒。

那三个男子彼此对视了一眼，眼睛滴溜溜地转着。郭清野和成灏同时意识到了不对劲。这三人怕是见利起意，没安好心。

郭清野拉着成灏，想跑。树上头，一张大网落了下来。

方脸男子拍了拍手，道："这下，才算是真的丰收了。"他们早就在暗中看到了这对男女被狼攻击。他们不愿意早早出手，待这对男女与狼群搏斗得筋疲力尽、两败俱伤之时，再出手，坐享渔翁之利。

郭清野口中骂道："好好的猎户不当，偏要做这等打劫良家的营生！山神也不饶你们！"

方脸男子挥手示意。疤脸男立刻掏出一团脏兮兮的布，欲将郭清野的嘴巴堵上。然而，在他靠近郭清野的时候，她一脚踢在他命根子上。

疤脸疼得龇牙咧嘴。郭清野啐了他一口，咬牙道："你们等着，毛贼们，你们敢绑我，我爹是鼎鼎大名的太行郭成，他会扒了你们的皮。我爹当土匪的时候，你们还在娘肚子里呢！"

方脸男子被聒噪得烦了，亲自上前，塞住了她的嘴。郭清野口中发出含糊的"呜呜"之声。

方脸男子打量着成灏："我看公子气度不凡，定是出自上京城中的锦绣门户。放心。我们不吃人肉，不喝人血，要人命无用。我们只要财。"

成灏取下玉扳指，扔在地上，冷冷道："贪婪无厌，忿类无期。若各位懂得知足，能保命。"

"哈哈哈哈哈哈。"方脸男子仰头笑起来，"都已成了网中物，还敢这么大的口气。你当爷是被吓大的？"

断手与疤脸两人各自扯住网的一头使劲儿拉，网越来越紧，越来越紧。

成灏与郭清野挨得越来越近，渐至贴在一起。他鼻端闻见一股野草的青气。

方脸男子道："千载难逢的大鱼，若不好好发一笔，怎能对得住这样的好运气！"他用刀尖在成灏的脸上比画着："说，你是哪一家的，我让老三给你家人送个信，拿一万两，来赎你的命。见了银子就放人。"

成灏讨厌威胁。他三岁的时候，目睹一场宫乱，他用弹弓刀杀了信王。那是他第一次杀人。今日，被郭清野拿利刃挟持，已经让他憋了满腹的火气。

这火气在这方脸男子的刀戏谑地划在他脸上那一霎，爆发了。

他袖口藏着几枚刀片。没错，就是弹弓刀上的那种刀片。

这些年来，他坐在龙椅上，枕戈待旦，对所有人都是不信任的。他袖口的这几枚刀片，是他潜意识里对可能会出现的灾难的防御。

此时，他虽被网缚住，但与郭清野靠着的那一边，手仍可以挣扎着将袖口的刀片摸出。两指一弹，刀片飞向方脸男子的眼睛。

血流下来。方脸男子气急败坏，骂了一声，举起短刀便刺向成灏。网中的郭清野猛地一歪，将成灏压在地上，她挡在成灏的身上，短刀刺进了她的身体。

成灏闻见空气中的血腥味更浓郁了。他惊诧极了，这个匪女，为什么要救他呢？

“清野。”他喊了她一声。

正在这时，快马奔驰而来。

成灏算了算时辰。是，该来了。

果然，一群官兵骑着马疾驰而来。眨眼间，方脸男子、断手男子、疤脸男子三人皆被绑了起来。

网被斩开，成灏一把揪掉塞在郭清野嘴上的布。面色苍白的郭清野喘了几口气，看着成灏道：“麻烦精，我，我还想拿你去救我爹呢，你不能死。”

大理寺卿跪在地上：“圣上，臣救驾来迟。”

成灏眼神冒着寒气。那片肉肉送去的树皮上，虽然按照郭清野的意思，写的是放了郭成的话。但是，末尾，写了四个无关紧要的字：谷鸠来宿。反过来，便是“速来救孤。”

若是连这样的文字戏码也不明，便白在朝中做官了。

肉肉围着受伤的郭清野，似乎是难过极了，口中发出低低的呜咽之声。郭清野笑着，伸出手，摸摸它的头。肉肉的眼泪掉在郭清野的脸上。

郭清野笑着哼：“太行山上，羊欢草长，人心怜羊，谁人饲狼。天心难测，世情如霜……”

原来，狼也是会流泪的。

大理寺卿问道：“圣上，这几名贼人，如何处置？”

“就地诛杀。”四个字，干脆而冰冷。

那方脸男子凄惨地求饶。

“孤方才说过，贪婪无厌，忿类无期。若你懂得知足，能保命。”成灏的眼中闪过狠厉，“可惜，你不听。”

官兵的刀砍下去，三颗人头落了下来。

大理寺卿又道：“圣上，这匪女……如何处置？”

他小心翼翼地看着圣上的脸色。他不知这几个时辰发生了什么，但他总觉得似乎哪里不对劲了。

郭清野躺在地上：“麻烦精，你那会子答应了，要放了我爹。我一个小女子说话都算数，你不能……不能食言……”

成灏面色无波道：“孤答应你，放了郭成。你放心，孤必不叫你错信洪乔。”成灏不知，他此刻郑重地允诺放了郭成，是因为他在她口中得知郭成并非歹人，还是他当真不想伤害眼前这个草青气浓郁的伺狼姑娘。

一旁的大理寺卿一霎明白了上意。洪乔捎书，言而无信。看来，圣上是真的答应了那匪女，放了郭成了。这匪女当真不是个简单之辈。

“麻烦精，多谢你。”郭清野艰难地拱手向成灏行了个男儿家的礼。

马车的车轮碾在进宫的官道上。

马车内。成灏凝神坐着，一旁是失血昏迷的郭清野，还有那只赶都赶不走、一定要跟着主人的肉肉。

阿南坐在凤鸾殿内淘澄花茶。聆儿疾步从外头走进来：“娘娘，娘娘，圣上今儿从宫外带回来一个女子。那女子似乎是受了伤。现时，圣上召了好些医官赶往乾坤殿了。”

乾坤殿？阿南站起身来，她的手还来不及擦，上头有水渍和几片细碎的花茶瓣。像极了细雨蒙蒙中，花落枝头。

她想了想，又坐了下来。她不能去质问他，她相信，他总会告诉她因由。

她安安静静地淘澄完手中的花茶，末了，踱到床榻边。

她从枕下摸出那根卦签。卦签突然毫无征兆地断裂成两截。

卦裂。

大凶。

乾坤殿中。

郭清野醒来，口中唤着：“爹，肉肉——”

她发现换上一身龙袍的成灏坐在榻边。

“麻烦精，我爹呢？肉肉呢？”

这时，外头的肉肉听见主人的声音，奔了进来，拿脑袋蹭着郭清野。

成灏道：“畜生本不能进宫。这算是破了例。至于你爹，大理寺卿已经领了命，不多时，便会放了他。他自会平平安安回太行的郭家堡。”

郭清野挣扎着起身：“那我也该回去了。我爹要是出来，看不见我，该着急了。”

“你的伤没好。”成灏道。郭清野一摆手：“不算个甚！郭家堡的儿女，谁没受过伤？我走了。”

她往外走。成灏拦在她面前，他面色沉郁。

“你就那么想走？”

“当然！”

“你今天为什么要替孤挡了那一劫？”

郭清野拍了拍他的肩：“你是我带走的，我当然要护着你。要是肉肉，我也会这么做！我爹跟我说，一码归一码，做人要讲义气！”

她居然拿他跟畜生比。成灏又气又无奈。

“这里是皇宫，天下最尊贵的地方，你就一点也不想留在此处吗？”

她的眼中仍是一片迷蒙的水汽：“尊贵跟我有啥子关系？郭家堡才是我家。”

“伤好了再走。”成灏这句话像是命令，不容商量。

他说完，便转身往外走。

门关上。他踱步到正殿的书案前，大理寺卿慌慌张张地求见。

“圣上，郭成死了！”大理寺卿跪在地上，魂飞魄散。

第八十一章　抗旨

“死了？怎么死的？”成灏抬起头，手中的笔攥紧，那双看向大理寺卿的眼，似乎有许多火星从眼中溅出，烧得大理寺卿手脚无措，仿佛下一刻便会大难临头。

“似……似乎是自尽。微臣去牢中查看时，见他的额上有伤，仵作验了尸，说……说是外力撞击而死……”

“似乎？赵大人你为官多年，如今倒学会模棱两可了。”

大理寺卿忙不断叩头道：“微臣该死，微臣御前言语有失。郭成，郭成乃自尽而亡。微臣有责任，微臣应该早些到狱中向他告知圣上的恩旨……”

成灏放下笔，起身，不知从何处刮过来一股风，将乌云吹到他的脸上，那乌云在他英挺的眉宇间翻滚着，雷霆万钧。

郭成死了，偏偏死在即将出狱的时候。

“圣上……有句话，微臣不知当讲不当讲……”大理寺卿用袖子擦着汗，似乎心头有许多纠结。

“都这个时候了，还有什么当不当讲。说！”

“圣上您既决定放了郭成，想必……想必是认为他是无罪的……可，郭成死后，狱卒在他身上搜到了一封信函，微臣觉得，不排除……畏罪自杀……或许，或许他是想用死亡的方式，来保住他身后的人……”

成灏的耳边回响起在山谷的时候，他问及郭清野的名字时，她所说的话。

“我爹只认识一个字，便是郭家堡的郭字。”

她不像是撒谎。那种情境下，她也没必要对这件事撒谎。郭成根本不认识信函上的字，怎么会将信函寸步不离地带在身上呢？纵便是他知道了信函上写的是什么，以他义薄云天的豪气，应早早毁之，而不是留在身上，落人口实。

“那信函出自谁手？”

“镇南将军，胡谟。”

“信带来没有？”

“带来了……”大理寺卿小心翼翼地呈上。成灏接过，写信的纸叫作飞虎笺，军营里的专用信笺，只三品以上武将可用。朝中皆言：一见飞虎，便知军情。

打开信函，上头写着：郭成贤弟亲启，你我之事，上已查悉，贤弟人在江湖，无所束缚。然，愚兄身在庙堂，诸多难处，众口铄金，积毁销骨。贤弟必能体谅愚兄之难处，守口如瓶。不得已时，万望贤弟权衡。愚兄胡谟拜上。

话里话外，都在暗示郭成以死守住秘密。

至此，成灏确定了一件事，郭成的死一定有黑手，制造一出畏罪自杀的戏码。胡谟便有口也说不清了。

“将郭成入狱后，所有进出牢房人的名册全部递呈上来，孤要看看。包括每日巡逻的、送饭的狱卒，守门的官兵和探监的人，一个都不许漏。”成灏道。

“是。”

“赵大人——”

“臣在。”

成灏复又踱至桌案边，意味深长地看着他：“人，是在大理寺的牢房死的，不管是死于何因，你难辞其咎。”

“是，是，是。”大理寺卿低着头。

“你是久经宦海之人，应当懂得将功赎罪之理。余下的日子，务必要将大理寺围得如铁桶一般，打起十二分的精神，查出郭成之死的真相。”

“真……真相？圣上您觉得，郭成不是畏罪自杀吗？”

“是。保护好他的尸体。孤要请江州府的李幕来验尸。”成灏记得，当初，周标离奇死在江州，上京的仵作拿捏不出死因，便是李幕验出周标是中蛊毒而死。

成灏不信。不信太行山上的土匪头子郭成会畏罪自杀，在狱中撞墙。

当中必有隐情。如同水退之后，水底嶙峋的怪石，藏着狰狞的棱角。

大理寺卿忙道：“微臣必听从圣上之令，夙兴夜寐，衣不解带，争取早日查获真相。”成灏肃然道：“漂亮的话，赵卿不必说了，孤也不想听，孤只要结果。你下去吧。”

大理寺卿走后，成灏扶额靠在椅子上。从山谷回来，他脑子一直紧绷着，到此时，倦意从心头涌上来。

小舟见成灏有疲态，忙点上一盏安息香来：“圣上，郭成的死，要不要告诉郭姑娘？”成灏想了想，摆摆手：“莫要跟她讲。等事情查明了再看吧。”

小舟点点头，不再多言语。

成灏道：“你去将宛妃叫过来。”想了想，他起身：“罢，孤去一趟宛欣院吧。”

宛欣院。

正月里，庭院里冷清的很，杜鹃花的花期还早，现时，只有黑黝黝的藤，迎着冷风。

内侍通传后，宛妃迎了出来，跪在地上行礼。她今儿穿着一身杜鹃红的绸袄，一如既往的鲜妍。

“宛迟，起来吧。”成灏淡淡地笑笑。宛妃起来，笑向成灏道：“圣上今日来得突然，臣妾没有准备。”

成灏三步两步走入殿内，笑道：“宛迟入宫多年，是宫中的老人儿了，纵是没有准备，礼数也不会差了。”遂又问道：“询儿呢？”

宛妃道：“刚睡下不多会子，要叫醒他吗？”

“不了。让他睡吧。”成灏道，“记得上回孤来你这儿，那苞谷酒甚是好喝，似乎是胡将军从云贵给你捎来的。那酒还有吗？”

“回圣上，有的。”宛妃忙亲自斟了一壶过来。

苞谷酒辛辣，后劲儿足，算得上烈酒了。寻常，成灏是不喝烈酒的。

宛妃长于西南，擅饮。宫人们端上几个小菜，成灏与她饮了几杯。

“宛迟，胡将军平日里可有与什么人结仇？”成灏随意问道。宛妃停了箸，道：“圣上，您是知道的，臣妾的父亲胸无点墨，当初也不是武举出的头，乃尸骨如山的战场上爬出来的功名。他虽然说话不防头，但是在官场上亦不曾得罪什么人。从未有结仇之说。圣上您亲政后，对胡家另眼相看，臣妾的父亲日日心中感念皇恩。不管是百越之战，还是出征漠北，父亲皆尽心尽力。”

成灏沉吟道：“也许，是孤亲政以来，胡将军在朝中功勋卓著，太过于耀眼。有道是，树大招风风撼树，人为名高名丧人。胡将军是遭人嫉恨了。”

宛妃跪在地上，眼中含泪道：“圣上，您如今能这么想，说明您相信父亲的清白。臣妾感激涕零，胡府上下亦感激涕零。”

成灏扶她起来：“宛迟，你无须跟孤如此拘谨，也莫要为胡将军的事过于挂心。好生抚养询儿，在宫里安然度日就好。”

“是。”宛妃瞧着成灏的脸，悬在枝丫上的心落下来些许。

正说着话，三皇子成询醒了，乳娘将他抱过来。他看见成灏，恭恭敬敬地行了个礼。这孩子，紧抿着嘴的神态，跟成灏小时候如出一辙。

成灏看着孩子，心里起了恻隐之心，抱着他坐在膝头。当年杨乐久换婴的事，虽被掩饰起来，将错就错，外人不知道，但成灏却是知道的。这孩子是孔灵雁的孩子，却与养在雁鸣馆的大皇子成诜截然不同。他不娇弱，也不怯懦，在皇父面前，有礼有节。不能不说，当中有宛妃的教养之功。

宛妃招呼成询，道："询儿，拉个弓给你父皇看看。"成询点点头，接过内侍递上来的小弓，一把便射住了不远处的绒球。

成灏赞赏道："宛迟乃将门虎女，询儿交予你抚养，果然不错。"

宛妃忙道："圣上谬赞。"

成灏摸着成询的头，道："询儿，你射中了绒球，孤甚是欢喜。你想要什么，可跟孤说，孤满足你的心愿。"成询想了想，道："父皇，儿臣想要花房里的高山杜鹃。"

宛妃最喜欢的花，便是故乡的杜鹃。可杜鹃在这个节气是不开花的。花房里的匠人们千方百计，培植了一株高山杜鹃。只一株，格外珍贵。

宛妃听了，甚是感动。

成灏笑道："你心中有母妃，是个孝顺孩子。圣朝以忠孝礼义治天下，皇子当有如此品格。"

走出宛欣院，成灏下意识地往中宫走。

他没有让内侍通传，静静地走入殿内。阿南听到脚步声，知是成灏来了，起身行罢礼，递上一盏花茶。她新近淘澄的，用的是新春的梅。

"圣上喝了酒了？"

"嗯，方才在宛欣院喝了几杯。"

"宛妃妹妹担忧父亲，日夜悬心。圣上您去一趟，能安抚她不少。"

花茶在盏中起落，暗香浮动，疏影横斜。

"郭成死了。"

"嗯。"阿南平静地应了一声。

"孤这趟出宫，无意中遇见了郭成的女儿，她是个好姑娘。受了伤。孤将她带回乾坤殿了。"

简短的几句话，算是交代了。

"圣上说是好姑娘，想来定是不错的。"

"皇后，自清欢来了一趟宫中，孤心里总是空落落的。世事漫随流水，算来一梦浮生。年少的事，过去，便也是真的过去了。"

阿南握住他的手。她懂得他的每一寸情绪。

"严氏死了，刘氏疯了，张氏送去了冷宫。这一年多，宫中发生了许多事。孤厌倦了阴谋，厌倦了野心。孤想，这后宫中当有新的颜色，不一样的颜色。皇后，你说呢？"

"圣上说的不一样的颜色，是郭姑娘吗？"

"是。孤想封她为才人，留她在宫中。"

阿南道：“圣上想留，便留吧。臣妾身为中宫，当有容人之量。安排她住在清梦堂，圣上觉得好吗？”

清梦堂，顺康十八年十月方建成，离凤鸾殿不远。原本是用来成灏休憩赏花的。

成灏点头：“后宫诸事，按皇后的意思办。”

翌日。

圣旨一下，谁知郭清野不但不接旨，反倒从兜中摸出火镰，将圣旨烧成灰烬。小舟吓得面如土色。

“郭娘娘，万万不可啊，抗旨不遵，乃大罪……”

“什么娘娘？哪门子娘娘？谁是你娘？”郭清野的伤势稍好，往门外冲，迎头撞上成灏。

“我爹呢？”她问道。

“他已经回太行了。”

“胡说！我爹不见到我，是不可能一个人回去的！”

第八十二章 厌嫌

小舟忙道："郭娘娘，您不能这样跟圣上说话啊，此乃大不敬啊，在宫中乃杖毙之过啊……"

"谁愿意在这宫中！说个话就要杖毙是吗？！"

肉肉随着主子激动的情绪上蹿下跳。郭清野用手指着成灏："说你是麻烦精，你可真是麻烦哪，沾上你，就甩不掉了？我从遇见你，就不停地倒霉！先是碰到野狼，又是碰到毛贼。现在你又把我困在这儿不让走！你凭啥留我啊？你没有婆姨吗？"婆姨，便是太行官话里的妻子。

成灏不吭声。他面色依旧是冷冷的，好像郭清野的这些"犯上"的话，他通通听不见。

郭清野又推搡了一把小舟："你来说！他是不是没有婆姨！"小舟尴尬地清了清嗓子，垂首道："圣上当然有中宫皇后，不仅有中宫皇后，还有后宫诸位娘娘。"

"好哇你！啧啧啧！"郭清野越想越气，脸涨得通红，她绕着成灏走了一圈，肉肉也跟在她身后。

一人一狼，转着圈，乍然看上去，甚是滑稽。

"你长得人模人样的，原来一肚子坏水。你一大堆婆姨了，还留我在这里干甚？"

成灏什么话都没说，转身走了。

郭清野跟在后头："喂！喂！喂！你说话啊！"成灏吩咐小舟："将她安置去清梦堂。"

"是。"

郭成死得甚是离奇。若此刻这个姑娘出了宫，凶多吉少。事情没查明白之前，还是留她在宫中安全。

至于她到底要不要做这个主子，圣旨都烧成灰烬了，随她吧。

成灏这是生平第一次被女子这样的厌嫌。

郭清野眼中、心中完全没有他。他觉得这样的感觉很新奇。不知怎的，成灏忽然想起顺康十三年的一个春夜。他在建章营里与孔良对练完一套拳法。满头的汗，清欢给他擦着。他一抬头，发现阿南站在不远处的树荫下，怔怔地看着他们。少年人的面皮有些薄，成灏觉得窘，被窥到秘密的窘。

然而就是那一晚，阿南在御湖边跟他讲了许多的话。关于旧臣，关于太后移宫，关于披甲案，关于邹伏。二桃杀三士，两人心照不宣地达成了共识。

“你想要什么？”成灏问。“妻子。我要做圣上的妻子。”少女阿南答。

彼时，她头上的那枚卦签闪着神秘莫测的光。她看着成灏，目光灼灼。她清癯而峻峭的面孔在漆黑的夜里是那般坚定，坚定到悲怆。似乎这是她一生所做的，最热烈的决定。

“可是，孤心中的中宫人选是清欢。你……应该知道吧。孤对你，并没有男女之情。”成灏似乎被阿南的目光烫了下，低下头。

她是他见过唯一斗蟋蟀能赢了他的女子，他喜欢跟她斗蟋蟀。仅此而已。他不大喜欢她永远褪不去的阴郁的神色，和她在人前日复一夜的沉默寡言。她从来不像一个少女，谨慎得可怕。

“我知道。只要圣上让我和你站在一起，就好。”她说得很快，好像害怕晚了一霎就影响了成灏的决定。成灏扭头，淡淡道：“孤要想想。”

如今已时隔多年，成灏想起这段陈年旧事，自嘲地想，那时，他对皇后也是现时郭清野对他一般的不在意吧。

郭清野住进了清梦堂。

阖宫尽知她烧毁了圣旨，内廷监送她的才人服制也被她丢在庭院里。宫人们唤她“郭娘娘”，她不理睬，唤她“郭姑娘”，她倒是愿意答应的。

于是乎，她的身份在宫中朦胧起来。

一个没有受封的才人，便算不得真正的主子。但是圣上既有纳她之意，宫人内侍们便对她不敢怠慢。

早起，宫人们恭恭敬敬道：“郭姑娘，一会子该去中宫给皇后娘娘请安了。”

“皇后？”

“是。每日晨起向中宫请安，是宫里头的规矩。众位娘娘都去的。”

郭清野拉被子盖住头：“我不去。我又不是宫里头的人，为甚要守宫中的规矩？”须臾，她又觉得一个人憋在殿内甚是沉闷，又好奇麻烦精的婆姨们是什么样子，便起了身，跟在宫人身后便去了凤鸾殿。肉肉寸步不离地跟着她。

门口的内侍通传：“清梦堂郭姑娘到——”转瞬，想拦住那畜生，肉肉却“嗖”地从他裆下钻了进去，急得小内侍连忙去追。郭清野扭头瞪他一眼，吓得他进也不是，退也不是。

裹挟着一身山林匪气的郭清野迈入殿内，众人的眼光便都看向她。

郭清野并不行礼，只是大踏步寻了个椅子，大咧咧地坐下来。肉肉趴在她的脚边。

因着父亲的无妄之灾，宛妃对郭家的人有些忌讳，此时，她瞧着郭清野，道："凤驾当前，怎可如此无礼？"

阿南不吭声，打量着眼前这个眉清目朗的小女子。

郭清野目光在殿内转了一圈儿，落到坐在正中央的阿南身上。"我想出宫。我想找我爹。你放我出去。"郭清野说道。

阿南淡淡道："你是圣上带进宫的，出宫要得到圣上的应允。旁人做不得主。本宫也不能。"

郭清野的脸上满是沮丧，转头就走。

宛妃跟阿南说："娘娘，这个郭姑娘，看着倒是个桀骜不驯的主儿。"阿南叹口气："她与她父亲，俱不该踏入这上京的是非中来。可惜了。"

枕边清梦几悠扬。只恐四檐声未断，洗褪幽香。

阿南遂嘱咐聆儿："你平日里多派几个宫人，留神着清梦堂。莫让她被人挑唆利用了，也莫让人害了她。"

聆儿应了声"是"，心中难免替皇后主子不平，道："娘娘您对她可真好，她方才那般无礼，您也不放在心上。您还担心别人害她呢，她和她那狼都不是好惹的，奴婢瞧着，她不害旁人就不错了。奴婢就奇了，这狼女是哪一点好了？值得圣上把她带进宫吗？"

坐在一旁的祥妃听到此处，温婉一笑，道："聆掌事，上京有句俚语，六月里吃萝卜，图个新鲜。圣上的心思，不是女儿家能想得透的。"

而钱才人自始至终默默无言。她受封才人后，跟从前一样沉闷低调，谨言慎行。不管是什么时候，阿南看向她，她的眼神都是胆小而怯懦的。宫中的所有新奇与热闹，仿佛都跟她无关。

到了第五日，大理寺总算查出些眉目。

原来郭成死的那日，送饭的狱卒王二，晌午跟一个进京的老乡在一处喝酒，许是吃坏了东西，蹿了稀，一趟一趟地往茅房跑。可差事还未办，王二便让那老乡推着饭车进牢里送趟饭。他想着，不过是给犯人送饭，不是打紧的事，让人替一次，想来也不要紧。

现在看来，王二的老乡是进出牢房的名单里最可疑的人。然而，王二却已寻不见那老乡的影踪了。

大理寺卿将王二捉了，一番严刑拷打，却也是徒劳。

与此同时，江州府的李幕查出，郭成真正的死因不是外力撞击，而是中毒而死。那毒无色无味，可使人在睡梦中死去，故而叫作“极乐香”。他头上的伤，是在毒发身亡之后，被人故意往墙上撞的，为的，就是伪造出“畏罪自杀”的假象。

这是一场精心的筹谋。

京中关于胡谟的流言甚嚣尘上，屡屡弹压不下。他不得已，休沐在家，闭门不出，以避祸患。

成灏命人将郭成装殓好，送回太行。

郭家堡的人们见大当家的横死异乡，大小姐消失不见，一时间群情激怒。绿林中人，义字为先，几个从前郭成手下的死忠弟兄悄悄赶往上京，一是为了找寻大小姐；二是为了给大当家报仇……

郭清野在宫中待的数日里，觉得自己闷得快要长草。她想念极了郭家堡，在殿内实在坐不住，便在御花园里捕鹿，或是下到御湖里捞鱼。

高大威风的肉肉朝人们龇牙咧嘴，无人敢拦她。

一日，她途经文茵阁，看到一个疯疯癫癫的女人打着赤脚在庭院里跳来跳去，口中一会儿叫着爹爹，一会儿叫着圣上，时不时地拍着巴掌。郭清野好奇道：“这疯女人是谁呢？”

一旁路过的一个宫人俯身笑道：“回郭姑娘的话，她是刘芳仪，圣上的妃嫔。她的父亲刘存大人，曾经是朝堂上的重臣。”

郭清野回头看那宫人，见她容长的脸儿，笑起来甚是可亲。郭清野在宫中谁也不认识，见宫人们都穿着一样的衣裳，便觉得都差不多，懒得去记。

她问道：“她既是皇帝的妃嫔，那天我去了凤鸾殿，怎么没看见她？依你说，她的父亲是重臣，她怎么会沦落成这副样子？”

那宫人压低了声音道：“因为她得罪了皇后娘娘。这满宫中，无人不惧怕皇后娘娘。她的手段了得，害得刘大人父女一死一疯。远不止这些，您瞧那几处空空荡荡的殿宇，宫中的大半妃嫔，都是死于她手。郭姑娘，奴婢觉得您是个好人，故而提醒您，您要留神，现时，圣上对您十分上心，怕是她要对您下手了……”

不远处有脚步声渐近，那宫人连忙躲闪。等郭清野再一抬头，人已不见了。

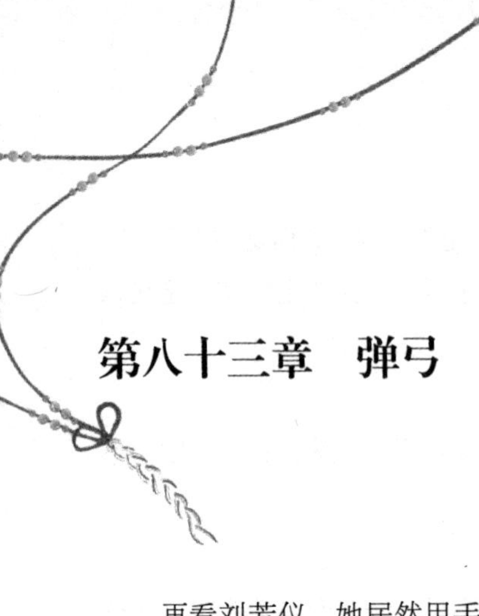

第八十三章　弹弓

再看刘芳仪，她居然用手捉了地上的虫子塞进嘴里，边塞边念叨着：“这是金鱼戏莲，这是百鸟朝凤，这是桂花鱼翅……”仿佛那些虫子真的是司乐楼里盛大的宫宴。她在一一品尝着，咂摸着。

文茵阁里的几个小宫人惫懒地靠在柱子上抠着手指甲，对眼前的情景见怪不怪。没有人认真去对待一个疯子。横竖讨不到赏，这里又鲜少有人来，便敷衍着，只勉强让她活着便罢了。

郭清野瞧着刘芳仪的样子，想着她竟也是麻烦精众多婆姨中的一个，现时却这般凄凉。若自个儿当真做了那劳什子的娘娘，岂不是来日也会变成这样?

她又瞧了瞧四周的宫墙，越发觉得这里阴森而可怖，恨不得早早离去。

天上的云卷着一丝清风，散成絮的模样。她咕咕叨叨地念着：“爹爹啊爹爹，你现在何处?快些化身那大盗柳下跖，来宫中将女儿盗走吧……”

柳下跖是爹爹郭成最崇拜的人。爹爹喜欢听说书的先生讲这位盗圣的故事，还在郭家堡中贴了他的画像，时不时便带着兄弟们祭拜一番。

爹爹说，盗亦有道，劫富济贫。行走江湖，判断是否能下手，是为智；行动之时，一马当先，身先士卒，是为勇；打劫完最后一个离开，是为义；将所得钱财分散给穷苦人，是为仁。如此，虽身在草莽，但“智、勇、义、仁”，始终不曾丢失。

想到这儿，郭清野更加思念爹爹。她低下头，黯然神伤。肉肉懂她的心事，伸出舌头，舔着她的手。

脚步声到了她跟前儿，是中宫的婢女柏枝。她道：“郭姑娘，方才是谁在这儿跟您说话?”

“不知道。”郭清野心不在焉地回答。

“她跟您说了什么?”

柏枝虽然在笑着，但是神色显然有些紧张。聆掌事命她跟着这狼女，她只不过是在御湖边跟一个小内侍多说了会子话，便有人趁空接近狼女了，她都没看清说话那人的脸。要是出了什么事，聆掌事必然是要怪罪她的。

郭清野摇摇头："没说甚。不过是些闲话。你跟着我做啥子？"柏枝道："郭姑娘，这宫中的传言，真真假假的，您千万不要当真。也不要让人挑唆了去。我们皇后主子宅心仁厚，她担心您，特让奴婢们保护您。"

郭清野翻了个白眼，转身便走："谁稀罕。"

柏枝讨了个没趣，但也只能继续跟着她。

走着走着，郭清野到了鸣翠馆。鸣翠馆的门前，有许多粗壮的柳树。当初，"鸣翠"二字，便由"黄鹂鸣翠柳"而来。

郭清野看到一个五六岁的小姑娘拿着一个弹弓，正在打着树上的鸟儿。那弹弓金灿灿的，式样精巧，很是特别。她凝神的样子，郭清野觉得眼熟，好像在哪儿见过。

小姑娘身旁，站着一个白衣少年。白衣少年露出两颗洁白的虎牙，在笑着。那笑容就像郭家堡冬日早晨的太阳，透过厚厚的云层，慢慢渗出来，恬静的暖。

"嗖——"小姑娘手中的弹弓打出去。一只雀儿掉了下来。小姑娘开心地拍手："小舅舅，你看，我一下子就打到了！"

白衣少年摸着她的头，道："看到了，华乐真厉害。现在打完了鸟，该回去读书了。"

"小舅舅让我再玩会儿嘛！"小姑娘揪着少年的袖口耍着赖。郭清野道："小妹妹，我想看看你的弹弓，可以吗？"

小姑娘闻声看过来，打量着郭清野："你是谁？怎么没穿宫中的服饰？""我是……"郭清野挠挠头，不知道该怎么说。

白衣少年道："是住在清梦堂的郭姑娘吧？""是。"郭清野点点头。白衣少年颔首："郭姑娘好，这位是华乐公主，在下是余慕，皇后娘娘之弟。"

公主，那就是麻烦精的女儿了。怪不得她凝神的样子看着眼熟。麻烦精也是这般，两条眉毛紧皱着，双眼专注地看着前方。

也许是耳边听到关于父皇对清梦堂很是特别等语，华乐对这个带着狼的郭姑娘并无好感。

"这弹弓是父皇赏我的，轻易是不给人看的。"华乐举着弹弓。

肉肉以为她是准备打它和它的主子，牙龇起来，毛竖着，似乎随时准备攻击。看到它这副样子，华乐不悦道："无礼的畜生。"郭清野有些尴尬，忙呵斥肉肉一句，肉肉有些委屈地蹭着她的腿。

余慕带着华乐，向郭清野告辞。

他们走远了。那弹弓的样子却深刻地记在了郭清野的脑海。

那会子吃了小内侍递的果子，柏枝觉得肚子疼得很，怕是要窜稀，连忙找出恭的地方。

郭清野继续顺着鸣翠馆往里走。忽然有人拍了拍她的后背，她回头，见一个小内侍眼圈儿红红地看着她。

“郭大小姐。”小内侍唤着。“你是……”郭清野有些蒙。她自入宫来，才知这世上原来还有内侍这种不男不女的人。她并不认识眼前这个小内侍，为什么看他的样子，却像是跟自己很熟呢？

小内侍扑通跪在地上，磕了几个头。

郭清野道：“行这样大的礼做甚？”小内侍流泪道：“郭大小姐听奴才说。奴才乃太行潞安人氏，顺康十七年入的宫。那一年，太行闹灾，奴才一家死了多半人口，幸得郭当家散财相助，奴才母子三人才能活下来。郭当家大恩，铭记五内，不敢忘怀啊。”

他说话的乡音的确是潞安口音。郭清野听在耳里，觉得亲切。她扶起小内侍道：“你不用这样。我爹爹说，做善事就是在积福。他不图报答。也不必旁人谢他。”

小内侍却哭得更伤心了：“郭当家，你是多好的一个人，却不得善终，客死异乡，天理何在啊……”郭清野怔在原地：“你说什么？！”

小内侍道：“郭大小姐不知道吗，郭当家没了，在大理寺的牢房没的。奴才……奴才去乾坤殿送汤水时，不小心听到的……”

“不可能！”郭清野猛地摇了摇头，“麻烦精答应过我，他会放了我爹！我爹不可能死！他是天底下最英勇的人！”

小内侍叩头道：“千真万确啊，郭大小姐。奴才怎么可能骗您呢。奴才只恨自己没有起死回生之术，好救郭当家于黄泉……”

郭清野的脑子嗡地一下乱了，好像有无数只蝇虫在里头乱飞乱碰。胸口处，无端插入一柄刀，且是一把钝刀，就连剜心都剜得不利索，越钝，越疼。

“郭大小姐，二当家和三当家在郭家堡见到郭当家的尸首，没看到您。于是，他们来上京找您了。只是，他们不知道您在这宫里。还在外头满世界打听呢。奴才觉得这样甚是危险。万一，被歹人知道了，他们还能平安回郭家堡吗？”小内侍擦着眼泪，关切地说。

“二叔，三叔？”郭清野的眼泪扑簌掉落，“我爹，是怎么死的？歹人，歹人就是麻烦精，对不对？他那日跟我说什么勾结，我就觉得不对劲。官府吵嚷着剿匪，我看他才是最大的匪！说话不算话！骗子！杀了我爹，还哄骗我当什么娘娘，缺了大德了！”

小内侍答：“奴才打听过，郭当家的死，是因为胡将军的信……”

“二叔三叔曾经劝过爹爹，不要跟做官的来往。爹爹没放在心上。现在看来，食禄之人，果然都负心……”郭清野越说越心酸。她在郭家堡吃过最酸的野果都不及此刻心酸之万一。

“郭大小姐，二当家三当家很想见您一面。”

“可我被关在宫里，出不去。”

“奴才给您想想办法。明日奴才跟着倒夜香的车出西宫门口。您跟奴才差不多身量，可穿着奴才的衣裳，悄悄溜出去。二当家和三当家便住在上京城东的西云客栈。”小内侍咬牙道。

郭清野拱手道：“多谢你了。”

“奴才身受郭当家大恩，如今帮些忙，实在是不足挂齿。郭大小姐您要记得，莫要告诉旁人。这宫里的水深得很。明日子时，您避着人，悄悄出来，奴才在这儿等您。”

郭清野点点头。她压制住想找麻烦精算账的念头，牵着肉肉，往清梦堂走。

巨大的悲恸冲撞着她的心口，一步三晃。

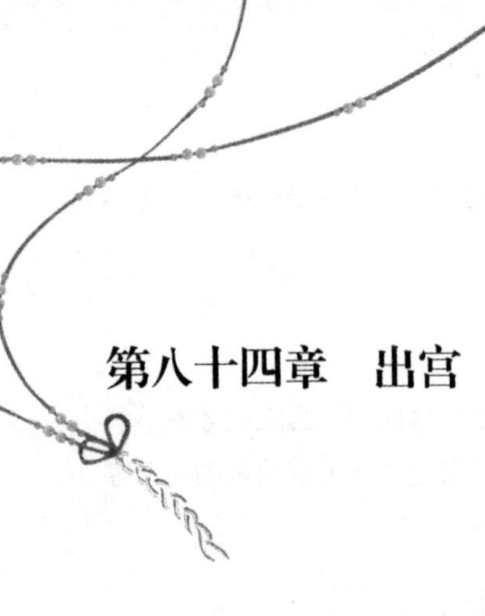

第八十四章　出宫

“郭姑娘，您已经两顿没吃东西了，连口水也不曾喝，您这是怎么了？是不是哪儿不舒服？奴婢给您传医官吧……”清梦堂的宫人看着躺在榻上的郭清野道。

虽然眼前这个姑娘没有接受封诰，不是正经八百的主子，但圣上带她入宫，看上去对她颇为上心。是而，众人皆不敢怠慢。若她饿出个好歹，圣上追究起来，清梦堂的宫人们怎能推脱得了责任？

郭清野自听了那小内侍的话回来，双目无神地躺在床榻上，宛若魂魄出窍一般。宫人们唤她，她没有丝毫的反应，耳朵里尽是风声，郭家堡的风声。

她在那风声里，仿佛回到了童稚时，爹爹抱着她，用胡子扎她，扎得她咯咯地笑。爹爹是大英雄，被野物伤着了从不吭一声的真汉子。

郭清野知道，爹爹粗犷的外表下有一颗柔软的心。娘死得早，他多年没有续弦。郭清野十岁那年，二叔从山外带进来一个女人，那女人的脸就跟山果一样，鲜嫩而红润。她擀的面条，又宽又厚，泼上醋和辣子，爹一口气吃了两海碗。郭清野记得，那女人看爹的眼神儿，羞羞怯怯的，好像眼里漾着葡萄酿。

可后来，爹还是没娶那女人，因为他看到女儿流泪了。他怕女儿伤心，他宁愿鳏居，当爹又当娘的，一个人把女儿拉扯大。

爹是一个多么好的人啊。他善待妇孺，怜老惜贫，像一堵高高的墙，给郭家堡中的所有人挡风。

郭清野又流泪了。

“病了？”成灏的声音在黑夜中冰冰凉凉的。

清梦堂里没点灯，好像有人打翻了砚台，墨色把角角落落都浸染了，染得透透的。仿佛随处拧一把，便能拧出一手的墨汁。

唯有趴在郭清野身旁的肉肉，一双狼烟在黑夜中泛着绿色的幽光。

“怎么没点灯？”成灏唤着宫人。宫人道：“回禀圣上，郭姑娘不让点。”

“别由着她。点灯吧——”

半个时辰前，宫人去乾坤殿告诉了他郭清野的异常。他想了想，便过来了。这个野丫头，单纯得很，心就跟琉璃盏似的，一望到底，澄净透明。如此这般，肯定是发生了什么事。

“别点灯，黑黑的，安全。”床榻上的郭清野终于开了口。

宫人为难。成灏摆摆手，示意她退下。如此，殿内仍然是漆黑一片。

“为什么黑黑的才安全？”

“爹爹出山了，我在家不能点灯，野兽就不会看着亮光跑过来。”

成灏想了想，坐在榻边。肉肉的绿眼盯得他很不适。他郑重道：“孤想明白了，强人所难，终非益事。你若实在不想在宫中，过些时日，便差人送你回太行吧。”

“麻烦精，上次你跟我说，必不会让我错信洪乔，我其实一直不懂是什么意思。爹爹虽然从小给我请了先生进山里教我念书，可我总是不用功。我喜欢在林子里疯玩儿，不喜欢看书。所以，我的功课不好。许多词儿，听在耳里，却心里糊涂。”郭清野慢悠悠地说着。她的声音像雾一样，又轻，又凉。

“我这些天在清梦堂里待着发闷，便翻了翻书。麻烦精，我终于明白那个词的意思了。可是我没办法不错信。因为——”郭清野伸手摸了摸肉肉的头。

“因为，书上说，洪乔捎书，世人皆负。”说到“世人皆负”这四个字，一股凉风乍起。

成灏的心颤了颤。没来由的，他想到了许多事。

他张了张嘴：“你爹他——”他想说“你爹其实已经死了”。但话到了嘴边，却又重又沉，要说出来，如此艰难。

郭清野打断他：“我知道你想说什么，我爹回郭家堡了。你走吧。我倦得很，想睡了。我什么毛病都没有，就是想家了。”

成灏沉默了片刻，起身。

郭清野从怀里摸出火镰。

火星起，一点微光，郭清野看着成灏的脸，带着几分愧疚、几分怜悯的脸。

她知道，今日那个与她同乡的小内侍说的是对的。爹爹的确是死了。

她瞪了成灏一眼，那眼居然跟肉肉的狼眼有了几分相似。

成灏转身离去。他大踏步地往凤鸾殿走。

很晚了。阿南已经歇下了。她头上的发髻解开，散下来，长长的。她穿着睡袍，倚在榻边看一本《左传》。成灏未让人通传，便走入殿内。

“皇后，皇后——”

阿南听见他的声音，忙起身，迎头看见成灏已经走到自己的身边。

两人站在灯前。

阿南问："圣上怎么了？"

成灏看见她，心里平静了一些。他缓缓道："郭清野说，洪乔捎书，世人皆负。皇后，你说，孤是不是那负尽世人的洪乔？"

阿南给他倒了杯温水："原来圣上是为了郭姑娘如此苦恼。怪道《左传》上有句话叫作：夫有尤物，足以移人。美貌出众的女子，让圣上性情转变。"

成灏接过温水，喝了一口，遂躺在榻上："不。孤是觉得，那句话像钟一样，敲在身上。这些年，孤也许的确负了许多人。就连阿良，孤也对不住他。将黔中的烂摊子交予他。夫人生产，亦不能在身旁。"

阿南沉默了会子，道："圣上今晚想多了。"

"三日后，大理寺将郭成的案子结了，从前弹劾胡谟最多的魏雍被孤派了外差，去直隶视察兵团。届时，便送郭清野回太行吧。"

"圣上想好了？"

"嗯。"

她那么想走，便让她走吧。

淡月笼纱，娉娉婷婷。阿南躺在成灏的身侧，不知他今日口中"世人皆负"的"世人"里，有没有包括她。

关于郭清野这件事，成灏不知道的是，阿南其实暗中做了许多。

起初是因为胡家牵涉其中。宛妃是阿南在宫中最好的朋友，她不愿见到宛妃的母家有难。后来，郭清野入了宫，阿南忽然意识到，她不仅是为了宛妃，也是为了自己那挣扎了多年的泥泞之路。再到后来，她发现了宫中有人居心不良，但她一时不知是谁，便沉住气，不动声色地观察着。

她手中有一个重大的筹码。但她现在不打算告诉成灏，也不打算告诉任何人。

翌日子时，郭清野在被子里塞了个枕头。殿内漆黑，她不许宫人们点灯。因为有了头天夜里不点灯的铺垫，今日不点灯，宫人们便不再觉得奇怪。关于这一点，郭清野昨夜就想好了。她的脑袋瓜并不笨。

她摸着肉肉的头，嘱咐它乖乖趴在榻上。肉肉太大，跟她一起溜出去，会暴露。它一向与她形影不离。只要它乖乖趴在榻上，便没有人会怀疑。

"肉肉，一天后不见我来接你，你就自己溜走。我知道，你一定有办法的，对不对？"

肉肉点点头。

郭清野从窗口翻了出去。她快快地跑到鸣翠馆前头的林子里。林子里无人，但不过是一眨眼，小内侍便出现了。这附近除了鸣翠馆，便没有别的殿宇，他是从哪儿来的呢？郭清野没有多想。她眼下心心念念地是溜出去的事。

小内侍将衣裳与腰牌交给她，并告诉她往何处走，在何处与哪位侍卫接应，郭清野一一记在心里。

事情顺利得很。

郭清野出了宫，直奔西云客栈。她看到了二叔三叔的马！他们果然在这里！

郭清野吹了声口哨。这是他们郭家堡的人才知的暗语。

一霎的工夫儿，东南角的一间客房门打开。两个蓄着络腮胡的汉子走出门，看见郭清野，眼中流露出欣喜：“小野！真的是你！”

“二叔！三叔！”郭清野看见久违的亲人，喉头似乎哽住了。

“我爹他……”她渴望听到真相，又害怕听到真相。

汉子低下头，揽住郭清野：“小野，你爹已然下葬了……”

第八十五章　冒险

这是郭清野第二次听到父亲的死讯。上一次，是在宫中同乡小内侍的口中，她虽然伤心，但还存着微弱的希冀。她希冀小内侍听错了，或是出了些意外。会不会是牢房里死了一个跟爹爹相貌极像的人？或是爹爹被送到郭家堡去又被歪嘴伯伯救活了？歪嘴伯伯是很厉害的，他总是在山上挖各种各样的草药，连郭家堡快要死去的母马都能被他救活……她强撑着想了很多种可能。

可此时，那本就渺茫的一点子希冀被碾灭了。二叔、三叔是爹爹最好的兄弟，也是最得力、最亲近的帮手，他们说的断然不会有错的。

想起去年腊月的时候，他们父女俩押着一车山货从郭家堡出发去上京，是多么快活啊。爹爹感念顺康十七年，胡谟对郭家堡的一线仁慈，没有感恩杀绝，所以，他一定要送上最好的野物去将军府感谢他。

爹说，行走江湖，有恩不报非君子。那时候，谁又能想到有这样的灾祸呢？

“二叔，三叔，我们回郭家堡吧……我好不容易从宫中逃出来的……爹爹过身，我还未曾给他上炷香，实在是不孝。”郭清野说着，便拉着那两个汉子上马。两个汉子对视一眼，面有迟疑之色。

郭清野道：“二叔三叔是不是担心我的肉肉？你们放心，肉肉那么机灵，会逃出来的。它识得回郭家堡的路！”

“小野——”郭家堡的二当家吴良开了口，“小野，咱们就这样回去？”

“二叔的意思是？”郭清野睁大眼看着吴良，“不回去，留在这上京做甚？我讨厌死这个晦气的地方啦。”

她心中没有哪个地方能比郭家堡好。郭家堡水是甜的、米是香的，人也都是可亲的。

再者说，爹爹曾经在祭山神大典上，半开玩笑半认真地向堡中人交代过，郭家堡是他毕生的心血，如果有一天，他不在了，这堡中的一切事务交由他的独女郭清野打理。

现在，爹爹走了，她自然要接过重担的。所以，怎么能不回去呢？

忽然，一阵阴嗖嗖的刀光闪过。几个蒙面人从客栈的房顶俯冲下来。

“小野！小心！”郭家堡的三当家阙谋大喊一声。他护在郭清野身前，出了招，与蒙面人打了起来。

吴良也赶紧加入打斗。对方武艺高强，出手狠辣。郭清野拔出自己的短刀上前相帮。一时间，风声伴着兵器声，让这个夜晚无比惊心。

不多时，郭清野听到利刃刺入皮肉的声音。她转头，见吴良受伤了，她大喊一声：“二叔！”吴良冲她笑笑，满眼的慈爱：“小野，我没事。”

郭清野抹了把眼泪，这究竟是怎么了？郭家堡究竟是触了什么霉头？怎么这些日子如此反常？麻烦接二连三地找上门？

“我跟你们拼了！”郭清野的眼圈红红的。伺狼女的脸上有了狼的决绝。

正在这时，官靴的声音由远及近。一对官兵走入西云客栈，高声喊着：“有人到官府报案，说在西云客栈丢了件重要的玉器，吾等奉命来搜查——”

那些蒙面人听到官兵的声音，连忙纵身一跃，跳上屋顶，便跑得无影无踪。

蒙面人走后，郭清野连忙扶住吴良：“二叔，你怎么样了？伤得重不重？”吴良捂住胸口，苍白的嘴唇颤抖着：“二叔没事，小野，只要你好好的，就行。”

郭清野的眼泪吧嗒吧嗒地掉落：“他们究竟是谁？”阙谋叹口气道：“小野，是胡谟。”

“胡将军？”郭清野眼中的水汽四散开来，月光映在那水汽中，烟笼寒水月笼沙。

难道那传言是真的？爹爹真的识错了人，胡将军是那狼心狗肺之人？

阙谋点了点头，悲痛道：“小野，当日，大哥带我等劫了胡谟的军队，胡谟还朝晚了半月，皇帝老儿因此很不悦，胡谟受了弹劾，记恨在心。又生恐当年放过咱们郭家堡的真正原因被朝廷识破，于是，便动了杀心。命人混入狱中，杀了大哥，还伪造成大哥畏罪自杀的样子。他彻底地洗脱了自己，只是可怜大哥，英雄至此……”

他说着说着，呜咽起来。

“真正原因？！”

听出了阙谋的话里有话，郭清野道：“难道那时胡将军放了我们，不是因为赏识爹爹又对咱们郭家堡心存怜悯？”

“傻孩子，哪有那么简单。”受了伤的吴良虚弱道，“那些做官的人，一个个插上毛比山上的猴子还精，怎么会无缘无故施恩于土匪？”

细细思量，二叔与三叔的话，也不是没有道理。联想到方才的蒙面人，郭清野道：“这么说，方才那些人，也是胡谟派来的？”

吴良点头道：“小野，其实，二叔刚刚没来得及告诉你，咱们郭家堡的人已经不是第一次碰到杀手了。你爹下葬的时候，还来了一帮人捣乱。我和你三叔拼尽全力，才让你爹入土为安，不受叨扰。想来，胡谟一定是要将二叔、三叔还有你，都杀绝了才好。剩下堡中那些人，便如鱼肉一般，任由他宰割了……”

闻听此言，郭清野心痛难当，她猛地站起身来：“不可！爹死了，郭家堡便是我的责任，我不能让任何人伤害堡中人！”

阙谋道：“我与你二叔这些日子到上京，除了找你，便是寻仇。可是——”

他叹了口气：“难啊。咱们毕竟只是平民百姓，可那胡谟，是皇帝老儿亲封的大将军，光是护卫就十几个，咱们想近身，难啊。”

吴良道：“听说他的女儿在宫中做皇妃，还有个皇子外孙。设若以后，他的女儿得了势，胡谟就更加了不得了。到时候，怕是灭掉咱们郭家堡，就像灭掉一只蚂蚁那般容易……”

郭清野心里如滚油淋过：“难道就没有办法了吗？”

吴良低下头，沉默。阙谋张嘴，艰涩道：“办法倒是有一个……”转而，又道：“罢了，小野，三叔舍不得你去冒险。大不了，我与你二叔一起死守郭家堡。若殉了大哥，也不枉我们与他这一世兄弟一场。”

“什么办法，三叔，你说吧！只要能保护郭家堡的人，小野不怕冒险！贪生怕死的人，不配做爹的女儿！”郭清野执拗道。

吴良和阙谋仍是不开口。吴良胸口的血渗了出来。阙谋撕了袖口一块布，给他包扎着。

他们越是如此，郭清野越觉得不忍心：“二叔，三叔，胡谟这个仇家不除，咱们就算回了郭家堡，又怎能安生？爹爹的在天之灵，怎能安心？”

街头打更的更夫拖着悠长的调调，提醒着人们：天干物燥，小心火烛。

月亮隐了大半在云层里，剩下一块边角，侧耳听着人间的密语。

夜色蜿蜒。良久，阙谋抬头道：“小野，听说，皇帝老儿要封你做皇妃……”

郭清野愣住了。原来三叔说的办法是这个。

“我……我烧了那狗屁圣旨……我不想做他的婆姨……”

阙谋道：“小野，你小时候在太行城里听先生说书，记不记得一句话‘敌已明，友未定，引友杀敌，不自出力’。”

“三叔的意思是……”郭清野一时半会儿没能回过神来。“这世上有能力轻而易举杀死胡谟的，除了皇帝老儿，还能有谁呢？小野，你不想做皇妃，便不做。但你既在那宫中，想来是有机会的。还有那胡谟的女儿，杀了胡谟，扳倒她，胡家才能算真的是垮了……”阙谋说着。

郭清野犹豫着。

吴良道："老三！不该与小野说这些的！我绝不同意让小野到宫中去蹚浑水！"他挣扎着，起身，牵着郭清野的手，往马厩走。

"小野，二叔带你回家，回郭家堡。咱们死也要死在一块儿。"

郭清野失神地走了一段路，忽地甩开了他的手："二叔，我们不能死，我们都要好好儿地活着。"

她的神色坚定起来："我想好了，我进宫！借着麻烦精的手，报仇！"

月亮渐渐地全然没入云层，她的影子也渐渐消弭。

第八十六章　筹码

凤鸾殿。

卯时，余慕和华乐刚用完早膳，准备去尚书房念书。阿南给他们收拾着书袋："今年太行绛州贡上来的澄泥砚不错，圣上昨儿特意命小舟拣了几块儿上好的送了来。阿慕，你和铣儿每人一块儿。记得，到了学堂里，给诜儿也送一块儿。"

雁鸣馆祥妃之子成诜也入尚书房读书快两年了。

华乐道："母后怎知道父皇没让人给他送呢？若他已经有了，您再巴巴儿地给他准备一份，倒是多余。"

尚书房里的众人素来喜拍成诜的马屁，无非是因为他"皇长子"的名头。自圣上下了恩旨，张泱儿也入宫读书后，冀姑母往雁鸣馆走动得越发亲近了。宫中的风言风语从未断过，华乐很是看不惯。

阿南嗔道："你这孩子。你父皇纵是送了，是你父皇的心意。母后身为他的嫡母，也该有一份心意。不仅是他，你宛娘那儿的三皇子询儿，母后也送了。"

"母后，话虽如此，但儿臣在尚书房平白凑上去，显得儿臣巴着他似的。让张泱儿瞧见了，越发得了意。"

华乐对冀姑母家的这位表姐颇为反感。阿南待要呵斥女儿几句，余慕笑着，岔开话题："太行的澄泥砚，呵，臣弟倒想起那太行的郭姑娘来。臣弟虽未曾去过太行，但少时尝读晋人袁宏的诗，峩峩太行，凌虚抗势。天岭交气，窈然无际。澄流入神，玄谷应契。四象悟心，幽人来憩。那郭姑娘有太行的气势。"

阿南道："你见过她？"

"是。上次在鸣翠馆那儿，臣弟带着华乐打雀儿，她刚好路过。她一身的飒爽，不像是个有心机的人。那头狼高大又肥壮，可爱得很。"余慕说得兴致勃勃。似在说那狼可爱，又似在说那人可爱。

阿南看了看自己的弟弟。他自顺康十六年进宫，一直谨慎小心，待人疏离。他很少在阿南面前提及宫中的什么人。这是他第一次说了关于旁人的这许多话。

提起郭清野，余慕那张圆圆脸上的酒窝始终盛满了笑意。

到了时辰了，先生该点卯了。小内侍在催促。

余慕牵着华乐往尚书房走去。他们刚走，聆儿匆匆走进来，附在阿南耳边道：“娘娘，她居然自个儿回来了。”

“回来了？”阿南有些诧异。

“千真万确。今儿柏枝一大早便在清梦堂看见了她。”

昨夜子时，柏枝听到了动静，连忙回凤鸾殿回禀。阿南只轻轻说了声，随她吧。横竖成灏都已决定送她回太行。她只不过是自己提前几天逃了。

阿南想，等成灏发现她逃了，便更会明白她厌倦此处的心，亦不会命人去寻。天家富贵再好，可不是什么人都能留得住。鱼恋江湖，鸟厌樊笼，顺其自然就好。

当然，是谁助她出去的，阿南也会查明白。

线索虽含糊，但不是没有。雁鸣馆附近的树林、太行籍贯的小内侍、倒夜香的车，这些信息交织成一张绵密的网，阿南在网中缓缓过滤着后宫中的人们。

可阿南没料到，她去而复返。

聆儿道：“娘娘您说，那丫头闹这一出儿做什么？真当这出宫进宫是儿戏？她究竟想不想留在这儿？”

阿南凝神道：“本宫昨晚，竟想岔了。原来，那助郭姑娘出去的人，并不是真的想助她出去。你想想，若郭姑娘昨晚没逃，三天后，圣上放她出宫，她岂不是永永远远地离开了，无可挽回？那助她出去的人，或许是安排了一出什么戏码，让她自愿留在这宫中搅浑水……这人或许比从前的严钰更谨慎。不管好的坏的，压根儿没想着自己出动分毫。只想着，将郭姑娘做手中的靶。”

阿南越说，心里头越乱。她想起郭清野进宫时，那枚断掉的卦签。好像在卦签断掉的那一霎，阿南便失去了对未来所有的预见。命运是一条看不见的河流。她自此只能盲渡。

正月底了，二月快要来了。二月是仲春，春昼初长。

阿南站在凤鸾殿的檐下，仰头看天上的云。她将近来发生的事情都捋了捋。原本以为，顺康十八年已经是最凶险的。原本以为，所有的坎坷都已经过去。可这顺康十九年的开端，便是这样的叵测。

郭清野入宫，卦签断，但阿南却觉得郭清野并不是敌人。只不过，郭清野的出现，是一个让人为之利用的最好契机。

她真正的劫，到了。

阿南想起自己手中的那个筹码。她跟聆儿道：“去，将贺谏叫来。”

孔良去黔中后，贺谏是宫中新的御林军统领。他是从前建章营的小将，孔良的要好兄弟，上京城中的世家子弟出身，他的外祖母是出身皇家的清平郡主。

他是阿南自顺康十三年入主中宫后，就有意拉拢的人，待阿南也甚为忠心。

须臾，贺谏过来了。

阿南低声道："人现在怎么样了？"贺谏拱手道："娘娘放心，微臣将他安置在外祖母在京郊一处宅院中的佛堂密室内，无人寻得到。"

"那个狱卒……"

"他是微臣家从前的家奴，极妥当的，没人知道中途换了人。连那活阎王赵惟，都瞒住了。"

阿南闭上眼："还是那句话，不用跟他说那么多，也不必透露咱们的身份。好吃好喝地扣着就是了。"

"是。娘娘您实在是料得准。起初，您让微臣这么做，微臣还不明白是何意。没想到，刚掉了包，里头便出了事。幸亏咱们先行一步。"

"这支曲子总要唱下去。只是现在，本宫还不确定他们要如何唱。且等着吧。昨夜子时，西宫门，当值的侍卫头目是谁？"

贺谏想了想，禀道："是马辛。上京人氏。顺康九年武举出身。"

"他在宫中可有什么亲眷？"

贺谏摇摇头。

阿南沉吟道："看看这个人最近与谁走动得亲近，有没有发什么横财。"

"是。"

贺谏走后，阿南唤来内廷监的掌事林观。

"林掌事，宫中太行籍的小内侍有几个？"

"回娘娘，有十四个。"

阿南笑道："将他们都唤来凤鸾殿吧，昨儿圣上赏了一些太行的澄泥砚，本宫对这砚不大懂。如何储水，如何刷洗。想来，故土之人定知故土之物。"

林观答应着便去了。

半个时辰后，十四个小内侍齐齐地站在凤鸾殿的庭院中。阿南看了看柏枝："你瞧瞧，哪个像是最伶俐的？"柏枝昨晚只粗略地看了几眼，不大真切，但大致轮廓是记下了，声音也听在耳里。

柏枝挨个儿瞧了瞧这十四个小内侍，又逐一问了他们的名字。少顷，指着其中一个，向阿南道："回禀主子，这个似乎最伶俐，便留下他吧。"

阿南笑笑："你可认准了？若他不伶俐，本宫可是要罚你的。"

"主子，奴婢认准了。"

"好。"

阿南摆摆手。林观带着其余十三个小内侍退下了。

留下的那个，叫作小匣，是乾坤殿做粗使杂活儿的。一般喂鸟、洒扫、递茶等，都有专人。所谓做杂活儿，就是哪儿缺人便去哪儿，相当于“候补”。这一类的奴仆往往是宫殿里地位最低的，常常被打发去做“倒夜香”这种又臭又脏、没人愿意干的活儿。

阿南瞧着小匣，道：“洗个砚，让本宫瞧瞧。”小匣连忙照做。

阿南点点头：“嗯，确实伶俐，你自此便留在凤鸾殿，专门为本宫和公主洗砚吧。”

“这……”小匣竟有些犹疑。

“嗯？你不情愿？”

小匣连忙跪下：“奴才不敢，奴才不敢，奴才受宠若惊，奴才惶恐，奴才……”

阿南打断他：“行了。就这么定了。”

小匣停顿片刻，跪在地上：“奴才谢皇后娘娘。”

拷打他，不仅会打草惊蛇，且不一定能问出什么由头。不若，借着圣上御赐的澄泥砚，明公正道地留他在身旁。不信他不露马脚。

做完这一切，已是晌午。阿南揉了些肉松饼，又盛了一碗早起便炖下的山药排骨汤，装进食盒里，往乾坤殿走去。现在这个时节，乍暖还寒，适宜温补。

皇后时常往乾坤殿送膳食，乾坤殿中人皆习以为常。

然而，今日，阿南却觉得怪怪的。小舟站在门口，见她来了，行礼道：“皇后娘娘，圣上在忙，您将食盒交给奴才，奴才一会儿便送进去。”

阿南道：“本宫知道圣上在忙，不会叨扰，送进去，便出来。”

小舟面露难色。

殿内，郭清野的声音却传出来：“喂，我擀的面条好吃吗？”她将对他的称呼，从“麻烦精”改成了“喂”。

成灏的声音听不出情绪：“尚可。”

“什么叫尚可？你不要不识好歹！我擀的面条，郭家堡没有人不夸的！”郭清野的声音稚气中带着俏皮。

阿南明白了。她给他做了面，她在对他示好。

阿南将食盒递到小舟手上，淡淡道：“本宫今日送的膳食，倒是多余了。”

第八十七章　幸运

小舟面色有些尴尬，似在思量找什么妥当的说辞：“娘娘，奴才想着……”阿南伸手，示意他不必说下去：“既然圣上在忙，那本宫便不在此久留了。这碗汤你待会儿送进去，跟圣上说本宫来过，就好。”

小舟忙点着头：“是，是。”

阿南转身离去，曳地的长袍带着一丝山明水秀的冷清。

小舟在身后说着“恭送娘娘”，殿内传来郭清野的笑声和成灏的咳嗽声。显然，成灏是被什么东西呛到了。

“怎么样？这辣子够味儿吧。我们太行的辣子油加了老陈醋，比酒还烈呢。你是皇帝，天下都是你的，那天下的美食，也自然都是你的。难道你无福消受吗？”

“谁说的。”成灏道。他又吃了一大匙，转瞬，更加剧烈地咳嗽起来。

郭清野也愈发笑得大声了，她觉得捉弄他是很有趣的事。

这宫里，“规矩”二字比山还重。但所有的“规矩”，在郭清野这儿，都化为乌有。她就像雨季前夕的风，七零八落地刮着。兴之所至，随心而往。

这样的女子，在宫中是一道奇异的风景。但只要成灏不开口苛责，旁人便不敢说什么。起初救下郭成，是因为阿南对宛妃的私心。但那时，成灏还未出宫，没有见到郭清野，也不知郭成与胡谟之间到底怎么回事，对胡谟的猜疑没有全然打消。所以，阿南是瞒着他做这件事的。现在，形势已经变了。那，这件事要不要告诉他呢？

阿南一路走，一路想，步子踏得缓而重。

当初若告诉他，他断然是以为阿南在偏袒宛妃，不允如此做。那般情形下，略加迟疑，郭成的命便真的没了。

其实，那时候的阿南对真相也并不十分肯定。但她肯定的是，她与胡宛心这些年在宫闱之中难得的感情。她毫不犹豫地出了手，没有一寸犹豫。

后来，事情的发展确实证明胡谟是无辜的。迷雾重重之中，阿南最初的坚定倒成了一份未卜先知的幸运。

"给皇后娘娘请安——"

走到御湖边，阿南听到声音，定神一看，原来是鸣翠馆的钱才人。她抱着四皇子，恭恭敬敬地向阿南行礼。

阿南好些日子没看到四皇子了，这孩子又长大了不少，只是脸庞没有从前红润，精神也有点蔫蔫的。他看着阿南，牵了牵嘴角，在笑，仿佛对这个短暂养过他的嫡母有印象似的。

"免礼。"阿南道。她本是想去宛欣院，却不知怎的，下意识地走到御湖边来了。

"钱妹妹要带着谅儿去何处啊？"阿南道。"禀皇后娘娘，昨儿晚上鸣翠馆附近有响动，惊着谅儿了，今儿一天瞧着他都不欢实，进食也少了多半，臣妾带他去找华医官看看。"钱才人战战兢兢地回道。

"昨儿晚上？"阿南蹙眉，"什么时辰的事？"

"子时。"钱才人说着。

子时。正是柏枝所禀的，郭清野逃出宫的时辰。那小内侍是子时在鸣翠馆附近忽然出现的。本来，是极易让人疑惑到鸣翠馆的。可现时，钱才人如此大张旗鼓地说着昨夜的响动，又好像此事与她无关了。

按常理，若真的与她有关联，她应该极力遮掩才对啊。

阿南思忖道："瞧你去的这方向，不像是往医官署。再者说，纵是谅儿身子不大好，你让宫人传医官去鸣翠馆就好，何必自个儿跑一趟呢。"

"回皇后娘娘的话——"钱才人低着头，怯生生道，"臣妾位分低，虽现下圣上与娘娘恩典，许臣妾养着谅儿。但臣妾自己也应该有分寸，三天两头地传唤医官，倒让宫人们觉得臣妾骄矜。另者，今日，华医官在宛妃娘娘那儿，宛妃娘娘位分尊贵，臣妾便想着，抱着谅儿去宛欣院，一则，给宛妃娘娘请安；二则，可待华医官给三皇子看完，再给谅儿看。"

她把自己的身段摆得极低，言语里满是自知之明，以及对宛妃与三皇子的恭敬。

说着，四皇子乍然哭了起来。乳娘接过他哄，却怎么也哄不好。乳娘向钱才人道："娘娘，四皇子受了惊，莫不是眼里见着了不干净的东西吧？要不要请安平观的道士们瞧瞧？"

自顺康十五年，余苳被除，成灏便从太清宫请了几个道士住进了安平观，祈福禳灾。

钱才人呵斥道："糊涂东西！小孩子家生了病，神佛有什么用？求医问药才是正经！"

乳娘忙噤了声。

阿南道："你是个明白人。去吧。"

"是。臣妾告退。"

钱才人迈着碎步走远了。

到了晚上，阖宫尽知四皇子昨晚被吓着的事了。内廷监掌事林观忙将守夜的小内侍足足添了三倍。成灏亦打发人送了许多安神之物到鸣翠馆。

郭清野在清梦堂中听到这消息，想着，昨晚子时的动静，不是自己，还有谁？遂觉得有些惭愧。又担心钱才人有所察觉，便在素日成灏赏赐的东西里挑了几件，登门拜访住在鸣翠馆的这位才人。

钱才人还和从前未受封时一样，住在鸣翠馆的北殿。她不喜奢华，殿内与别处不同，除了浩瀚如海的书籍，别无装饰。

郭清野往里走着，满眼的素净。

纵有丹青图画，难描幽韵清香。

内侍通传："郭姑娘到——"钱才人迎了出来，一副很惊诧的样子，但客客气气地将郭清野迎进殿内，请她坐下。肉肉贴在郭清野腿边儿，好奇地四处张望着。

宫人正好儿端着药进来："娘娘，华医官给四皇子的药熬好了。"钱才人点头道："端去吧。"

听到这里，郭清野似做了亏心事一般，涨红了脸。钱才人温和道："郭妹妹今日到此，有何事由？"虽然郭清野没有封诰在身，但钱才人仍与她姐妹相称。

郭清野将礼物一股脑儿地倒在桌子上："喏，给你，都给你。"钱才人笑道："郭妹妹为甚要送礼呢？"郭清野道："我，我……没什么，我就是来看看。四皇子现在怎么样了？"

钱才人道："小人儿家，三灾两痛不可免，多谢妹妹关怀。"

"怎生不让医官在这儿守着？"

钱才人面色涌上几许哀愁："若是我自个儿有病，不拘叫哪个医官都可。但是四皇子，我素来将他看得比眼珠还宝贵。别的医官，我不放心。独独信那华医官。他是医官署的掌事，杏林圣手。"

郭清野道："那便喊他来就是！"钱才人苦笑："郭妹妹初入宫，许多事情不晓得。鸣翠馆位卑言轻，不是想做什么，便做什么的。"

她不再开口。身旁的小宫人道："这个季节，暖热交替，宛妃身旁的三皇子也病了。这几日，她都不许华医官错开眼，说要等三皇子病好才罢。今儿咱们四皇子问诊，都是娘娘抱着他亲自去宛欣院求来的呢。这宫里啊，位分压死人。咱们娘娘，是半个字都不敢说的。"

郭清野脑子里想起在西云客栈时，二叔、三叔的话，她记得宛妃便是胡谟的女儿。胡谟是郭家堡的头号仇人，郭清野恨透了胡谟，自然也连带着恨胡谟的女儿。

她愤然道："位分高，便可以这么欺负人吗？三皇子是凤子龙孙，难道四皇子就不是了？非嫡非长，有什么可横的！"

钱才人唬得脸色发白，忙道："妹妹小声些。宛妃家世好，又有皇后撑腰。我是万万不敢惹她的。""皇后……原来，皇后跟她是一伙儿的……怪不得她们如此嚣张……"郭清野喃喃念着。

忽然，身旁的肉肉无端激动起来，毛发倒立，龇着牙，猛地朝着门口冲了出去。郭清野忙喊道："肉肉，快回来！"平素，肉肉很听她的话。不管它往哪里跑，只要她开口喝止，它便乖乖停住步子。然而今日，它对主人的呼唤充耳不闻，闷头跑着。好像是闻见了一个危险敌人的味道。那味道，出现在了附近。

郭清野来不及跟钱才人打招呼，便随着肉肉往外跑。

第八十八掌　示好

肉肉跑啊跑，跑到一处殿宇的时候，忽然停住了步子。它的头左右摆动着，鼻子贴近地面。似乎那让它为之发狂的气味忽然在此消失了。肉肉血液里的狼性让它狂躁起来，在原地嘶吼着，打转儿。

郭清野赶到了。她看着肉肉，又抬头看了看这处殿宇。气势恢宏的门庭，两条腾飞的彩凤居于屋顶，匾额上三个烫金大字，郭清野认识两个，“凤”字和“殿”字。

郭清野明白了，这是皇后住的地方。

肉肉为什么会来这里？莫不是肉肉感知了什么危险？在山寨中长大的郭清野坚信野物是有灵性的。在危险来袭之时，兽比人更敏锐。

她走上前，用手摩挲着肉肉的头，安抚着它：“肉肉，你闻到了敌人的味道，对不对？”

肉肉抖了抖脑袋，看上去，像是在点头。

忽的，穿着白衫的余慕从里间走出来。他看见郭清野，眼中渗出喜悦来，他唤了一声：“郭姑娘，你怎么在此处——”

“我……”郭清野一时不知该怎么说。

余慕笑道：“二月了，这条回廊上的杏花开了，你可是来赏花的？”

郭清野不吭声。她转头看了看，果然，她沿路跑过来的这条回廊上，两排杏树打了苞。一粒粒雪白，可人地挂在枝头。

余慕又道：“听闻太行有一处杏花坞，是极有名的。万树杏花，以杏仁为酒。依余某看，郭姑娘便如这杏花一般，纵被春风吹作雪，绝胜南陌碾作尘。”

他低下头，圆圆的脸上有些羞涩。早在郭清野烧毁了圣旨的时候，他便听说了这位郭姑娘。不畏皇权、将富贵拒之门外的女子，他心生敬佩。前些天，在鸣翠馆初见，他脑海中那张清丽的面孔便如庭前杏花一样，难以拂去。纵被春风吹作雪，绝胜南陌碾作尘。不知她是否明白他的暗喻。

“杏花坞？唔，是有这么个地方。那里的酒，滋味美得很，我爹每年都要去拉几车回寨子的。”郭清野含糊地说着。

显然，她不知道这句酸溜溜的诗句是什么意思。她满脑子都是对宛妃的愤恨、对皇后的猜疑。

余慕道：“在百越的时候，我见过母亲酿酒，今年，我也来试试，用杏仁酿。”他一边说，一边看着她。

二月的风刮过眉梢。花香还那么的清淡，若有似无。

郭清野忽然问道：“皇后是个什么样的人？”余慕愣了一下：“南姐，她是一个很有智慧的人。”

“智慧？”

数日前，在文茵阁外，小宫人所说的关于皇后的话，以及方才在鸣翠馆中，钱才人主仆俩说的话，交织在一处，郭清野冷笑一声：“她自然是很有些手段的，不然，也住不进这描金画凤的地方。”

正说着，一个穿着杜鹃红衣裳的女子从里间走出来。聆儿面带微笑地送她出来，行礼道：“奴婢恭送宛妃娘娘。”

是胡宛心。她刚在凤鸾殿同阿南说完话出来。

郭清野盯着她。胡宛心感受到了来自狼女的注视，她走过来，打量着郭清野。

“听说，圣上已经决定送你回太行。可你，拒绝了。怎么？不做那三贞九节的烈女了？早知有今日，当初也不必装模作样地烧毁圣旨。”一向泼辣的胡宛心，此刻的话语里，带着几丝讥诮。

郭清野道：“是，我拒绝了，怎样？这皇宫，你能留，我就留不得吗？”胡宛心一步步走近她，压低声音：“本宫的爹爹已经被你们这帮土匪连累得闭门不出多日了，上京里一帮子不明真相的乌合之众，把你爹死了这屎盆子扣在了胡家头上，你还想怎样？”

郭清野胸中的火气按捺不住了，她猛地推了胡宛心一把：“胡谟就是杀害我爹的凶手，闭门不出算什么，我还想一刀砍了他呢！”

“胡说八道！”胡宛心出身武将之门，自幼习武，那郭清野亦是练家子，两人打了起来。那肉肉亦随着主人伺机进攻胡宛心。一群宫人们吓得尖叫起来。

余慕赶紧阻止，奈何他并非习武之人，空有心急。

阿南听见动静，从殿内走了出来。她唤了一声：“贺谏——”

御林军统领贺谏一个飞身，立于胡宛心与郭清野中间，总算是制止了这场打斗。

阿南向宛妃道：“你先回去。莫要置气。她不知规矩，你是宫中的老人儿了，难道也不知规矩吗？若传到圣上耳里，终是不大好听。”

宛妃纵是心中有气，但仍是听从阿南的话，屈身赔了礼，回宛欣院了。

留下郭清野，站在原地。

阿南道："郭姑娘，你今日过分了些，她是一品皇妃，岂是你说打就打的？就算你不是后宫中人，但有句话叫作'到了什么庙宇，便念什么经文'，你在这宫中一日，便要收敛一日。"

郭清野瞪了她一样："果然偏心！"说完，转身就走。肉肉跟在她身后。

阿南瞧着她的背影，叹了口气。也许，这明面儿上的梁子，自此算是结下了。

余慕道："南姐，方才宛妃娘娘说的话是真的吗？"

阿南看了看自己的弟弟，仿佛一眼能看到他心里去。她爱怜道："阿慕，其非佳人，莫要自误。以后这郭姑娘，你还是远着些吧。宫中的水浊，你素来知晓。可她，非要往这浊水里跳。你我，皆奈何不得。"

"南姐。"余慕低下头。这一声南姐喊得九曲回肠。

"这其中是不是有什么误会？"

阿南道："不管这其中是怎么回事，姐姐都不愿你牵涉其中，一分一毫都不可以。你明白吗？"

余慕沉默。

阿南的声音如枝头杏苞一样轻软："前些日子，姐姐又梦到了母亲。"

"是吗？母亲她说什么了？"

"她说，让我今年格外留神，照顾好你。还说，你今年或有登科之喜。"阿南仰着天，道："若果真如此，姐姐陪同你走的这一程路，算是圆满了。"

长姐如半母。

余慕扶着阿南，姐弟俩迈入殿内。

郭清野这一页，悄无声息地在二人之间揭了过去。

郭清野时常悄悄往凤鸾殿走一趟，她总想弄清楚那次肉肉激动跑向此处的因由，却什么线索没有发现。倒是瞧见自己那太行同行小内侍，现今调到了凤鸾殿"洗砚"。

郭清野与他打招呼，他怯生生地环顾着四周，不敢应答，像是在惧怕着什么。这让郭清野越发觉得凤鸾殿有鬼。

自郭清野当众拒绝了成灏送她回太行的提议，宫中人看她的眼神，俨然是看"准娘娘"一般了。

但成灏却没有再提封妃的事。郭清野每日都去乾坤殿。她不让人通报，也不提前说，次次都是横冲直撞地闯进去。或是送些瓜果吃食，或是与成灏说几句话。有时，成灏劳于案牍，她拉着成灏去御林骑一会子马。她捉些奇形怪状的虫子吓他，冲他做鬼脸，嘻嘻哈哈的。

成灏对她不热络，却也不推拒。就连成灏身旁的小舟，亦拿不准圣上对这位郭姑娘到底是什么想法。

晚间，成灏来中宫。阿南提了一句："圣上打算如何安置郭妹妹？"

成灏不语。阿南便也不再提此事。

两人躺在榻上，烛火在他们的脸上摇来晃去。成灏想，自己也不知道自己内心是何想法。他直白地觉得郭清野可爱。他自幼年始，见惯了宫中的波云诡谲，在金銮殿上把玩着人心。郭清野这样毫无心机，带着乡野之气的女子，与他历来所见皆不同。就连对他的示好，都带着鲁莽的笨拙。这让他觉得新奇。就像司乐楼的戏，拉开了帷幕，他想知道后面是什么。

二月廿一那日晨起，孔府打发人进宫向阿南禀告，孔夫人腹痛发作，稳婆说，胎位不大正，险得很。

阿南想了想，带上医官署几名老成的医官，出宫去了孔府。

到了廿二日的寅时，窦华章方历经千辛万难，生下一名男婴。母子平安。

阿南悬着的心终是放了下来。如此，算是对远方的孔良有了交代。

可就在她出宫这一天一夜里，宫中发生了一件大事。

第八十九章　相信

一夜未合眼的阿南从宫外回来，带着几丝疲倦，几丝欢喜。她想给黔中的孔良去封信函，告诉他，婴孩很好，眉眼像他，足足有八斤半，是个壮硕的小子。还有，窦华章此番生产吃了许多苦头，痛到极处时，还念叨着要保孩儿，给夫君留后。等他回来，得好好待她，不可再冷落忽视。既做了夫妻，眼中要看到彼此的好。

阿南一路想，一路走。迈入凤鸾殿的大门，阿南觉得不对劲。几个宫人垂首站在檐下，殿内鸦雀无声。见她进来，宫人们齐刷刷跪在地上，一个个六神无主，一副“祸从天降”的模样。

“这是怎么了？”阿南想着，走入内殿。

成灏坐在正中央的椅子上。小舟战战兢兢地站在他身旁，手中的拂尘蜷缩着。

华乐噘着嘴跪在地上，脸上写满了委屈。

郭清野双眼噙泪，眼圈儿通红，就像被凛冬打了一层霜的草木。她见到阿南进来，紧紧盯着她，似乎有一团火，顺着她的眸子，烧到阿南的身上。

地上，是触目惊心的一具狼尸。

是肉肉。高大又威猛的肉肉，此时倒在地上的血泊中。它一动不动，躯体僵硬，看上去，已死了多时了。

阿南注意到，它脖子上插着一枚醒目的刀片，那刀片稳准狠地切破喉管，一发致命。

阿南向成灏行过礼，面色平静地禀道：“圣上，孔夫人寅时诞下一子。”成灏点头道：“皇后辛苦。”阿南摇头道：“孔大人是圣上的心腹重臣，如今远在黔中，孔夫人这一胎，为孔府第一子。臣妾做这些事，原是为圣上分忧，乃中宫分所应当。”

成灏指着身旁的红木椅，道：“皇后坐吧。”

阿南缓缓坐下。聆儿递来温水浸过的帕子，阿南擦了把脸。

一旁的华乐唤了声：“母后——”阿南看着自己的女儿，道：“铣儿，二月里，地上凉得很，你跪着做甚，起来吧。”

成濒咳了两声，清了清嗓子，道：“皇后，孤一向对铫儿甚是疼爱，可她今日做的事，实在是有些……她虽是孤的嫡公主，但也不能无故欺人。孔子有言，少成若天性，习惯如自然。她现时年幼，却也该受到约束与管教，以后她长大成人，方不致失了天家的体统……”

“父皇，儿臣说过，不是儿臣，真的不是。您为什么不相信呢？”华乐小脸儿憋到紫胀，但仍然向成濒解释着。

郭清野愤怒地指着她，眼泪如瀑：“小孩儿莫要再狡辩！上次我在鸣翠馆外，见你拿弹弓打鸟，那弹弓刀的样子我记得清清楚楚！且，宫中这么大，为何肉肉偏偏死在了这里？肉肉虽然看着凶狠，但它绝不会无故攻击任何人。你为何要出此狠手，要它的命？”

鸣翠馆打鸟那日，华乐曾不悦地骂肉肉“无礼的畜生”。这小姑娘像是很厌恶肉肉。这一切，郭清野都记得。在肉肉的死亡面前，这些都化作了郭清野脑海中的“铁证”。

她凄楚地注视着成濒，身上的兽皮衣裳被眼泪打湿，看上去，像一头失孤的小兽。

“或许，在你们这些高高在上的人眼里，肉肉只是一个畜生，可它对于我而言，却是亲人和最好的朋友。从我记事起，爹爹和叔叔们就非常忙碌。我娘又早逝，只有肉肉陪着我。我难过，是它陪我，我开心，也是它陪我。郭家堡后头的那座山，大极了，每到黄昏，夕阳落在山上，就像血一样。好多次，肉肉为了保护我，险些失去性命。在我心里，这世上，除了我爹，就是它对我最重要……”

她蹲下来，将脸贴在肉肉的头上。

那威风凛凛、竖着的狼耳，耷拉着。肉肉的眼睛睁得大大的，死了也不肯闭上。仿佛，在生命的最后一刻，它发现了什么重要的秘密。

华乐道：“父皇，真的不是儿臣，若是儿臣做的，儿臣一定敢作敢当！今日儿臣在房中练字，突听回廊中有狼嚎声，打开门，就看见它倒在地上，死了。”

说来，也真是离奇。凤鸾殿中的宫人们闻声赶来的时候，狼已经死在华乐公主的脚边。死于只有华乐公主才有的御赐弹弓刀。

动手的，除了她，还会有谁呢？大家似乎在心里默认了这个事实。

阿南牵起女儿，将她揽住怀里，轻声却笃定地说了句：“铫儿，母后信你。不是你做的。”

华乐感激地看着母亲：“谢母后。”父皇误会了她，她没哭。现下，母后如此坚定地相信她，却让她忍不住哭了鼻子。

成濒道：“皇后，那弹弓刀是孤命人定制的，黄金打造，内藏机关，天下独有。

那制弓的匠人已然离世，弹弓刀不可复刻。孤赏给了铣儿……”

阿南起身，递了盏茶给他，道：“圣上，您还记得，您将这弹弓刀赏给铣儿时，说的话吗？”

那时，成灏说，孤相信，孤的女儿有分寸。若真的伤到了人，也一定有因由。现时，所谓的“铁证”当前，他却忘了自己说的话。

“圣上，臣妾相信咱们的女儿。”阿南的话，如同这二月末的风。寒意未全消，却带着回暖前夕的宁静。

成灏沉默了一会儿，喝了一口阿南递给他的茶。郭清野狠狠地瞪了他们一眼，抱起地上的肉肉，艰难地往外走去。

她的背影看上去那么的悲怆。肉肉的死，仿佛抽离了她生命中最后一丝温暖。

檐下的柱子后头，似有一个瘦小的身影，偷偷观察着殿内的一切，见郭清野离开，忙闪身而去。

第九十章 烧纸

东偏殿里，余慕站在窗边捧着《北齐书》在读："社客宿将多谋，诸城各自保，固壁清野……"他的眼睛随着郭清野的身影挪动着，手中的书拿倒了而不自知。

郭清野走到庭院的时候，踉跄了一下。肉肉太大了，比她自个儿还重，虽说她在山中长大，自小习武，比寻常女子气力大，但抱着肉肉走路，仍是有些吃力。

余慕想上前去帮她一把。但想着前几日南姐同他说的话，又有些犹豫。他与郭清野之间，此时只隔了几丈远，但好像隔着一道巨大的鸿沟。那鸿沟的两岸，有身份的禁锢，有宫中的风云，更有南姐对他的嘱咐与期盼。

成灏挥了挥手，小舟忙喊了几个人，走上前去："郭姑娘，奴才们帮您吧。"郭清野红着眼大喊一声："都不许碰肉肉！"小舟等人被这声嘶吼震了震，后退了几步。

郭清野艰难地抱着肉肉，一步一步地往清梦堂走去。

阿南唤了一声："阿慕——"余慕回过神来，行至正殿，向成灏、阿南行过礼，方问道："南姐唤臣弟何事？"

"你带华乐下去吧。好生抚慰她。顺便，帮她捋一下，这几日有没有在凤鸾殿发现可疑的人、可疑的事。另则，看看圣上赏给她的弹弓刀，刀片有没有少。"阿南不紧不慢地吩咐着。

余慕答了声"是"，便牵着华乐退下了。

待屋子里只剩成灏与阿南时，成灏说道："皇后莫要怪孤，孤自幼年时，见大皇姐之娇纵蛮横，唯恐日后铣儿也变成那样。"

先帝成筠河宠爱长女成烯，不惜以九州之首"冀"为其封号，周岁之时，便食邑千户。"来日阿囡出嫁，孤必以富庶之地赠之"，先帝的这句话满朝皆知。后来，养成了翼公主妄自尊大、目中无人、欺凌幼妹的性格。

阿南柔声道："圣上，咱们的铣儿不会那样。"成灏叹口气："小郭是个可怜的姑娘，父亲横死，她成了孤儿，现时，那匹狼也死在宫中了。哎，孤自第一次在大理寺门口见到她，她便与那狼形影不离……"

阿南思量一番，张了张嘴，小心翼翼地说道："圣上，您有没有想过，郭成没死，会如何？"

"没死？"成灏的眉头皱起来。

"若郭成没死，那背后行事之人其心可诛。将大理寺、将孤，戏弄于股掌之间？"须臾，成灏道："那大理寺卿赵惟是何等样的人？朝中文武，皆叫他赵阎王。在赵阎王的眼皮子底下，是不可能会出现这等偷梁换柱之事的。孤量那些人，没那个胆子，也没那个本事。皇后，你多心了。"

阿南不再说什么。肚子里写了好几日的腹稿，又一次束之高阁。

成灏道："经过胡谟与郭成的这场闹剧，孤留心起一个人来。"

"谁？"

"兵部侍郎魏雍。从顺康十七年始，他便屡屡弹劾胡谟。胡谟晚半月还朝，他跟孤进谏说，胡将军或有居功自傲之意。此番，胡谟出了这等事，难保其中没有他的手笔。"

阿南道："魏雍一直在上京，胡将军除了驻守云贵，便是为圣上出征边关，两人无有仇怨。若魏雍当真卷入此事，只有一个原因，嫉恨。"

成灏道："胡将军是孤亲政以来大力提拔的将领，最信赖之封疆大吏，屡屡立功，又纳了胡宛迟入宫为一品皇妃。朝中武将军心里头妒忌，也在情理之中。但出手陷害他，实非君子所为。"

"还有一点，圣上需要思虑，为何从前他们没对胡将军动手，而选择今年呢？除了郭家父女送上门的意外契机，这其中是否还有什么隐藏的秘密？"阿南道。

成灏点了点，深以为然。

小舟进来回禀，琼州有奏折来报，当地所修的水利出了意外事故，堤坝崩塌，死伤不少工匠。成灏连忙起身，往乾坤殿走去，又命小舟急召工部的一众大臣进宫。

原本，成灏是派刘存去琼州负责水利事宜的。刘存在这方面是极具经验的栋梁之材。可惜，刘存被严钰所害。想到此处，成灏对后宫的争斗愈发厌恶。愚蠢的妇人们永远都弄不明白，有天下，才有皇家，才有这巍峨的宫廷，没有什么是比民生大事更重要的。

"好在，处死严钰后，后宫中这一向风平浪静。"成灏想着。

可是，过于风平浪静，便是暴风雨来临前不一般的节奏了。

清梦堂。

郭清野守着肉肉的尸体，不吃、不喝、不合眼，整个人就像是魂游天外一般。

翌日晌午，小舟去清梦堂传成灏的旨意：宫中西南角的鹿苑，是个幽静的所在。

若她愿意，可在那里立个“狼冢”，将肉肉葬在那儿。

郭清野想了很久，同意了。她在头上戴了几朵雪白的杏花，宛如，为肉肉治丧一般。

深夜，夜风吹着凤鸾殿的松柏。虽说松柏四季常青，但春日的松柏到底与冬日的不同。冬日里，是苍绿。春日里，则是碧绿。自二月下旬以来，满庭院的松柏皆有新芽发出，新芽亮翠如玉，生机勃勃。

阿南在灯下梳头，余慕进来，回禀道：“南姐，华乐弹弓刀的刀片，确实少了一片。臣弟觉得，是凤鸾殿中的奴仆所为。只有内贼偷窃，才无声无息。”

阿南眼前浮现那个叫作“小匣”的太行籍洗砚内侍。

是了。除了他，还会是谁呢?

可余慕道：“臣弟问过那些宫人，肉肉出事那几个时辰，小匣被柏枝打发去宛欣院送酥酪了。臣弟从宛妃娘娘口中证实，确是如此。所以，射杀肉肉的，不可能是他。”

一发致命，当然不会是他。一个干杂活儿的小内侍，焉能有这么好的本事?

阿南已经感受到，在背后坐镇指挥的，是个心细如发的人，行事之严谨，胜严钰百倍。

小匣不会在凤鸾殿露马脚，不会那么容易被擒获。

阿南听着庭院里风吹松柏的声音，淡淡道：“幸有西风易凭仗，夜深偷送好声来。阿慕，你听，这声音甚美。”

余慕道：“南姐，怕是郭姑娘现在恨极了华乐，恨极了您。您说，她会不会豁出去，在圣上那里邀宠，从此，在这后宫中，与您作对？”

“兵来将挡，水来土掩。姐姐心中有成算。阿慕你莫要操心此事了。平日里，带着华乐好生念书，便是极好。”阿南浅浅地笑了笑。

余慕俯身，道了声：“是。”顺康十九年的春闱临近了，他默默地筹备着。他想凭着自己的努力，一鸣惊人，让成灏对他青眼相看。让世人知道，他的身份不只是皇后的弟弟。

夜，静悄悄。阿南又想起郭清野出宫那日，西宫门的侍卫头目马辛。

她翻过马辛的履历，他是顺康九年武举出身，仕途一直不如意，到现在，年近四十，只是一个把守西宫门的小头目，连御前三等侍卫都没混上。

阿南忽然发现，此次卷入事中的，都是些不起眼的小人物。不管是马辛，还是小匣，都是宫中不得意的人。他们看似八竿子都打不着，但却交织成一张看不见的网。这样的小人物，还有多少呢?

阿南曾在《淮南子·人间训》中看到过一句话：千里之堤，以蝼蛄之穴漏。百寻之屋，以突隙之烟焚。

许多时候，越是小人物，越是不起眼，越能让人们放松警惕。可蝼蚁能溃千里之堤，小人物的力量，不容小觑。

那背后的布局之人，必不简单，胸有丘壑，腹有诗书，且冷静而绵密，擅于捕捉所有的微小罅隙。

阿南在榻上睡不着，索性起身，往殿外走着。忽见庭角一棵松柏下，有人在修剪枝条。她看了看，是聆儿。

阿南问道："你深夜在这儿做甚呢？"聆儿道："娘娘怎么没歇息？奴婢是看这满庭院的松柏都长得好好的，唯独这一棵，蔫蔫的。奴婢怕娘娘瞧见了，心疼，便想着，夜里来修剪修剪。谁知，还是被娘娘瞧见了。"

阿南打量那棵树。

确实。它长得不如其他同伴，有些枝叶，枯萎了。

阿南知道，松柏春季枯死，乃不祥之兆。聆儿身为凤鸾殿的掌事宫女，怕外人窥之，妄议中宫，便深夜修剪。

她笑道："聆儿有心了。做完早些去歇息吧。"

"是。"聆儿犹豫了一番，还是忍不住开口道："娘娘，您说，那郭姑娘会不会自此一门心思地迷惑圣上，跟咱们凤鸾殿作对？毕竟，那狼死在咱们凤鸾殿……"

聆儿跟余慕有着同样的担忧。也许，现在宫中的很多人都是这样的想法。

阿南摆摆手，示意聆儿莫要再说下去。

更鼓敲了两声。亥时了。她仰头，看月色甚好，便对聆儿说："今晚无有睡意，陪本宫走走吧。"

聆儿道了声"是"，放下花剪，擦了擦手，跟在主子身后，走出了凤鸾殿。

主仆二人，走到御湖边，阿南的长袍在草地上染了一层霜露。

忽的，聆儿道："娘娘，您看，这地上是什么？"阿南俯身，见聆儿手中拿着的，是一片烧了一半的纸钱。那纸钱上，混着御湖边湿润的土壤，看上去，非常的诡异。

"有人悄悄在这里烧过纸钱。"聆儿道。

为何要在御湖边烧纸钱？

在南方有个传说，水可通幽冥。

北方的人，是不会在水边烧纸的。阿南自三岁起，便到上京。她知道，北方的人，会在路口烧纸钱，北方的传说里，路口是鬼魂往来的地方。

烧纸的人，定是来自南方。那么，这纸钱是为谁烧的呢？

阿南细细看了看那纸钱上的经文。她断定，烧纸的人是在祭奠新丧之人。

何人新丧？

一阵轻微的脚步声临近。阿南示意聆儿不要出声。她们恰好站在一棵花树背后，来人必是瞧不见她们的。

阿南透过树影，看那来人——

第九十一章　计划

一张容长的脸，一身青色的衣裳，那宫人左手挎着一个小篮子，左右张望着，见四下无人，便蹲了下来，从怀里摸出火镰，躲在水草深处，开始烧纸钱。

借着火光，阿南看清了那宫人的面容。她是鸣翠馆的伺墨婢女，来兮。跟钱氏一样，是琼州籍。

只见来兮一边烧纸，一边抹泪道："吕公子，您年纪轻轻，满腹经纶，如今，就这么去了，实在是太可惜了……主子本还在等着您今年春闱高中的好消息，却不想等来噩耗，心里眼里都是一场空。那黄禀德就是一个出尔反尔的畜生，您放心，主子一定给您报仇……在这宫里，除了权势，没有什么东西是可靠的……"

阿南细细品着她的话，将钱氏入宫以来，从前到后，所有的表现都捋了捋。

她侧耳，继续听着，不肯错过一字一句。却忽然听见夜巡的侍卫喊了一声："是谁在那里！"

来兮熟稔地浇灭了纸钱，提着小篮子，猫着腰，顺着水草深处跑远了。

聆儿见她跑了，急了，张口，想喊。阿南连忙制止她。待她的背影消失在眼前，阿南方说："切莫打草惊蛇。若让她知道咱们瞧见了，反不好。"

聆儿听了这话，明白过来，俯身道了声："是。"

那夜巡的侍卫已经闻声走近了。见是皇后娘娘，他连忙跪下来："微臣巡逻至此，见到火光，便赶了过来，没想到惊扰了皇后娘娘凤驾。微臣冒失了，向皇后娘娘请罪了。"

阿南想了一下，笑道："你尽职尽责，何罪之有？本宫今夜喝了杯浓茶，一时睡不着，见月色正好，便来御湖走走。至于火光，本宫离得远，倒是没看真切，往后，这御湖边，倒是要加紧巡逻呢。"

"是。"那侍卫恭恭敬敬道。

阿南和聆儿往回走着。

到了凤鸾殿，重新躺在榻上，阿南的脑子里涌现了许多疑问。那个黄禀德究竟是怎样的人物？那新丧的吕公子究竟是怎么死的？他们与钱氏之间有着怎样的恩怨情仇？

阿南记得，她决定将成谅送予钱氏抚养之前，调查过他们的底细。送钱氏入宫的琼州节度使黄禀德是个颇为规矩的武将，甚至，他跟胡谟之间还薄有交情。顺康十七年腊月，封疆节度使们向上进言，提议送良家子入宫，是由韦承和廖光提议的，黄禀德充其量只是“附议”而已。钱氏的爹亦不是什么官宦，而是一个长乐年间的老秀才，热衷于风雅之事。

所谓，读书肄业，琴歌酒赋，莫不如是。

正是因为有了这些了解，又加之钱氏当初在中宫那句“我心匪鉴”，才让阿南放心地做了那个决定。可如今，阿南竟朦朦胧胧地有了个感觉，不管是黄禀德，还是钱氏，都不似他们表面看上去的那么简单。虽然，目前宫中的所有零碎的线索，都与他们无关。

翌日辰时，妃嫔们如常来中宫请安。

阿南端坐在中央，命聆儿端上一碟杏花酥，递给后宫诸人食：“这个时节，杏花开得最好。本宫便命聆儿摘了宫中最灿烂的杏花，做成点心，请诸位妹妹尝一尝这满园春色。”

祥妃吃了两口，道：“聆掌事的手艺当真是一等一的，咬一口，唇齿之间，都是春日的柔和。”

聆儿忙笑着俯身道：“奴婢多谢祥妃娘娘夸奖。祥妃娘娘爱吃，奴婢一会儿装一食盒送到雁鸣馆去。”

祥妃向阿南欠了欠身：“前番嫂嫂生产，幸得皇后娘娘眷顾。臣妾与孔府满门，皆感激不尽。”

阿南颔首。

宛妃道：“娘娘，听说，昨儿，圣上去鹿苑陪着那死丫头把狼给葬了。圣上对那死丫头可真上心。”自从她跟郭清野在凤鸾殿门口打了一架，郭清野口出恶语骂她的父亲胡谟，她对郭清野的称呼便从“那丫头”变成了“那死丫头”。

祥妃道：“估摸着，圣上的第二道圣旨该下了吧。”第一道圣旨，自然是指郭清野烧的那道圣旨，封“郭才人”的圣旨。

宛妃道：“臣妾瞧着，那死丫头就是个野人！从小跟狼一块儿长大，半点儿规矩都不知。那日，臣妾以为她只是比划比划，谁知她竟招招下死手！臣妾现在就担心华乐，众人都说华乐打死了她的狼，她要是害华乐可如何是好！”

祥妃用帕子擦了擦嘴，小声道：“那她总不敢吧……”“还有她不敢的事？灵雁，你可是不知道，她连圣上都敢劫持！”宛妃说着，担忧地看着阿南。她这两天眼皮子总是乱跳，觉得宫中会有殃祸。

阿南瞧着钱才人。钱才人静静地吃着杏花酥，一个字也不说。她来中宫请安，素来是不干己事不开口，一问摇头三不知。

阿南道："钱妹妹，谅儿的病，好些了吗？"钱才人道："谢皇后娘娘关心，吃了华医官的药，好多了。"

阿南似无意道："听闻琼州节度使黄禀德升迁了。圣上将东南诸海岛和琼州并在一起，设了南海都督府，黄禀德任南海总督。世事可真是无常。当初，他和韦承、廖光关系甚好。现今，韦承死了，廖光被严氏之案所累，连降三级，唯有黄大人，一枝独秀啊。"

钱才人低头道："官场上的事，臣妾不懂。"阿南笑笑："钱妹妹是黄大人送进宫的，想必，对黄大人甚是了解吧？这一二年，圣上常夸，黄大人乃治世能臣，虽常年远在天涯，但丹心不泯，忠君体国。"

宛妃听到这里，道："臣妾也听父亲说了，黄大人确实有能耐，替圣上收服了不少海岛，来年官匠画圣朝堪舆，那南边必将多一大片的芝麻！了不起！有蒙恬之才！"

钱才人沉默。她从不在人前谈论任何。好的，坏的，都不说。

二月仅剩的几天悄悄地从指间溜走。转眼，三月初了。

郭清野从清梦堂走出来，再度出现在宫中诸人眼前时，似乎换了个模样。她穿着一身儿白色的衣裳，梳着飞仙髻，看上去，清秀而飘逸，宛如画中人。她看着所有人的眼神，都冰而冷。独独对钱才人，另眼相看。

因为，只有钱才人，在肉肉死后，给她送香烛等物祭奠，还送来一幅画和一对挽联，嘱她烧给肉肉。她懂肉肉在郭清野心中的重要，她陪着郭清野一起在狼冢前垂泪。

郭清野对这份好，心存感激。她在宫中太孤独了，满心的仇恨想要报复，却如一团乱麻捋不清。钱才人温和的笑，让郭清野觉得亲近。

郭清野将父亲的死、二叔三叔的话，以及对胡谟的恨、对宛妃的恨、对凤鸾殿的恨，讲给钱才人听。

钱才人听了，虽吓得心惊胆落，但仍强撑着打起精神，抱着郭清野，道："可怜的妹妹，你年纪轻轻，却遭受偌多苦楚，姐姐听着着实心疼。现今，你孤身一人，既相信姐姐，姐姐便少不得替你出出主意……"

郭清野道："什么主意？"

"在这宫里，不论谁如何尊贵，那尊贵都是圣上给的。所谓，天恩难测。圣上让人三更死，没有人能留命到五更。你的仇人，皆权势熏天，除了圣上，无人扳得倒。圣上对你，是有意的，你可借圣上之手，来报仇……”

“姐姐，我之前也想过这件事，可是，我……”郭清野咬了咬嘴唇，脸红到脖子根儿：“我一个清白的女儿家，不想为了这件事赔上自个儿。我……我对他半分情意也无，实在是做不到……”

钱才人道：“姐姐明白妹妹的意思。姐姐给你出个主意，既保全妹妹的清白之身，又能让圣上为你报仇……”

她附在郭清野耳边，说了一个天衣无缝的计划。

第九十二章　邀宠

郭清野听完钱才人的话，怔怔的，没回过神来，半晌，道：“姐姐，这样……能行吗？”

钱才人轻声道：“妹妹，你与圣上相识于宫外，圣上看你，与看宫中其他人不同。譬如宛妃，她身后是什么？是胡家，是西南的武将们。祥妃呢？她身后是孔家，是上京的高门旧族。就连出身平民之家的皇后娘娘，亦因其谶纬之术让圣上忌惮。独独对你，妹妹，圣上是没有戒备之心的。你连晋封的圣旨都敢烧，你没有想着从圣上那里得到尊贵，且你身后又没有什么势力，圣上对你一定不会起防范之心。越是这样，妹妹你越容易得手。”

郭清野咬咬唇，道：“我再想想。”

钱才人用帕子擦了擦桌案上的一个项圈儿。那项圈儿是肉肉从前戴的，肉肉入土时，郭清野将它留了下来，做个念想。

钱才人摸着项圈儿，伤感道：“姐姐素来是宽仁之人，比不得旁人的心狠。扫地恐伤蝼蚁命，爱惜飞蛾纱罩灯。便是连鸣翠馆庭院中的小虫子，都不忍伤害。一想起肉肉，便忍不住替妹妹心疼。”

郭清野的眼泪又留了下来。她深觉过去十六年里流的眼泪都没有这一两个月里流得多。

清梦堂外，鲜花着锦，那些娇嫩的花瓣仿佛吹口气就能化了似的。郭清野恍惚间看见父亲郭成牵着肉肉从外头向她走来。父亲还穿着离开太行时穿的那件皮衣，肉肉龇着牙，威风凛凛。

良久，郭清野看着钱才人，道了声：“姐姐，我想好了。”

是夜。

成灏在乾坤殿里处理完政事，站起来来，舒了舒筋骨，不觉已是亥时。

“小舟——”他唤了一声。小舟连忙从殿外走进来，问道：“圣上今晚想去哪儿歇息？”

成灏正待开口，门外传来清朗的声音：“新月这么好，何不痛饮一番？”成灏走出门，见郭清野抱着一个圆圆的酒坛子站在门外。

天上，雾阔新月明。那酒坛是圆的，她的脸也是圆的，相映成趣。

成灏笑道：“怎么想着找孤喝酒来？”郭清野低头道：“那狼冢……多谢你为肉肉找了个好去处。”成灏道：“是孤带你来宫中的。孤亦想不到会生出这许多波折。不必谢。”

郭清野抠开那酒坛的盖儿，香气如灵动的小蛇钻了出来。郭清野道：“这是我今儿去御膳房偷拿的。我闻见味儿就知道是苞谷酒。那会子知道你忙，没进来打扰。我自个儿抱着酒坛子坐在石阶上等。听见你喊小舟，我才来的。”

“你等了多久了？”

“不长……也就两个多时辰。”

成灏看了看庭前石阶，这个小狼女竟抱着酒坛子等了他这许久。他心头升起一股轻飘飘的孟浪。他想起多年以前，他跟沈清欢两情相悦的时候，他的诸多取舍。如今，他在这四海一言九鼎了，没有任何人敢对他的政令有质疑了。唯一的遗憾，便是当年那个面对情爱时过度清醒的自己吧。

少年时的成灏，太知克制了。

人生苦短。成灏忽然想，那种不掺杂一丝“杂质”的情感是什么味道呢？他这半生，竟从未体验过。也许，这才是潜意识里，他带郭清野回宫的原因。

郭清野从不叫他“圣上”，她的蒙昧，她对君权的满不在乎和蔑视，让他觉得新奇。这世间竟有女子，不把他当帝王，只把他当一个寻常男子。没有畏惧，没有交换，没有媚上，没有母族的荣辱，没有位分的争夺，没有皇嗣的考量。什么都没有，只有那如同山谷之风一般的清朗。

“好吧。孤同你饮酒去。”成灏随郭清野走入清梦堂。

郭清野用两个憨实的大碗，倒了两碗酒。成灏与她，一人一碗。成灏见她喝得底朝天，自己便也仰头喝尽。

“好喝吗？”郭清野道。成灏道：“往后不必去御膳房‘偷’，你若喜欢，这酒是哪个御厨酿的，把他叫来清梦堂伺候便是。”

郭清野摇摇头：“那有甚趣味？从前，我爹腰间有个葫芦，葫芦里装满了美酒，我常常趁他睡着了，就偷喝几口，喝迷糊了，就躺在花间美美地睡上一觉。后来，爹发现了，给了我好几大坛子酒。爹说，土匪的女儿，自然是要会喝酒的。可是，敞开了喝，倒觉得没有偷着喝的美了。大约这世上的很多东西，得到的多了，便失却了美好。”

大约这世上的很多东西，得到的多了，便失却了美好……

成灏咂摸着这句话，又喝了一碗酒。

灯油燃着。两人一碗一碗地喝着。一旁的桌子上，肉肉的项圈儿在昏黄的灯光下，寂寂无声。

凤鸾殿。

阿南绕着聆儿那夜修剪的松柏走了一圈儿。她隐隐地觉得这棵树不对劲。满庭院的树，都生机勃勃，唯有它，在春日显出颓势。记得幼年时，父亲说，春日花树败，预示生命荣枯。联想起她梦魇里那个场景，磅礴的血雨，难道……

阿南在春风沉醉的夜晚打了个寒战。

前几日给孔良的信函已然抵达。孔良写来回信：近来上京之事，臣已知晓。愿娘娘时刻记得保全自身，无论何种情境，切莫与圣上起争执。平安要紧。切切。

他虽然没有提“上京之事”是何事，但他一定什么都知道了。他不希望阿南再卷入任何纷争。平安就好。

阿南仰头看天，三五夜中新月色，两千里外故人心啊。

脚步声急急而来。聆儿回禀：“主子，您猜怎么着？圣上今晚歇在清梦堂了！”

“歇在清梦堂？”阿南握着花剪的那只手垂了下来。“是啊。据说，小舟公公本来想去问了一句，可听见酒碗落在地上的声响，便没敢进殿。倒是把宫人们都喊了出来。小舟公公说，圣上英明，自然知道自个儿在做什么。莫要打扰圣上。惹了龙心不悦，是要遭殃的。”聆儿说着，担忧地看着主子的脸。

阿南道：“小舟跟随圣上二十多年了，自然了解圣上。”

“可是，那姓郭的，并非圣上的妃嫔，她先前撕碎了圣旨，现在又使这等手段邀宠，实在是不磊落！”

“不管是不是圣上的妃嫔，这满宫中，这满天下，圣上还有不能歇的去处吗。”阿南在新月下笑了笑，那笑苦得很。

但她又觉得，郭清野此番并非简单的“邀宠”。个中深浅，还需探寻。

她突然一挥手：“挖开这棵树！”聆儿愣了一霎，旋即听从主子的吩咐，喊来几个小内侍。

一众人挖了许久，挖出一套衣裳。

聆儿吃了一惊，想上前取过那衣裳。阿南忙制止道：“别用手去碰。”聆儿警觉起来，用一根树枝挑了，放在阿南跟前儿。

阿南从宫人手中接过灯笼，近看，那是一身儿黑色的夜行服。

看起来寻常，却又不寻常。

阿南吩咐聆儿道：“去医官署唤一名当值的医官来。”聆儿道了声“是”，忙去了。

不一会儿，医官过来了，闻了那衣裳，道：“回禀娘娘，这衣裳上头，有药。”

“是何药？”

医官细细问了，禀道：“有菟丝子、覆盆子，还有红花。”聆儿道：“这些药有何用？”

医官跪在地上，面色尴尬：“这些草药混合在一起……可促使兽类发……情。”

聆儿忙用帕子掩了掩嘴。那衣裳竟如此肮脏污秽。

站在一旁的几个小宫人下意识地后退了几步。

阿南道：“这棵松柏为何会成萎靡之势？”

医官道：“这棵松柏的根茎在挖土的时候不慎挖断了些许，于是，便成了这副模样。”

阿南明白了。

对方原是想得周全，将这身衣服埋在凤鸾殿的树底下，最危险的地方也是最安全的地方，他做得神不知鬼不觉，“赃物”就这么被掩埋。怪不得，肉肉死后，搜遍宫闱，而不得猫腻。

肉肉为何总是往凤鸾殿跑？为什么会被如此迅疾地射杀在此处？发情中的狼，攻击力是最弱的。是而，一向凶猛的肉肉，被一发致命！

“将凤鸾殿所有内侍全部叫来庭院，挨个儿试这件衣裳。”阿南冷冷地发话。她知道，小匣这次无论如何，也遮不过了。

她在脑海中已经捋清了这件事的前因后果。那夜，郭清野逃出去之后，小匣便穿着这件夜行服潜到清梦堂。肉肉对这味道有了记忆。后来，他又利用这夜行服，引肉肉来凤鸾殿。一到凤鸾殿，他便脱下这身儿衣裳。郭清野便误以为肉肉对凤鸾殿有敌意。后来，肉肉发现了猫腻，它发现主子信错了人。但，它很快被杀了。

肉肉的死，一举三得。一来，杀狼灭口，掩盖罪孽；二来，栽赃嫁祸给华乐公主，激发郭清野的恨；三来，它是郭清野身旁最后的温暖，杀了它，郭清野便彻底孤立无援，任人拿捏了。

好缜密的心思！

不一会儿，凤鸾殿的内侍站了一排，唯独没有小匣。

阿南沉声问道：“那个太行籍的洗砚内侍呢？”凤鸾殿的掌事内监忙亲自去找，须臾，颤颤巍巍地喊道：“娘娘，小匣悬梁自尽了！”

第九十三章　宠幸

“自尽？呵。”阿南起身，在庭院中来回走了两步，旋即命道：“把他的尸首抬过来。不管他是活人还是死人，都得试了这衣裳！”

掌事内监哆哆嗦嗦道：“是。”一群小内侍手忙脚乱地将小匣从绳子上解下。吊死之人，双眼泛白，舌头吐得老长，面容可怖。小内侍们个个儿吓得腿打筛子，却还是不得已听从皇后的吩咐。

果不其然，那夜行服，小匣穿得正合身，分毫不错。

阿南道：“这身衣裳不必脱。将他送到内廷监林观那里，明日请圣上去瞧瞧。”

“是。”

人都散去后，阿南缓缓地往殿内走，边走边道：“明日跟花房的人说，在那挖开的地方，重新栽一棵树吧。”

聆儿道：“娘娘，还是栽松柏吗？”

过了一会子，阿南道：“嗯，还是栽松柏。”

用帕子擦了擦脸，阿南疲软地躺在床榻上。也许是今晚在庭院里的一番折腾，也许是得知了成灏宿在了清梦堂的消息，对于阿南而言，今晚似乎比往日难熬许多。

一枚新月，好像一朵素色的花，宁静地开放在如墨的天上。

聆儿听着翻身的声音，知道主子没睡意，便隔帘道：“主子，您说，小匣为何会自尽？”阿南道：“暴露之时，便是身亡之日。这一点，在他答应替人办事的时候，就该想到的。”

聆儿叹息道：“他图什么？”“图什么？”阿南笑了笑。

“本宫来自民间的市井，见到的贫苦人多矣。许多人家儿，爹娘死了，买一口薄棺的银两都没有，儿女们卖身葬父、卖身葬母的事，月月都有。也有些人家儿，生下一堆的儿女，略平头正脸些的姑娘，便卖去大户人家做妾，姑娘若得势呢，他们跟着沾光。姑娘若不得势，死在了宅门里头，他们便说是姑娘自己不争气。舍了一个人，为了一家子的富贵，原是寻常事啊。本宫猜测，小匣，是为了他的家人吧。”阿南道。

贺谏打发人去太行探查过，小匣家中还有个寡母、有个弟弟，只是两个月前忽然在太行消失了，应是被人秘密接去“享福”了。

聆儿道：“主子，奴婢替您委屈。上回圣上在凤鸾殿误会了咱们的华乐公主，后面连句话都没有，还给了那姓郭的一块葬狼的好地儿。今儿圣上宠幸了她，心里该是会越发偏袒她了！”

阿南沉默。她懂成灏。她与成灏之间，幼时相伴，后又夫妻多年，就像左手握着右手。

但她也懂帝王。史上深情如许、爱妻如命的那罗延，在文献皇后刚死，便留下“宣华夫人陈氏、容华夫人蔡氏俱有宠”的记载，只此一句，她便早早地就知道了，对于帝王而言，忠贞是无稽之谈。她早早地便认清了事实。

倘若今时今日，身处中宫的是沈家清欢，没有郭姑娘，也会有张姑娘、王姑娘。她们以各种各样的形式、各种各样的由头，点缀宫墙之中的荒芜。

阿南只希望，成灏不管纳谁为嫔御，都能始终视她为妻，不因宠妃而做出伤害她的事。

清梦堂。

清晨。成灏睁开眼，扑鼻的酒味儿，掺杂着几缕花香。

绫罗帐内，郭清野在他身侧。那榻上的一抹鲜红，让他清醒过来。

他扶额，昨晚竟喝醉了。原来，这苞谷酒，后劲儿这样足、这样烈。倒不如花酿，入口绵柔，从来都只有微醺的份儿。

宿醉让他口干舌燥。他模模糊糊地记得昨晚残存的旖旎场景。黑暗中，那女子青涩地承欢。

他唤了声：“小舟——”小舟连忙抱着拂尘进来，问道：“圣上，奴才在。”

“倒些水来。”

“是。”

“昨晚你怎么不叫一叫孤，任由孤睡在此处。”成灏喝了口水，责问道。

虽然，他对郭清野有几分好感，但他觉得这样贸然临幸她，终是不大好。一则，她父丧未久；二则，她与凤鸾殿刚刚发生不愉，如今这样与她亲近，倒显得自己不向着中宫似的；三则，他其实并未思量好，是否要留她在宫闱，是以，她在宫中这许多的日子了，他没有开口再提封妃之事。

现在……

小舟战战栗栗道：“回……回禀圣上，昨儿，奴才见您睡……睡下了，酒碗落了地，便，不敢惊扰。”

正说着，郭清野坐起身来。她揉了揉眼，看了看小舟，看了看成灏，眼中淌出蒙昧来。那蒙昧中又带着几分俏皮。

“麻烦精，对不起，都是苞谷酒惹的祸。把那酿酒的人，连带那酒坛子，各打八十大板吧。”

她一个清白的女儿家，失了处子之身，现时却向他一个汉子说对不起，且说出这等稚气的话，成灏觉得好笑中夹杂着些许惭愧。

成灏起了身：“罢了，罢了，将错就错吧。”他转头，看着郭清野：“今日，孤便让内廷监拟旨，封你为五品芳仪吧。”

一旁的小舟心中嘀咕着，原先是郭才人，现又是郭芳仪，圣上真是舍得给。

“不！”郭清野说得很坚决。再度抬头时，眼中已有泪光闪烁：“我……我不想做你的妃嫔。”

“为什么？”成灏清了清嗓子，“既然你已经……”

“麻烦精，做你的婆姨会很惨，都会被人害，死的死，疯的疯，我不要。”

成灏有些愠色：“你是哪里听来这些闲言，是谁胡乱揣测宫闱之事！”

郭清野委屈地瘪了瘪嘴：“可这是事实——”

成灏摆摆手，示意她不要再说下去。他擦了把脸，走出清梦堂，春日早晨的阳光照在他的脸上。他忽然发现，这个小女子的蒙昧中带着许多愚钝和无知。

他又想起，她说她不懂“错信洪乔”是何意，宫中各处殿宇匾额上的金字，许多她都不识得，囫囵着分不清。

他叹口气，往金銮殿走。

今日，上牧监禀告了一个让他忧心的事。圣朝的战马，居然染了瘟疫。

虽说，现在天下太平，但战马对于朝廷来说，跟兵丁一样重要。所谓“甲骑具装”“兵马甲仗”就是这个道理。

不管一时半刻用不用得上，都一定得有。

战马和战士，是朝廷的脊梁。

朝中有人提出，从前的上牧监柳元，倒颇具这方面的才华，可惜，他现在人在琼西。

成灏想起来了，柳元，是严钰的亲娘舅，严钰出事后，他把所有与她有关的人物都处罚了一遍，这个柳元，没有证据表明他与严钰做的那些事有关，故而，成灏只是下旨将他贬到了琼西做个末流小官。琼西，在琼州的西侧，当地有句俚语：琼西岛，好是好，光长石头不长草。那里是荒蛮苦热之地。

现任的上牧监，是个唯唯诺诺的人。他跪在地上道：“圣上，牲畜之瘟疫若不加以控制，恐死伤过度啊。更有甚者，会蔓延到人的身上……”

成灏明白事情的严重，他翻了翻朝中官员的履历，柳元的确曾在顺康四年在两广有过“治疫之功”。成灏遂即下令，将柳元调回上京。

下了朝，他疲累得很。见中宫的掌事内监站在回廊上等他：“圣上，皇后娘娘说，请您去内廷监走一趟，昨儿，凤鸾殿死了一名小内侍。”

成灏摆了摆手：“这样的事，皇后自己处理便好，不必叫孤去。”

“可是……可是那死去的小内侍跟郭姑娘有关，跟那匹狼的死有关……”

成灏听得甚是心烦：“孤说了！这些事交由皇后去处理就好！那内侍已经死了，孤去了，有何用？横竖死无对证！死人开不了口，听的都是活人的话！”

他扭头去了御马监。圣朝到如今，已然四世，圣马染瘟疫还是第一回。自古以来，君王皆信，瘟疫乃天降预警，若此番不平息，便要对天下人下罪己诏了。

成灏是何等自负的一个人，怎愿下罪己诏呢？

鸣翠馆。

三月的柳树，婀娜多姿。宫人来兮道：“娘娘，您瞧，不过才眨眼的工夫，柳树上就都是新芽了。真好。”钱才人苦笑笑：“好什么？”

她瞧着那柳树道：“青青一树伤心色，曾入几人离恨中。”自从吕公子死后，她眼中的一切都染上了悲情的味道。哪怕云朵散了又聚，哪怕花儿谢了又开，她眼里亦只有离恨，没有圆满。

她这一生，终是不会再有圆满了。来兮懂得主子的心思，将四皇子成谅抱了出来：“娘娘，您瞧，四皇子冲您笑呢。”钱才人伸出手来，摸了摸成谅的脸蛋，又将他抱入怀中：“是啊，他是我现在唯一的慰藉了。”

成谅哭，乳娘抱着他下去喂奶。来兮道：“圣上已经下令，将柳元调回来了。他跟他那外甥女一样的心眼多，不过，好在他一直肯帮娘娘，给您出谋划策。”

钱才人拂了拂书架上的一点污垢，淡淡道：“什么帮不帮的，他只不过是为着自己。他还指望谅儿以后看着亲娘的面儿，格外看顾他这个舅爷呢。这等阴诡之人，等事情了结了，第一个要杀的就是他。”

来兮点头，道：“清梦堂那里，一切都顺利。”

“青杏那丫头……”钱才人看了一眼来兮。

青杏，便是昨晚真正被成灏临幸的女子，清梦的小宫人。

来兮道：“郭姑娘很是护着她，不愿动手。”钱才人将毛笔蘸了墨，叹道：“蠢货就是蠢货。她这样对她亦没有好处。”

“娘娘，只要她接下来一直按照您的意思办，就行。”

钱才人在纸上写了个“恨”字，依旧是柳体，开阔、峻厉。

写完，放下笔，她嘲讽道："这劳什子的宫廷，这劳什子的权贵，将吕公子毁了，也将我毁了。好。那我便来将他们都毁了、都毁了……我要让黄禀德睁大他的狗眼瞧着，我不争，不抢，不出手，甚至我不需要皇帝的恩宠，便能将所有人斗败，所有人……我要扒了黄禀德的皮，铺在那金銮殿的椅子上……"

说着，她笑起来。那笑声仿佛是从千疮百孔的心里漏出的风，呼呼地刮，窗棂都挡不住。

来兮看着主子，竟觉得她笑起来有一丝陌生了，跟小时候在乡间看到的"失心疯"颇为相似。只不过，主子的眼中烧着执着的火苗。

渐渐的，钱才人仿佛陷入一种镜花水月的迷醉里。在她的臆想中，那些直接或间接给她造成不幸的人，全都死掉了。这宫里头，到处都在流血，她穿着黑金袍，踩着那些鲜血，抱着她的养子成谅，一步步走向金銮殿。

第九十四章　无辜

钱氏，闺名叫作如碧，出自《周易》，夏山如碧。意为富足兴盛的太平安乐景象。

因她出生于夏日，她的父亲钱束溟便为她取此名。钱束溟是个长乐年间的老秀才，在乡间教书几十载，一生没有入仕。他这辈子教过最优秀的两个学生，便是吕琰和钱如碧。

钱如碧是他的女儿，吕琰是他的乡邻之子。小儿女自幼同窗，一起苦读、一起猜字，不拘取什么裁、押什么韵脚，都能在半炷香的时间里成诗。

钱束溟待吕琰与旁人不同，吕琰感念这份师恩。他与如碧互相倾慕。他们的情意，心里、眉梢里、眼里，都懂得。学堂里的墨水、宣纸、砚台，都看得见。

吕琰曾为如碧写过藏头诗，四行，取第一行的第一个字、第二行的第二个字、第三行的第三个字、第四行的第四个字，连起来就是“我想娶你”。如碧心领神会地笑了。这是他们之间的默契，十余载共读诗书的默契。

吕琰对钱束溟说，大比之年，考取功名，便娶如碧为妻。人们都默认了这桩姻缘，只道红烛高燃是早晚的事。

然而，顺康十七年，如碧却被黄禀德送入了宫。往后的很多个日夜，钱如碧常常恨自己，为何要在赛诗会上出那次风头？如若她没有夺魁，就不会名扬琼州，被当地的高官黄禀德注意到。这导致她在离开琼州的岁月里，异常的沉默，沉默到仿佛时间都凝固了。

然而，回不去了。

顺康十七年的冬日，琼州赛诗会，吕琰与钱如碧相伴前往。最后一联，题为：绿水本无忧， 因风皱面。

钱如碧看着吕琰，念了声：青山原不老，为雪白头。

是日晚，兵丁闯入钱宅。黄禀德上下打量着钱如碧，拱了拱手，似笑非笑道：“钱姑娘，本官这里有一条明路和一条暗路，你想选哪条？”

明路，便是以良家子的身份入宫。暗路，便是三口棺材。

黄禀德没有说除了钱氏父女，另外一口棺材是为谁而备，但话里话外提到吕公子，显然，他是调查过她的。他知道她的软肋。

钱如碧在灯下想了一夜。父亲对她有生养之恩，如今年迈，怎忍见他老人家不得善终？吕公子年轻英俊，有大好的前程，连春闱还未来得及参加，怎能因为自己而不明不白地丧命呢？

她决定走那条“明”路。

黄禀德答应她，一定会厚待她的老父亲和吕公子。

柳树下，吕公子为她送别。两人什么话都没说，相视一笑，却像是把一生的话都说了。她的不舍，她的无奈，她的惜别，被风刮着，飘向了远方。转身，她眼泪就流了下来。琼州到上京，千里迢迢，她的泪流了一路。

进了宫，她便成了那个谨小慎微的钱御女。每日在浩瀚的书海里，才能寻得片刻的安宁。

她原想，一辈子，便这么罢了吧。舍了自己，守护自己所爱的人。在这囚笼一般的皇宫里过一生，心如枯槁。

可谁知，命运偏跟她过不去，先是父亲旧疾发作，死于老宅之中。数月后，吕公子也离奇死去。

她知道，这一切都与黄禀德有关。他在逼她。

严钰事件后，宫中妃位多悬，她以素日卑微之由，在宫中的风云变幻中，因祸得福，抚养了四皇子。黄禀德觉得，机会来了。

《孙子兵法》中有一句话：不可胜者，守也；可胜者，攻也。时机很重要，赶早者，不如赶巧。黄禀德认为，钱氏若趁着这个时机邀宠，事半功倍。

可对于钱如碧来说，向一个不喜欢的男子邀宠，无异于凌割她。她有着读书人的清高和琼州女子的执拗。她尝试过，但还是很快便放弃了。黄禀德步步紧逼，她退无可退。

到吕公子的死讯传来，她的心有如在万丈悬崖边跌落。原来，舍弃了自己，也没有换来所爱的人平安。一霎时，自己进宫便成了一个天大的笑话！

这一切，到底所为何来啊！期待没了。笼中困兽，黄泉路冷！那本来就摇摇摆摆的残烛，被暴雨浇灭。

她原想抱着四皇子跳入御湖，横竖已生无可恋。可站在湖边时，四皇子冲她一笑，她忽然又舍不得。他虽不是她亲生的，却曾如春雨般，温润了她孤寂的日月。他既来到她的身边，便是她的孩儿啊。

该死的不是她与谅儿，而是那出尔反尔的黄禀德，是给她带来不幸的权势，是这宫廷里每一个人。

她临水看着自己的脸，竟因绝望和仇恨，扭曲了。那传闻中，圣上的母亲、圣朝的传奇女子祈安太后，不就是抱着襁褓孩儿坐龙廷吗？

她也可以。

她要手握生杀。杀了黄禀德，杀了琼州太守，杀了押她进京的兵丁们……她想杀的人太多了。

清梦堂。

钱如碧已然换了张温和的脸。她又是那个满面关切地看着郭清野的钱才人了。

“妹妹——”她唤了一声。

郭清野托腮坐在窗边，蔫蔫的。钱才人道：“妹妹一切顺利，圣上没有起疑，这是好事，怎么怏怏不乐呢？”

郭清野道：“我也不知道。就是觉得青杏可怜，不明不白的。哎，她要是在郭家堡，我一定给她找个好男儿。”

钱才人道：“妹妹此言差矣。她能代替妹妹乃是抬举。唐人《阿房宫赋》中有言，缦立远视，而望幸焉，有不得见者三十六年。她能得幸，是福气。”

钱才人说的话，郭清野似懂非懂，品一品，又觉得有些道理，遂点了点头。

郭清野道：“姐姐，我下一步该做什么？”钱才人坐在她身边，轻轻抚着她的手，缓缓地说了一席话。

郭清野抬头道：“姐姐，不会真的伤害到小孩儿吧？我虽恨宛妃和皇后，但是……孩子是无辜的。”

钱才人郑重道：“不会的。再怎么着，圣上的血脉，到什么时候，都不会被波及。一切只会有惊无险。”

“嗯。”郭清野放心了。她的心还是纯良的，不愿祸及无辜。

走出清梦堂，钱氏舒了口气。她吩咐来兮：“你记得，暗中瞧着她，别让她办砸了。还有，青杏那丫头，留着终是祸患，这几日，你跟二胡说，找个机会，将她推到浣衣院的井里吧。每年总会有一两个洗衣时不慎失足落井的小丫头，无人会起疑。”

二胡，是浣衣院的末等奴才，是“自己人”。

来兮犹疑道：“主子，奴婢瞧着青杏还挺老实的，温驯，听话，不如……留着吧？谅她不敢坏事的……”

钱氏瞪了来兮一眼。来兮忙将剩下的话吞进肚里，心头袭来一阵恐惧。

她越来越害怕自家主子了。常常觉得自己的命，也快朝不保夕了。

四月廿八，药王菩萨的诞辰。

成灏一大早领着后宫诸人并医官署一众医官们拜了天、地、药王，尔后，在宗圣殿旁设“斋宴”。除了四皇子，因乳娘说他有些腹泻，没有来，其余各宫嫔妃、皇子、公主，都到了。被圣上临幸过的郭清野，也被内廷监安排了一个位置。

斋宴里头，全是素食。以示对药王菩萨的敬重。

斋宴之上，无人谈笑，皆庄重肃穆。

主食毕，上汤。今日的汤，是莲子百合。味道清淡，养心安神。

少顷，忽听小宫人的尖叫声。原来，是皇长子成诜和鸣翠馆的小宫人红桃，口吐白沫，倒在地上。

这一切发生得太突然了。

场面混乱起来。

为什么其他人没事，独这两个人中毒了呢?

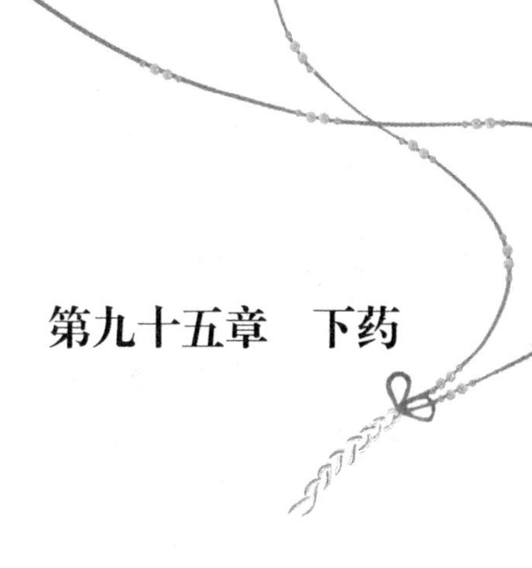

第九十五章　下药

好在，今日药王菩萨诞辰，医官署的医官们都在。几名德高望重的医官连忙上前救治倒在地上的二人。

成灏冷冷地环顾着宴席上的每一个人。他皱着的眉头仿佛被风吹过的山峰，风中有朵雨凝成的云，那雨随时从云层里霹雳而下。

发生这等大事，孔灵雁不消说，自是哀泣不绝，扑到诜皇子的身上，一声声地唤着：“我的儿，我放在心坎上的儿，你这是怎么了，菩萨，这世上有什么苦都让我受了吧，别让我儿受此灾祸——”祥妃娘娘有多疼孩子，宫里人尽皆知，举凡大事小情，恨不得都亲力亲为。诜皇子平日里养得甚是精细，比女娃娃还要娇贵几分。现时诜皇子中了毒，如剜祥妃娘娘的心一般。

一旁的二公主成锦看着哥哥中毒，母亲哭，亦跟着哭起来。

乱哄哄一片。

皇后一边命人查看着“斋宴”上的吃食有何异样，一边宽慰祥妃。宛妃一边观察自己的三皇子的情况，一边抱起二公主成锦，口中发出鸟叫声，哄着她。二公主情绪慢慢地稳住了。

华乐公主和她的小舅舅余慕坐在一处。不知为何，华乐的脸红通通的，好似做了什么心虚的事。

钱才人因为自己宫中的红桃也中毒了，吓得丧魂失魄，牙关打战，双手紧紧绞着帕子，将那帕子绞成皱巴巴的一团。

至于郭清野，她低着头，缩在角落里，看不出任何表情。

“这两人中毒的因由，是一样的吗？”成灏的声音冰冰凉凉，他的袖口似乎还带着那会子给药王上香的烟雾。那烟雾让天子的表情，难以揣摩。

医官署的一名医官在细细查看后，跪地道：“禀圣上与各位娘娘，诜皇子与红桃姑娘中毒的因由，是一样的，故而，症状也一致。”医官说着，指着桌上的两个碗，道：“这两碗莲子百合中，加了雪上一枝蒿。此药源于云贵、南川等地，在民间的别名叫作‘三转半’，可愈跌扑肿痛，但若误食，可使人中毒，轻则心律失常、呼吸困难，重则……”

他抬头看了看哭泣的祥妃，缓缓道：“重则呼吸衰竭、口唇发绀、心脏停搏……命丧黄泉。”那句“命丧黄泉”话刚落，祥妃眼前一黑，栽在地上。

她受不得如此打击。

而坐在角落里的郭清野听到这四个字，身躯一僵。她一直没有抬头，仿佛眼前的一切混乱都不存在，只是一个荒唐的梦。只需黄粱过后一睁眼，便都会消失不见。她自欺欺人地给自己做了个壳，蜷缩进壳里，便是另一个世界。

成灏看着成诜与红桃用的汤碗。那两个碗比桌上其他的碗小一些，精巧一些，碗身有黄金做的花纹。

内廷监掌事林观道：“圣上，这样的碗有五个，是奴才命司器局专门为皇子和公主们准备的。”

成灏瞧了瞧桌案上，果然，孩子们都是用这样的小碗。那，红桃是怎么回事呢？

钱才人俯身道：“圣上，今日谅儿突发腹泻，没来斋宴上。但御厨还是按例准备了谅儿的汤。孩子们的汤跟大人们的不同，加了梅花冰糖。谅儿没来，臣妾素日又不食甜，觉得这汤浪费了可惜，便随手赏给了小宫人红桃。”

“这么说来，这个小宫女喝的汤，本是谅儿的？”

“是。”钱才人应了一声，似有所感，哀哀戚戚地哭出声来。

成灏眯着眼，道：“若非谅儿突发腹泻，现时中毒的，便是诜儿和谅儿两个了。这毒中的好生巧。想害孤的皇子啊——”

他话音一转，看了看席间坐得安然无恙的三皇子成询，吩咐医官道：“看一下三皇子的汤碗。”

医官听了，忙上前测了，禀道：“回圣上，三皇子的汤碗中，无毒。”

“哦？”成灏仰头喝了口酒，“看来，上天对询儿格外眷爱了。”

阿南敏感地觉出了异样。她看了看宛妃，宛妃还在逗弄着二公主，浑然不觉。宛妃口中发出鼠叫之声，好似一群老鼠东逃西窜，活灵活现，二公主成锦哈哈大笑。

成灏沉声道：“把今日御膳房做汤的御厨、和端汤的小内侍都带过来。”转瞬，又道：“等等，莫要带来此处，宗圣殿清净之地，没得被玷污了。带去乾坤殿吧。华医官和秦医官，跟随祥妃母子去雁鸣馆，务必要尽全力医治。不拘要用什么药材，只管讲，纵是宫里没有，可命官员去民间找寻。张医官，给鸣翠馆的小宫人医治吧，她算是为四皇子挡了一灾。其余人等，去乾坤殿！”

“砰”的一声，华乐公主从椅子上掉下，摔了一跤。

成灏上前。华乐公主连忙从地上起来，红着脸道：“父……父皇，不打紧，不打紧，是儿臣不小心摔了一跤，不疼的，不疼的……”

成灏伸手摸了摸女儿的额头，道："华乐，你并没发烧，脸为甚这么红？"其实，半个时辰前，成灏在环顾众人时，就已经发现了华乐的不对劲，在此刻，这种怀疑达到了顶峰。

"没，没什么……"华乐连忙摇头，她的眼神闪烁，躲避着，不敢和成灏对视。

她只有在淘气、闯了祸的时候，才会有这样的神情。到底是个小孩子啊，情绪是掩不住的。

"告诉父皇，你是不是做错了什么事？"成灏的声音严肃起来。

华乐不吭声。阿南很奇怪女儿为什么会有这样的反应。联想到刚刚发生的中毒事件。她忽然很担忧。担忧有人掐着时间上的巧合、利用孩童的纯真做一些扰乱视听的事。担忧女儿被人设计在了套中。

君看一叶舟，出没风波里。她转而又担忧起宛心，担忧起自己。

虽卦签已断，可她自幼卜卦的天分、对未知命运的预感，在这一刻告诉她，她们几人都如同置身于江海中的一叶舟上，那舟如落叶浮在水面，若隐若现。

她感觉到华乐似乎往郭清野的方向看了看。

成灏转身往前走了。阿南走到华乐身边，摸着她的脸，轻声问道："铣儿，你告诉母后，你做了什么事？你放心，不管你做了什么，母后都不会怪你。母后只需知道，便好。"

华乐一双漆黑的大眼看着阿南。那漆黑的大眼，流下泪来，华乐的声音，轻不可闻："母后，我一时糊涂，往斋食里下药了。"

阿南心口在一刹那成了被密集的鼓点敲打的鼓。饶是如此，她仍稳住了心神，沉住气，柔声道："药是谁给你的？"

"是御膳房的一个小御厨，他倒并没有给儿臣，只是他自言自语，想用那药治一治他的对头，吃完那药会脸上起痤疮，破面相……这些话被儿臣恰好听见了。后来，他把那药忘在了石桌上，儿臣便拿了……"

恐怕那"恰好"，并不是真的"恰好"。那一包药，也并不是真的"忘"在了石桌上。

小御厨的话，他的药，他的遗落，都是表演，只是为了让华乐看见。所谓的"恰好"，都是"处心积虑"。

"那药究竟是何物，你都没搞清楚，就贸然下给了你弟弟们的碗中？"

"不是，母后，不是。"

华乐猛地抬起头："儿臣不是下到了弟弟们碗中！"

"那是下给了谁？"

"狼女。"

华乐道："儿臣就是气不过，她的狼死了，为什么都赖在儿臣的头上？她总是凶巴巴地瞪着儿臣，儿臣委屈。因为这件事，父皇都好些天没陪儿臣玩耍了。儿臣想念父皇……还有，母后，儿臣是为了您——"

华乐看着母亲："宫中人都说父皇喜欢上了那狼女，那狼女必将得盛宠。儿臣替母后委屈，儿臣想，狼女若是面长痤疮，破了相，父皇是不是就不会喜欢她了……"

阿南心酸地抱紧女儿。怪不得华乐方才时不时地往郭清野的方向看。

孩童就是这样啊。做错了事，会表现得很心虚。这心虚恰好就是对方想要的效果。落在旁人眼中，特别是落在成灏眼中，或许公主便是因为二位皇子的中毒事件心虚了。

谁让事情如此巧合地叠加了呢。

兵法之：无中生有。声东击西。

乾坤殿。

做汤的御厨满脸茫然，一无所知。倒是那端汤的小内侍，吞吞吐吐，支吾其词。

成灏挥手，示意内廷监摆上刑具。

一排阴森森的刑具，每一个上头，都曾沾染过无数鲜血。小内侍受刑至昏死过去。用冷水泼醒，他气若游丝地说了句："圣上，奴才卑贱之人，没念过书，什么都不知，唯记忠心二字。"说完，便拼尽全力，触柱而亡。

成灏笑了笑："果然忠心呢。至死也不肯出卖主子。"

几个侍卫将尸体抬走。抬到门口处时，小内侍的身上忽然掉落了一块玛瑙。其中一名侍卫，忙捡了那玛瑙呈给圣上。

成灏接过。此玛瑙名为"赤琼"，产自滇西"永昌"。玛瑙上刻着四个小字：云南胡府。

云南的雪上一枝蒿，云南的赤琼，镇守云贵的胡谟将军，三皇子的无恙，华乐的脸红，华乐叫了宛妃好几年的"宛娘"……

成灏不愿意相信。但真相却呼之欲出。

他忽然想起，自战马瘟疫以来，流传在御马监的一个传闻：狼女入宫，频遭人妒。将军蒙冤，临难变节。虎女有子，可替皇父。

第九十六章　祭天

鼠女有子，可替皇父。

在内廷监的记录里，宛妃的属相明明是戌狗，而并非子鼠。只有阿南与他知道，胡宛心代替胡宛迟进宫的秘密。属鼠的人，是胡宛心。这个秘密并没有公示，宫中所有的人都不知道。

那么，这传言是从何而来的呢？

将军蒙冤，指的自然是前阵子胡谟与郭成的“勾结”之事了。联合句中意，“鼠女”除了是胡宛心，便再也没有别人。

难道真的是天意吗？岁在甲子，临难变节，到底会发生什么难？手握重权的胡谟真的会“变节”吗？

成灏那双俊朗的眼睛，看了看在这场闹剧中安然无事的三皇子成询。成询今日穿着墨色的衣裳，端坐在母妃的身边。这孩子身上那股少年老成的气息总让成灏觉得很熟悉，同成灏小时候如出一辙。

成灏又想起上次在宛欣院，成询拉着小弓射中了绒球，他一时欢欣，问成询要什么赏赐。那么小的孩儿，原以为他会为自己要什么珍稀物件儿。他曾经听尚书房的先生说过，三皇子好骑，喜欢御马监一匹英姿勃勃、屡上战场的战马新下的一匹枣红小马驹。战马轻易是不赏人的，但成灏想，若儿子那种时刻，开这个口，他愿意给。

然而没有，他为宛妃讨了一盆高山杜鹃，花房里仅此一株的高山杜鹃。

可见，这孩子与母妃非常亲近，视母妃的喜好超于自己的喜好。

自古以来，为外戚牵制的君王，哪一个不是与母家过于亲近之失？

呵，可替皇父，若果真替了皇父，胡家倒是天底下最大的得益者。

昔年，仁皇帝成锜河英年早逝，祈安太后力挽狂澜，镇守宫廷，稳住八方，抱着年幼的成灏坐龙廷执政。看来，有人是想历史重演了。

不同的是，祈安太后故乡禹杭的母族已无一人，且祈安太后深明大义，人到中年，还政麟儿，此等胸襟，天下难寻第二人。

有多少人手握权力不肯放下，血流成河也在所不惜？又有多少人，有眼看四海的格局？

不过是困囿于“富贵名禄”四字，奢望于号令天下。

成灏将那玛瑙递与阿南，淡淡问道：“皇后，此事，你怎么看？”阿南瞧着那玛瑙上的“云南胡府”四字，想起方才华乐的话，她已没有太多惊讶。她摩挲着那玛瑙，笑笑：“臣妾想着，今日的事很是诡异。来势汹汹的，倒像是跟胡府过不去。”

听到“胡府”二字，宛妃抬起头。她终于意识到，今日发生的事件，是朝着她来的。

成灏示意阿南将玛瑙递给宛妃。宛妃看了，“扑通”跪在地上。

“圣上，您明鉴，这小内侍并非与胡府有什么关联啊，臣妾根本不认识他。这玛瑙……臣妾的父亲，您是知道的，爱交朋友，往来送东西是常事，他这玛瑙谁知是从什么地方得的呢？横竖不是从胡府啊……”

成灏看了眼小舟，小舟又端来一壶花酿。他慢慢儿地喝了一口，道：“宛迟，武将们过于爱交朋友，不是什么好事，‘泛交’与‘结党’，有时候，只有一步之差。”

宛妃恼起自己来，一时情急，词句没有斟酌妥当，倒更是授人口实了。

阿南知道，成灏前不久刚刚平息的对胡谟的猜疑之心，此番又被点燃了。做这些动作的人，想必在筹谋之前，早已料到了。这股风吹得又准又稳。

阿南道：“圣上，当下，救治诜儿才是头等大事，至于追责，来日方长，不愁查不出真凶，您莫要动肝火……”

“来日方长……”成灏重复了一遍这四个字。

“皇后难道没有听闻自战马瘟疫以来上京传唱的歌谣吗？岁在甲子，临难变节。今年便是甲子年，还有什么来日方长可言？只怕是皇城中一晌未过，外头已悄然生乱了。”

这话说得很重，乾坤殿中人皆跪在地上。

成灏摆摆手，示意众人都退下。宛妃跪在地上，怔怔地，动弹不得，阿南和华乐上前挽住她，拉她向外走去。三皇子乖巧地跟在身后，走几步，便回头看看父皇的脸色。

他虽然不懂发生了何事，但见母后如此担忧，可知非同小可。父皇口中提及的“胡府”，不就是外祖家吗？难道外祖家出事了？

柳元已经抵达上京，“治瘟”事宜已起始七日，大片的战马成批死去。这也是为什么成灏今年格外看重药王菩萨诞辰的原因。药王渡众生啊。

成灏命人传柳元过乾坤殿来。这个往琼西走了一趟的上牧监，看上去比旧年多了很多谨慎，眼神里流淌着谦卑，他跪在地上："微臣以卑贱之躯，重赴上京，得此治疫重用，诚惶诚恐，叩谢皇恩哪。"

成灏道："过场话，柳大人就不必说了。直接说御马监形势如何了？"柳元思忖一番道："顺康四年，臣在两广时，曾治理过鼠疫，到药力不可挽回时，圣上——"

他跪在地上："恕微臣直言，得祭天神哪。"

关于这一点，成灏隐隐约约知道一些。唐末一个叫陈抟的人，在《心相篇》中写过：瘟亡不由运数，骂地咒天。

祭天神以示世人悔改之意，或可有效。

成灏道："如何祭？"柳元匍匐在地，泣道："臣知说此话乃大不韪，或有丧命之险，但臣为圣朝，为陛下待臣之大恩，又不可不说。今，臣冒死进言，只为一片丹心，若因此得祸，臣亦不悔……圣上当脱龙袍，暂离正殿，不受朝贺，另，五月初五，端午之正午，杀后妃鼠女以祭天，可送走鼠疫啊。"

成灏沉默。

后妃当中有鼠女，这是只有他和皇后才知道的秘密。他又想起顺康十四年，皇后的卦签：仓鼠之子，吞食国度。

为什么从亲政以来，几次三番的事情，都离不得一个"鼠"字呢？除了命中注定，再也没有别的解释。

他扫了一眼柳元："若后妃之中无有鼠女，当如何？"柳元道："圣上，城东有个叫弘忍的高僧，自异域而来，甚有修为，名满上京。微臣此次抵京之后，去拜访过他。原来，自上京瘟疫起，他便已算到了，宫中有鼠女，将成祸患啊。若圣上说没有，必然是谁人有所隐瞒。当彻查之。"

原来，所谓的"鼠女有子，可替皇父"是有根由的。成灏冷然对柳元道："你下去吧，孤要再想想。"柳元忙道："是。"

天色暗下来。成灏满腹心事地往雁鸣馆走，他惦记着成诜的毒解了没。毕竟，那是他的长子啊。谁知，到了雁鸣馆门口，便听见了皇姐冀长公主成烯的声音："诜儿啊，诜儿，你不能有事啊，姑母指望着你，圣朝也指望着你，你是你父皇的第一子，长子啊！古来皇家，有嫡立嫡，无嫡立长，中宫无子，除了你，谁还有资格做那东宫太子呢？"

祥妃的声音轻不可闻："冀长公主，在宫中，您不能说这样的话啊……"

成烯道："祥妃，你不必怕成这个样子。本宫是圣上的亲姐，与他一母同胞。

骨肉亲情，世上最亲。那邹阿南拎不清，想必，你一定能明白。本宫的女儿张泱儿，将来配与诜儿做王妃，是最合适不过的。”

祥妃忙应声道：“是，是，是……”

成灏心头的怒火“腾”地便起来了。他的大皇姐自小便是这副盛气凌人的样子，不足为奇，他早已习惯。他气的是祥妃的唯唯诺诺。

作为皇妃，她丝毫没有气势、没有主张。这要是将来诜儿真的做了东宫太子，她这个母妃岂不是被大皇姐拿捏得死死的？

成灏转身就走，只传来华医官问了几句成诜的状况。知道“已无生命危险”，他点了个头，放下心来。

“但——”华医官道，“诜皇子这番受了惊吓，梦悸频频，恐怕日后，纵是好了，性情会更加内向……”

成灏叹了口气：“那孩子……哎。天分寻常，胆子也小。”

成灏回到乾坤殿，他觉得甚是疲惫，躺在榻上睡着了。

依稀间，似乎阿南手握一把剑向他走来。那剑上，刻着莲花。

成灏从梦中醒来，浑身是汗。小舟掌着灯，问道：“圣上，传晚膳吗？”成灏下了榻，道：“不必了，孤去皇后那里。”

第九十七章　维谷

凤鸾殿。

阿南倚在窗边。四月底了，初夏的风声沙沙响，蝉鸣还没有来，金黄色的月亮似乎有些疲倦，一点点地蜷缩，越来越小，渐至月牙的形状。

聆儿用粗陶盏给主子倒了杯温水，走近，却发现主子的眼里有泪光。

聆儿吓了一跳。顺康十五年，她因在“方士之祸”中为中宫出过力，在事情平息后，被阿南调到凤鸾殿，顶替从前小嫄的位置，做了掌事宫女。到现在，好几年了，她从来没有见皇后娘娘流泪过。

皇后娘娘一直就跟她喜欢的松柏那样，性情坚韧，凌冬挺立，不娇不媚，沉默清冷。这是她第一次见主子如此。

聆儿忙将粗陶盏放下，跪在阿南的膝边：“娘娘，您怎么了？”

阿南轻轻地笑了笑，天上残月的光荡漾在她的眼里。“没事，风吹着小虫子进了眼，痒痒的，本宫揉了揉。”

聆儿道：“娘娘，奴婢知道，从郭姑娘进宫以来，宫中发生了不少的事，您和华乐公主、宛妃娘娘，屡屡牵涉其中……虽然上意不可捉摸，但奴婢相信，主子一定能平平安安的……”

阿南没有说。她流泪的原因，其实是在担忧胡宛心。

虽然从卦签断了那一霎起，她不再能卜出未知的前路。但她了解成灏、了解宫廷，也了解这阴谋的漩涡里桩桩件件的蓄谋已久。

战马的瘟疫、上京流传的歌谣、药王诞辰斋宴上的意外、传汤内侍的以死明志，加之君王根深蒂固的疑心。

还有她刚刚从贺谏口中得知的消息，西南一带竟闹了农民暴动，民间称之为“长矛军”。长矛军以“山中突现烟霞，有尺素降落，上言，甲子年后，龙廷易主”为口号，迅速集结数千民众，腰缠白绫，手持长矛，进攻当地的都督府。叛军以教义迷惑众人，在老百姓中居然获得了一批支持者。

作为镇守西南的大将胡谟，自然是此次平叛的主力。然而，正当此时，京中却有一股谣言传出，此乃胡大将军贼喊捉贼，故意集结的一伙势力，目的就是为了做给朝廷看，以寇自重。胡大将军野心昭昭，想在民间造舆论之势，为三皇子成询继位做铺垫。

这下，胡谟打得快也不是，慢也不是。若是平乱太快，上京这伙子人会说，果然是演戏，说起就起，说平就平，知道的，说是叛军贼寇，不知道的，还以为是你胡府的家丁。若是平乱情势胶着，他们便又会造谣说，胡大将军藐视朝廷，想拿捏圣上。

横竖，都是坑。进退维谷，势成骑虎。

宛心这回有大险了。她的宛心啊，那个一年四季穿着杜鹃色衣裳的女子，给华乐做了好些年小鞋、小衣服、小袜子的女子，那个粗中有细的女子。

她出身于西南武将府邸，骑得了快马，拉得了弓，射得了鹰，一身好拳脚，却又如她亲生母亲一般巧绣工，做得一手好针线。她亲生母亲是个绣娘，嫁给胡谟做妾，一生被大夫人欺凌，抑郁难平。

这宫墙内何其冰冷，但阿南始终相信，她与胡宛心之间，除了权衡利弊后的站队，还有彼此依偎的温暖情意。那情意穿透漫长的岁月，直抵人心。

华乐在梦中呓语："宛娘，宛娘……"孩子的心是最知道冷热的，知道谁对自己好。

华乐那孩子，表面淘气，内心敏感，她肯定记住了，在乾坤殿里，宛娘跪在地上的百口莫辩。她在梦中，还在记挂着宛娘。

阿南揪着心。

内侍通传："圣上驾到——"成灏走了进来，他看见皇后坐在华乐的小榻边，遂自己也走过来。

阿南起身行礼，他摆摆手，示意免了。他看着女儿睡熟的小脸，道："皇后，你有没有觉察到，华乐在斋宴上的异常？"

阿南应了声，决定把实情告诉成灏："圣上，有件事，臣妾想了想，还是该告诉您，免得生了误会，华乐她，不懂事，因上次狼死的事冤了她，生郭姑娘的气，在斋宴上，给郭姑娘下了痤疮药。她使了坏，自个儿愧得很，便一直脸红着……"

这时，华乐在梦中又唤了一声："宛娘……"

成灏看了看华乐，又看着阿南，缓缓道："给郭姑娘下药？郭姑娘安然无恙，哪里有半分中毒的影子。孤瞧着，华乐的心病，倒是与宛妃有关，与诜儿和红桃中毒的事有关。日有所思，夜有所梦，华乐睡着了，还在念着宛妃。"

他说得是那般确信，仿佛已经掌握了秘密的最深处。

"可恨，宫中妇人的争斗，竟牵涉到了孩童，将孩童无辜的手做利刃，实在是其心可诛！”

阿南一霎时跪在地上：“圣上，并不是您想得那样。”成灏眯着眼道：“皇后可知，西南闹了长矛军，你不觉得，这个时机过于巧合了吗？甲子年后，龙廷易主，是长矛军的口号。宫里头，用雪上一支蒿除去诜儿和谅儿，好大的心思。难道胡谟想效仿曹孟德，行君王废立之事吗！”

旋即，他又冷笑道：“只怕是比曹孟德还便捷一些！曹孟德没有姓刘的皇子做便宜的外孙！”

阿南忙道：“圣上，民间暴动，历朝历代皆有啊。不说年久之事，您看本朝太宗皇帝之时，大章三十八年，巴蜀之地的黑云教，不就是前例吗？”

“皇后你通读史书，自然是能找出许多先例来。是，每一桩，都不是奇事，可凑在一起，便出了奇。”

成灏冷静下来，坐在一张梨木椅上，他看着阿南，道：“皇后，你还记得，你曾经跟孤说过的话吗？不管发生什么，你永远与孤站在一起。但是为何，你这次总是与孤相悖？华乐还是个孩子，做错了事，情有可原。可是你呢，皇后？你如此维护宛妃，到底是因为什么？”

他的每一句，都是咄咄逼人。

华乐醒了，她扑到阿南怀里：“母后——”

成灏起身，走到门口，扭头说了句：“本来，孤今晚来，是想与你商量端午祭天的事，现在看来，不必了。孤在踏入凤鸾殿之前，还有几分犹豫，到这一刻，孤不再犹豫了。”

说完，拂袖而去。

灯光下，华乐摸着阿南的脸：“母后，你怎么哭了。你是不是哪里疼。”

阿南咧了咧嘴角：“母后不疼。铣儿好好睡吧。”她复又将华乐抱到榻上。

华乐道：“母后，宛娘为什么要抚养三弟？”阿南恍了恍神，道：“因为母后欠你宛娘一个孩子，母后便将你三弟送去了宛娘那里，想弥补她，让她快乐。现在想来，这一步，或许是错了。徒然给你宛娘添了是非。”

华乐认真道：“母后，依儿臣所见，你这几日莫要再插手宛娘的事。方才，儿臣半梦半醒之际，听到了父皇的话。儿臣觉得，父皇对宛娘疑虑颇深，母后您若是总向着宛娘，就是中了计，对您，对宛娘都不好。宛娘的结，需三弟或胡家解开。”

阿南道：“儿啊，母后何尝不知这个道理。可母后却不能看着你宛娘遭殃，坐视不管。母后欠她的，欠她的……”话到嘴里，越说，越苦涩。

她深夜去了宛欣院。宛欣院里点着灯，庭院里的杜鹃盛开着，仿佛满庭院的火。

胡宛心眼睛红着，显然是刚哭过。她看见阿南，心里一暖。

世路知交薄，门庭畏客频。在这个时候，肯登宛欣院门槛的，唯有皇后娘娘了。

话到了嘴边，却哽咽了："娘娘，这一回，大祸临头了。长矛军……"

阿南握着她的手，道："长矛军的事，绝对是凑巧。他们的手笔，是做不出这等大事的。不过是窥见了时机，拿来大做文章的。宛心，你跟胡将军说，让他千万别乱了阵脚。该怎么平叛，就怎么平叛。等着圣谕就是。"

宛妃"嗯"了一声。

"自那死丫头出现，胡府的灾祸，没完没了。臣妾其实想了好几回，跟圣上说，三皇子，不养也罢了。可臣妾知道，现今这宫里，都盯着他。皇长子有雁鸣馆护着，好歹能保命。再不中用的娘，都是娘啊。若询儿失了臣妾的庇护，怕是保命都难……"一番话，说得悲凉。

三皇子成询不知从何处跑来，跪在宛妃面前，哭道："母妃——"

阿南道："若送到凤鸾殿呢？"宛妃苦笑道："那娘娘您便是引火上身了。再者说，您总是帮着臣妾，恐怕会害了您自己。您是中宫，犯不着为了臣妾蹚浑水。您该想着自保。"

阿南的手在初夏的夜里，凉凉的。

"宛心，大厦倾颓，岂有能保全之人？"阿南现在心中还有一个隐隐的担忧，待到拔除了胡家、宛妃，让三皇子失去了继位的可能，加之皇长子成诜因中毒过后，身子越发孱弱，且素来因怯懦不讨父皇喜欢，满宫中，只剩四皇子了。圣上会不会因为某件事，起了立太子的心呢?

恐怕，立完太子，后面便要有进一步的举动了。

她担忧成灏，担忧国运。

鸣翠馆。

钱才人握笔，写着《六韬》中的句子：全胜不斗，大兵无创。大智不智，大谋不谋。

来兮道："娘娘，事情如此顺利，您很快就能如愿了。"钱才人面不改色道："还未走完的路，便不要急着欢喜。"

来兮道："郭姑娘又闹了脾气，说是现在已经报了仇，要回太行去呢。"钱才人淡淡笑着："回去？她回得去吗？她那二叔三叔如虎狼一般，现时正在郭家堡当家做主，能容得下她吗？"

她放下笔，看着来兮："也好。她若要回，你莫拦。回郭家堡中，死得干干净净，便与咱们不相干了。"

"是。"

说到“死”这个字时，钱如碧那张布满哀愁的脸上总能涌上一丝幻梦成空的快乐。

她看着四皇子，轻声呢喃：“很快，很快，你便是太子了，不，你会是万岁……”

来兮道：“黄禀德来信了。”钱才人蔑视地笑笑：“他还以为，他杀了吕琰的事，瞒得好好儿的呢。也好，你便配合他，装糊涂就是了。那黄禀德，还有用得上的地方。”

来兮点头。

很快，五月初五到了。

宗圣殿外，祭天、地、药王。

御马监已经死了一个喂马的士兵，瘟疫有往人身上蔓延的趋势。形势严峻。

成灏下了圣旨，以宛妃祭天。

端午正午。

胡宛心在祭祀台上，只需一炬，便香消玉殒，化为灰烬。

柳元跪地道：“鼠女祭天，鼠疫必除。”

成灏皱着眉，一挥手。忽然，阿南闯了进来。她脱去了中宫的皇后服制，穿着少女时代的素袍。她从宗圣殿的祭台上抓过一把宝剑。那宝剑上，依稀刻着莲花。

“圣上，臣妾与您少年结发夫妻，今以中宫之位，向您恳求，求您放了胡宛心。”

成灏道：“皇后，你在逼孤吗？若是孤不答应，当如何？”

阿南的脸上满是决绝：“那臣妾便死在你面前，做那青史之上，第一个以身祭祀的皇后。”

雷鸣电闪，大雨倾盆而下。

第九十八章　途穷

宗圣殿祭祀台上的两排火烛，侍卫手中举着的火把，俱被大雨浇灭。

那雨越来越大，黑沉沉的天仿佛要崩塌下来。风抽打着天上的乌云，整个宫廷都裹挟在雨水之中。转眼间，雨声连成一片急而阔的布幔。

成灏不躲雨，其余的人也不敢。

皇后举着剑要自刎。

眼前的一幕让人们过于意想不到，全都怔住了。看着相对而立的帝后，没有人发出任何声音。天地之间，一片轰鸣，也只剩轰鸣。

成灏想说的话很多。他在宫中召见了弘忍法师。弘忍法师在上京颇受百姓敬重，名声在外。他说的话，确与柳元一致。并且，他连宫中鼠女所在的方位都指得清清楚楚。他一个从未踏入宫中半步的人，如何会知道宛欣院在何方？

其实，在下这个旨意前，成灏不是没有犹豫过。

他下令宫中所有人封锁了消息。除了太常寺的人、柳元，以及一众御前近身伺候的内侍、侍卫们，无人知道今日祭天的是宛妃，还道是宫中某个属鼠的小宫人。

这道旨，是密旨。

小舟将宛妃从宛欣院请出来的时候，犹然是客客气气的。宛欣院的奴仆们没看出任何异样，连皇后也是瞒着的。

但，到底还是被她知道了。心中的许多话翻腾着，被雨水浇了一遍又一遍，到嘴边，只剩一句苍白的话："皇后，孤对你很失望……"

"是吗？"阿南笑了笑，她笑得用力且苍白。

手上一使劲儿。眼看着血就要流了出来，和这雨水一起，流入尘埃。成灏一个箭步向前，猛地打落她手中的剑。

她眼神里仍然淌着倔强。成灏离她那么近。她轻声道："圣上，莫逼胡谟做了韩信……"

韩信，战功累累，因被汉高祖所疑，起兵反叛，投靠匈奴，后多次率兵攻汉，还引诱了代相陈豨造反。

阿南仰脸看着成灏。成灏一时分不清，她脸上到底是雨水，还是泪水。他忽然觉出，她此番行为，不光光是为了那绑在祭台上的胡宛心，还为了他。

她一向是个清冷的人，素日连在人前笑一下都少，此番做出如此激烈的举动，内心有过怎样的挣扎啊。

成灏转身往外走去，小舟连忙跟着。柳元小跑着跟在身后："圣上，圣上，这祭天的事……"

成灏转头瞪了他一眼："你没见天降大雨吗！天怒人怨，还祭什么天！"那眼神让柳元有些害怕，闭上了嘴。

阿南神情坚毅走上祭祀台，用手中的剑斩落绳索，她拉过宛妃的手："宛心，跟我回去。"

胡宛心跟着她，一步步从宗圣殿走回中宫。胡宛心看着邹皇后瘦削的身影，想起她方才与圣上对峙那一幕，眼泪淌了一路。从西南，到上京，从将军府到宫廷。她活了廿多年，从未有人如此决绝地护过她。

"宛心，跟我回去"成了她记忆里最温暖的六个字。

大雨将鸣翠馆的柳树吹得四处摇摆，那婀娜的身姿东倒西歪着。

钱如碧站在窗边，喃喃道："大云降大雨……深浅固物情……"来兮从外头走进来："娘娘，皇后把宛妃救下了。"

钱如碧没有惊讶，她只是略略点了个头："那邹阿南，倒是个烈性的人。"来兮道："接下来，要传到西南的消息，奴婢已经跟柳大人和黄大人都说了。另则，奴婢告诉了西宫门的马辛，让他跟宫门口戍守的人通了气，什么消息该出去，什么消息不该出去，做手脚的时候一定要隐蔽……"

钱如碧笑笑："黄禀德与胡谟有些交情，他煽的风，想是胡谟能听进去一些的。"来兮道："娘娘真是聪明绝顶之人。甭管宛妃死没死成，只要圣上动过疑心，咱们的目的就达成了。"

是。钱如碧想到了，若宛妃死了，情势于她有利；若宛妃没死，情势依然于她有利。只要成灏起过怀疑胡家的心，便可以大做文章。拿宛妃祭天的事，可添油加醋地传到西南胡谟的耳朵里。

胡谟已经对近来上京的谣言不胜其烦，似乎不管他如何小心、如何谨慎，都避免不了脏水上身。他已经记不清有多少个夜晚没有睡好，梦中总是担心触怒天颜，大祸临头。

朝中那些嫉妒他的武将们，往日没少弹劾他。此时，那些弹劾的奏本似乎都化作了攻击他的箭。

冷箭如雨，饶是从尸骨如山的战场上爬过数回的胡谟亦不免忧虑。

他一生辗转沙场，武人心思，他自以为对朝廷忠心耿耿便可保全满门。当他听到圣上要杀了他的女儿祭天，该是怎样的心情啊。

范雎进谗言杀白起，司马昭杀邓艾，刘义隆杀檀道济，杨广杀高颎……那些功高武将又何曾做错了什么呢？或许，功高盖世，本身就是原罪啊。

“这次是您的女儿，下一次就是您和您其他的家人了。”

谗言是最后一把稻草。

西南的五月，早晨尚有些清凉，胡谟穿上铠甲，觉得自己是一只被逼到绝处的鹰。

道尽途穷。

他出乎意料地走到自己的妾石氏房中。石氏便是宛心的娘，他的第三房姨娘。她依然如往日般，怯生生地看着他。嫁到这胡府几十年了，她这怯生生的眼神，竟从未变过。

胡谟摸出一袋金子，递给她：“你离开此处吧。胡府即将有大祸，天涯海角，你过安生日子去。我欠宛心的，该补偿你们。”

当初，让宛心替宛迟进宫，确是他的私心。

石氏跪在地上，哭泣道：“将军，妾虽卑贱，亦知从一而终啊。”胡谟忽然俯身抱着她：“妇人都知的道理，我又何尝不知。对朝廷从一而终，是我之本心。可大丈夫立于世间，有万般不得已之处。刀剑临门，我胡谟焉能不挡？”

寂静的夜。

郭清野在鹿苑的狼冢前，摸着肉肉的碑。她将脸贴在碑上，低声道：“肉肉，我的好肉肉，我要走了，回太行去了。或许，我早就该走的。可我为了报仇一直留在这让人厌恶的地方。我终于报复了仇人，可我很不快乐。肉肉，当我害那些孩子的时候，我心里疼得要命。肉肉，我现在一定是个很让人讨厌的人吧？你会原谅我吗？”

那个威风凛凛的肉肉似乎又出现在她的面前了，它朝郭清野点点头，似乎在说，没关系，不管你做了什么，你都是和我一起长大的小野啊。

郭清野小心翼翼地搓下一捧狼冢上的土，装进兽皮袋中。

她站起身来：“肉肉，我走了——”

“郭姑娘哪里去？”一个男子的声音。

郭清野抬头，见是那姓余的白衣少年。她皱眉道：“你到这儿干什么？你跟踪我？”

余慕道：“郭姑娘，我想带你去见一个人。”郭清野道：“我凭什么跟你去？”

余慕拉住她的手："你见了他，一定不会后悔。"

"喂！你这书生好生奇怪！"她想一把甩开他，却没想到他看似文质彬彬，力气还挺大，拽住她的手，不松开。

这时，贺谏从身后出来，一把拍在郭清野的穴道上。郭清野昏了过去。

余慕问道："不妨事吧？"贺谏道："不妨事，只是短暂昏迷。"说着，将她放入箱笼之中，在侍卫交班的节点，出了宫。

贺谏将她带去了城郊的佛堂。

那里有一个人——郭成。

余慕回到凤鸾殿，朝坐在榻上的阿南点了个头："南姐，贺将军已带着她出宫了。"

阿南道："嗯。"由余慕去做这件事，比阿南做，要妥当。郭清野对阿南的成见太深，恐怕一见到她，就大喊大叫，满身的敌意，引来宫中其他人了。

郭清野对余慕这白面书生，无甚戒备。

阿南低头抿了口粗陶盏中的水："接下来，便是来兮了。"

第九十九章　反了

余慕站在阿南的面前，迟迟不肯走。

阿南瞧了他一眼："怎么了？"余慕吭哧道："南姐，您……您会为难郭姑娘吗？"

阿南轻轻叹口气。记得前几天宫里头传来圣上宿在清梦堂的消息时，正是凤鸾殿用早膳的时辰。余慕低着头，手中的汤匙搅动着，然而，面前那晚汤，直到起他身去学堂时，还是满的。

少年人的第一次情动，没有那么容易被碾灭。余慕啊，对郭清野的上心，比他自己表现出来的还要多。

阿南道："阿慕，你可知，药王诞辰斋宴上，皇子中毒，与她有关。华乐的事，也与她有关。"

有微微的萤火停在窗边，宛如星辰跌入人间细细碎碎的剪影。

余慕道："南姐，可……可有证据……真的是她做的吗？"阿南起身："若是姐姐有证据，便直接跟圣上讲了，也不必闯入宗圣殿，与圣上持剑相对。姐姐怕的是，没有证据，贸然提出，不足以让人信服，还会被藏在暗中之人反咬一口。今夜，姐姐为何让你配合贺谏将她带出宫去见一个人。因为只有她见了那个人，才有主动招供的可能。所谓的证据，只能让她自己拿出来。"

余慕有些伤感："南姐，纵便……真是她做的，她终究是被人利用，希望南姐能留她一命。"

这是他第一次开口向身为皇后的长姐提出要求。纵便他知道，郭姑娘与他并非一路人。纵便他知道，她的家在乡野，她是土匪的女儿。纵便他知道，他对着杏花吟诵着"纵被春风吹作雪，绝胜南陌碾作尘"，而郭姑娘只知杏花村的酒。

但他仍记得她站在狼身旁的飒爽英姿，记得她站在杏花下俏丽的面庞，记得她毫无心机的笑容，记得她拍着他的肩膀，嘻嘻哈哈地叫他"书生"。

阿南朝弟弟点了个头。其实，郭清野余下的路是否平安，全看她选择一条什么样的路。若她坚决不肯揭发藏在暗中之人，便是阿南想保，也保不了她。

京郊佛堂内，郭清野睁开眼。昏暗的灯光下，有个熟悉的身影站在那尊高大的佛像旁。她情不自禁地脱口而出："爹——"那身影忙奔到她身边，大喜道："小野，你醒了！"

真的是爹爹！她突然咧嘴大哭起来："爹，原来我这是到了阴曹地府了，怪不得能见到您。我记得我正跟书生拉扯呢，不知怎么的，就昏过去了。难道书生害了我的命？呜呜呜……"

她又笑起来："不过，我虽然莫名其妙就死了，但我又能跟您一块儿了，也不算是个坏事。"

"砰！"郭成敲了女儿一记爆栗子，"傻丫头，什么死不死的！爹还活着呢！你也还活着！咱爷俩儿都好好儿的！"

郭清野连忙上面摸了摸爹的大胡子，又窝到爹的怀里蹭了蹭……嗯，爹是有温度的，爹不是鬼。

"爹！"郭清野欢喜地跳起来，转而，一记"郭家拳"打了过去。郭成连忙接招。

父女俩别开生面、虎虎生风地在佛堂里打了一架。至此，郭清野才算是真的相信，爹爹还活着。

"爹，你这几个月去哪儿了？外头的人都说你被人害死了。我当了真！"

郭成捋须道："的确有人想害我，可就在他们下手前，另一个人神不知鬼不觉地将我从大理寺的牢房救出来了。若晚了一步，大约，我真的稀里糊涂死在大理寺的牢房了。"

"爹，是胡谟对不对？"郭清野一脸的笃定。没想到郭成摇摇头，道："小野，绝对不是胡将军，我与胡将军虽然只有数面之交，却是真心佩服他的为人。你爹我虽然没什么墨水，斗大的字只识得一个，但行走江湖一辈子，又在郭家堡头把交椅上坐了这么些年，自问识人还是很准的。"

郭清野挠了挠头："可二叔三叔说，两年前，咱们郭家堡的确给胡将军送了许多钱财，才让他撤兵的……二叔三叔还说，胡谟多次派人为难郭家堡……"

郭成那双狭长的眼眯了起来："小野，吴良和阙谋真的是这么跟你说的？"

"是。二叔三叔跟我说，爹爹下葬的时候，胡谟还趁火打劫。三叔还说，咱们得想办法替您报仇，杀了胡谟，还有，扳倒那些帮着胡家的势力。"

郭成道："果然。我的猜测是对的。吴良和阙谋，起了异心了……"

"什么？"郭清野睁大双眼。

这时，贺谏从外面走进来，他拿出一封信函，慢悠悠道："郭老大，这是小锄头写给你的信。现时，郭家堡已经变天了。吴良和阙谋各自占山为王，争权夺势。郭家堡中乌烟瘴气，那些忠心维护你的人，皆受到了打压……"

郭成接过信函。

小锄头是从前郭成身边的跑腿。他知道老大不识字，但凡传递消息，都是用画画的形式表达，当中，有很多只有他和老大才懂的暗语。

郭成看了，知道贺谏所言非虚。他骂道："他娘的！老子得回去清理门户！"

郭清野看着爹生气，也跟着怒了起来，两人快步往门外走去。

贺谏道："且慢——"父女俩回头看着他。贺谏拱了拱手，道："郭老大乃江湖性情中人，一定知道有恩报恩、有仇报仇的道理。何况，令千金在宫中做下的错事，总要有个交代——"

郭成看了看郭清野，他不知道女儿在这几个月做下了怎样的事，怎么会进了皇宫？

郭清野在父亲的注视下，一五一十地交待了首尾。如何故意亲近圣上，如何利用青杏伪造圣上临幸，如何在斋宴上给成诜和红桃下毒，如何蒙蔽华乐，钱如碧是如何安排人帮自己的……

郭成越听，面色越沉。他又敲了女儿一记："你呀，说你是个傻丫头，还真是个傻丫头。你被人当了刀使了！你还听吴良的话，要借刀杀人呢！自己成了刀，伤了无辜的人！"

转而，他向贺谏抱拳道："阁下放心，我郭成虽是绿林出身，但敢作敢当。犬女之事，由我一力承担。需要我做什么，只管吩咐！"

贺谏颔首回礼，道："恐怕还需郭姑娘的配合——"

佛堂的烛光暗暗的。

郭清野想了想，坚定地点了个头。

凤鸾殿内。

阿南听了贺谏的禀报，得知郭清野并没有真的被成灏临幸，心里头莫名松了口气。不是为自己，倒是为自己那情窦初开的弟弟。

亥时。清梦堂门外几个小宫人在担忧着为何郭姑娘还未回来。

聆儿走了过来。小宫人连忙行礼："聆掌事好。"聆儿道："皇后娘娘那儿要给华乐公主做针线，缺个人，听说清梦堂有个叫青杏的，甚是伶俐，把她叫出来。"

须臾，一个长眉细眼的小宫女出现在聆儿面前。聆儿打量了她一眼："跟我走吧。"

小宫人犹豫了一番，还是跟在了聆儿身后。

清梦堂另外几个小宫人道："聆掌事，郭姑娘到现在还没回来，别是有什么事吧？"聆儿道："郭姑娘贪玩，在宫里多逛逛也是有的，慌什么？"那几个小宫人便不再说什么。

聆儿走后，其中一名小宫人鬼鬼祟祟地往鸣翠馆跑，见着来兮后，叽叽咕咕地说了什么。

来兮听了，面色有些慌张。打发走小宫人，她想进殿向钱如碧禀报，走到门外，步子停下了。

她害怕。害怕主子骂她不得力，事情出了岔子。

正想着，钱如碧走出来，看她这副有如丢了魂的样子，便道：“来兮，你怎么了？”来兮猛地摇头：“没什么，主子，没什么。”

钱如碧皱眉，意味深长道：“我知道，近来事情繁多，你出了不少力。可你也要清楚，开弓没有回头箭。你既上了船，便一门心思随着我往前走就是。毕竟，你的家人，三个月前，我便将他们都接来了上京，照顾得好好的……”

她笑得又冷又阴。话里话外，提醒着来兮。

来兮俯身道：“是。主子。奴婢心里都明白。”她就如砧板上的鱼肉，根本没有选择的余地。

待服侍钱如碧歇下，来兮思忖一番，出门，想找个由头，去凤鸾殿打探打探消息。到了御湖边，忽然一个麻袋从天而降，她刚想开口叫，嘴便被堵上。待她被放出来时，是在一间密室里。

一个身影背对着她。

“你是谁？为什么要绑我？”来兮喊道。

那身影转过来。来兮看清她的脸，是聆儿。聆儿看着她：“我是来帮你的。”

“帮……我？”

“你的主子疯了，你难道陪着她疯不成？呵。她想得太简单，以为能把朝廷、把这宫中的人，尽皆玩弄在鼓掌之间吗？实话告诉你，皇后娘娘早已洞悉她的所作所为。圣上明白真相，只是早晚的事。你是个聪明人，应该知道，继续下去，后果是什么。内廷监有一种酷刑，叫作练缢，你不想尝试吧？”

聆儿说着，来兮低下头。

聆儿笑道：“你并不是瞎了眼。你只是没得选。对吗？”

来兮骂道：“你休想蛊惑我！”

聆儿拍拍手，小内侍推上来几个绑着的人。

来兮惊诧地看着他们，张开口，喊出声来：“爹！娘！弟弟！”

阿南坐在榻上，翻着书卷，正是那本《淮南子》。

清净恬愉，人之性也；仪表规矩，事之制也。知人之性，其自养不勃，知事之制，其举错不惑。

钱如碧用什么手段来搅浑水，那便将她的手段统统都还给她。

这时，小舟过来宣圣上口谕，请皇后娘娘去乾坤殿一趟。

阿南起身。

从雨中对峙到现在，两天了，她还没见到他。夫妻之间，伤了颜面，就像那粗陶盏裂开了口，水哗哗地淌下。

走到乾坤殿门口，阿南便听见成灏与几位大臣在议政。

她静静地等大臣们禀完事，方走进去。

成灏仰头靠在椅子上，闭着眼。听到阿南的脚步声，他轻声道："是皇后来了吧。"

阿南应了一声："嗯。""孤非常疲倦。"成灏道。

阿南走过去，站在他身旁。

成灏道："战马的瘟疫好了许多了。"

阿南道："臣妾听说了。这是好事。恭喜圣上。"

"有个秘密，孤想来想去，得告诉你——"

"圣上您说，臣妾在这儿。"

"此次天降瘟疫，孤困惑得很。自孤亲政以来，夙兴夜寐，勤勤恳恳。劝课农桑，兴修水利。三治黄河，巴蜀修堤。收服百越，助二姐平定漠北内患。桩桩件件，孤都对得起祖宗，对得起天下百姓，对得起母后当年的还政。可为什么，为什么还是让苍天不满，降下瘟疫？"成灏说着。

阿南沉默地听。

"端午那日，你在宗圣殿与孤对峙后，孤便打消了祭天的念头。孤想着，谅儿出生那年，宫中的牡丹全开了，太常曾经说过，他是吉祥之子。如若，悄悄立他为太子，是否能挡过瘟疫之祸。结果……刚写下诏书，藏于玉玺之侧，便听闻，瘟疫忽而有消退之势……皇后，你说，这是不是天意？"

"圣上——"

阿南突然跪在地上："此等大事，臣妾深宫妇人，本不该听。臣妾想问您，有几人知道此事？"

成灏道："只有你与孤二人知晓。"

阿南在心内松了口气。

更鼓响，子时了。在寂静的夜里，一声"战报——"格外刺耳。

一名兵丁从宫门口快跑着奔来，跪在殿外求见。成灏知是紧急军情，忙命他进来。

那兵丁举起战报，高声道："圣上，大事不好了，西南都督府八百里急奏，胡谟随着那长矛军，反了！"

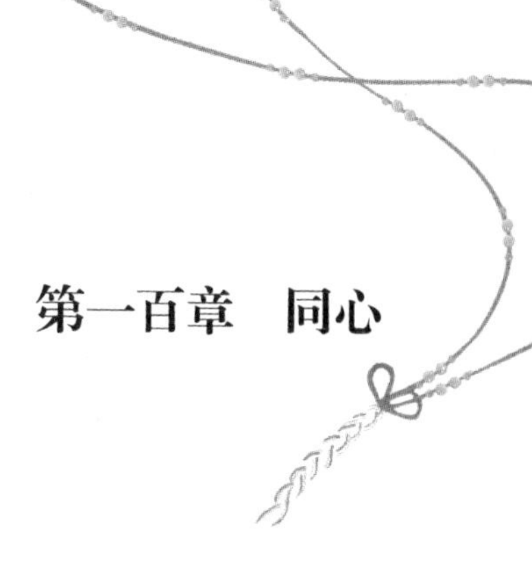

第一百章　同心

成灏猛然起身，看着那报信的兵丁，只觉全身的血往脑门上冲。他的嘴唇紧抿着，嘴角有一刹那的抽搐，似乎胸腔中有一股浊气翻滚着、汹涌着，一不留神，便会喷薄而出。成灏压制着那浊气，越压，面色越沉郁。

阿南看到他手有些抖，轻声唤了句："圣上——"成灏没有应声，仍是直愣愣地瞪着战报。

只有夏夜的风从门口吹进来。

阿南想了想，走上前，接过那份战报，转身，递到成灏手中。

成灏在屋内踱了几步，每一步都如同走在火焰之上。

"胡谟，不光是孤亲政以后最信赖的武将，还是皇亲国戚。可到底，孤与他，还是走到这一步了……"

报信的兵丁退下了，屋内只余成灏与阿南二人。愤怒在天子的脸上一点点褪去，成灏的话语中，带了几分悲凉。他回到椅子上坐下，将头埋在案牍之中。

小舟走进来，似乎要询问圣上有何吩咐。阿南摆摆手，示意他离开。

阿南握住成灏的手。他自幼习武，一向是火气重，手心里不管何时都是热的。此刻，他的手却是冷的，那冰冰凉凉的汗渍从她的手心直往心口钻。

阿南鲜少看到这样的成灏。

"孤幼年继位，尚不知世事时，便被母后抱上金銮殿，坐在龙椅之上。或许，孤从小看到的人世便与旁人是不同的。从会开口讲话起，耳边便是山呼万岁之声。孤曾经站在宗圣殿，看着那画上的祖先，问母后，什么是君王？母后说，忍旁人之所不能忍，见旁人之所不得见，以四海为己任，心怀悲悯，知用人之道，是为君王。孤问她，父皇为什么早逝？母后说，因为父皇坐在龙椅上，不快乐。我问，父皇坐在最高的位置上，为什么不快乐。母后却说不上来了……"

成灏缓缓地说着。旧时光铺了一路的冰凌。

"孤总觉得，自己一定比父皇要强上许多。不需要母后来指点江山，孤一样做得很好。从顺康十三年，孤亲政起，便从来没有睡过一个完整的觉。每日卯时上朝，寅时，大臣们便在午门外等候。往往还不到寅时，孤便醒了。孤知道，那些大臣们手持玉笏多年，个个都是寒窗多年的有识之士。孤心里头想争口气，不想被他们问住，在早朝前便将奏折上的内容都整理好，打好腹稿。孤有时候想，母后乞女出身，孤却自小受帝师朱先生的栽培。难道，于政务、于朝堂，孤还会比不上母后吗？”

阿南将他的手握紧。

成灏的声音湿润而低沉：“然而，到今夜，孤听到胡谟谋反的消息，忽然明白了。孤学到了母后的勤勉，学到了母后的权谋，学到了母后的手段，可孤始终没有学会母后的悲悯。孤……不是一个好君王。”

阿南第一眼看到他时，他便是在乾坤殿的庭院中斗蛐蛐、满怀自负的幼帝。

他从未如此自责、自省，他从未如此脆弱。

阿南低头：“圣上，您已经做得很好了。母后离宫之后，这些年，各方安稳，不是吗。”

成灏抬起头来：“你听，城门外似乎有马蹄声、火把声，还有兵士们攻城的声音……”

他的情绪激动起来。阿南知道，他出现了幻听。她想起贺谏所禀的，关于郭清野的交代。会不会是那苞谷酒中的草药留下后患，加之心情大起大落所致呢？

乾坤殿，太祖时期留下的黑黝黝的门框，被岁月磨砺四朝，发出幽暗的光泽。圣朝自开国至今，百余年了。宫廷中曾经发生过多少的风云变幻啊。

成灏从正殿的架子上，取过一张弓和一支箭。那是太祖当年用来取天下的弓箭。

百余年前，天下大乱之际，太祖不过是陇西一名节度使。他跨马拉弓，起兵陇西，率部下义士，从西打到东，后挥兵北向，直取帝都。

这弓箭一直被放在乾坤殿内。

成灏的眸子中带着迷梦般的混乱，他握着弓向门外走去：“区区长矛军算甚，胡谟又算甚，孤要御驾亲征，孤要带兵打到西南去，孤要点燃烽火台，孤是天子，天子容不得谋逆，孤要砍了胡谟的头，昭告天下——”

“圣上，圣上——”阿南急急唤他，他好像没听见一般，快步地往外走着。

“灏儿！”阿南喊了一声。成灏像是被戳中心脏某处至为柔软的地方，停住脚步，后背一僵。

阿南走上去，用手捏住弓箭的箭头，直抵自己的喉咙。

“您不能将胡谟反了的消息昭告四海啊。一旦圣谕发出，不可挽回，天下尽知。胡谟是您亲政以后最宠幸的臣子，如若他反了朝廷，天子威信有失。日后，金銮殿上，以魏雍为首的武将们便会质疑您的政令。不怀好意的小人，还会说是您一手纵容奸佞至此，尾大不掉。另则，长矛军本不过是一群暴动的乌合之众，可若天下人知道赫赫有名的虎贲大将军附逆了长矛军，无形之中，便助长了贼寇的气焰！他们本就是以教义迷惑人心，如此一来，更多无知百姓会被邪教所欺。圣上，您醒醒！”

不知是从何处来的勇气，阿南扬起手，打了成灏一巴掌。

“啪”，清脆的声音在子时的乾坤殿回荡。

更漏似乎静止了。时光停滞在了这一刻。

成灏眼中的迷梦般的混乱慢慢褪去了，只余一片清明。

“南姐——”他唤了一声。那声音就如五月的夜晚一样轻柔。

阿南道：“灏儿，你不必被这突如其来的战报紊乱了心神。你忘了吗？阿良在黔中啊。黔中离云贵并不远。自祭天之事起，我便有了冥冥之中的预感。于是，写了信函给阿良，还捎去了一块令牌。我让阿良手持令牌，带兵去找胡谟。劝他醒悟。我相信胡将军一片丹心，此次只是与圣上起了误会，被人蛊惑所致。若胡谟醒转，他依然是圣朝的虎贲大将军。若他不能醒转，阿良会秘密诛杀，并号令西南军平叛长矛。不管怎样，胡谟倒戈长矛军一事，越少人知道，便越好……”

“明日，太阳升起。皇城还是皇城。您还是金銮殿之上，不容置疑的君上。”她哽咽地说着，却每个字都那么清晰。

她什么都替他想到了，不是以“皇后”的立场，而是以“妻子”“挚友”的立场。

是啊。她不光是他的中宫发妻，还是他相交近廿载的挚友。

她从怀里掏出郭清野和来兮的供词。他接过，看完，长久的沉默。许多被云雾笼罩的事，许多隐隐怀疑的事，许多在高处被遮蔽的事，都有了清晰的原委。

他以为的单纯的、没有目的、与宫中所有人都不同的爱，原来只是接近他、利用他。他以为的不争、恬淡、文墨才女，原来只是别有心机的蓄势待发。

阿南见他看完，便将那几张供词放在烛台上，悄无声息地烧掉了。

成灏蓦然明白，身处龙椅之上，真正如豆蔻芝兰般单纯的爱，是不存在的。而那因为懂得，所以甘愿在淤泥中一起挣扎历练的爱；不管顺境还是逆境，并肩在风浪中前行的爱；在黑夜中，手提灯笼，为对方照亮前路的爱，才更真实、更可贵。

他的妻子，在暗中，把什么事都替他做得稳妥而谨慎。

如水的夜色下，他看着她的瘦削到极处的脸、她单薄的肩膀、她随风飘荡的广袖长袍，心中涌上奇异的温柔。

仿佛南风吹来，吹散他心头多年的迷雾。

有些人懂得一个道理，需要一辈子。

有些人懂得一个道理，只需一瞬间。

他曾经以为他挚爱清欢，忽略她、冷落她多年。他以为他迎娶她入中宫，不过是一场交换。他在她面前所有的轻狂、所有的笃定，不过是因为，他深知，她爱他，她永不会离开他，她永不舍得伤害他。

成灏的眼前似乎出现了顺康十二年的一场大雨。他跟清欢约好，到御湖采莲。那天的雨实在是太大了，越下越大，下得人睁不开眼。小内侍们都劝他不要出门，这样大的雨，沈姑娘不会出门的，纵她想出门，沈夫人也不会放心的。可成灏仍是执拗在御湖边等她。他等了很久，不见清欢来。暴雨如瀑中，他看见少女阿南举着一朵莲，从湖畔的另一边向他走来。

她怕他失望，她下到湖里采了莲。他的心顿时如荷花般清香四溢。

那个在滂沱大雨中举着莲花向他走来的女子，一直是他青春年少的底色。

成灏终于认清了一个事实。顺康十三年，他答应阿南，迎娶她入中宫，不光是因为所谓的交换，还因为，他心底一直有她。

未曾热烈，未曾轻狂，却因为那份笃定，一直在心上。

“南姐，我是爱你的。”成灏凝视着阿南，忽然说道。

看似突然，却不突然。

两个人都懂。

阿南一霎时泪流满面。

他终于说了这句话，在这深夜的乾坤殿，在这战报入京之时，在两人同床共枕七年后。

她以为她一辈子都等不到了。

“南姐，我是爱你的。”成灏重复了一遍，将她拥入怀里。

殿内，一灯如豆。

翌日清晨。

鸣翠馆。

钱如碧在纸上写着：故善战者，不待张军。善除患者，理于未生。善胜敌者，胜于无形。

她写着写着，有些渴。

除了来兮的茶，旁人的，总是不周到。不是浓了，便是淡了；不是热了，便是凉了。

她唤道：“来兮，倒茶来——”连唤三声，无人应。

她心头起了疑惑，来兮向来是有呼必应的。她走入殿内，见乳娘趴在摇篮边睡着了。她皱眉，呵斥道：“怎生如此惫懒？”

乳娘从睡梦中醒来，往摇篮里看了看，大惊失色。钱如碧上前，发现摇篮里空空荡荡，根本没有四皇子的影子。

“混账！谅儿哪里去了？”

恍然之间，钱如碧想到了，或许，谅儿的失踪与来兮那丫头有关系。难道是……

沉重而整齐的脚步声传来。钱如碧走出门，见御林军统领贺谏带着一队侍卫走进来。

钱如碧淡淡笑道：“贺统领今日到鸣翠馆有何事？”贺谏笑着挽了挽袖口：“回钱娘娘的话，倒不是什么大事。”倏尔，他脸色一变，朗声道：“圣上有旨，赐鸣翠馆钱氏，死罪。”

钱如碧冷笑道：“贺统领休要胡言乱语。敢问本宫犯了何罪？”贺谏道：“事到如今，仍面不改色。微臣叹钱娘娘是个人物，却不得不提醒您，您做了什么事，圣上和皇后娘娘都已知晓。您以为高深莫测的智谋，在圣上与皇后娘娘眼里，不过是卑身而伏、东西跳梁的小丑罢了。柳元、来兮、马辛、二胡等人，已然被杖毙。黄禀德被削职。他隐瞒您生肖的事，已然供出。四皇子送到了宫外宗亲安王府中，交予了安王妃抚养。至于您，圣上还有一句话，微臣方才忘了说——”

“无须送往内廷监，就地诛杀。”贺谏从腰间拔出了剑。

钱如碧睁大了眼。许许多多的往事从她的脑海中重现。

因她在赛诗会上夺魁，令黄禀德青眼有加。然而，带她到上京后，意外从内廷监口中得知宫廷的禁忌：肖鼠女子不能入宫。黄禀德便花了银两，疏通了上下，将她的生肖改做了卯兔。

她缓缓念了段词：绿水本无忧，因风皱面；青山原不老，为雪白头。

如此也好，可以去黄泉与吕琰相见了，于她而言，倒是解脱。只是，她在死前最后一刻，觉得愧对四皇子。

她记得那个婴孩初次被抱到鸣翠馆，她内心有如被春雨打湿的泥土。他让她如枯井般的日月，多了一丝明亮。

本来，她以为，能为他谋来天下至为珍贵的东西。如今，却都成了一场空。

或许，他还会受她这个养母的连累。

“谅儿——”她喊了一声。

贺谏手起刀落，人头滚落在地。

在满屋的书卷映衬下，显得荒唐而凄怨。

桌上，犹然摆着她还未写完的柳体《六韬》。

离京的官道上，两匹快马跑得飞快，溅起尘埃。

不多时，身后有一匹马追上来：“郭姑娘，郭姑娘！”马上的郭清野停下，转头："书生，你追来做甚？"

余慕气喘吁吁道："郭姑娘，你真的就这么走了吗？"

"当然。"郭清野道，"对了，书生，有件事拜托你，隔一阵子，你便替我去狼冢看看，莫叫风霜雨雪坏了肉肉的冢。"

余慕道："郭姑娘，我……我……我……"他几次张开口，却说不出话来。

郭清野道："书生，我知道你要说什么。你好生准备今年的大考。考完，你再决定，是否来郭家堡找我！若是有缘分，自然会有再见面的机会！若是没缘分，便不可强求，也没什么好遗憾的！要是你中了状元，只怕到时候想做状元夫人的姑娘排成了队，你便忘了我这太行匪女了！"

一旁的郭成哈哈大笑："小野，你倒是比刚入京时，成熟了不少。"

郭清野眨眨眼。

马鞭响起。父女俩越走越远，渐渐消失在官道尽头。

夕阳下，余慕怔怔地掉头往皇城走。

"社客宿将多谋，诸城各自保，固壁清野……"他喃喃念着。几分说不出的懵懂、惆怅，在这个少年人心头萦绕。

情窦啊情窦。原来如未熟的果子般，青青的，涩涩的。

五月下旬，孔良回到阔别许久的上京。

半月前，他手持令牌，闯入胡府。关键时刻，胡府的三姨娘石氏，挺身而出。她义无反顾地相信了孔良，并带着他奔赴胡谟的军营，动之以情晓之以理地劝说，最终，胡谟懂得了上意，幡然醒悟，悬崖勒马，终究没有酿成大祸。

孔良与胡谟齐心，很快便消灭了长矛军。

西南匪患平定。胡将军曾经"附逆"的事，被朝廷掩盖起来。但他深觉羞惭，自请前去艰苦的琼州做节度使。因钱如碧事破，黄禀德被处罚，琼州无妥当的武将镇守。胡将军甘愿将功赎罪。

大是大非之下，石氏的忠勇与果敢令成灏与阿南钦佩。在皇后的提醒下，成灏赐下圣旨，封石氏为一品诰命夫人。从此，石氏的地位便在胡府中最为尊贵。

胡宛心闻之，喜极而泣。她知道，位卑，是母亲一生的痛。她庆幸自己当初在知道落胎的真相后，没有与阿南为敌。她庆幸，宫中发生了如此多的变故，她始终没有走歪路。

孔良回到了府中。

窦华章抱着儿子，站在门口等他。

阿南因思及"昔年，孔良的风筝掉落池塘"的旧事，为孔良的儿子取名"孔堤塎”。以土克水，来化解灾厄。

一日，帝后夫妻微服私访，到上京郊外转转。

正是农人收麦的季节。

今年风调雨顺，收成颇佳。京郊的茶肆里，说书人讲着长乐年间的旧事。

成灏附在阿南耳边道：“我忽然想起，谅儿既被送到七皇叔府中，那当初立太子的诏书，便不能留了……”

“昏君之母，属相为鼠。鼠女有子，吞食国度。”这是阿南最初的卦语。那作乱的钱如碧，肖鼠。谅儿是她的养子，自有“鼠女之子”的嫌疑。

阿南道：“那诏书啊，早就被咱们的华乐偷出来，出恭用了。”

夫妻俩一起大笑起来。那卦语的真真假假在夫妻紧握的双手前，忽然没那么重要了。

成灏想起，自己已很久没在阿南面前称“孤”。有妻如此，他并不孤寡。

夜来南风起，小麦覆陇黄。

今年是个好年头。

后记：

帝后同心，国泰民安。

此为，顺康盛世。